구름을 잡으려고

구름을 잡으려고

초판 인쇄 · 2019년 9월 25일
초판 발행 · 2019년 9월 30일

지은이 · 주요섭
엮은이 · 정정호
펴낸이 · 한봉숙
펴낸곳 · 푸른사상사

편집 · 지순이 | 교정 · 김수란
등록 · 1999년 7월 8일 제2-2876호
주소 · 경기도 파주시 회동길 337-16(서패동 470-6)
대표전화 · 031) 955-9111~2 | 팩시밀리 · 031) 955-9114
이메일 · prun21c@hanmail.net
홈페이지 · http://www.prun21c.com

ⓒ 정정호, 2019

ISBN 979-11-308-1464-3 03810
값 29,000원

이 도서의 국립중앙도서관 출판예정도서목록(CIP)은 서지정보유통지원시스템 홈페이지
(http://seoji.nl.go.kr)와 국가자료종합목록 구축시스템(http://kolis-net.nl.go.kr)에서 이용
하실 수 있습니다. (CIP제어번호 : CIP2019036998)

구름을 잡으려고

주요섭 장편소설

정정호 엮음

푸른사상
PRUNSASANG

주요섭 朱耀燮 (1902~1972)

올해 2019년은 소설가 주요섭의 탄생 117주년, 타계 47주년이 되는 해이다. 주요섭은 작가 생활하는 동안 영문 단·중·장편소설 각 한 편을 포함하여 40편의 단편소설, 두 편의 중편 그리고 네 편의 장편소설을 창작했다(그리고 일제강점기에 『동아일보』에 연재하다가 아마도 총독부의 검열에 의해 갑자기 연재가 중단된 장편소설 『길』도 있다). 그러나 그동안 국내 한국문학 학계와 문단에서 주요섭에 관한 관심과 논의는 「사랑손님과 어머니」 등 주로 단편소설에 국한되었다. 주요섭의 단편소설들은 대부분 선집으로 엮여 여러 곳에서 지속적으로 출판되었다. 이에 비해 신문과 잡지에 연재되었던 네 편의 장편소설 중에서는 『구름을 잡으려고』(1935)와 『길』(1953)만이 단행본으로 출판되었다.

장편소설 『구름을 잡으려고』는 1973년 한국문학전집 제10권으로 「사랑손님과 어머니」 등 다른 몇몇 단편들과 함께 여성잡지 『신여원』 2월호 부록으로 출판되었다. 그 후 2000년에 다른 출판사에서 여러 단편들과 함께 출판되었다. 엮은이가 이 소설이 원래 연재되었던 『동아일보』(1935년 2월 17일~8월 4일)의 원문과 대조해보았더니 적지 않은 텍스트의 오류를 발견했다. 어느 곳은 1쪽 이상 누락되어 있고 문장이 한두 곳 누락된 것도 여러 군데 찾아낼 수 있었다. 이는 연구자들은 물론이고 독자들에게도 결코 신뢰할 만한 텍스트가 될 수 없다. 이에 엮은이는 『동아일보』 텍스트를 원본으로 하여 누락되는 부분이 없도록 최대한 유의하였다. 또한 기존 단행본에는 1935년대의 문장이 1973년 어법에 따라 변개(變改)된 부분도 적지 않았다. 1970년 당대 독자들을 위한 교육지책이었겠지만 이것도 명백한 원문 훼손이다. 본서에서는 일단 원문 그대로 옮기고 불확실한 부분은 □로 표시했다. 그리고 텍스트 주석과 어휘 해설이 필요한 곳에는 각주를 달기로 했다. 이것이 문학 텍스트 편집자나 텍스트 비평가들이 수행하는 표준 방식이다.

국내 한국문학 학계와 문단에서는 일부 인기 있는 시인, 작가들에게 관심과 연구가 쏠리는 경향이 있는 듯하다. 독서계와 학계에 조류나 유행이 있는 것은 어쩔 수 없지만, 작가 주요섭에 대한 관심은 일부 단편소설에만 지나치게 편중되었을 뿐 소설가 주요섭에 대한 총체적인 논의가 부족한 것으로 보인다. 특히 네 편이나 되는 장편소설에 대한 관심과 논의는 없었다 해도 과언이 아니다. 편자는 그러나 한국문학사에서 주요섭의 장편소설들이 '저평가된 우량주'라고 확신한다. 균형 잡힌 한국문학 발전과 연구를 위해서도 일부 시인, 작가들에만 편중되는 경향을 지양하고 이제는 좀 더 다양한 시인, 작가들의 발굴과 연구를 시작할 때가 아닌가 한다.

1920년대부터 이미 주요섭은 최초의 세계시민이었다. 일찍이 중학교 때 일본에 유학한 것을 비롯하여 중국 상하이에서 중·고등학교와 대학도 졸업하였다. 모두 영어로 강의하는 미션 계통의 학교들이었다. 그 후 미국 스탠퍼드대학교 대학원에서 교육학과 석사학위도 받았다. 단편소설에서 장편소설에 이르기까지 그는 한반도를 넘어 중국, 일본, 만주, 시베리아, 미국, 멕시코 등 외국을 무대로 삼았다. 따라서 그의 문학에는 '국제주제'가 많다. 21세기는 사람과 지식과 기술이 대이동하는 시대다. 오늘날과 같은 세계화 시대의 추세를 주요섭은 이미 시작했다고 볼 수 있다. 일찍부터 한국문화와 한국문학의 세계화에도 엄청난 노력을 기울인 세계주의자였던 주요섭의 문학 또한 세계문학의 맥락 안에서도 다시 읽을 수 있을 것이다.

『구름을 잡으려고』는 소설가 주요섭이 1920년 후반 미국 유학을 끝내고 돌아와 자신의 미국 유학 생활의 실제 경험과 그곳에서 초기 교포들에게 들은 다양한 이야기들을 묶어 20세기 초기 해외 노동인력 수출 문제와 초기 미국 서부 이민 사회와 생활에 관해 써내려간 첫 번째 장편소설이다. 주요섭의 이 소설은 실로 여러 가지 문제들을 문학적으로 제기한 한국문학 최초의 세계주의자의 국제소설이라고 할 수 있다. 나아가 장편소설『구름을 잡으려고』는 한국 최초의 디아스포라 소설이라고도 볼 수 있다. 이 소설은 또한 19세기 말 20세기 초 미국으로 간 조선인들의 초기 이민 생활사와 당시 소설의 배경 지역인 미국 서부 지역에서 조선인의 눈으로 본 미국의 모습을 살펴 알 수 있는 의미 있는 다큐 소설이기도 하다.

해외 첫 인력 수출을 다룬 이 소설의 줄거리는 아마도 18, 19세기 식민제국주의 시대 유럽인들이 해외 식민지를 경영하면서 노동력의 태부족을 해결하고자 해외(주로 아프리카) 식민지 주민들을 유치하기 위해 시작된 노예무역의 역사의 끝자락과도 닿아 있다. 19세기 말과 20세기 초 미국 하와이와 서부 그리고 중미의 식민주의자들은 노동력 부족을 메꾸기 위해 아프리카 흑인들보다 더 효율적인 동아시아인들을 인력 수출이란 허울 좋은 이름으로 불공평 계약을 맺어 징발해 갔다. 이렇게 볼 때 이 소설은 서구 제국주의의 일종의 노예무역에 대한 비판적 보고서이기도 하다.

편집자는 이 편집본을『동아일보』에서 원문 복사 출력, 입력 및 주석 달기를 위해 송은영 박사와 정일수 선생, 이병석 군 그리고 허예진 양에게 큰 도움을 받았다. 이 자리를 빌려 고마움을 전하고 싶다. 그리고 소설가 주요섭 선생의 장남으로 현재 미국 동부 뉴저지주에 계시는 주북명 선생의 따뜻한 격려와 지속적인 배려에도 깊은 감사를 드린다.

끝으로 어려운 출판계 사정에도 불구하고 한국문학 작품 발굴 사업에 대한 사명감으로 주요섭 장편소설의 발간에 선뜻 나서주신 푸른사상사의 한

봉숙 사장님의 결단과 편집부 여러분의 노고에 큰절을 올린다. 이 새 단행본이 주요섭 문학 특히 장편소설 읽기와 연구에 작은 보탬이 되는 것이 편집자의 소박한 바람이다.

2019. 9. 1.
경인선[제물포–노량진] 개통 120주년, 미국 이민 115주년을 맞아
엮은이 정정호 씀

구름을 잡으려고

차례

일러두기

1. 소설 원문은 연재되었던 『동아일보』(1935.2.17~8.4)에 실린 그대로 표기한다.
2. 띄어쓰기는 현대 어법에 맞게 수정한다.
3. 한자만 표기된 경우 괄호 속에 한글을 써준다.
4. 문맥상 명백한 오자나 탈자인 경우 바로잡는다.
5. 문장의 끝에 마침표가 누락된 경우는 모두 마침표를 넣어준다.
6. 대화는 " "로, 생각이나 강조, 외국어는 ' '로, 단행본은 『 』, 단편소설, 논문, 수필 은 「 」, 영화, 연극, 노래는 〈 〉로 표시한다.
7. 이해하기 어려운 고어(古語)와 외래어 또는 방언이나 설명이 필요한 어휘는 각주로 설명한다.
8. 원문을 판독하기 어려운 부분은 함부로 예단하지 않고 □으로 표시한다.

구름을 잡으려고

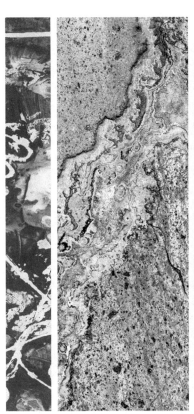
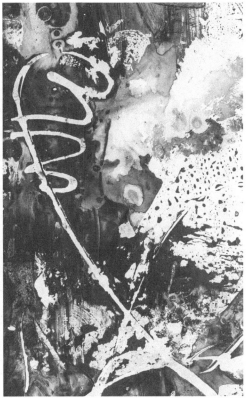

제물포

1

십구세기의 맨 마그막[1] 해 봄이엇다.

제물포 — 그것은 조선이 열어노흔 출입문의 오직 하나이엇다. 그리고 그 것은 위험한 출입문이엇다.

지금에는 인천(仁川)이라구 하는 큰 항구로 대도회가 들어앉엇지마는 그 때만 하여도 제물포는 한 개 조고만 어촌에 불과하엿다. 주민들은 고기도 잡고 농사도 지엇다. 그리고 잇따금 청국(淸國)으로부터 쩡크(舟)[2]가 비단을 싣고 들어와 다으면 온 동리가 떠드러 나가 그 짐을 풀엇다. 그리하면 청국 사람 뱃주인은 주연을 배설[3]하고 촌민을 대접하엿다. 온 동리가 마치 명절 이나 된 듯이 떠들고 즐거웟다. 풀어노흔 짐은 수만흔 말과 나귀에게 실리 어 서울로 올려갓다. 그 만흔 짐이 서울 올라가서는 어떠케 되는지 그것을 촌민들은 알려 하지도 안엇다. 오직 짐을 다 실려 올려 보내고 말지만 잔술 을 들이마신 후이면 그들은 아모런 일도 없엇다는 듯이 다시 고기잡이와 농 사로 돌아갓다.

---

1 '마지막'의 북한어.
2 정크. 중국에서 연해나 하천에서 사람이나 짐을 실어 나르는데 쓰던 배.
3 연회나 의식에 쓰는 물건을 차려놓음.

그런데 갑작이 작년부터 퉁퉁 퉁퉁 하며 괴악한 내음새를 피우고 단니는 쇠배[4]가 한 척 들어와 다앗다. 그 배는 조선 사람의 새우젓배 조개젓배 등과는 비교도 못 되고 청국서 오는 쩡크보다도 더 크고 더 빨랏다. 배 돛도 없고 배 젓는 사공도 없것만은 이 쇠배는 돛단배보다도 더 빠르게 다니엇다.

"양인[5]의 배다."

이런 말을 주고받앗다. 양인이 어디서 왔나. 어떠케 생기엇나? 시컴언 홀때바지[6]를 입고 동저구리 바람[7]으로 단니는데 키가 어떠케 크든지 모가지가 지붕 우으로 늠실늠실[8]하며 거러가더라구 한다.

"아, 그것 무섭겟구만?"

"아니, 얼굴은 꼭 고양이처럼 생겻드라."

"아니야, 원숭이처럼 생겻는데!"

"아닐세, 다른 건 다 사람처럼 생겻는데 소처럼 웃니가 없구 발이 사람의 발이 아니구 쪽[9]이드래데."

"서울에는 벌서 양인이 와 사는 지가 여러 해 되엇는데 친히 보고 온 사람이 그러더라는데 양인은 밥을 아니 먹고 쇠고기만 삶아 먹고 살더라데."

"그것들도 여편네도 잇고 색기들도 잇다데그려."

이런 잡담들이 버러져 잇는 동안 항구터 청인 동리에는 새로운 집 한 채가 세워지엇다. 연전 일청전쟁 통에 혼이 떠서 다라낫든 청인들이 다시 돌아와서 어둑신하고[10] 텁텁한 푸른 벽돌집을 새로 짓기 시작하는 그 청인 동리 한가운데 정면에 유리창 만히 달린 이상한 집이 나타낫다.

"그게 양인이 지은 집이야. 양인들이 요술을 부린다데. 이제 기어코 무슨

---

4   쇠로 만들어진 배.
5   서양인.
6   '홀태바지'의 함경도 방언. 홀태바지는 통이 매우 좁은 바지를 일컬음.
7   동저구리 바람. 두루마기와 갓을 제대로 갖추지 아니한 차림새.
8   부드럽고 조금 가볍게 자꾸 움직이는 모양.
9   두 쪽으로 나누어진 짐승의 발(쪽발).
10   '어둑하고'의 비표준어.

변이 나고 볼 테니 두고 보게." 하는 것은 초학[11] 훈장이 동리 영감들을 모하 노코 하는 소리엇다.

그런데 요술보다도 더 이상한 일이 생겻다. 그것은 다른 것이 아니고 양 인들이 돈을 만히 주고 사람을 사서 땅에다가 쇠막대를 파묻는 일이엇다. 사방에서 노동자가 모혀들엇다. 근방은 물론 멀리 평안도 황해도에서까지 목돗군[12]들이 모혀들엇다. 그래서 그들은 매일 영치기 영차를 부르면서 통 통거리는 쇠배에 싯고 온 수만흔 쇠막대를 저 날랏다. 물론 촌민들은 그 쇠 막대가 무엇에 쓰는 것인지 알 수 없엇다. 역시 말에 실어서 서울로 올려 보 낼 것이어니 햇다. 그리고 그 무거운 것을 말에 실어노흐면 십 리도 못 가서 말은 죽어 넘어질 것 같앗다.

그런데 이상한 일로 이 쇠 토막은 달포가 넘도록 서울로 올려 보내지 안 코 그냥 쌓아두엇다. 그리고 뾰루대(증기선)가 통통거리면서 어디론가 갓다 오더니 이번에는 네모난 나무통을 한 배 싯고 돌아왓다. 그래서 다시 인부 를 대어 가지고 그 짐을 풀어 올렷다. 이 양인 뱃주인은 일군들에게 술은 아 니 주고 오직 돈만 주엇다. 그러나 그 품값이 매우 후한 고로 모두들 만족하 엿다.

양인은 요술을 하는 줄 알앗더니 요술보다도 더 괴상한 일을 하는 것이 엇다. 그 집 재목 하기 조흘 아까운 뗏목을 땅을 파고 뜨문뜨문 묻더니 그 우으로 쇠막대를 가로 걸쳐 두 줄로 놋는다. 앞에다 깃대를 세우고 괴상한 기계로 이리저리 살펴보고는 다시 자로 여기저기를 재어보고는 또 쇠막대 를 한 토막 노코 노코 하여 매일매일 서울을 향해 노하 나아간다.

"저것을 서울까지 놋는다네."

"아이구 대체 그것은 노하서 무엇하나."

---

11 학문을 처음으로 배움.
12 목도꾼. 무거운 물건을 목도하여 나르는 것을 직업으로 삼는 사람. 목도는 두 사람 이상이 짝이 되어 무거운 물건이나 돌덩이를 얽어맨 밧줄에 몽둥이를 꿰어 어깨에 메고 나르는 것을 의미한다.

"양인의 하는 일을 우리가 알 수 잇나. 그저 두고 볼 일이지."

이러케 양인은 일은 봄부터 수백의 인부를 사서 두 줄 쇠막대를 땅에 노하 나아갓다. 따라서 고요하든 어촌은 갑작이 흥성흥성[13]하고 분주해젓다. 수백 명 인부를 고객으로 하고 각종 장사앗치들이 모혀들엇다. 가까운 동리에서 여인들이 떡을 삶아 가지고 와서 팔엇다. 한 달에 여섯 번 장날이 되어야 누르든 국수를 인제는 매일 눌러 팔게 되고 두 장에 한 번씩 잡던 소를 매일 잡게 되엇다. 술집이 늘엇다. 색주가[14]가 모혀들엇다. 먹고 마시고 취하고 싸우고 하여 머리가 터지고 피가 흘럿다. 그러나 장사앗치는 날로 늘어갓다. 철도가 앞으로 나아감을 따라 장사앗치도 앞으로 앞으로 따라 나아갓다.

2

상투 우에 수건을 동여매고 감발[15]한 젊은 사람들이 이리저리 몰켜다닌다. 제물포에 일자리가 좋다고 해서 멀리서 바라구 왓든 젊은이들이 일을 못 얻고 속은 상하고 하여 거리를 목적도 없이 헤매인다.

미국인 모리쓰 씨의 경인철도(京仁鐵道)[16] 공사장 사무소 앞에는 한 무리의 뇌동자[17]가 모여 서 잇다. 그들은 수군수군 무슨 이야기를 하면서 잇따금 사무소 안을 힐끔힐끔 들여다본다.

거기서 얼마 멀지 안은 곳에 또 역시 유리문 만히 단 새 집이 하나 서 잇

---

13 활기차게 번성하는 모양.
14 젊은 여자를 두고 술과 몸을 팔게 하는 술집이나 그곳에서 몸을 파는 여자.
15 발감개. 버선이나 양말 대신 발을 감는 좁고 긴 무명천.
16 우리나라 최초의 철도로 1896년 3월 미국인 모스(J.R.Morse)에 의해 기공되었으나 자금조달의 문제로 1898년 일본에게 그 부설권을 넘겨주게 되어 1900년 7월 경인철도 합자회사가 완공하게 되었다. 경인철도는 1906년 이후부터 경인선으로 불리게 되었다.
17 노동자.

다. 그런데 그 안으로는 수다한[18] 사람이 쉴 새 없이 들락날락한다.

늦은 봄이엇만 아직도 겹옷을 입어야 칩지[19] 안을 때인데 벌서 때 무든 홋옷[20]을 입고 묏산짜 보따리를 지고 오늘 아츰에 이 제물포에 들어선 총각이 하나 잇다. 아즉 상투를 틀지 못하고 머리를 따 느린 채 잇는 것을 보니 총 각인 것은 분명하나 그의 나이로 따져보면 확실히 애 아버지 노릇을 할 나 이다. 얼는 보아도 벌서 삼십이 다 되엇다는 것을 짐작할 수 잇다.

조금 전에 그는 모리쓰 철도회사 문밖을 무엇이라구 혼자 중얼거리며 나 왓다.

"안 되는 놈의 일은 잡바저도 코가 깨진다고 하더니 떠나긴 꽤 일즉 떠난 놈이 길을 잘못 들어서 헤매다가 갓가스루 차자오니 벌서 늦엇다네그려. 제길할 놈의 것."

하며 그는 문밖에 뭉겨 서 잇는 사람들이 다 드르라는 듯이 혼자 중얼거리 고는 양지쪽을 향해 가서 기대 섯다. 아모리 거기 서 잇어야 소용이 없을 줄 을 안 그는 천천히 윗동리 쪽을 향해 거러갓다. 어디를 가랴? 일을 어드려 왓다가 일을 얻지 못햇스니 이제 갈 데가 어디랴?

그는 어청어청[21] 거러가면서 여기저기 양지쪽에 모둥켜 쭈그리고 앉어 잇는 로동자 떼를 바라다보앗다. 모두 한 가지 걱정들을 하고 잇슬 것이다. 곧, "어떠케 해야 오늘 저녁밥을 먹을 수 잇게 될가?" 하는 걱정이다.

밥, 밥, 밥!이다. 밥 때문에 자기도 고향을 떠나 여기까지 차저온 것이다.

그는 팔백 리 길을 걸어왓다. 바로 왓으면 오육백 리 길밖에 아니 되는 것 을 길을 잘못 들어 한참 돌아서 팔백 리를 온 것이다. 팔백 리 길 내내 가고 또 가면 길 좌우편에는 모두 밭이 잇엇다. 도처에 보리가 벌서 한 뼘씩이나 자라나 잇엇다. 밥! 그 얼마나 얻기 쉬운 것이냐? 그 끝없는 밭에서는 쌀이

나지 안느냐? 조가 나지 안느냐? 보리가 나지 안느냐? 심고 김매고 거두면 거기서 밥이 생길 것이 아니냐? 그러키는 한데 이상한 일로는 지금까지는 그 얻기 쉬운 밥을 얻기 위하여 팔백 리 길을 차저왓다가 얻지도 못하고 낫선 곳에서 방황하고 잇는 것이다.

준식이는 또 한 번 여기저기 웅크리고 앉아 잇는 밥 찾는 무리들을 둘러 보앗다. 그 만흔 밭에서 난 곡식은 모두 어디로 갓기에 저 만흔 사람들이 밥 한 그릇을 얻으러 여기로 이러케 모여들엇을가?

준식이는 또 자기 자신의 일을 생각해보앗다. 작년 일 년 자기가 맡아서 농사지은 그 추수만 하더라도 혼자 두고 먹으래면 사 오 년 먹어도 못다 먹을 만침 만핫섯다. 그런데 그 수다한 곡식은 모두 어찌하고 지금 이러케 밥을 얻기 위하여 낫선 곳을 헤매고 잇는가? 이것이야말로 알다가도 모를 일이엇다.

이런 생각을 하며 내려오다가 준식이는 사람들이 들락날락하는 새로운 양인의 집 앞에 와서 발을 멈추엇다. 문 앞에는 커단 간판에 한문으로 무엇이라고 씨어 잇섯다. 글을 볼 줄 모르는 준식이는 그것이 무엇인지는 알 수 없엇으나 하여간 이것도 양인의 집이니 혹시 쇠막대를 땅에 까는 일이 아니고라도 그 비슷한 무슨 어리석은 작난을 하는 양인인지도 모를 일이엇다. 그러면 여기서 혹 밥을 얻을 수 잇지 안흘가? 그는 거의 본능적으로 문을 열고 들어섯다.

그 안에는 젊고 늙은 노동자가 한 십여 명 걸상에 걸처 앉아 잇섯다. 모두가 더럽고 꾀죄한 품이 준식보다 별로 나흔 처지에 잇는 사람 같지 안핫다.

"여기가 어데요?"

하고 그는 그중 문 안에 앉엇는 곰보에게 물어보앗다. 곰보는 아모 대답도 아니한다. 이놈이 귀머거리인가? 하고 속으로 생각햇다. 그래 그 다음 사람에게로 갓다.

"여기가 무엇하는 뎀니가?"

그 사람은 소처럼 우둔하게 생긴 사람이엇다. 대답을 할가 말가 망서리는 모양이드니 급기야 마지못해 툭 내쏜다.

"개발회사(開發會社)라오!"

"개발회사요? 이것도 양인의 집이지오? 여기서도 화차다리[22] 놋는 데요?"

"아니요."

하고 이 사람은 대답하고 입을 담으려버럿다.

이 사람들이 모두 웬 이러케 불친절할가 하고 준식이는 혼자 속으로 생각햇다. 그런데 여기 확실히 밥벌이할 무엇이 잇기는 잇는 모양 같앗다. 그러기에 저 사람들이 저러케 기다리고 앉아 잇지!

이때에 안 문이 벌걱 열리엇다. 어떤 빼빼 마른 사람 하나가 나이 다섯 살밖에 안 되엇슬 아이 손목을 잡고 나아온다. 그 뒤로 배가 통통 나오고 돌중놈처럼 머리를 박박 깍근 사람 하나가 따라 나온다. "춘삼이!" 하고 중놈이 웨친다. 걸상 맨 끝에 앉엇든 사람이 벌덕 이러선다. 아이를 더리고[23] 나오든 젊은 사람은 다시 돌아서며 애원하는 소리로 빈다.

"나리님, 그저 어떠케 해서든지 절랑은 꼭 가게 되도록 주선해줍시오. 그 은혜는 백골난망이겟습니다."

"글쎄, 어렵다니까! 하여간 내일 또 오시우. 자, 춘삼이!"

하고 그는 춘삼을 불러드린 후 문을 닫는다.

3

이상스런 생각이 준식의 머리를 스치고 지나갓다.

아이를 더리고 온 젊은이는 무엇을 꺼리는 듯이 방 안을 한번 둘러본다. 이때 준식이는 그 방 안에 앉어 잇는 모든 사람의 눈에서 일종 적개심과 증

---

22 '화차'는 화물 자동차를 일컫는 말로 '화차다리'는 화물자동차가 통행하는 다리를 의미함.
23 '데리다'의 방언. 아랫사람이나 동물 등을 자기 몸 가까이 있게 하다.

오심이 발로하는 것을 생각하엿다. 확실히 이 사람들은 어린아이를 데리고 밥 얻으러 단니는 이 젊은 사람을 동정하지 안는 모양이다.

그 사람은 거의 도망이나 하듯이 아이를 잇끌고 준식이 섯는 앞흘 지나 문밖으로 나갓다. 준식이도 얼는 뒤를 따라 나왓다. 준식이도 웨 따라 나왓는지 모르나 하여간 따라 나왓다.

빼빼 마른 젊은이는 걱정스러운 표정으로 돌아다보앗다.

준식이는 호의를 가젓다는 표로 빙긋 우서 보이엇다. 젊은이는 당황한 듯이 눈알을 내려 감더니 조금 후에 다시 얼굴을 들고 억지로 빙그레 우섯다. 준식이는 이 기회를 놋치지 안흐리라 하고

"여보. 대관절 여기가 무엇하는 데요?"

"개발회사지오."

하고 대답한다.

"글쎄 개발회사인 줄은 알앗소마는 거기서 무엇을 한단 말이오? 또 가기는 어디를 가기에 꼭 가게 해달라고 부탁을 하오?"

젊은 사람은 한번 주우를 조심스러히 둘러보더니

"미국을 보내준답니다."

"예? 미국이라니, 저 양국[24] 말이오?"

"예. 이 안에서 일본 사람이 인부를 뽑는데 뽑히기만 하면 배 그냥 태와서 양국으로 데려다준답니다."

"그건 무슨 일로?"

"양국에는 뇌동자가 없다는구료. 그래서 우리 한국에 와서 뇌동자를 뽑아 간대요. 가기만 하면 노동을 해서라도 단박 부자가 된다는구려!"

양고자[25]는 사실 돈이 만흔 사람들같이 보이엇다. 준식이가 몇 달 전에 평양에 들어갓슬 적에도 양고자가 와서 지엇다는 고래 가튼 기와집을 구경

---

24 서양.
25 서양인.

하엿다. 더욱이 그들이 거처하는 서문박 집은 대궐 같다고 하는 말도 들엇엇다. 그리고 또 양고자는 돈을 물 쓰듯 한다는 이야기도 들엇다. 촌에 나오면 양고자들은 엽전을 한 꿰미²⁶씩 들고 단니며 길로 뒤따라오는 아이들에게 한푼씩 노나주기도 하며 또 어떤 양고자는 고은 그림딱찌를 들고 다니며 노나준다. 또 어떤 때 아이들이 따라가며 돌을 던지면 그러지 말라고 엿을 사서 돌라주는 적도 잇다고 한다.

뿐만 아니라 양고자는 하인을 써도 돈을 후히 준다. 시골 살던 김풍언의 아들은 머리 깍고 예수교 믿는다고 하더니 평양 양고자 집에 하인으로 드러 갓는데 잇을 집 주고 왼 식구 먹여주고 그리고도 월급을 삼 원씩이나 받는다는 말을 들은 적이 잇엇다.

따라서 양고자에게는 큰 권세도 잇다는 이야기를 들엇다. 돈 만흔 사람은 으레히 권세 만흔 것이 정례이지만─언젠가 몇 해 전에 평양감사가 예수장이 몇 명을 잡아다 가두엇다가 크게 혼이 떳다는 이야기를 준식이는 여기저기서 여러 번 들어본 적이 잇다.

또 지금 제물포에 와 잇는 모리쓰란 양고자로 보더래도 그 수다한 쇠 토막들을 사들이는 품이라든지 또는 수백 인부를 고용하는 품이 확실히 돈이 만흔 것이 사실이다. 그러케 돈 만흔 부자만 사는 나라에 가서 뇌동을 햇으면 물론 조선 안에서 꼼지락꼼지락하는 것보다 훨씬 유리할 것이다. 게다가 돈도 아니 받고 배까지 그냥 태워다준다고 하고 이런 땡잡을 데가 또다시 잇스랴!

더욱이 준식이는 아직 바다 밖에 나가본 적이 없다. 사실 나이 삼십이 되도록 본 고향에서 농사를 지엇다. 가장 멀리 간대야 사십 리밖에 안 되는 평양성내로 잇따금 곡식을 실고 들어가는 일밖에 없엇다. 사실 이번 팔백 리 길이 그가 세상 난 후 가장 먼 여행이엇다. 그런데 이제 저 항구 밖에 매여 잇는 저러케 훌륭한 쿵쿵배를 타고 바다 밖으로 멀리 미국이란 나라로 간다

---

26 꿰미. 끈 따위로 꿰어서 다루는 물건을 세는 단위.

고 하니 그것은 몹시도 준식의 호기심과 모험심을 흥분시키엇다. 이미 한 번 고향을 떠난 바에야 팔백 리면 어떠고 팔천 리면 어떠랴? 밥만 주겟다면 더욱이 부자만 만드러주겟다면 이미 떠난 바에 갈 데까지 가볼 것이 아니냐?

더욱이 준식이는 고향에 꺼리는 일이 없엇다. 부모도 없고 오직 형님이 한 분 계신데 남의 머슴으로 살망정 겨오 밥이나 어더먹고 잇엇다. 그리고 준식이는 오직 단몸이엇다. 아직 장가도 못든 총각이엇다. 이제 준식이가 조선을 떠나 수만 리 타국으로 간대사 별로 꺼릴 일이 없엇다. 물론 형님이 섭섭해하실 것이나 장래 큰 부자가 되어 돌아올 생각을 하면 고만 이별은 달게 받아야 할 것이다. 또 자기가 성공하고 돌아오는 날에는 형님도 지금 모양으로 남의 집에 게시도록은 아니할 것이다.

주저할 것이 없이 그의 마음은 결정되엇다.

노동자를 뽑는 사람도 준식의 튼튼한 사지를 보고 저윽이 만족하는 모양이엇다. 그는 도장을 찍으라는 곳에 손구락 지문을 찍엇다. 그것이 뽑히여 간다는 계약서라구 머리 깎은 통사(통역하는 사람)가 일러주엇다.

출발

4

    뽀루대는 삼십 명의 노동자를 신고 제물포를 떠낫다. 모두가 노자 한푼 없이, 그러나 큰돈을 모아 가지고 떵떵거리며 돌아올 날을 꿈꾸면서 떠나가는 젊은 일꾼들이엇다. 두세 사람을 제하고는 부두가지 전송도 못 받으면서 만리타국의 길에 오르는 불쌍한 신세들이엇다. 배가 떠날 때 부두에는 오직 네 사람의 전송자가 잇엇다. 친구 노동자 하나를 떠내보내는 중년의 노동자 하나, 사랑하는 아들을 떠나보내는 늙은 노파 하나와 의지하든 남편과 아버지를 떠내보내는 젊은 색시와 그의 등에 엎힌 어린애 하나이엇다. 노동자 두리서는 그냥 "잘 가게, 잘 잇게." 하는 간단한 이별을 고하고 하나는 배 안으로 하나는 제물포 거리 속으로 서로 헤여젓다.

    그러나 어머니를 작별하는 사람과 안해와 애기를 작별하는 두 사람은 그리 용이하게 작별되지 안엇다. 남들은 벌서 다 배에 올랏건만 늙은 어머니는 다시 볼지 말지한 이 아들을 잠시라도 더 보고 싶어서 그의 손목을 꽉 붓잡고 노하주지 안앗다. 다른 한 노동자는 주먹을 빨고 잇는 어린 애기를 안고 참아 못 노켓다는 듯이 얼러주고 잇엇다. 그리고 눈이 빨개 가지고 그냥 작고만[1] 치마고름으로 콧물을 싯쳐내는 젊은 안해에게 무엇이라구 타일르

---

1   자꾸만.

고 잇엇다. 아마 그가 몇 해 되지 안허 만흔 돈을 모아 가지고 와서 밭 사고 집 사고 훌륭히 살게 될 것을 약속하는 것일 것이다.

배는 방금 떠나려 한다. 그들에게 마그막 재촉이 갓다. 뛰— 하고 배 고동이 벌서 울엇다. 두 노동자는 황급히 배를 향해 뛰처온다. 어린 애기를 바다든 색시는 그 자리에 주저앉어서 인제는 붓그러움도 체면도 모다 이저버렷다는 듯이 소리를 내서 운다. 늙은 어머니도 울면서 아들의 뒤를 따라온다.

“야, 익삼아, 엣다. 이 떡 가지고 가거라. 가다가 배고픈 때 먹어라.”
하면서 떡 보퉁이를 내여민다. 양고자 나라에 웬 떡이 잇으랴 하고 떡 잘 먹는 아들에게 떡이라도 한 조각 더 먹이려고 가지고 온 모양이다.

배는 떠낫다. 젊은 색시는 인제는 몸부림을 하며 운다. 어린 애기도 어머니가 우니까 멋도 모르고 따라 운다. 늙은이는 색시께로 가서 등을 뚜드리며 위로하는 모양이나 그도 역시 치마자락으로 자조 자기 얼골을 씻는다.

배 안에 드러와 앉은 노동자 둘도 두 손으로 얼골을 가리고 흙흙 느껴운다. 방 안에 잇는 사람들은 마치 무엇에 놀랜 사람들 모양으로 믁믁히² 서로 얼굴들만 쳐다본다. 퉁퉁퉁퉁 하는 기게 소리와 물결 소리만이 들려온다. 두 노동자는 인제는 소리를 내서 엉엉 운다. 이 꼴을 보다 못한 사람 하나가 “저러케 설을 것을 떠나긴 왜 떠낫노!” 하고 말로 하다가 말을 채 못마추고 힝 하고 코를 푸러버린다.

이리하야 그들은 고향을 떠낫다. 열흘 만에 그들은 더 큰 배로 옴겨탓다. 이 큰 배에는 벌서 대국인(중국인)이 백여 명이나 타고 잇섯다. 그러나 거처하는 방은 조선 사람끼리 잇도록 따로 배정이 되엇다. 넓직한 방 안에 삼십 명을 한데 몰아너코 시컴언 담료 한 개씩을 주엇다. 바닥은 마룻바닥인데 때가 무더서 끈적끈적하고 벼개로는 짚으로 단을 묵거놋핫는데 몇 일이 못 되어 그 짚이 이리저리 빠저 흐터저서 선실은 마치 도야지우리처럼 짚이 너저분히 흐터저 잇게 되엇다.

2　믁믁히 또는 먹먹히.

방 안은 사시 어둑신한데 무슨 내음새인지 송장 썩는 내음새 같은 내가 떠나지 안는다. 방 안 한편 벽에는 똥그란 유리창문이 잇는데 내다보면 언제나 물만 보이엇다. 곧 그들의 방은 완전히 물속에 잠겨 잇는 것이엇다.

이 굉장히 큰 배가 떠나자 얼마 안 잇서서 조선 사람 삼십여 명의 대표로 열 사람에 하나씩 대표 세 사람을 뽑아 보내라는 통지가 왓다. 십여 명 사람이 대표로 나섯다. 그래서 제각기 제가 간다고 소동이엇다. 무슨 일로 대표를 뽑는지는 모르나 하여간 대표는 대표이엇다. 그래서 제각기 이 대표 되는 명예를 남에게 빼앗기지 안흐려 하는 것이엇다.

세 사람 대표에 열 사람이면 후보자가 넘우 만타. 무슨 방법으로든지 선출하지 안흐면 아니 되게 되엇다. 십여 명 자칭 대표들은 제각기 제가 갈 이유를 설명하느라구 야단법석이엇다. 한편에서는 주먹싸움이 시작되엇다. 여러 사람이 드러붙어서 겨오 뜨더말리엇다.

"힘 센 자가 가는 것이 합당하지!" 하고 키 크고 험상궂게 생긴 뚱뚱보가 씨근덕거리면서 호령하엿다. 개발회사에서 준식이가 말 물어볼 때 대답도 아니 해주던 그자이엇다.

"팔씨름해서 이기는 사람이 가기다." 하고 누가 웨첫다.

"그것 묘하다! 그래 그러자." 하고 누가 따라 웨첫다. 뚱뚱보는 능멸하는 듯이 좌우를 잠간 바라보더니 준식이를 향하야

"자, 그럼 이리 나오너라." 하고 꿀어앉으면서 팔을 내밀엇다.

준식이는 고개를 흔들엇다.

"난 아니 가겟소. 대표 가구 싶은 사람은 와서 팔씨름 하오."
하고 준식이는 사방을 돌아다보며 말햇다.

팔씨름이 시작되엿다. 끙끙 소리가 나고 니마 우에 핏줄이 이러서고 구경군의 우슴소리가 연방 나고 하여 열 사람이 돌려가며 팔씨름을 한 결과 마츰내 대표 세 사람이 결정되엇다. 뚱뚱보는 물론 당선되고 그 외에 어머

니와 이별하면서 울든 익삼이란 젊은 사람과 또 자기 동리에서 떡돌[3]을 한 손으로 들고 단엿노라구 노상 자랑하든 깨소금(얼골에 죽은깨가 만흔 고로 이런 별명을 자연 얻엇다)이 당선이 되엿다. 이리하여 그날의 대표 선거라는 어려운 문제는 해결이 되엇다.

5

해 질 때가 되어 대표를 부르는 명령이 왓다. 대표를 부른다! 대표를 부른다! 무슨 일이 잇나 보다. 당선된 세 대표는 위의가 당당한 태도로 문밖으로 나갓다.

선실에서는 의론이 분분하엿다. 대체 웨 대표들을 웨 불러내 갓을가? 더욱이 대표로 가겟다고 나섯다가 팔씨름에 락선된 친구들은 불평이 매우 만헛다. 아마 그 대표들은 이보다 조흔 딴 방으로 모시어 갓는지도 모른다. 무슨 이유로? 그것은 그들이 차자내려고 애쓰지 안엇다. 오직 대표들이니까 필경 그들에게는 무슨 조흔 일이 잇스려니 하고 생각하고 거기서는 여러 가지 공상을 세워놋는 것이엇다.

"그 사람들이 미국 가서까지 내내 우리 십장 노릇을 하면 어찌하노?" 하고 팔씨름에 네찌하고[4] 분하게 낙선된 뾰죽턱이가 걱정을 하고 앉어 잇다.

이때 문이 벌컥 열리드니 벌거케 상기된 뚱뚱보의 얼골이 나타낫다. 그는 가슴에 무엇인지 하얀 김이 문문[5] 올라오는 서양 철통을 안고 들어왓다.

"에익 고약한 놈들 같으니!" 하며 그는 그 통을 내려노앗다. 그 통속에 든 것은 밥이엇다. 그 뒤로 또 익삼이와 깨소금도 밥을 한 통씩 안고 들어왓다. 밥을 내려노코는 또 도로 나가버린다. 뚱뚱보는 도로 나가지 안코 방 안을 한번 휘둘러보더니,

---

3 떡을 칠 때 쓰는 판판하고 넓적한 돌.
4 '넷쩨를 하고'로 추정됨.
5 냄새나 김이 많이 느리게 피어오르는 모양.

"춘삼아, 너 가서 마자 가저오너라!" 하고 호령한다.

"무어요?"

"가서 그릇하고 반찬하구 받어 와. 난 또 대표 제기 무슨 대표인 줄 알앗더니. 밥 갓다 돌르는 대표야. 난 그 따위 대표 노릇은 안 할 테야. 어서 춘삼이 너 가서 바다 오너라."

"실쉐다. 대표로 뽑혓스면 대표 노릇을 해야지. 웨 나더러 가라고? 흥, 난 대표 아니야!" 하고 춘삼이가 대답한다.

방 안에서는 참앗든 우슴이 한꺼번에 터젓다. 분하게 낙선되엇든 뾰죽턱이는 만족한 듯이 크게 우스면서 한구석으로 가 앉으면서

"자, 어서 밥을 도르게." 하고 뚱뚱보를 향해 외첫다.

"그럼, 대표로 낫스면 대표 직분을 해야지." 하고 저편 구석에서 누가 맞장구를 친다. 아마 네째나 다섯째쯤으로 낙선이 된 사람일 것이다.

뚱뚱보는 방금 어느 한 놈을 잡어먹기나 할 듯이 방 안을 죽 둘러보드니 그대로 나이 어린 춘삼이(춘삼이는 열 아홉 살밖에 아니 뼷다)가 가장 적임자라는 듯이 그를 보고 다시 호통을 햇다.

"춘삼아. 너 내말 안 드르련? 주먹맛을 보고야 갈 테냐?"

"글쎄 난 대표는커녕 팔씨름도 아니햇는데 웨 나더러 가라구 그리시오? 대표를 하니까 평양감사나 한 줄 알앗나베. 참 기가 맥혀서."

춘삼의 말끝이 떠러지기 전에 뚱뚱보의 주먹이 춘삼이 볼 밑으로 쿡 백엿다. 춘삼이는 엑쿠 하면서 볼을 쥐고 쓰러지엇다. 뚱뚱보는 춘삼이의 목덜미를 잡아 이르키면서

"자 아직도 안 가겟단 말이냐? 그래." 한다. 다섯 살 된 아이를 더리고 가는 빼빼 마른 사람이 "저런 돼지 같은 놈 보아!" 하고 입속의 말로 중얼거린다. 춘삼이는 마지못해 이러나서 문밖으로 나갓다.

사오 일 후에 배는 어떤 항구에 다으더니 이번에는 일본 노동자를 또 한백 명 실헛다. 그러나 역시 딴 방에 잇게 되어서 잇따금 오르는 갑판 우에서나 만나볼 수 잇엇다. 또 설혹 중국, 조선, 일본 세 나라 노동자들이 서로 마

조 앉은대야 말들을 서로 통할 수 없으니 벙어리 마조 앉은 셈이엇다.

이튼날 아츰 일즉 일본 항구(횡빈)[6]에서 배가 다시 떠낫다. 이번 떠나서는 한 달 동안이나 다시 륙지 구경을 못 한다고들 떠들엇다. 그리고 인제 동양을 아조 떠나서 한 달 후이면 미국 땅에 도달된다구 한다. 이런 말을 듣고 나니 차차 멀어지는 횡빈 항구의 산이 퍽 아깝게 생각이 되엇다.

갑판에는 노동자들로 가득 차 잇섯다. 선실에 잇는 사람은 몇 명 안 되고 선객 거의 전부가 갑판에 나와 서서 서로 제각기 제나라 말로 무엇이라구 떠들면서 점점 히미해가는 육지를 바라보고 잇섯다. 마치 한 달 동안은 다시 보지 못할 육지를 다만 한 시라도 더 보겟다는 듯이 승객들은 벌서 안개 속에 잠기여 보이지 안는 육지 쪽만 멀거니 바라다보고 서 잇섯다. 그리다가 근처에 조고만 섬이라도 하나 나타나면 여기저기서 길게 기쁜 한숨을 쉬는 소리가 들리엇다. 따라서 와글와글 떠드는 소리로 더 크게 나다가 그 섬이 다시 멀리 수평선 아래로 사라저버리면 갑판은 다시 구슬픈 침묵 속에 잠기엇다.

6

횡빈을 떠난 지 벌서 열흘이 되엇다. 바다는 태평양이란 이름값을 하려는 듯이 마치 무연한[7] 평원처럼 잔잔햇다. 그러나 삽십 명 조선 노동자 중에 대여섯 사람은 배멀미를 해서 몇 일씩 고생을 햇다. 처음 이삼 일 동안에는 음식을 먹은 대로 다 토하더니 몇 일 지나는 동안에는 좀 나아져서 지금은 토하는 사람은 없이 되엇다. 그러나 서너 사람은 밥도 하로 한 끼를 먹으나 마나하 고 이러나서 바람 한번 못 쏘이고 그 더웁고 썩은내 나는 방 속에 꼼짝 못하고 누어 잇섯다.

---

6   요코하마. 일본 간토 지방에 있는 국제 항만 도시.
7   아늑하고 넓은.

준식이는 멀미는 조금도 없엇다. 그래서 공으로 주는 밥이라 난생처음으로 배가 불러서 더 먹기 실토록 밥을 만히 먹고는 벌서 몇백 번 도랏을 갑판 우를 빙빙 도는 것이 일이엇다.

어떤 날 밤이엇다.

준식이는 잠을 못 이루고 여러 가지 공상에 잠겨 잇엇다. 이러나서 갑판에라도 올라가볼가 햇으나 도모지 이러나기가 실혀서 그만두고 그냥 누어 잇엇다. 이런 극단의 타성이 간혹 사람에게 습래[8]하는 법이다.

이때 뚱뚱보가 차지하고 잇는 저편 한구석에서 갓분 숨소리가 들리엇다. 그리고는 꿍 하고 누가 잠을 깨이는 듯하더니 금시에 "엔키" 하는 외마대 소리가 낫다. 그러나 누가 "액키" 하고 놀라는 사람의 입을 무엇으로 트러막는지 그 웨치는 소리는 갑작이 중단이 되고 말엇다. 그리자 잠간 동안 침묵하더니 버스럭버스럭하는 이상한 소리와 함께 입 트러맥힌 가느단 비명 소리가 들려왓다.

준식이는 벌덕 이러낫다. 그리고 그 소리 나는 편을 바라다보앗다. 넓은 방 안에 저편 층층대 곁에 오직 불 한 개밖에 켜지지 안엇슴으로 그 소리 나는 쪽은 꽤 어둑신하여 잘 보이지를 안엇다. 그러나 거기서 확실히 어떤 두 그림자가 싸움을 하고 잇는 것만은 사실이엇다.

그는 벌덕 이러나 그 편으로 달려갓다. 준식이가 가까히 오는 것을 보고 우에 엎치엇든 사람이 얼는 저짝으로 도라눕는다. 깔럿든 사람은 그때에야 몸의 자유를 어더 이러나 앉는다. 그는 다른 사람이 아니고 춘삼이엇다.

"웬일이냐?" 하고 준식이는 춘삼이를 보고 물엇다. 그리고 모르는 체하고 도라누은 뚱뚱보의 잔등이를 바라다보앗다.

춘삼이는 입에 물리웟든 보선[9] 짝을 빼내버리고 흙흙 느껴 울기 시작햇다. 준식이는 벌서 모든 것을 직각햇다.[10]

---

8 습격하여 옴.
9 '버선'의 방언.
10 즉시 곧바로 깨달았다.

"에익, 즘생 같은 놈!" 하고 뚱뚱보를 한번 걷어차고 싶엇으나 꾹 참엇다. 그리고 쿨쩍쿨쩍하고 잇는 춘삼이를 가만히 잡아 이르키엇다.

"울지 말고 저기 내 자리에 가서 자라." 하고 그는 춘삼이를 달래엇다. 춘삼이는 말없이 이러서서 따라왓다.

준식이는 자리로 도라와 춘삼이를 옆에 누이고 자기도 누엇다. 선[11] 안은 탁탁□□ 더웟다. 그래서 아모도 담뇨를 덮고 자는 이는 없엇다. 모두 바지 저고리를 입은 채 그냥 쓰러져 자는 것이엇다.

준식이는 춘삼이의 자는 얼굴을 드려다보앗다. 히미한 불 아래 그의 얼굴은 창백하게 비취인다. 그는 다시 눈을 굴려 그의 반듯이 누은 몸을 바라다보앗다. 둥그스럼한 억개의 곡선과 엉덩이의 곡선이 말할 수 없는 강한 힘을 가지고 그의 마음을 잡아끄럿다. 머리맡에 되는대로 내뻗친 두 팔을 보앗다. 소매 밖으로 드러난 팔에는 살이 포동포동 쩌 잇다.

준식이는 나이 삼십이 되도록 아직 여자를 건드려보지 못햇다. 부모도 없이 남의 집에서 머슴살이나 하던 그에게 여자라는 사치품이 생길 재간이 없엇다. 그런데 오늘밤 그의 옆에는 한 젊은 사내가 누어 잇다. 이 사내는 방금 어떤 즘생 같은 놈의 성욕에 히생이 될 것을 자기가 구해 가지고 온 것이다.

준식이는 흥분되엇다. 그리고 왼몸에 열이 올랏다. 그는 가만히 마치 도적놈이 만져서는 안 될 남의 보물을 몰래 만져보드시 춘삼이의 팔을 손바닥으로 쓸어보앗다. 어떤 짜르르한 흥분이 그의 전신을 부르르 떨게 하엿다. 그는 몸을 반쯤 이르키엇다. 춘삼의 입술이 눈앞에 나타낫다. 그는 입술 밖에 아모것도 못 보는 듯햇다. 춘삼의 얼굴 전체가 그 입술로 변하여버린 것처럼 보이엇다.

준식이는 부지불각 중에 춘삼이를 꽉 그러안앗다.

그 순간 그는 "에이 더러워." 하고 혼자 중얼거리며 벌떡 이러낫다. 그리

11 원문이 훼손되어 거의 판독할 수 없으나 '선실'인 것으로 보임.

고 그는 저 자신을 멸시하엿다.

준식이는 혼자 갑판으로 올라갓다. 갑판 우에는 아모도 없고 히미하게나마 불빛이 빛온이는[12] 선실에 비하야 매우 캄캄하다. 그는 손으로 더듬더듬하며 난간에까지 나가서 써늘해진 쇠난간에 몸을 기대이엇다. 눈앞에는 오직 캉캄한 밤이 조을고 잇슬 따름이다. 발밑에서는 쏴쏴 하는 소리를 내며 검은 물거품이 쉴 새 없이 끌어오른다. 모터의 쿵쿵거리는 소리가 맛치 멀리서 들리는 것처럼 들려온다. 배는 어둠을 뚜르고 물결을 헤치며 쉬지 안코 앞으로 나가는 것이다.

준식이는 하눌[13]을 처다보앗다. 보석을 뿌린 방석처럼 수만흔 별이 반짝거리고 잇섯다. 북두칠성, 삼태성,[14] 은하수 하고 그는 별들을 차저보앗다. 배는 이리 기웃 저리 기웃 하며 밋그러지듯이 나아간다. 사방에는 오직 공허와 어둠뿐이 웃고 잇섯다.

아모런 잡소리도 없고 오직 쏴쏴 하고 물결 헤치는 소리와 어디 멀리서 들려오는 듯한 기게 소리만이 대양의 맥박 소리처럼 들려왓다.

몇 시간이나 준식이가 거기 그러케 의식을 일코 서 잇엇는지 누가 어깨를 툭 치는 바람에 준식이는 화닥닥 정신을 채렷다. 춘삼이엇다.

"아저씨 웨 잠 안 자고 여기 나와 계시우?" 하고 묻는 그의 목소리에는 어제밤 자기를 수치에서 구원해준 그 은혜를 감사한다는 은근한 감사의 정이 섞인 목소리이엇다. 잠간 동안 준식이는 춘삼이를 대하기 부끄러운 생각이 낫으나

"해 뜨는 구경하려고!" 하고 준식이는 얼른 대답햇다. 벌서 날이 밝아오는 것이엇다.

"난 자고 깨여보니 안 게시길래 올라와 보앗지." 하며 기지개를 한번 하고 역시 난간에 기대서서 벌거케 밝아오는 동안 동쪽 수평선을 바라다본

---

12 비추이는.
13 '하눌'의 방언.
14 큰곰자리에 있는 자미성을 지키는 별.

다. 거기는 새벽 뿌연 안개가 하늘과 물을 편접[15]식히어노앗다.

싸늘한 바람이 지나가자 준식이는 몸을 흠칫하고 한 번 떨엇다. 준식이는 다시 춘삼이를 바라다보앗다. 어제 밤에 일어나든 불순한 생각은 벌서 어디로 사라저버리고 오직 순결하고 고귀한 사랑의 정이 샘솟듯 함을 감각 햇다. 준식이는 춘삼이 어깨 우에 손을 언젓다. 태양이 불끈 수평선 우으로 올라왓다.

6(7)

다 왓다! 다 왓다! 얼마나 반가운 소리냐? 이십여 일이나 오직 물과 하늘과 하눌과 물만 보든 그들이!

"육지가 보인다! 산이다. 섬이다." 하고 웨치는 소리를 들을 때 그들의 눈에는 부지중 눈물이 핑 돌고 옷싹 소름이 끼치는 감각을 금할 수 없엇다.

모두가 갑판 우으로 뛰처 올라갓다. 배멀미로 누웟던 사람들도 이 소리에는 벌덕 이러나 갑판으로 뛰처 올라왓다.

파란 산이 눈앞에 나타낫다. 누구나 그 산을 안고 입이라도 마촐 만침 애착심이 생김을 금할 수 없엇다.

"여기가 미국인가? 여기가 황금이 뒤굴뒤굴 구는 미국인가?"

갑판에는 대혼잡이 계속되엇다. 일본말, 중국말, 조선말이 뒤섞여서 떠들어대는 속으로 선원들이 또 무에라구 고함을 꿱꿱 지르며 오고 간다. 선실 안에서는 모두 보따리들을 꾸리기 시작한다. 그까짓 봇짐 다 집어 싸래도 단 두 초 동안이면 쌀 것이언만 하도 오래간만에 육지에 이른 기쁨에 어서 내릴 준비라도 일즉 해보자는 판국인지 공연히 보따리를 쌋다가는 다시 풀엇다가는 또다시 싸고들 앉어 잇다.

육지가 뵈이기 시작한 후에도 배는 하로 종일 더 갓다. 적은 섬 큰 섬을 몇

---

15 '편접'의 오기 또는 偏接(편접)인 듯함. '서로 맞닿다'는 의미로 쓰인 듯함.

십 개를 지나갓다. 그날 밥도 잘 안 먹고 갑판으로 선실로 부접을 못하고[16] 오르락내리락 하는 이 수만흔 사람의 초조도 나는 모른다는 듯이 배는 가까이 섬에 갓다 대지 안코 멀리 슬적슬적 지나처버린다.

저녁이 훨씬 기우린 다음에 배는 항구 안에 들어섯다. 그리고 멀리 집들이 보이고 부두엔 사람들이 개미 새끼만큼씩 하게 보이는 곳에 배를 멈추어 버렷다. 그리고는 모두 갑판 우흐로 올라오라는 통지가 왓다. 이제야 내릴 때가 되엇구나 하고 모두 더러운 보따리들을 하나씩 들고 갑판 우흐로 올라왓다.

청인은 청인끼리, 일인은 일인끼리, 조선 사람은 조선 사람끼리 학교에서 체조하듯 갑판 우에 줄르르 세워노핫다.

준식이는 갑판에 죽 나선 조선인 떼를 보고 불쾌하야 얼굴을 도리켯다. 그들이 입은 힌 옷은 二十(이십) 일 배간에서 뒹군 표로 아모리 노동자의 눈엘망정 거슬릴 만침 새캄아케 되어 잇섯다. 이런 경우에는 차라리 청복이나 일복이 낫겟다. 그것은 본대가 검어키 때문에 때가 아모리 끼여서도 얼른 드러나지 안치만는 힌 옷에는 때가 무더노니까 아주 괴악한 꼴이 되고 말앗다.

항구로부터 조고만 증기선이 두어 척 나오는 것이 보이드니 한참 만에 히고 깨끗한 양복을 입은 양인 서넛이 승객들 세워노흔 앞으로 와서 관상이나 보는 듯이 얼굴을 모두 자세자세 들여다보고 지나간다. 그 뒤로 안경 쓴 사람 하나가 따라오면서 승객 수효를 세이고 잇다.

다시 도로 선실로 내려가라는 명령이 내렷다. 어떠케 하는 셈인지를 도모지 알 재간이 없엇다. 머뭇머뭇하고 잇노라니까 선부들이 뭉치[17]를 들고 와서 막 때려 내려쫏는다. 과거 二十(이십) 일 동안 선부들이 그러케 못된 줄은 모르고 왓는데 지금 마그막 날 보니 참으로 고약한 놈들이엇다. 사람을

---

16 한곳에 붙어 배기거나 견디어내지 못하고
17 몽치. 짤막하고 단단한 몽둥이. 주로 사람이나 동물을 때리는 데에 쓰며, 예전에는 무기로도 썼다.

막 즘생을 몰듯이 몽동이로 몰아서 한 사람도 남기지 안코 선실 속으로 몰아 너헛다. 그리고는 층층대 문을 꽉 다더버렷다.

조금 잇더니 배는 다시 떠나는 모양이엇다. 웬 영문인지를 알 재간이 없엇다. 그럼 여기가 미국이 아니엇든가?

다시 배가 머물엇다. 밖에서 사람들의 요란히 떠드는 소리가 들려왔다. 그리고 우흐로 쿵쿵거리며 뛰여단니는 발자국 소리가 요란햇다. 한참 잇더니 선실 문이 벌컥 열리며 머리 깎고 양복 입은 조선 사람 하나가 무슨 책을 들고 문 어구에 나타낫다.

"세훈이!"

"에."

"이리 나와."

세훈이는 보따리를 들고 어정어정 거러 나갓다.

"이리 올라와."

세훈이는 층층대를 올라 문밖으로 나갓다.

"익삼이."

"예."

"이리 와."

이리하야 한 사람씩 불려 나갓다. 스물다섯 사람이 불려 나가고, 아직 준식이와 춘삼이와 또 다른 사람 셋이 남어 잇는데 양인 복장 입은 사람은 책을 덮어 들고 문밖으로 나간다. 춘삼이가 뛰여 나가며 그를 불럿다.

"여보세요. 우리는 웨 안 나갑니가?"

문을 다드려는 양복장이는 다시 얼굴을 드리밀고

"당신은 아직 한 보름 더 가야 합니다. 여기는 하와이니까 하와이서 내린 사람만 불러내 가지오."

하고는 다시 무슨 말을 물어볼 새도 없이 문을 홱 닫고 가버렷다. 어둑신한 방 안에 남은 다섯 사람은 마치 벼락 마즌 사람들처럼 서로 마조 바라다보고만 서 잇섯다. 이것은 도모지 이해할 수 없는 일이엇다. 여지껏 그들 생각에는 삼십 명 모두가 한 곳으로만 가는 줄 알고 잇엇다. 다 가치 개발회사에서 뽑은 사람들이 아닌가? 그리고 또 그들은 미국으로 가는 줄만 알고 잇엇다. 그런데 여기는 하와이라고 한다. 그러면 다른 사람들은 모두 여기서 내리고 이 다섯 사람만 아직 보름을 더 가서 참말 미국까지 가게 되는 것인가?

갑판에 올라가 모양이라도 보려고 문을 열려 하엿으나 문은 굳게 잠겨 잇엇다. 그들은 그 선실 안에 감금된 것이엇다. 밖에서는 사람들의 요란한 소리가 들리고 창문에는 물결만이 철벅거릴 따름이다.

<h1 style="text-align:center">8</h1>

똥그란 창문 밖에 철럭거리는 바다물이 새캄해진 것을 보아 밤이 된 것을 알 수 잇엇다. 저녁밥 받어다 먹으라는 통지도 없이 다섯 사람은 그 어두운 방 안에 가쳐 잇엇다. 갑판 우흐로 쿵쾅거리며 단니던 사람의 발자최도 없어지고 배의 모터 움직이는 소리도 없이 사방은 한없이 고요해지고 말엇다.

준식이는 갑작이 몇 일 전에 어떤 선부에게서 들엇든 일이 생각낫다. 배가 파선이 되게 되면 로동자 승객은 쥐새끼들과 함께 바다 속으로 드러가고 말 것이다! 방금 배는 무한히 깊은 바다물 속으로 천천히 미끄러져 들어가는 것같이 생각이 되엇다. 아니 벌서 바다 밑까지 왔는지도 모른다.

그는 눈만 꺼벅꺼벅하며[18] 한편 구석에 웅크리고 앉어 잇는 네 사람을 바라다보았다. 저 사람들과 나, 우리의 최후는 얼마 멀지 안엇는가 하는 생각이 나서 그는 몸을 떨엇다. 방 안 공기는 무겁고 내음새는 고약하다.

아, 쥐새끼들처럼! 쥐새끼들과 함께!

---

18 껌벅껌벅하며(북한어).

이때 문이 열리며 선부 하나가 밥통을 들고 들어왓다. 준식이는 위선[19] 안심하는 한숨을 내쉬엇다. 아직 쥐새끼들처럼 바다물 속에 가라안기는 안은 모양이다. 춘삼이는 이 선부에게 여러 말을 물어보앗스나 선부는 나는 모른다는 듯이 손고락으로 방금 드러온 밥을 먹으라고 지시한 후 도로 나가 버리고 말엇다. 준식이가 뒤따라가서 문을 밀어보니 문은 굳이 닷기어 잇엇다.

확실히 그들은 이 안에 감금된 것이엇다. 그리고 왜 감금되엇는지 그 이유를 알아낼 재간이 없엇다. 그들이 그날 저녁을 잘 먹엇슬 리가 없다. 배는 곱흐건만 아모도 밥을 떠먹으려 하지 안앗다.

그들의 가슴에는 지금 곱흔 배보다도 더 무서운 불안과 공포와 의아가 가득 차 잇는 것이엇다.

다섯 사람은 무슨 두려운 것을 예기하는 것처럼 득득히 앉어 잇섯다. 그리고 잇따금 침묵을 깨뜨리는 간단한 회화도 겨오 들리락 말락한 속색이로 교환되엇다. 공포에 붓잡힌 사람은 제자신의 목소리에도 놀래기 때문에 목소리를 내서 이야기 아니하는 것이다.

물론 그들에게 잠이 올 리가 없엇다. 밤이 깊어감을 따라 신경만 더 날카라와저서 귀를 기우리고 밖에서 생기는 소리를 엿드러보려고 애쓰는 것이엇다.

자정이 훨신 넘엇다고 생각되는 때에 덜그럭덜그럭 하더니 층층대 우 출입문이 열리엇다. 다섯 사람은 한편 구석에 모둥켜 앉어 잇는 채로 문 어구 쪽을 전 정신을 다해 바라다보앗다. 한 줄기 희망이 그들 머리를 스치고 지나간 것이엇다.

웩 하는 소리가 나더니 몇 명의 사람이 마치 무엇에 쫓겨 가는 사람들처럼 몰리어 들어왔다.

"아 왜들 도로 쫓기어 오오?" 하고 춘삼이가 웨쳣스나 이 새로 드러온 손

19 우선.

님들은 그 소리는 들엇는지 못 들엇는지 자기네끼리 알아듣지도 못할 말로 무엇이라구 떠들고 잇엇다. 뭇지 안코 그들은 조선 사람이 아니고 청국 사람인 것을 알 수 잇엇다. 이 청국 노동자가 한 이십 명 몰려 들어오자 문은 다시 닷치어버렷다. 그들까지 한 방에 감금되어버린 것이엇다.

그들은 더욱더 괴상하게만 되어가는 그들 처지를 어떠케 해석해야 할른지 알 수 없엇다. 방금 밀려 들어온 중국인들의 떠드는 품을 보아 그들도 어쩐 영문인지 모르는 모양 같앗다.

준식이는 그중 한 사람에게로 가서 왼갖 몸짓과 손짓을 다하여 그들의 처지를 물엇다. 그러나 그들의 대답도 조금의 해결도 보여주지 안햇다. 준식이가 그 청인의 손짓에서 대강 해독한 뜻은 그 청인들도 웬일인지 여기서 내리지 못하고 자기네 방에 감금되엇다가 지금 이 방으로 모두 쫓기어 들어온 것이엇다.

잠시 후에 그러케 떠들기 조하하는 청국인들도 조용해지고 말엇다. 그들도 다섯 조선 사람처럼 쭈그리고 앉아서 눈만 꺼벅꺼벅하고 잇엇다.

어떤 사람은 "나는 모른다" 하는 듯이 벌서 잠을 자버리엇다. 그러나 준식이는 그리 쉽사리 잠을 들 수는 없엇다. 한참 더 잇더니 문밖에서는 뚤뚤 뚤뚤 하는 요란한 소리가 나기 시작하엿다.

뚤뚤뜨르르 떨크렁 쾅 하는 소리가 나다가는 잠간 머지고 버렷다가는 다시 나고 한다. 준식이는 그것이 무슨 소리인지를 안다. 횡빈서 경험이 잇섯든 것이다. 그 소리는 곧 짐을 내리우거나 싯는 소리이다.

'그러면 이 배는 지금 짐을 싯거나 그러지 안으면 부리운다.' 하고 그는 혼자 생각하엿다.

벌서 사방에서 코고는 소리가 들리엇다. 그 코고는 소리가 한편으로는 미웁기도 하고 또 한편으로는 부럽기도 햇다. 이미 내 힘으로 못할 일이니 걱정할 것이 무엇이냐? 그져 되어가는 대로 내맛기고 나는 잠을 잘 것이 아니냐? 하고 혼자 속으로는 작고 싸와보앗으나 그것은 쓸데없는 일이엇다. 그는 잘 수 없엇다. 더욱이 코고는 소리가 그를 못 견댈 만침 흥분시키엇다.

웨 잠을 자면 좀 조용히 못 잘가? 그는 자기 바로 옆에서 코를 드르렁 드르렁 고는 청인의 얼골을 향하야 벼집 벼개를 내던지엇다. 어더마즌 청인은 웅 하고 도라누우면서 코고는 소리를 멈첫다. 그러나 그 방에는 코고는 사람이 이 사람 하나뿐이 아니엇다. 사방에서 들려오는 것이엇다. 준식이는 상기된 눈으로 사방을 둘러보앗다. 그러나 별 재간이 업엇다. 벼개로 어더 맛고 잠간 끗치엇든 청인이 다시 드르릉드르릉 시작한다. 준식이는 허리를 비꼬면서 두 손으로 귀를 막고 업대여버렷다.

9

사람은 역시 자도록 만든 것이다. 준식이가 그러케 잠 못 드러 밤새도록 애를 썻는데 새벽녘이나 되여 부지중 준식이도 잠이 들어버렷든 것이다.

그러나 그 잠은 평화치 못한 잠이엇다. 별 괴상하고 별 무서운 꿈을 만히 꾸엇다. 준식이가 미국에를 무사히 내렷는데 큰 길거리에서 난데없는 범이 나타나서 준식이에게로 달려들엇다. 그 서슬에 후닥닥 깨여나니 벌서 날이 밝아 층층대 옆에 켜노핫든 등불도 없어지고 훤한 밝은 빛이 선실 안에 가득 차 잇섯다. 춘삼이가 빙글빙글 웃으면서

"웬 한 잠고대를 그리 하시우?" 하고 바라다본다. 준식이는 입맛을 쩍쩍 다시면서 이러나 앉엇다. 배가 흔들흔들 한다.

"배가 떠낫나?" 하고 준식이는 놀라서 물엇다.

"예, 식전 새벽에 떠낫습니다." 하고 춘삼이는 가장 태연스럽게 대답햇다. 춘삼이는 이 태연스런 태도가 밉게 보이엇다. 배가 곱프다. 어제저녁 한 끼를 못 먹은 배는 한 끼 굶어서 이러케도 심할가 할 만치 몹시 곱프다.

"조반들 먹엇나?" 하고 준식이는 특별히 어느 누구에게가 아니라 일동에게 무럿다.

"예. 벌서 다 먹엇읍니다. 조반을 자시라구 아모리 깨워도 어디 이러나셔야지오. 오늘 아침에는 특별히 갈비국을 끄려다 주길래 참 맛나게 잘 먹엇

는걸요." 하고 춘삼이는 그 맛을 한번 다시 회상한다는 듯이 혀로 입술을 빨앗다. 준식이는 반신반의하여 다른 사람들을 쳐다보앗다. 다른 사람들은 모두 말은 아니하고 빙그레 하고 우섯다. 그 빙그레 웃는 것이 춘삼이 말을 시인하는 것 같기도 하고 또는 자기를 골려주는 것이 우스워서 웃는 것 같기도 해서 정확히 알아낼 수가 없엇다.

살이 퉁퉁 찌고 가장 심술굿게 생긴 일준이는 마치 미친놈처럼 멀거니 한구석만 바라다보고 잇다. 그놈이 퍽도 미워 보이어서 따귀를 한 개 갈기고 싶엇다.

준식이는 입술을 한 번 할탓다. 조반을 노첫고나 하고 생각하니 배는 배나 더 곱픈 것 같앗다. 아모래도 빙글빙글 웃는 춘삼이 얼굴이 수상하다. 그는 그들과 조금 새이를 두고 둘러앉어서 멀거니 서로 얼굴들만 마조 바라보고 잇는 청인에게로 갓다. 가서 손짓으로 먼져 배를 만진 후 밥을 먹는 숭내[20]를 내고 고개를 한 번 끗덕하고는 다시 도리도리 흔들엇다. 먹엇나 아니 먹엇나 무러보는 것이엇다. 청인 노인은 방그레 우스면서 고개를 설네설네 흔든다. 아하 그러면 춘삼이에게 속은 것이엇다.

"아, 요놈이." 하고 준식이는 달려들어 춘삼이 바른 팔을 붓잡아 비틀어서 잔등이에 갓다 대엿다.

"아이고 아이고." 하고 춘삼이는 엄살을 한다.

"할아버지 잘못햇소, 하구 항복해라."

"아이고 아이고." 하고 춘삼이는 엄살만 할 뿐이고 항복은 아니한다. 준식이는 자기 무릅 아래 꿀리어서 엄살을 하고 잇는 이 소년이 갑작이 한없이 귀여워젓다. 몇 일 전 새벽에 갑판에서 가치 해 뜨는 것을 바라보든 그때보다도 더 사랑스러웟다. 마치 그는 자기의 친동생 같앗다.

이 귀여운 소년과 이러케 작난치고 잇는 것이 말할 수 없는 행복된 감정을 퍼부어주엇다. 그는 애처럽게 엄살하는 소년을 더 애태울 수 없어서 그

---

20 '흉내'의 방언.

냥 노하주엇다. 춘삼이는 우스면서 저편으로 벌벌 기어 도망질친다. 왼 방 안 사람이, 청인들까지 모두 한 번 하하 하고 크게 우섯다. 오직 일준이만이 나무로 만들어 앉힌 사람 모양으로 멀거니 한편 구석만 바라다본다. 청인들은 자기네끼리 무엇이라고 설명을 해가며 소리내서 웃는다.

준식이는 참으로 행복스러웟다. 이 한순간 준식이는 이 세상에서 가장 행복스러운 사람인 것 같앗다. 그리고 이 침침한 방 안일지라도 준식에게 이 일순간의 행복을 주기 위하여 행복의 신은 이 청인들의 가슴에 우슴을 타고 나아온 것이엇다.

"하하!" 하고 준식이도 소리내 우섯다. 그리고 그의 눈에 넘쳐흐르는 눈물을 남에게 보이지 안케 하기 위하여 얼골을 도리키고 어둑신한 구석으로 들어갓다. 그는 그 구석에 드러누웟다. 아! 무엇이라구 할 즐거운 기분인가. 사람을 사랑할 수 잇는 것, 자기와 알 수 없는 위험 속에 빠져 잇는 한 소년을 자기 친동생처럼 귀애할[21] 수 잇는 것, 이것처럼 행복된 일이 또 잇스랴!

준식이와 춘삼이의 이 조고만 연극이 잠간 동안 이 침침한 방 안의 공기를 완화시킴에 성공하엿다. "하하." 하는 우슴소리와 함께 이십여 명 사람들이 마음속 무거운 근심과 의아는 잠간동안 사라져 없어젓다. 그러나 그들의 얼굴에 나타낫던 우슴의 주름살이 펴짐을 따라 마음속 무거운 짐을 더 한층 강한 무게로 그들을 내려눌넛다. 도리어 이 때아닌 우슴은 일종 불가능한 것으로 한낫 독갑이[22] 작난처럼 보이게 되엇다.

이때 덜컹 하고 출입문이 열리엇다.

10

문이 열리엇다. 스물세 사람의 마흔여섯 개 눈은 일제히 그리로 쏠리엇

---
21 귀엽게 여겨 사랑할.
22 '도깨비'의 옛말.

다. 부처님같이 앉엇든 일준이까지도 이번에는 문짝으로 고개를 돌린 것이엇다. 그리고 모든 사람의 가슴의 고동은 급격한 속도로 울리기 시작하엿다. 그러나 방 안은 죽은 것처럼 조용해지엇다.

양인 선부 하나가 밥통을 들고 들어왓다. 홍 조반이다. 이번에는 대표를 뽑지 안코 양인 선부가 자작 대표로 임명을 한 모양이다. 그 뒤로 깨끗하고 흰 양복을 입고 금줄 테 두른 모자를 쓴 양인은 층층대 한 반쯤까지 내려와서 무슨 말을 시작하엿다.

조선 사람들은 그가 무슨 소리를 하는지 도모지 알아들을 수 없엇스나 청인들은 열심으로 귀를 기우리고 듣는다. 양인이 말을 마치고 나가자 청인들의 얼골에는 말할 수 없는 기쁜 빛이 떠돌며 자기네들끼리 무엇이라구 깩깩거리며 떠든다. 거의 조반 먹기를 이저버린 모양이엇다.

준식이는 양인 선부가 퍼주는 밥을 한 사발 받아든 채 다시 또 청인 영감에게로 갓다. 억개를 올리고 손을 휘휘 내젓고 눈을 크게 뜨고 하여 겨오 이제 그 양인이 무슨 말을 햇는지를 무러보는 뜻을 겨오 통하엿다. 영감은 빙그레 웃드니 흰 밥을 한술 떠 넣으면서 젓가락 든 손으로 뒤를 가리치면서, "하와이." 하고 다시 앞을 가리키면서 "메이꿔.²³" 한다. 그리고는 다시 그 손으로 자기 몸을 가리치고 또 준식이 몸을 가리치고는 앞으로 내 흔들면서 "메이꿔치, 메이꿔." 하고 반복하엿다. 준식이는 그 뜻을 알아들엇다.

"미국 말이요? 미국?" 하면서 그는 손으로 앞을 가리치엇다. 영감은 고개를 끄덕끄덕하며 "메이꿔 메이꿔!" 하고 되푸리한다.

준식이는 이 즐거운 소식을 다른 조선 사람에게 큰 소리로 전파하엿다. 어제 밤에 머물엇든 곳은 미국이 아닌 하와이이다. 그리고 그들은 지금 미국을 향해 가는 길이다!

금시에 왼 방 안에는 화기와 즐거움이 가득 찼다. 구석만 바라보고 앉엇

---

23 메이꿔. 미국.

든 일준이까지도 흥이 나서 밥을 먹다 말고 육자배기[24]를 한 곡조 을펏다.

그날 아침 조반이 얼마나 맛이 잇엇는지……

그날 오후에 다시 그들은 갑판 우에 올라갈 자유를 얻엇다. 그러나 그들이 단닐 수 잇는 갑판은 이전보다도 훨신 좁아젓다. 굵은 동아줄을 매여서 그들이 거닐 수 잇는 갑판의 면적을 제한한 것이엇다. 그리고 양인 선부 두엇이 이전처럼 권투를 하며 놀지 안코 노동자들의 노는 꼴을 재미난 듯이 바라보고 서 잇엇다.

이러케 몇 일 지나는 동안에 준식이는 좀 이상한 것을 발견한 듯했다. 어째 이 양인 선부들이 잠시도 떠나지 안코 자기네들을 감시하는 것처럼만 생각이 되는 것을 금할 수 없엇다.

어제 밤에 그는 자정이 훨씬 넘은 뒤 소변이 마려워 잠을 깨엇을 때다. 그는 양인 선부가 문을 열고 내려오는 것을 보앗다. 그리고 그 양인이 준식이가 깨여 이러나는 것을 보고 퍽 당황한 빛으로 준식에게 어서 누으라는 손짓을 햇다. 준식이가 오줌이 마렵다는 손짓을 햇더니 양인은 퍽 안심하는 기색이 보이더니 고객을 끄덕끄덕하고 허락하엿다.

양인은 준식이가 소변을 보고 다시 자리로 도라와서 누울 때까지 층층대 한가운데 서서 내려다보는 것을 보앗다.

준식이가 다시 자리에 누은 때 양인은 다시 한번 방 안을 둘러보고는 발자귀[25] 소리 아니 나게 가만가만 거러서 문밖으로 나갓다. 그리고 조금 뒤에 준식이는 출입구를 밖으로부터 빗장[26] 찌르는 짜르릉 소리를 드럿다. 아모래도 좀 수상스러웟다. 그래서 준식이는 소리 아니 나게 다시 이러나서 출입문을 밀어보앗드니 그것은 굳게 쇠 채와 잇섯다. 이것은 배가 하와이에 닷기까지에는 없는 일이다. 왜? 무엇이 염려되어서 방 안 사람이 모두 잠잘 때 그 문을 쇠 채와두는가?

---

24 남도 지방에서 부르는 잡가의 하나.
25 '발자국'의 함경도 방언.
26 문을 닫고 가로질러 잠그는 막대기.

한번 의심을 하기 시작하면 끝이 없다. 그 이튿날 오후에 그가 갑판에 나갓을 때 동아줄 밖으로 휘파람 불며 왓다갓다하는 그 양인 선부들이 그들의 행동을 감시하여 위하야 와 잇는 것처럼만 생각이 됨을 금할 수 없엇다. 그리고 이전에 친햇든 필립핀 선부 까론쥬가 갑판 우에 나타낫을 때 준식이는 무엇을 좀 무러보려고 반가운 낮으로 그를 쫓아갓으나 그는 한 번 힐끗 돌아다보고는 못 본 체하고 거의 도망하다시피 딴 쪽으로 피하여 달아나 버리고 말앗다.

'이상하다!' 하고 준식이는 생각하엿다. 그러나 그것은 다못[27] 준식이의 착오인지도 모른다. 공연히 의심 아니할 일을 의심하는지도 알 수 없다.

그날 밤 준식이는 잠을 자지 안코 지켜보기로 햇다. 잠자라는 종을 친 후 서너 시간이나 지낫을 때쯤하여 양인 선부가 가만히 문을 열고 들어왓다. 준식이는 자는 체하며 어둑신한 구석에 머리를 틀어박고 이 양인의 동정을 엿보앗다. 양인은 한 번 왼 방 안을 죽 둘러보더니 누어 잠자는 사람의 수효를 손구락으로 하나둘 헤이기 시작햇다. 한 끝에서 다른 끝까지 다 헤여보드니, 그는 만족한 듯이 방그레 웃고 도로 고양이 거름을 하여 나아갓다. 그리고 준식이는 다시 문 빗짱을 찌르는 짤깍 소리를 들엇다.

11

그들이 감시를 받는 것은 확실하엿다. 그러나 그것은 무슨 필요 때문일런지 준식이는 도저히 생각해낼 수가 없엇다.

준식이는 이 발견을 춘삼이와 그 밖에 조선 사람들에게 알려주려 하다가 다시 한번 생각하고 그는 이 발견을 자기 혼자 알기로 작정하고 말엇다. 설혹 그들이 감시를 받고 잇는 줄을 모두 안댓짜 어떠케 할 재주가 없는 것이 아니냐? 공연히 즐겁게 지나가는 그들에게 고통을 가져다 줄 따름이다. 설

---

27 '다만'의 방언.

혹 양인들이 무슨 불측한 흉계를 품고 그들을 감시하는 것이라고 가정한달지라도 지금 그들의 처지로는 어찌할 재간이 없을 것이다. 쇠 채와두는 쇠문을 깨트리고 나간다는 것도 의문이오 또 나가면 갈 데가 어디이냐? 오직 훌륭한 태평양 물속일 것이다. 이러코 저러코 간에 아모런 도리도 없는 바에야 그저 모른 척하고 마그막까지 기다려 하회[28]를 보는 수밖에 없을 것이다. 그래서 준식이는 그런 기색도 내이지 안코 혼자 속으로만 알고 잇엇다.

그러나 사흘 나흘 지내가는 동안 첫번 놀랏든 그 놀람도 퍽 줄어지고 예사롭게 되고 말엇다.

하와이를 떠난 지 아마 열흘 만에 배는 다시 큰 항구에 들어와 다앗다. 그러자 그 배가 그 항구에(싼프란씨스코) 닷는 날 아침부터 준식이가 지나간 열흘 동안 혼자 가슴 태우든 괴상한 감시가 노골화(露骨化)해버리고 말앗다.

그날 아침 조반 후에 그들에게는 갑판에 올라갈 자유가 거절되엇다. 그리고 종일 방 안에 감금되어 잇섯다. 그날 오정이 조금 지나 배는 머무럿다.

그러나 그들은 그들이 어떤 항구에 와 다앗는지를 볼 수가 없엇다.

짐을 푸는 뜨르르르 소리가 들니기 시작하고 머리 우 갑판으로 분주스럽게 돌아단니는 요란한 발자취 소리며 선부들의 웨치는 소리를 들을 수 잇엇건마는 그날 종일 그들은 그 방 안에 감금되어 잇섯다.

방 안에는 다시 음침한 기운과 침묵이 떠돌앗다. 모두 어찌 된 영문인지를 모르겟다는 듯이 묵묵히 마조 바라보고 잇슬 따름이엇다. 이제나 저제나 하고 힌 양복 입은 양인이 와서 하나씩 하나씩 불러낼 때를 기다렷스나 해가 지도록 영 소식이 없엇다. 오직 그들이 아침에 부스럭 부스럭 싸노흔 보퉁이[29] 여기저기 노혀 잇어서 마치 그 주인들이 어서 내리게 될 때를 기다리고 잇는 모양처럼 보이엇다.

동구란 유리창으로 바곁을 내다보면 오직 누러우리한[30] 해변 물만이 용

---

28 어떤 일이 있은 다음에 벌어지는 일의 형태나 결과.
29 물건을 보에 싸서 꾸려 놓은 것.
30 은은하게 도는 빛이 누런.

소슴 치고 잇섯다.

그러나 이십여 명의 노동자는 한 사람도 감히 문깐으로 가서 소리를 지르거나 문을 뚜드리거나 하는 사람이 없엇다. 오직 어린 양들처럼 유순하게 힌 양복 입은 양인으로부터 지시가 내리기만 기다리고 잇섯다.

똥구런 유리문 밖에 용소슴치는 물이 새감애지고 방 안이 컹컴해젓다. 그러나 저녁도 안 들어오고 불도 켜주지 안는다.

"대관절 웬일일까요?" 하고 춘삼이가 걱정하는 기색으로 묻는다. 준식이는 아모 대답도 아니햇다. 무엇이라구 대답하랴! 만일 지금 어떠케 해서든지 이 귀여운 춘삼이를 기쁘게 해주엇스면! 그러나 그것은 준식이의 권능 밖에 일이엇다.

일준이는 다시 또 돌부처처럼 앉어서 한 구석만 멀거니 바라다보고 잇다. 인제는 그것좇아 어두워서 보이지 안는다. 음침한 방 안에 빛좇아 없어져버리니 마치 그 안은 생지옥 같앗다.

청인 영감이 누구와 무슨 이애기를 하는지 두런두런하는 소리가 들려온다. 어쩨 그 소리까지 처량하게도 들리고 조금 떨리는 듯도 하다.

준식이는 이 무거운 침묵을 어떠케 해서든지 깨뜨리지 안흐면 안 될 의무를 가진 것처럼 생각이 되엇다. 그래서 그가 연구하다 하다 하든 끝에 수심가[31]를 부르기 시작햇다. 그러나 그 수심가에는 흥이 없엇다. 두 줄을 못 불러 준식이도 그만 밀쳐버리고 싶엇다. 그런데 바로 등 뒤에서,

"듣기 싫다!" 하고 웨치는 소리가 들려왔다. 수심가는 뚝 끈치고 말앗다.

방은 먹보다도 더 깜애젓다. 손을 들어 눈앞에 갓다 대여도 뵈이지 안는다. 청인 영감의 두런거리는 소리도 끝히고 말앗다. 모두 다 벙어리가 된 것 같이 조용하엿다. 오직 잇따금 땅이 꺼지는 듯한 한숨 소리가 여기저기서 난다. 더러는 아침에 싸노흔 보퉁이를 벼개 삼아 드러누엇다.

배가 고파온다.

---

31 구슬픈 가락의 서도 민요의 하나. 인생의 허무함을 한탄하는 내용이다.

갑판에서는 발자취 소리도 없어지고 짐푸는 뜨르르 소리도 벌서 끝혓다. 오직 어둠 속에서 밤은 깊어간다. 잇따금 멀리서 들니는 듯한 배의 뛰— 하는 고동 소리가 들리는 듯하고는 뚝 끈허진다.

밤은 자정이 넘엇을 것이다.

이때 갑작이 한편 구석에서 무명을 쭉 잡아 끗는 듯한 강한 소리가 낫다. 모두들 몸에 소름이 오싹하엿다. 그리고 여기저기서 놀라서 비명을 발하는 소리가 낫다. 그리고는 다시 침묵하엿다.

12

누군지가 크게 우섯다. 몸에 소름이 끼치도록 흉악한 우슴이다.

"하하하하!"

"하하하하!"

어떤 청인이 무엇이라구 벼락치듯 웨첫다. 아마 우슴을 그치라는 명령일 겟이다.

"하하하하하!"

"이놈아 입닷쳐!" 하고 조선 사람의 웨치는 소리가 들닌다. 여기저기서 불평을 하소하는 웅얼소리가 들린다.

"하하하하하!" 하고 한 번 더 웃더니 그 우슴소리는 마치 날센 칼로 싹 베여버리듯이 중간에 뚝 끈쳐버렷다. 그 뒤엣 침묵이 그 우슴소리보다도 더 견뎌내기 힘들 만큼 무서웟다. 준식이는 누가 자기 무릅 우에 손을 언는 것을 감각햇다. 처음에는 흠칫 놀랏스나 그것이 춘삼이 손인 줄 직각하고 그 손을 붓잡아 끄러 당기엇다.

춘삼이는 머리를 준식이 무릅에 파무덧다. 준식이는 춘삼이의 츠렁츠렁한 머리를 가만가만히 쓰다듬엇다. 이때 준식이는 춘삼이 억개가 들먹들먹하는 것을 감각햇다. 춘삼이는 울고 잇는 것이엇다. 준식이는 무슨 말이고 해서 춘삼이를 위로해주고 싶엇다. 그러나 갑작이 적당한 말이 생각나지 안는다.

"왜 울어?" 하고 마츰내 그는 춘삼이 귀에 입을 대이고 속색이엇다. 이것이 그가 할 수 잇는 말의 전부이엇다. 그리고 그의 눈에서는 뜨거운 눈물이 흘러내림을 금할 수 없엇다.

"무서워요! 아저씨 무서워요!" 하고 춘삼이는 모기 소리만침 속색이엇다. 준식이는 그를 힘껏 껴안엇다. 마치 그가 춘삼이를 해하려는 왼갖 원수로부터 그를 보호나 한다는 듯이

"하하하하!" 하는 우슴소리가 또다시 터젓다. 준식이 품에 안긴 춘삼이 몸은 부르르 떨엇다. 어떤 억제할 수 없는 공포가 준식이에게도 엄습하는 것을 금할 수 없엇다. 마치 그 공포는 춘삼이의 몸으로부터 그 따스한 혈관을 통하여 준식이 몸속으로 폭주되어 들어오는 것 같앗다.

"하하……" 누가 이 미치기 시작하는 사람의 입을 무엇으로 트러 막엇는지 우슴소리는 뚝 끈치고,

"으응!" 하고 신음하는 목메인 소리와 버스락하는 몸부림 소리가 들리여 왓다.

준식이는 또 한 번 소름이 옷싹 함을 감각햇다.

"저 사람이 밋첫다. 누군들 안 미치랴! 춘삼이도 미치지나 아늘가? 나도 지금 미치지나 안엇는가?"

이때 출입문이 벌컥 열리며 환한 빛이 흘러 들어왓다. 어둠 속에 잇든 사람들은 이 빛을 보고 모두 눈이 부시여서 외면햇다.

힌 양복 입은 양인이 책을 들고 문 어구에 버티고 섯다. 그리고는 중국 말로 한참 무엇이라구 중얼거리드니 한 사람씩 한 사람씩 이름을 불러 내간다.

모두들 한숨을 내쉬엇다. 결국 목적지에 와서 내려가게 되는 것이엇다. 그동안 속으로 고민하고 걱정하든 것이 도로히 어리석어 보이엇다.

미친 사람은 그 이름을 불러도 모르고 잇슴므로 다른 사람이 더리고 나갓다. 문깐에서 입에 트러막엇든 것을 꺼내주니까 그는 하눌을 찌를 듯한

강한 목청으로 또 웃기를 시작햇다. 그러니까 양인이 얼는 도로 그의 입을 틀어막앗다.

준식이는 나아갈 준비로 보퉁이를 그러안으면서 춘삼이더러,

"자 보렴으나? 결국 무사히 내리게 되지 안니!" 하고 이번에는 참으로 그에게 기쁨을 줄 위로엣 말을 할 수 잇게 된 것이 즐겁다는 듯이 말햇다. 문간에서 내려와서는 불빛으로 준식이는 춘삼이 얼골에 나타난 만족하게 기뻐하는 미소를 볼 수 잇섯다. 춘삼이의 기뻐하는 꼴이 지금 그들이 목적지에 무사히 내리게 된 그 기쁨보다도 더 기쁘게 준식이에게는 생각되엇다.

청인을 다 불러 내간 후 맨 마그막으로 조선 사람들의 이름도 불럿다. 그들은 허둥허둥하며 갑판 우에 올라서서 오래간만에 서늘한 바다 밤공기를 마음껏 드려마시엇다.

달도 없이 어두운 밤이엇다. 그러나 항구 쪽을 보니 길거리를 환하게 아직도 불을 켜둔 곳도 잇고 그 좌우로 높고 시컴언 집들이 우둑우둑 서 잇는 것이 보이엇다.

'저기가 미국인가? 여기가 이제 내가 부자가 될 곳인가?' 하고 생각하니 어째 꿈같은 생각이 들엇다. 실재(實在)이기에는 너무 기쁜 일이엇다.

양인 선부들의 재촉을 받으면서 그들은 앞서 간 사람의 뒤를 따라 내려갓다.

육지려니 하고 내려갓더니 그 곳은 육지는 아니고 어떤 조고만 뽀루대(증기선)이엇다. 아마 이 조고만 배를 타고야 육지까지 가게 되나 보다 하고 별로 이상히 생각하지도 안코 갑판 걸상에 걸어앉어서 어둑신한 도회를 들여다보앗다. 그 집들은 바로 얼마 멀지 안은 곳에 잇는 것 같앗다. 잠시간에 거기 가서 닷게 될 것 같앗다.

"밤중에 내릴게 무어람! 객주집³²을 차저가얄 텐데 돈이 잇어야지!" 하고

---

32 객줏집. 예전에 남의 물건을 팔거나 흥정을 붙여주며 그 상인들을 재워주는 영업을 하던 집.

48

즐거운 염려를 하고 잇엇다.

통통통통하는 소리가 나더니 뾰루대는 슬쩍 큰 배를 떠낫다.

13

큰 배를 떠난 조고만 배는 육지로 향해 가지 안코 그 반대로 바다를 향해 나아간다.

배는 삐죽 나온 반도를 휘돌아 가지고 다시 넓은 바다 우으로 나왓다.

그러자 그 배는 벌서 바다에 닻을 주고 서 잇는 시컴언 배 앞에 와 다앗다. 불 하나 보이지 안는 시컴언 배는 마치 죽은 것 같앗다. 뾰루대가 기계를 멈추니까 사방은 갑작이 신비스런 침묵 속에 잠기고 쏴쏴 하는 물결 소리만 들려온다.

노동자들을 실은 배는 이 시컴언 큰 배에까지 와 다앗다. 그러자 양인 선부가 손구락을 입에 물고 획획 하는 소리를 두 번 냇다. 조금 잇드니 죽은 듯하든 배 갑판에 히미한 불이 하나 나타낫다.

"알로하[33] 호이!" 하고 큰 배에서 웨치는 소리가 들린다.

"알로하 호이!" 하고 작은 배에서 누가 맞장구를 친다.

무엇이 덜그럭 덜그럭 하더니 큰 배 우흐로부터 줄사다리가 하나가 내려왔다. 양인은 노동자들에게 그 줄사다리를 타고 올라가기를 명령하엿다. 그들은 당초에 곡절을 알 수 없엇다. 몇 사람이 어두운 가운데 줄사다리를 더듬더듬 올라갈 때 아래 남아 잇는 사람들은 소동하기 시작하엿다. 여기가 미국이 아닌가? 우리는 미국으로 오는 사람인데 여기서 내리지 안코 또 이 배를 바꾸어 타고 어디로 갈 것인가? 청인들이 자기네끼리 서로 물어보고 떠들기도 하며 양인에게 질문을 해보는 모양이엇다. 그러나 양인은 무엇이라고 성난 소리로 웨첫다. 그러자 떠들던 청인들은 금시에 조용해지고

---

33 만나거나 헤어질 때 하는 하와이 인사

말앗다.

물론 준식이나 춘삼이도 다시 또 다른 배로 옴겨 타는 이유를 알고 싶엇으나 어찌할 도리가 없엇다. 더욱이 양인은 청어를 하는 모양이나 조선어에는 전 깜깜이다. 그저 "하눌이 문허저도 소사날 구멍이 잇다"고 설마 무슨 큰일이야 생기지 안흐려니 하고 하여간 끝까지 가보리란 생각으로 묵묵히 뒤를 따라 줄사다리를 타고 큰 배로 올라 갓다.

그들이 이번에 가치게 된 방은 이전 것과 별로 크게 틀리는 것이 없엇다. 오직 방이 좁고 배 한 중앙이 되어서 사방으로 창문 한 개 없엇다. 그들이 전부 그 방 안에 들어서자 그들은 한 번 검열을 받고는 서양 떡을 한 개씩 어더 쥐엇다. 배가 고팟든 김이라 먹기는 하나 허벅허벅한³⁴ 것이 맛이 식큼한 괴상한 떡이엇다.

이 방에는 짚으로 만든 벼개일망정 없엇다. 그래서 그들은 각기 보퉁이를 벼개 삼아 누울 수밖에 없엇다. 보퉁이가 없는 사람은 팔고뱅이³⁵를 베는 수밖에 없엇다. 그리고 방이 좁아서 누으면 살과 살이 마조 닷는다.

그들이 식큼한 떡을 다 먹고 날 때쯤 해서 배는 떠나는 것 같앗다. 배가 푸들푸들 떨고 찌걱찌걱 소리가 나는 것을 보아서 출범한 것을 알 수 잇섯다.

모두들 걱정하는 기색으로 이제 또 어디로 끌려가는가를 토론하엿다.

이튼날 아침 깨여보니 그들이 드러온 방은 참으로 괴상한 감옥이엇다. 양인들이 무슨 까닭으로 그들을 이런 방 속에 감금햇는지 그들은 도저히 상상할 수가 없엇다. 양인들은 그들을 다려오누라구 한 달 동안이나 그저 먹여주지 아낫는가? 그러니까 그들을 죽이지는 아늘 터이지. 필연코 미국으로 더려다 주어 노동을 식여야 그 밥값이나마 도로 받을 것이 아닌가? 그러니까 결국 미국으로 더려가기는 갈 터인데 미국도 널븐 곳이니까 아마 다른

---

34 물기가 적고 퍼석퍼석한.
35 '팔꿈치'의 평북 방언.

항구로 가서 상륙시키려 하는 것이기 쉽다. 그러니까 별로 크게 염려할 것은 없다 하고 그들은 스사로[36] 위로햇다.

그러나 그들이 지금 감금된 그 방을 한 번 돌아다보고는 이상한 생각을 품지 안흘 수 없엇다. 사방을 다 돌아보아야 모두 절벽이다. 분명히 어제 밤에 드러온 문이 어데 잇기는 잇겟는데 어덴지 알 재간이 없엇다. 사방이 모두 꼭 같은 쇠담이엇다. 편철(片鐵)[37]을 나키 위하여 굵고 커단 쇠못을 줄줄이 박은 쇠담이엇다.

천장은 훨신 높고 그 우에는 집웅이 없고 쇠창살을 씨웟다. 팔뚝같이 굵은 쇠로 철창을 만든 것인데 나제는 빛이 그대로 드러와서 밝고 밤에는 불을 켜다가 철창살대에 매달아준다. 방 안 한편 구석에 대소변을 보는 구멍이 하나 잇다. 그 외에는 아모것도 없다.

그날부터 그들은 세수도 못 하고 갑판 구경도 못 햇다. 끼니때가 되면 양인 선부가 시큼한 떡을 가지고 와서 집웅 창살틈 으로 내려 던저주엇다. 그러면 노동자들은 아래서 그것을 한 개씩 받아먹는다. 마시는 물은 철창 새이로 드나들기 편하기 위하야 기름하게 만든 서양철 그릇에 담아 줄을 매여 느리워준다. 그리하면 그 그릇을 받아서는 이 사람 저 사람 돌려가며 마신다. 양인 선부는 우에서 줄 한끝을 잡고 잇다가 물그릇이 비이면 끄러올려서 물을 다시 담아 가지고 다시 드리워준다. 그리고 이 물도 꼭 하루 세 번 떡 먹은 후에 밖에는 아니 준다.

다른 때에는 아모리 목이 말라도 참고 잇서야 한다. 그리고 하로 세끼 푹석푹석하는[38] 떡만 어더먹고는 배가 고파 죽을 지경이엇다.

떡을 내려던질 때 배곱픈 형상을 하고 좀 더 달라구 애원해보앗으나 선부는 못 보는 체하고 떡 스물두 개만 던지고는 가버린다.

---

36 '스스로'의 방언.
37 쇳조각.
38 부피만 있고 매우 엉성한 물건이 자꾸 가라앉거나 쉽게 부서지는.

14

닷새가 지낫다.

이날 준식이는 배가 미국 닷든 날 미처서 우슴 웃든 그 청인은 이 배에 같이 오르지 안헛다는 것을 청인 영감을 통하여 처음 알앗다. 아모도 그가 어디로 갓는지 아는 사람이 업섯다.

날은 더워오기 시작햇다. 살이 맛닷는 좁은 방에서 그들은 무시로 땀을 흘렷다. 땀을 만히 흘리니 만큼 목이 더 말라왓으나 물은 하로 세 번밖에 더 아니 주엇다.

한두 사람이 웃통을 벗기 시작하더니 세 시간이 못 되어 왼 방 안 사람은 전부가 웃통을 버섯다. 끈적끈적한 남의 살이 무시로 와 닷는다. 그러나 그것을 실타 할 수 없는 형편이엇다. 버슨 웃몸에는 땀이 번즈르하게 흐르고 이 사람의 살이 닷는 곳에는 맛부비여저서 시컴언 때가 밀린다.

더욱이 살찐 일준이는 남보다도 배나 더 고민하는 모양이엇다. 한편 구석에서 입을 쩍 벌리고 헐떡헐떡하면서 안절부절을 하지 못하고 앉어 잇섯다.

엿새 만에 보니 그의 눈은 마치 죽은 소눈깔처럼 되어버렷다. 그리고 떡과 물밖에 먹은 것이 없것마는 설사를 시작하엿다. 몸이 무거워저서 대소변 구멍이 잇는 곳으로 자조 단니기가 거북한 고로 아주 그리로 옴가가 앉앗다 저녁에 떡을 안 먹은 고로 춘삼이와 다른 젊은 사람 두리서 노나 먹엇다. 떡은 아니 먹고 물만 혼자서 한 통을 다 마시엇다.

그날 밤 일준이가 몹시 고민하는 소리에 준식이는 잠을 깨엿다. 살진 두 팔을 공중에 들고 허우적허우적 하면서 깩깩 고함을 지르고 잇섯다. 준식이는 곧 달려가서 머리를 짚어보앗다. 열이 몹시 올은 모양이엇다.

일준이는 그 히멀끔해진 눈으로 천장만을 바라다보면서 무엇이라구 깩깩 소리를 지른다. 벌서 의식을 일헛는지 준식이가 간 것도 인식하지 못하는 모양이다. 준식이는 어떠케 해서든지 양인을 불러와야 될 줄 알앗다. 병이 낫스니까 무슨 약으로든지 치료하지 안으면 아니 되겟고 또 이 더럽고 내음새 나고 찌는 듯이 더운 방으로부터 옴겨 나가지 아니하면 아니 되리라구 생각햇다.

"여보, 양인!" 하고 그는 천정을 향해 고함을 질러보앗다. 그러나 아모 대답도 없엇다. 어떠케 저 천정까지 기어 올라갈 수가 없을가 하고 사방을 휘둘러보앗스나 어떠케 할 도리가 없엇다. 그는 잠자는 사람들의 팔다리를 밟지 안키로 조심하면서 사방 벽을 끼고 한 바퀴 죽 돌아보앗다. 혹 무슨 발도듬 될 것이 잇슬가 하고 차자본 것이엇다. 물론 발도듬 될 물건이 잇슬 리가 없엇다. 철편과 철편을 닛는 큰 못 우에 엄지발고락으로 올라설 수는 잇으나 우에 손으로 붙잡을 데가 없으므로 곳 미끄러저 떠러지엇다.

"아이구, 나 좀 나가게 해주, 나 좀 나가게 해주!" 하고 일준이가 소리를 지른다. 준식이는 다시 일준이에게로 가서,

"가만히 계시우, 내 양인을 불러볼 테니." 하고 말하엿으나 일준이는 준식이 말을 듣지도 못하고 준식이를 보지도 못하는 모양이엇다. 그냥 두 팔을 허우적거리면서,

"나 좀 나가게 해주." 하고 소리만 지른다.

"여보, 사람이 죽어가요. 누구 좀 오시오." 하고 준식이가 고래고래 소리를 지르는 바람에 방 안 사람들이 모두 놀라 깨서 어수선해지엇다. 그러나 아모도 나타나지를 안는다.

마츰내 준식이는 한 묘안을 안출하엿다. 그는 춘삼이와 그 밖 조선 사람에게 설명하여 사람 사다리를 노코 그 우에 올라섯다. 하는 일에 뜻을 알고 청인들도 몇이 와서 등을 보태주엇다. 준식이는 이 사람 사다리를 타고 올라가니 얼골이 창살에까지 와 다앗다.

그러나 창살 틈이 좁아서 고개를 밖으로 내밀 수는 없엇다. 그는 창살 두 개를 붓잡고 얼골을 우흐로 향한 후

"여보, 사람 살리우!" 하고 몇 번이나 소리를 질럿다.

뚜벅뚜벅 하고 발자최 소리가 나더니 사람의 그림자가 우에 나타낫다.

준식이는 더 한층 기가 나서 소리를 질럿다. 양국 말을 모르니까 그냥 조선말로 여러 가지 애원하는 소리를 햇다. 양인의 그림자는 아모 대답도 업이 창살 우까지 와서 내려다본다. 준식이는 한 손으로 일준이가 누은 자리를 연방 가리치면서 애원햇다. 그러나 양인은 대답도 업이 창살을 그러쥐인 준식의 손등을 발길로 툭툭 찬다. 그래도 준식이가 노치 안으니까 어데로 가드니 곤봉(몽둥이)을 들고 와서 창살 틈으로 너허 준식이를 떠바처주는 사람들을 내리 찔럿다. 엑쿠엑쿠 하더니 준식이를 떠바처 주든 사람 기둥은 문허저 업어젓다. 준식이는 창살을 그러쥐고 공중에 매달렷다.

"이 죽일 놈들, 이 오라지를 할 놈들이 ××××? ×놈들." 하고 준식이는 분이 꼭두 끝까지 나서 소리를 질럿다. 양인은 그 쇠몽치로 창살을 붓잡은 준식이 손을 사정업이 내려 갈긴다.

준식이는 이를 갈앗다. 죽어도 노치 안흐리라 하고 결심하엿다. 그러나 준식이 손은 감각을 잃헛다. 그래서 어더맛는 손을 노티 아니치 못하게 되엇다. 그러나 그는 한 손으로 매여달렷다.

양인은 다시 이편 손을 때리기 시작하엿다. 준식이가 육체적으로 또는 정신적으로 지옥 이상의 고통을 감각하면서도 그의 귀에는,

"나, 나가게 해주!" 하고 웨치는 일준의 소리를 들을 수 잇엇다.

15

준식이는 혀를 깨물엇다. 기절하는 듯하엿다. 그러자 그는 창살을 붓잡앗든 손을 마저 놋처버렷다. 그는 사람들의 억개 우흐로 굴러떨어젓다.

잠시 동안 그는 감각을 잃어버렷다. 다시 정신을 채린 때에는 그는 그가 춘삼이 무릅을 베고 누어 잇는 것을 깨다랏다. 감각을 잃은 손 잔등이에서는 피가 흘러내리고 잇엇다.

"아저씨! 아저씨!" 하며 춘삼이는 울고 잇엇다. 일준이는 조용해지엇다.

이때 준식이의 감정은 준식이 저 자신도 어떠하다고 형언할 수 없엇다.

한껏[39] 분하고 원통하고 기맥히고 안타까운 경험이엇다. 그러나 지금 준식이로서는 어떠케 할 도리가 없엇다.

그는 억제할 수 없는 조름이 엄습함을 깨다랏다. 이 습내하는 조름은 불가항력이엇다. 이 잠을 자면 죽는다고 하더래도, 또 이 잠을 자면 왼 세상이 망한다고 하더래도 준식이는 조름을 억제할 재간은 없엇슬 것이다. 그에게는 세상 아모것도 보이지도 안코 들리지도 않엇다. 오직 잠, 잠, 깊은 잠만이 그를 끄을고 드러갓다. 그래서 그날 밤 그 방 안에서 다른 사람들이 모두 잠을 못 잣스나 오직 준식이만 혼자서 깊은 잠을 잣다. 그리고 그 잠은 거의 죽음에 갓까운 깊은 잠이엇다. 일준이가 죽은 때 춘삼이는 준식이를 한참이나 흔들어 깨우려 햇스나 준식이는 깨어나지 못햇다.

준식이가 이처럼 깊은 잠 속에 잠겨 잇는 동안 일준이는 햇소리와 신음 소리로 다른 사람들을 못 자게 굴엇다.

"아이고, 나 좀 나가게 해다고. 애 이놈들아 나는 죽는다. 나 여기서 좀 나가자." 하고 그는 소리를 버럭버럭 질럿다. 그리다가는 그는 한참 동안 엉엉 쳐울엇다. 몇 번을 왼몸이 쑤시는 듯이 굼틀굼틀 뛰어오르고 허리를 빙빙 꼬으더니 고만 고즈낙해지고[40] 말엇다.

모두 외면을 햇다. 청인 영감은 도라앉아서 한참 동안 염불을 외엇다. 그리고 얼마 더 잇다가 새벽이 훤하니 밝아오기 시작할 때 왼 방 안 사람은 모두 잠이 들어버렷다.

다른 사람이 모두 잠이 든 후 준식이는 그의 깊은 잠에서 후닥닥 깨엇다. 준식이에게는 그것이 다못 한 초밖에는 더 되지 안는 것처럼 생각되엇다. 그러나 환하니 드리빛이는 빛을 보아 그는 아츰이 되기까지 잔 줄을 알 수 잇섯다. 그는 억개가 아픈 것을 인식하엿다. 그의 두 손에는 아직도 감각이 없엇다. 그는 벌덕 이러나 앉아서 사방을 둘러보앗다. 모두 다 이리저리 불

---

39 '한껏'의 방언. 한도에 이르기까지.
40 고즈넉해지고. 말없이 잠잠해지고.

규측하게 엉크러지어서 잠을 잔다. 준식이는 일준이 짝을 바라보앗다. 조용하다.

준식이는 억지로 겨오 몸을 이르키어서 일준이 께로 가보앗다. 한 번 보고 그는 얼굴을 도리키지 안흘 수 업섯다.

아츰 훤한 빗은 그의 퉁퉁하고 피끼 없는 얼굴을 더 한층 창백하게 하엿다. 그는 히멀끔한 두 눈을 부릅뜨고 혀는 한 끝을 빼여 물엇는데 입가에는 피 석긴 거품이 우구구 끌어올라 잇섯다.

한번 보고 그는 일준이의 최후를 짐작햇다. 그는 그 옆에 가만히 꾸러앉어서 바른손으로 눈을 감겨주엇다. 그리고 그 옆에 버서 노흔 저구리로 입가에 나도든 거품을 씻처주엇다. 해가 벌서 올라와서 일준이의 죽은 시체를 철창살 그림자로 수노하주엇다.

일준이의 죽음은 그날 오후나 되어서야 양인들에게 알려지엇다.

그들은 담벼락 한가운데를 열고 드러왓다. 왼편 담에는 밖에서만 열 수 잇는 문이 잇엇든 것이다. 그들은 뇌동자들이 폭동을 내일가 봐 겁이 낫든지 한 사람은 긴 칼을 빼들고 또 한 사람은 육혈포를 들고 앞서 드러왓다. 그리고 그 뒤로 두 사람이 들것을 들고 와서 일준이를 담아 가지고 나갓다. 뇌동자들은 한 사람도 손고락 하나 움즈기지 안헛다. 그저 양인들이 일준이를 운반해 나가는 꼴을 일동일정[41]이라도 노치지 안흐려는 듯이 뚜러지도록 바라다들 보앗다.

이 신비스런 침묵이 양인을 소동보다도 더 무섭게 하엿다. 그래서 그의 얼굴들이 창백해지고 칼과 단포를 든 손이 우들우들 떨리엇다. 그리고 어서 속히 이 무서운 방을 피해 나가려는 듯이 독촉하여 뛰처나갓다.

그들이 나가고 문이 닷쳐 도루 담벼락이 되어버리자 그때에야 비로서 배사람의 눈에서는 불꽃이 날앗다. 그래서 모두 사람이나 잡아먹을 듯한 기세로 마조 바라다보앗다. 젊은 청인 하나가 무엇이라고 흥분된 듯이 소리

---

41 하나하나의 모든 동작, 동정.

를 질럿다. 모두가 주먹을 쥐고 벌덕 이러섯다. 춘삼이가,

"죽자, 우리도 다 죽자." 하고 웨치면서 지금은 담벼락의 한 부분이 된 출입문을 주먹으로 뚜드리엇다. 그러나 그것은 철석 가탓다. 춘삼이는 소리 내어 울면서 그 곁에 쓰러지엇다.

이때 이 담벽 문이 다시 열렷다. 양인 하나가 약병을 들고 드러오려 하엿다. 뇌동자들은 미친 사자처럼 소리를 지르면서 육박하엿다. 어떤 청인이 벌서 양인의 목을 그러안고 비틀기 시작하엿다. 살기가 방 안에 가득 찻다. 제각기 무슨 소린지도 모를 소리를 꼑꼑 지르면서 그 문간을 향하야 내밀엇다.

그러나 그 순간 쨍 하는 요란한 소리가 나더니 양인의 목을 끼고 내려누르든 청인이 두 손을 공중으로 처들고 그 자리에 벌떡 나가 잣바젓다.

16

잠간 방 안이 놀라는 틈을 타서 양인은 얼는 문밖으로 나가고 문이 닷처 버렷다. 그 후에는 아모리 뚜드리고 밀어도 소용 없엇다. 미친 듯한 군중은 사방 벽을 아모 데나 꽝꽝 뚜드렷다. 그러나 벽은 움쩍도 아니하엿다. 양인들은 천장 창살 사이로 코를 찌르는 몹슬 내음새가 나는 물을 내려 뿌린다. 소독을 하러 들어오다가 봉변을 하고는 소독약을 우에서 그냥 내려 뿌리는 것이엇다. 그러나 가친 노동자들은 일즉 소독약 내음새를 마타본 적이 없엇다. 그래서 이것은 그들을 모두 독살하려는 독약이나 아닌가 하는 생각이 들어서 모두 놀라구 무서워서 소동이 진정되엇다.

그리고 그들은 죽을 때를 기다렷다. 그들의 버슨 잔등 우에 비 오듯 내려 뿌린 그 내음새 고약한 약이 어서 속히 그들의 살을 녹이고 뼈를 분질러 죽어 넘어지게 될 때를 기다리고 앉어 잇엇다. 그러나 그들은 죽지 안엇다. 그들을 여기까지 끌어다가 죽여버리려고 데려온 것은 아닐 것이다.

그들이 죽지 안흘 것을 깨다른 때 그들의 주의는 모두 이 총에 마자 신음

하는 젊은이에게로 몰려갓다. 그의 억개로부터는 쉴 새 없이 피가 흐른다. 그리고 그는 꽁꽁 알는 소리를 하며 잇다금 못 견댈 듯이 몸을 비비 꼰다.

아모도 어떠케 하여야 할 바를 몰랏다. 일즉이 총상을 받은 사람을 구호해본 경험이 잇는 사람이 하나도 없엇다. 그래서 하는 수 없이 때무든 저고리로 상처를 처매인 후 가만히 누여주엇다. 삽시간에 저고리는 빨가케 물들어버럿다. 총에 마즌 사람은 지금은 가만히 누어서 꼼짝도 하지 안는다. 눈을 꼭 감고 누어서 오직 닛새[42]로 겨오 새여나오는 듯한 신음소리를 연발하고 잇엇다.

'쥐새끼처럼!' 하고 준식이는 혼자 생각하엿다.

'아니, 쥐새끼처럼이 아니라 개처럼이다. 주인 없는 미친개처럼……'

양인들은 잇따금 한 번씩 천장 우흐로 와서 들여다보고 간다. 그러나 그날은 저녁때가 되어도 떡도 아니 주고 물도 아니 주엇다.

부상당한 젊으니는 잠이 든 듯하엿다. 그의 숨소리가 너무 고즈낙한 고로 혹시 죽지나 안엇나 하고 귀를 가슴에 대여보면 아직 맥박은 할딱할딱하고 잇엇다.

자정이나 되어 저녁 굶고 목마른 왼 방 안 사람들이 거의 다 잠이 들엇을 제 젊은이는 억지로 머리를 이르키면서 물을 찾앗다.

"쉐이, 쉐이!" 하고 그는 웨첫다. 준식이는 그 소리를 들엇다.

그리고 그가 청인과 한 방에 한 주일이나 잇는 동안에 "쉐이"란 말은 곧 물이란 말인 것 쯤은 배와 알앗섯다.

준식이는 곧 그에게로 뛰처갓다.

"물, 물을 한 목음만!" 하고 부상자는 애걸하엿다. 그러나 어찌하리오. 물이 잇슬 리가 없다. 물을 달라고 다시 한번 소동을 이르켜보고도 싶엇스나 그제야 소용 없을 것을 그는 잘 알앗다.

준식이는 아무 대답도 없이 부상자의 머리를 자기 무릅 우에 올려놋핫

---

42 닛새. 이와 이의 사이.

다. 다량의 출혈로 말미암아 그의 얼굴은 백지장같이 하야젓다. 입술은 퍼러케 죽엇스나 소들소들 말라부텃다.

"물, 물 한 목음만!" 하고 그는 한 번 더 신음하듯이 중얼거린다.

이 젊은 사람의 얼골을 내려다볼 때 준식이의 가슴속에는 이상한 격감[43]이 용소슴치기 시작하엿다.

"조선 사람인 일준이가 개처럼 죽어버리엇다. 그것을 보고 외국인인 이 청인이 소동을 시작하다가 양인의 총에 어더마저 가지고 지금 또 길에 내다버린 개처럼 죽어간다. 그것을 다시 외국인인 준식이가 그러안고 어떠케 햇스면 살녀볼가, 살리지는 못하더래도 마그막 소원인 물이라도 한 방울 먹여 줄 수 없을가 하고 궁리를 하고 잇다. 이것이야말로 참으로 이상한 인연이 아닌가?"

준식이는 이 죽어가는 젊은 청인에게 대한 끝없는 애착심이 용출함을 감각하엿다. 이 이름도 모르고 내력도 모르고 또 말도 통하지 못하는 이 외국 청년에게 대한 불꽃같이 이러나는 사랑을 막을 재간이 없엇다. 얼마나 준식이는 이 청년의 목숨을 살려주고 싶엇슬가?

죽어가는 청년은 손을 맥없이 처들고 두어 번 허우적거렷다. 그리고는 다시 입 안으로 무엇이라구 중얼거렷다. 아마 물 한 목음만 달라는 마그막 애원일 것이다.

준식이는 자기도 모르는 새 뜨거운 눈물이 두 뺨으로 흘러내리는 것을 깨다랏다. 눈물! 이것은 약한 자가 마그막 차자가는 피난처이다.

젊은 청인은 준식이 품에 안긴 채 고요히 잠들어버렷다. 영원한 잠! 아, 이러케 "영원한 잠"이라구 말할 때 그 말이 하기는 쉽고 또 어쩌면 시적(詩的)으로도 들린다. 그러나! 그러나! 이 한마디, "영원한 잠!" 이것이 그 당자에게는 얼마나 비통하고 기맥히는 경험이냐? 어제 밤에 죽은 일준이에게나 지금 죽은 이 청년에게나 과연 얼마나 쓰라린 최후이며 이 광경을 목도하는

---

43 격한 감정.

이십 노동자에게 얼마나 비참하고 통분한 경험일 것이냐!

그들에게서 생의 권리(生에 權利)를 빼아슨 자는 과연 누구이엇는가!

멕시코

17

이튿날 아침 배는 항구에 다앗다. 다은 지 얼마 되지 안하 벽에 뚤린 문이
오직 반쯤 열려 사람 하나가 겨오 통할 만침 되엇다. 그리고 얼골은 보이지
안코 그 밖에서,

"하나씩 나오라." 하는 소리가 들리엇다. 천장 우으로 두셋의 양인이 나
타나서 단포[1]를 손에 들고 만일을 경계한다. 그들이 열린 문으로 하나씩 나
가는 쪽쪽 그들의 두 손에는 수갑을 채웟다. 그래서 갑판 우에 끌리어 올라
가 선 二十(이십) 명의 노동자는 무슨 큰 죄나 지은 죄수들처럼 두 손에 수갑
을 차고 하나씩 하나씩 육지에 내렷다. 항구는 그리 넓지도 못하고 번화하
지도 못하다. 하얀 회를 바른 집들이 해변에 죽 느러서 잇엇다.

그들이 땅에 나려서면서(그러타. 확실히 땅에 내려섯다. 얼마나 오래간만인가?
그들은 발아래 밟히는 흙에 엎디어 뒹구러보고 싶도록 기뻣다. 그리고 이 일시적 히열이
그들의 괴로운 현재와 또는 보다 더 괴로운 장래에 만흔 걱정을 잠시 이저버리게 하엿다)
놀란 것은 이 나라 사람들의 이상한 생김생김이엇다. 모습은 양인처럼 생
기엇는데 다만 그들의 얼굴빛은 몹시 검엇다. 옷도 모두 이상한 것을 입엇

---

1 '단총(짤막한 총)'의 북한어.

다. 머리에는 조선 통냥갓처럼 큰 갓을 쓰고 어른들도 모두 채색이 선명한 때때[2] 조끼를 입고 다닌다.

오기는 미국으로 온다고 왔는데 좀 이상한 일이엇다. 그러나 그들이 이 이상한 감정을 서로 통할 새이도 없이 배깐으로부터 힌 양복 입은 양인이 내려와서 점검을 햇다. 점검을 하면서 대여섯 사람씩 따로따로 갈나 세운다. 이리하여 조선 사람들도 서로 갈리우게 되엇다. 오직 춘삼이와 준식이는 한 묶끔 안에 들게 되엇다. 그리더니 역시 몹시 큰 모자를 쓰고 빨각코 노란 조끼를 입은 양인이(특히 이 사람들은 양인인데 오직 두 눈만이 파라치 안코 색감하다) 와서 노동자 한 묶끔씩을 마타 가지고 어디론가 끌고 간다.

준식이는 춘삼이와 또 청인 세 사람과 다섯이 함께 어떤 뚱뚱한 양인을 따라가게 되엇다. 손에 수갑을 찻슬망정 육지에 내려서 어디로든지 가게 된 생각을 하니 기뻣다. 더욱이 준식이에게는 춘삼이와 한 곳으로 가게 되는 것이 말할 수 없이 기쁘고 고마웟다.

물건들을 싸하두는 기다란 창고를 도라나가니 거기는 말 두필을 메운 커단 마차가 잇섯다. 빨간 조끼를 입은 양인이 손고락으로 그 마차를 타라는 명령을 내린다.

다섯 사람은 묵묵히 마차 뒤자리에 끼여 앉엇다. 양인은 색기줄로 사람 사람을 한 묶끔에 묶거노터니 앞자리에 껑충 뛰여올라 채찍으로 말을 때린다.

준식이의 탄 말이 막 떠날 때에 저편에서 요란한 아우성 소리가 들려온다. 그들은 모두 그쪽으로 머리를 돌리엇다. 거기도 역시 쌍두마차가 한 채 노혓는데 노동자 서너 사람이 탓다. 그리고 그 마차의 주인인 듯한 양인이 성난 목소리로 꿱꿱 소리를 지르면서 안 가겟다고 발버둥질치는 청인 하나를 억지로 끌고 간다. 바로 거기서 얼마 새이를 두지 안코 다른 청인 하나가

---

2 고까. 어린아이의 말로 알록달록하게 곱게 만든 아이의 옷이나 신발 따위를 이르는 말.

소리를 지르면서 그 마차를 향해 가려 하는 것을 이편 다른 양인이 붓잡고 못 가게 한다.

그들은 형제이엇다. 형제가 만리타국으로 와서 살아도 가치 살고 죽어도 가치 죽을 것이지 저러한 생리별을 하기 싫을 것은 물론이엇다. 그러나 그들은 힘이 부족하다. 그냥 양인에게 붓잡힌 때 팔만 허우적거리며 두 다리를 버둥버둥할 따름이다. 그리고 그들의 고함 소리는 차차 더 커간다. 맛치 힘으로는 못 당할 터이니까 고함 소리로나 당해보려는지!

아우는 억지로 마차 우에 끌어올리고 색기줄로 꽁꽁 묵엇다. 그리고는 양인이 운전대에 올라 앉어 채찍이 한 번 휙 들리더니 마차는 다라난다. 뒤떨어진 형은 마그막 용기를 내어 양인을 뿌리치고 달리는 마차를 따라간다. 그러나 그의 다리가 허둥허둥할 뿐만 아니라 두 팔에 수갑을 채왓음으로 팔이 자유롭지 못해서 빨리 뛰지는 못한다.

양인은 형의 뒤로 따라오면서 말채찍으로 후려갈긴다. 어더마즈면서도 형은 소리를 지르며 따라간다. 양인은 형을 붓잡을 생각은 아니하고 그냥 뒤쫏차오면서 말채찍으로 사정없이 때린다.

이때 준식이의 탄 마차는 언덕을 넘어버리엇다. 그래서 그 뒤의 일이 어찌 되엇는지 보지 못햇다. 영원히 다시 그들은 그 일의 결과를 알 재간이 없을 것이다.

이 광경을 보고 준식이 몸에는 소름이 끼첫다. 그리고 한 번 더 춘삼이와 한 곳으로 가게 된 자기의 기쁨을 자축하엿다. 그가 만일 여기서 춘삼이와 떨어저서 제각기 딴 곳으로 가게 되엇든들! 아, 생각만 하여도 몸서리 칠 일이엇다.

과연 그것은 어떠한 운명의 작난인가? 한 생과 다른 한 생이 세상에 나와 가지고 지옥 같은 배깐 생활에서 잠간 만나 서로 얼골이나 알엇다가 이제 이 만리타향에 와서 영원히 다시 만나지 못할 마그막 이별을 하게 됨은 이 무엇의 작난이엇든가?

18

그날 하로 종일 마차를 달리엇다. 항구를 떠나자 마차는 목화밭과 꽃밭과 풀밭이 교대하여 나오는 농촌 몬지³ 이는 길로 쉬지 안고 달리엇다. 오후에 마차는 잠간 길가에 잇는 주막에 머물엇다가 다시 떠낫다. 주막에서 주인만이 술 한 잔과 떡 한 조각을 먹엇다. 마차 뒤에 탄 노동자들은 하로 종일 굶어서 가는 것이엇다.

해가 거의 지게 되어 그들은 어떤 목화 '플랜테이슌'⁴에 도착되엇다. 거기는 무연하게 넓은 목화밭이 잇엇다. 목화밭 새이로 마차가 달리는 큰길이 뚤렷는데 그리로 한참 들어가니까 마치 성처럼 높이 싸흔 담정과 그 안에 보기 조코 산듯하게 지은 이층집 꼭닥이가 보인다.

이때 저편으로부터 어떤 사람이 한 필 말을 달려 마중온다.

가까이 온 때 보니 그는 여자이엇다. 얼굴빛은 백옥같이 힌데 코가 옷독하고 입뿌게 생겻으며 열정에 타는 듯한 깜안 눈과 치렁치렁한 깜안 머리털이 석양에 광채를 내는 열칠팔 세 되어 보이는 처녀이엇다.

마차를 몰든 양인은 마차를 멈추고 뛰처나려 딸을 안어다가 수없이 키쓰를 한다. 아모리 부녀로서라도 이러케 길가에서 더구나 남들이 보는 데서 끌어안고 키쓰하는 일이 이런 것을 처음 보는 노동자들 눈에는 좀 야비해 보이엇다.

양인들은 부끄럼도 없나? 도로혀⁵ 노동자들이 붓그러운 듯이 고개를 돌리엇다. 오직 젊은 춘삼이만이 황홀한 듯이 이 광경을 바라보고 잇엇다. 그는 그 아름다운 처녀의 윤택한 머리털을 보앗다. 샛별같이 빛나는 눈을 보앗다. 타는 듯이 빨간 입술을 보앗다. 그리고 사람의 왼 영혼을 사로잡는 무

---

3 '먼지'의 방언.
4 플랜테이션(plantation). 열대 또는 아열대 지방에서, 자본과 기술을 지닌 구미인이 현지인의 값싼 노동력을 이용하여, 쌀·사탕수수·고무·목화·담배 따위의 특정 농산물을 대량으로 생산하는 경영 형태.
5 '도리어'의 방언.

사기(無邪氣)[6]한 우슴을 보았다. 아직도 못할 말로 무엇이라구 지껄이는 그의 목소리가 춘삼의 귀에는 음악 소리처럼 들리엇다.

아버지 품을 버서나서 서양 처녀는 아버지의 새 재산으로 들어오는 다섯 명 종을 호기심 가득 찬, 그러나 또 동정심 가득 찬 눈으로 잠간 바라다보앗다. 그의 샛별같이 빛나는 두 눈이 춘삼의 눈과 부드칠 때 춘삼이는 감전되는 듯한 찌르르 하는 감정을 감각햇다. 그리고 얼는 눈을 내려뜨는 그의 얼굴은 홍당무처럼 빨개지엇다.

아름다운 처녀와 정열적인 총각! 거기는 국경도 없고 게급도 없엇다. 그것은 대자연(大自然)이 인류에게 내려준 가장 고귀하고 가장 거룩하고 가장 아름다운 한 선사이다. 세상에 아모런 힘도 순진한 한 총각이 아름다운 한 처녀에게 대하여 가슴속 깊이 감춰두는 연모를 막을 수도 없겟고 뿌리 뽑을 수도 없는 것이다.

옛 사람은 말하기를, "사랑하다가 버림을 받은 것은 사랑 못해본 것보다 나흐다[7]" 하엿다. 그러나 외짝사랑은 사랑하다가 버림을 받은 것보다도 더 조타. 그것은 외짝사랑을 품은 젊은이의 가슴속에 품긴 이 하소해보지 못한 수접은 사랑은 영원무궁토록 변치 안코 샘솟는 듯한 추억의 눈물과 한숨으로써 영생하게 되기 때문이다.

춘삼이는 열아홉 살이다. 이 이상한 경우에 이상한 곳에서 이상한 감정을 품고 무심히 바라본 이 한 개의 아름다운 우상이 곧 그의 가슴속에 영원한 화인(火印)[8]을 찍어노핫다고 춘삼이를 나물할 사람이 잇을가? 그리고 그 아름다운 눈동자가 잠간 동안 그의 얼굴을 스치고 지나갈 때 얼골을 붉힌 그의 순진과 그의 수접음을 조사할 사람이 잇을가? 그리고 또 그가 거의 본능적으로 한 주일식이나 세수도 못 어더한 자기 얼골을 두 손으로 가리운 그의 허영심을 책망할 사람이 잇을가?

---

6   조금도 간사한 기가 없는.
7   낫다. 좋다.
8   불에 달군 쇠붙이로 찍는 도장.

딸은 마차에 올라 아버지 곁에 앉엇다. 마차를 인제는 달리지는 안코 천천히 몰아간다.

딸이 타고 나왓든 말은 코를 벌룩벌룩하면서 마차 뒤로 천천히 따라온다. 앞자리에 앉인 딸과 아버지는 무슨 이야기가 그리도 만흔지 쉴 새 없이 이야기하고 웃고 한다.

앞자리에 앉인 처녀의 뒤모양을 잇다금 도적해 보는 춘삼이의 눈에 나타나는 불안정을 간파하는 사람은 아모도 없엇다. 그리고 처녀의 옥을 깨치는 듯한 우슴소리가 들릴 때마다 춘삼이의 떨리는 입술을 눈녁여 본 사람은 하나도 없엇다.

마차가 대문까지 이른 때 벌서 대문은 쫙 열리고 두 사람의 하인이 나와서 허리를 굽혀 주인에게 인사를 드린다.

마차는 빨간 장미꽃이 욱어저 뒤덮인 난간 아래 와 다앗다. 얼굴이 감으테테한 하인들이 오더니 종들(이 세 사람의 청인과 두 사람의 조선인은 벌서 자유노동자도 아니오 종이엇다. 오직 불상한 것은 종으로 팔려온 그 당자들만 아직도 자기가 종으로 팔려오는 줄을 모르고 잇는 일이다. 그러나 인제는 몇 시간이 못 되어 그들도 자기네가 종이라는 것을 깨닫게 될 것이다)을 다 내려서 끄을고 뒤뜰로 돌아간다.

집 뒤에는 나즈막한 돌담이 또 하나 잇고 그 밖으로 통하는 문이 잇다. 그 문 밖으로 나서니 거기는 꽤 넓은 뜰이 잇고 저편 나즌 편 높은 담 밑에 도야지 우리 같은 움막집이 수십 개 나라니 서 잇다. 준식이는 그것을 보자 직감으로 그것이 그들이 유숙할 집인 줄로 알앗다. 그리고 아모리 외국 노동자일망정 저런 우리 속에다 재우다니 하는 불쾌한 감정이 낫다. 벌서 자기가 종이라는 것을 알앗든들 그런 부질없는 불쾌는 감각치 안엇슬런지도 모른다.

돼지우리로 가더니 다섯 사람을 모두 한 방에 너치 안코 하나씩 따로따로 딴 방에 넛는다. 준식이는 어떠케 햇으면 춘삼이와 한 방에 너허주도록 할 도리나 없을가 하고 애써 궁리해보앗다.

19

셋재방으로 춘삼이가 들어가게 되엇다. 이것을 보고 준식이는 따라 들어가려 하엿다. 그러나 얼골 우흐로 날카로운 채찍이 휙 하고 지나가드니 면상에 빨간 피줄 자리가 나고 준식이는 아픔을 참지 못해 "앗" 소리를 질럿다. 춘삼이는 멈칫 돌아섯으나 곧 식컴언 하인이 발길로 차서 너코 문을 다닷다.

준식이는 아픔을 참고 이 사람에게 하소[9]를 해보려 햇다. 말은 못 알아들을 터이니까 손짓으로라도 춘삼이와 꼭 한 방에 잇도록 하여달라는 의사를 표해보려 햇으나 두 손에 수갑을 찻슴으로 표정도 마음대로 되지 안엇다.

그러나 준식이의 이 노력은 도리어 더 나쁜 결과를 가저왓다. 맥씨캔 하인들이 준식이와 춘삼이는 아마 한 나라 사람이고 또 무슨 친척 관계도 잇는 듯한 사람이라고 생각하게 되엇다. 그래서 그들은 준식이와 춘삼이를 더욱 멀리 떨구어두기 위하여 준식이를 끌고 저편 맨 마그막 방으로 가서 집어 너헛다.

꽁문이를 채며 우리간으로 들어와 어푸러젓든 준식이가 고개를 들기가 무섭게 그는 "으앗!" 하는 외마대 소리를 질럿다. 그것은 과연 무서운 광경이엇다. 이 우리는 사람 우리도 아니요 돼지우리도 아니요 한 개 독갑이 우리이엇다. 이 좁은 우리 안에 가득 찬 것은 십여 명의 독갑이엿다.

생기기는 사람처럼 생겻는데 얼골에는 모두 먹칠을 햇는지 아주 색캄하다. 그 색캄한 속에서 두룩두룩하는[10] 커단 두 눈이며 흠실흠실[11] 할는 싯뻘건 입술은 한 번만 보면 기절을 할 만침 무섭고 흉칙하게 생기엇다. 소매 거더 올린 두 팔까지가 먹칠한 것처럼 색캄하다.

이 깜안 독갑이들이 자기네끼리 무엇이라구 떠들어댄다. 더욱이 새로 들

---

9 하소연.
10 크고 둥그런 눈알을 자꾸 조금 천천히 굴리는.
11 비교적 가벼운 물체가 크게 잇따라 흔들리는 모양.

어온 준식이를 손고락질하며 씽글씽글 웃는 꼴이 마치 준식이를 잡아먹으려는 의논 같앗다.

준식이는 거의 기절할 지경이엇다. 그러나 그의 놀란 눈은 저편 구석에 가만히 앉어 잇는 한 사람을 보고 더욱 놀랏다. 이 놀람은 예기 안 햇든 것을 보는 경이와 기쁨이 뒤석인 놀람이엇다. 거기는 '사람'이 하나 앉어 잇엇다. 이 껌정 독개비 굴속에 오직 하나인 '사람'이 앉어 잇엇다. 준식이는 앞뒤를 이저버리고 그 사람에게 뛰처갓다.

"여보세요. 여기가 어데요? 이것들이 모두 무슨 독개비입니까?"

그 사람은 준식의 말을 못 알아듣는 모양이엇다. 잠간 준식이를 물끄럼히 바라보더니 다시 정면하고 어두어가는 밖겻흘[12] 내다본다.

밖에서 준식의 꼴을 드려다보며 웃고 섯던 하인들이 만족하다는 듯이 무엇이라고 이야기를 주고받으면서 돌아간다.

준식이는 낙망하엿다. 이 흑인으로 가득 찬 방 안에 오직 한 사람인 황인종이 잇기는 잇으나 이 사람은 필경 귀먹어리거나 그러치 안흐면 정신병자 같다. 아니 혹은 조선말을 못 알아듣는 청년일런지도 모른다. 그래서 준식이의 말을 못 알아듣고 눈이 멀게 잇는 것이기도 쉽다. 그러나 만일 그 사람이 정신이 온전한 사람일 것 같으면 준식이가 들어오는 것을 보고 적어도 기뿌다는 표정이 잇엇을 것이다.

이런 껌둥이들 틈에 혼자 석겨서 살든 그도 처음 황인종인 사람을 대할 때 기쁘지 안흘 수 없을 것이다. 그러커늘 이 사람은 "나는 상관없다." 하는 드키[13] 팔짱을 끼고 앉어서 밖앗만 내다보고 잇지 안흔가? 그의 불변하는 얼골은 마치 돌로 깎어 만든 사람처럼 쌀쌀하고 매정하지 안흔가?

이 황인종이 이러케 쌀쌀하고 무관심한 태도를 취함에 불구하고 준식이는 그래도 이 사람 하나가 잇기 때문에 얼마나 그 무서운 생각이 감소되엇

---

12 바깥을.
13 '듯이'의 방언.

는지 모른다. 이 껌둥이들 틈에 이 사람이 혼자 잇는 것으로 보아 또 이 사람이 조곰도 껌둥이들을 무서워하지 안는 것으로 보아 그는 저윽이 이 껌둥이들이 자기를 잡아먹지는 안흐리라는 신념이 생긴 것이엇다.

"저 사람이 산 것을 보니까 나도 살 수 잇겟지." 하는 히망이 생긴 것이다.

발서 다 어두어젓다. 밖에서 하인들이 등불을 가저다가 우리 밖 줄에 걸어두고 간다. 그 불이 나무로 만든 창살을 통하야 우리 안으로 히미하게 빛이어 들어온다. 준식의 놀랏든 마음이 갈어앉으면서 그는 우리 모양을 두루 살펴엿다. 삼면으로는 돌담이 가로마키고 앞에는 담이 없이 굵은 나무로 창살을 여러 개 만들어 꼬자노핫다. 꼭 조선서 만히 보든 돼지우리 창살 같앗다. 천장은 매우 낮고 방바닥에는 그냥 흙바닥에다가 밀짚을 한 벌 깔아 노핫다.

저녁을 가저왓다. '돌띠아(Tortllao)'¹⁴라고 하는 강낭(옥수수)떡이다. 동그러코 납작하게 비저서 구운 떡이다. 그것밖에는 없다. 오직 그것과 물뿐이다. 준식이는 배가 고파서 그랫든지 이 떡이 뱃간에서 주든 시컴한 떡(면보¹⁵)보다는 훨씬 맛나는 듯햇다.

준식이는 육체적으로나 정신적으로나 끝까지 피곤하엿다. 그래서 자리에 누으면 곧 잠이 들 듯한데 웬일인지 잠을 잘 수가 없엇다. 고단한 것도 도를 넘으면 도리어 편히 쉬지 못하게 되는 법이다. 더구나 준식에게 여러 가지 마음 걱정이 잇다. 이러케 괴이한 속에 와 누으니까 고향 생각도 나고 배에서 지나든 생각도 나고 또 장차 어떠한 고생이 닥처올까 하는 걱정도 생겻다. 더욱이 어린 춘삼이의 일이 켕기여서¹⁶ 못 견딜 지경이다. 그 애가 이 시컴언 독갑이들 같은 사람 틈에 처음 들어갈 때 얼마나 놀래고 무서워햇슬가? 그 방에도 혹시 황인종이 다만 한 사람이라도 잇는가?

---

14 토르티야(tortilla). 옥수숫가루나 밀가루를 반죽하여 팬에 구워 만든 멕시코 빵.
15 面包. 빵을 이르던 말.
16 마음속으로 겁이 나고 탈이 날까 불안한.

흑인들은 모두 코를 골고 잔다.

옆에 누은 황인종도 코를 고은다. 창살 밖에 켯든 불도 죽어서 몹시 어둡다. 아마 새벽이 거의 다 되엇을 텐데 잠을 좀 어더 자야지……

19(20)

이리 뒤채고 저리 뒤채고 오래오래 애쓰다가 겨오 잠이 들가 말가 하는 때이엇다. 이 때 준식이의 귀에서는

"여보, 여보!" 하는 속색이는 소리가 낫다.

준식이는 놀랏다. 이게 필경 꿈이어니 하고 생각햇다. 그러나 꿈이기에는 너무나 선명한 일이엇다.

"거 누구요?" 소리를 치며 그는 벌덕 이러나 앉엇다. 아무도 다른 사람은 없다. 옆에 누은 황인종은 코를 드르릉 드르릉 고을고 잇다. 줄이어 누은 흑인들도 쿨쿨 잠만 잔다.

"아, 그러면 정말 꿈이엇든가?"

그는 몹시 슬퍼젓다. 한 순간 확 하고 타올랏든 기쁨과 히망과 위로 그것이 오직 피곤한 자기 몸의 공상 혹은 꿈에 지나지 안헛든가 하고 생각하니 애초에 이런 불꽃이 타오르지 안헛든 것보다 더 슬펏다. 마음은 한층 더 공허해짐을 느끼엇다.

"이래서는 안 된다. 이러다가는 미칠런지도 모른다." 하고 그는 할 수 잇는 대로 마음을 가라앉히려고 애를 쓰면서 다시 자리에 누엇다. 다시 눈을 감고 잠을 들어보려고 노력하고 잇엇다.

담배 한 대 태울 시간이나 지낫을가? 옆에서 코를 드렁드렁 골던 황인종의 코고는 소리가 뚝 끈치엇다. 이어서 무엇이 버스락 하는 소리가 나는 듯하더니 준식이가 피곤한 눈을 떠보려 하는 순간 무거운 팔이 준식이의 입을 탁 막엇다.

"여보, 소리 내지 마오." 하고 애원하는 듯한 무엇을 두려워하는 듯한 속

색이는 소리가 들렷다. 이 소리를 듣고 그는 처음에는 입을 트러막는 손을 뿌르치고 소리를 질러보려고 애쓰던 노력을 그치고 눈을 멀뚱멀뚱 하고 가만 누어 잇엇다. 준식이의 마음속으로는 기쁘달지 원망스럽달지 노려웁달지 무엇이 어떠타고 형언할 수 없는 괴이한 감정으로 목이 메여짐을 깨다랏다.

"여보, 나두 조선 사람이오. 만일 우리 두리 다 조선 사람인 줄 알면 저놈들이 또 딴 방으로 갈라노흘 터이구려. 그러니까 아주 조용해주시오, 예!"

방금까지 옆에서 코를 골던 황인종의 속색이는 소리다.

준식이는 고개를 끄덕끄덕하엿다. 그때에야 옆엣사람은 준식의 입을 막앗든 손을 놋는다. 준식의 입이 자유롭게 된 때 이 주의 깊은 사람을 욕을 해줄지 고맙다는 치사를 할지 갈피를 잡을 수 없어서 그만 잠잠해버리엇다. 가치 조선 사람이면서 아까 준식이가 그러케 놀라고 그러케 무서워하며 어찌할 줄을 몰으고 그에게 달려가서 하소할 때 그때 철석간장[17]이 아닌 다음에 어찌도 그러케 몰은 척할 수 잇으며 무관심한 척할 수 잇엇으랴.

아모리 태도로는 태연한 체한다 하더래도 가슴속에서 일어나는 억제할 수 없는 감정은 얼굴에라도 조금 표현이 되지 안흘 수 없을 것이 아닌가? 그러커늘 그의 얼굴은 그때 돌로 깎아 만든 석상같이 무표정하고 쌀쌀하엿다. 정이 잇는 사람으로써 그것이 가능할가? 이러케 생각하면 이 사람을 슬컷 욕도 하고 몰인정한 놈이라구 두들겨까지 주고 싶엇다.

그러나 다시 한번 생각하면 이 사람은 위대한 사람이엇다. 그때 그 당장의 감정에게 휩쓸린 바 되어 준식이와 그가 한 나라 사람인 눈치를 채이게 하엿든들 지금쯤 준식이는 다시 또 딴 방으로 쫓겨가서 왼통 껌둥이들만 잇는 틈에서 우들우들 떨고 잇게 되엇을 것이 아니냐? 그런데 그것을 피하기 위하여 곧 준식에게 장래 오래 두고 올 위안과 상호부조의 기회를 주기 위하야 그는 속에서 끌어올르는 격정을 억제하고 몰으는 태도를 취하여 멕시

---

17 굳센 의지나 지조가 있는 마음.

캔들에게 서로 언어를 불통하는 외국인인 것처럼 가장 연극을 꿈엿으니 그때 그가 타올으는 정열을 내려 눌르기에 얼마마한 가슴속 고통이 잇엇으며 얼마마한 인내성을 가젓는가를 생각할 때 그 사람을 존경하는 마음이 생기는 동시에 어디까지든지 그가 고맙게 생각되엇다.

그래서 준식이는 아모 말도 못 하고 모로 돌아누어서 그 사람을 물끄럼이 바라다보앗다. 이 사람도 역시 감개가 무량한 듯이 말없이 준식이를 바라다만 본다. 달빛이 흘러 드러옴으로 그들이 머리 둔 곳은 낮처럼 밝앗다.

한참 동안 말없이 바라다보든 그 사람의 눈에는 눈물이 어리엇다.

그는 갑작이 달려드러 준식이를 꽉 껴안앗다. 준식이도 그를 껴안엇다. 우정! 우정에도 이 보다 더 격렬한 우정이 잇스랴!

준식이는 자기를 안은 사람의 손이 푸들푸들 떠는 것을 감각햇다. 그는 소리 없이 울고 잇는 것이엇다. 준식이도 따라 울엇다. 그들이 얼마 동안이나 그러안고 소리 없이 울엇는지? 그것이 실로 한 초 같기도 하고 또는 영원 같기도 햇다. 이러한 순전한 감격은 시간을 초월하는 것이다.

달그림자가 옴겨간 것을 보아 상당한 시간이 경과된 것을 알 수 잇엇다. 한번 울어서 마음의 평정을 얻은 두 사람은 다시 마조 바라보며 누어 잇다. 눈물이란 이상한 물건이다. 얼마의 눈물이 이처럼 마음을 가라앉침에 그들로써도 놀라지 안흘 수 없엇다.

준식이는 이 사람의 얼골을 달빛에 의하여 좀 더 자세히 연구할 수가 잇엇다. 얼는 보면 젊은 사람인데 그의 이마와 뺨에는 오랜 동안 참아온 고생과 고민이 발자최를 남기고 갓다. 그래서 어떠케 보면 그는 한 오십 된 사람처럼 보일 때도 잇다.

머리는 양인처럼 덥수룩하게 깍것다.

21

그날 밤 두리서는 밤을 새엿다. 밤을 새여가며 준식이 귀에 속색여 들려준 이야기는 대략 이러하다.

먼저 팔려와 잇든 이 사람은 황건우라는 사람이다. 나이는 금년 스물일곱 살이다. (그런데 그의 얼골이 어떤 때는 오십 살 된 사람처럼 보인다) 집에는 늙은 부모가 게시다. 그는 외아들이엇다. 그러나 건우는 로맨틱한 모험가이엇다. 언제나 한번 큰일을 해보고 싶엇다. 따라서 그는 좁은 조선반도에서 더구나 인습과 학정과 무지에서 빠저나오지 못하고 허덕거리는 쓰러져가는 조선 사회에서 무슨 큰일을 성공할 것 같지 안헛다. 그래서 그는 늘 중국(中國)으로 갈 생각이 잇어서 그 방면으로 조사를 하고 잇섯다. 물론 부모께는 몰래 하는 일이다. "큰 뜻을 품은 사람이 가사를 도라볼 수 없다." 하고 그는 스스로 경고하고 또한 확신하엿섯다.

벌서 육 년 전 일이엇다. 중국으로 가기로 결심햇든 그는 미국이란 말을 듣고 고만 미국으로 가기로 마음이 변해버렷다. 그래서 그는 개발회사 덕으로 돈 안 내고 배를 탓다.

그 다음 경험은 준식이가 최근에 경험한 것과 대동소이하엿다. 그러니 여기서 반복할 필요는 없다.

그래 그가 이 집에 륙 년 전에 들어선 이튿날 그는 그가 몸이 종으로 팔려 온 몸이 된 것을 발견하엿다.

(종으로 팔려왓다는 말을 듣고 준식이도 몹시 놀랏다. 자기 몸을 팔아먹을 주인이 없는 바에 종으로 팔려올 이유가 도모지 없다. 그러나 이제 와서 자기도 또 춘삼이도 모두 종으로 팔려왓다는 사실을 확실히 알고 보니 그의 가슴은 통분하여 거의 찢어질 듯하엿다)

누가 그를 팔엇는지? 어디서 어떠케 팔엇는지? 얼마나 받고 팔엇는지? 그것은 건우도 여지껏 모른다. 다못 한 가지 종으로 팔렷다는 사실 한 가지만은 확실하엿다.

이래 륙 년간 그는 이 집에서 종살이를 햇다. 이 종살이는 영구한 종살이다. 육체가 죽어 없어지는 날까지 면하고 나갈 재간은 도모지 없다. 이 종살이는 종신역인 것이엇다.

'도망질 칠 생각을 못햇느냐?'

물론 그것은 종으로 팔려온 줄을 알게 된 때면 처음 생긴 생각이엇다. 이 종살이에서 면해나가는 길은 오직 두 가지 길밖에 없다. 죽엄, 도망. 이 둘이다. 이것은 다시 말하자면 살길은 오직 '도망' 하나밖에는 없다는 말과 같다.

건우는 밤낮 도망갈 궁리를 햇다. 그래서 마츰내 이 년 전 곳 그가 종살이한지 사 년 된 해에 기회는 이르럿다. 그는 뛰쳐나갓다. 그러나 그는 얼마 멀리 가보지도 못하고 도로 붓들려왔다. 이 무한량의 목화밭을 지나 뒤로 가면 언덕을 넘어 무성한 솔밭이 잇다. 그런데 건우는 어느 곳으로 가야 할지 방향도 알 수 없고 길도 알 수 없엇다. 사 년 동안 종살이 하는 가운데 주어들은 지식으로 북쪽으로 삼백 리만 가면 미국이 된다는 것은 알엇다. 그러나 그 길을 알 재간이 없엇다.

또 건우는 먹을 음식을 못 가지고 뛰쳐나갓섯다. 나가서 산림 속에서 방황한 지 이틀 만에 그는 기갈을 못 이겨 땅에 정신없이 꼭꾸라져 잇엇섯다.

다시 눈을 떠보니 그는 벌서 이 우리 안으로 도로 돌아와 잇엇다.

이튼날 하로 종일 그는 그 벌을 받앗다. 건우는 저고리를 벗고 그의 잔등을 준식에게 보여주엇다. 잔등에는 빈틈없이 살이 터저서 엉킨 허물이 남아 잇다. 준식이가 참아 보지 못하고 손으로 눈을 가리울 만침 그 허물은 참혹하엿다.

그러타. 그는 도망질치려든 죄로 벌을 받앗다. 그리고 그는 다시 도망질칠 생각은 단념하고 말앗다. 벌이 너무 과햇든가? 물론이다. 너무 과한 것이 아니라 불가능할 만침 과한 것이엇다. 그러나 그 벌, 그것이 아모리 과하고, 또는 목숨까지를 빼앗을 염려가 잇으리만큼 과하다고 하더라도 그 벌만은 능히 종 된 사람의 자유욕을 말살시킬 수 없엇을 것이다. 그러나 건우는 도망질은 도저히 불가능한 것을 한 번 친히 경험하여 잘 알앗다. 그는 도망질이라는 것이 결코 이 높은 담정이나 넘어서는 데 잇지 안타는 것을 체험하엿다. 이 담정 밖에는 다시 삼백 리의 삼림지대가 잇다. 이 지대에 비록 담을 쌋치 안코 쇠줄을 두르지 안헛다고 하더래도 길을 모르는 건우에게는 삼백 리 높은 담정이나 다름 없엇다.

바른 길을 차자 삼백 리 밖 미국 땅에 들어서기 전까지는 종이 아모리 담정은 넘어섯다고 하더래도 결코 성공한 것은 못 된다. 그것은 멕씨코 안에서는 한번 종으로 팔리면 곧 팔뚝에 화인(火印)을 받는다(건우는 그 화인을 준식이에게 보여주엇다. 준식이는 자기도 그것을 받을 생각을 하고 몸소리를 첫다). 이 화인이 그를 종신역을 만드는 것이다. 어데 가서나 이 화인만 발각되면 곧 다시 붓잡혀 주인에게로 도라오게 된다. 그것은 이 나라 법률이다. 아모도 도망질친 종을 숨기거나 밥 한 끼 먹일 수 없다. 만일 그러하면 동정한 사람까지 벌을 받는다.

이러하므로 도망은 단념하엿다. 그러나 주인은 언제나 의심이 만타. 한번 도망하려든 종은 십 년이 가도 신용을 못 한다. 그래서 늘 감시를 게으르지 안는다. 따라서 건우와 한 나라 사람은 한 방에 절대로 두지 안는다. 무슨 음모를 다시 꿈일까 두려워하는 모양이다.

지금 이 플랜테이쉰 안에 도합(오늘 새로 온 이는 내놓고) 세 사람의 조선 사람이 잇다. 년전에 새로 조선 사람 하나가 왓는데 처음에는 그이가 이 방으로 들어오게 되엇섯다. 그러나 건우와 그 사람이 한 나라 사람인 것이 발견되자 곧 그 사람은 다른 방으로 옴기여 가게 되고 말앗다.

22

이래 건우는 조선 사람과 담화해볼 기회가 영 없어지고 말앗다. 아모리 한 플랜테이쉰 안에서 일하는 가튼 처지에 잇는 종들일지라도 담화해볼 기회가 잇는 사람은 한 우리 안에서 잠자는 사람들밖에 없다. 다른 우리에 잇는 사람들을 낮에 밭에서 먼발로 바라다볼 수는 잇다. 그러나 밭에서 일하는 동안에는 회화는 절대 금물인 고로 말해볼 재간도 없거니와 우리 우리를 단위로 여기저기 일터를 따로 맛기는 고로 설혹 서로 만난다고 하더래도 고함을 지르지 안허가지고는 말을 통할 수 없을 만한 먼 거리에 잇게 된다.

그러니까 한마디 말도 할 수는 없다.

그런데 낮이나 밤이나 말 모르고 얼골빛 다르고 생각과 풍속 모두가 다른 딴 사람들 틈에 혼자 섞여 잇는 일이야말로 참으로 형장(벌하는 곳)에서 어더맛는 매의 아픔보다도 더욱 심한 고통이다. 아! 그가 지나간 이 년 동안 얼마나 조선 사람을 그리워햇든가? 이러케 안타깝게 그리워햇든 까닭으로 연전에 조선인인 하나 들어올 때 전후사를 헤아리지 못하고 안고 울고 웃고 기뻐하엿든 것이다. 그러나 그 대가(代價)로 바로 그 자리에서 그는 잠간 만낫든 동포를 잃어버리고 말앗다. 이러한 현상 밑에서 건우는 어제저녁(벌서 어제저녁이 되엇다)에 준식이를 맞이하게 된 것이다. 건우가 그때 꿈인 연극 이야말로 참으로 눈물겨운 연극이엇다. 그러나 그것은 성공되엇다.

이러하므로 만일 그들이 앞으로 밤에 남 다 잘 적에라도 잠간씩 통정[18]을 하고 하소연을 할 동포와 함께 잇으려고 하면 그 대가로 그들은 낮에 남이 볼 적에는 서로 외국 사람인 체하고 언어를 불통하는 체하는 연극을 꿈이지 안흐면 아니 될 것이다. 따라서 낮에는 이 연극을 양쪽에서도 꿈이기로 즉시 굳게 약속이 성립되엇다.

한 우리 안에 잇는 껌둥이들도 신용할 수가 없다. 그런고로 밤에 일을 마치고 돌아온 후에라도 밤이 들어 껌둥이들이 모두 잠들어버리기 전에는 서로 본성을 탄로시키어서는 아니 된다. 어찌햇든 다른 사람의 눈앞에서는 혹 할 이야기가 잇으면 손짓으로 의사를 통하도록 해야 한다. 이것은 물론 쓰라린 생활일 것이다. 그러나 이보다 더 쓰라리고 더 고적한 생활을 피하기 위하야는 이 쓰라린 연극을 달게 연출하지 안흘 수 없다. 또 설혹 말은 서로 못하고 앉어 잇다고 하더래도 오직 동포가 옆에 앉어 잇거니 하는 그 한 생각만 해도, 또는 서로 멀거니 얼골만 처다보아도 그것은 그들에게 일종의 위안과 서로 의지함과 마음의 평화를 가저다주는 것이다.

어느듯 날은 새엿다. 오전 네 시만 되면 날이 새는 것이다. 깨라는 종이

---

18 서로 마음을 주고 받음.

울고 깨여 이러나 앉기가 무섭게 조반으로 돌띠아 떡이 열개씩 들어왔다.
떡을 입에 트러너키가 무섭게 문이 열리면서 종들이 모두 뜰로 나섯다. 한
우리에 하나씩 십장이 잇다. 이 십장은 서반아 사람도 잇고 멕씨코 사람도
잇다. 십장은 물론 종이 아니다. 오직 주인의 고용하는 하인으로 종을 부리
고 때리고 학대하는 권리는 주인과 꼭 같다.

뜰에 나선 종들을 보고 준식이는 놀랏다. 첫재 그 수효가 만흠에 놀라구
둘재로 모두 껌둥이가 만흔 줄 알앗더니 그보다도 동양인 비슷하게 생겻으
나 얼굴이 붉은 홍인들이 대다수인 것을 발견하고 놀랜 것이엇다. 따라서
건우는 도망가려는 죄로 일부러 고생을 더 시키기 위하여 껌둥이 틈에 갖다
너헛든 줄을 짐작하고 또 자기도 십장의 명령을 거역하고 춘삼이를 따라가
려던 죄를 벌하기 위하여 그 무서운 사람들만 잇는 방으로 몰아 너헛든 줄
을 짐작하게 되엇다.

이전부터 잇든 종들은 모두 밭으로 나간다. 허리에다 방울을 두 개씩 달
아서 걸음을 걸을 적에는 쩔렁쩔렁 소리가 난다.

어제 들어온 종들만 다시 한 곳으로 모이엇다. 그리고 벌서 너무 오래 차
고 잇어서 버릇이 되어 별로 부자유를 감하지 안흘 만침 된 수갑을 벗겻다.

메스티조[19](서반아인과 홍인의 반종[20]이니 참된 멕시캔이다.) 한 사람이 큰 가우
를 가지고 와서 길게 따하 느린 머리꼬리를 잘랏다. 청인들도 머리꼬리가
잇엇고 준식이와 춘삼이도 잇엇다. 청인 하나가 아니 잘리려고 하다가 몹
시 어더맞엇다. 그것을 보고 대항하여 소용없을 것을 깨닫고 모두 순순히
복종햇다. 그러나 준식이는 자기가 삼십 년이나 가지고 다니던 머리가 섬
적 잘하질 적에 마치 사랑하든 무엇을 일허버리는 것처럼 가슴이 아프고 슬
펏다.

그리고는 그들은 목욕을 햇다. 열흘씩 세수도 못햇든 몸에 물은 참으로

---

19 중남미 원주민인 아메리카인과 에스파냐계 · 포르투갈계 백인과의 혼혈인종.
20 '튀기(혼혈)'의 방언.

상쾌하엿다.

목욕하고 나니까 그들이 입엇든 옷은 간 곳이 없어지고 여기 종들이 입는 제복을 갖다 입엇다.

"대체 당신들이 나를 언제 어디서 샀오?" 하고 한번 대들어보고 싶엇으나 서반아 십장의 손에 들린 채찍을 보고는 그만 입을 다물고 말앗다.

생각을 하면 기는 막히는 일이다. '팔리지 안코도 팔려온 종.' 그들은 이러한 이상한 종이엇다. 속은 생각을 하면 이가 갈리나 이제 와서 어떠케 하는 도리가 없엇다. 오직 울며 개자[21] 먹기로 일 되어가는 대로 그냥 따라가는 수밖에 없엇다.

23

옷을 입고 나서 그들은 풀무 불 피운 대장간으로 들어갓다. 준식이는 벌서 각오하고 눈을 딱 감앗다.

살 타는 내음새, 비명, 아픔— 그리고 일은 다 결정낫다.

그다음에 그들은 형장(벌 쓰는 곳)으로 인도되엇다. 비끄러 매달고 때리는 형틀이 여러 개 세워 잇다. 형틀 기둥은 붉읏붉읏 피로 지도 그리듯 그려 잇섯다. 도망질하려거나 거역하거나 게으르거나 싸움하거나 하면 그 벌로 이곳으로 끌려와서 하로 낮 하로 밤을 계속하여 매를 맞는 것이다. 이것은 처음 들어오는 종들에게 위협으로 구경시키는 모양이엇다.

이런 순서를 밟어오는 동안 준식이는 춘삼이의 모습을 보고 자기 몸의 괴로움보다도 더 한층 애통하는 마음이 폭발하엿다. 새벽에 뜰에서 만난 때 그들 두리서는 마치 삼십 년 떨어젓든 형제가 다시 만나는 것처럼 서로 달려들어 얼싸안엇다. 그러나 그 벌로 춘삼이와 준식이는 어더맞엇다. 그 기단 채찍으로 한 대 어더마즈면 그 채찍이 허리가 친친히 감기는 듯하면서

---

21 겨자

몹시 아펏다.

이태호 준식이와 춘삼이는 오직 마조 바라다만 보고 잇슬 뿐 한마디의 이야기도 주고받지 못햇다. 참으로 준식이에게는 물어볼 것도 만코 할 이야기도 만핫다.

"네 방에도 껌둥이가 잇더냐? 조선 사람은 없드냐? 어제 밤에 잘잤느냐?"

그러나 준식이는 혀를 깨물고 억제하엿다. 말을 건뉘다가 자기가 좀 어더맛는 것은 무방하겟지만 춘삼이가 맛는 꼴을 참아 볼 수가 없는 것이다.

오직 서로 말없이 마주 바라다보는 눈만이

"다 암니다. 다 암니다!" 하고 통정하는 듯 싶엇다.

형장 구경이 끗나자 그들은 도로 제각기 어제 밤에 들어가 잔 우리 안으로 돌아갓다. 아마 첫날은 노나 부다 하고 준식이는 생각햇다.

날이 더워오기 시작한다. 어제 마차를 타고 올 제도 꽤 더운 생각이 낫스나 그래도 벌판으로 달리는 마차 속이라도 바람이 좀 잇서서 그리 괴롭지는 안헛다. 그러나 이러케 푹 백인 곳에 들어와노흐니 숨이 맥힐 듯이 더워 들어온다. 아즉 오정이 못 되엇겟는데 어찌 더운지 가만히 앉어 잇서도 땀이 난다. 돌담이 불돌처럼 뜨거워지엇다. 이 더위에 밭에서 일하고 잇을 사람들을 생각하니 딱한 생각이 낫다.

조금 잇더니 방울 소리가 떨넝떨넝 하면서 밭에 나갓든 종들이 돌아온다. 모두 한 소낙이 맛고 들어오는 사람들처럼 땀을 좔좔 흘린다.

우리 안으로 들어오자 모두 끝까지 피곤한 듯이 들어눕는다. 시시한 땀내가 코를 찌른다. 어제 밤에 약조햇든 대로 건우도 들어와서 준식이를 못 본 체하고 저편 구석에 가서 두 팔로 벼개하고 눕는다.

조금 잇더니 점심으로 또 돌띠아 열 개씩을 받엇다. 점심을 먹고는 모두 한잠씩 잔다. 준식이도 어제밤 잠을 못 잣으므로 극도로 피곤해 잇섯다. 그래서 곧 잠이 들엇으나 왼갖 무서운 꿈 때문에 잠고대만 몇 번 하고 깨엿다.

어수선한 바람에 깨여보니 모두 이러나서 나간다. 마그막에 준식이 혼자 남아 잇스니까 십장이 나오라고 소리를 꽥 질럿다. 할 수 없이 그도 따라 나갓다. 낮잠 자는 동안에 땀을 얼마나 흘렷는지 아침에 새로 어더 입은 옷이 화락하니[22] 저젓다.

준식이 허리에도 방울을 달앗다. 그리고는 십장을 따라 껌둥이들 틈에 석겨서 밭으로 나갓다.

목화밭이엇다. 건우가 말하든 대로 뒤에는 조고만 언덕이 하나 잇고 그 뒤에는 무성한 삼림이 퍼러케 보인다. 바른편에는 멀리 높다란 산이 하나 잇고 앞과 왼편으로는 무연한 벌이 연접되엇는데 눈이 미치는 데까지 모두 목화밭이다. 하눌과 땅이 맛다흔 곳까지 전부 목화밭이다.

목화꽃이 만개해 잇섯다. 넓은 벌에 눈이 온 것처럼 하얀 목화꽃으로 쪽 깔리운 것이 한 번 보면 아름답기도 하나 또 한 번 보면 너무 단조한 듯도 하엿다. 이백여 명의 종이 쩔렁쩔렁 방울 소리들을 내이면서 각기 십장의 명령을 따라 헤여진다. 종들은 자기 몸보다 배곱이나 되게 큰 치룽[23]들을 하나식 들고 이랑을 골나 나가며 목화를 딴다.

십장들은 각기 자기가 맡은 종들을 지휘하면서 군데군데 서서 감독한다. 혼자 갑갑하니까 휘파람도 불고 웅얼웅얼 혼자 코노래도 부르고 하다가는 잇따금 한 번씩 종들을 경게하는 뜻인지 긴 채쭉으로 공중을 때려 소리를 짜락짜락 내인다. 매를 만히 마저온 종들은 그 채찍 소리가 날 때마다 마치 자기가 매나 맞는 것같이 몸을 흠칫흠칫한다.

무엇보다도 더워서 걱정이다. 맨발바닥에 와 닷는 사토[24]가 불에 단 것처럼 딱근딱근한다. 땀은 비 오듯 하여 허리에 찬 커단 수건으로 연방 싯처내이나 도모지 끝이 없다. 둘재 허리가 아파서 죽을 지경이다. 한참 만에 한 번씩 허리를 좀 펴보나 매 마즐가 봐 겁이 나서 오래 쉬지도 못하고 또 자주 허리를 펴지도 못한다.

---

22 화락하다 : 옷 따위가 물이 뚝뚝 떨어질 정도로 흠뻑 젖다.
23 싸리로 가로로 둥긋이 엮어 만든 그릇.
24 모래흙(沙土).

24

목화밭 군데군데 막이 잇다. 목화 치룽이 거의 찰 때가 되면 치룽 공급하는 종들(이들은 신용을 받는 종들이다)이 뷘 치룽을 가지고 와서 가득 찬 치룽과 바꾸어 간다. 가득 찬 치룽은 그들이 메여다가 막으로 가서 쏘다놋는다. 거기서는 또 다른 종들이 목화를 저울에 달아서 묵거놋는다. 마차가 와서 목화 짐을 한 짐씩 싣고 다라난다.

해가 뚝 떨어지어서 어슬어슬하게 되면 우리로 돌아간다. 저녁으로는 또 돌띠아 열 개를 어더 먹는다. 곤해서 곧 잔다. 오직 건우와 준식이만이 잠간씩 속색이를 한다.

이 꼭 같은 생활이 오늘 내일 모레 글피 한 주일 한 달 한 해 두 해 계속한다. 이 수다한 종들이 하루 돌띠아 서른 개 바다먹고 죽도록 나가 일한다. 휴식이라구는 밤에 잠잘 때와 오정으로 세 시까지 가장 뜨거운 때밖에 없다. 그러나 일은 아츰 네 시에 시작하니까 결국 하루에 열네 시간씩 꼭꼭 일하는 것이다. 그런데 그 보수로는 오직 돌띠아 서른 개, 물 세 사발, 한 달에 한 번 갈아주는 홑옷 한 벌, 돼지우리 같은 집, 욕, 매, 학대 이것들이 전부이다. 주인이 그 목화를 장거리에 내다가 얼마나 넘겨먹는지 그것은 종들이 알 재간도 없거니와 알 배 아니다. 또 간섭할 배도 아니다. 그들은 오직 열네 시간 일을 하여야 한다. 그리하면 돌띠아 서른 개가 생긴다. 그것 가젓스면 그들은 만족이 아니냐? 그들에게는 그것밖에 더 요구되는 것이 없지 아니냐? 그들에게 안해가 잇느냐, 자식이 잇느냐, 세납을 무느냐, 전쟁에를 나가느냐, 그들은 오직 노동하는 종들이 아니냐? 영혼이 없는 노동자들이 아니냐?

증기기관에 수증기만 공급하면 기계가 일하는 것같이 그들에게는 돌띠아 서른 개만 공급하면 일을 하여야 하는 것이다!

준식이가 팔려간 플랜테이쉰(農場)을 설명하기 위하여는 당시 멕씨코 사회상을 간단하게 한번 소개할 필요가 잇다.

멕씨코는 원래 서반아 사람과 북미 홍인과 사이에 석겨서(混血) 생긴 한 새민족이다. 그래서 멕씨캔이라고 하면 멕씨코 사람이란 말인데 그것은 순 서반아 사람도 잇고 반종도 잇고 순 홍인종도 잇다. 그래서 멕씨캔의 혈통을 분류하자면 총인구 일천 오백만 명 중에 순 서반아종이 백만 명가량밖에 안 되고 순 홍인종이 륙백만 명 반종이 팔백만 명 이러하다.

순 서반아 사람은 '애씨엔다'[25]라고 하여 곧 당시엣 지주(地主) 계급이 되어 잇는 동시에 정권(政權)도 그들의 독점이엇다.

더욱이 일천 팔백 팔십사 년으로부터 일천 구백 십 년[26]에 미치는 이십오 년간 멕씨코는 따이아즈[27] 통치하에서 신음하고 잇엇다. 그래서 이동안 서반아 홍인간의 반종인 메시티요들이 순 서반아인을 내여쫓고 자기네가 정권을 잡으려고 여러 번 소동이 잇엇다.

그러다가 결국 일천 구백 십 년 혁명에 잇어서 반종들이 이기고 순 서반아인을 내여쪼츤 후 정권을 잡게 된 것이다.

따이아즈 통치하에서 권세와 부를 마음껏 누리는 순 서반아인은 사방에서 혁명과 소동이 이러나는 것을 불관[28]하고 일확천금의 목적으로 도처에 광산과 플랜테이쉰(農場)과 노곤 공장을 세윗다. 그래서 일천 팔백 구십 년으로부터 시작하야 북방 멕씨코에는 극도의 노동력 결핍을 감하게 되엇다. 이때에 '애씨엔다'들은 종을 잡아오기도 하고 사드리기도 햇다. 벌서 일천 팔백 오십칠 년(곧 그때로부터 삼십여 년 전)에 발포된 노예 방지법이 법률로 되어 잇음도 불구하고 세력가인 '애씨엔다'들은 종을 만히 치게[29] 되엿다. 그들에게 권력이 잇는지라 삼십 년 전에 통과시킨 법률 따위는 한 휴지에 지

---

25 아시엔다. 라틴 아메리카의 대토지 소유 계급.
26 1910년에 발생한 멕시코 혁명은 20세기 중남미 역사의 커다란 한 획을 장식한다.
27 포르피리오 디아스(Porfirio Díaz). 멕시코의 군인·대통령. B.P. 후아레스가 지도하는 자유주의 혁명에 참가, 혁명전쟁, 프랑스와의 전쟁에서 활약했다. 멕시코 혁명으로 쫓겨나기까지 최고 실권자로 재임 중 모든 민중운동을 탄압, 대지주 계급을 보호하고 외국 자본을 도입하여 멕시코 경제를 급속히 발전시켰다.
28 관계하지 않음.
29 치다 : 가축을 기르거나 새끼를 낳다.

나지 안엇다.

그래서 그들은 종을 잡아오기도 하고 사오기도 햇다. 종은 대개 아푸리카와 아세아에서 사드렷다. 이 틈에 이 불행한 준식이가 걸려든 것이다. 물론 '애씨엔다'가 준식이 일행을 잡아온 것은 아니엇다. 그는 그들을 돈을 주고 사온 것이엇다. 오직 중간에서 개발회사 사원으로 나섯든 사람에게 그들은 속아넘어간 것에 불과하다. 사실 개발회사란 일천 팔백 구십팔 년에 미국이 하와이를 병합하자 하와이에 사탕밭을 대대적으로 경영하게 되어 거기 노동녁을 공급하기 위하야 세운 것이다. 그런데 그 사무원 중에는 무식한 사람을 속여 팔아먹는 일을 하는 놈이 잇섯든 것이다.

한편으로는 외국 종을 사드리는 동시에 또 한편으로는 산곡으로 들어가서 아직 문명에 접촉치 못한 홍인들을 잡어온 것이다. 신수 궁한 홍인은 밤에 혼자 나갓다가 불의의 습격을 받아 잡혀 오기가 보통이엇다. 또 어떤 홍인의 촌은 야반에 갑작이 습격을 받아 부녀는 모두 학살되고 장정은 전부 한꺼번에 묵겨 내려와서 각 광산 각 플랜테이쉰, 각 노끈 공장으로 분배되엇다.

그중에도 이통에 가장 만흔 희생자를 낸 족속은 '야퀴' 족이엇다. 통속 '엥간챠도'라고 부르는 족속인데 이 족속은 그때 그 노름에 거의 전멸이 되고 말엇다.

이러한 관계로 준식이가 붙잡혀간 플랜테이쉰에도 홍인종이 가장 만코 그 밖에 청인, 조선인, 흑인 등이 섞겨서 종사리를 하게 된 것이다. 일천 구백 십 년에 혼혈족이 정권을 잡으면서 노예제도를 다시 국법으로 금지하기에 일럿다. 준식이가 속아서 간 때는 바로 일천 팔백 구십 년 순 서반아족 독재의 전성시대로 한번 화인을 맞은 종은 일생 어디서나 종이기 때문에 도망한 종을 숨기거나 대접하거나 하면 그 사람까지 엄벌을 받게 되는 시대이엇다. 그리고 북방 멕씨코에서 비 온 뒤 참대순 이러서듯 여기저기 이러서는 실 공장들에 목화를 공급하기 위하야 각 플랜테이쉰에서는 다못 한 사람의 종을 가지고라도 머리를 싸매고 서로 사가려고 덤비는 판국이엇다.

이러한 판국에 이 이야기의 주인공인 불쌍한 준식이가 걸려든 것이다.

25

목화, 목화, 목화!

땀, 땀, 땀!

매, 매, 매!

하루, 한 달, 일 년, 이 년, 삼 년!

아! 시간은 '다라난다'. 그러나 얼마나 기막힌 '다름박질'이냐?

그동안 그들은 '살앗다'. '살앗다!', 얼마나 평범한 말이냐? 또 얼마나 눈물겨운 존재이냐?

'살앗다!' '산송장'이란 말이 잇거니와 그들의 삶이야말로 산송장이엇다.

무엇 하려고 사는가? 무슨 재미로 사는가? 이러한 무름이나마 무러볼 경황이 없는 삶이엇다.

자고 먹고 일하고 매 맞고 이것이 그들 생활의 전부이엇다.

해가 뜨기만 하면 견딜 수 없을 만침 뜨거워 드러온다. 목화밭 한 이랑을 못다 가서 벌서 그들이 신은 구두 안은 물속에 담앗다 내인 드시 즐벅즐벅 땀이 괴인다. 사실인즉 씨언히 맨발로 나섯스면 조흘 생각이 잇으나 쩔쩔 끌는 듯한 모래밭 우에 맨살을 내노흘 수가 없는 것이엇다. 땀이 흐른다. 비오듯 한다는 것도 아직 약한 이야기다. 그냥 뜨거운 물속에 들어가 잇는 것 같다. 자정이 되어 참으로 더 견딜 수 없어서 질식해버릴 만침 되면 다시 '우리'(그들이 유숙하는 집을 도야지우리라고 밖에는 더 말할 수가 없다)로 들어온다. 곤한 김에 쓰러저 잔다. 그러나 이 꿈 저 꿈 고약한 꿈만 꾸는 괴로운 잠이다. 자고 깨면 무거운 공기는 더 한층 무거운 것 같다. 땀내와 사람내는 마치 송장 썩는 냄새보다 더 고약하다. 그러나 이미 그들의 코는 이 냄새를 마틀 후각을 잃어버리고 말앗다.

밤이 되면 그들은 다시 그 영구한 비몽사몽간의 첫잠도 아니고 채 깨어 잇는 것도 아닌 혼몽 상태에 빠진다. 그들의 주인은 이것을 잠자는 것이라구 한다. 밤은 조금 서늘하다. 그래서 왼종일 시달리는 그들의 육체는 조곰 아한 노힘을 얻는다. 그래서 그들의 혼을 잠시 동안 삶도 아니고 죽엄도 아닌 공허의 세계로 방황하는 것이다.

담을 격한[30] 주인의 대청으로부터는 청아한 음악 소리와 옥을 깨치는 듯한 여자들의 우슴소리며 떠들고 웨치는 사람의 소리들이 마치 멀리 꿈속에서 들려오는 것처럼 들리여온다. 종일 그늘에서 낮잠을 자거나 쉬이고 잇든 한가한 주인들이 연회를 열고 무도회를 여는 것이다.

처음 팔려오는 사람은 누구나 다 이 기막힌 대조에 반항심을 이르켜본다.

어찌하여 주인들은 이 종들이 종일 시달리우다가 잠간 동안 쉬임을 얻는 이 밤에까지 화평스런 꿈을 꿀 기회를 주지 안는가? 아! 얼마나 그 음악 소리가 그들 귀에 싯그럽고 광증으로 모라치는 채찍 소리같이 들릴 건가? 그래서 그들은 고함도 질러보고 발버둥도 처본다. 또 혹은 미처서 나아간다. 그러나 미치지 안코 그냥 남아 잇는 사람은 얼마 오래되지 안어 그만 고즈낙해저버리고 만다. 소위 신경마비가 되어버리는 것이다. 그래서 그들 귀에는 이 음악 소리는 아모런 의미, 아모런 아름다움, 아모런 공상도 전달하지 못하는 한낫 불규칙한 잡소리에 지나지 안는다. 그리고 이 잡소리에 그만 버릇이 되어버려 다시는 그들의 공허한 꿈의 여행을 방해하지도 안게 되고 만다.

이리하여 그들은 한낱 목화밭 기계가 되어버린다. 하로 세 끼 돌띠아나 먹이고, 때따라 매질을 하면 이 로봇트(그실[31] 로봇트보다도 더 기계적인 인형들)들은 주인 시키는 대로 일을 잘한다. 오직 억제할 수 없는 성욕만은 갈수록 더욱더 조잡해지고 난폭해지며 변태적이 된다. 그래서 체면도 없이, 꺼림

---

30 사이에 둔.
31 기실. 사실은. 실제로.

도 없이 본직을 떠난 변태적 성의 만족이 공공연히 시험되고 잇다. 그리다가 그것도 그 속에서 한 십 년 지나고 나면 성욕까지 고만 고갈되어버리고 그때는 아주 산송장도 채 아니고 움지기는 송장이 되어버리는 것이다.

시월 들어서면서부터 잇따금 소내기가 내리곤 하기 시작한다. 함정 속같이 뜨거운 볕 아래서 일하다가 한 소내기 맞는 재미란 참으로 상쾌한 것이다. 이때가 이르면 그들의 사는 이유의 오직 하나는 이 갑작 소내기를 기다리는 재미에 잇다고 할 수 잇을 것이다. 아니 그들이 일 년 내내 사는 오직 한 가지의 이유는 곳 이 소내기 맞는 재미를 기다림에 잇다고 할 수도 잇을 것이다. 이만침 그들의 생활은 단조화되고 타락되고 무감각해지는 것이다.

그러나 한 소내기가 지나가면 더위는 더 한층 위대한 무게로 내려누르는 것 같애진다. 소내기가 지나간 지 삼 분이 못 되어 다시 모래알은 손을 대일 수가 없도록 뜨거워지는 것이다. 그래서 일하기는 더 한층 괴로워진다. 더 한층 초조한 마음으로 다음 소내기를 기다린다. 또한 소내기가 지나가면 더 안타까워진다.

소내기가 차차 자자감[32]을 따라 목화도 차차 줄어든다. 그래서 목화를 모두 따드리고 비인 대만 경성하게 남는 때 비는 조금도 쉬지 안코 종일 줄줄 내린다. 이리하여 정월부터 삼월까지 석 달 동안 밤낮 없이 비가 줄곧 내려온다.

그동안 종들은 우리 안에 꼭 가처 잇다. 심심파적[33]으로 노끈을 꼰다. 그러나 일을 아니한다는 이유로 돌띠아 분량이 절반 줄어진다. 그래서 그들은 쪼르록거리는 배를 부둥켜 쥐고 어서 또 끼 때가 오기만 기다리면서 쉴 새 없이 쏘다지는 빗줄기를 내다보고 앉어 잇다.

사월이 되면 비가 끝이고 다시 또 정탕처럼 뜨거워진다. 따라서 종들은 다시 밭으로 나간다.

---

32 잦아감. 잦아듦. 잠잠해짐.
33 심심풀이.

다시 또 땀과 매질과 목화!

일 년, 이 년, 삼 년, 사 년! 말이야 쉽지! 그러나 사 년, 아이고!

26

지나간 일천오백 일 동안 준식이는 하로하로 자기 전 존재가 시드러저 들어가는 것을 감각하엿다. 그리고 그는 그것을 싸와 이겨보려고 애를 좀 써보앗으나 몇 달 되지 안허 그는 불가능일 것을 알고 그만 단념하고 말엇다. 그래서 그의 사상, 그의 전투력, 그의 감정까지가 역시 불가항력에게 끌이는 모양으로 점점 더 시드러 말라버리엇다.

그리고 비극은 준식이가 눈을 번히 뜨고 차차 식어들어가는 자기 생명력의 송장을 내려다보고 앉어서도 어떠케 손을 써보거나 방어할 재간도 없이 되어가는 대로 내어버려둘 수밖에 없게 된 것이엇다.

더욱이 그는 잇다금 잇다금 밭에서 만나는 춘삼이의 움푹 드러간 두 눈과 맥없이 느러트린 두 어깨에서 날로날로 말러드러가는 청춘의 절망을 발견할 수 잇엇다. 그것이 준식이에게는 제 자신의 위축보다도 더 앗갑고 안타까웟다. 그러나 역시 별 수 없이 나날히 파멸되어 나가는 꼴을 눈 번히 뜨고 바라보고 잇지 안을 수 없다.

준식이가 고향을 떠나기는 돈을 벌어볼 욕심이엇다. 춘삼이도 그리고 건우도 그라타. 그러커늘 그들은 벌서 여러 해채 돈은 구경도 못 햇다. 돈은 둘재이고 그들에게는 아모런 것도 남는 것이란 없었다. 매일매일 땀 흘리고 매맞고 애쓴 보수로 그들은 하루 세기 돌띠아와 맥물[34]을 얻어 먹는다. 그리고 사철 홋옷을 입는 곳이라 한 달에 한 번씩 새로 세탁한 옷을 얻어 입는다.

이러한 삶을 산 지 사 년채 되엇다. 준식이도 인제는 여기서 해방되는 방

---

34 맥물 : 아무것도 섞지 않은 물.

법은 오직 두 가지 길밖에 없음을 깨다랏다. 하나는 죽어버리는 것이오. 또 하나는 미처버리는 것이다. 죽지도 못하고, 미치지도 못하면 여기서 빠져나갈 재간은 도저히 없는 것이다.

이 '움직이는 송장'의 생활 속에서도 그들은 '살고 싶어' 하는 것이엇다. 그처럼 삶이란 뿌리 깊은 인류의 욕망이엇다. 그들보다 조금 더 나은 지위에 처한 사람은 그들의 생애를 볼 때 "저 모양으로 무엇 하려고 살아갈가, 차라리 죽어버리는 것이 낫지!" 하고 말들을 한다. 그러나 아모리 어려운 경우에 처한 사람일지라도 '목숨', '삶'이란 이것은 무엇보다도 귀중한 욕구이다. 그래서 그들은 매일매일 허덕허덕, 거의 죽어가면서도, 또는 차라리 죽어버림이 나흘 생애를 하면서도, 그래도 살기를 원하는 것이다. 거기에는 아모런 다른 이론이 없다. 우선 '살아노코 보자' 하는 것이다. 살아가누라면 그래도 무슨 소사날 구멍이 생기겟지! 하는 이 눈물겨운 믿음, 이것은 한 사람의 생애가 참혹하면 참혹할수록 더 강해지는 것이다. 하염없는 바람인 줄을 알기는 알면서도 그들은 끝까지 이 바람을 붓잡고 매달린다.

이러케 준식이는 살아왓다.

어떤 봄날이엇다. 사철 더운 이곳에 봄이니, 가을이니 잇으랴마는 비 오는 시절이 끝나고 다시 반 년 동안 지나도록 비 한 방울 아니 내리는 마른 시절이 돌아오면 그 마른 시절의 시작을 봄이라구 부르는 것이다.

하여튼 봄날이엇다. 목화를 심으는 때이엇다. 벌서 몇 일재 어떤 젊은 홍인 자유인(紅人自由人) 하나가 준식이가 일하는 농장(풀랜테이쉰) 근처를 매일 배회하고 잇섯다. 물론 이전에도 자유인들이 잇따금 농장 근처를 배회하는 일이 만헛다. 물론 감독들이 그것을 실허한다. 그래서 보면 보는 대로 쫓아버린다. 물론 그들은 자유인이고 종이 아니기 때문에 감독들도 함부로 때리거나 학대하지는 못한다. 그러나 작업에 방해된다는 이유로 가진 수단을 다 부려 자유인의 배회를 예방하려고 애를 쓰는 것이다.

몇 일 전부터 이 젊은 자유인이 바로 준식이가 일하는 밭 근쳐로 별로 목적도 없이 배회한다. 감독이 쪼차가서 가라고 하면 이 청년은 벙글벙글 우스며 가까히 잇는 주인의 집 담정 뒤로 사라진다. 그러나 한 시간이 못 되어 그는 다시 나타난다. 그는 혼자 노래를 부르기를 조화한다. 그래서 뒷짐을 지고 거닐면서 혼자 중얼중얼 노래를 부른다. 또 이따금 노장 밖 풀밭에 앉어서 노래를 부른다.

그는 아름다운 목소리를 가젓다. 이것만은 준식이나, 흑인이나, 홍인이나 또는 혼혈아인 감독이나 일치하는 점이엇다. 그러나 그의 노래에 대해서는 생각이 그리 일치할 수 없엇다. 준식이는 그 노래가 기쁜 노래인지, 슬픈 노래인지, 잘하는 노래인지, 잘 못하는 노래인지 알 수 없엇다. 그에게는 그냥 무미한 소리의 교차이엇다. 수심가처름 구슬픈 맛도 없고 방아타령처름 흥도 나지 안는다. 그러나 그 노래가 감독들에게는 꽤 흥미를 주는 모양이엇다. 그래서 그가 앉어 노래를 부르면 그를 쪼츠려고 갓든 감독도 우두머니[35] 서서 그 노래가 끝나도록 듣는다.

그리하여 몇 일 되지 안허서 도리어 그가 오는 것이 감독들에게 환영을 받게 된 모양이엇다.

27

노래하는 청년은 거의 매일 왔다. 와서는 휘파람을 불면서 뒤짐을 지고 이리저리 함부로 도라다닌다. 그리다가는 준식이가 일하는 밭머리까지 와서 풀밭에 앉어서 노래를 부른다. 요새 와서는 감독들이 도리어 재청을 해서 그의 노래를 듣게 되엇다.

노래하는 청년이 오기 시작한 지 열흘 가량 된 때이엇다. 벌서 목화나무가 한 뼘씩 자라고 종들은 김매기에 겨를이 없을 때이엇다. 오후 해가 거의 기울 때 쯤하야 준식이는 노래하는 청년이 앉어 잇는 쪽을 향하여 김을 매며 나아가고 잇엇다. 처음에는 준식이는 이 청년이 왔다 갓다 하는 것을 그

---

35 '우두커니'의 잘못.

리 곱게 보지 안헛섯다. 남들은 뜨거운 볕 아래서 고생을 하고 잇는데 자기는 자기의 자유를 자랑이나 하는 듯이 근처로 거닐며 무엇이 그리 기뻐서 노래를 불으는 것이 속으로 아니꼬왓섯다.

그러나 그가 계속하여 매일 와서 노래를 부를 때 차차 준식이는 그의 청아한 목소리와 멜로디에 끌리기 시작하엿다. 그리고 또 거의 미신에 가까운 본능적 어떤 히망이 그의 생각을 사로잡앗다. 혹시나? 혹시나? 준식이는 이 노래하는 청년의 힘을 빌어 어떠한 기적적 구원이 이르지나 안을까 하고 한낫 발암[36]을 부처보앗다. 물론 이 발암이 근거 없고 부질없는 것인 줄은 자기도 잘 알면서도 그래도 이 싹트기 시작하는 그의 히망을 부인해버리기가 참으로 아까웟다.

그와 동시에 그가 이 노래하는 청년의 자유를 시기하든 감정은 없어지고 도리어 그것을 감상하는 감정을 얻게 되엇다. 이러케 부자유와, 굴욕과, 매질과 강제로 가득 찬 이 세상에 오직 하나만이라도 이 젊은 사람이 자유스럽게 살아나가는 사람이 잇다는 것이 고마웟다. 마치 갈 데 없이 부자유한 육체 속에 가쳐 잇든 자기의 혼이 철사를 끈허버리고 이 청년에게로 달려가서 그와 함께 자유스럽게 노래 부르면서 뛰노는 것같이 생각될 적도 잇섯다. 그래서 어떤 때 준식이는 자기의 전 존재는 이저버리고 오직 풀밭에 앉어서 노래 부르는 그 젊은 사람이 자기 자신인 듯이 생각되는 때도 잇섯다. 곧 자기와 그가 합체가 되어 하나가 되는 듯한 느낌이엇다. 그리다가는 감독에게 후려맞고야 다시 제정신이 들어서 잠시 쉬엿든 피곤한 팔을 또 움직인다.

이날 그는 이 청년의 노래 소리에 귀를 기우려가며 기계적으로 김을 매고 잇섯다. 그와 그 청년 새의 거리가 돌 하나 던질 만침 된 때 청년의 노래 소리는 갑작이 무엇으로 싹 비여버리듯이 끈허저버리고 이여서 외마대 소리가 들려왔다. 준식이는 흠칫 놀라서 하든 일을 멈추고 그쪽을 바라다보

---

36 바람. 소원.

앗다. 방금까지 질겁게 노래 부르든 청년이 무엇에 어더맞은 듯이 풀밭에 넘어저 빙빙 도라가며 연방 신음한다.

준식이는 이것저것 모두 이저버리고 그리로 단숨에 뛰처갓다. 청년이 그 러쥐인 종아리로 피가 좀 흘럿다. 그리고 그 자리를 금시에 부어오르기 시작한다. 준식이는 사방을 둘러보앗스나 아모것도 눈에 보이는 것이 없엇다. 준식이는 즉시 그것이 무엇인지를 알앗다. 바로 년전에도 이러한 일이 잇엇섯다. 그는 독사뱀에게 물린 것이 분명하엿다.

준식이는 이것저것 돌아볼 여렴이 없이 곧 달려들어 상처에 입을 대고 쭉 드리 빨앗다. 쿼쿼한 액체가 입안으로 들어온다. 기운껏 다 빠라서 배아타 내버리엇다. 노래하든 청년이 몸을 이르키려 할 때에 벌서 감독의 세찬 매가 준식의 전신을 후려 갈겻다. 준식이는 아픈 몸을 비슬비슬하며 다시 일하든 자리로 돌아왓다. 준식이를 쪼차와서 때리든 감독은 이러나 앉은 청년과 몇 마디 하더니 준식이 쪽을 한번 힐끗 돌아다보고는 저편을 향하야 간다.

오랫동안 말럿든 준식이의 눈에는 눈물이 핑그르 돌앗다. 억울하다는 것 보다도, 한 사람의 목숨을 살렷다는 것보다도 오직 준식 자기 속에 아직까지도 자기 목숨을 걸어 다른 사람의 목숨을 살려주려 하는 애정이 다 말라버리지 안코 남어 잇엇다 하는 것이 준식이 자기에게도 눈물이 나릴 만침 감사하엿든 것이다.

눈물이 어리여서 앞이 보이지도 안는 대로 몇 발자귀 더 김매여 나아가는 그의 손도 부들부들 떨리엇다. 이때 청년은 이러서서 준식이 쪽을 향해 손질을 하면서 소리를 지른다.

"센욜,[37] 고맙습니다. 센욜, 고맙습니다." 하는 소리를 준식이는 드럿다. 준식이는 그만한 서반아 말은 알아듣게 되엇든 것이다. 준식이는 머리를 들어 처다 보앗다. 청년은 또다시

---

37 세뇨르(señor). 에스파냐 어의 경칭. 영어의 Mister에 해당된다.

"센욜, 고맙습니다." 하며 허리를 몇 번 굽실굽실하고는 돌아서서 간다. 준식이가 고개를 숙엿다가 다시 들어볼 때에는 청년의 몸은 벌서 담정 뒤로 사라저 없어진 때이엇다.

"센욜!" 하고 준식이는 부지중 되푸리해보앗다. 그가 사 년 동안 잇는 동안 아직 한 번도 누가 그더러 '센욜'이라구 불러준 적이 없다.

'센욜'! 그것이 무엇 그리 명예스러운 존칭이랴? 그러나 잇때껏 그는 이 대단치 안흔 존칭을 바다본 적이 없엇다. 감독의 눈에 종들은 '센욜'이 아니고 한 기게이었다. 그 노래하든 청년도 혹은 한 시 전까지라도 준식이를 한 '센욜'로 보지 안코 한낫 '종'으로 보앗슬지도 모른다.

그러나 한 번 그의 목숨이 준식이의 손으로 구원된 때 그는 준식이를 '센욜'이라구 부른 것이다. 곧 종이 아니고 사람이 된 것이다.

28

노래하든 청년은 그 뒤로 다시 오지 안헛다. 혹은 준식이가 목숨을 내노코 빠라준 것도 무효가 되어서 독이 퍼저 죽어버린 것이나 아닌가 하고 속으로 걱정하고 잇엇다.

한 주일쯤 지나자 준식이도 그 청년에 대한 일은 거의 이저버리고 말엇다.

달밤이엇다. 이날 밤 담을 격한 주인의 집에서는 특별 연회가 잇엇다. 해질 때, 종들이 밭에서 돌아올 때 그들은 이 집을 향해 모혀드는 만흔 마차들을 볼 수 잇엇다. 마차에는 오색의 조끼를 입은 '센욜'들과 크고 기단 숄을 어깨에 걸고 커단 빗으로 흑수정 같은 머리를 장식한 '센요리타'[38]들로 가득 가득 차 잇섯다.

밤이 들며 손님도 다 모히고 저녁도 끝이 낫는지 음악 소리는 더욱 요란

---

38 세뇨리타(señorita). 젊은 여자에 대한 에스파냐 어의 경칭.

히 울려오기 시작하고 웃고 떠드는 소리도 전보다 더 한층 요란히 들리여 온다.

이날따라 준식이는 웬일인지 신경이 흥분되어 잇섯다. 오랫동안 성에 굶주렷든 그가 석양놀에 진주같이 빛나는 '센요리타'들의 섬세한 팔목이나 목덜미의 미에 삽시간일망정 심취햇섯든 까닭도 잇다고 하겟으나, 그것만으로는 넘우 과분된 흥분 상태에 제 자신도 저윽이 놀래엿다.

어째 공연히 마음이 떠들썩하여 이전에는 귀 기우려 듣지도 안턴 음악 소리에도 귀를 기우리고 간간히 크게 흘러나오는 우슴소리에도 혹시나 아는 사람의 목소리를 발견이나 하려는 듯이 귀를 기우리엇다.

밤은 깊어서 벌서 남들은 모두 코를 고는대도 준식이 혼자는 잠을 못 들고 안에서 나오는 소리를 하나도 빼노치 안코 열심히 듣고 잇섯다. 준식이는 자기도 자기가 왜 이처럼 오늘밤 들떳는지를 알 수 없엇다.

밤이 깊어감을 따라 안의 여흥은 점점 더 소란하게 되여 취객들의 떠들고 웃는 소리가 점점 더 크게 들려 나온다. 벌서 아마 자정이나 되엿을 것이다.

이때 준식이는 갑작이 벌떡 이러나 앉엇다. 그는 이상한 소리를 들은 것이엇다. 그리고 그는 귀를 기우렷다.

쨍! 쨍! 분명 총소리이엇다. 그리더니 안에서 나든 음악 소리는 똑 끈치고 그 대신으로 여인들의 비명 소리, 남자들의 웨치고 떠드는 소리가 들려온다.

탁, 탁, 투탁, 툭탁탁! 총소리는 연방 들려오며 담정 안팍그로부터 사람들의 웨치는 소리가 들린다. 연회석에는 대혼잡을 이룬 모양으로 그릇 깨지는 소리와 가구 부서지는 소리가 소란한 사람 소리들에 섞여 오고 사람들이 와당탕 와당탕 뛰여단니는 발자귀 소리도 들려온다.

준식이는 몹시 흥분되어 철창 틈에 얼골을 대고 밖으로 내다보려고 애를 썻으나 그의 눈앞에는 오직 달빛으로 창백해진 마당과 그것을 가로막은 회바른 담이 묵묵히 서 잇는 것이 보일 따름이엇다.

준식이는 건우를 깨웟다. 건우도 이러나서 잠간 귀를 기울여 듣더니 별로 흥분하는 기색도 없이 입맛만 다시엇다. 그의 말을 들으면 삼 년 전에도 한 번 이런 일이 잇섯다. 밤 자정 때부터 새벽까지 약 너덧 시간을 싸왓다. 그러나 아침이 된 때 싸움은 멎고 다른 아모런 일도 생기지를 안엇다. 오직 그날 종들은 반겻³⁹ 동안 더 우리 속에 갓처 잇는 것 외에는 아모 별다른 이도 없엇다. 어떤 도적떼가 습격햇다가 퇴각을 당햇다는 간단한 설명으로 종들의 호기심을 안정시키고 말엇다.

"아마 또 어떤 불한당이 처드러오는 게지오!" 하고 건우는 이 싸움이 그들 종과는 아모런 관련도 없다는 듯이 도로 드러눕고 말엇다. 그러나 준식이는 도저히 그러케 냉정할 수가 없엇다. 그래서 다시 철창으로 바싹 닥어가 섯다. 어째 한번 고함도 질러보고 싶고 이리저리 뛰어도 보고 싶엇다. 힘을 쓰면 당장 철창이 휘어질 것같이도 생각이 되어서 전력을 써보앗으나 철창은 움죽도 아니한다.

한 방에 잇든 흑인들도 잠을 깨엿다. 그래서 서반아 말, 아프리카 말을 뒤석거가며 떠들기 시작하엿다. 어떤 사람은 꽤 흥분이 되어 일어나 앉어 떠들고 어떤 이는 별로 대단치 안타는 듯이 그냥 누어 잇다.

다른 우리에게서들도 깨서 떠드는 모양이엇다. 준식이는 갑작이 춘삼이도 깨엿는지가 알고 싶엇다. 그래서 부지중 그는 고함을 질럿다.

"춘삼아, 춘삼아 깼나? 춘삼아."

"형님, 이게 무슨 소동입니까?" 하는 춘삼의 목소리가 뚜렷이 들려온다. 준식이는 방금 춘삼이를 마조 보는 것이나 다름없이 반가웟다.

사 년이다! 사 년 동안 그들은 말 한마디 교환해본 적이 없엇다. 춘삼이의 목소리는 참으로 무덤 속에서나 나오는 것처럼 반갑고 의외이엇다.

"무슨 일이 생기나 부다!" 하고 준식이가 대답을 채 마추기 전에 가까이 어데서 무엇을 독기로 바수는 요란한 소리가 들리더니 웬 한 장정 하나가

---

39 반나절. '한겻'의 북한어.

손에 독기[40]를 들고 환하니 밝은 마당 안으로 웃둑 드러섯다.

29

준식이는 즉시로 뜰 안에 들어선 장정을 인식하엿다. 그래서 그는 와! 하고 소리를 질럿다. 독기를 든 장정은 준식의 소리를 듣고는 준식의 우리로 뛰어오더니 준식을 보고는 반색을 한다.

그는 다른 사람이 아니고 곧 십여 일 전에 뱀에게 물리엇든 그 홍인종 청년이엇다. 그는 독기를 둘러메더니 단박에 우리 잠을쇠를 바수고 문을 열어노핫다. 문을 열어젯드리자 너도 나도 하고 모두 밖으로 먼저 나가려고 싸움을 한다. 준식이도 어깨를 맞부비면서 나왓다. 홍인은 준식이의 손을 잡고

"나만 따라 오시오." 하고 귀속을 한다.

이때 준식이의 가슴에는 무엇이 순서적으로 생각하기에는 너무 기쁘고 흥분되어 잇엇다. 이것이 꿈이나 아닌가 할 만침 의외인 동시에 기쁜 일이엇다.

그러타. 마츰내 구원의 때는 이른 것이다. 이 홍인을 따라가기만 하면 확실히 구원될 것에 틀림없엇다. 그러나 이런 때에도 제일 먼저 머리에 올라온 생각은 춘삼이엇다.

춘삼이, 춘삼이는 어찌 되엇나? 준식이는 홍인이 끌고 가는 것을 뿌리치고 춘삼이가 잇는 우리 쪽으로 향하여 가려 햇다.

"어서 가오, 어서." 하고 홍인은 준식이를 문 쪽을 향하여 잡어끌엇다. 깨여진 우리에서 뛰처나온 흑인들은 벌서 소리를 고래고래 지르면서 어디론가 흩어진다. 그러나 준식이는 꼭 춘삼이까지 더리고야 나가기로 결심한 것이엇다. 이 결정적 태도를 보고 홍인도 할 수 없이 따라왓다.

---

40 도끼

"춘삼아, 춘삼아." 하고 그는 급하게 불럿다.

"여기요. 형님." 하는 대답이 들려온다. 이때 벌서 준식이는 춘삼이 우리 앞까지 다다랏다. 그는 즉시 뒤로 따라온 홍인에서 독기를 빼아사 그 우리 문을 바수려 하엿다. 그러나 홍인은 벌서 독기를 둘러메고 문을 향해 달려들고 잇섯다.

춘삼이도 노여 나왓다. 두리서는 마치 몇십 년 만에 만나는 친형제처럼 달려들어 끌어안앗다. 준식의 두 뺨으로는 눈물이 거침없이 줄줄 흘러내리고 잇섯다.

"이것이 꿈이냐? 이것이 꿈이냐?"

그들에게는 이것이 꿈보다 더 믿기 어려운 기적이엇다.

홍인은 급하다는 듯이 이 두 사람을 잡아끌엇다. 그리고 뒷문 쪽으로 가려 하엿다. 그러나 춘삼이는 딴 생각이 잇엇다. 그래서 두 사람의 손을 뿌르치고 안집과 통하는 문을 향해 뛰여간다.

"춘삼아! 춘삼아! 어디로 가? 이리로 와, 이리로." 하고 웨치며 따라간다. 그러나 춘삼이가 문 안에 척 들어서를 가 "앗!" 소리를 치고 두 팔로 허공에 그림을 그리면서 뒤로 나가넘어젓다.

부상을 당한 춘삼이를 안은 채 준식이는 묵묵히 홍인의 뒤를 따라갓다. 농장 문밖을 나서기 전에 건우의 생각이 나서 뜰 안을 휘둘러보앗스나 아모도 보이지 안헛다. 오직 아직까지 다른 우리 속에 갓처 잇는 종들의 웨치고 떠드는 소리가 안집에서 들리는 총소리보다도 더 크고 쳐참하게 울릴 따름이엇다.

그들은 거의 다름질하다 싶이 그 날 밤새도록 삼림 속을 다라갓다.

날이 밝은 후에도 그들은 한참이나 그냥 다라낫다. 삼림 속 소로로 혹은 풀밭을 꿰고 또 혹은 얕은 개를 건너 또 혹은 길 아니 뚤린 잡초를 헤치며 그들은 다라낫다. 홍인이 인도하는 대로 아모 말도 못 하고 그냥 묵묵히 따라만 갓다. 어떤 때 한 길식이나 되는 풀밭을 헤치고 나아가면 홍인은 준식이를 앞세우고 자기가 뒤로 따라오면서 잡초들을 모도 도로 엉크러 치어서 사람이 지나간 흔적을 없새기에 노력을 한다. 또 아침 다 밝은 때 그들은 넓은 모래밭을 건너가게 되엇는데 그 때도 홍인은 뒤로 오면서 집행이로 모래를 슬슬 저어서 그들 발자국을 흔적도 없이 감초아놋는다.

이러케 모래밭을 건느고 또 풀밭을 건느고, 얕은 여울을 건느고 하며 그들은 앞으로 앞으로 나아갓다. 준식이는 방향도 모르고 그냥 홍인의 뒤를 따라갈 따름이엇다.

정오가 거진 되엇슬 때에야 그들은 어떤 산록 밑에 다다랏다. 사방 산으로 둘러싸힌 곳에 움푹한 언덕이 하나 잇고 그 언덕에는 비들기장 같은 집들이 만히 잇는 어떤 한 촌락에 도착이 되엇다.

홍인은 이 이상스러운 촌락 한구석에 서 잇는 조고만 흙집으로 준식이를 인도하엿다.

30

산기슭에 움을 파서 비들기장처럼 만든 집 안으로 인도된 준식이는 죽엇는지 살엇는지 알 수 없이 된 춘삼이를 방바닥에 누여노핫다.

뜨거운 모래밭에 비하면 이 집안 그늘은 정신이 상쾌하리만큼 서늘하엿다. 준식이는 위선 홍인이 떠다주는 물로 춘삼이의 상처를 씻고 붕대를 감어주엇다. 출혈을 만히 하기 때문에 얼굴이 햇슥해지고 몸이 싸늘하엿다.

준식이는 어찌할 바를 몰랏다. 어떠케 하여야 춘삼이를 소생시킬지를 몰라 주저하엿다.

이때까지 발꿈치에 와 앉어서 준식이 하는 모양만 물끄럼히 바라다보고 잇든 홍인 여인이 그제서야 안방으로 들어가더니 질그릇에 담긴 무슨 기름을 들고 나와서 꼭 담은 춘삼이의 입을 벌리고 두어 술 떠 느어준다. 그리고는 준식이를 더려오든 홍인과 마조 앉어서 춘삼의 팔과 다리를 주무르기 시작하엿다.

준식이는 몹시 피곤함을 느끼엇다. 극도의 흥분으로써 마비되엇든 그의 근육이 풀려노힘을 따라 그의 팔에 떨어지는 듯이 저리고 아펏다. 팔을 마음대로 음직일 수도 없고 무엇이 손에 다아도 감각을 할 수 없엇다. 동시에 억제할 수 없는 조름이 그의 전신을 음습하엿다. 그래서 부지불식간에 그는 춘삼이가 누은 옆에 엎으러저 잠이 들고 말엇다.

그는 옆에서 대포가 터저도 모를 만침 곤히 잠을 잣다.

그가 잠을 깬 때는 벌서 황혼이엇다. 길고 음침한 그림자가 방 안에 서리워 잇고 선뜻한 땅 우에 그대로 누어서 잔 탓인지 어째 으스스한 것 같앗다. 그는 벌덕 이러나 앉엇다. 그리고 죽어가는 춘삼이를 옆에 내버려두고 혼자 편히 잠을 자고 난 제 자신을 원망하엿다. 방 안을 둘러보앗으나 방에는 아모도 없엇다. 어떤 불길한 생각이 그의 머리를 슷치고 지나가자 그는 벌덕 이러섯다. 그리고 황급히 사람을 불럿다.

"센욜. 센욜, 어데 갓오?" 그는 아직 홍인 청년의 이름을 몰랏다. 그래서 그냥 서반아식으로 '센욜'이라구 부른 것이다.

"나 여기 잇오." 하는 서반아 말이 옆방에서 들려왔다.

준식이는 그 방 안에 들어섯다. 그 방 안에는 사람이 십여 명 모여 잇엇다. 주인 홍인을 제하고는 모두 여자이엇다. 춘삼이는 도마 같은 상 우에 올려놋여 잇다. 그리고 여인들이 돌려가며 춘삼의 팔다리와 가슴에 무슨 기름을 문대고 비벼주고 잇엇다. 그의 상처는 어깨이엇다. 그래서 출혈만 만히 시키지 안코 얼른 간호를 햇드면 쉽사리 나헛을런지도 알 수 없엇다. 그러나 이미 시간이 늦인 모양이엇다.

홍인 청년으로부터 춘삼이가 아즉도 정신이 들지 안헛다는 말을 들엇다. 그리고 그의 걱정하는 듯한, 절망하는 듯한 눈을 보고 준식이는 그 결과가 어떠리라는 것을 대강 짐작하엿다. 하여간 이 동내 홍인 여인들이 춘삼의 목숨을 위하여 그들이 아는 지식의 한도까지는 끝까지 노력하는 것이 분명하엿다. 그래서 준식이는 그들의 마음이 한없이 고마왓다.

처음 들어올 때 잇든 여인(그는 청년의 어머니이엇다)이 돌띠아와 물을 상에 채려놋고 준식이더러 먹으라구 권하엿다. 청년을 통역으로 세우고 여인은 준식이에게 자기 아들의 목숨을 살려준 은혜를 감사하엿다. 그 대답으로 준식이는 오늘 그가 자유의 몸이 된 것을 고맙다 하엿다.

음식을 보니까 한 삼 년 굶엇든 것처럼 몹시 강한 기갈을 느끼엇다. 그래서 그는 물 한 사발을 단숨에 드리마시엇다. 그리고 떡을 먹으려고 손에 들엇다가 그는 다시 내려놋핫다. 옆에다 생사를 알 수 없는 춘삼이를 누여두고 자기 혼자 떡을 먹는 것이 염치없고 죄를 짓는 것 같앗다. 그러나 아리바(홍인 청년의 이름)와 그의 어머니의 간곡한 권고에 못 이기여서 그 떡을 다 먹엇다. 그러고 나니까 한결 원기가 회복하엿다.

이때 춘삼이를 둘러싸고 앉엇든 여인이 와글와글 떠들기 시작하엿다. 그리고 준식이가 춘삼이에게로 갈 수 잇도록 길을 비켜주엇다. 준식이는 방망이질하는 가슴을 억제하고 춘삼이를 바라다보앗다. 춘삼이는 눈을 반쯤 뜨고 방 안을 한번 둘러보는 모양이엇다. 벌서 방 안은 어둑어둑하여젓다. 그러나 춘삼의 눈이 준식이 얼골에 와 머물자 준식이를 인식한다는 듯이 눈에 광채가 나고 입가에 겨오 알아볼 만한 미소가 떠올랏다. 그러나 그것도 오래가지 못하고 곧 슬어지고 말앗다. 춘삼이는 무슨 말을 해보려는 듯이 몇 번 입을 히물히물햇으나 성공하지 못하고 그냥 다시 눈을 감아버리고 말엇다.

"춘삼아, 춘삼아." 하며 준식이는 달겨들어 춘삼의 뺨에 자기 뺨을 부비며 울엇다.

"살앗구나, 살앗구나! 춘삼아 내로다, 나야." 하고 소리를 지르며 엉엉 울엇다.

방은 어두워젓다. 아리바의 어머니는 조고만 기름 등잔에 불을 켜노핫다. 춘삼이가 숨을 도리키는 것을 보고 동내 여인들은 하나씩 둘씩 집으로 돌아갓다. 아리바는 얼굴을 부비며 울고 잇는 준식이를 고요히 떼여다가 근처 방석 우에 앉지엇다.

춘삼이의 괴로운 숨소리가 방 안의 침묵을 깨친다.

미국으로

31

밤이 꽤 서늘해지엇다. 준식이는 아리바의 옷을 한 벌 얻어 입엇다. 동내 남녀들이 뜰 앞에 모히여서 화투불[1]을 피여노코 둘러앉어 자기네 말로 무엇이라구 수군수군 이야기하고 잇다. 춘삼이의 괴로운 숨소리가 들려온다. 준식이는 머리맡에 앉어서 물끄럼히 춘삼의 얼골을 바라본다. 선반 우에 언친 적은 기름 등잔불에 히미하게 비치는 창백한 춘삼의 얼골로는 여러 가지 그림자가 스치고 지나간다. 지금 그의 정신 속으로는 어떠한 추억 어떠한 기쁨 어떠한 슬픔 또는 어떠한 기대가 교차되고 잇을 건가?

그는 숨을 쉬기가 퍽 가쁜 모양이엇다. 그리고 소들소들[2] 마른 입술을 쫑긋쫑긋하며 무슨 말을 하고 싶어하는 모양이엇다. 그리다가 겨오 "형님, 여기가 어디요?" 하고 한마디 말을 끄내고는 그 말 한마디 하기에 왼 기운이 다 빠저버린 듯이 고만 눈을 스르르 감어버린다.

"춘삼아, 살앗다. 인젠 정말 살앗다. 우리는 자유의 몸이 되엇다. 어서 걱정 말고 어서 나어라. 그리면 우리 미국으로 가자. 인제는 정말 미국으로 가

1 화톳불. 장작을 한곳에 모아 피워놓은 불.
2 시들어서 생기가 없는 모양.

자.” 하고 준식이는 초조스럽게 속색이엇다. 춘삼이도 알아들엇는지 입가으로 약간의 미소가 떠오른다.

한참 동안 가만히 누어 잇더니 춘삼이는 다시 눈을 크게 뜨며 한 손을 맥없이 한번 허우적거리고

“센요리타! 센요리타는 어데로 갓오?” 하고 애원하듯이 불럿다.

준식이는 놀랏다. 춘삼이가 부르는 그 센요리타가 누구인지 알 수가 없엇든 것이다. 더욱이 어제 밤에 춘삼이가 우리로부터 해방된 때에도 그가 얼는 도망갈 길을 취하지 안코 안방을 향하여 뛰처가든 그 이유도 알지 못하는 것이엇다. 지금 준식이가 그의 아까운 최후를 임하여 입에 남기고 가는 이 ‘센요리타’가 곧 사 년 전 처음 팔려오든 날 몬지 이는 길에서 보든 그 ‘센요리타’, 춘삼이가 위험을 무릅쓰고 구원하려고 뛰처가다가 실패한 그 센요리타, 곧 춘삼이가 그 목적은 달치 못하엿더래도 그를 위하여 지금 목숨을 희생하게 된 그 센요리타인 줄을 준식이는 모르는 것이엇다. 젊은 청춘의 가슴속을 알 리 잇으랴!

준식이가 아직 벙벙하여 앉어 잇을 때 다시 춘삼이는 모기 소리만침한 소리를 냈다.

“어머니 용서하세요, 어머니.” 그는 이 말을 하기에 그의 전 정력을 다 허비한 모양이엇다. 이 말을 끝내고는 다시 잠간 동안 괴로운 듯이 얼굴을 찡그리고 잇더니 겨오

“형님…….” 한마디 소리를 더 하고 그만 운명해버리고 말앗다. 준식이는 미친놈처럼 달려들어 춘삼의 싸늘한 손을 붓잡아 뺨에 문질럿다.

“춘삼아 춘삼아 나다. 나야 나를 모르겠니.”

준식이는 목을 노코 울엇다. 체면이니 사정이니를 모두 이저버리고 오직 북바쳐 오르는 슬픔과 원망이 섞인 극도의 감정의 폭발이엇다. 그는 꺼리는 것 없이 소리를 내여 엉엉 울엇다.

아리바의 어머니는 소리없이 삽분삽분 와서 선반 우에 켜노흔 등잔불을 죽여버럿다. 방 안은 더 한층 음산해지고 앞마당에 피워노흔 화투불의 벌

거케 우련한 빛이 들어와 춘삼이의 차고 새하얀 얼굴을 밝게 비치인다. 아리바의 어머니는 막대를 들고 문 어구에 나가서 휘휘 내저으면서 무엇이라고 주문을 몇 마디 외이더니 화투불 잇는 곳으로 간다.

앞마당에 춘삼의 죽음이 알려지자 여러 사람들의 떠드는 소리가 들리드니 조금 잇다가 북소리가 둥둥 나며 사람들이 화투불을 둘러싸고 춤추며 돌아가기를 시작한다. 죽은 영혼을 보내는 춤이엇다.

북소리는 두둥둥 나고 춤추며 돌아가는 사람들의 히미한 그림자가 얼는거리며 고요히 눈감고 누은 춘삼이의 얼굴 우으로 지나간다.

준식이는 아모것도 생각할 능력이 없어지고 말앗다. 인제는 울기도 끈치고 벌거케 반사되다가는 또 금시에 그림자가 되이고 그랫다가는 또 금시에 벌거케 반사되어 시시각각으로 변하여가는 춘삼이의 얼굴 우에 그림자만 바라보고 앉어 잇엇다.

죽을 때 어머니를 불럿다. 그러타. 춘삼이에게는 홀어머니가 게시단 말을 배에 올 때 들엇든 일이 잇엇다. 더욱이 춘삼이는 어머니가 떠나보내려 하지 안는 고로 몰래 도망질처 왓다고 한다.

돈! 춘삼이는 돈을 벌고 싶엇다. 그래서 외로운 어머니 불상한 어머니를 내버리고 몰래 도망해 온 것이엇다. 그의 어머니는 매일 그를 기다리고 잇슬 것이다.

사 년이란 긴 세월을 산송장 노릇 하다가 급기야 구원을 받는 때 또 그리고 참말로 이번에는 돈버리를 하러 갈 기회가 생긴 때 그는 그만 죽어버리고 말앗다. 마는 이줄 저줄 다 모르는 늙은 어머니는 눈이 허여케 기다리고 잇슬 것이다.

팔자! 준식이는 무엇이고 닥치는 대로 물어뜻고 싶엇다. 팔자를 원망하지도 안코 단념하지도 안코 그 놈과 맞씨름을 해보고 싶엇다. '팔자'란 놈을 만날 수가 잇다면 곳 달겨들어 때려 죽여버리고 싶엇다. '팔자'란 놈은 어찌 하여 이러케 불공평할가, 이다지도 불공평하고 무정한 신은 차라리 죽여 없애버리는 것이 인류를 위하여 덕이 될 것이다.

북소리는 둥둥 난다. 그림자는 얼는거린다. 화투불도 거의 다 타서 방 안은 컴컴하엿다. 준식이는 혼나간 놈처럼 허공을 바라보고 앉엇다.

32

이튿날 준식이는 아리바의 인도로 그 동리 추장을 차자가 보앗다. 추장은 준식이가 아리바의 목숨을 살려준 데 대하여 여러 가지로 고맙다는 뜻을 표하엿다. 그리고 새털 달린 모자 한 개를 선사로 주엇다.

아리바에게로부터 준식이는 이번 습격에 관한 대강의 경과를 얻어들엇다. 준식이도 서반아 말을 극히 쉬운 단자 몇 마디밖에 모르고 또 아리바도 서반아 말에 능통치 못한 고로 서로 의사를 교통하기가 퍽 힘이 들엇다. 그러나 양편에서 서로 애쓴 결과로는 대강한 의사만은 통할 수가 잇는 것이엇다.

아리바는 나후아[3] 족속에 속하는 홍인이엇다. 그리고 이 동리도 나후아족의 한 족속으로 이 높은 산간에 부락을 짓고 살아간다.

나후아족은 멕시코 토인종으로 가장 귀족 계급에 속하는 족속이엇다. 그래서 한때는 나후아족이 멕시코의 정권을 쥐고 잇엇섯다. 그러나 따이아즈에게 일천 팔백 팔십사 년부터 정권을 빼앗긴 이래로 그들은 언제나 불평을 품고 정권 회복을 꾀하엿다. 그래서 혼혈종인 메스티요들과 내응[4]을 해가지고 여러 번 반란을 이르켜보앗으나 번번이 실패하엿다.

따이아즈가 정권을 잡은 후에 토인들을 학대하고 또 잡아다가 종으로 팔아먹기까지 햇으나 나후아족에게는 그들도 손을 대지 못햇다. 원래 용감하고 자존심 만은 족속인 데다가 여기저기 널리 잇는 부락 수효도 만을 뿐 아니라 한때는 전국을 지배하든 귀족 계급이니 만큼 민중 간의 존경까지 잇어

3　나우아(Nahua). 스페인 사람들에 의해 정복되기 전에 멕시코 고원과 중앙 아메리카의 일부에 거주한 고대 인디오 부족으로 문명이 고도로 발달함
4　안에서 비밀리에 바깥의 적과 통함.

서 정부로서도 그들만은 푸대접할 수가 없었든 것이다. 도리어 정부에서는 그들을 무마하야 환심을 사기에 노력햇다. 그래서 나후아족에게는 다른 토인에게 없는 특권이 허락되어 잇었다. 그것은 그들을 사로잡아 오거나 종으로 부리는 것을 엄금하엿다. 그래서 한참 다른 토인들이 마음 노코 다닐수 없든 일천 팔백 구십 년 때에도 유독 나후아족만은 어깨를 높이하고 활보할 수 잇엇다.

그러나 자존심 만코 귀족적인 나후아들은 그것으로는 만족할 수가 없었다. 그들은 이전에 누리든 그 정권이 탐이 낫다. 그래서 그들은 쉬지 안코 메스티요(반종들)와 결합하여 사방에서 폭동을 이르키는 것이엇다.

폭동을 이르키는 데 가장 효력 잇는 방법이 둘이 잇다. 하나는 지방 정청(政廳)[5]을 습격하는 것이오, 또 하나는 서반아 순종인 애시엔다들의 플랜테이쉰(농장)을 습격하는 일이다. 물론 이 습격들은 조직이 못 되고 항구적이 못 되엇다. 그저 여기서 저기서 이 부락 저 부락이 떼를 지어 내려가서 한바탕 부시고는 퇴각하는 것이엇다.

습격은 언제나 실패이엇다. 설혹 한 정청, 한 농장을 전멸시키는 때가 잇다구 하드래도 오직 거기 끄칠 따름이오 전국적으로 조직된 정부를 깨뜨릴수는 없엇다. 그래서 한곳에 한번 습격이 잇은 후에는 얼마 되지 안허 곧 정부로부터 토벌대가 나왓다. 토벌대가 와서는 나후아족은 다치지도 안코 애매한 딴 족속들만 토벌하엿다. 그것은 나후아들이 습격 당시에는 교묘히 변복을 하고 달겨들기 때문에 습격 현장에 죽어 넘어저 잇는 홍인 중에는 한 사람도 나후아 복장을 입은 사람이 없는 것이엇다. 물론 토벌대는 근처 나후아족의 부락도 샷샷치 뒤저는 본다.

그러나 상당한 물적 증거가 없이는 토벌대도 나후아족에게는 손을 대지 못한다. 그런데 나후아들은 증거품 멸절[6]시키는 데 천재들이엇다. 그래서

5   정무 보는 관청.
6   멸망시켜 없애버림.

대개는 나후아족은 무사히 되고 만다. 그러다가 군대가 철퇴하고 다시 평온해지게 되면 나후아들은 또다시 여기저기 비밀히 모히어서 거사할 의론을 한다.

이번 습격에 아리바는 정탐[7]으로 파견되엇섯다. 먼저 농장 근처 지리와 방비를 정탐한 후 다시 또 언제쯤에 애시엔다들이 연회를 개최하는지를 일일히 정탐하야 가지고 가장 습격하기 적당한 때를 택하야 가지고 달겨드는 것이다.

그래서 아리바가 몇 일을 다니며 정탐을 거의 끝낸 때 그는 불행히 독사에게 물리엇든 것이다. 만일 그때 준식이가 독사의 독을 빨아주지 안헛든들 아리바는 거기서 죽엇을 것이고 따라서 이번 습격은 연기할 수밖에 없엇을 것이다.

물론 습격 연기는 그리 힘든 것이 아니나 한번 습격하려고 각처로 교섭이 되고 준비가 다 되엿다가 그것을 수행하지 못하고 연기하게 되면 토인들의 사기가 크게 꺽긴다는 것이 추장들에게는 쓰린 일이다. 그러므로 준식이의 덕으로 아리바가 살고 아리바의 보고와 지도로 이번 습격을 실행하게 된 것이 추장에게는 몹시 반가운 일이오, 따라서 준식이를 고맙게 생각하게 된 것이엇다. 과연 준식이는 추장에게로 부터 털 달린 모자를 선사 받을 만침 공이 큰 사람이엇다.

그러나 준식이는 추장에게서보다도 아리바의 어머니에게서 더 크고 감격한 대접을 받게 되엇다. 이 늙은 여인에게 아리바는 외아들이엇다. 외아들의 목숨을 살려준 은인! 이 은인을 위하여 어머니는 자기가 가능한 극도의 정성으로 준식이를 대접한다.

그리고 또 준식이는 보지 못햇으나 준식이가 아리바의 집으로 돌아오는 중로[8]에 어떤 큰 나무 뒤에 입뿐 처녀 하나가 숨어서서 그의 거동을 엿보는

---

7   탐정.
8   길 중간.

미국으로

105

사람이 잇엇다. 준식이가 그 앞으로 지나가자 처녀는 몰래 준식의 그림자를 향하여 절하고 준식이가 거러온 땅 우에 꿀어 엎대여 입을 마추엇다. 이 처녀는 아리바와 연애하는 처녀이엿든 것이다.

그날 오후에 홍인종의 식대로 춘삼이를 장례지냇다. 뒷산에 갖다 뭇고 평토장[9]을 해버리는데 관에 너키 전에 준식이는 아리바에게 부탁하여 돈을 한푼 엇어다가 춘삼이 손에 쥐여주엇다. 돈을 바라고 왓다가 돈 구경도 못하고 죽은 그의 무덤에서나마 돈 구경이나 하라고 너허준 것이엿다.

33

춘삼의 장례가 끝나는 때 산 아래로부터 총을 메고 창을 든 한 떼의 홍인이 노래를 부르며 행군해 올라왓다. 왼 동리 아이들과 여인들과 늙은이들이 맨발로 뛰처나가 그들을 맞이하엿다. 무사히 돌아온 아버지, 남편, 아들들을 붓들고 기쁜 눈물을 흘리는 사람, 또는 불행히 차디찬 시체가 되어 돌아온 장정의 시체를 붓들고 목을 노하 우는 늙은이와 새악씨들도 잇엇다.

습격은 성공인 모양이어서 농장에 모혓든 백인은 한 사람도 살지 못하고 전멸을 당하엿다는 보고이엇다. 그래서 그들은 그 농장을 마음껏 약탈하여 가지고 올라왓다. 물론 전사한 동모[10]들의 시체도 하나도 내버리지 안코 다 수습해 가지고 올라왓다. 삼십 명 총출동에서 전사자가 모두 여섯이엇다. 그만햇으면 대성공인 세음[11]이다. 칠팔 년 전에 한번 습격 갓다가 퇴각을 당하고 만 것에 비기면 큰 성공이엇다.

그들이 추장의 칭찬과 축복을 받은 후 추장의 지휘를 좇아 약탈해 온 물품 전부를 멀리 뒷산 밑 석굴 속에 가져다 감초어버렷다. 또 출전할 때 입엇든 옷도 모두 벗어서 감추어버리고 나후아족이 입는 누런 바지저고리를 입

---

9 솟아난 봉분 없이 평평하게 매장함.
10 '동무'의 방언.
11 '셈'의 비표준어.

엇다.

전사한 동무들은 그날 저녁으로 한 무덕이로 무더버렷다. 그리고 그날 밤에는 동리 앞 대 광장에서 굉장한 승전 춤이 버러지엇다. 왼 동리가 환하니 비취는 커단 화투불을 피여노코 그 우에 살진 염소 한 마리를 통으로 꿰여 언저노핫다. 그리고는 북 장단에 맞추어 춤을 춘다. 먼저 추장이 승전을 축하하는 춤을 추고 이어서 남녀노소 할 것 없이 모두 뛰어들어 춤을 춘다.

춤은 새벽까지 계속되엇다. 준식은 혼자 멀리 떨어저 앉어서 마치 꿈속 나라에 여행 온 사람 모양으로 자기 귀와 자기 눈을 의심하면서 이 이상한 광난을 구경하고 잇엇다.

준식이는 아리바의 한 집안 식구처럼 되엇다. 아리바의 옷을 얻어 입고 풀잎으로 역근 신을 신고 다니니까 그저 말만 못 통할 따름이지 자기도 홍인이 되어버린 느낌이 잇엇다. 더욱이 그들의 용모, 풍속, 사상 등에 조선 사람과 혹사한 점이 만흔 것을 발견하고 준식이도 의아하엿다. 어느 조선 사람이고 털이 너슬너슬 달린 홍인의 옷을 입히여 내세우고 홍인이라구 소개하면 속지 안흘 수 없을 것 같앗다. 또 이 홍인 중 아무나 조선 옷을 입혀 내세우고 조선 사람이라구 하면 역시 속지 안을 수 없을 것 같앗다.

부엌과 방 안 여기저기 옥수수를 역거 걸어둔 것이 보인다. 부엌 바닥에서는 부인 둘이 마조 앉어 망진[12]을 하고 잇다. 문밖으로는 오색이 찬난한 솔을 두른 처녀가 물동이를 이고 지나간다.

부엌 한편에서는 아리바의 어머니가 일 년 먹을 떡을 지저내고 잇다. 옥수수를 보드럽게 갈아서 오래 담가두엇든 술에 개여가지고 그것을 백지장보다도 더 얄게 지저내인다. 장작불을 피워 매끈매끈한 차돌을 뜨겁게 달구어 가지고 그 우에 지저내는 것이다. 그것을 지저두면 삼사 년을 두고 먹을 수 잇다. 아니 십여 년 가도 변하지 안는다고 한다. 언제고 그것을 부스러 처서 따뜻한 물에 개여 먹으면 고소하고 맛이 잇다.

---

12 '망질'의 오기인 듯. '망질'은 '맷돌질'의 북한어.

문밖에서는 아리바와 그의 여인이 두 비들기처럼 앉어 잇다. 두리[13] 서로 사랑하는 사이언만 그들은 대개 침묵을 지킨다. 침묵, 침묵 이것이 홍인들의 특징이라구 할 수 잇을 것이다. 이 침묵이 엇재 구슬푸기도 하고 신비스럽기도 하다.

처녀는 물동이를 만들고 잇다. 뒷산에서 캐여 온다는 검은 돌과 붉은 돌을 곱게 빠아 가지고 물을 조곰 두어 익인다. 그리하면 돌가루 반죽은 진흙처럼 또는 녹은 양초처럼 만만해면서 질리어진다. 그것을 밤알만침 뚝 떼여 가지고는 동구라케 비져 가지고 늘쿠어 나간다. 돌리고 돌리고 한 두어 시간 주물러노흐면 크고 고흔 물동이가 된다. 아리바는 처녀가 만든 동이에 오색 칠을 해준다. 붓을 든 아리바의 손이 떨린다. 무엇을 그려줄가? 그는 먼저 태양을 그렷다. 그리고는 갑작이 무슨 생각이 드럿는지 폭풍우와 번갯불을 그렷다. 그러나 아직도 빈자리가 잇다. 그는 붓을 멈추고 한참 먼 산을 바라본다. 간얄핀[14] 미소와 함께 혼자 얼골이 빨개진다. 그러나 그는 결심한 듯이 다시 붓을 대인다. 화살을 그렷다. 그리고는 다시 얼골이 빨개진다. 심장을 그린다. 사랑을 그린다. 젊은이의 붉은 사랑을 그렷다. 아리바의 붓이 움직이는 것을 물끄럼이 바라다보고 앉엇든 처녀의 두 뺨에는 자줏빛 혈조[15]가 떠오른다. 그리고 눈을 내려 감는다.

아리바는 동이를 무릅 앞에 내려노코 뚜러질 듯이 내려다본다. 그의 머릿속으로 어떠한 생각이 왕래할가? 머지안허 그들은 결혼할 것이다. 그러면 그때 색시는 이 물동이를 이고 우물로 물을 길으러 갈 것이다. 아! 사랑의 물동이, 행복의 물동이.

아리바는 힐끗 처녀를 곁눈질한다. 처녀의 눈과 그의 눈이 마조치자 죄나 지은 듯이 얼굴이 빨개지며 서로 눈을 피한다. 아리바는 먼 산을 바라다본다. 처녀도 먼 산을 바라다본다. 그들은 행복스러웟다.

---

13 둘이.
14 가냘픈.
15 얼굴에 도는 핏기.

무엇이라구 형용할 수 없는 히열이 두 가슴을 질식시킨다. 둘이서는 비둘기처럼 나란히 앉어 잇다. 두 시간 세 시간 해가 질 때까지 둘이서는 묵묵히 앉어서 먼 산을 바라다본다.

준식이는 그것을 보고 저도 모르게 빙그레 웃는다.

34

북으로 사흘길만 가면 미국이란 나라가 된다는 것을 아리바에게로부터 알앗다. 그리고 기회를 보아 그곳까지 데려다 준다는 약속까지 받앗다.

나후아 족속과 친한 홍인족으로 미국 안에 잇는 족속으로는 나바조족[16]이 잇다. 담뇨 짜기로 세계에 이름난 그 나바조 족속이다. 그래서 아리바는 준식이를 나바조 족속에게로 다려다 줄 약속을 햇다. 거기서 얼마 동안 영어를 좀 배화서 쉬운 말이나 알아듣게 된 후에 어디로든지 가게 하는 것이 조켓다고 한다.

그리고 미국 안에 사는 홍인들은 모두 미국 정부에서 지정해준 지방에서 살고 부락마다 미국 정부에서 보낸 감독 관리가 순행을 도는 고로 그에게 들키지 안토록 하기 위하여 준식이도 홍인 행세를 하지 안으면 안 될 것이라구 일러주엇다. 그래서 준식이는 아리바에게로부터 홍인의 방언과 풍속을 조금씩 배웟다.

물론 준식이가 만일 산간 홍인 생활에 만족하여 그들과 함께 살겟다구만 하면 그들은 그를 대환영할 것이라구 일러주엇다. 그는 아주 나후아 홍인이 되어버려 그들의 방언을 배우고 춤을 배우고 노래를 배와 일생을 단순하게 행복되게 살 수 잇을 것이다.

그러나 준식이는 돈을 벌고 싶엇다. 그런데 산간 홍인 촌락에서는 돈을 벌기는커녕 돈이 소용이 없엇다. 물론 그들도 약간의 돈을 가지기는 햇다.

---

16 나바호족(Navajo). 북아메리카 인디언 종족으로 미국 남서부 지역에 거주.

그러나 그것은 모두 정청이나 농장을 습격할 때 노략질해온 것이나, 또는 산간에서 잡은 즘생의 가죽을 내려다 팔은 것이다. 그러나 홍인들끼리에는 그 돈이 소용이 없다. 아무도 자기가 소용되는 것 이외에는 더 가지려는 생각을 먹지도 안코 또 가저야 소용도 없엇다.

촌락 안에서는 모든 것이 자작 자급이엇다. 그래서 돈이 쓸데없엇다. 오직 돈은 외부와의 무역에만 소용되는 물건이엇다. 곧 백인들에게서 총기와 탄약을 사드리기 위하여만 돈이 필요한 것이엇다. 따라서 그들은 돈이라는 것은 백인의 총을 사는 데만 꼭 쓸 데 잇는 것으로 아는 모양이엇다.

그들은 돈을 모하두려 하지 안는다. 그저 일 년 입을 옷이나 한 벌 잇고 방 안에 옥수수 타랭이나 열아문 개 매달려 잇으면 그들은 만족하엿다. 그래서 그들이 그들의 단순한 생애를 만족시킬 정도의 농사를 짓고 사냥을 한 후에는 그들은 모혀서 춤추고 노래하는 것으로 세월을 보낸다.

그러나 준식이는 이런 단순한 생활에는 만족할 것 같지 안헛다. 그는 미국으로 가서 돈을 만히 버러 가지고 본국으로 돌아가서 한번 흥청거리고 살아보고 싶엇다. 그는 돈을 모으고 싶은 것이엇다. 따라서 그는 미국으로 가고 싶엇다.

준식이가 이 원시적인 촌락에 도착한지 한 달가량 된 어떤 날 아침 촌락은 전에 없이 어수선해지엇다. 아이들이 이리저리 뛰여다니고 무엇이라구 꿱꿱 소리를 치더니 추장의 집으로부터 전령사가 나와 집집마다 들리며 무엇이라구 명령을 내리엇다.

앞강에 낙시질을 나갓든 아리바가 낙시대도 내여버리고 급해 뛰처 올라왔다.

준식이더러는 어서 속히 길 떠날 준비를 하라구 일는 후 아리바는 어머니를 도와 급급히 행장[17]을 준비한다. 준식이는 영문은 잘 모르지만 하여간 길을 떠난다는 것만은 확실한 고로 행장을 꾸려보려고 햇스나 그실 아모것

---

17 여행할 때 쓰는 물건과 차림.

구름을 잡으려고

도 꾸릴 것이 없엇다. 빈손 들고 올라와서 지금 옷까지는 남의 것을 한 벌 얻어 입은 신세에 행장이라고 꾸릴 것이 잇슬 리가 없엇다. 오직 추장에게로부터 받은 털 달린 모자를 내리워 머리에 썻다. 그리고 나니 더 할 것이 없다. 그래서 그는 떠나기 전에 마그막으로 춘삼이를 무든 무덤으로 올라갓다.

벌서 어디쯤 그의 몸이 뭇처 잇는지 알 수가 없을 만침 되어 잇다. 준식이가 싸하두엇든 돌무데기를 보아 근방 짐작이나 할 수 잇섯다. 그는 그 돌무데기 앞에까지 가서 주저앉엇다. 그 돌무데기 뒤에는 춘삼이가 뭇처 잇는 것이엇다.

그는 돌무데기를 어려만젓다. 마치 그것이 춘삼의 산 몸이듯이.

그는 돌무데기 우에 엎으러져 눈물을 흘렷다. 그는 눈을 감고 소리 없이 운다.

추억! 추억이란 것이 얼마나 쓰라리고 얼마나 구슯흔 것인지를 아는 사람은 별로 만치 안타. 배깐에서 춘삼이를 뚱뚱보의 육욕으로부터 구원해내던 날 밤 일이 다시 머리에 떠올랏다. 그날 밤 그가 탄 배는 그와 춘삼이를 싯고 영원한 신비의 나라, 뭇별들로 꽃 뿌려노흔 미지의 행복된 나라로 기여 올라가는 것 같앗엇다. 배는 바다와 하눌이 맛다흔 곳에서부터 바다를 떠나 하눌로 둥둥 떠 올라가는 것 같앗엇다.

그러커늘! 그러커늘 그 배는 그와 춘삼이를 종의 나라로 실어다 주엇다. 죽음의 나라로 실어다 주엇다.

농장에서 뜨거운 볕 아래 깜아케 탄 춘삼의 얼골이 나타난다. 언제나 말 못 할 슬픔을 가진 얼굴! 아, 얼마나 준식이는 이 우슴 일허버린 청년에게 단 한 초의 동안의 위안이나마 주어보려고 애를 썻든가?

어머니를 부르고 운명하든 춘삼의 모양이 눈앞에 보이는 듯하엿다. 무엇이라구 할 이상스런 작난인가? 어찌하여 구원의 날이 이른 때 춘삼이는 모든 것을 내버리고 영원한 허무 속으로 사라지지 안으면 아니 될 운명이엇든가?

이때 준식이는 누가 어깨를 붓잡는 것을 감각하여 후닥딱 놀라 도라보앗다.

35

아리바는 어머니를 도와 급급히 길 떠날 준비를 햇다. 아리바의 계획인즉 아직 몇 일 더 잇으면서 지나간 장마에 맥혓든 산골길이 완전히 복구되기를 기다려 가지고 준식이를 미국 안으로 더려다 주려 하엿섯다. 그러나 그들이 예기햇든 것보다는 조금 일즉 토벌대가 근방에까지 다다른 것이엇다. 북방 농장과 정청의 습격 급보를 받고 즉시로 파송된 토벌대는 현장에 이르자 곧 그는 방에 잇는 홍인 부락들을 습격하고 약탈하는 동시에 이러저리 흐터젓든 종들을 발견하는 대로 도로 잡아다가 우리 안에 가두엇다.

두말할 것 없이 이번 습격 사건의 배후에는 나후아 족속의 충동이 걸려 잇엇슬 것과, 또는 직접 그들의 참가가 잇엇을 것이 확실하엿다. 그러나 나후아족에게는 함부로 서둘 수는 없는 형편이엇다. 그래서 나후아족의 부락을 하나씩 일일히 수사하여 증거품을 얻으려고 노력하기 시작하엿다. 그래서 토벌대는 웬만한 복수를 하고 또 질서를 회복시켜노차 즉시로 부근 일대에 사는 나후아 족속의 부락 수사를 떠낫다.

준식이가 와 살게 된 부락에서도 물론 이 수사대가 올 것을 미리부터 알고 잇엇다. 그래서 쉬지 안코 사람을 내보내 망을 보고 잇엇든 것이엇다. 그런데 수사대는 그들이 예기햇든 것보다는 좀 일즉 오게 되엿다. 그것은 습격 사건의 보고가 그들이 예기햇든 것보다는 퍽 속하게 중앙정부에 보고되엇기 때문이엇다.

따라서 준식이는 예기햇든 바보다 속히 그곳을 떠나지 안흐면 안 되게 되엇다. 만일 수사대가 그 부락에서 준식이를 발견하면 그것은 핑게될 수 없는 증거품이 된다. 준식이란 증거품이 발견되면 그들이 이번 습격에는 참가 아니하엿다는 주장이 성립되지 안는다. 아모리 준식이가 홍인 비슷하게는 생겻다고 하나 그는 언어를 불통할 뿐 아니라 홍인 풍습 습관에 매우 서툴으다. 그래서 그가 만일 부락 안에 그대로 잇으면 영낙없이 발견될 것이 분명하엿다. 다시 말하자면 준식의 존재는 그 부락에게는 사활을 좌우하는 중대 문제가 되게 된 것이다. 그래서 수사대가 도착되기 전에 준식이는 그곳을 떠나지 안으면 아니 되게 되엿다.

이리하여 아리바는 준식에게 길 떠날 준비할 것을 명한 것이엇다. 아리바는 행장을 수습하엿다. 행장이라야 별로 만흔 것도 아니고 오직 이삼 일 밤을 산간에서 노숙하여야 할 판국인 고로 그것을 위하여 담뇨를 두 개 말어 가지고 가기로 햇다. 그 외에는 칼과 부싯돌과 튼튼한 밧줄 한 타래, 그리고 두리서 삼사 일 먹을 양식 그 따위 들이엇다.

행장을 꾸려 가지고 둘러보니 준식이가 간 곳이 없엇다. 집 근방을 둘러보앗으나 없엇다. 그래서 의아한 가운데 잠간 서서 준식이가 돌아오기를 기다리는 동안에 아리바의 사랑하는 처녀가 뛰쳐왔다. 처녀의 얼골에는 근심하는 기색이 녁녁히 드러낫다. 사실 이번 여행은 그리 마음 노코 떠날 여행이 못 된다. 산간에는 아직도 비 내리는 시절이 아주 지나가지 안허서 각금 폭풍우가 내린다. 험한 산골짝이에서 폭풍우를 만나는 것처럼 위험한 일은 또 없다. 잘못 걸리면 사태에 파무처 죽기도 쉽거니와 또 제아모리 산골길에 익숙한 사람일지라도 산골짝이가 메여 흘러내리는 홍수 때문에 길을 일허버리고 몇 일씩 고생을 하는 수가 만타. 또 어떤 때는 급한 물결에 밀리워 떠내려가거나 수렁에 빠저 죽는 수도 잇다.

어느 처녀가 자기의 애인을 위험한 구렁텅이 속으로 드려보내고 싶을 일이 잇스랴! 그러나 그러타고 또 지금 아리바의 여행을 만류할 수도 없는 형편이엇다. 준식이는 아리바의 목숨을 살려준 은인이 아니냐?

처녀는 아리바의 목에 수호(守護)의 참[18]을 매달아주엇다. 그것은 뒷산에서 얻은 수정을 가라서 만든 참이엇다. 가운대 구멍을 뚜르고 실에 계여 목

---

18 charm. 행운의 상징으로 목걸이나 필찌 등에 다는 부적(장식물).

에 걸도록 만든 것이다. 그것을 아리바의 목에 걸어주는 처녀의 가슴의 고동을 엿드르라! 그것은 아리바의 몸을 하누님께 부탁하는 가장 간절한 기도이엇다. 또 그것은 변하지 않을 자기의 사랑을 천지신명께 굳게 맹서하는 서약의 표이엇다.

또 그것은 아리바가 괴롭고 위험하거나 적적한 때 그를 생각하게 할 한 기념품이엇다. 또 그것은 이번 아리바가 미국까지 무사히 갓다가 오면 그때는 두리서 결혼을 하여 행복스런 가정을 이루자는 약속이엇다.

매끈매끈한 수정알이 목에 찰싹찰싹 매달리는 것을 감각하면서 아리바는 처녀의 손목을 쥐엇다. 그리고 흑진주같이 깊고 검은 그의 두 눈을 드려다보앗다. 눈물이 눈을 넘처 두 뺨 우으로 흘러내린다. 아리바는 그 눈물을 손으로 씻처주엇다. 그리고 애인의 마음을 위로해주기 위하야 억지로 미소를 띠웟다.

처녀도 눈물을 억지로 꿀꺽 드려 삼켯다. 그리고 억지로 웃는 낯을 지엇다.

이때 떠꺼머리 총각 하나가 다라오더니 수사대가 벌서 동구 밖에까지 왓다고 보고하엿다. 아리바는 어서 떠나지 안으면 안 될 것이다.

준식이는 어디로 갓슬가? 아리바의 어머니가 몹시 걱정스러운 듯이 어찌할 줄을 모르고 안팍을 드나든다. 준식이가 어디로 갓나?

<h1 style="text-align:center">36</h1>

아리바는 준식이가 어디로 갓을 것을 벌서 짐작하엿다. 지금 준식이가 이 땅을 마지막 떠나려 하는 때에 갈 곳이 한 곳밖에 더 잇으랴! 그래서 그는 어머니에게 걱정 말라고 타일럿다. 벌서 뒷산으로 올라갓스니까 거기서 만나서 떠날 것이라구 일러주엇다.

"나한테는 작별도 아니하구?" 하고 어머니는 조금 노여운 듯이 중얼거렷다.

"아까 작별 인사 엿줍는 것을 어머니가 못 보앗지!" 하고 아리바는 임시로 거짓말을 햇다.

"에고 어서 가거라." 하면서 어머니는 아리바의 등을 가만히 뚜드렷다.

"그럼 단녀오겟습니다." 하고 아리바도 대답햇다. 어머니는 그 대답은 들은 체도 아니하고 얼는 방 안으로 들어가버렷다. 흘러내리는 눈물을 아들에게 보이지 안으려 함이엇다.

"자 그럼……." 하고 아리바는 처녀에게 작별을 고하려 하엿다. 그러나 처녀는,

"아니요 아직……." 하면서 아리바와 함께 거러 나갓다. 그들은 묵묵히 묘지 쪽을 향하여 거러 올라간다. 홍인은 침묵하는 인종이다. 그리고 그 침묵은 얼마나 큰 웅변이며 사람이 입으로 통할 수 없는 감정을 상통시키는 얼마나 더 큰 힘이엇든가?

그들은 돌무덕이를 안고 울고 앉어 잇는 준식이를 발견하엿다. 그들은 그 앞에 웃둑 섯다.

죽은 친구를 생각하는 정! 그것은 홍인종들에게 가장 고귀한 감정이엇다. 그래서 아모리 급한 일이 잇드래도 죽은 친구를 마지막 작별하는 준식이를 독촉할 수는 없엇다. 그래서 두리서는 손목을 마조 쥐인 체 우두머니 서서 준식이가 이러나기를 기다렷다.

그러나 준식이는 좀처럼 이러나지를 안는다. 아리바의 마음은 차차 초조해진다. 조금만 더 기다리자, 조금만 더! 조금만 더!

이때 아래서는 "와!" 하고 떠드는 소리가 들려왓다. 인제는 더 기다릴 수가 없다. 그래서 아리바는 준식이 어깨를 흔들엇다. 어서 떠나야 한다. 인제는 집으로 내려갈 여유가 없어젓다. 그래서 아리바는 준식이를 잡아끌엇다. 처녀는 뛰처들어 준식이 발에 입을 맞초앗다. 준식이는 입때껏 이런 격외엣 대접을 받아본 적이 없엇다. 그래서 그는 넘우 황공하여 어찌할 바를 몰랏다.

그런데 아리바는 작고 잡아끈다. 그래서 준식이는 어찌할 바를 아지 못

하면서 아리바에게 끌리어 갓다.

"아리바! 아리바!" 하고 처녀는 땅에 주저앉은 채 두 팔을 벌리고 부르지젓다. 아리바는 준식이가 아라듣지 못할 말로 무엇이라구 한마디 던지고는 곧 돌아서서 앞서 걸음을 빨리한다. 준식이도 아리바를 따라가는 수밖에 다른 도리가 없엇다. 서너 거름 가서 다시 도라다보니까 처녀는 벌서 동리쪽을 향하여 나는 새처럼 빠르게 다름질치고 잇섯다.

아리바는 거의 뛰다싶이 빨리간다. 준식이도 그처럼 빨리 따라가는 수밖에 없엇다. 그들이 그 언덕을 다 내려가서 다시 또 조곰 더 높은 언덕을 넘어서서야 아리바는 거름을 느꾸엇다.[19]

산속으로 오직 한 사람만이 지나갈 수 잇는 소로가 배암처럼 꼬불꼬불 굽어 도라간다. 그날 하로 종일 그들은 이 소로를 따라 언덕을 오르고 내리고 또 오르고는 또 내리엇다. 해가 거의 질 때 되어 그들은 조고마한 개천이 흐르는 평야에 다다랏다.

개천가에 앉어 그들은 저녁을 먹엇다. 맥끈맥끈한 차돌에 지저내인 강낭가루 부치를 물에 풀어 먹엇다. 그리고는 또다시 길을 떠낫다.

산꼴은 빨리 어둡는다. 금시에 색캄앗케 어두워서 지척을 분간할 수 없엇다. 그러나 아리바는 마치 밤에 더 잘 보는 부헝이[20] 눈을 가진 듯이 앞을 인도한다. 한참 더 가더니 아리바는 소로를 떠나 풀밭을 헤치면서 기여 나아간다. 앞에는 식컴언 것이 가로맥혀 잇는데 벼랑인 모양이엇다. 한참 가누라니 과연 그것은 벼랑이엇다. 그 벼랑을 끼고 조금 돌아가니까 거기는 조고마한 굴이 하나 잇섯다. 아리바는 거기 담뇨를 내려 노핫다.

"여기서 잘가?" 하고 뭇는 준식의 말에 아리바는

"쉬!" 하고 대답한다. 그리고 귀속말로 할 수 잇는 대로 큰 소리는 내이지 안는 것이 조흐리라구 일러준다. 근처에는 나후아족과는 원수를 진 홍인들

---

19 늦구다 : '늦추다'의 경기 방언.
20 '부엉이'의 방언.

이 만히 산다. 물론 아직 비 내리는 시절이 아주 것치지는 안헛으므로 홍인들이 자기네 부락을 떠나 멀니 내려오지는 안헛슬 듯하나 그러나 매사에는 항상 조심하는 것이 제일이라 할 수 잇는 대로 그들의 존재를 남에게 알리지 안토록 주의하는 것이 필요하다고 귓속으로 일러주엇다.

그들은 거기 담뇨를 깔고 누엇다. 저녁이 좀 선선하여서 담뇨 하나로는 좀 추윗다. 불을 피웟으면 조겟으나 그것도 오늘만은 참기로 햇다. 오늘 밤을 지나보아 아주 안전한 듯하면 내일 밤에는 불을 피워노코 자기로 하자고 결정이 되엇다.

"자다가 혹시 깨여서 무슨 이상한 소리가 잇든지 하면 곧 나를 깨우시오." 하고 아리바가 부탁한다. 그리더니 얼마 되지 안허 아리바는 잠들어버리엇다.

37

준식이가 눈을 뜬 때는 벌서 빩안 태양볕이 정면으로 굴 안을 드리 비칠 때이엇다. 벌서 아리바는 담뇨를 개여노코 어디론지 가고 없엇다. 준식이가 담뇨를 꿍지어[21]노코 이러설 때 아리바는 물 무든 얼굴을 수건으로 문지르면서 가까히 온다.

"에, 씨언하다. 밤새 좀 치윗지오? 꽤 안전한 모양 같으니 오늘 밤에는 마음 노코 불 피우고 잡시다." 하고 아리바는 유쾌히 이야기한다.

바로 얼마 멀지 안흔 곳에 조고만 개울물이 흐른다. 어제 밤 어두울 때에는 보지 못햇든 것이다. 그것이 어제 밤에 돌돌돌 하는 이상한 소리를 내든 근원인 줄 이제야 깨다랏다. 그래서 어제 밤에 준식이가 그 돌돌 소리에 놀라서 잠자는 아리바를 깨울가 말가 하고 한참 주저하든 생각이 나서 혼자 미소를 금할 수 없엇다.

---

21 '꾸리다'의 북한어. 짐이나 물건을 싸서 묶다.

준식이가 세수를 하고 올라오니까 아리바는 벌서 두 그릇에 물을 떠다가 강낭가루 부치를 풀어노핫다. 그들의 조반이엇다. 그리고 아리바는 이상스런 풀뿌리 한 개를 준식이게게 주엇다.

"오늘 새벽 운수가 꽤 조흡니다. 이런 맛난 것을 다 구햇스니 자, 먹어보시오." 하고 권하면서 저부터 먼저 그 나무뿌리를 한입 뚝 끈허 줄것줄것 씹는다.

준식이도 한입 끈허 씹어보앗다. 짭짤한 것이 이상스런 향기가 잇다. 처음에는 조금 역한 듯도 하더니 강낭가루와 섞어 먹으니까 매우 맛이 잇다.

그들은 다시 또 길을 떠낫다. 이번에는 소로로 들지 안코 준식이 눈에는 생판 가시덤풀 같은 곳으로 허우적거리며 거러갓다. 그러케 길도 없는 곳으로 반나절이나 간 때 준식이는 스스로 마음속에 의심이 나는 것을 금할 재간이 없엇다. 아리바가 도대체 그를 끌고 어디로 가는 세음인가? 그러나 아리바는 확실히 저 갈 길을 아는 사람 같엇다. 아모리 준식이의 눈에는 가시덤풀 같고 길 없는 산림 속 같고, 또는 잡초가 욱어진 언덕같이 보이어도 아리바에게는 큰 대로로 가는 것처럼 앞이 환한 모양이엇다. 마치 개처럼 무슨 내음새[22]를 맡고 길을 차져가는 것 같기도 하엿다.

그들은 다시 어떤 개천가에서 점심을 먹기 위하여 잠간 쉬이고는 다시 또 거러갓다. 오후에는 어떤 산림 속에서 갑작이 소낙비를 만나 별 수 없이 흠빡 마젓다. 그러나 날이 거치니까 한 시간이 못 되어 홀짝 말러버린다.

산꼴작이 소내기 한참으로 무서운 물건이엇다. 조고마하든 개천이 금시에 물이 늘어서 한참이나 애를 써서야 건너게 되엇다.

그날 밤에 그들은 어떤 강변을 택하여 하로 밤 지나기로 하엿다. 밤에 치운 공기를 보아 상당히 높은 곳인 모양인데 벼랑이나 높은 봉은 없고 모두 젊은 고원이어서 이를테면 아주 넓은 평야 비슷한 고원이엇다.

저녁을 먹고 나서 두리서는 불 노흘 나무를 주서 모앗다. 땅은 아직 사람

---

22 '냄새'의 방언.

의 손이 한 번도 와서 다하보지 못한 곳 같아서 마른 나무가지가 얼마든지 잇엇다. 그래서 나무가지를 줍기에 별로 고생도 아니햇다. 아리바가 부싯돌을 때려 불어 내여 가지고 화투불을 피워노핫다. 어떠케 뜨슷하고 유쾌한지 말할 수 없엇다.

이제 하루만 더 가면 국경이 된다. 밤중을 타서 국경만 몰래 넘어서면 그 뒤에는 안전하다. 국경을 넘어서서 한겻 길만 더 가면 나바조 족속의 한 부락이 잇다. 거기가지만 가면 목적지에 도달되는 것이다라고 아리바는 이야기한다. 준식이에게 이 모든 것이 꿈속 같앗다. 따라서 아리바의 하는 이야기도 모두 무슨 소리인지 알아들을 수 없는 수수꺼끼처럼만 생각이 되엇다.

내일 밤이 지나면 미국 안에 들어선다.

미국! 돈이 길에 디굴디굴[23] 굴러 단니다는 미국! 사 년 동안이나 꿈꾸고 애타하든 그리운 땅, 이 땅 안에를 내일이면 들어선다는 것이 어째 아주 불가능한 일만 같다. 미국 들어가는 일이 이러케 쉬울 것같이 생각되지 안는다. 그러나! 사실 그는 지금 국경 근처에까지 온 것임에 틀림없엇다.

어제 밤에도 잠을 변변히 못 자고 오늘 하로 종일 걸음을 거러서 몹시 피곤함에도 불구하고 쉽사리 잠은 오지 안엇다. 더욱이 밤은 죽은 듯이 고요하다. 오직 화투불 속에서 마른 나무가지 타는 소리가 잇따금 툭탁툭탁하여 침묵을 깨트린다. 이리저리 뒹굴면서 애를 쓰다가 겨오 잠이 좀 들엇섯스나 무섭고 괴로운 꿈을 계속해 꾸고는 고만 다시 눈을 떳다. 꿈꾼 수효로 보아서는 벌서 아츰이 되엇슴직한데 아즉 정밤중인 모양이엇다. 밤은 꽤 깊엇슬 터인데 화투불이 더 굉장한 기세로 타오르는 것을 보아 얼마 전에 아리바가 깨어서 불을 더 짚인 것이 분명하엿다. 그러나 귀를 기우려 들으니 그는 고요하게 잠든 모양이엇다.

화투불 기운에 뜨슷함으로 그는 덮엇든 담뇨를 밀어노핫다. 하눌에는 별

---

23 큰 물건이나 사람이 마구 잇따라 굴러가는 모양(북한어).

이 총총하다. 서편에는 방금 지려고 하는 쪼각 반달이 나무가지에 걸려 잇는 듯이 떠잇다. 화투불 연기는 유쾌한 듯이 어두운 허공을 향하여 훨훨 기여오른다. 밤은 죽은 듯이 고요하다.

38

멀리서 부헝이 소리가 들렷다. 그리고는 그 소리가 이 산에서 저 산으로 반응되는 여음[24]이 간신이 들려온다.

'부헝이 소리가 이러케도 처량하고 신비스러웟든가?' 하고 준식이는 혼자 생각하엿다. 사실로 이 고요하고 어둡고 신비스런 산곡[25]에서 간간히 부헝이의 우름소리는 구슬프기도 하고 신비스러웟다.

'부웅―' 하고 부헝이가 또 운다. 이번에는 아까보다 조금 가까운 곳으로 날러온 모양이엇다. 그리더니 다시 또 좌우편에서 "부웅" 하고 우는 부헝이 소리가 들렷다. 그것은 부헝이 소리의 반응인지, 또는 좌우 쪽에 부헝이가 한 마리씩 잇서서 같이 부웅하고 우는 소리인지 분간을 할 수 없엇다.

화투불은 활활 타오른다. 그러나 나무가지 타는 탁탁 소리는 없어젓다. 오직 묵묵히 허연 연기를 검은 허공 속으로 쉬지 안고 날려 올려 보낸다. 별들은 반작인다.

"부웅." 부헝이가 또 운다. 이번에는 훨신 더 가깝다. 조금 잇더니 좌편에서 "부웅" 하고 이어서 우편에서 "부웅" 한다. 여음이나 반음함이 아니라 분명 좌우편에 다 부헝이가 잇서서 서로 호응하는 모양이엇다.

"부헝이 총공격인가?" 하고 준식이는 혼자 중얼거리면서 돌아누엇다. '총공격'이란 자기 자신의 말에 놀랏다. 그래서 미소하엿다. 부헝이의 총공격에 놀랄 만침 겁쟁이가 되엇나 하는 생각이 나서 고소[26]를 금할 수 없엇

---

24 소리가 그치거나 거의 사라진 뒤에도 아직 남아 있는 음향.
25 산골짜기.
26 쓴 웃음.

다. 그러나 웬일인지 공연히 무서운 생각이 낫다. 그것은 아모런 이유도 없는 본능적 두려움이엇다. 어떤 동기로 한번 생각하기 시작하면 좀처럼 내려 누르기 힘든 본능적 감정이다.

그는 옆에 누어 자는 아리바를 보앗다. 아리바를 깨울가 하고 생각하엿다. 그러나 즉시로 준식이는 제 자신을 비웃섯다. 무엇이 무서워서 잠자는 아리바를 깨운단 말이냐? 부형이 소리에 그러케 놀랏느냐? 아니 놀란 것이 아니다. 그러면 아리바는 웨 깨우려 하느냐? 두려울 것은 조금도 없는데. 밤은 고요하고 화투불은 뜨스하고. 그래도! 그래도 어째 무시무시한 생각을 금할 수가 없엇다.

"부웅." 하고 부형이가 또 운다. 이번에는 아주 바로 뒤에서 난다. 어떠케 가까운지 쳐다보면 나무가지에 앉은 부형이 눈깔이 보일 상 싶엇다.

이때 아리바가 잠꼬대를 하는 사람처럼 벌덕 일어나 앉엇다. 그리고는 얼는 사방을 한 번 휘돌아 보더니 한 손으로 준식의 입을 틀어막고 한 손으로 그를 흔들어 깨운다.

준식이는 입이 막혓으므로 말은 못하고 손을 허우적거려서 깨여 잇엇다는 것을 알려주려 햇다. 아리바는 준식의 귀에 입을 대이고

"방금 그것이 부형이 소리입니까?" 하고 귀속말로 묻는다. 준식이는 고개를 끄덕끄덕하엿다.

아리바는 다시 입을 귀에다 대이고

"큰일낫소이다. 아무 말도 말고 할 수 잇는 대로 발자취 소리를 내지 말고 나를 따라오시오." 하고 타일럿다.

그리고는 아리바는 삽분 이러나서 담뇨를 개기 시작하엿다. 이때 다시 바로 우편 가까운 곳에서 "부웅" 하는 부형이 소리가 들렷다. 아리바는 둘둘 말든 담뇨를 집어 내버렷다.

"벌서 너무 늦엇소. 인제는 목숨이나…… 어서 내 뒤로." 하고 속삭이면서 벌서 좌편 쪽을 향하야 삽분삽분 기여나간다. 준식이도 묵묵히 따라 기여간다.

갑작이 어두운 속에 나서니까 지척을 분간할 수 없다. 그러나 어두은 속으로 더듬거리면서도 그들은 잠간 새에 강물에까지 다다랏다.

강은 얼마 넓지는 안흐나 예기햇든 것보다는 꽤 깊다. 가장 깊은 곳에는 왼 몸이 다 잠기고 목아지만 겨오 물 밖으로 나온다. 둘이서는 의복을 입은 채로 그냥 물속을 고요히 거러서 할 수 잇는 대로 물결 소리를 내지 안흐려고 애를 쓰면서 강을 건너 갓다.

그러나 그들이 강을 거진 다 건너 갓을 때 강 저쪽으로부터 얼마 멀지 안은 곳에서 또 부헝이 우는 소리가 들리어왓다. 이 소리를 듣자 아리바는 마치 전기에 감촉된 사람처럼 흠칫하며 홱 돌아섯다.

"깊은 데로 도로 갑시다. 가서 목아지만 물 밖에 내노코 가만 가만히 물결을 따라 내려갑시다." 하고 속삭이엇다.

두리서는 도로 조심조심히 깊은 곳으로 왓다. 또다시 바른편 쪽에서 부헝이 우는 소리가 들렷다. 이 때 아리바가 물 속에서 준식의 팔을 붓잡으면서,

"저것 좀 보오." 하고 속삭이엇다. 준식이가 화투불이 피여잇는 근처를 바라다보는 순간 저도 모르게 "흙!" 하고 놀래엿다.

39

화투불 앞으로 식컴언 그림자 하나가 나타낫다. 그것은 어김없는 사람의 그림자이엇다. 사람이 어떠케 그러케도 소리 안 나게 가까이 왓섯는지 이상스러운 일이엇다. 그 그림자는 무엇인지 불빛에 번적거리는 번들번들하는 것을 둘러 메엇다. 그가 화투불 앞으로 뛰어들자 준식이와 아리바가 조금 전에 깔고 누엇든 담뇨를 홱 집어 날리는 것이 보이엇다. 그리더니 그 그림자는 무엇에 낙망하엿는지 준식이는 모를 소리로 무엇이라구 크게 웨쳣다. 그랫더니 금시에 사방에서

"부웅, 부웅" 하는 부헝이 소리가 요란히 들려오며 나무가지 꺾이는 소리

와 뛰여 오는 발자취 소리가 들리어 온다. 준식이는 아리바의 독촉을 받아 머리만 물 밖에 내노코 고요히 물결을 따라 거러 내려갔다.

화투불 주위에는 오륙 명 사람이 모혀들어 무엇이라고 떠들며 돌아간다. 그리더니 꽥꽥 소리를 지르며 사방으로 흐터진다. 아마 벌서 도망간 것을 보고 찾으려 나서는 모양이엇다.

이때 벌서 준식이와 아리바는 물결을 따라 얼마간 흘러 내렷을 때이엇다. 강변으로 사람들이 뛰여 내려오는 소리를 드르면서 두리서는 거름을 재촉하엿다. 그러나 그들이 얼마 멀리 못 간 때 강변으로 따라오는 사람은 바로 그들 옆에 까지 다다랏다.

아리바는 물속에서 준식이 팔을 잡아다린다. 그래서 두리서는 고개만 물 우에 내여노코 가만히 서 잇엇다. 밤은 먹칠한 것처럼 어두어서 아무것도 보이지 안는다. 다못 강변으로 뛰여 내려오는 발자취 소리만 들린다.

두 사람이 숨을 죽이고 물속에서 잇는 곳까지 와서 추격자는 문득 발을 멈추엇다. 그리고는 한참이나 무엇을 귀 기우려 드러보려 함인지 고요히 잇다. 하도 오랫동안 침묵이 계속되는 고로 준식이는 추격자가 소리 안 나게 어디로 가버리거나 또 그러치 안흐면 애초에 따라오지도 안은 것을 헛들 지나 안헛나 하고 생각하게 되엇다. 멀리 보이는 화투불은 기운이 약하나 그러나 아직도 붓기는 붓는데 오직 땅 우에 벌언 불꽃만 보일 따름이고 연기는 보이지 안는다. 또 거기 다시 사람의 그림자도 나타나지 안는다.

준식이는 오랫동안 서 잇기에 그만 몸이 춥고 떨리엇다. 그래서 다시 앞으로 나가려고 몸을 움즈기자 아리바는 손이 황망히 달려드러 그의 팔을 꾹 잡아끌엇다. 그 노름에 물론 물결 소리가 조곰 나지 안흘 수 없엇다. 이와 동시에 준식이는 머릿결이 쭈뻣해 오는 전률을 금할 수 없엇다. 바로 그 순간에 강변에서는 한숨 소리가 들리고 발자국 소리가 다시 한두 번 낫다. 그러나 물결이 철럭거리는 소리를 저편에서도 들엇는지 금시에 발자국 소리는 다시 뚝 끈쳐버렷다. 그 편에서도 귀를 기우려 엿듣는 모양이엇다.

준식이는 홍인종들의 기질을 여기서 조금일망정 배웟다. 그러타. 그 추격자는 바로 마즌 언덕에서 이때까지 귀를 기우리고 서 잇든 것이엇다. 얼마나 주의 깊고 침착스런 민족이냐?

다시 또 견딜 수 없을 만침 오랜 침묵이 계속되엇다. 이번에는 준식이도 그들의 계교를 짐작하는 고로 조금도 움직일 생각도 아니하고 잇엇다. 그러나 아리바는 마음을 못 노켓다는 듯이 준식의 팔을 두 손으로 꽉 붙잡고 노하주지를 안는다.

밤은 지척을 분간할 수 없이 어둡다. 이 어둠 속에서 왼몸을 싸늘한 물속에 잠그고 영원처럼 기러 보이는 침묵을 견딘다는 것은 참으로 정신에 이상이 생길 만침 무시무시하고 불유쾌한 경험이엇다. 만일 준식이가 자기 팔을 붙잡는 아리바의 존재를 인식하지 못햇던덜 그는 금방 미처버렷을 것이다.

다시 "후!" 하는 한숨 소리가 나더니 강변에서는 조심조심히 내집는²⁷ 발자취 소리가 들린다. 발자취 소리는 차차 하류를 향하야 멀어지더니 마그막에는 안 들리게 되고 만다.

이 발자취 소리가 슬어지자 아리바는 "후!" 하고 한숨을 내쉬엇다.

사실 준식이도 기단 한숨이 나오는 것을 막을 수가 없엇다.

"쎈욜, 당신은 아즉 우리 홍인종의 교활을 모릅니다." 하고 아리바는 중얼거리엇다. "무엇이고 내 명령에 절대 복종할 각오를 해야겟소. 나는 홍인입니다. 그런고로 넉넉히 홍인종을 대적하여 내기를 할 자신이 잇소. 그러나 쎈욜은 아즉 너무 모릅니다. 우리 두리의 목숨을 위하여는 지금에는 쎈욜은 내 말에 절대로 복종해야 하겟소. 이유를 따지지 마시오. 이유는 이다음에 한가한 때 설명하기로 하고 지금처럼 위급한 경우에는 침묵과 활동만이 필요하오." 하고 짧은 설교를 하고 나더니 준식이게 앞으로 나려가자는 뜻을 표한다.

준식이는 주저하엿다. 방금 추격자가 하류로 내려가지 안엇는가? 그러

---

27 내짚다 : 손이나 발 따위로 어떤 물체를 냅다 누르다.

면 인제 도리어 그 추격자의 뒤를 따르는 이유는 무엇일가? 추격자가 이곳을 지나 하류로 간 이상 상류로 올라가는 것이 더욱 안전하지 안흘가? 이러한 의문이 생기기 때문이엇다.

준식이가 주저하는 것을 보더니,

아리바는 조금 우슴이 띤 목소리로 "하하, 쎈욜이 아직도 내 설교를 못 알어드른 모양이로군. 쎈욜은 홍인종의 교활을 모릅니다. 이제 상류로 도로가면 꼭 붓잡히고 맙니다. 모두 상류에서 기다리고 오직 한 사람만 추격자로 하류로 내려 보내지 안앗소? 나는 그들의 작전 계획을 압니다. 우리를 놀래게 하여 다시 상류로 올라가도록 만드는 그들의 술게[28]이지오. 흥, 그러나, 그러나 아리바가, 적어도 아리바가 그들의 흉게에 넘어는 아니 가지오. 만일 백인종이엇든들 영낙없이 이 흉게에 속아 넘어갓슬 것입니다. 그러나 나는 홍인입니다. 홍인이 홍인은 못 속이지오. 어서 내려갑시다. 쎈욜, 쎈욜은 오늘밤 절대로 내 명령에 복종하여야 합니다." 하면서 준식의 몸을 가만히 앞으로 밀친다.

준식이는 감복하엿다. 그래서 말대답도 못하고 묵묵히 아리바의 명령을 복종하엿다. 그들이 다시 약 한 마장[29]가량을 내려갓슬 때 뒤로 오든 아리바는 또다시 준식의 팔을 꽉 붓잡아 세윗다. 준식이는 영문도 모르고 웃뚝 서서 귀를 기우렷다.

40

아무 소리도 없다. 준식이는 아리바더러 무슨 일이냐고 무러 보려고 하다가 그만두고 말앗다.

'침묵과 복종이 필요하다'는 말이 생각나기 때문이엇다. 준식이는 의아

---

28 술계, 술책.
29 5리나 10리 사이의 거리.

한 중에서 좀 서 잇노라니까 아, 과연 강 하류 쪽으로부터 자박자박하는 조심스런 발자취 소리가 들려오기 시작한다.

참으로 아리바의 귀는 밝은 귀이엇다. 아리바는 벌서부터 그 소리를 들은 것이 분명하엿다.

저벅, 저벅, 저벅, 저벅!

발자취 소리는 차차 커가더니 바로 아리바와 준식이가 서 잇는 앞으로 지나가는 소리가 들린다. 준식이는 열심으로 그 소리 나는 쪽으로 눈을 향하엿다. 밤은 먹보다도 더 검어서 아무것도 볼 수 없엇다. 소리 나는 쪽에 무엇이 어린어린하는 것같이 보이기도 하나 실상 보이는 것인지 또는 준식의 공상의 환상인지 분간할 수 없엇다.

발자취 소리가 준식이와 아리바가 서 잇는 근처를 지나서 조금 더 올라가더니 멈칫 머저 버리고 말엇다. 그 사람이 가다가 다시 멈칫 선 것이 분명하다.

한참 동안의 침묵이 다시 시작되엇다. 그리더니 저편에서 발자취 소리가 다시 나기 시작하더니 차차 그 소리가 멀어지어서 멀리 스러져 버리고 만다. 그 발자취 소리가 스러진 후에야 준식이와 아리바는 다시 발을 떼어노핫다.

인제는 화투불도 보이지 안코 아모 소리도 들리지 안는다. 오직 뒤로 따라오는 아리바의 숨소리가 보통 때보다는 큰 것같이 들려온다. 그들이 아마 한 일 리쯤은 내려갓슬 적에 멀리 상류에서 부헝이 우는 소리들이 겨오 몇 번 들려왓다. 그리고는 사방은 다시 죽은 듯이 고요해젓다.

인제는 두리서도 마음을 좀 노코 물소리를 찰락찰락 내면서 빨리 거러 내려갓다.

그 밤이 웨 그다지도 길엇는지! 그 강이 웨 그리도 길엇는지! 마치 밤도 영원이고 강도 영원인 것처럼 준식이에게는 생각되엇다. 그러나 그가 그러케 오랫동안 내려온 것같이 생각된 것도 그 실인즉 십 리밖에 더 되지 안엇다. 그러나 강 물결 속으로 십 리 길이나 흘러 내려간다는 것은 결코 쉬운 일이 아니엇다.

그만햇으면 날이 샐 때도 되엇겟는데! 이때 또다시 아리바의 손이 물속으로 준식의 팔을 꽉 붓드럿다. 이번에는 너무 갑작이[30]일 뿐 아니라 준식이가 마음을 퍽 노코 잇섯든 때인 고로 아리바의 이 행동은 준식이로 하여곰 "흙!" 소리를 발하리만큼 몹시 놀래이게 하엿다. 준식이가 몹시 놀래는 것을 보고 아리바는 깔깔 우섯다. 그러더니

"염려는 없는데 좀 이상스러운 것이 잇스니 인제는 육지로 올라갑시다." 하고 준식의 팔을 잡아끌며 육지로 올라간다.

'침묵과 복종'이라, 준식이는 아모 말도 아니하고 따라 올라갓다.

물 밖에 나오니 어째 왼몸이 척척한 것이 갑작이 더욱 써늘해지는 것 같아서 아주 불유쾌하엿다. 감기 들리기 꼭 알마즌 행동이엇다.

"여기서 날 밝기를 기다립시다." 하고 아리바가 속삭인다. 아마 위험은 피하게 된 모양이엇다.

그들은 의복을 버서서 물을 짜버리고 다시 입엇다. 그러니까 기분이 조금 나흐나 새벽역이어서 이가 딱딱 마조치도록 떨고 잇게 되엇다. 그런데 어데선가 쏴쏴 하는 소리가 작고만 들리여온다. 귀로 물이 들어가서 그런가 보다 하고 준식이는 생각하엿다.

얼마 오래지 안어 날은 밝앗다. 산속의 날은 몹시 빨리 밝는 것이다. 방금 훤하는 듯하더니 금시에 밝아진다. 날이 밝자 준식이는 실로 놀라지 안흘 수 없엇다. 그들이 앉어 잇는 곳에서 바로 한 백 자 하류까지 가서 강은 폭포가 되어 벼랑 아래로 굴러 내려가고 잇는 것을 발견하엿다. 준식이가 놀란 눈으로 다시 아리바를 바라다보니 아리바는 방글방글 웃고서 잇섯다.

"글세, 내가 짐작이 나서 여기서 육지로 올라온 것입니다. 아무래두 물결이 차차 너무 과도히 빨라가요. 또 쏴쏴 소리도 들리고, 그래서 내 머지안흔 곳에 폭포가 잇을 줄로 짐작을 햇지요."

---

30 '갑자기'의 방언.

두리서는 그 벼랑 턱까지 단숨에 달음질쳐 가보앗다. 깜앗케 높은 폭포이엇다. 물은 요란한 소리를 내면서 떨어진다.

아주 깍가 세운 폭포는 아니고 비스듬이 경사가 된 바위 잔등이 우으로 물은 걷잡을 새 없는 빠른 속력으로 굴러떨어지는 것이엇다. 만일 그냥 강속으로 내려왓던덜 그들은 이 폭포에서 걷잡을 새 없이 이 바위에 부디치고 저 바위에 부디치어 아래까지 다 이르기 전에 벌서 산산히 부서저 가루가 되어버렷을 것이다. 그 생각을 하니 자연 소름이 끼언치엇다.

"이 폭포는 우리 목숨을 삼키려 햇다. 그러나 지금에 와서 이것은 우리 목숨을 구원해주는 은인이 되엇다." 하고 아리바는 외친다. 준식이는 그것이 무슨 소리인지 알 수 없엇다. 준식이의 의아스런 눈자위를 보고 아리바는 미소하면서 설명해주엇다.

만일에 이 폭포가 없엇던들 지금쯤 그들은 어제 밤 추격하든 홍인들에게 붓잡히엇을 것이다. 홍인들은 한번 괴이한 사람의 행색을 발견하면 그리 손쉽게 단념해버리지 안는 인종이다. 그러나 그들이 어제 밤에 아리바와 준식이를 노친 후에 그들은 저의 역량을 집중해 가지고 상류로 수색해 올라가게 되엇다. 그것은 만일 준식이와 아리바가 하류 쪽으로 도망첫을 것 같으면 그들이 추격하지 안어도 두리서 급한 김에 자꾸 내려가다가 이 폭포에 떨어저 죽을 것이 분명하엿다. 만일 떨어지지 안으면 그것은 기적이다.

41

해가 떠오르자 추위는 없어젓다. 그러나 그들은 배가 고팟다. 또 졸립기도 햇다. 더욱이 햇볕이 따슷하게 비치어서 저젓든 옷을 차차 말리울 때 그만 그 자리에 누어서 한참 실컷 자버리고 싶엇다. 그러나 지금 여기서 그러고 잇을 때는 못 되엇다. 한번 그들의 존재를 이 근방 홍인들에게 들킨 이상 이 근처에 오래 잇을 수는 없다. 한시라도 바삐 멀리 다라나버리지 안흐면 아니 된다. 그래서 준식이는 배곱프단 말도 못하고 앞서서 길을 인도하는 아리바의 뒤만 마치 개가 주인의 발꿈치를 딸어가듯이 딸어갓다.

　아리바는 할 수 잇는 대로 나무숲이 무성한 속을 택하여 거러간다. 물론 숲속에 몸을 가리워 다른 데서 그들 모양이 보이지 안케 하기 위함이엇다. 그러나 할 수 잇는 대로 벼랑 턱에서 멀리 떠나지 안코 턱을 따라 나가는 것이엇다. 그것은 어제 밤 모험으로 말미암아 아리바가 본래 따라가려 하든 낮익은 길은 일허버리고 지금 아주 낯선 길로 가는 고로 길을 일허버리지 안키 위하야는 아리바는 잇따금 한 번씩 벼랑 턱까지 나아가 그 아래 전개되는 땅의 지세를 살펴보아 그의 방향을 정하기 위함이엇다.

　그날 하로 종일 그들은 거의 다라나다싶이 속보로 거러갓다. 종일 굶고 종일 물 한 목음 못 마시고 작고 길만 갓다. 그들로서 이 어려운 일을 수행함에는 사실 초인간적 힘이 요구되엇다. 사람들은 혹시 한 번씩 부득이한 사정의 편달[31]을 바들 때 이 초인간적 힘을 당분간 내일 수가 잇다. 그러나 오래 계속할 수는 없는 것이다.

　저녁때가 다 되어서 그들은 아름드리 되는 참나무들이 빽빽히 드러선 큰 산림에 다다랏다. 인제는 촌보[32]도 움직길 수 없을 것 같다. 하여간 오늘 저녁은 이곳에서 지내야 할 모양인데 위선 배가 쪼르륵거리는 것이 큰 고통이엇다. 어둡기 전에 나무뿌리라도 얻어서 좀 요기를 하지 안흐면 아니 되게 되엇다.

　어떤 큰 나무 아래까지 가서 준식이는 네 활개 펴고 드러누엇다. 사지가 쿡쿡 쏘고 느른하여 방금 부슬부슬 다 부스러저 없어지는 것 같다. 아리바는 나무뿌리라도 주서온다고 근처로 가버렷다.

　준식이는 잠이 들엇다. 그러나 그것은 사실 잠은 아니엇다. 준식이 자신의 생각에는 차차 잠이 드는 것처럼 생각이 되나 정신만은 그냥 말똥말똥해 잇섯다. 나무가 보인다. 나무가지 새이로 뚫려 보이는 푸른 하눌이 보인다.

31　경계하고 격려함. 채찍질.
32　몇 발짝 안 되는 걸음.

벌레들의 우는 소리가 들린다. 그러나 준식이는 오직 그것들을 인식할 따름이오, 그것들을 생각할 수는 없엇다. 또 팔다리를 움직길 수도 없엇다.

아리바는 어디로 갓슬가? 이것쫓차도 그는 생각할 수가 없엇다.

그는 지금 왜 이런 곳에 와 누어 잇는지, 아까 어떠한 일이 잇엇는지, 또 장차 어찌 되려는지 이런 것쫓차 생각할 수 없엇다.

그저 모든 것이 꿈속 같고 또 만세[33] 전부터 그는 이 나무 아래 누어 잇기 위하여 생겨난 것처럼 감각되엇다. 거기 그러케 누어 잇는 것이 가장 자연적이고 의례히 그러치 아니하지 못할 것으로 인식이 될 따름이엇다.

아리바가 도라왓다. 아모것도 못 얻어가지고 도라왓다. 그러나 그것이 준식이에게는 아모러치도 안엇다. 아리바가 무엇하러 왓다 갓다 하나? 준식이는 모를 노릇이엇다. 편안하지 안은가? 준식이는 지금 편안하지 안은가!

아리바가 무슨 말을 하는 모양이다. 무엇? 무슨 소리인지 모르겟다. 무슨 무엇을 발견햇는데 응응! 먹을 것을, 먹을 것을 얻어올 터이니 꼭 이 자리에서 기다리라고, 흥, 마음대로 하라지. 먹을 것, 먹을 것이 소용이 무어야! 무엇, 아모것도 먹고 싶지 안은데 응, 그래 그래, 홍인의 천막이 잇다고? 잇스면 엇대? 응, 음식을 도적해 와! 해오겟스면 해 오지!

몸에 열기가 나는 듯싶엇다. 그런데 준식이는 잠을 잣다. 오래오래 실컷, 실증이 나리만큼 잠을 잣다. 그리고는 무엇에 놀랏는지 화닥닥 잠을 깨엇다. 전신에서 찬땀이 흐른다. 사방이 어슬어슬하다. 사실인즉 다만 한 초 동안밖에 그는 잠을 못 잔 것이다. 그러나 이 한 초 동안의 잠이 준식의 머리를 얼마만큼 깨끗하게 하엿다. 그는 다시 자기 처지를 생각할 수 잇게 되엇다. 배가 곱으다. 사지가 아푸다. 몸이 더웁다. 써늘한 바람이 슬슬 부는데도 몸은 뜨끈뜨끈 더웁다. 머리가 몹시 아푸다. 사지 마디마디가 식큰식큰하는 듯하다. 가슴이 꽉 맥히고 허리도 아푸다.

그는 벌떡 이러나 앉엇다. 머리를 몽둥이로 어더마진 것처럼 얼얼하다.

33 아주 오랜 세대.

벌서 어두웠다. 산곡의 저녁은 몹시 속히 어둡다. 더욱이 대림[34] 속에서 저녁은 눈 감짝할 동안에 캄캄해지고 마는 것이다. 아리바는 어디로 갓나. 아, 그러타. 벼랑 밑에 웬 한 홍인의 천막이 하나 잇는데 그리로 가서 먹을 것을 도적해 온다고 갓다. 아까 그 말을 하든 것이 지금에 와서야 분명히 생각난다.

그런데 웨 이러케 오랠가? 벌서 간 지가 한 식경은 되엇슬 터인데! 어둡기는 웨 이다지도 어두운가? 하눌에 별만이 반짝반짝 보인다. 밤은 고요하고 버러지 우는 소리만 처량하게 들린다. 몸이 흑끈 단다. 찬물이나 한 사발 마섯스면 시원하겟다. 아리바가 도대체 어찌 된 모양인가? 차저 나가볼가? 아니 꼭 이 자리에 잇스라고 신신당부를 하고 갓다. 그러니 이곳을 떠날 수는 없다.

42

바람이 우수수 하고 지나간다. 온몸이 와들와들 떨린다. 웨 날이 이러케 갑작이 추워지는가?

아리바는 어찌 되엿나! 아리바는 간 지가 벌서 두 시간은 더 지낫슬 것이다. 쪼각 반달이 나무잎 틈새로 보인다. 그러나 그것이 산림 속을 밝히지는 못한다. 나무잎 틈으로 쳐다보면 조각 반달과 별이 한둘은 보인다마는 다시 고개를 숙이면 산림 속은 아까보다는 더 한층 어두워 보인다. 그 컹컴한 공허가 입을 벌리고 잇을 따름이다. 저쪽에는 나무도 잇고, 풀도 잇고 하련마는 그 모든 것이 검은 장막 속에 잠겨 잇다.

아리바를 차즈려 나설가 하고 준식이는 생각하엿다. 필경 무슨 일이 생긴 모양이다. 만일에? 만일에!

그러나 어두운데 방향은 어떠케 차즈며 또 어디로 간 줄 알고 차저갈까? 더욱이 이러케 어두운 속에서는 바로 곁에 두고도 서로 모르고 지나칠 염려

---

34 큰 숲.

가 잇다. 무슨 구호나 약속을 해두엇다면 몰라도 또 그가 갈 적에 준식이더러 아모 데도 가지 말고 꼭 그 자리에 잇서달라고 신신 부탁을 하엿다. 세상 아모런 일이 잇더래도 아리바가 도라올 때까지 꼭 그 자리에 잇서주기를 명령하고 갓다. 그러면 준식이는 그 자리에 잇을 수밖에 없다.

그러나! 그러나!

그의 돌아옴이 너무 늦다.

그는 벼랑 아래 잇다는 홍인의 천막으로 먹을 것을 도적하러 간다고 갓다. 그것이 결코 그리 쉬운 일은 아닐 것이다. 아리바는 혼자이고 그 천막 안에는 몇 명의 홍인이 잇는지 알 수 없을 것이다. 혹은 천막 안에 잇는 홍인들이 잠들기를 기다리고 잇슬런지도 알 수 없다. 그러나 그러타손 치더라도 너무 오래다. 벌서 밤이 퍽 깊지 안엇는가?

준식이는 더 참을 수가 없어서 홍인의 천막이 보인다는 벼랑에까지라도 기여 나가보고 싶엇다. 그래서 그는 이러섯다. 그러나 그 순간 그는 "에쿠" 소리를 치며 도루 그 자리에 쓰러젓다. 그는 이러설 힘이 없엇다. 전신이 저리고 맥이 없는 것이엇다.

이때 얼마 멀지 안은 곳에서 부헝이 우는 소리가 들렷다. 준식이는 어제 밤 경험이 잇는 고로 인제는 그것을 단순한 부헝이 소리만으로는 생각하지 안케 되엇다.

혹시나!

혹시나 아리바의 소리는 아닐가?

준식이는 "나 여기 잇소." 하고 고함을 처보고 싶엇다. 그러나, 그러나! 준식이도 벌서 아리바의 '조심'을 배웟다. 아리바가 지금 이 산림 속에서 부헝이 소리를 할 필요가 잇슬가? 혹 준식이 누엇는 자리를 이저버리고 어두운 속으로 여기저기 차저단니는 것이 아닐가? 아니 그럴 수가 없다. 아리바의 밝은 눈. 그 앞에는 어둠이란 것이 없다. 그는 쉽게 이곳을 차저올 것이다. 또 설혹 못 찾는다더래도 부헝이 소리로 준식이를 차즐 리는 없다. 그러면 그것은 정말 부헝이 소리이엇든가?

부헝이 소리가 또 한 번 난다. 그리자 사방에서 부헝이 소리가 열아문 개 한꺼번에 낫다.

아차차! 준식이는 소름이 옷삭하엿다. 분명 아리바는 아니다. 혼자 갓든 아리바가 십여 명이 되어 가지고 올리는 없다. 준식이는 본능적으로 땅에 납작 엎대엿다. 그리고 고개만 드러 부헝이 소리 나는 쪽을 향해 바라보앗다.

저편 얼마 멀지 안는 곳에 빨간 불이 나타낫다. 그것이 허우적허우적 하면서 혹은 나타낫다 없어젓다 한다. 분명 그것은 햇불[35]이엇다. 누가 햇불을 들고 이리로 오는 모양이다. 그래서 나무에 가리면 안 뵈이고 가리우지 안으면 뵈이는 것이 분명하다.

준식의 이마에는 땀이 매치기 시작한다. 인제는 운명에 맛기는 수밖에 없다. 이제 준식이는 뛸 수도 없거니와 뛸 데도 없다. 오직 저 사람들이 준식이가 엎디어 잇는 것을 보지 못하고 그냥 지나가기만 바라고 엎디어 잇는 수 밖에 없다.

햇불은 벌서 퍽 가까이 왔다. 햇불을 든 사람의 식컴언 륜곽이 나타난다. 그는 잠간 서서 "후웅" 하고 부헝이 소리를 하자 즉시로 사방에서 "후웅" 하고 대답하는 부헝이 소리가 난다. 준식이는 숨도 크게 못 쉬고 눈을 딱 감앗다. 준식이가 눈을 감으면 저편 사람들에게도 준식이 모양이 보이지 안케 될 듯싶엇다. 그리고 준식이는 옴짝달싹 못 하고 죽은 듯이 찰삭 땅에 달라붙어 잇엇다. 인제는 오직 되는대로 내버려두는 수밖에 도리가 없엇다. 사람들의 발자취 소리가 점점 가까이 들려온다.

43

사방으로부터 점점 발자취 소리가 가까이 닥쳐온다. 준식이는 흠칫하면

---

35 원문에는 '홧불'로 되어 있다. '햇불'의 오기로 보인다. 그 외에도 '홰불'과 '홰ㅅ불', '햇불'이 혼용되어 쓰이고 있는데 여기에서는 '햇불'로 통일한다.

서 눈을 한 번 꽉 감앗다.

벌서 횃불의 더운 기운이 얼굴에 확근한다. 그리자 누가 어깨를 가만가만 흔든다. 준식이는 모른 척하고 그냥 누어 잇엇다. 그리고 죽은 체하랴고 숨을 쉬지 안헛다. 옛말에는 밑구멍으로 숨을 쉬는 사람이 잇엇다는데 하고 준식이도 그리로 숨을 쉬여보려고 애를 썻으나 되지는 안고 숨은 시시각각으로 맥혀 들어온다. 금시에 입을 벌리고 숨을 터쳐노치 안코는 못 견딜 지경이엇다. 그러나 준식이는 필사의 노력으로 숨을 막앗다. 이러케 죽은 체하고 잇으면 그들이 죽은 사람인 줄 알고 내버리고 가지나 안흘가 하는 실낫같은 히망을 품기 때문이엇다.

거의 질식하게 되엇을 때에 횃불의 더운 기운이 얼굴에서 멀어지는 것을 감각햇다. 그리고는 머리 우에서 몇 사람의 수군수군 이야기하는 소리가 들려온다. 준식이는 방금 터지려는 숨을 억지로 억제하면서 소리 안 나게 후 하고 내쉬엿다. 그리고 꼼작도 아니하면서 가만히 눈을 살짝 떠보앗다.

종아리들이 보인다. 눈앞에 보이는 것만 해도 대여섯 개는 된다. 여러 놈인 모양이다. 다시 또 한 놈이 허리를 꿉흐리고 준식이의 어깨를 흔든다. 준식이는 다시 숨소리를 죽이고 눈을 감앗다.

놈들이 한참 무엇이라구 수군수군하더니 두 놈이 달려들어 땅에 엎대여 잇는 준식이 몸을 이르킨다. 설혹 죽엇더래도 내버리고 가지는 안을 작정인 모양이엇다.

두 놈이 준식이를 이르키여 한 놈의 잔등에 엎히엿다. 그리고는 그들은 움직이기 시작한다. 등에 엎힌 준식이는 다시 슬그머니 눈을 떠보앗다. 횃불 든 자가 앞서고 준식이를 업은 자가 그 뒤로 따라간다. 그리고 준식이 뒤로도 몇 놈이 따라오는 모양이다.

만사휴의[36]! 하고 준식이는 생각하엿다. 엎이어 가는 등이 뜨스하다. 그리고는 준식이의 머리가 다시 뜨끈뜨끈해 들어온다. 입술이 말라 터질 듯

---

36 모든 것이 헛수고로 돌아감을 이르는 말.

하고 왼몸으로 진땀이 흘러내리는 것 같다.

횃불은 웃줄웃줄 움직인다. 사람의 그림자들이 길게 땅에 누어서 흐느적 흐느적한다. 커단 나무 그림자도 횃불의 움직임을 따라 웃줄웃줄한다. 놈들은 마치 유령들처럼 아모 소리도 없이 천천히 거러간다. 오직 놈들의 발자취 소리가 불규측하게 고요한 밤공기를 깨트리고 잇다.

이 모든 것이 차차 히미해져가고 꿈속 같아간다. 준식이는 지금 어디로 가는가? 그는 아모것도 다시 생각할 수 없엇다. 오직 웃줄웃줄 어디로 옆이어 간다는 것만 간신히 인식할 따름이엇다.

웃줄, 웃줄, 웃줄!

"아가, 아가, 잘두 잔다. 우리애기 잘두 잔다."

준식이는 지금 어떤 초가막 안에 들어앉앗다. 방 등의 심지 타는 소리가 오지지오지지 들린다. 그런데 아랫목에 생전 한 번 보지도 못햇든 젊은 새악시 하나가[37] 어린 애기를 잠재우고 잇다.

"뒷집 애기 못두 잔다. 우리 애기 잘두 잔다."

두배종이[38]가 여기저기 찌저져 늘어진 담벼락에는 괴상한 그림자들이 웃줄웃줄 춤을 춘다.

아니 그것은 초가막 사리가 아니엇다. 애기 재우는 색시도 없다. 그것은 춘삼이엇다. 춘삼이는 웅크리고 앉어서 돈을 헤이고[39] 잇다. 웬 돈이 저다지 많을가? 그의 앞에는 엽전이 한 무덤이 씨혀 잇다.

그것을 춘삼이는 한 푼 두 푼 세어서 자루에 넛는다. 그런데 이상한 일로는 아모리 오래 작고만 헤여서 자루에 너허도 자루는 불룩해지지 안코 그냥 그대로 잇으며 이편 돈 무덕이도 줄어들지 안코 그저 그만해 가지고 잇다.

---

37 원문에는 '이'로 표기되어 있다. 원래 국어에서는 받침이 없는 체언 다음에도 주격 조사 '이'를 사용했으며, '가'는 16세기 정도에 등장했고, 이후 혼용되었다. 이 작품에서도 주격 조사 '가'가 쓰여야 하는 곳에 '이'가 쓰인 예가 곳곳에 보인다. 이 책에서는 추가 설명 없이 모두 '가'로 수정 표기한다.

38 '도배종이'의 오기로 보임.

39 '헤다'. '세다'의 방언.

한 푼, 두 푼, 한 푼, 두 푼!

아니다. 아니다. 색시도 아니고 춘삼이도 아니다. 준식이는 아직까지도 농장 우리 안에 갓치여 잇다. 그는 한편 구석에 누어 잇다. 그런데 이상한 일로는 그 우리 안에는 모두 검둥이 남자뿐인데 저편 맞은 구석에는 웬 한 검둥이 여자가 하나 반쯤 이러나서 담벽을 의지하여 앉어서 머리를 빗는다. 옆에 누은 건우를 흔들어 깨워서 그것을 구경시키려고 보니까 거기에는 건우는 없고 웬 한 독사뱀이 한 마리가 웅크리고 잇다. 머리 빗는 검둥이 노파는 히들히들[40] 웃는다.

히들 히들 히들 히들!

아니 그 검둥이 노파는 머리를 빗는 것이 아니라 손으로 작구만 잡아 뜯는다. 그런데 그손, 그 손은 손이 아니고 백골이다. 앙상한 빼다귀이다. 그리더니 그 백골은 치마를 들친다. 그 안에는 아리바가 잇다. 입으로 피를 흘린다. 웅 혀를 가로 빼물고 잇다. 검둥이 노파의 백골 손이 그 혀를 뚝 잡아 뺀다. 툭 하는 소리가 나며 그 혀가 빠진다. 백골 손은 다시 아리바의 코를 웅켜 뺀다.

히들 히들 히들!

노파는 여전히 히들거리면서 아리바의 혀와 코를 준식이에게로 향해 내던진다. 철썩하면서 그것이 준식이 얼굴에 와 다을 때 준식이가 누은 땅이 꺼저버린다. 그리고 준식이는 그 속으로 빠져 드러간다. 영원히! 내려간다, 내려간다.

준식이는 눈을 떳다. 전신에 땀이 활닥 낫다. 어덴지 어슴프레한 곳에 누어 잇다. 머리맡에는 처음 보는 홍인 하나가 비스듬이 누어 앉어서 눈을 준식이를 보고 빙그레 웃는다. 준식이 몸에는 거른 담요가 덮혀 잇엇다.

---

40 입을 볼썽사납게 벌리며 웃음을 참지 못하고 자꾸 싱겁게 웃는 소리. 또는 그 모양.

44

오랫동안 생각해보지 안코 준식이는 지금 자기가 어떤 홍인의 포로가 된 것을 알엇다. 아마도 아까 아리바가 보앗다는 그 천막인지도 모를 것이다. 하여간 천막 안에 들어와 누어 잇는 것은 분명하다. 그리고 또 그는 몹쓸 감기에 들렷다는 것도 곳 알앗다. 병나고 낫선 홍인에게 사로잡혀 오고! 아리바는 이러버리고! 이것이 지금 그의 총결산이엇다. 그러나 이제 어찌할 도리도 없엇다. 그저 누어 가지고 일이 되어가는 대로 내버려둘 수밖에 없엇다.

준식이가 눈을 뜨는 것을 보고 머리맡에 앉엇든 홍인이 무엇이라구 한마대 한다. 그러니까 천막 밖 어디서 사람들의 히들히들 웃는 소리가 들린다. 준식이는 불쾌하여서 다시 눈을 감엇다. 누가 어깨를 가만히 집는다. 눈을 떠보니 머리맡에 앉엇든 홍인이 질그릇에 무엇을 담아 가지고 와서 입에 대여준다. 준식이는 머리를 조금 이르키여 가지고 그것을 단숨에 모두 마셔버렷다. 맹물은 아니고 술기운도 잇는 듯하고 이상한 약내도 나는 듯하엿다.

설혹 그것이 독약이엇더라도 준식이는 마시지 안코는 못 견대리만침 목이 갈하엿든[41] 것이다. 그것을 한 사발 다 마시고 준식이는 곧 잠이 드러버렷다. 이번에는 괴상하고 무서운 꿈으로 가득 찬 황홀 상태가 아니라 참된, 꿈 없는 평안한 깊은 잠이엇다.

옆에서 사람들의 두런두런하는 소리를 히미히 드르면서 준식이는 잠을 깨엿다. 눈을 떠보니 천막 안은 눈이 부실 만침 밝다. 제처노흔 문으로 덥고 밝은 햇발이 정면으로 드리 비치인다.

정신을 채리게 되자 준식이는 지금 자기의 처지를 평가해보려 햇다. 이 사람들이 나를 잡어다가 무엇하려고 잡어 왓을가? 그런데 아리바는? 응,

---

41 목이 타고 마른 듯.

아리바는 어찌 되엇나? 아리바는 어찌 되엇나! 이때까지 평안히 잠잔 자기가 원망스러웟다. 지금 아리바는 어디서 무슨 고생을 하고 잇나? 역시 나처럼 이놈들한테 잡혀 오지나 안헛나?

준식이는 벌덕 일어나 앉엇다.

"아리바, 아리바, 아리바." 하고 그는 마치 자기가 그러케 부르기만 하면 금방 아리바가 옆에 나타날 것 같아서 웨첫다. 문밖에서[42] 낫선 사람 하나가 머리를 불쑥 드리밀어보더니 밖에서는 또 히들히들 웃는 소리가 들린다. 준식이는 그놈들이 미웟다. 지금에는 자기를 잡어온 것 때문에 미운 것보다도 그러케 히들히들 웃는 것 때문에 더 미웟다.

홍인 하나가 미음을 한 사발 들고 들어와서 먹기를 권하엿다. 준식이는 고개를 흔들엇다. 차라리 먹지 말고 굶어 죽어버리는 것이 나흘 것처럼 생각이 되엇다. 홍인은 한두 번 몸짓 손짓으로 먹으라고 권하더니 그냥 고개를 내젓는 준식이를 보고는 그만 버룩버룩하면서[43] 미음 그릇을 그 자리에 내려노코 도로 나간다.

천막 안에는 아모도 없고 자기 혼자이엇다. 그는 다시 자리에 누엇다. 그리고 덮어준 담뇨를 차 내버렷다. 그는 혼란한 머리를 좀 냉정시키기 위하여 비스듬이 누어서 눈을 감엇다. 그저 무엇이 혼돈한 것이 눈앞에서 서물서물하기만[44] 하고 무슨 한 가지, 무슨 한 생각을 붙잡을 수가 없다.

맛잇는 내음새가 난다. 그는 본능적으로 배를 만저보앗다. 아! 참 맛잇는 내음새다. 배가 몹시 고프다는 것을 다른 무엇보다도 통감하게 되엇다. 그는 눈을 떳다. 바로 눈앞에는 조금 전에 홍인이 노코 나간 미음 그릇이 노혀 잇다. 아직 뜨거운 모양인지 김이 무럭무럭 오른다.

부지불식간에 그는 입맛을 다시엇다.

"먹을가?"

---

42 원문이 훼손되어 '문□□서'로 보이나 문맥상 '문밖에서'로 수정하였다.
43 입을 크게 벌리고 자꾸 흡족하게 웃으면서.
44 어리숭한 것이 눈앞에 떠올라 자꾸 어른거리는 모양.

"먹을가?"

"먹을가?"

그는 손을 내미러 미음 그릇을 들엇다. 그러나 그는 그것을 다시 내려노핫다. 이제 살면 무엇하느냐? 이놈에게 사로잡혀 와 가지고 살아서 또 어떠한 고생을 보자고 또 어떤 농장에 종으로 팔려 나갈 것이 아니냐? 거기서 그는 썩을 것이다. 살아서 썩을 것이다.

"에잇! 고만두어라. 안 먹는다." 하고 그는 도라누으며 눈을 감앗다. 그는 다시 잠이나 들어버렷스면 하고 애를 썻스나 잠이 다시는 영 오지 안는다. 오직 왼갓 잡가지 생각이 실뭉텅이 엉키듯 엉키어서 빙빙 도라간다. 어느 실마리 한 끝을 잡을 재간이 도모지 없다.

밖에서는 두런두런 이야기하는 소리가 들린다. 한참 귀를 기우리고 들어보앗으나 도모지 무슨 소리인지 알 수가 없다. 준식이가 배운 나후아족의 말과는 딴판이다. 순전히 외국말 같다.

말을 알아들을 수 없는 것이 더 한층 준식이를 골나게 하엿다.

"되는대로 되여라." 하고 자포자기하는 절망의 말을 중얼거리면서 그는 다시 도라누엇다. 바로 그 앞에는 아직도 미음 그릇이 노혀 잇엇다.

"고것을 ! 에익."

밖에서는 또다시 히들히들 웃는 소리가 들리더니 웬 자가 무엇이라고 한참 무슨 설명을 하고 나니까 일꺼분에 와 하고 크게 웃는다. 그러더니 제처노흔 문 어구에 사람의 그림자가 나타낫다.

준식이는 흠칫하며 문 어구를 내다보자 곧 미친놈처럼 벌떡 이러나 내달엇다. 그 서슬에 미음 그릇이 발길에 채와 땅 우에 쏘다저 벼렷다.

45

준식이를 산림 속 나무 아래 누여두고 아리바는 나무뿌리라도 드러난 것이 잇으면 뜨더 먹여볼 작정으로 이리저리 헤매이엇다.

세상에 떠러지는 날부터 바람과 비와 밤과 '엑쓰포―쥐'[45]에 단련된 아리바에게는 어제 밤 모험도 한낫 '작난 한 가지'에 지나지 안엇다. 물론 잠 못 자고 먹지 못햇스니까 퍽 피곤하지 안흔 것은 아니나, 어려서부터 그런 생활에 버릇된 아리바에게는 그것이 그러케 큰 타격은 아니 주엇다. 그래서 그는 준식이를 뉘워노코도 먹을 것을 얻으려 도라단닐 기력이 남아 잇엇다.

그러나 산림 속에서는 좀체로 뿌리도 얻을 수가 없엇다. 그래서 그는 이리저리 방황하다가 벼랑 턱까지 나가보앗다. 벌서 어둡기 시작한 때이엇다. 그런데 벼랑 아래 얼마 멀지 아는 곳에서 화투불이 새로 피여오르는 것을 보고 아리바는 놀낫다. 그리고 거기는 홍인들의 천막이 두 개 서 잇섯다.

아! 저 천막 속에는 먹을 것이 만을 것이다. 하고 아리바는 생각햇다. 그리자 곧 어두워진 이 밤에 다른 데서는 먹을 것을 차즐 도리가 없고, 오직 한 가지 길은 천막 잇는 데로 내려가서 도적해 오는 수밖에 없으리라는 결론에 이르럿다. 그래서 내려갈 길을 살펴보니까 요행 벼랑이 아츰[46] 폭포 잇든 거기처럼 높지 안고 또 그리 가파랍지도 안아서 별로 힘 아니 드리고 내려갈 수 잇슴을 발견하엿다.

아리바는 벌서 먹을 것을 어든 듯이 깃버햇다. 그에게는 위대한 자신이 잇섯든 것이다. 그래서 그는 얼는 준식에게로 가서 절대로 그곳을 떠나서는 아니 되리란 부탁을 해두고 곳 천막 잇는 곳으로 내려갓다. 준식이가 매우 피곤한 모양이고 몸도 좀 불편한 것처럼 보이엇으나 위선 먹을 것부터 어더다가 주린 배를 채우면 기운이 나지리라는 생각으로 급급히 먹을 것을 구하려 내려간 것이엇다.

벌서 밤은 캉캄하여젓다. 그래서 아리바는 자기가 조심만 하면 발각될 염려는 없엇다. 밤에는 언제나 불이 잇는 곳에 잇는 사람이 한 수 격긴다.[47] 어두운 데 잇는 사람은 밝은 곳에 잇는 사람들의 행동을 빤히 바라볼 수 잇

---

45 exposure. 유해한 환경 등에의 노출.
46 '아침'의 방언.
47 '꺾인다'인 듯함.

으나 밝은 데 잇는 사람은 어두운 속으로 슬금슬금 기여드는 사람을 볼 수가 없는 것이다.

아리바는 아래까지 다 내려와서 잠간 주져하엿다. 가장 안전한 때를 택하려면 밤이 깊어서 그들이 잠들어버린 때를 이용하여야 한다.

그러나 지금 그러케 오래 기다릴 수도 없는 형편이엇다. 더욱이 우에서 준식이가 혼자 눈이 깜하케 기다리고 잇을 생각을 하니 그러케 느루잡고[48] 잇을 수도 없엇다. 그런데 요행 천막 안의 홍인들은 저녁을 끝내고 모두 밖으로 나와 화투불을 둘러싸고 안는다. 아마 화투불을 중심으로 오래오래 서로 이애기도 하고 또는 춤도 추며 도라가게 될 것이다. 그런즉 그들은 퍽 느저지지 안으면 잠자러 가지 안을 것이 분명하다. 그러니 그들이 잠잘 때까지를 기다릴 수는 도저히 없다.

도로혀 그들이 화투불 가에 모혀 앉어 정신없이 놀고 잇는 동안을 습격하는 것이 득책[49]일는지도 모른다. 잠이 든 다음에 간다고 하면 파수꾼에게 들킬 염녀도 잇고, 또는 잘못하여 누어 자는 사람의 팔목을 밟아 깨우게 되는 불행이 잇슬는지도 모른다. 그러나 지금 가면 천막 안은 텅 비여 잇을 것이다. 그러니까 지금 가는 것이 도로혀 이로울 것이다. 아모리 잠은 잔다고 하더래도 잠자는 사람 하나 가득 잇는 천막보다는 텅 비여 잇는 천막이 도적질하기에는 가장 알마즐 것이다. 그래서 그는 곳 당장에 거사하기로 결심하고 땅에 납작 업디여서 소리 아니 나게 살금살금 천막으로 향하여 기여갓다. 땅우흐로 소리 아니 나게 기여단니는 홍인을 따를 인종이 다시없을 것이다. 아리바는 어렵지 안케 천막에까지 다다랏다. 그는 천막에 밧싹 부터 가지고 삥 도라서 출입구 잇는 데까지 갓다. 거기는 앞에 잇는 화투불의 벌건 빛이 비최어 환하니 밝다 그는 땅에 납작 업대어서 출입문 휘장을 슬그만히 조금 들처보앗다. 안에는 아모도 없는 모양이엇다.

---

48 여유를 두고 느직하게 예정하다.
49 좋은 계책을 얻음.

안에 아모도 없는 것을 확인하자 아리바는 날랜 고양이처럼 살짝 휘장 안으로 드러섯다. 이때 만일 누가 도라다보앗다면 오직 휘장이 펄럭 하고 한 번 나붓기는 것을 보앗을 따름일 것이다. 그처럼 아리바의 행동은 빠른 것이엇다.

천막 안에 드러선 아리바는 여기저기 살펴볼 것도 없엇다. 그도 홍인인 이상 천막을 치면 어데어데 무엇을 두어둔다는 풍속을 잘 알앗다. 물론 천막 안은 꽤 어두엇다. 그래서 그는 더듬더듬 해가면서 강낭가루 지즘[50]을 너허둔 곳으로 차자갓다.

그러타. 거기는 먹을 것이 잇엇다. 잇어도 매우 만헛다.

아리바는 부시럭 소리를 내이지 안키 위하야 조심조심 그 보재기를 풀고 강낭가루 지즘을 두어 포기 끄내엇다. 그것만 가젓으면 두리서 삼사 일은 살어갈 수 잇슬 것이다. 그는 다시 도적 마즌 흔적을 없이하기 위하여 본래 매엿든 고대로 곱게 매여 노핫다.

인제는 살아낫다. 어서 속히 이곳을 빠저 다라나기만 하면 살아 나가는 것이다. 근처에 노힌 질그릇도 한 개 훔처갓스면 강낭 지즘 풀어 먹기 편할 것이다. 그러나 그럴 수는 없다. 이 홍인들이 무엇을 도적 마젓다는 것을 알게 되여서는 아니 된다. 그리되면 이 사람들은 즉시로 총동원을 하여 수색을 시작할 것이다. 그런데 아리바와 준식이는 그날 밤 그 우 산림 속에서 잠을 좀 자지 안코는 못 살 형편이다. 이제는 촌보를 옴길 수도 없는 형편이다.

아리바는 날새게 출입구까지 뛰여갓다. 그와 동시에 출입구 휘장이 밧그로부터 훌쩍 들처젓다.

46

아리바가 얼마나 놀랏스랴? 그러나 이런 위급한 경우를 당한 때에 더욱

50 '지짐'의 방언.

침착해지는 것이 아리바의 특증이다. 아리바는 뛰려고 하지도 안코 숨으려 하지도 안코 그냥 담대하게 웃둑 서면서 한 거름 뒤로 물러섯다. 이런 위급한 때에는 이 최후 수단에 호소하는 수밖에 없엇다. 뒤로 물러서면서 아리바는 밖에 선 사람에게 들어오라는 형용을 햇다.

밖에서 휘장을 들친 사람은 한 거름 드러서면서

"누구요?" 하고 뭇는다.

아리바는 대답에 궁하여 잠간 어물어물하고 잇섯다. 드러온 사람은 조금 의심쩍다는 태도로

"누구요? 무엇 하러 혼자 빠저 들어왓소?" 하고 또 뭇는다.

천막 안이 꽤 어둑신한 고로 이 사람은 아직까지도 아리바를 자기 한 동료로만 본 모양인데 만일 이때 아리바가 한마대라도 입을 벌리면 그 즉시로 아리바는 딴 족속에 속하는 홍인이라는 것이 발견될 것에 틀림없엇다. 그러면 할 수 잇는 대로 대답을 피하는 것이 상책일가? 그러나 어떠케?

밖에서 들어온 홍인은 더욱이 의심이 난다는 듯이 출입문 휘장을 빗적 밀고 한편으로 비켜선다. 밝은 빛을 안으로 드리어서 아리바의 얼굴을 보려 하는 모양이엇다. 아리바는 얼는 한 거름 더 어두운 속으로 물러섯다. 홍인은 성이 낫든지 휘장을 내던지고 아리바 앞으로 밧삭 닥어들엇다. 휘장이 출입구를 가리우자 천막 안이 어두워젓다. 아리바는 이때까지 이 기회를 기다리고 잇든 것이다. 그는 잡담 제지하고 한 손으로 이 홍인의 입을 트러막으면서 그의 목을 끼고 매달렷다. 이 뜻 아니햇든 갑작 습격에 홍인은 그만 나가 잡바젓다. 그리고는 두 살덩이가 어두운 천막 속에서 엎칠락 뒤칠락하며 소리 없이 격투를 한다.

아리바는 힘이 세다. 물론 혼자서 두세 사람은 넉넉히 해내인다. 그러나 지금 아리바의 손 하나는 마음대로 쓸 수가 없다. 한손으로는 어디까지든지 이놈의 입을 트러막고 잇서야 한다. 만일 이놈이 고함을 버럭버럭 지르기 시작하면 이놈 하나를 때려 뉘인대자 별로 효과가 없을 것이다. 어떠케 해서든지 이놈을 소리 없어 쳐치해노코 다시 소리 없이 도망해버려야 준식

을 차저 가지고 어둠을 타서 도망해버릴(도망할 기력이 잇을가는 의문이엇으나) 기회가 잇을 것이엇다.

배곱프고 피곤한 아리바가 제아모리 장사의 힘을 가젓더래도 외팔을 가지고 장정 하나와 싸화 이길 수는 도져히 없엇다. 그래서 그들의 몸덩이가 땅 우흐로 여러 번 뒹굴게 되엿다.

한참이나 엎치락뒷치락하다가 어찌하여 그들의 다리가 천막 안에 벌려 노핫든 질그릇들을 거더첫다. 그리자 여러 개 질그릇들이 요란한 소리를 내이며 왱강뎅강 깨어진다.

"아, 글럿다." 하고 아리바는 절망의 부르지즘을 금할 수 없엇다.

과연 밖에서는 뛰어오는 여러 사람의 발자취 소리와 떠들고 웨치는 소리가 들려온다.

아리바는 잔뜩 결박을 젓다. 결박을 당하자 처음 마조 붓헛든 놈에게 분푸리로 실컷 두들겨 마젓다. 아리바는 정신을 일코 거의 기절할 지경이다.

아리바의 운명은 이미 결정된 것이엇다. 오늘 밤새도록 또 내일 하로 종일 묶여 잇다가 내일 태양이 서산으로 떨어지는 그 순간에 태양과 함께 저 세상으로 영원한 여행을 떠나게 될 것이다.

실컷 어더마진 후에 아리바는 그들의 추장 앞으로 끌려갓다.

아리바는 벌서 반 정신은 나갓으므로 지금 어디로 무엇 하려 끄을려가는 줄도 모르고 무의식한 가운데 끄을려갓다. 그들이 아리바를 추장 앞에 굴복시킨 때 아리바는 그 자리에 쓸어지고 말앗다.

"저놈을 좀 이르키어라." 하는 추장의 명령이 내리자 그중 한 놈이 달려들어 아리바의 머리를 잡어 제첫다. 화투불의 빨간 광채가 그의 얼굴을 정면으로 드리 빛이엇다.

추장은 잠간 동안 아리바의 얼골을 물끄럼히 드려다보더니 무엇을 생각하려는 듯이 한참 동안 머리를 기우둠하고 잇엇다. 그리더니 다시 더 가까히 와서 아리바를 보앗다. 그리더니 그는 의아하면서도 놀란 기색으로

"아리바, 네가 아리바가 아니냐?" 하고 웨첫다.

아리바는 눈을 번쩍 떳다. 이게 웬일이냐? 지금 여기서 자기 이름을 부르는 것이 누구이냐?

아리바는 눈을 떠서 앞에서 들여다보는 얼굴을 보앗다. 늙은이의 주름살진 얼굴이다. 그러타 낫이 익다. 어디서 한 번 본 얼굴이다.

아리바는 생각을 해보려고 애를 썻다. 어디서 본 얼골이다. 누구일가? 원수이냐 또는 친구이냐?

"아, 가부논!" 하고 한마디 소리를 지르고 아리바는 그만 기절해 꺽꾸러지엇다.

47

아리바가 다시 정신을 차린 때는 그날 밤이 매우 깊은 후이엇다. 그는 결박을 풀리고 포근포근한 담뇨 우에 누어 잇엇다. 사람 두흘이 손발을 주물러주고 잇엇다.

아리바가 정신을 차리자 즉시로 머리에 떠오른 것은 준식이의 일이엇다. 아! 벌서 밤이 얼마나 깊엇나? 준식이가 얼마나 기다리고 잇을까? 그래서 그는 손을 주물러주는 사람에게 즉시로 가부논을 보게 하여달라고 부탁하엿다.

얼마 오래지 안허 가부논이 왓다. 가부논은 깨여난 아리바를 보고 마치 제 자식이나 얻은 듯이 다정하게 그의 손을 쥐엇다.

아리바는 두서[51]를 차릴 수도 없이 한 마대 두 마대 나오는 대로 지금 언덕 위 산림 속에서 사람 하나가 자기가 도라오기를 기다리고 잇다는 것을 겨오 통하엿다. 그리고는 다시 애를 쓰고 또 쓰면서도 할 수 없이 혼미 상태로 빠젓다.

가부논은 즉시 부하들을 시켜 준식이를 찾으러 내보냇든 것이다.

---

51 일의 차례나 갈피.

미국으로

145

이튿날 아침 아리바가 깨여보니까 준식이도 무사히 끌려와서 곤히 자고 잇엇다. 아리바는 먼저 문밖에 나서서 심호흡을 열아믄 번 하고 조반을 알 마추⁵² 먹고 나니까, 다시 또 유쾌하고 건전한 몸으로 회복되엇다.

그러나 준식이는 그날 하로 종일 혼미 상태에 잇엇다. 열기가 왓작 올라서는 무슨 소리인지 허튼소리만 자꾸 한다. 그리다가 열기가 식으면 그는 괴로운 듯이 얼골만 찡그린 채로 잠이 들어버린다. 아리바는 가부논의 부하들과 함께 약풀을 뜨더다가 대려 맥엿다. 그리고 그날 밤에는 화투불을 피워노코 병마를 퇴치하는 춤을 추엇다.

가부논은 이번 이 농장 습격에 한 목 착실히 거더준 홍인의 추장이엇다. 그래서 이번 습격이 잇기 전에 여러 번 아리바를 만나 본 적이 잇엇다. 아리바는 자기 부락의 추장의 심부럼꾼으로 여러 번 가부논에게로 내왕이 잇엇든 것이다.

가부논은 방금 부하들 십여 명을 더리고 정부에서 내보낸 토벌대를 피하야 단니는 도중이엇다. 이러케 멀리 북쪽 산속으로 들어와서 이리저리 도라단이며 천막 생활을 한다. 그리다가 부락 본부로부터 토벌대가 전부 철귀⁵³하엿다는 소식이 오면 다시 부락으로 도라갈 예정이엇다.

준식이는 아리바의 목숨을 살려준 은인이란 말을 아리바에게로부터 듣고 가부논은 잇는 정성을 다하여 준식이를 간호하고 우대하기를 명령하엿다. 만일 그가 아리바의 은인일 것 같으면 또 가부논의 은인이다. 비록 지금은 이러케 토벌대를 피하여 숨어단이는 경우에 처햇지만도 그들은 조금도 그들의 습격을 후회하지 안코 더욱 더욱 그 통쾌하든 광경을 회상하고 즐거워한다. 그런데 준식이는 이번 습격을 연기하지 아니하고 가능하게 해준 은인이다. 그래서 그들은 그날 아츰 거기를 떠나 다른 곳으로 옮겨 가려던 본 계획을 변경하엿다. 그래서 준식이가 쾌차하기까지 그곳에 그냥 머물러

---

52 '알맞추'의 옛말. 일정한 기준, 조건, 정도에 적당하게.
53 군사나 시설 따위를 거두어 가지고 돌아가거나 돌아옴.

146

잇기로 되엿다.

만 사흘 동안 준식이는 사선[54] 앞을 방황하엿다. 사흘 밤 홍인은 병마 퇴치 춤을 추엇다.

나흘째 되는 날 오정이나 되어 아리바가 아츰 산보로부터 도라오니까 천막 밖에서 홍인 몇이 모혀서서 히들히들 웃고 잇엇다. 아리바를 보자 그중 하나가 뛰처와서 준식이가 정신을 채렷다는 기뿐 소식을 전하야주엇다. 그리고 미음을 쑤어다 주엇더니 먹지 안터라는 말까지 일러주엇다.

아리바는 곳 천막 안으로 뛰처 드러가면서 준식이를 부른 것이엇다.

아리바가 드러오는 것을 보고 준식이는 뛰처나가다가 미음 그릇을 차서 쏟아 노핫다. 준식이는 달려드러 아리바를 꽉 그러안앗다. 그리고 두 청년은 남자답게 엉엉 울엇다.

이 거룩한 순간에 대해서는 이 이상 더 이야기 아니하는 것이 조흘 것이다. 두 청년이 그러안고 서 잇는 이 잠깐 새이 동안은 사람의 붓으로 이러타 저러타 잔소리하기에는 너무 숭엄한 것이고 또 그때 그들의 감정은 세상 심리학자들의 해부에 내 맺기기에는 너무 고귀하고 거륵[55]한 것이엇다.

48

첫여름 날 아름다운 해가 동천으로 소사오르는 때에 준식이는 가부논 일행과 간곡한 작별을 하고 아리바와 함께 또다시 미국을 향하여 길을 떠낫다. 사실인즉 그곳에서 미국 국경은 삼십 리밖게 되지 안엇다. 아리바 할아버지 때만 하여도 칼리포니아는 멕시코 땅이엇지마는 지금은 그것이 미국 령토가 되어 잇는 것이엇다. 그러나 그들은 바로 국경 방면으로 가지 안코

---

54 죽을 고비.
55 '거룩'의 옛말.

그냥 멀리 동쪽 산으로 종일 올라가기로 햇다.

요새 와서 국경을 건너단이기가 매우 어렵게 되엇다. 물론 멕시코 사람(곳 반종)이면 국경 건너스기가 그리 힘든 것도 아니엇다. 그러나 홍인으로써는 국경 건느기가 매우 힘이 들엇다. 그것은 홍인은 국경을 건느다가 미국인에게 붓잡히기만 하면 곧 축방[56]을 당하고 마는 것이엇다. 더욱이 요새 와서는 남아메리카 제국에 내란과 전쟁이 나가지고 만흔 망명객과 자객들이 멕시코까지 와서 국경을 몰래 건너 미국 안으로 들어가는 고로 국경 경계가 일층 엄중해지엇다.

그래서 아리바는 할 수 잇는 대로 방비가 그리 세밀치 못한 동시에 몰래 숨어 들어갈 가능성이 풍부한 곳을 택하여 가기 위하여 준식이를 끌고 깊은 산곡 속으로 인도한 것이엇다.

그날 종일 동쪽으로 가서 그날 밤 어두움을 타서 국경을 넘기로 작정이 되엇다.

국경!

밤이 되어서 잘 보이지는 안흐나 그저 시컴언 나무들이 여기저기 우둑우둑 서 잇는 산비탈이 준식이 눈앞에 노혀 잇엇다. 그런데 그것은 국경이라구 한다. 돌담을 싸흔 것도 아니고 쇠 울타리를 두른 것도 아니고 그저 고목들이 우둑우둑 서 잇는 산비탈이엇다. 그런데 거기 어디쯤 국경이 잇는 것이다. 이 산비탈 이편은 멕시코 저편은 미국, 그러나 땅도 같은 땅, 풀도 같은 풀, 나무도 같은 나무, 하눌도 같은 하눌이엇다. 이 산비탈에서 사는 토끼들, 새들, 배암들, 개미들, 두꺼비들, 다람쥐들, 수억만 명의 이 생명들은 하로에도 몇 번씩 이 국경을 넘어가고 넘어올 것이다. 그러나 아모도 그들의 왕래를 방해하려는 일이 없다. 사실 그들에게는 국경이 없는 것이다.

자연에게는 국경이 없다. 그래서 이편에서 흐르는 시냇물은 아무 거리끼는 것 없이 자기 마음대로 저편으로 흘러들어간다. 저편에서 자라나는 측

---

56 추방. 쫓아냄. 몰아냄.

덩굴은 그 덩굴을 꺼림 없이 이쪽으로도 뻗고 저쪽으로도 뻗는다.

동물에게도 국경이 없다. 그래서 기여가고 기여오고 날러가고 뛰어가고 뛰어온다. 아모 거리낌 없이 아모 지장 없이!

그러커늘 만물의 주인이라는 사람, 이 사람들은 이 땅을 마음대로 왕래할 수가 없다. 마치 무슨 큰 죄나 지은 놈처럼 밤을 타서 몰래 숨어가지 안흐면 아니 된다.

하여간 지금 준식이와 아리바는 국경 근처에 이르럿다. 지금 그들이 배회하는 곳이 멕시코인지 또는 미국인지 그들도 분명히 알 수는 없엇다. 국경이란 사실에 잇서서 벽에 걸린 지도에 그려노흔 붉은 줄처럼 그러케 확연한 물건은 아니다.

준식이와 아리바는 조심하지 안으면 아니 된다. 여기서 어물거리다가 잘못하면 미국 군인에게 부쩹히기 쉽다. 만일 부쩹히지 안으려고 도망칠 치다가는 그들이 막우 내쏘는 총알에 목숨을 바처버리게 되기도 쉽다. 국경을 몰래 넘어서 달아나는 사람은 미친개처럼 쏘아 죽여버려도 상관이 없는 것이다.

마침 달밤이엇다. 이것이 어둠을 타서 몰래 들어가려는 그들에게는 몹시 불리하엿다. 그러나 또 한편으로 생각하면 그들의 행동이 미국 군인에게 발견될 염려가 만흔 그 만침 또 그들도 달빛에 의하여 군인의 행동을 감시할 가능성이 충분히 잇엇다. 이것은 도리어 달 없이 어두운 밤에 마음노코 가다가 갑작이 회중전등을 내비취는 군인 앞에 닥드리게 되는 것보다는 유리하다고 볼 수도 잇다.

위선 사방 정세를 좀 살펴보기 위하여 아리바는 높은 나무 우흐로 올라가 보앗다. 만일 이상한 일이 잇거든 부헝이 소리를 할 터이니 부헝이 소리가 나거든 준식이도 곧 두말없이 나무 우흐로 기여 올라오라는 부탁을 남기고 나무 우흐로 올라갓다. 달 밝은 밤에 피신하는 데는 나무 우보다 더 조흔 곳이 없는 것이다.

밤은 고요하다. 나무 우에 올라간 아리바는 한 시경이나 되도록 아모 소식도 없다. 나무 우를 처다보아도 아리바의 몸은 나무가지들에 가리여 보이지 안는다.

준식이는 가만히 서서 뽀얀 달빛에 싸혀 잇는 언덕을 내려다보앗다.

"저기 어데가 미국일가!"

어찌 그것이 사실일 것 같지 안케만 생각되엿다.

황금의 나라! 돈! 돈! 돈! 그것이 지금 눈앞에 전개되어 잇는 것이다. 이것이 사실일가? 이것이 참말일가?

이때 나무 우에서 부헝이 우는 소리가 나즈막이 고요한 밤의 적막을 깨트리엿다. 준식이는 꿈에서 깨이는 사람처럼 흠츳 몸을 떨고 즉시 나무 우으로 올라갓다.

한참 애를 써서 기여오르니 저 꼭대기 가장 높은 가지를 타고 안저 잇는 아리바의 모양이 보인다. 그 높은 곳까지 올라가는 것이 준식이에게는 결코 쉬운 일이 아니엇다.

그러나 그는 땀을 뻘뻘 흘리면서 그곳까지 올라왓다.

꼭댁이까지 올라가서 아리바가 손고락질하는 곳을 바라다보니 멀리 저편 언덕 우흐로 무엇 검어우리한[57] 것이 우물우물하는 것이 보인다.

49

너무 멀어서 아즉 그것이 확실히 무엇인지 분간해볼 수는 없으나 이편으로 거러오는 사람처럼 보이기도 한다.

한참 그것을 바라다보고 잇노라니까 그것은(아마 두 사람인 듯싶다) 차차 그림자까지 캉깜한 산골작이 쪽으로 가까히 가더니 그만 그 어두운 그림자 속으로 스러저 없어지고 말엇다. 그후에는 아모리 눈을 크게 뜨고 애써 보살펴도 그것들을 분간해내일 수가 없엇다. 그 어둑신한 골짝이가 그들을 영

---

57 거머우리한. 은은히 도는 빛이 검은.

원히 집어 삼켜버린 것 같엇다.

허리가 앞으도록 오랫동안 준식이와 아리바는 나무가지 우에 올라 앉어 잇섯다. 아모리 사방을 둘러보아야 그저 뽀얀 달빛만이 땅 우에 넘쳐흐르고 잇다. 거기 시컴언 나무들과 또 그보다 더 시컴언 그림자들이 땅 우에 수노은 것처럼 찰싹 달라부터 잇다. 바람도 없다. 간혹 간얇힌 바람이 살랑살랑 불면 나무가지 그림자들이 웃줄웃줄 춤춘다. 사방은 고요하고 마치 생명이 없는 죽엄의 땅 같앗다. 간혹 어서 버러지 우는 소리가 들리기는 하나 버러지가 보일 리는 없고 잠꿔에 놀라 다라나는 토끼 한 마리 볼 수 없다.

이러케 아모것도 꺼릴 것이 없음에도 불구하고 그냥 나무 우에 앉엇끼만 하는 아리바의 심리를 알 수 없엇다. 준식이가 무슨 말을 꺼내려고 하기만 하면 아리바는 언제나 손가락으로 입을 봉하라는 뜻을 표한다. 아리바의 능력과 모책[58]을 충분히 리해할 만한 정도에 이르르슬 준식이도 이때에는 아리바가 너무 지나치게 주의 깊게 생각이 되엇다. 대체 어찌할 작정인가? 나무 우에서 밤을 새우고 말 작정인가?

이때 아리바는 준식이 어깨를 가만히 붓잡엇다. 그리고 나무 아래를 손구락질한다. 손구락질하는 곳을 바라다 본 준식이는 놀라지 안을 수 없엇다. 바로 한 오십 자밖에 아니 되는 곳에 기단총을 어깨에 둘러메인 두 사람의 군인이 나타낫다. 바로 그 뒤 어두운 골작이로부터 나려온 것이엇다. 과연 이제 준식이는 아리바의 주도한 행동에 탄복하지 안흘 수 없엇다. 군인 두리서는 무엇이라구 소군소군 짓거리면서 이쪽을 향하여 온다. 군인들이 혹시 하눌을 치어다볼 때마다 준식의 간은 콩알만 해젓다. 준식이는 두방망이질하는 가슴을 겨오 억제하면서 차차 가까워지는 군인을 내려다보앗다.

그들은 벌서 준식이가 올라와 잇는 나무 아래까지 왓다. 나무 아래 와서 두 사람은 걸음을 멈추고 웃둑 섯다. 준식이의 맥박은 머저버렷다.

---

58 어떤 일을 처리하거나 모면할 꾀를 세움.

미국으로

151

군인들은 담뱃불을 붓친다. 그리고는 다시 또 거러 나간다. 준식이는 이마에 솟은 식은땀을 문질럿다.

두 군인은 한참 가다가는 잠간씩 서서 사방을 휘휘 둘려보고는 또다시 간다. 준식이와 아리바의 눈은 이 군인의 행동 일동일정을 마치 녹여 없애 버리려고나 하는 듯이 열심으로 바라다보앗다. 두 그림자는 차차 멀어지더니 건너편 나즈막한 언덕으로 지나가 그 뒤 골짝이 속으로 사라저버린다. 준식이는 후— 하고 한숨을 길게 내쉬엇다. 그리고 인제는 나무에서 내려갈 준비를 하엿다. 그러나 아리바는 고개를 흔든다. 준식이는 아모 소리도 없이 다시 또 나무가지에 걸터앉엇다.

아리바는 조금도 먼눈을 팔지 안코 군인이 없어진 골짝이 쪽만 바라본다. 준식이도 그쪽과 아리바의 얼굴을 번가라 바라다보앗다.

조금 잇더니 아리바의 얼골에는 긴장한 태도가 나타난다. 아리바의 얼굴을 치여다보고 잇든 준식이는 얼는 아리바가 바라다보는 그쪽을 바라다보앗다. 바로 어두운 골짝이 뒤에 잇는 언덕 우흐로 두 개의 그림자가 다시 나타낫다. 그 두 그림자가 그 언덕을 다 넘어 보이지 안케 될 때까지 아리바는 꼼짝 아니하고 그것을 바라다보앗다.

그 두 그림자가 언덕 뒤으로 사라지자, 아리바는 마치 날랜 원숭이처럼 몸을 날리어 나무에서 내려왔다. 준식이도 곧 그 뒤를 따라 내려왔다.

그러나 아리바는 참으로 백 퍼센트의 홍인이엇다. 그는 결코 이러서서 거러가지 안는다. 앉어서 무릅거름을 한다. 물론 준식이도 무릅거름으로 아리바를 따라갈 수밖에 없엇다. 한참 가다가는 아리바는 사방을 휘휘 돌라본다. 그동안에 뒤로 떨어졋든 준식이가 겨오 쫓아온다. 무릅거름으로 준식이 따위는 아리바의 류가 아니엇다.

마그막에는 준식의 무릅과 종아리가 져리고 아푸기 시작하엿다. 그러나 그러탄 말도 못 하고 죽을 용기를 내여 아리바의 뒤를 따랏다. 이러케 무릅거름으로 그들은 달이 서산으로 넘어가서 어둡게 될 때까지 갓다. 아마 한 십 리는 넉넉히 왔을 것이엇다. 달이 져서 캄캄하게 되자 그들은 이러서서 다름질하기 시작하엿다.

그 이튼날 저녁때가 다 되어서야 준식이와 아리바는 무거운 다리를 질질 끌면서 나바조 족속의 한 부락에 다다랏다. 절반 잠자면서 절반 알으면서 정신없이 몸을 질질 끌고 따라오는 준식이가 마츰내 아리바가 가리키는 곳, 석양에 빤히 빛나는 홍인의 한 부락을 바라다볼 때 그는 눈물이 날 만침 반갑고 기뻣다.

이 부락은 진흙으로 십여 층 층층히 싸하 올라간 커단 부락이엇다. 층층을 올라가기 위하여는 여기저기 나무 사다리가 노혀 잇다. 위선 아리바가 먼저 혼자 가서 모양을 엿보기로 하고 준식이는 나무 아래 풀밭에서 한잠 자기로 햇다.

준식이는 나무 아래 주저앉어서 부락을 향하여 다름박질해가는 아리바의 뒤모양을 끝까지 바라다보앗다. 그의 무진장인 듯한 기력과 담력과 책술과 충성이 탐나리만큼 부러웟다.

준식이는 피곤함을 이기지 못하여 잔디 밭 우에 드러눕고 말앗다.

50

준식이가 이 부락에 와서 살기 시작한 지 벌서 열흘이 되엇다. 아리바가 작별을 고하고 고향으로 돌아간 지도 벌서 한 주일이 되엇다. 아리바는 준식이를 이곳까지 인도한 후 사흘 만에 돌아갈 여행을 떠난 것이엿다. 물론 좀 더 잇으면서 충분히 노독[59]을 풀어 가지고 떠나기를 여러 번 권하엿으나 그는 한시라도 어서 속히 집으로 돌아가고 싶은 모양이엇다. 집에는 어머니와 사랑하는 처녀가 기다리고 잇지 안는가! 준식이는 구타여 억지로 만류하지 안엇다.

---

59 먼 길에 지치고 시달려서 생긴 피로나 병.

그러나 아리바를 리별하기는 준식이에게는 참으로 쓰라린 일이엇다. 준식이를 죽을 땅에서 구하여준 그 은혜도 은혜려니와 그와 두어 달 동안 가치 잇고 가치 먹고 가치 고생하든 가운데 준식이는 아리바를 일생 잊지 못하리만큼 큰 우정이 소사 이러나는 것을 감각하엿다.

사람은 사랑을 사랑한다. 그래서 사랑이 없이 사람은 살아갈 수 없다. 그 사랑이 연애거나 우정이거나 부자의 정이거나 그것은 관계없다. 사람은 사랑하지 안코는 살 수 없는 것이다. 그 사랑의 대상이 자식일 때 그것은 모성애 또는 부성애가 된다. 그 사랑의 대상이 이성일 때 그것은 연애라고 한다. 또 그 사랑이 친구일 때 그것은 우정이라고 한다. 이러케 사랑의 대상을 따라서 그 사랑의 표현은 조금씩 달라진다. 그러나 그 근본 사랑은 하나이다.

그래서 사랑은 항상 연애하거나 자식을 사랑하거나 친구를 사랑한다. 지금 준식이로서 연애할 여자가 없고 사랑할 자식이 없는 준식이로써 그의 사랑의 굼주림은 오직 우정이란 한 골짝이로 쏠러들지 안을 수 없엇다.

아리바와 리별을 아니하지 못하게 된 때 준식이는 이 격렬한 사랑을 한층 더 통감하엿다. 아리바도 물론 준식이를 사랑하지 아니하는 것은 아니엇다. 그러나 아리바에게는 사랑하는 처녀가 잇다. 또 사랑하는 어머니가 잇다. 그래서 그의 사랑은 준식이에게 모두 쏠려들 수는 없엇다. 그러나 준식이에게 잇어서는 지금 아리바는 준식이의 전 사랑을 혼자 독차지하는 유일의 대상이엇다. 물론 이 분에 넘치는 사랑을 아리바는 이해하지 못할 것이다.

아리바와 작별하는 날 준식이는 차라리 다시 아리바를 따라 도로 가고 싶엇다. 가서 아리바와 함께 한 동리에서 일생을 가치 살고 싶엇다.

그러나! 그러나! 그는 이때까지 무엇 하려고 그 고생을 하면서 여기까지 차져왔는가? 돈! 돈의 힘은 어떤 때 사랑의 힘보다 더 위대해진다.

준식이는 그 부락 소학교 교사의 집에 부처[60] 잇게 되엇다. 미국 정부에

---

60 부치다 : 먹고 자는 일을 제집이 아닌 다른 곳에서 하다.

서 세워준 소학교가 잇고 그 소학교 교사로 영어를 잘하는 젊은 사람 하나가 임명되어 잇섯다. 준식이는 이 교사의 집에 잇으면서 영어를 배우기로 하엿다.

가을이 되면 미국 정부로부터 감독이 순행을 한다. 고로 준식이는 그때가 되기 전에 이곳을 떠나지 안흐면 아니 된다. 만일 그 감독이 준식이의 존재를 발견하면 준식이는 곧 잡혀서 미국으로 넘겨 내여쫓길 것이고 그 부락전체는 준식이를 숨겨둔 벌을 받게 될 것이다. 그러므로 준식이는 이 한 서너 달 동안에 배울 수 잇는 영어를 다 배와가지고 미국인의 도회쳐[61]로 들어가야 할 것이다.

이럭저럭하는 동안에 어느새 가을이 다 되엇다. 백인 감독이 순행할 때가 하루하루 가까와온다. 준식이는 그곳을 떠나야 하게 되엇다.

강낭가루 지짐을 흠뻑 지져 싸노핫다. 그것 가젓으면 이 겨울은 날 수 잇게 되엇다.

"백인들 틈에 가서 살랴면 이런 것이 소용됩니다." 하면서 동리 사람들은 은전을 한두 푼씩 가저다 주엇다. 그것을 다 모하노흐니 조고만 주머니로 하나 가득 되엇다. 물론 이 홍인들에게는 돈이 별로 소용되지 안은 고로 만히 가진 사람은 도무지 없엇다.

51

미국 사람의 신작로가 잇는 곳까지 어떤 청년 하나가 준식이를 더려다 주엇다. 준식이는 소학교 교사의 양복을 한 벌 얻어 입고 강낭가루 지즘 보따리를 옆에 낀 후 미국으로 들어섯다.

그는 가울[62] 날 몬지 이는 길을 허덕거려 갓다. 무연한 벌판이다. 한 십 리

61 도회처. 도회지.
62 '가을'의 방언.

가서 하나씩 농가가 잇다. 농가에서는 닭도 치고 소도 친다. 어떤 데서는 소를 수십 마리씩[63] 풀밭에 노하 먹이는 것을 보고 놀랏다. 누런 소보다 얼넉소가 만코 거의 다 암소이다.

반나절이나 갓슬 적에 그는 철도 연변에 다다랏다. 철도 궤도를 보고 준식이는 놀랏다. 이것은 준식이가 팔려오기 전 제물포에서 양인들이 노튼 그 쇠길과 꼭 같앗다. 양국에 잇는 것이니까 양인이 그것을 조선에까지 내다 노핫겟지만 그것이 무엇에 소용되는 것인지는 알 수 없엇다. 그는 호기심에 끌리어 이 철도와 병행하는 길을 택하여 거러갓다. 그가 한참 거러가누라니 뒤에서 뇌성[64]하는 소리가 들린다. 준식이는 하눌을 쳐다보앗스나 맑은 가울하눌에 구름 한 점 없엇다. 그런데 우뢰하는 소리는 점점 더 커간다.

뒤를 바라다보든 준식이는 어안이 벙벙하여 입을 딱 버리고 서 잇섯다. 거기는 그 기단 쇠길 우흐로 무엇인지 식컴언 것이 울렁거리며 달려온다. 준식이는 일생에 이런 괴물을 본 적이 없엇다. 그것은 커단 뱀과 같앗다. 그런데 그것이 구불구불하며 번개처럼 빨리 준식의 앞으로 지나간다. 준식이는 수만흔 유리창들과 그리로 내다보는 만흔 사람들의 머리를 보앗다. 준식이는 더욱 놀라지 안흘 수 없엇다. 올커니 – 양인들은 저 따위 차를 타고 번개처럼 빨리 여행하는 것이다. 그리고 그 쇠길은 그 괴상한 차가 지나단니기 위하여 만드러 노흔 것이다. 그러면 인제는 조선에도 저런 괴이한 차가 단니겟구나 하고 생각하니 이상스러운 생각이 낫다.

그날 밤을 풀밭에서 자고 이튿날 다시 종일 거러서 날이 저물어서야 그는 어떤 커단 동리에 다다랏다. 이 동리야말로 준식이에게는 이상스러운 곳이엇다. 만흔 사람들이 두 박휘 달린 이상한 차를 타고 두 다리를 자조 놀리면서 쏜살같이 빨리 다라난다. 또 수만흔 마차가 곱게 채린 여자들을 태

63 원문에는 '머리색'으로 표기되어 있으나 '마리씩'의 오기로 보임.
64 천둥소리.

우고 분주하게 왓다 갓다 한다. 큰길로 들어서니 거기는 굉장한 돌집들이 여기져기 서 잇다.

그리고 길 좌우 집집마다 이상스러운 등불을 켜서 환하니 밝다. 상점들이 잇고 음식점이 잇고 술집이 잇다. 그러나 피곤한 다리를 쉬여 갈 객주집 같은 것은 차질 수가 없다.

지나가든 사람마다 준식이를 보고는 이상한 동물을 본다는 듯이 서서 물끄럼히 바라다본다. 미상불[65] 이상스러운 것이다. 몇 해 전에 제물포에서 양인을 처음 볼 적에 사람 같지 안코 괴이한 즘생 같더니 이 양인들로 가득 찬 도회지에 온 준식이 모양은 물론 이 양인들 눈에 이상스럽게 보엿슬 것이다. 벌서 작난꾼 아이 두엇이 줄줄 따라오면서 자세자세 본다.

준식이는 여기가 어덴지 알고 싶었다. 그래서 따라오는 아이에게 무러보려고 홱 도라섯다. 그랫더니 아이들은 깜짝 놀라 비명을 발하면서 날 살려라 하고 다라난다. 준식이는 쓴우슴을 우섯다.

조금 더 가니 중앙엔 커단 뷘터가 하나 잇고 그 앞에 우물이 잇다. 그 마즌편에 커단 집이 잇고. 그 집 문밖에는 말이 여러 필 매여 잇고 마차도 서너 대 서 잇다. 마침 어떤 늙은이 하나가 우물에서 물을 떠 마시고 잇다. 준식이도 물을 마시고 싶엇다.

물을 좀 달라는 준식이의 말을 듣고 노인은 놀라서 한참이나 준식이를 아래위로 홀터보더니 두레박을 건네준다. 물을 마시고 나서 여기가 어데냐고 물어보앗다. 홍인 부락 소학교 교사에게서 조곰 배와둔 영어가 작용을 시작하는 것이엇다.

거기는 로쓰안쩰쓰[66]이엇다. 당시 칠천 명의 인구를 가진 대도회 로쓰안절쓰이엇다. 그리고 준식이는 지금 그 도시 중앙인(현금[67]에 퍼스트 내쇼날 은행이 잇는 메인스트렛과 제오가 교차점) 우편국 앞에 와 잇는 것이엇다.

---

65 아닌 게 아니라.
66 로스앤젤레스(Los Angeles)
67 지금.

준식이는 또다시 거러 나갓다. 사람들이 너무 바라다보는 고로 어두운 속으로 어서 가고 싶엇다. 객주집을 차자 들어가는 것보다 다시 드을로 나가서 어디서 노숙을 하는 것이 나을 것 같앗다. 아직 이른 가울이여서 그리 춥지도 안은즉 서투른 객주집으로 가기보다 그동안 좀 련습이 된 노숙이 나흘 것 같앗다.

집이 한둘 잇으나 거기는 어둑신하엿다. 그래서 그는 그리로 한참 거러 나갓다. 마차들이 몬지를 피우며 지나가고 지나온다.

한참 나가니까 마즌 곳에 또 커단 집이 하나 잇고 사람들이 만히 드나든다. 마차도 수십 대 가지런히 서 잇고 그 집안 밖에 모두 낫같이 밝다.

준식이는 그 집을 피하여 왼손 짝으로 한참을 더 가니까 거기에는 철도길이 여러 개 잇섯다. 그런데 그 철도 우에는 식컴언 집 같은 것이 하나 서 잇다. 저것이 아마 양인들이 타고 단니는 차인가 부다 하는 호기심이 생겨서 준식이는 슬금슬금 그쪽으로 가보앗다. 아까 낮에 보든 차와는 달라 창문이 없이 그냥 밋밋한 집이엇다. 그러나 그 집 밑에는 커단 쇠박휘가 달렷고 그 박휘가 쇠길 우에 얹혀 잇는 것으로 보아 분명 이것도 타고 단니는 차임에 틀림없엇다. 이 차 중간쯤 가서 문이 하나 잇는데 반쯤 열려 잇엇다. 가서 기웃하고 들여다보니 안에는 아모것도 없다.

올타! 이 속에서 하룻밤 지내자. 준식이는 그 차 안으로 기여 드러갓다. 차 속은 텅 비여 잇고 퀴퀴한 내음새가 난다. 준식이는 한편 구석으로 가 안저서 강낭가루 지즘을 좀 꺼내 먹고 드러누엇다.

챠이나타운

52

챠이나타운!

이것은 미국 도시에 불가결할 것인 동시에 한 특색이다. 챠이나타운이 없는 도시에는 더러운 내음새가 없고 세탁소가 없고 애편[1]굴이 없다. 그런데 이런 것들이 없으면 미국 도시 노릇할 자격이 없다.

"어둑침침한 뒷골목! 더러움, 죄악, 마굴[2], 킨냅핑[3]!" 이런 듣기 조흔 형용사로 미국인들은 챠이나타운을 묘사한다. 사실 챠이나타운이야말로 미국 도시인의 유일한 신비요, 또 미지의 열락[4]이다. 그러나 이 어둑침침한 뒷골목에서 자고 밥 먹고 일하는 허다한 얼굴, 누런 사람들에게 이 챠이나타운은 신비도 아니고 마굴도 아니고 오직 수만흔 정직한 사람들이 일에 짓처 죽도록 쉬지 안코 일하는 보통 빈민굴이엇다.

명나라 쩍에 쓰든 엽전과 서장[5] 절간에서 굴러 나온 금부처님 등을 파는

---

1 아편굴. 아편을 먹거나 피우거나 또는 아편 주사를 맞는 비밀 장소. '애편'은 '아편' 의 방언.
2 마귀들이 모여 있는 곳.
3 kidnapping. 약취와 유인의 죄.
4 쾌락. 큰 기쁨.
5 티베트.

'큐리오[6]' 상점도 잇고 일년감을 고기와 섞어 썰어 범벅하여 지저 파는 챱수이[7] 집도 잇고 서양 사람의 때 무든 옷을 맑아케 빨아주는 세탁소도 잇고 그리고 세계 각국 사람이 모혀드는 '목욕탕'도 잇다. 그리고 이런 때 묻고 더러운 집들이 즐비한 복판 좁은 길로는 얼골이 더 누런지 이빨이 더 누런지 분간하기 힘든 '챠이나 맨'들이 정답게 하는 이야기도 쌈하는 소리같이 떠들며 지나가고 지나온다.

그랜트 거리로 쭉 올라가다가 쪡손 거리로 돌아서서 열 발자곡만 올라가면 '고려인삼'도 팔고 '육미탕'도 팔고 사탕도 팔고 담배도 팔고 때 묻은 옷도 팔고 몬지도 파는집이 잇다.

언제나 시컴언 양복을 입고(겨울이나 여름이나 꼭 한 벌로 입는다.) 중국 호신을 신고 이 어둑신한 상점 카운터 뒤에 종일 서서 유대 고물상처럼 돈을 한 푼 두 푼 세고 앉엇는 중년이나 된 사람 하나가 잇다. 그 사람 얼굴이 퍽 낯이 익다. 그러타. 아무래도 어데서 여러 번 본 사람의 얼굴이다. 그 사람의 얼굴을 보니까 웬일인지 작고 기선 생각이 난다. 또 목화밭이 생각난다. 흐흥! 홍인종도 생각나고!

그러치 아모래도 낯익은 얼굴이야. 지금 아침 일즉 나와서 가가[8] 문을 열면서 바다 우으로 떠오르는 붉은 태양빛을 향하야 길게 기지개를 한다. 그러타! 언젠가 한 번 이 사람이 어데 다른 곳에서도 떠오르는 붉은 해를 향하여 기지개 하는 것을 본 일이 잇다. 그때에 이 사람은 어덴가 무연한, 올치 그러타. 태평양 한복판에 서 잇엇다.

때는 일천 구백오 년 겨울이고 곳은 미국 상항(싼프란씨스코) 쪡손 거리 챠이나타운 한복판에 잇는 조고만 가가 앞, 여기서 평범한 그날그날을 보내

---

6 curio. 작고 특이한 수집품. 골동품.
7 챱수이 : 미국식 중화요리의 일종. 미국에서 화교들에 의해 만들어진 것으로 정통 중국음식은 아니다. 고기, 달걀과 함께 콩나물, 양배추, 셀러리 등 채소들을 마구 섞어서 빠르게 볶은 뒤 걸쭉한 녹말 소스로 간해서 만든다. 원문에서는 '챱수이', '챵쑤이', '챰쑤이' '챠수이'가 혼용되고 있다.
8 '가게'의 원말.

고 잇는 준식이 모양을 마츰내 발견할 수 잇엇다.

그가 연전에 로싼젤리스 정거장에서 아모것도 모르고 뷘 화물차에 들어가 하로밤을 지낸 것을 우리는 알엇는데 그동안 어데 가 잇다가 지금 이러케 싼프란씨스코 챠이나타운에 나타낫을가?

그가 피곤한 김에 그 화물차 속에서 세상모르고 잠을 잣는데 얼마나 잣든지 갑작이 누가 어깨를 발로 툭툭 차는 김에 그만 잠을 깨어 벌덕 이러나 앉아 눈을 부비엇다.

"이놈 되놈⁹이로구나! 애, 이놈아 글쎄 뻔뻔하게 공짜 여행이야?" 하고 억개를 발길로 차던 사람이 웨첫다.

준식이는 갑작이 무슨 말을 할지 몰라서 주저주저햇다.

"어서 내려가, 이 뻔뻔한 놈!" 하고 준식이 목덜미를 붓들어 질질 끌다가 차 밖으로 내동댕이를 첫다. 그리고는 또 강낭가루 지즘을 싼 보퉁이도 내던저주엇다.

준식이는 아무 말도 못 하고 몬지를 툭툭 털며 일어섯다. 일어서서 사방을 둘러보다가 그는 깜짝 놀랏다. 이게 무슨 독개비 노름인가? 그곳은 준식이가 어제 밤 보든 로쓰안젤쓰가 아니엇다. 어제 밤에는 분명 커단 도시에 잇엇는데 지금 바라다보니 거기는 산골작이 속이엇다. 하로밤 사이에 천지가 변햇는가?

산에는 아름도리¹⁰ 되는 잣나무들이 빽빽히 들어찻다. 그런데 거기서는 그 나무들을 일변¹¹ 찍어서 끌어내는 기차에 올려 싣는다.

"되놈이 기차를 공짜로 타고 왓다." 하는 소문이 퍼지자 일군들은 빙글빙글 우스면서 어리둥절해 서 잇는 준식이를 바라다보앗다.

십장인 듯한 자가 와서 수작을 건넨다.

---

9 중국 사람을 낮잡아 이르는 말.
10 아름드리. 둘레가 한 아름이 넘는.
11 어느 한 편.

"여보, 챨리[12] 여기 무엇 하러 왓노? 나무 좀 찍어보려나? 그러케 차를 몰래 타고 다녀서는 안 돼, 돈 내고 차표 사 가지고 타구 가야지. 하여간 어제 밤에는 한 천 리는 버럿네 그려. 되놈이란 참 흉측하다니." 하면서 가려 햇다.

준식이는 이 사람을 붓들엇다. 그리고 잘 나오지 안는 영어로 애써가면서 겨오 사정 이야기를 햇다.

59(53)

준식이는 그 산에서 나무를 찍는 일군이 되엇다. 아름도리 되는 나무를 도끼로 찍어 누이는 일이 결코 쉬운 일이 아니엇으나 멕시코에서 종노릇하든 생각을 하면 그것은 낙이라고 생각되엇다. 겨울이 되자 날씨도 좀 싸늘해지고 부슬부슬 눈 섞인 찬비도 뿌렷으나 나무가지와 검불이 얼마든지 싸혀 잇는 그곳에서는 고만한 추위는 조끔도 무서울 것이 없엇다. 서양 노동자들이 준식이를 드럽다고 한 뻬락[13] 안에 가치 잇으려 하지 안는 고로 그는 감독의 후의로 헛간 한구석을 널판지로 막고 거기서 혼자 살엇다. 그러나 그것도 돼지우리 같은 멕시코 목화밭 생활을 생각하면 훌륭한 곳이라구 스스로 위로하엿다.

그는 남들이 밥을 사 먹는 음식 집에도 발을 들여노치 안코 자기 방에서 강낭 지즘을 물에 풀에 먹엇다. 강낭 지즘은 한 보퉁이 만들어 가지고 왓기 때문에 겨우내 먹고도 남엇다. 가끔 가다가 고기 같은 것을 먹고 싶은 생각이 나면 그는 멕시코 잇을 때 돌띠아 떡만 먹고 사 년씩 살든 일을 회상하고 스스로 자신의 약함을 꾸짓고 격려하엿다.

하로 종일 도끼를 들고 큰 나무들을 몇 개고 때려누이고 나면 자기 손 속

---

12 Charlie. 백인들이 중국인을 총칭하여 부르는 말.
13 바라크(baraque). 막사. 군인들이 주둔할 수 있도록 만든 건물 또는 가건물.

으로 들어오는 지전,[14] 오직 그것을 똘똘 말아 벼개 밑에 간수하는 데에서 그는 즐거움을 찾고 위로를 얻엇다. 그러타! 그가 여기까지 온 오직 하나의 이유는 곧 돈이 벌고 싶은 마음 그것이 아니엇든가? 그런데 지금 그는 돈을 벌고 잇는 것이다. 버는 대로 한 푼도 쓰지 안코 그는 모두 꽁꽁 말아서 깊이깊이 간직하는 것이엇다.

겨울이 지나 그의 품속에는 사오백 원이란 큰돈이 감초여 잇엇다.

그러나 날이 갈수록 그는 고적[15]을 느끼엇다. 하로 종일 노동을 하고 그날 임금을 받아 가지고 방으로 돌아와서 그 돈을 돈 뭉텅이 속에 너흘 때 그는 즐거웟다. 그러나 강낭가루 지즘으로 저녁을 때고 나서 지친 몸을 자리에 누이면 잠은 얼른 오지 안코 친구가 그리워지엇다. 가치 마조 앉어서 이야기라도 해볼 친구가 그리워젓다. 백인들은 황인종 그와 사괴려고도 아니하거니와 또 준식이로서도 별로 친히 사괴고 싶은 것도 아니엇다. 누른 얼골이 보고 싶엇다. 준식이와 같이 얼굴이 누러코 광대뼈가 불쑥 나오고 머리털이 깜아코 눈이 깜안 그런 사람을 다만 한 사람이라도 만나보고 싶엇다. 이 감정은 날이 갈수록 그 도수를 더하는 것이엇다. 더욱이 봄철이 되고 보니 마음은 더 한층 싱숭생숭해지고 이제 곧 황인종을 한 사람이라도 만나보지 못하면 미처버릴 것처럼 생각되엇다.

그래서 그는 마츰내 그 삼림지대를 작별하고 도시로 내려온 것이엇다. 나무 찍어 벌럿든 지전들이 변하여 지금에는 그가 몬지 털고 잇는 책상과 고려 인삼과 사탕과 또 그것들을 너허두는 유리함 등이 된 것이엇다.

그리고 그가 잠자는 뒷방 벼개 밑에 노힌 커단 고물 금고 속에는 워싱톤의 머리가 그린 지전이 한 장씩 두 장씩 새끼치고 잇는 것이엇다. 그놈이 자꾸 새끼를 처서 그 금고도 가득하게 되면 그때에는 준식이는 그것을 모두 가지고 다시 태평양을 건늘 것이다.

---

14 지폐. 종이 돈.
15 외롭고 쓸쓸함.

태평양을 다시 건너서면 그는 그 만흔 돈을 가지고 고향으로 갈 것이다. 거기는 갈밭도 잇고 조밭도 잇고 수수밭도 잇다. 거기서 그는 그 땅들을 살 것이다. 그리고는 개와집[16]을 짓고 고흔 색시에게 장가를 들어 아들 딸 나코 옹기종기 재미잇게 여생을 보낼 것이다.

손님 오기를 기다리며 카운터 뒤에 홀로 안저서 담배를 퍽퍽 피우고 잇는 준식이는 이 모든 아름다운 그림을 그 파란 연기 속에 그려보는 것이다.

밤이 되면 그는 자기 침실인 뒷방으로 와서 떨리는 손으로 그날 들어온 돈을 세인다.

한 장, 두 장, 석 장, 넉 장, 다섯 장, 그리고 또 쨍글쨍글 홀라닥거리는 은전들이 수두룩!

준식이는 만족한 눈으로 금고를 열어본다. 그 속에는 커단 지전 뭉치가 싸혀 잇는 것이다. 인제 얼마 안 잇으면 그 금고가 가득할 것이다.

일 년 혹은 이 년!

그리고는!

생각만 해도 춤을 추고 싶은 일이엇다.

60(54)

"만일 네가 내 사랑이엇드면 네 이쁜 눈에 나는 연주칠[17] 햇을러라!"

패씨픽(태평양) 거리로 두 손을 양복 줌치[18]에 트러 너코 어정어정 거러가는 젊은 사람은 이런 노래를 웅얼거리고 잇엇다.

"누가 안 그러타나? 여보 이 미남자!" 하고 길옆에 서서 혼자 우쭐우쭐 춤을 추고 섯든 유대 게집이 이 청년의 팔을 붓들면서 추파를 보낸다.

"이것 노하. 이 더러운 유대 개 같으니!" 하고 젊은 사내는 빙글빙글 우스

---

16 '기와집'의 방언.
17 然朱漆. 붉은 칠.
18 주머니의 방언.

면서 팔을 뿌리친다.

"이건 무얼 이러시오. 미남자? 어서 좀 들어왓다 가시구려!"

젊은 사내는 아모 소리도 없이 뿌리치고 간다. 게집은 코를 삐쭉 하며

"옛다 가거라. 너 같은 뱀은 원체 소용이 없어." 하면서 홱 도라 선다.

그리자 검은 옷을 입고 중국 신을 신은 사람 하나가 도수장에 끌려가는 소 모양으로 기신기신[19] 오는 것과 마조치엇다.

"오, 꾸디,[20] 꾸디! 우리 찰리아 아즈버이 또 오시는구만! 자 어서 이리 들어와요!" 하고 그 황인종의 팔을 잡아당긴다.

준식이는 몸을 떨엇다. 이 유대 게집의 부드러운 손이 그의 거치른 팔을 붓잡을 때 그의 전신에는 마치 전기를 통한 것같이 찌르르 하엿다. 그와 동시에 준식의 코를 슬치는 분 내음새와 향수 내음새에 그의 머리는 기절할 듯이 혼미해젓다. 그는 아뜩하여 우뚝 섯다.

"우리 찰리, 오늘 우리 집에 들지오. 네! 내 효성스런 딸 노릇 할 테니!"

준식이는 이 소리가 무슨 소리인지 이해할 수 없엇다. 그러나 하여간 지금 자기가 하고저 하면 오늘 밤 한 밤만 이 젊고 쾌활하고 포동포동한 고기 덩이를 자기 것을 만들 수 잇거니 하는 히미한 의식만이 그의 머리를 기절할 듯한 힘으로 충동시키엇다. 그러나 물론 그러케 하기 위하여는 이번 주일에 색기 친 워싱톤의 머리[21]는 없어지고 만다. 곧 그만침 그의 귀국이 늦어진다.

그러나? 그러나?

준식이는 지금 서른일곱 살이엇다. 그리고 밥 잘 먹고 건강한 장정이엇다. 그는 몇 번째 이 '콕테일 화웃'을 오르내렷는지 모른다. 그리고 여기 나선 수다한 젊은 게집들의 외치는 소리를 드를 때마다, 그들의 추파 보내는 눈치와 마조칠 때마다 그의 향기가 코를 슬칠 적마다, 그들의 보드라운 팔

---

19 게으르거나 기운이 없이 느릿느릿 힘없이 행동하는 모양.
20 꾸디(Goody). 좋은 사람.
21 1달러 지폐에 그려진 조지 워싱턴 대통령의 얼굴.

이 자기의 팔에 와 걸칠 때마다 준식이는 몸을 부들부들 떨엇다.

그것은 건강한 정욕으로부터 불가항력으로 생기는 자극이엇다. 더욱이 한 주일 색기친 지전만 내던지면 이 모든 것이 마음대로 된다 하는 이 가능성이 더욱더 한층 그를 더 못 견디게 뇌살시켯다.

준식이는 부끄러운 듯이 사방을 한번 둘러보앗다. "누가 보지나 안나?" 무슨 소용없는 걱정인가?

준식이는 들어갈가 하엿다. 지금 자기 호주머니 속에 곱게 객키여[22] 들어 잇는 지전을 생각해보앗다.

들어갈가?

그러나!

준식이는 또 한 번 뒤를 도라다보앗다.

"여보, 이 찰리, 끔찍이는 수집어하네. 그리면서도 오긴 매일 오는 꼴에. 자, 오늘 밤만 이리 들어오시구려. 자, 어서!" 하고 게집은 또 잡아끌엇다. 준식이는 끌리어갓다. 머리가 횡횡 도라가고 다리가 허둥허둥하여[23] 어디로 가는지 알 수 없엇다.

어둑신한 층층대를 올라가는 것 같앗다. 그리고는 어떤 좁은 방 침대 우에 누어 잇는 것을 감각하엿다.

머리가 어질어질 해오면서도 용기는 아까보다 훨씬 만하젓다. 이제 마신 것이 그 무엇이엇든가? 응, 위스키이엇나? 글쎄, 에그 취하는 것 같은데!

준식이는 벌덕 이러나며 침대가에 앉아서 구두를 벗는 게집을 꽉 껴안엇다. 준식이의 이 용기와 돌발적 행동에 준식이 자신도 놀랫다.

몰큰몰큰한[24] 살이 탁 실리우는 것을 감각햇다. 고슬고슬한 머리털이 보이엇다. 속눈섭이 길게 빠드러진 눈이 보엿다. 향내가 난다. 준식이는 아득해지엇다.

---

22 개키다 : 접어놓다.
23 어찌할 줄을 몰라 갈팡질팡하며 자꾸 다급하게 서두르는 모양.
24 연하고 보드라운 느낌이 날 정도로 매우 말랑말랑한 모양(북한어).

55

준식의 하룻저녁 외입[25]은 그 주일 한 주일 버리를 헛버리가 되게 하고 말엇다. "이제는 다시는 아니 간다." 하고 그는 결심하엿다. 그래서, 그는 저녁을 먹고는 얼른 옷을 벗고 자리에 누어버린다. 그러나 그는 잠을 잘 수가 없엇다. 일즉 자리에 누으면 욕망은 더 한층 강해지는 것이엇다. 그는 이리 뒤척 저리 뒤척 한 시간을 애쓰다가는 고만 다시 이러나서 금고를 열어노코 그 속에 들어 잇는 돈을 헤여본다. 이리하여 그는 다른 생각을 없이 해보려 하는 것이다. 그러나 문밖에서는 도회의 밤이 손질하고 잇다. 몸속을 돌고 도는 피는 욕망으로 불붓듯 용소슴 처오른다. 그러나 그는 감정을 내리누른다. 돈을 말끔 금고 속에 너허버린다. 그리고는 돈 한 푼도 아니 가지고 문 밖으로 나간다. 그랜트 거리에만 나서면 패씨픽 거리가 뻔히 내다보인다. 두 손을 양복 호주머니에 되는대로 찌르고 휘파람을 불면서 오르락내리락 하는 패거리가 보인다. 준식이는 밤이 깊도록 거기 혼자 떨며 서 잇엇다.

이러케 세월은 하로하로 가는 것이엇다.

일천 구백 육 년이엇다.

준식이가 태평양을 다시 건널 준비가 거의 다 되엇다. 금고는 벌서 가득 찻다. 그러나 재고품을 정리하는 데 시간이 꽤 걸렷다. 이제는 모두 일이 끝나서 벌서 배표까지 사노핫다. 이제 한 주일만 잇으면 그는 돈을 한 짐 지고 고향으로 돌아가게 될 것이다. 고향이 가면 갈밭, 조밭, 수수밭!

우리 이야기는 여기서 끝이 나고 말 것이다.

그러나! 우리 이야기가 여기서 끝이 나지 못할 괴변이 돌발하엿다.

준식이가 뒷방에서 문을 잠그고 앉어 돈을 한 장 두 장 세이고 잇는 동안에 땅속에서는 또 자기네끼리 괴이한 음모를 꾸미고 잇엇다. 물론 아모도

---

25 아내가 아닌 여자와 성관계를 하는 일.

이것을 아는 사람은 업엇다. 그래서 사람들은 마음 노코 집을 짓고 길을 닥고 돈을 싸하노핫다.

그러나 그날은 아모도 모르게 닥처왓다. 땅속엔 반역의 날[26]이 예고도 업시 닥처왓다.

준식이는 잠을 자고 잇엇다. 준식의 바른 팔에는 젊은 아일랜드 게집이 안기여 잇섯다. 준식이에게 이것은 마그막 외입이엇다. 이번이 마그막으로 한 주일 후면 본국 가는 배를 탈 것이다. 그래서 본국 가서는 얌전한 색시한테 장가를 들어 행복된 가정을 꿈일 것이다. 그러니 준식이에게는 이것이 마그막 작별이엇다. 미국과의 작별, 패씨픽 거리와의 작별, 유대 게집, 아일랜드 게집, 청국 게집, 미국 게집들과의 영원한 작별이엇다.

새벽이 다 되엇다. 준식이는 화닥닥 놀라 잠을 깨엿다. 옆에 누엇든 게집도 외마데 소리를 치며 벌덕 이러나 앉는다.

어디서 벼락치는 소리 같은 소리가 낫다. 그리고는 집이 건늬[27]를 뛰는 모양으로 흔들흔들한다. 그러더니 또 어디 가까운 곳에서 와직끈 소리가 나며 사람들의 비명 소리가 들리어왓다. 준식이는 침대 아래로 뛰여내렷다. 그가 선 땅이 훔칠훔칠 흔들리엇다. 마치 몇억 년이고 튼튼히 서서 사람이 그 우에 세워 놓는 왼갖 것을 모두 영원토록 떠바처줄 줄로 믿엇든 땅이, 땅덩이가 마치 불에 녹은 초처럼 흐늑흐늑[28] 흔들리엇다.

'세상의 마그막이다!' 하는 생각이 준식의 머리로 번개처럼 지나갓다. 이때 상우에 노혓든 물병과 잔들이 굴러떨어지며 요란한 소리로 깨여진다. 게집은 또다시 외마데 소리를 지르며 달겨들어 준식이의 품에 폭 안기인다. 준식이는 어찌하여야 할 것을 생각하려는 듯이 고개를 좌우로 흔들엇다. 다시 바로 문 밖에서 와르릉 하고 무엇이 문어지는 소리가 나더니 전등불이 깜박 죽어버리고 말엇다.

26 1906년 4월 18일 샌프란시스코 대지진을 의미.
27 건늬. '그네'의 방언.
28 물결 따위가 자꾸 느리게 움직이는 모양. 흐느적 흐느적.

구름을 잡으려고

준식이는 게집을 떠밀어 내버리고 잠옷만 입은 채로 더듬어서 밖으로 뛰쳐나갓다. 캉캄한 층층대에는 사람들로 엎치고 또 덮치어서 아래로 내려갈 수가 없엇다. 그런데 갑작이 층층대 뒤 광창²⁹으로부터 환하게 밝은 빛이 들어온다. 바로 얼마 멀지 안은 곳에 서 잇는 높은 집이 빨간 화염 속에 뭉처버렷다. 나무들이 우직끈 우직끈 타는 소리가 들린다.

56

건늬처럼 흔들리던 집이 갑작이 우뚝 섯다. 그 순간 바로 그 옆 어디서 와르르 무엇이 문어지는 소리가 낫다.

준식이는 남의 어깨를 밟으며 허둥허둥 아래로 굴러 내려왔다.

잠시 미첫던 흔들림은 다시 또 시작되엇다. 이번에는 준식이가 밟고 섯는 땅이 푸들푸들 떠는 것처럼 감각되엇다. 그는 정신없이 행길로 뛰처나왓다. 그러자 와르르 하며 그 집이 문어저 내려 앉엇다. 사람들의 외마디 소리가 들리엇다.

준식이는 날아오는 널판지에 머리통을 몹시 어더마저서 길 우에 꼬꾸라젓다. 그가 다른 모든 의식을 일어버리면서도 오직 한 가지 생각만은 준식이를 떠나지 안엇다. 그것은 자기 집 뒷방 금고 속에 간직해둔 지전 뭉텅이이엇다. 세상 아모런 일이 잇더래도 그것만은 꺼내야 한다. 그것이 없어지는 날은 준식이의 이때까지의 고생은 나무아미타불이 되는 것이엇다.

그는 죽을 용기를 내여 벌덕 일어섯다. 그는 술 취한 사람 모양으로 비틀비틀 걸어 나갓다. 땅도 역시 술 취한 사람 모양으로 비틀거리는 것이엇다. 푸들푸들 떨다가는 잠시 뚝 끈치엇다가 또다시 푸들푸들 떨고 이러기를 몇 차례나 계속하는 것이엇다. 사방에서 일어나는 화광³⁰은 푸들거리는 길거

---

29 넓은 창.
30 타는 불의 빛.

챠
이
나
타
운

169

리를 붉어케 비취고 준식의 왼몸을 확근확근 덥게 해주엇다. 그러나 준식이는 지금 이것저것 다 눈에 안 보엿다. 오직 어서 속히 집으로 돌아가서 그 돈뭉치를 꺼내야 하겟다는 한 가지 생각만이 그의 전 정신을 지배하엿고 또 그 생각이 지금 그에게 초인간적 힘을 주어 그로 하여금 흔들리는 길 우를 다라나게 하엿다. 그러나 조금 가서 그는 앞길이 꽉 매킨 것을 발견하엿다. 집들이 통채로 문어저서 길을 가로막어노흔 것이엇다.

준식이는 마켓 거리 쪽으로 한 뽈락[31]을 돌아갓다. 그는 미친놈처럼 허덕거리며 씩씩거리며 다름질첫다. 사람과 마조치는지, 넘어진 사람을 밟고 지나가는지, 불똥이 뛰여서 손잔등이 데이는지, 돌과 나무 조각들이 날아와서 여기저기 함부로 때리는지 이 모든 것을 감각할 새이도 없이 그는 뛰여갓다. 그러나 쨋손 거리까지 가니까 또 길이 매켯다. 워싱톤 거리까지 가서 돌아가지 안흐면 안 되게 되엇다. 그래서 그는 또 정신없이 한 뽈락을 돌앗다. 건너편 언덕 높은 곳에는 봉화불을 든 것처럼 화광이 하눌을 찌르게 올라가고 잇엇다.

준식이는 사방 왼갖 것에 감각을 일코 그냥 다름질해 갓다. 이제는 땅의 흔들림이 아주 끄첫으나 준식이는 그것쪼차도 인식하지 못하엿다. 그는 그저 다름질해갓다. 그러나 무엇에 몹시 어더 마젓는지 그의 다리가 잘 말을 듣지 안엇다. 그는 주먹을 부르쥐고 입살[32]을 질근질근 깨물면서 다리를 질질 끌엇다. 길에는 역시 울고 소리 지르고 이리 뛰고 저리 뛰고 하는 수만흔 사람들로 가득 차 잇엇다.

준식이는 벌서 몇 시간이나 달려온 것처럼 생각되엇다. 아모리 뛰고 뛰여도 그 자리에 그냥 잇는 것 같고 준식이가 뛰면 뛰는 대로 준식이의 목적지는 뒤로 물러 나가는 것 같앗다.

"그 돈! 그 돈!" 하고 지금 준식이는 고래고래 소리를 지르는 것이엇다.

31　블록.
32　'입술'의 방언.

사람마다 제각기 소리들을 지르고 사방에서 와르릉 소리 우지끈 소리가 끈치지 안으니 준식이의 고함 소리도 이 소리들 속에 삼키어저버려 준식이 자신도 자기의 고함 소리를 들을 수 없엇다.

자기 집까지 거의 다 왓으리라구 생각된 때 그는 그만 흐늑이는 사람의 물결에 휩싸여버렷다. 앞에도 뒤에도 옆에도 어디나 뷘 데 없이 모두 사람의 팔꼬뱅이와 엉뎅이와 마조치는 것이엇다. 그는 몸의 행동의 자유를 일허버리엇다. 이리 밀리고 저리 밀리고 사람 틈에 꼭 가치어 가지고 이리 비츨 저리 비츨 하는 수밖에 없엇다.

그러나 그 돈!

준식이는 최후의 발악을 햇다. 이 사람들의 어깨를 타고라도 자기는 자기의 집으로 가보지 안흐면 안 되리라고 생각하엿다. 그래서 그는 몸을 자기 집이 잇는 방향으로 불끈 소꾸엇다. 그 순간 그는 마치 무슨 큰 고기에게 삼키엇다가 그 고기가 배아타노는 것처럼 한가으로 불쑥 비여젓다.[33] 그 순간 얼굴에 확 하고 뜨거운 불길이 와다엇다. 그는 눈을 감앗다 떳다. 바로 그때 그는 그가 바로 자기 집 문 앞에 와 잇다는 것을 인식햇다. 그러나 그의 집은 지금 밝안 불덩이로 화해 잇는 것이엇다. 훅끈하는 뜨거운 기운이 그의 전신을 휩싸는 것이엇다. 그는 앞으로 꼭구러지고 말엇다.

57

날이 밝은 후에 사람들은 전신에 화상을 받고 기절해 꺽구러저 잇는 준식이를 끄러내엿다.

준식이가 정신을 채린 때 모든 것은 꿈속 같앗다. 꿈이엇으면 조흘 생각이 낫다.

땅이 사람을 속엿다. 세상이 다 망하고 세상 왼갖 것이 다 없어지는 한이

---

33 비어지다. 가려져 속에 있던 것이 밖으로 내밀어 나오다.

잇더래도 이 튼튼한 산(싼프란씨스코는 그실 산 우에 세운 도시이다)만은 영구불변하리라고 믿엇다. 그랫거늘 이 튼튼한 땅은 인류의 신념을 한 발로 거더차버리고 말앗다. 가장 튼튼한 곳, 가장 끝까지 의뢰할 수 잇는 곳으로 생각되든 내 발 아랫 땅이 도리어 아모런 힘, 아모런 인내성도 없이 뒤흔드러노코 말엇다. 땅을 절대로 신임하고 이십 층 지어노앗든 사람의 집들이 그만한 분 동안에 한낫 흐트러진 돌덤이, 흙덤이 또는 잿덤이가 되고 만 것이다.

절대적 신념의 파괴! 이것은 준식이에게 잇서서 그가 일허버린 집과 지전과 낡은 옷들보다 결코 경한 것은 아니엇다.

세상에는 믿을 것이 이러케도 없는가? 땅! 만고불변할 듯한 바위 우에선 땅도 결국 믿을 물건이 못 되엇다. 땅을 믿지 못할진댄 세상에 믿을 만한 것이 과연 어디 잇스랴?

준식이는 손과 얼골을 붕대로 감고 서서 잿덤이가 된 자기 집을 바라다보앗다. 왼갖 고생, 왼갖 기다림, 왼갖 참음의 결정, 그가 고향을 떠난 이래 육칠 년간 날마다, 시마다 가슴속에 길러오든 그 히망이 결국 한 무덤이 재에 불과하엿든가? 준식이는 가서 그 재덤이를 파보고 싶엇다. 그 속에는 그 지전이 아직 무쳐 잇슬 것같이만 생각이 되엇다. 무엇이라구 할 부질없는 공상인가? 그러나! 준식이는 그리 쉽게 단념하고 싶지 안엇다. 아니 단념할 수가 없엇다.

그러케도 쉽게 실로 눈 깜짝하는 동안에, 그러케도 너무 쉽게 준식이는 이 모든 것을 일허버렷는가? 일허버려야 하는가?

준식이는 다시 사방을 둘러보앗다. 벌서 석양이 되엿는데 사방에서 아직도 불이 붓는다. 그리고 막다른 골목에 다다른 미친 개소리 같은 일류의 아우성 소리가 울리여온다.

땅이! 땅이! 땅이 또 흔들리는가? 아니, 아니다! 오직 준식이의 착각이엇다.

땅은 한 번은 흔들어 자기 잔등에 타고 올랏던 왼갖 것을 문어트려버리고 불살러버리고, 그리고는 지금 모르는 척하고 태연히 서 잇다. 그러나 한

번 광증을 부린 이 땅을 사람은 또다시 신용할 수가 잇을가? 금시에 또 흔들리지 아늘가? 준식이는 금시금시 땅이 다시 흔들릴 것을 기대하고 섯는 것처럼 우두머니 서 잇섯다.

그 두려운 사흘이 지나갓다. 불교의 황천이나 예수교의 지옥이 이보다 더 두렵고 참혹하랴! 사실 그들은 지나간 사흘 동안에 지옥 그 물건을 통과해왓다.

불, 송장, 실신, 살육, 도둑질, 배곱픔, 미치광이! 사흘 동안만 이 도회처는 계급이니 인종이니 부자니 가난뱅이이니의 차별을 잊어버렷다. 그리고 오직 사람과 사람이란 이 동물들이 빵 한 조각을 가운데 두고 물고 뜻고 쥐엇다.

사흘 후에 정부가 다시 드러안고 경찰이 질서를 다시 회복하게 되자 계급과 인종과 빈부의 싸움이 다시 시작되엇다. 무엇보다도 씩료품의 공급, 그것이 가장 중요한 문제이엇다. 그런데 이 긴급한 문제에 잇어서 부자 계급과 상류 계급은 돈 없는 계급과 하류 계급보다 우대를 받을 권리가 되는 백인종은 황인보다 우대를 받을 권리가 되엇다. 그 권리는 마치 하눌이 준 권리 같앗다. 거기 아모런 의의[34]도 없겟고 항의도 없을 것이다. 하누님이 세상을 만들 때에 벌서 그러케 결정해노흔 것이 아니냐? 황인보다도 백인은 하누님이 택한 백성 또는 지구를 사람의 영광으로 장식해노흔 문명인이 아니냐?

얼굴이 노란 황인종은 세상 이치의 가장 쉬운 것도 분변[35] 못하는 '야만'이엇다. 그래서 그들은 백인종의 목숨이 자기네들 황인종의 목숨보다 얼마나 더 귀하다는 것을 모른다. 참으로 할 수 없는 '야만'들이다. 문명을 지을 줄도 모를 뿐만 아니라 문명을 지은이들께 감사한 생각조차 가질 줄 모르는

---

34 의의(疑意). 의심을 품음.
35 분별.

무지막지한 '야만'들이다. 그래서 이 '야만'들은 백인에게로 가는 떡을 가서 빼아서 왓다. 그리하여 이 '무지막지'하고 '은혜 모르는' 야만인 황인종들이 총에 맛고 칼에 찔리우고 몽동이에 마자 죽엇다. 또 어떤 자선심 만흔 백인 순사는 그러케 먹을 것이 없어서 강도질까지 할 형편이거든 물이나 슬컷 먹으라고 물에 잡아 너허주엇다. 그래서 그들은 배가 터저 죽을 때까지 물을 먹엇다.

<h1 style="text-align:center">58</h1>

그러케 만흔 사람이 죽엇건만 준식이는 죽음 틈에 끼이지 안코 산 틈에 끼엇다. 이리하여 이 지루한 이야기도 또 여기서 끝을 맺지 못하고 앞으로 얼마간 더 계속지 아니치 못하게 된다.

지옥을 무사히 지나 나와서 모든 것이 평상시로 돌아온 때 각처에서 벌서 잿더미를 담아다가 바다물 속에 집어 넣고 여기저기서 벌서 새로운 집터를 닥기 시작한 때 준식이도 자기 집 잿더미를 뒤적거리고 잇엇다.

마차 소리, 터 닥는 소리!

부흥, 도시의 부활! 사실 그것은 부활이엇다. 죽엇다가 다시 살아나는 도시엿다.

이 사람들은 또 열흘 전에 그들을 속이던 그 땅덩이 우에 다시 터를 닥고 벽돌을 쌓는다. 마치 이제 다시는 그런 노망을 부리지 안는다는 굳은 약속을 땅으로부터 받아지기나 한 듯이 세찬 기세로 땅 우에는 다시 집이 한 층 두 층 올라간다.

땅! 땅을 내 노코 갈 곳 없는 인생이여! 가이 없는 인생이여!

그러나 준식이는 이 실없는 부활의 행진곡에나마 참가할 건더기가 없어지고 말앗다. 남들은 잿더미를 치워버리고 새 집터를 닥는 동안 준식이는 소용도 없는 재를 발길로 뒤적뒤적하고 잇엇다. 마치 어떠케 햇으면 이 재 만이라도 좀 더 오래 쌓아두어볼 수가 없을까 하는 것을 연구나 하는 것처럼! 물론 그 잿더미는 준식이의 소유이엇다. 전 미국의 육해군 총세력을 뒤받쳐 가지고 준식이의 이 잿더미 소유권을 보장할 것이다.

그러나 진재[36] 지난 도시 한가운데 쌓인 잿더미의 소유권은 그리 훌륭한 것도 못 될 뿐 아니라 그리 자랑할 것도 못 되고 값이 가는 것도 못 되는 것이엇다. 잿더미 밑에 깔린 땅은 준식이의 소유가 아니엇다.

팔십 년 전까지만 하더라도 임자 없던 이 땅이 언제 어떠한 경로로 한 사람의 소유가 되엇는지는 모르나 하여간 정부 대장에 "아모데 아모 곳 이러저러하게 생긴 땅은 아모개의 소유이다" 하고 등록이 되어 잇으므로 그것만 가지고 사람들은 아모도 그 지주의 권리를 의심하지 안엇다. 정부 대장에 그러케 기록되엇다는 그 조건 하나 때문에 그 지주는 가만히 앉어서 소위 지세라는 것을 받어먹고 살아간다. 챠이나타운 일대의 땅은 거의 다 이 한 사람의 소유이엇다. 땅은 그 땅 우에 건물 짓고 담을 쌓고 하여 그 땅을 유용하게 쓰는 사람의 소유가 되는 것이 아니고 그 땅을 유용하게 쓰건 황무지로 내버려두건 그것은 불관하고[37] 오직 토지 대장에 "아모개의 소유" 하고 한번 씌어진 다음에는 언제나 그 사람의 소유대로 잇는 것이다. 이상한 세상이다.

그런데 이 땅이 갑작이 발광을 부려서 그 땅 우에 세워놓앗던 모든 다른 사람의 재산 – 소유물 법률상으로 충빈히 인정된 소유 – 들이 파손되고 절명되어버렷으나 그 발광한 땅의 주인인 지주에게는 아모런 책임도 없는 것이다. 지주는 땅의 주인은 주인이지마는 땅의 행동에 대해서는 책임을 지지 안는 것이다. 그래서 땅의 발광으로 말미암아 수다한 사람이 죽고 전 재산을 빼앗겨 굶게 되고 또 그 밖에 온갖 비극이 다 생기엇다고 하더라도 그것이 땅의 주인인 지주가 알 바가 아니라는 것이다. 지주는 아모런 책임도 없고 오직 지세만 받아 먹는 권리가 잇다는 것이다. 이상한 세상이다!

---

36 진재(震災). 지진으로 생긴 재해.
37 불관(不關)하고. 관계없고.

샌프란시스코우라는 도시에는 부활이 이르럿으나 그 속에서 살던 준식이라는 한 사람에게는 부활이 영 오지 안코 말앗다. 어찌 준식이 한 사람뿐이엇으리오!

그러나 자비하신 하느님은 준식이로써 이 부활에서 아주 제외시키지는 안엇다. 준식이로 하여금 이 부활의 기구가 되고 건설자가 되기를 지시하엿다. 그러나 그 건설은 준식이는 알지 못하고 만나보지도 못한 어떤 부자 사람을 위한 건설이엇다. 준식이는 오직 그 부자 사람의 한 개 기계에 불과하는 것이엇다.

준식이는 매일매일 이 폐허 우에 돌을 쌓고 시멘트를 들이엇다. 그리하여 위대한 재건설은 준식의 조고만 팔의 도움을 받아 조금씩 조금씩 올라갓다. 그러나 역사를 적는 역사가들은 샌프란시스코우의 재건설의 공이 준식이에게 잇다고 쓴 일이 없다. 준식이에게는 하루에 품삯으로 이 원씩 지불한 그 부자 사람의 힘으로 도시는 재건설된 것이라구 그들은 역사책에 써놋을 것이엇다.

59

땅에 대한 신념을 일허버린 사람, 공든 탑을 문어트려버린 사람, 그 사람의 생활을 무엇에다 비길가? 타락? 타락이라구 할까? 장래에 대한 신념이 없어젓으니 히망이 없는 사람이라구 할까?

인제 준식이는 하로 세끼 먹을 수 잇고 밤에 머리 박고 잘 곳을 마련할 필요 이상의 돈 버리가 무의미해지엇다. 모흐고 구둘거리고[38] 애쓰고 싸하노흐니 결국! 준식이는 그것을 되푸리해 생각하기도 실헛다. 그저 모두 이저버렷으면 조흘 것 같앗다. 그의 과거 전체를 그냥 할 수만 잇다면 칼로 썩비여 내버리든지 물로 맑게 씻처 내버렷스면 조흘 생각이 낫다.

---

38 느리게 계속 움직이고.

과거를 잇자! 현재를 한푼어치라도 향락하자! 미래란 소용없는 파멸이다! 이런 생각들이 자연 준식이를 알코홀과 게집과 '광동은행'으로 끌엇다. 중국인 소유의 도박장을 '광동은행'이라구 별명지어 부르는 것이엇다.

부어라 마셔라 돈 없거든 외상으로 주렴으나!

끄러 앉어라, 키쓰해라, ×××××, 한 주일 임금이면 그뿐 아니냐? 돌려라 돌려라, '풀렛'[39]을 돌려라. 헤여라 헤여라 '팬텐'을 헤여라, 일흐면 일 원을 일코 따면 백 원을 따지 안느냐. 이런 제길 좀 일흐면 어때? 싸하두엇다가 불에 태우기나 룰렛판에서 일허버리거나 없애기는 마찬가지 아니냐?

하로 이틀 하로 이틀 하여 이런 생활이 三(삼)년을 계속하엿다. 三(삼)년 후에 준식이의 재산을 총결산해보면 구멍 뚫린 양말 세 켜래, 바닥 나간 구두 한 켜래, 三(삼)원짜리 시게 한 개, 휘스키 한 병 이것이 모도이엇다. 그리고 '광동은행'에서 서로 인연이 되어 가지고 사괴인 동포 서너 사람, 그들의 생활도 준식이의 생활에서 별로 나흘 것도 없고 또 별로 다를 것도 없엇다. 술집에서 만나면 술 먹고 싸우고 게집집에서 만나면 게집 일에 싸우고 일터에서 만나면 싸우고 싶어서 싸웟다.

이때에 조선 사람 사회에는 혜성처럼 세 사람의 지도자가 나타낫다. 그들은 조선 사람이 산다는 지방마다 차저다니면서 낫노코 기억자도 모르는 조선 사람들을 가르치고 깨우첫다. 한 지도자가 차저오면 그들은 그 지도자의 열렬한 웅변에 감복되어 부들부들 떨엇다.

그들은 다시는 '광동은행'에 절대로 아니 가기로 맹서햇다. 그들은 다시는 길거리에서 동포끼리 싸우지 안키로 맹서하엿다.

그들이 이 가슴 뚜드리고 발꿈치 구르는 웅변의 힘을 이저버릴 만한 때가 되면 그들에게는 또 다른 한 사람의 지도자가 차저왓다. 그는 그가 나라를 위해서 칠 년씩이나 감옥에 잇스면서 부상된 몸의 힘집을 그들에게 보여주엇다. 그리고 그는 눈물로써 그들에게 하소연하엿다.

---

39 '룰렛'의 오기. 도박 기구.

그들은 엉엉 소리내 울엇다. 그리고 다시는 빠지지 안키로 신 앞에 맹세하엿다.

그리자 마치 청천의 벽력처럼 한국 정부의 고문으로 잇든 미국인 스티분스[40]가 상항 부두에서 암살을 당하는 일이 생겨 그들의 열광은 그 도를 모를 만츰 되엇다.

그래서 그들은(물론 준식이도 그들 중의 하나이다.) 주머니를 다 털어서 지도자에게 갓다 바치엇다. 그것은 그날 밤에 가는 대신으로 그 돈을 갓다[41] 없앨 돈이엇다. 그들은 도박장에 가는 대신으로 그 돈을 갓다 바첫다. 그래서 그 돈은 ××회가 되고 신×민보가 되고 옆랜드에 새로운 학교로 변하엿다.

공석[42]에서 본 지도자[43]를 준식이는 그의 여관으로 사사로히 찾아갓다. 가서는 마치 어린애가 어머니에게 억울한 사정을 하소하듯이 자기 전 생애를 하소하엿다. 사실 준식이는 속에 싸힌 왼갖 낙망, 왼갖 환멸을 호소할 대상이 필요하엿섯다. 술집이나 도박장에서 만나는 동포들은 준식이를 이해하지 못할 뿐만 아니라 이해할 생각도 아니해준다. 그저 할 수 잇는 대로 만히 마시고 할 수 잇는 대로 여러 번 새우면 그것으로 만족이엇다.

그런데 이 선생님은 준식이를 이해해주엇다.

그래서 준식이는 제삼 거리 우중충한 여관 한 방에서 선생님 앞에서 굳은 맹세를 하엿다. 다시는 술도 안 먹고 도박도 아니하고 또 게집도 삼가기로 맹세하엿다.

이러는 동안에 일천 구백십 년 겨울이 다 되엇다. 선생님은 이삼십 명 되

---

40 한국정부 '외교고문'이라는 직함을 가지고 있던 스티븐스(Durham W. Stevens)은 일제 한국 침략의 앞잡이로 일본 정부와 한국 통감부의 특별 밀명을 띠고 워싱턴으로 가기 위해 샌프란시스코 페리 정거장에 도착한 1908년 3월 23일 독립운동가 전명운과 장인환에 의해 암살당함.
41 '가는 대신으로 그 돈을 갓다'는 문맥상 삭제해야 할 듯하다. 다음 줄에 같은 구절이 중복된다.
42 공적인 자리.
43 도산 안창호일 것이다.

는 조선 노동자들을 한 방에 모하노코 가슴을 치며 통곡하엿다.

　노동자들도 모두 울엇다. 그리고 다시는 못된 길에 들지 안코 생활다운 생활을 하며 이미 기우러진 ××를 위해 힘을 쓰기를 하눌 앞에 맹세하엿다.

　그리고 그 목적을 달하기 위하여는 먼저 경제적 기초를 세우고 그다음에는 배와야 할 것이라구 한다. 그리고 이것을 달하기 위하야는 그들은 방종 생활과 작별하지 안으면 아니 된다는 것이엇다.

　뼈가 부러지게 뇌동하자! 뇌동해서는 먹지도 말고 입지도 말고 모두자.[44] 한 사람 두 사람 모두어서는 그것을 다 합해가지고 회사를 만들자. 그래서 대규모로 돈버리를 하자. 이런 의론으로 선생님은 대중에게 격려하엿다. 타락되엇든 재미 조선 노동자 계급에는 일종 새로운 한 힘이 움직이고 잇엇다.

---

44 '모으자'의 방언.

사진결혼

60

미국 가 잇는 조선 노동자들! 그들은 고생과 고민의 줌치들이 잇다. 설혹 준식이만큼 고생은 못해본 사람이 잇다고 한다면 또 준식이만침 황금 맛도 못 보앗을 것이다. 준식이의 돈, 비록 그것이 일시적 위안에 지나지 못햇지만 그러나 사고무친하고 역경에 처해 잇는 재미 조선 노동자에게는 이 잠시 간의 '마음 붓칠 곳'이나마 말할 수 없이 갑진 보배이엇다. 준식이가 챠이나 타운에서 장사를 하든 한두 해 동안 준식이는 마음의 평화를 얻은 또는 팔구분[1] 안정을 어든 생활을 할 수가 잇엇다. 그것은 그가 하로 이틀 한 달 두 달 살아가는 가운데 차차 차차 자기가 꿈꾸는 바 그 갈밭과 기와집의 실현이 가까워온다는 즐거운 기대를 가슴에 품고 잇엇기 때문이엇다.

사실로 '히망'이란 우리 사람들이 보통 생각하는 것보다는 얼마나 더 굳세인 힘의 원천이 되는지 모른다. 비록 그 히망이 어리석드래도, 또 비록 그 히망이 이루기에 퍽 멀다고 할지라도 그 히망을 '체리쉬'[2]하는 그 당자에게 잇어서는 그것은 위대한 위안처가 되는 동시에 앞을 향하여 꾸준히 노력하

---

1 열로 나눈 것 가운데 여덟이나 아홉쯤 되는 정도.
2 cherish. 소중히 여기다.

구름을 잡으려고

180

고 애쓰는 원동력이 된다.

그러나 희망이 없는 사람, 그 어리석어 보이는 희망일망정 없는 사람, 그 사람처럼 딱한 인류는 다시없을 것이다. 희망이 잇는 사람에게는 그 희망에 부속되는 의무와 책임이 잇고 따라서 그가 그의 의무를 이행함으로 말미암아 다 못한 발자죽일망정 그 목표에 가까와저간다는 신념과 환히가 잇는 것이다. 그러나 희망이 없는 사람에게는 아모런 책임 아모런 의무가 없고 따라서 신념이니 환히니 하는 것이 잇슬 수가 없다.

곧 희망이 없는 것은 목표가 없는 것이다. 목표가 없는 것은 되는대로 되어라 하는 방종을 의미한다.

이러한 방종스런 생활을 하는 노동자들은 가장 감정에 흐르기 쉬운 법이다. 대스롭지 안은 일에 울고 분내고 낙담하고 소래 지르는 것이다.

그리고 또 일천 구백 십 년을 전후하여 미국으로 건너간 조선 사람 중에는 시국에 불만을 품고 망명된 지사[3]들도 얼마간 잇섯다. 그런데 망명객이란 대개 또 감정에 흐르기 쉬운 사람들이다. 더욱이 당시 조선 사람은 '비분강개'한 언동으로써 한 행세 꺼리로 알 때이엇으리오!

그래서 이 '비분강개'는 조선 노동자들을 감동시키기 가장 쉬운 방도이엇다. 따라서 개인적 희망이나 목표를 세우지 못한 그들에게 광막하게나마 집단적 희망과 목표를 세워줄 수가 잇엇다.

물론 이 목표는 너무 광막한 것이어서 때때로의 진흥 운동이 없이는 그들로 하여금 이 목표를 확인하고 거기 대한 의무를 리행하도록 시키기가 곤난하엿다. 그러함으로 선생님들은 때때로 여기저기 널녀 잇는 조선 노동자들을 방문하고 그들의 열정을 부흥시키고 하지 아니하면 아니 되게 되엇다.

다시 말하면 그들은 선생님이 오서서 가슴을 두드릴 때 모두 울고 부르짖고 새로운 결심과 맹세를 한다. 그러나 선생님이 가버린 후 날이 가고 달

---

3 나라와 민족을 위하여 제 몸을 바쳐 일하려는 뜻을 가진 사람.

이 감에 따라 그들의 맹세와 결심은 열정과 흥분을 조곰씩 일허버린다. 그래서 그들은 부지불식중에 다시 또 목표가 없는 되는대로의 생활로 굴러떨어진다. 그럴 때에는 선생님이 또 한 번 찾어온다. 그래서 그 선생님의 비분강개한 열변을 들을 때에는 그들은 또 한 번 다시 울고 부르짖고 새로운 맹세와 결심을 하는 것이다.

물론 준식이도 이상에 말한 것과 같은 감정적 열병과 '칠'[4](냉각)을 체험하엿다. 그래서 선생님이 돌아오실 적마다 양심의 가책을 받고 고민하엿다.

선생님이 오실 때마다 준식이는 자기의 약한 것을 자복하고 통분하엿다. 그리고 그럴 때마다 선생님은 준식이를 너그러히 용서해주엇다. 그리고 새로운 격려로 준식이의 가슴을 열정으로 터지도록 부어 너허주엇다. 그리고 준식에게 장가를 들기를 권하엿다.

그러타! 사진결혼이다. 본국 잇는 처녀와 하와이나 미국 잇는 호래비와 서로 사진을 교환하여 본 후에 결혼이 성립되는 방법이다. 당시 하와이와 미국 잇는 호래비나 총각들이 만이 이 방법을 취하엿다. 그래서 일천 구백십 년으로 십삼사 년까지에 배길이 잇슬 때마다 조선 처녀가 수십 명씩 태평양을 건너 시집을 온 것이다.

선생님 생각도 그러하고 준식이 생각도 그러햇다. 사진으로라도 결혼을 하여 가정을 일우고 아들딸 나코 살게 되면 자연 가정에 대한 책임감이 생기는 동시에 거기 위안이 잇고 즐거움이 잇서서 비로소 다시는 미끄러지지 안코 참다운 살림으로 진전될 것같이 생각이 되엇다.

개인 생활의 안정은 곧 국가를 위한 열성에도 이로운 것이라구 그들은 결론햇다. 당시에 잇서서 국가에 대한 열성은 오직 ××회관의 경상비와 ××민보의 출판비를 부담하는 것으로써 그 빠로메터[5]가 되엇든 것이다.

---

4 chill. 냉기
5 바로미터(barometer). 사물의 수준이나 상태를 아는 기준이 되는 것. 잣대, 지표.

61

"사진과는 다르군!"

"사진과는 다르다!"

우서우냐? 그러나 얼마나 비참한 부르지즘이냐?

하와이나 미국으로 사진결혼으로 시집온 조선 처녀들이 항구 부두에까지 마중 나온 남편을 처음 상대할 때 맨 처음으로 부지중 부르짖는 소리가 이 "사진과는 다르군." 하는 한 마디이엇다.

"사진과는 다르군!"

그러나 실상인즉 사진과 다른 것보다도 처녀 혹은 과부들이 조선서 공상하든 것, 배 타고 오면서 공상하든 것보다는 몹시 다른 데 놀랄 것에 불과하엿다.

사진을 찍을 때 누구나 하는 것처럼 머리 깎고 수염 밀고 자기가 가진 옷 중 가장 조흔 옷을 끄내 입고 찍은 것이다. 더욱이 장가가기 위한 선을 보이려는 사진이니까 할 수 잇는 대로 곱게 치장하고 백인 사진이다. 거기다가 사진사에게 특별 부탁하여서 발달된 미국 사진술로 곱게 수정해노흔 얼골이니까 물론 실물보다 한결 곱게 되엇슬 것은 부인할 수 없다.

그러나 낙망한 처녀들이 "사진과는 다르다!" 하고 부르짖는 것은 결코 남편될 사람의 얼골, 그것에 관한 낙담만이 아니엇다. 물론 얼골도 사진보다는 조곰 거칠고 또 더 늙어 보일 것은 사실이다. 그러나 그것보다도 사진에는 나타나지도 안엇던 그들의 손이 너무 우악스러운 데 놀란 것이다. 상반신만 찍힌 사진에는 하이칼라 신사 모양인데 부두에 나선 실물의 전신은 어느 모로 뜨더보나 숨길 수 없는 막버리꾼[6] 노동자 꼴임에 놀란 것이다.

곧 다시 말하자면 얼골이 사진의 얼골과 실물 얼골과 다르다는 그것보다도 그들의 생활이 처녀가 공상하든 그것과는 몹시 틀리는 것에 놀란 것이

---

6 막벌이꾼. 아무 일이든지 닥치는 대로 해서 돈을 버는 사람을 낫잡아 이르는 말.

다.

"미국은 돈 만흔 나라!" 이것을 이 여자들은 귀가 아푸도록 들엇다. 돈 만흔 나라니까 누구나 미국 가기만 하면 단박 백만금 부자가 되는 줄로만 알앗다. 그리고 자기 택한 남편은 사실상 큰 부자임에 틀림없엇다. 서로 사진을 교환하여 혼약이 성립되자마자 남편은 혼수비로 삼백 원을 내보내주지 안헛는가? 그리고 반 년이 못 되어 여행권 수속이 다 된 때 다시 또 남편에게서는 태평양을 건늘 배표와 여비에 보태 쓰라는 이백 원 돈이 나오지 안헛는가? 그리고 또 그가 횡빈까지 가서 대변 검사에 낙제를 하여 두 달이나 머무는 동안 남편은 또다시 여관비 병원비 등으로 삼백 원 돈을 보내주지 안헛는가?

이러케 만흔 돈을 훌쩍훌쩍 내보내주는 것을 보아 자기 남편은 필연코 큰 부자임에 틀림없엇다. 그래서 그는 자기 동리를 떠날 때 만흔 사람들에게로부터 외국으로 가기는 가도 부자집에 시집을 가니까 호강할 터이라고 칭찬해주던 전별을 받엇고 한 달이나 배를 타고 오는 동안에도 남편을 만나거든 해 입을 옷, 해 먹을 음식 등을 공상하고 즐겁게 지난 것이 아니냐? 그런데 급기야에 와서 마조 대하고 보니 그것은 남편으로 공상하든 신사가 아니고 두고 심부름이나 시켜 먹기로 공상하든 행랑아범[7]의 꼴이 눈앞에 나타낫으니 기가 맷히지 아늘 수 잇으랴?

그러니까 자연

"사진과는 다르다." 소리가 나올 밖에! 그러나 실상인즉,

"내 공상과는 다르다." 하는 소리에 지나지 안엇다.

그래서 만흔 여자들은 낙담하는 동시에 불평을 품엇다. 남편은 자기를 속인 것이라구 육박하엿다. 기실인즉 자기 공상과 무식이 자기를 속이엇건만 그들은 그것을 이해할 지능과 의지가 없엇든 것이다. 또는 그러케 가난한 남편이 자기 하나를 대려오기 위하여 얼마나 애써 일하고 저금하엿다는

---

7 나이 든 남자 하인.

184

그것도 이해하려 하지도 안헛다. 그들에게는 그만한 도량이 없엇든 것이다.

그래서 그들은 자기 미련과 공상에 속은 분푸리를 불상한 남편에게 퍼부엇다.

그러나 남편은 꾹 참엇다. 그리고 안 해도 어찌하는 도리가 없엇다. 그저 조선 부녀들이 가장 조화하는 버릇대로 '팔자'에 매끼고 그럭저럭 살아가는 수밖에 없엇다.

그러는 동안에 아들도 나오고 딸도 나왓다. 남편에게 대한 불만은 자식에게 대한 사랑으로 전환되엇다. 그래서 안해는 인제는 이것저것 다 이저버리고 오직 자식의 장래를 위하여 남편을 도아 일을 햇다. 이러케 되어서 소위 제이세 국민(네이리티부 뽀라 코리앤)이란 것이 형성되엇다.

62

준식이도 결혼을 목적하고 사진을 찍엇다. 차저다 보니 재미가 좀 적다.

"내 얼골이 원 저러케 생겻나?" 하고 준식이는 부인하려 하엿다. 그는 체경[8] 앞에 가서 체경에 비취는 자기 얼골과 사진의 얼골을 대조하여 보앗다. 대조해노코 보니 사진의 얼골이 더 잘낫다. 오직 좀 성난 듯한 것이 흠이다. 그러나 체경을 치워노코 그냥 사진만 들여다보면 아모래도 자기 얼골이 이 사진보다는 잘낫으리라고 생각된다.

하여간 사진은 다시 찍엇다. 이번에는 또 우는 상이 되고 말엇다. 그래서 또다시 찍엇다. 그리고는 또다시 찍엇다. 이 여러 장 사진을 다 내여노코 준식이는 그중 어느 것이 나흔지 골라낼 수 없엇다. 한 사진이 그중 나흐게 생각이 되어서 들고 한참 들여다보면 차차 거기는 여러 가지 흠이 나타난다. 그리고 어느 사진을 들고 보아도 하나 흡족하게 잘된 것은 없다. 그래서 여

---

8 몸 전체를 비추어 볼 수 있는 큰 거울.

러 가지로 고심한 결과 사진들을 모두 엎어노코 눈감고 아모 장이나 한 장 끄집어내여 보기로 작정햇다. 그는 사진을 되는대로 방 안에 엎어 벌려노핫다. 그리고는 눈을 감고 어듬더듬하다가 손에 집히는 대로 한창 골라내엿다. 골라내인 사진을 보니 하필 그중 안 된 것을 골라내엿다. 아니, 안 되겟다. 이런 것을 보내서는 안 되겟다. 다시 해야겟다.

마츰내 그는 혼자 작정할 수 없어서 사진 여러 장을 다 ××회 회장에게 보내서 마음대로 한 장 골라 신부 후보자에게로 보내달라는 부탁을 하고 말앗다.

그리고 그는 따뉴바[9]로 옴겨갓다. 새로운 생활의 페지[10]를 시작하기 위하여는 그는 과거의 낯익은 얼골들과 장소들로부터 멀리 떠나버리지 안으면 안 될 것을 깨다랏다. 새 생활은 새로운 환경을 요구하엿다. 그래서 그는 새로운 결심과 희망을 가지고 따뉴바행 기차에 몸을 실엇다.

준식이는 차차 멀어지는 싼프란씨스코를 바라다보앗다. 그리고 높은 언덕 나즌 골짝이에 뷘틈없이 새집이 꽉 들어찻다. 그리고 이번에는 진재 전보다 더 크고 더 높은 집들이 엄연히 서 잇다. 마치 사람들은 땅에게 도전하는 듯이 "이것 보아라!" 하는 듯이 "네가 한번 흔들어 문어처버리면 우리는 예전보다 더 훌륭한 새 도회를 꿈일 터이니 보아라." 하는 듯이 "네가 못 견대나 우리가 못 견대나 보자." 하는 듯이 이 새로운 도시를 세워노핫다.

이십 층, 삼십 층, 사십 층 집들이! 마치 영원토록 서 잇슬 듯이!

이것을 멀리 바라보는 준식이는 부지중 눈물이 흘럿다. 준식의 왼갓 희망, 왼갓 즐거움을 모두 장사지낸 이 도시, 그러나 다시 새로운 희망과 새로운 결심을 너허 준 도시! 그리고 얼마 오래지 안아 준식이의 생활에 새 기운을 주고 새 뜻을 줄 신부를 마지하여줄 도시!

따뉴바로 가서 준식이는 포도원에 고용살이를 햇다. 포도 종묘하고 김매

9　디누바(Dinuba). 미국 캘리포니아주 툴레어카운티에 있는 도시.
10　페이지(page).

고 포도 따고 이러케 그는 해가 뜨는 때와 해가 지는 때를 시간으로 정하여 로동하엿다. 따뉴바의 여름 모래밭은 뜨거웟다.

그러나 멕씨코 목화밭 경험이 잇는 준식이에게는 그것이 그리 못 견댈 것은 아니엇다. 그래서 준식이는 남보다 돈을 거의 갑절이나 버럿다. 한창 포도 딸 시절에는 남은 이 원 버는 날 혼자 오 원까지 벌어본 일이 잇다. 거기서 밥갑 일 원을 제하고 포도밭으로 오고 가는 차값 오십 전을 제하고 하로 삼 원 이상을 모하둘 수가 잇섯다.

따뉴바로 간 지 반 년 만에 준식이는 자기에게 시집 오기를 원한다는 처녀의 사진을 바다들엇다. 조선 처녀의 사진, 조선 저구리를 입고 머리 곱게 비서 내리우고 그리고 얌전하게 소곳하고 앉어 백힌 사진, 그것을 받아든 준식의 손은 떨렷다.

63

편지가 오고 갓다. 그리더니 어떤 날 아침 준식이의 모양은 돌연히 쌘프란씨스코 마켓 거리에 나타낫다. 그는 마켓 거리에 서 잇는 어떤 큰 집 십오 층 꼭대기로 올라갓다.

한참 후에 승강기를 타고 다시 내려오는 그의 지갑 속에는 올라갈 때 들엇든 일금 삼백 원 야라의 대금이 다 없어지고 텅 비여서 잇엇다. 그러나 그의 얼골에는 숨길 수 없는 만족의 미소가 떠올라 잇엇다.

그는 제삼 거리로 돌아서 천천히 거러 내려갓다. 요란한 소리를 내며 오고 가는 전차나 또는 홀군홀군하는 자전거나 또는 뿡뿡거리며 지나가는 자동차들이나 이 모든 것이 준식이의 행복을 축하해주는 것 같앗다.

준식이는 가슴을 만져보앗다. 그 안에는 사랑하는 안해가 될 처녀의 사진이 감초여 잇다. 스무 살밖에는 아니 된 젊은 처녀, 아직 남자를 대해본 적이 없는 수줍은 처녀의 사진이 들어 잇다. 그런데 이 처녀는 이제 두 달만 잇으면 태평양을 건너 자기를 찾어올 것이다.

그는 고함을 지르고 싶엇다. 지나가는 사람마다 붓들고 이 기뿐 소식을 전해주고 싶엇다. 길가에 선 상점 쇼윈도에 진열되어 잇는 구두들까지도 웃는 낯으로 자기 행복을 축하해주는 것 같앗다.

그는 와싱톤 식당 앞까지 이르자 문득 서서 조곰 주져하엿다. 들어갈가? 들어갈가 무엇이냐? 원욱이의 놀라는 꼴을 좀 구경해야지!

그는 문을 벌꺽 열고 들어섯다. 원욱이가 힌 수건 같은 괴이한 모자를 쓰고 서서 고기를 오지지 오지지 지지고 잇다.

"컴인." 하면서 원욱이는 고개를 든다.

"아, 이것 누구요? 하우두 유두?" 하며 원욱이는 기름 번즈르 무든 손을 내여 민다.

"아 그런데 무슨 바람이 불엇소? 따뉴바 엇대? 돈 만히 벌엇소?" 하며 원욱이는 연방 퍼붓는다.

음식점이라야 노동자를 고객으로 하는 집이라 특별히 식탁을 준비한 것도 아니고 그냥 외줄로 죽 노힌 스툴(높은 의자)에 올라 앉어서 그냥 좁은 가운데에 밥그릇을 노코 먹는 집이다. 그래서 이십오 전 던져주면 케비지 썩썩 썰어서 초를 처주는 소위 살라드로 시작하여 손벽만 한 고기 한 조각, 면보 서너 조각과 시큼한 살구 쏘쓰 한 공기에 시컴언 커피 차 한잔까지 모두 달려오는 후한 음식점이다.

아즉 점심때가 들 되어서 그리 분주하지도 안타. 시컴어케 때 무든 서트만 입고 세수는 언제나 한 번 햇는지 뺨에 때가 반득반득 빛나는 노동자 두엇이 들어와서 뻐터도 안 바른 시컴언 면보를 뚝뚝 뜯어 먹고 앉어 잇다.

"자 이리 와서 앉으우. 그런데 얼마 만이오? 김치 좀 맛보지! 아마 오래 못 먹엇지! 마침 잘 왓오? 그적게 해녀흔 김치가 꼭 잘 익엇거든?"

준식이는 김치 먹는 이야기보다 다른 이야기를 하고 싶엇다. 그러나 언제나 준식이는 원욱이를 만나면 말문이 맥힌다. 너무 원욱이가 자기 말만 말이라구 떠들어 싸기 때문에 준식이는 말 끄낼 기회가 없는 것이다.

"그런데 웨 왓소? 무슨 조흔 일이 잇소? 자 험버―저 스텍이 다 되엇다…… 그래 무엇 자시려오? 폭총쓰[11]? 준식이 폭총쓰 조화하지! 애라 여기 큼직한 놈 하나 잇다. 자! 폭총쓰 한 개 두 개 세 개 쯤은 먹어야 준식이 배가 찰걸… 그런데 따뉴바 돈 버리가 어떳습니가?…… 컴인!…… 돈버리가 조타면 나도 이것 다 집어 치우고 가볼가…… 예 이십오 전만 내우. 고맙습니다. 또 오시오…… 에라 폭총이 다 되엇다. 밥도 좀 줄가? 야 이놈아 뒷방에 가서 조선김치 좀 떠다가 이 손님 드려라.”

준식이는 쉴 새 없이 떠드러대는 원욱이를 바라다보며 고소를 금할 수 없엇다. 준식이는 위선 도야지고기를 칼로 베어 한입 트러 너헛다.

필립핀 아이놈이 김치를 한 사발 담아다 노하준다. 오래간만에 보는 김치가 퍽 맛남즉하엿다.

64

“회관에 좀 단녀갈려고 올라왓지.” 하고 준식이는 원욱이가 잠시 말이 없는 때를 이용하여 한마디 꺼넷다.

“왜? 벌서 본국으로 가나? 돈 만히 벌엇나 부구만. 준식이가 괘니 그러지 속으로 꿘단 말이야!”

“아니야 돈은 무슨 돈을 벌어? 본국서 누구 하나 더려올랴구.”

“아하 장가드네그려! 컹그래츌레이션 미스터 박! 잘 생각햇네, 잘 생각햇서! 그래 색시를 얻어 와야 돼! 색시 얻어 와야 사람 구실을 하게 된단 말이야! 다 아는 바이지만 보게 어디 홀애비 놈들 하나 사람 된 것 잇든가? 잘하는 일일세……. 예, 이십오 전이오. 고맙습니다. 또 오십시오……. 나두 이제 조금만 일이 페우면[12] 색시를 하나 대려올 예정인데……. 컴인 썰! 나이스데이. 무엇 자시려우 폭총쓰, 뻬프스텍, 올나이스, 꾿테이스뜨 유월나 뻬

---

11 폭찹(pork chops). 뼈가 있는 돼지갈비 부분에 소스를 발라 구운 요리.
12 펴면. '페우다'는 '켜다'의 방언.

푸스류? 올라이, 꾿, 나이스……. 그래 어딧 색시인가? 색시는 평안도 색시가 조타구들 그러두만."

"내가 언제 장가 간다구 그랫길래 이 야단이야!" 하고 준식이는 기쁨을 참을 수 없다는 듯이 우스면서 빈정대엿다.

"앗다, 그리 꼴 것 무엇 잇나? 그 사진 좀 봅시다그려. 이건 머 내외시키나? 미국엔 내외법 없어!"

준식이는 다시 가슴을 만지엇다. 그는 그 사진을 끄내 보여주고 싶엇다. 그러나 그와 동시에 그는 주저하엿다. 아니다. 사랑스런 장래 안해의 사진을 함부로 이런 데서 내노흘 수는 없다. 벌서 음식점에는 만흔 사람이 들어와 앉어 잇다.

"아니, 사진은 안 가지고 왓서." 하고 그는 거즛[13] 대답을 해버렷다. 점심 때인 고로 음식점은 눈 코 뜰 새 없이 분주해지엇다.

밥을 다 먹고 준식이는 가려고 이러섯다.

주머니 속에 손을 너허서 뒤적뒤적하여 이십오 전짜리 은전을 한푼 끄내 카운터 우에 철썩 소리를 내며 둘러 메첫다.

"에, 잘 먹엇다! 자 여기 잇네."

"고맙수이, 언제 또 내려가나? 좀 잇다 밤에 집으로 좀 오게그려……. 컴 인 나이쓰 데이……. 이전 잇든 그 집이야. 그 리발소 웃층, 응, 아홉 시에 문 닫네, 아홉 시에. 아홉 시 반쯤 해서 집으로 오게나……. 자, 옛다 스테씩이 다 되엿엇다……. 오래간만에 한잔씩 하세그려."

"아니 오후 차로 도로 갈 테야. 요새 농장에도 꽤 바쁜데."

"앗다. 좀 놀기도 해야지, 그리 만히 벌어 무엇 하려나. 사람이 좀 놀기도 하면서 돈을 버려야지……. 자 꼭 오게 응."

준식이는 가겟다는 뜻인지 가지 못하겟다는 뜻인지 분간할 수 없는 손짓을 하고 그는 문밖을 나섯다.

구름을 잡으려고

---

13 '거짓'의 옛말.

문밖에 나서서 준식이는 잠간 망서리엇다. 그리다가 별반 작정도 없이 자연 그의 발걸음은 동쪽을 향하야 거러나갓다.

도시! 도시는 오직 도시뿐이 가지는 특수한 내음새와 소란과 페네쉰[14]으로 준식이를 잡아끌엇다. 육혈포를 끄내 들고 말 타고[15] 달리는 카우뽀이를 그린 커단 그림을 내 세운 십 전짜리 활동사진관 앞까지 왓다.

그러타. 오래간만에 도시 구경을 한다. 왓든 김에 활동사진 구경이나 하고 돌아갈가? 흥, 챠이나타운으로 가서 찹수이나 사 먹고 그리고 흥, 와싱톤 거리에 잇는 남경관(도박장)은 아직 그냥 잇나? 밤에는 모힐 터이지!

아니, 아니, 이래선 안 된다. 돌아가자. 오후 차로 돌아가자. 돌아가는 것이 상책이다. 나는 벌서 이런 모든 것과 인연을 끈흔 지가 일 년이나 되지 안엇는가? 그는 마치 이 요란한 도시가 자기를 줄로 매여 잡아끄을려고 쫓차오는 것을 피해서 다라나려는 듯이 총총 거름을 걸엇다.

65

정거장 옆으로는 자동차 마차들이 들고 난다. 그리고 빨간 모자를 쓴 깜둥이 포터들이 가방을 들고 낑낑거리며 대합실 안으로 들어간다.

대합실 안에는 사람이 별로 만치도 안코 여기저기 하나씩 앉어서 혹은 신문 잡지도 읽고 또 어떤 사람은 멀건히 공간을 내다 보고도 잇고 또 어떤 사람은 이 사람 저 사람 뚤어질 듯이 바라다보고 잇다. 따뉴바를 가는 차는 아직도 세 시간이나 더 잇다가야 떠난다.

준식이는 못 볼 것을 몰래 내다보는 사람 모양으로 분주한 거리를 슬근히[16] 내다보앗다. 그리고는 다시는 거리를 보지 안켓다는 듯이 거리를 등지고 주저앉엇다.

---

14 passion(열정)으로 보인다.
15 원문에는 '말하고'이나 오자로 보인다.
16 행동이 은근하고 가볍게.

아마 한 시간은 기다렷겟지? 준식이는 시계를 쳐다보앗다. 겨우 십 분이 지나갓다. 준식이는 돌아앉어서 요란한 거리를 내다보앗다. 늦은 봄이어서 꽤 더웁다. 더욱이 싼프란씨스코에서는 드물다고 할 청명한 날이엇다. 열어노흔 문밖으로 키가 구척 같은 흑인 문직이가 뻘겅 선을 내려단 껌은 바지를 입고 왓다 갓다 한다. 그 밖으로 자전거가 가고 마차가 오고 전차가 찌걱거리며 지나간다.

아마 인제는 얼마 아니 남앗겟지? 준식이는 시계를 쳐다보앗다. 아즉 두 시 반이 남앗다. 준식이는 이러서서 두 손을 양복 바지 주머니에 찌르고 왓다 갓다 거닐기를 시작햇다.

"뛰!" 하는 고동 소리가 들린다. 그러타. 그것은 배의 고동 소리다. 준식이는 천천히 정거장 한편 구퉁이로 가서 앞으로 내뚤린 길을 내다보앗다. 얼마 머지 아는 부두에 배가 와 다아 잇다. 쇠 난간을 두른 갑판과 식컴언 굴뚝이 보인다.

어느새 준식이는 휘파람을 슬금슬금 불어가며 그 부두 쪽을 향하여 거러 나가는 자기를 발견하엿다.

준식이 앞에는 푸르른 태평양 바다가 나타낫다. 황금문 쪽 언덕에는 새로 짓는 창고 쇠기둥 얼거리들이 엉크러저 잇다. 바다 한중간에는 천사도의 식컴언 바위가 물결과 씨름을 하고 잇고 저편 왼편에는 싼프란씨스코와 옥랜드[17]를 연락하고 연락선이 천천히 움직이고 잇는 것이 보엿다.

"아―시언하다!"

저기 저 바다 밖으로부터 순애(약혼한 여자의 이름이 순애이엇다) 씨가 배를 타고 이리로 들어올 것이다. 아 얼마나 고마운 바다이냐? 배가 들어와 다으면 매여두기 위해 만드러 세운 둥그런 통나무 기둥이 잇다. 준식이는 그 기둥에 잔등를 의지하고 주저앉엇다.

파란 하늘에는 솜같이 힌 구름이 몇 뭉치 떠서 뒤집지고 한가히 산보하

---

17 오클랜드.

는 것처럼 흐느적거리고 잇다. 시원한 바람이 준식의 뺨을 하느적하느적 스치고 지나간다. 준식이는 기지개를 한 번 길게 하고 눈을 감앗다. 발 아래 찰락거리는 물결 소리나 등 뒤에서 소리 지르는 도시의 잡소리가 모두 마치 꿈속같이 히미하게 들려올 따름이다. 지금 준식이에게는 아모런 잡념 아모런 관심이 없엇다. 오직 말할 수 없는 행복만이 그의 전신에 가득 차 잇섯다. 따라서 오랜 노동에 피곤해 잇든 그의 육체는 고요하고 상쾌한 안일 속으로 팍 푸러저버렷다.

무엇이라구 할 행복인가? 그것은 오래 노동을 계속하다가 겨오 하로 쉬는 그 안식의 행복 그것만은 아니엇다. 그것은 순애를 마저온다는 즐거운 기대로부터서 오는 심력[18] 행복만도 아니엇다. 아니 이런 모든 것들이 주는 행복보다도 더 근본적이고 더 위대한 행복이엇다. 이 행복은 하눌과 구름과 바다와 바람과 따뜻한 햇볕과 퀴퀴한 썩은 나무 내음새가 전해주는 행복이엇다. 다시 말하자면 그것은 삶, 그 자체의 행복이엇다. 왼갖 것을 다 내버리고 오직 살아가는 것, 곧 생존의 행복이엇다. 이 행복은 곧 준식이가 처음 태평양을 건늘 적 어떤 날 밤 배 갑판 우에서 혼자 생각하든 그 행복과 꼭 같은 행복이엇다.

허무에서부터 오는 향복![19] 왼갖 감각과 왼갖 의식의 망각(니저버림)으로부터 오는 향복! 한 초가 지나갓다. 무한히 흘러갓다.

준식이는 눈을 번쩍 떳다. 항구엔 안개가 자욱하고 거리에는 전깃불들이 어두어오는 거리에 반짝거리고 잇다.

66

그것은 단 한 초 동안인 것 같앗다. 준식이는 단 한 초 동안 이 비길 수 없

---

18 마음이 미치는 힘.
19 향복(享福). 복을 누림.

는 생의 행복을 맛본 듯싶엇다. 그런데 그가 눈을 뜬 때는 벌서 태평양 바다가 식컴언 입을 버리고 크게 웃고 섯는 밤이다. 저녁이 들면서 안개가 끼기 시작하여서 몸이 퍽 눅눅해지고 잔등이가 써늘하엿다. 그래서 그는 자연 몸을 한두 번 떨엇다.

"에그, 감기 들겟군!" 하고 혼자 중얼거리면서 준식이는 일어서서 엉덩이를 툭툭 털엇다.

"어! 고약하군. 원 여기서 잠이 들다니?"

천사도 앞뿌리의 뜽대불이 껌벅껌벅하고 잇다. 바로 왼편 부두에는 커단 배가 어느새에 들어와 다아 서 잇다. 갑판 우에는 불을 낫갈이 밝게 켜노핫코 짐을 풀어 내리노라구 기게 도라가는 소리가 귀가 앞으도록 씨득그린다.[20]

"아무래도 오늘 밤은 상항서 자라는 선수인가 부군. 오래간만에 왓으니 밤거리 구경까지 하고 가란 말인가? 응음! 배가 출출한걸. 우선 창쑤이나 한 그릇 답시구 볼가!"

참으로 오래간만에 그는 다시 챠이나타운에 들어섯다. 그랜트 거리 어구에서 전차에서 내려 가지고 그는 천천히 거러서 올라갓다. 모자점, 담배가가, 술집, 음식점, 여관, 과자집, 식료품점, 구두방, 땐쓰 홀, 고물상, 한약국, 양약국, 예배당, 세탁소, 리발소, 잡화상, 그리고는 옳다, 원동루가 잇다. '참쑤이, 웬텅루' 하는 전기불로 쓴 간판이 휘황하게 나타난다. 출입구에는 한문으로 '遠東樓(원동루)'라구 크게 금자로 써 붙인 것이 보인다.

원동루로 드러갈가? 좀 더 가서 북경루로 갈가? 하고 거기 서서 준식이는 잠간 망서리엇다. 원동루에는 이층이 잇고 또 제 방꿈 간을 막아서 조타. 북경루는 지하실인 데다가 휑하게 넓은 방 한 간뿐이어서 좀 재미가 적다. 그러나 북경루는 값이 싸고 음식을 잘한다. 어디로 갈가? 엑크 몸이 옷삭옷삭 칩은걸! 필연코 감기를 들렷나 보군!

---

20 원문에는 '씨득 그립다'로 되어 있으나 '씨득그린다'의 오기로 보임.

은행가들이 타고 단니는 쌍두마차가 한 채 드러와 다흐더니 그 앞으로부터 번쩍번쩍 빛나는 보석으로 귀거리와 목도리와 치마 끝까지 장식한 동양 여자 하나가 나아온다. 물신물신한 향내가 코를 찌른다. 그 여자는 한 번 힐끗 준식이를 곁눈으로 보더니 고개를 잔뜩 잿치고 원동루 안으로 쏙 들어간다. 준식이도 저도 모르게 그 뒤를 따라 들어갓다.

층층대를 다 올라나서니 청복을 입고 꼭지 달린 수박통같이 생긴 청인의 모자를 쓴 청인이 나타나며

"어서 오십시오." 하고 맞는다. "두 분이십니가?" 하고 맞는 이 청인은 곱게 채린 여자와 준식이 동행으로 본 모양이엇다.

여자는 또 한 번 흘끗 준식이를 돌어다보더니 그러타든지 아니라든지 대답이 없이 그냥 안으로 들어간다. 준식이는 무안하여 얼굴을 붉히엇다.

"아니오. 나 혼자요." 하고 준식이는 모기 소리만침 대답햇다.

"네, 이리 오십시오." 하더니 청인은 준식이를 작으마한 방으로 인도하여주엇다. 두세 사람 겨오 모혀 먹기 조흘 작으마한 방이엇다. 뒷 담벽에는 삼국지에 나오는 조자룡이 청룡도를 휘두르며 조조의 삼십만 대군을 뭇지르는 채색 그림이 걸려 잇다. 그리고 앞 뒷방을 막는 뻘겅 칠 한 판장벽에는 외투를 버서 거는 못이 한 개씩 백여 잇다. 복도를 통한 문은 아래가 터서 복도로 단니는 사람의 하반신은 다 보인다. 테불 우에는 초장 그릇과 간장 그릇과 게자 그릇이 노혀 잇다.

하인이 기단 손톱 눈에 때가 색캄아케 낀 손으로 차잔 한 개와 조고만 사기 주전자를 들고 드러온다.

자, 무엇을 먹을가? 일령감 챱쑤이, 풋당추 첩쑤이, 소고기 뎀뿌라, 닭알국, 그만햇스면 넉넉하다. 그리고 자 몸이 좀 으식으식한데 한잔해볼가? 술은 백알[21]이 조트라. 백알을 가져오너라!

음식을 가저오기를 기다리는 동안 그는 벌서 한번 다 둘러본 방 안을 또

---

21 배갈. 고량주.

한 번 둘러보앗다. 옳다 저기 자동 피아노 슬롯이 잇다. '여기 오전을 드러
트리오' 하고 그 밑에 씨여 잇다. 준식이는 주머니를 뒤지어 오전 한 푼을
끄내 그 슬롯에 집어 너헛다. 저 멀리 대청에서 '으르르르' 하고 기게 도는
소리가 나더니 이어서 딩동댕동하는 피아노 치는 소리가 들려온다.

준식이는 그것이 잘하는 음악인지 잘 못하는 음악인지를 분간할 수도
업섯다. 그저 높앗다 나젓다 하는 곡조를 깊은 감명도 없이 듣고 잇는 것
이엇다.

67

챰쑤이 집치고 음식 빨리 만들어 가저오는 법이 없다. 준식이는 심심하
게 앉어서 밥 먹고는 어디로 갈까 하는 것을 노상 큰일인 듯이 이리저리 생
각하고 잇엇다.

원욱이한테나 가볼가?

이때 어디 가까운 곳에서 물신한 향내가 코를 숫첫다. 그와 동시에 문 아
래 복도에는 굽 높은 구두를 신은 여자의 조고만 종다리와 보석으로 번쩍거
리는 치마자락이 나타낫다. 아까 그 중국 여자이구나 하고 준식이는 생각
하엿다.

그 다리가 준식이가 들어앉은 방 앞까지 오더니 주춤하고 선다. 그러더
니 바로 준식이 앉은 방 마즌 방으로 들어가버린다. 준식이는 부지중 고개
를 숙여 출입구 아래로 내다보앗다. 마즌 방 교의 앉은 그 여자의 무릅으로
부터 그 아래만이 보인다.

"동양 여자치고는 다리가 곳고 이쁜걸." 하고 준식이는 어림없는 생각을
해봣다. 그리자 그 방으로부터는 훈훈한 담배내가 새여나와 준식이 코를
건드리엇다.

"흐흥! 담배까지 피우시는구나! 심상치 안은걸!"

그때 음식이 들어왓다.

술기운이 얼근히 그의 전신에 퍼지자 준식이는 퍽 유쾌해지엇다. 준식이는 전신을 싸고 도는 피가 알콜 방울을 전신 근육 세포 세포의 끝까지 고로고로 분배해주는 동안 준식이는 흥이 나서 혼자 코노래로 수심가를 불럿다.

마즌 방에 앉은 계집이 자꾸만 마음에 켕기여 견댈 수 없엇다. 준식이는 고개를 무릎까지 굽히여 그쪽을 내다보앗다. 엑크! 못 볼 것을 보앗다. 치마는 없어지고 맥근한 두 종아리만이 보인다. 명주 양말을 신어서 종다리가 반짝반짝 빛난다.

준식이는 전신에 강렬한 욕망이 끌어오름을 감각하엿다.

'어데서 분명 몇 번 본 여자인데?' 하고 준식이는 혼자 생각한다.

'저 종다리 보아라. 꼭 서양 게집처럼 생겻구나. 저 씰크 스탁킹이 얼마나 매끈매끈할가?'

정신없이 바라다보누라구 하인이 오는 것도 모르고 잇엇다.

그래서 문을 여는 하인에게 들키고 말앗다. 얼근한 기운이지마는 퍽 무안스러웟다.

"오! 쿳댓(고만두어요)!" 하고 하인이 벙글벙글 웃으며 귀에 대고 속색인다.

갑작이 준식이는 답답해지엇다.

"그런데 야, 저 여자가 누구이냐, 대관절? 어디서 한번 본 법한데!"

"아니, 당신 싼프란씨스코 몇 해나 살앗오? 저 게집을 모르다니 소개해드릴까요? 그러지 안어도 저녁 사멕을 손님이 없어서 담배만 피우고 앉어 게신 모양인데. 이리 건너오랄까요?"

"그런데 하여간 누구야?"

"챠이나타운의 꽃이라구 하는."

"올치, 올치 알엇네!"

챠이나타운의 꽃, 그는 중국인 밀매음녀로 가장 유명한 게집이엇다. 밀매를 해도 고급으로만 놀아서 웬만한 사람으로는 범접도 못 한다는 평판이 잇는 게집이엇다. 그리고 또 얼골 아름답기로도 유명하엿다. 그리고 그 챠이나타운의 꽃과 사괴려면 적어도 백 원 하나는 잇어야 하느니 혹은 오십 원이면 되느니 하고들 떠드는 것을 여러 번 들은 적이 잇엇다.

하인의 손바닥에 오십 전 은전 한 푼을 쥐여준 것이 인연이 되어 챠이나타운의 꽃은 준식의 방으로 건너왓다. 전등불 아래 마조 대하고 앉으니 과연 그 계집은 아름다웟다. 분을 좀 너무 만히 발럿다고 할가? 그러나 도로혀 그것이 일종의 매력을 갖고 잇다. 빨가케 연주칠을 한 조고만 입술이 언제나 키쓰를 기다리는 듯이 빙그레 우슴을 띄고 잇다.

챠이나타운의 꽃은 하인이 갓다 노하주는 식컴언 젓가락으로 준식이가 조금 먹고 남긴 뎀뿌라를 한 개 집어 호물호물 씹엇다. 그리고 휘스키 한 병과 초미엔(지진 국수) 한 그릇을 시키엇다.

68

술에 취한 준식은 머리가 아찔해질 만큼 정욕이 발동해옴을 금할 수가 없엇다. 더욱이 술기운에 담대해진 그는 체면 불고하고 그 여자를 끼여 안고 그 빨간 입술에 키쓰를 햇다. 계집은 피하지도 안코 그러타고 달라붓는 것도 아니고 그냥 가만히 앉어 잇엇다. 그리고 오랜 키쓰가 끝나 준식이의 입술이 자기의 입술에서 떨어지자 그때에야 그는 가만히 준식이의 가슴을 떼밀엇다.

"그러케 난잡해서는 못써요. 여기가 어데라구. 우리 한잔 더 마시고 우리 집으로 갑시다." 하고 계집은 갑작이 말을 뚝 끈치고 준식이를 물끄럼히 바라다본다. 얼골로부터 넥타이, 저구리, 손, 바지, 구두, 다시 말하자면 준식이의 전신 아래우를 몇 번 내려보고 올려본다. 아마도 준식이가 얼마짜리나 되는 물건인가를 평가해보려는 것같이!

"갑시다. 어서 갑시다!" 하고 준식이는 벌덕 이러서면서 웨첫다.

그리고 하인을 부르는 초인종을 눌넛다. 하인은 바로 문밖에 등대해 섯던 모양으로 금시에 불쑥 들어갓다.

하인에게 회계를 해오라는 명령을 내리고 준식이는 또 교의에 주저앉엇다. 챠이나타운의 꽃은 그냥 준식이를 집어 삼킬 듯이 노려본다. 그리고 무슨 말을 할 듯 할 듯하면서도 얼는 입을 열지 못한다.

하인이 휘스키와 함께 계산서를 가지고 왓다. 돈지갑을 끄내는 준식이의 손은 우들우들 떨리엇다.

준식이는 지갑에서 지전 한 뭉치를 끄내 들엇다.

"一(일) 원, 二(이) 원, 엑키 안 되는군, 자 여기 잇다. □원짜리."

하며 준식이는 십 원짜리 □□ □□ 억장 빼여 하인에게 주엇다. 챠이나타운의 꽃은 열심으로 그 돈뭉텅이를 바라보앗다. 그것이 모두 얼마짜리인지 합쳐서 얼마 되는지를 급속히 계산해보는 모양이엇다. 그리더니 게집은 얼는 준식에게로 달려와서 그의 팔에 매여달렷다.

"내 마차를 부르게 할 터이니 여기 좀 앉어 게시우." 하고 게집은 준식의 팔을 잡아당기엇다. 준식이는 그 자리에 펄썩 주저앉앗다.

"그래, 그래 어서 가서 불러와. 아니 하인더러 부르래면 그 □□가? 자 당신은 이리 오시오, □□□와." 하면서 준식이는 □□□는 게집의 팔을 끄을어서 □□□ 무릎 우에 앉히고 꼭 그러 안앗다.

새로 가저온 휘스키를 마시고 방금 가져온 □□□ 잇는 챠이나타운 □□ □여 앞세우고 준식이 □□□아서 원동누 층층□□□.

여자의 방은 홀융□□□□□ 리고 사치한 방이엇다. 집의 내음새로 가득찬 방이엇다. 경대가 잇다. 향수병, 분□□□□리 얼게빗 등이 난잡히 널녀 잇고 유리 물병도 보인다. 잔도□□□ 대, 분홍빛 커버를 덮□□□에는 핏빛같이 빨간 문장을 느리윗다. 벽에는 벌거버슨 여자를 그린 그림이 걸려 잇다. 이 모든 것이 어렴풋이 준식이 눈앞에 나타난다.

"내가 여기를 웨 왓을가? 여기가 어덴가?"

경대 앞에 앉어서 귀고리를 벗고 잇는 챠이나타운의 꽃이 어렴풋이 보인다. 그러타. 이것이 저 게집의 방이다. 웬만한 사람은 생의[22]도 못 내보는

---

22 생의(生意) : 생심. 마음먹음. 생각.

이 방이다. 그런데 오늘 준식이는 이 방에를 드러올 권리가 생겻다. 돈이란 참으로 위대한 물건이다. 경대 앞에 앉은 게집은 까운을 버서버리어 두 팔과 억개와 목덜미가 돌어낫다. 두 팔로 더듬어가며 머리에 꼬친 핀을 뽑고 앉어 잇다.

저 보드러운 살! 그것은 웬만한 뇌동자는 마음대로 보지도 못하는 살이엇다. 그런데 지금 준식이는 그 살덩어리를 보기 실혀지도록 드려다볼 권리가 생겻다. 준식이는 주춤주춤 가서 드러내논 억개 우에 키쓰를 햇다. 게집은 푸러진 머리를 흔들어 그 기단 머리털을 뒤로 츠렁츠렁 느러트면서 이러섯다. 그리고 준식이를 도라다보며 방긋 우섯다.

"점잔치 안케 그러지 말고 어서 버스서요." 하고 준식이의 머리털을 잡고 한두 번 흔든다. 준식이는 게집의 가느른 몸을 또 그러안엇다.

69

게집은 깔깔 우스면서 침대 우에 누어 잇엇다. 준식이는 저구리를 버서서 아모 데나 내동댕이치고 넥타이를 풀고 칼라를 떼고 와이셔트를 버서서 경대 우에 던지엇다. 그리고는 교위[23]에 웅크리고 앉어서 구두꾼을 풀기 시작햇다. 손이 떨려서 매듭 코가 얼는 붙잡히지를 안는다. 이 끝도 잡아다려보고 저 끝도 잡아다려보앗다.

구두끈, 구두! 그리고? 저것은? 구두 아래로 방바닥에 무엇이 잇다! 그러타. 거기에는 버서 내던진 저구리가 노혀 잇엇다. 그런데 그 저구리 안자락 밖으로 무엇 허연 것이 흘러나와 잇다. 그게 무엇일까? 준식이는 어령귀한 눈을 손등으로 부비고 나려다보앗다. 무슨 사진 같다. 사진은 사진인 모양인데 어째 사람도 아니고 즘생도 아니고 무엇인지 이상하다. 응, 꺼꾸로 찍힌 사진이로군. 머리가 아래로 가고 가슴이 우흐로 오고, 어느 작난꾼이 원

---

23 '교의'의 오자로 보임.

할 일이 업성서 사진을 꺼꾸로 찍힌담! 하여간 누구 사진인지?

준식이는 구두끈은 내버려두고 허리를 굽혀 그 사진을 집어 들엇다.

사진이 눈앞 가까히 오자 준식의 얼굴은 잠간 흐리어지엇다. 그리고는 얼는 그 사진을 깍꾸로 돌라 쥐엇다. 준식이는 자기 눈앞에 나타난 순애의 사진을 바라다보앗다.

준식이는 미친놈처럼 벌덕 이러섯다. 그리고 한참 동안이나 순애의 사진을 물끄럼히 노려보앗다. 순애, 순애! 사랑하는 안해 될 사람의 사진이다! 준식이는 술이 깨여버렷다.

준식이의 이런 괴상한 행동에 놀랜 챠이나타운의 꽃은 얼는 준식이 등 뒤로 돌아와서 드려다보앗다.

"그게 누구 사진이요?" 하면서 그 사진을 빼아스려 하엿다. 준식이는 그것을 뿌리치엇다. 그 뿌리치는 것이 얼마나 난폭햇든지 게집은 두서너 거름 뒤로 밀려갓다.

"아니다! 아니다! 순애를 위하야! 과거는 하여햇든 간에 지금부터는! 순애는 처녀가 아니냐? 그러니 순애를 위하여 지금부터는 이런 짓을 말아라! 즘생이 아니거든!"

이런 속 사랑의 부르짓는 소리를 준식이는 력력히 듣는 듯하엿다.

한참 후에 준식이는 소리 없이 그 사진을 도로 저구리 주머니에 곱게 너헛다. 그리고는 아모 소리도 없이 옷을 주서 입엇다.

영문을 모르고 이 꼴을 바라다만 보고 서 잇든 챠이나타운의 꽃은 마침내 입을 열엇다.

"여보 당신 미첫소?"

준식이는 아모 대답도 아니하고 넥타이를 매기 시작하엿다. 게집은 입을 뺏쭉하더니 "흥, 이 유대 놈 같으니 돈이 아까운 생각이 나느냐? 그러나 여기 한번 드러온 바에는 그러케 쉽게 나가지는 못할걸 이 쌍……."

준식이는 아모 말도 없이 지갑을 끄내 십 원짜리 두장을 정녕스럽게 또 박또박 헤여서 게집 앞으로 내던것다. 게집은 기가 맥혀 그 자리에 주저앉엇다. 그러나 돈을 받아 들면서 또다시 악을 쓴다.

"흥, 요까진 것을 통과할 줄 아느냐? 이 ×××!"

준식이는 말없이 십 원짜리 한 장 더 내던젓다.

저구리를 입고 모자를 떼여 쓰고 준식이는 게집을 다시는 돌아다보지도 안코 문을 열고 나가 버렷다. 문을 닫을 때 준식이는

"유 풀(이 바보 자식아)!" 하는 게집의 웃는 소리를 들엇다.

준식이는 곧 정거장 근처까지 가서 거기 값싼 여관에 들엇다. 숙박부에 스탁톤[24]에서 온 쪼지 리라구 쓰고(그는 언제나 여관에 들 때 자기 본 일홈을 숙박부에 써 주어본 적이 없다. 그저 그 순간에 생각나는 아모 이름이나 쓰고 주소도 역시 그 때 생각나는 곳으로 아무데나 써놋는다. 그러므로 그가 들어 잠 잔 여관마다 숙박부에는 딴 주소와 딴 이름이 적히어 잇슬 것이다. 무엇이 특별히 꺼리어서 그러케 하는 것도 아니고 그저 공연히 그러케 하는 습관을 기른 것이다.) 하루밤 방세 오십 전을 던저준 후 자기 방 열쇠를 타 가지고 웃층으로 올라섯다.

방 안에 들어서서 그는 출입구를 걸어 잠것다. 마치 연약한 자기의 감정까지를 그 방 안에 그 밤 동안 가두어 두려고 하는 듯이!

70

이튿날 새벽차로 그는 따뉴바로 돌아갓다.

그 다음부터의 준식의 생활은 오직 순애를 기다리는 즐거움 그것으로 가득 찬 삶이 되엇다. 그는 순애의 사진을 큰 보물처럼 가방 속에 깊이 깊이 감추어두엇다. 그리고는 밤마다 밤마다 그는 이 사진을 꺼내 보고 또 보고 잘 때에는 벼개 밑에 너코 잣다. 어떤 사람의 말을 들으면 사진을 벼개 밑에 너코 자면 꿈에 그 사람을 보게 된다고 하나 어쩐 일인지 좀처럼 꿈에 순애를 보는 일이 드물엇다. 그러나 간혹 꿈에 순애를 본 이튿날은 하로 종일 기

---

24 스탁턴(Stockton). 캘리포니아 주 중부의 상공업 도시.

뿜이 유래하엿다. 그는 벌서 나이 사십이 넘엇다. 사십이 되어서 첫번 드는 장가－이것이 그를 그러케 흥분시킨 것이 결코 무리가 아니엇다.

밤에 잠자리에 누어서 그는 순애의 사진을 물끄럼히 드려다보앗다. 그러 케 매일 매일 본 사진이엇만 볼 적마다 새로히 처음 보는 사람 같앗다.

'샐죽한 두 눈이 입부다.' 하고 그는 혼자 생각하엿다. 머리맡에 켜노흔 촛불이 작고만 펄럭거리어서 사진도 마음대로 볼 수가 없다. 입술이 좀 두 터운 편이다. 그러나 꼭 담을은 입술이 퍽 입부게 보이엇다. 준식이는 부지 중 그 사진에 자기 입술을 대엿다. 싼뜩하고 매끈매끈한 사진판이 그의 입 술을 간지럽게 하엿다. 그리고 사진 현상하는 데 쓰는 약 내음새인지 또는 종이 내음새인지 좀 이상한 내음새와 사진을 붓친 마분지 대지의 구수한 내 음새가 섞이어서 은은한 냄새가 난다. 준식이는 벌서 그 내음새에 낯이 익 엇다. 가방 밑에서 그 사진을 꺼내 들면 벌서 그 내음새가 나는 듯햇다. 그 리고 그는 그 내음새가 향기롭게 생각되엿다. 이제 와서는 가방 뚝껑만 열 어 제치고 곧 그 내음새가 나는 것 같앗다.

사진을 벼개 밑에 너코 초불을 입으로 불어 꺼버린 후 그는 피곤한 몸이 언만 오랫동안 잠을 들지 못한다. 그는 혹은 눈을 감고 또 혹은 눈을 뜨고 어두운 허공을 바라보며 왼갖 시시한 생각, 그러나 그에게는 귀하고 즐거 운 생각의 나라로 헤매인다.

몇 해 전에 그는 갈밭과 논과 기와집을 꿈꾸엇다. 그러나 그 꿈은 여지 없 이 부서지고 말엇다. 지금에 와서 그는 그 대신으로 포도밭과 통나무집을 꿈꾸엇다. 몇 해 동안만 애써 돈을 벌면 조고만 포도밭을 하나 연부[25]로도 세를 낼 수 잇을 것이다. 거기다가 그는 남의 고용살이가 아니라 자기의 자 작 사업으로 포도를 심을 것이다. 포도밭 한 귀퉁이에 통나무로 조고만 캐 빈(오막사리) 하나를 지을 것이다. 거기서 순애는 밥을 짓고 빨래를 하고…… 그리고 그리고! 어린애 입힐 옷 바누질을 하고 잇을 것이다. 그는 뒤뜰에 나

---

25 물건값이나 빚 따위의 일정한 금액을 해마다 나누어 내는 일. 또는 그런 돈.

와 빨내를 거는 순애를 바라다보면서 즐겁게 포도를 딸 것이다.

어린애가 잠을 깨어 울면 그가 먼저 잘 익은 포도 한 송이를 따 들고 뛰쳐 들어가 달내일 것이다. 그러면 어린애는 방끗 우스며 그의 품에 와서 안길[26] 것이다. 크리스마쓰 때가 되면 그는 거리에 들어가서 외투와 작난감과 초콜렛을 사 가지고 올 것이다. 그리고 화로가에 둘러앉어 애기 재롱을 볼 것이다.

애기가 누구처럼 생길가? 순애처럼 생겨야 엽부겟지! 그러나 사내놈이 사내답게 생겨야지. 그러치, 제 아비를 닮아야지! 그놈 이름을 무엇이라구 지을가? 톰, 윌리, 떼빈, 아니다. 그리 조치 못해! 응 그러치 선생님 더러 지어 달내야지. ××민보에는 이런 소식이 나겟지.

"박준식 씨의 농장 지경. 따뉴바에서 포도 농장을 경영하는 박준식 씨는 지난 아모달 아모날 아들을 보앗다더라."

그놈이 일곱 살 되면 국어학교에 보낼 테다. 열아문 살 되면 엎랜드[27]로 보내야지. 암 조선 사람의 자식이면 조선학교 교육을 받어야지.

내 그놈은 꼭 대학 공부까지 시켜주고야 말걸!

어린애의 토실토실한 팔이 그의 목을 어르만저 주는 즐거운 생각에 잠겨서 슬몃이 잠이 드는 그의 얼골에는 만족하는 미소가 떠오르는 것이 상례이엇다.

그리고 낮이 되면 그는 열심으로 일을 햇다. 한 시간이라도 일을 더해서 동전 한 푼이라도 어서 더 벌자, 그래 가지고 그것으로 순애의 양복도 사주고 밭도 사고 집도 짓고…….

---

26 원문에는 '안질'로 되어 있음.
27 엎랜드(Upland). 미국 캘리포니아주 샌버나디노 카운티에 있는 도시.

71

톰슨씨둘레스[28] 포도(씨 없는 포도) 밭에 유황 가루를 뿌리는 때가 되여서야 준식이는 ××회장의 손을 것처 오는 편지를 받엇다. 그는 글을 읽을 줄 모르는 고로 가까운 농장에서 포도밭 인부 공급하는 김 목사에게로 가지고 가서 그 편지를 읽어달랫다. 순애가 지금 집을 떠난다는 편지이엇다. 편지를 읽어주든 김 목사는 순애를 칭찬해주엇다. 언문 글씨도 똑똑히 쓰고 편지도 잘햇다구 한다. 준식이도 읽어주는 것을 들어보니 과연 잘 썻다고 생각이 된다. 그리고 김 목사는 준식이에게도 언문을 배우기를 권면하엿다. 안해가 글을 아는데 남편이 모르면 좀 재미 적다고 타일럿다. 딴은 준식이에게도 그러케 생각되엇다. 그리고 언문이라도 배와서 ××민보도 혼자 읽을 수 잇도록 하는 것이 국민 된 자의 책임이라구 햇다. 그리고 "나이 너무 만하서" 하는 준식이의 핑게를,

"나이가 만흔 것보다도 성의가 없는 것."이라구 일격해버렷다. 물론 이전에도 여러 번 선생님께로부터 언문을 배우라는 권고를 받앗다. 그러나 그저 분주한 핑게로 차일피일 밀우어왔고 또 사실 하로 종일 뇌동하는 처지로 배울 시간도 없거니와 배워줄 선생도 없엇다. 그러나 이번 순애의 편지가 동기가 되여 가지고 준식이는 김 목사가 밤마다 한 삼십 분씩 배워주겟다는 고마운 약속을 얻엇다.

이리하여 그의 언문 공부는 시작되엿다. 기억, 니은, 디긋, 리을, 가, 갸, 거, 겨 그것이 준식에게는 상당히 힘이 들엇다. 그러나 웬만침 눈을 뜨기 시작하니까 쉽게 진전이 되엇다. 그래서 시작한 지 두 달이 되니까 ××민보를 가져다노코 겨오겨오 한 자 한 자씩 뜨더 읽어 내려갈 수 잇게쯤 되엇다.

포도 따기 가장 바쁜 시절이 지나가고 그 더운 모래밭 벌판에도 완연히 가을이 이르럿다는 것을 감각할 수 잇을 때쯤 되여 준식이는 두 번째 순애

---

28 톰슨 시들러스(Thompson seedless). 씨 없는 포도의 품종의 하나.

의 편지를 받엇다. 이번에는 자기 혼자서 읽어보려고 애를 썻으나 그것은 활자로 직은 것이 아니고 글씨로 쓴 것이기 때문에 알아보기가 배나 힘이 들엇다. 그래서 결국 다시 김 목사에게로 가지고 갈 수밖에 없엇다. 그 편지에는 횡빈까지 와 잇는데 마침 눈 검사에 낙제되어 배를 노치고 지금 횡빈 조선 사람의 여관에 묵으면서 병원에 단니며 눈병을 고치는 중이라는 편지이엇다. 물론 돈을 좀 또 부처주어야 되겟다는 뜻이 암시되어 잇엇다.

준식이는 그 이튿날로 곧 한 번 더 쌘프란씨스코 마켓 거리 뻴팅 십오 층 꼭댁이에를 단녀왔다.

비가 와서 아직 드문드문 남아 잇든 포도가 다 떨어저버리고 포도 입이 누러케 물들기 시작하고 그것이 바람에 불니여 떨어저서 이리 굴고 저리 굴더니 차차 그것까지 없어저버리고 장성한 마른 포도나무 밋둥을 집으로 돌라 싸주는 일이 끝나도록 순애에게서는 다시 아모런 소식도 없엇다. 물론 준식이는 초조해젓다. 그래서 김 목사의 손을 비러 ××회로 여러 장 편지를 보내다.[29] 상항에서 돌아오는 답장은 일일히 아직 아모 소식도 없다는 대답이 잇엇다.

칠면조 고기 먹는 날[30]이 지나가고 첫눈이 하야케 째힌 날 비로소 준식이는 상항으로부터 온 간단한 편지를 받아 주고 춤을 추다싶이 기뻐 날뛰엇다. 이번에는 김 목사에게 가져가지 안코 자기가 친히 그 편지를 읽을 수 잇섯다.

순애가 사흘 후이면 상항에 도착된다는 전보가 왔다는 편지이엇다. 사흘 후, 사흘 후! 준식이는 몇 번이나 그것을 되푸리이해 읽어보앗다. 이것이 과연 사실일가? 사흘 후, 사흘 후!

배가 들어와 닷는 날이다. 그 전날 밤에 상항으로 온 준식이는 목욕을 하고 머리를 깍갓다. 그리고 새 옷도 한 불[31] 사 입엇다. 오 원 균일 집에 가서

---

29 '보냇다'의 오기로 보임.
30 추수감사절.
31 '벌'을 잘못 표기한 것으로 보인다.

노랑 구두도 새로 한 켜레 사 신엇다.

배는 오후에야 입항되리라구 한다. 준식이는 ××회방과 함께 부두로 나갓다. 부두에는 문직이가 서 가지고 파쓰가 없는 사람이면 구내에 드리지를 안는다. 그래서 회장 혼자 드러가고 준식이는 밖으로 빙글빙글 돌기나 하는 수밖에 없엇다. 이 배로 안해를 대려오는 사람이 준식이 외에도 두 사람이 잇엇다. 그들도 목욕하고, 머리 깍고, 새 옷 입고, 새 구두 신고 와서 준식이와 함께 이리저리 거닐엇다.

그들은 서로 말도 하지 안헛다. 무슨 말을 하랴! 장담³²이나 하고 잇기에는 그들의 마음에는 너무 흥분되어 잇엇다. 그들의 눈은 황금문 쪽을 실증이 나도록 바라다보앗다.

72

"온다!" 하고 세 사람은 일시에 웨첫다.

온다! 온다! 배가 들어온다. 신부들이 온다.

준식이는 울렁거리는 가슴을 겨오 진정하면서 황금문 뒤로 돌아 들어오는 커단 기선을 바라다보앗다. 순애가 저 안에 과연 타고 잇는가? 갑판에 나와 잇나? 혹은 멀미가 나서 방 안에 백여 잇나?

갑판 우에서 오고 가는 사람이 개미 새끼만 하게 겨오 보이는 곳까지 오더니 배는 굴둑으로 검은 연기를 몹시 내뿜으면서 바다 한가운데 스르르 머물럿다. 배가에 이러나는 물결이 석양의 빨간 햇발을 받아 눈이 부실 만침 광채가 난다. 일기가 갑작이 싸늘해지는 것 같다.

"내일은 또 비가 오실 모양이군." 하고 한 사람이 못맛당한 듯이 입맛을 다신다.

준식이는 눈 우에 손을 대고 열심으로 사람들이 아물거리는 갑판 우를

---

32 장담(長談). 오래 하는 이야기.

내다보앗다. 조선 옷을 입은 여자 모양이 보이나 아니 보이나 살펴보려는 것이엇다. 그러나 개미만밖에 더 크게 보이지 안는 데서 그런 것을 분간해 내일 수는 없엇다.

통통통통 하는 소리가 요란하게 들려오더니 부두에서부터 조고만 배 하나가 큰 배를 향하야 쏜살같이 쫓아 나아간다. 의사들이 검역하러 나아가는 것이다. 해안에 선 사람들은 조고만 배가 차차 광채를 일허 어득신해가는 물결을 뚜르고 큰 배까지 가는 것과, 큰 배에서 줄사다리가 내려오는 것과, 금줄 두른 모자 쓴 검역 의사와 군복을 입은 이민국 관리 서너 사람이 그 줄사다리를 타고 올라가는 것까지 그들의 일동일정을 하나도 빼놋치 안코 자세히 바라보앗다.

의사와 이민국 관리가 올라간 한참 만에 큰 배로부터는 "쿵" 하고 대야를 한 번 뚜들기는 소리가 들리여온다. 그때는 벌서 황혼이 회색 장막을 천천히 느리우고 잇을 때이엇다. 큰 배 갑판에는 불이 일꺼번에 좍 켜젓다. 그리더니 배는 또다시 움직이는 모양이엇다.

벌서 다 어두엇다. 그리고 급속도로 안개가 끼여들기 시작한다. 외투를 여관에 두고 나온 그들은 몸이 떨리도록 치움을 감하엿다. 그리고 손바닥으로 옷자락을 내리 쓸면 물이 무더나도록 축축해지엇다. 큰 배는 쏴쏴 소리를 내면서 점점 가까와온다. 차차 가까와짐을 따라 배 갑판에서 사람이 하나 가득 나와 선 것을 볼 수 잇엇다.

배가 아주 가까와저서 갑판에서 사람들의 떠드는 소리까지가 들릴 만할 적에 배는 자기에게 지정된 피어[33]로 쑥 기여들어가 버렷다. 그래서 이편에 높이 소슨 창고와 세관 검사소 집웅에 배가 가리여버려 오직 그 높다란 검은 굴뚝 끝만 간신히 보이게 되고 말엇다. 피어 안에서 떠들고 웨치는 사람들의 소리를 들어 배는 완전히 부두에 다앗다는 것을 알 수 잇엇다. 세 신랑은 또 아모 소리도 없이 그러나 서로 약속이나 햇든 듯이 다시 제십오호 피

---

33 pier. 부두.

어 앞으로 내려갓다.

택씨와 마차가 수십 대 넓은 광장에 빽빽이 들어차 잇다. 그리고 마차부들이 맨틀(만또)을 두르고 피어 출입구 근처에 부둥겨 서서 담배를 피우고 잇다.

한참 잇더니 선객들이 나오기 시작하는 모양이엇다. 마차부가 한두흘 불리여 드려가더니 가방을 둘러매고 나오며 그 뒤로 서양사람 남녀가 오래간만에 만난 기쁨과 사랑을 속살거리면서 나아온다.

벌서 안개는 지척을 분변키 어렵도록 끼더니 안개비가 되어 세 사람의 새옷을 화락하게 질구어[34] 논는다. 그러나 그들은 서서 기다리엇다. 서양 사람들이 서로 떠들고, 웃고 짓걸이며 나아와 차들을 불러 타고 갓다. 조곰 잇드니 커단 화물 자동차가 와서 대문을 열어달래 가지고 안으로 드러가드니 좀 잇다가 트렁크를 산덤이처럼 싯고 시가지로 향해 들어갓다.

그 후에도 한참이나 기다리노라니까 그제야 회장이 나아왓다.

셋이서는 마치 죽엇든 사람이 살아 나오는 것을 마즈러나 가는 듯이 날쌔게 회장 앞으로 닥가 드럿다.

"세 분 다 오섯읍데다." 하고 회장은 위선 그들에게 안심을 시키엇다.

"세분 다 건강하신데 이재 모두 이민국으로 실려 가는 것을 보고 왔습니다. 오늘은 늦어스니까 그냥 이민국에 데려다 재울 모양이고 내일 아침에나 검사가 잇슬 모양이니까 어서 들어가 자고 내일 봅시다." 하고 친절한 회장은 잘 설명하여준다.

73

이튿날 아침 일즉이 준식이는 또 회관으로 뛰어갓다. 회장은 방금 이민국으로 가려고 떠나는 길이엇다. 준식이는 회장과 함께 천사도행 연락선

---

34 적셔. 원문에는 '질구이'라고 되어 있다. '질구다'는 '적시다'의 방언.

나루터까지 와서 헤여지엇다.

이날은 가느른 비가 주룩주룩 내리고 잇엇다. 그 비는 칩고 매운 비이엇다. 비는 생각나면 조루룩조루룩 조곰씩 내리다가는 갑작이 이저버린 듯이 머저버린다. 그리다가 다시 또 생각이 나면 안개비로 시작해 가지고 다시 조룩조룩 내린다.

신부를 마중 나온 세 사람은 꾸어온 보릿자루처럼 우두머니 삼각형으로 앉어 잇엇다. 그들의 발 앞에 내려지는 담배꽁초의 수요만 작고 늘어간다. 연락선은 매 시간마다 들어오고 나가나 아직 아모런 소식도 없다.

벌서 오정이 훨신 넘엇으나 그들은 점심을 먹으려 갈 생각도 아니하고 그냥 묵묵히 앉어 잇엇다. 불 없는 방에 앉어 잇으려니까 무릎이 실여 들어오고 발이 몹시 차 들어온다. 그러면 그들은 이러서서 껑충껑충 뛰여본다.

거의 저녁때가 다 되어서야 회장은 조선옷 입은 여자 세 사람을 더리고 왓다. 세 남자는 전기에 찔린 사람들처럼 멀거니 바라다보고 서 잇엇다.

준식이는 웬일인지 가슴이 뭉쿨하는 것을 느끼엇다. 그리고 못 볼 것을 도적질해보는 심리로 세 여자를 곁눈으로 보앗다. 그는 순애를 곳 발견할 수 잇엇다. 그러케도 매일 사진을 꺼내보는 얼골이라 얼는 알아볼 수가 잇 엇다.

그러나 준식이 눈에 비친 순애는 사진과는 좀 달러 뵈엇다. 어찌 산 사람이 죽은 사진과 꼭 같을 수 잇으리오. 시시각각으로 변하는 산 사람이 어찌 변동 없는 사진과 꼭 같을 수 잇으리오. 순애의 사진은 오직 한 개의 그림에 지나지 안헛다. 언제나 눈을 말가케 뜨고 정면만을 마조 바라다보고 잇는 한 푸로필에 불과하엿다.

그런데 지금 준식이 앞에는 한 개의 산 여자가 나타난 것이엇다. 사진처럼 정면만 마조 보고 잇는 무표정한 얼골이 아니고 그의 머릿속을 스치고 지나가는 여러 가지 생각 때문에 시시각각으로 변동되는 이마와 뺨과 입술을 가진 한 개의 산 사람이 지금 그 앞에 나타난 것이엇다. 더욱이 그 몸맵시! 그것이 퍽 아름답다고 준식이에게 생각되엇다. 그와 동시에 억제할 수 없는 기쁨과 사랑스러운 마음이 그의 가슴에 꽉 들어찻다.

'저 머리털, 저 입술, 저 손, 저 다리, 저 발톱 끝까지 그 전부가 이제부터는 전부 내 소유이로구나.' 하고 생각할 때 준식이 가슴은 즐거움으로 터질 듯하엿다. 순애를 독점할 권리를 가진 자기는 지금 세계에서 가장 행복된 사람인 것처럼 생각되엇다.

그는 마차를 불러서 순애와 둘이 타고서 여관으로 왓다. 아까 순애를 처음 만날 적에는 언뜻 사진에서 나든 약내와 마분지 내가 석긴 내음새가 나는 것같이 생각되드니 지금 좁은 마차 안에 억개를 대고 앉어노흐니 그보다는 훨씬 더 향기롭고 육감적인 여자의 내음새가 난다. 붓그러운 듯이 고개를 푹 숙이고 쪼그리고 앉어 잇는 순애를 볼 때 준식이도 부지중 몹시 어색함을 느끼엇다.

마차 박퀴가 돌부리에 걸려 덜컹 하고 흔들릴 때, 순애의 부드러운 살이 준식이 몸에 탁 실리워질 그 순간 순간, 준식이는 곁눈으로 순애를 슬금슬금 도적해보앗다. 그리고 그럴 때마다 순애는 놀라서 얼는 저편으로 몸을 더 조곰아하게 쪼구린다.

준식이는 무슨 말을 건네보고 싶엇으나 어찌된 일인지 말을 끄낼 재간이 없다. 아까 대합실에서 혼자 앉어 기다릴 때에는 만나면 할 이야기가 꼬리에 꼬리를 물고 작고만 생각되어서 그 이야기를 다 하려면 몇 일 동안 이야기만 하여야 할 듯싶엇다. 그런데 막상 이야기를 하여야 할 때가 되니까 고만 말문이 맥혀지고 말앗다.

뿐만 아니라 어쩐 일인지 자기 몸이 몹시도 어색하고 거치장스러워 보인다. 어찌 손이 너무 커 보인다. 그리고 두 손을 엇다가 노하야 할지 알 수가 없다. 이전에는 두 손이 어데 잇는지 무엇을 하는지 도모지 인식하지도 못하고 자연스럽게 지냇는데 요때에 한해서는 어쩐 일인지 손이 제자리에 노혀 잇는 것 같지 안케만 작고 생각되어서 야단이 낫다. 두 손을 무릎 우에 언처노하보앗다. 아모래도 그것이 부자연해 보인다. 팔장을 찔러보앗다. 그것도 어째 거치장스러운 것 같다.

그리고는 또 입안에 침이 자꾸 모도혀저서[35] 큰 걱정이 낫다. 보통 때는 춤은 어느새 넘어가는지 모르게 슬슬 넘어가버려서 특히 의식적으로 춤을 삼키지 안하도 되엿는데 지금에는 어쩐 일인지 춤이 목구멍을 넘지 안코 입안에 작고만 모힌다. 그래서 삼키려다가 "꿀꺽" 하고 커단 소리가 난다. 소리가 아니 나도록 조심히 삼키려니까 도로혀 "꿀꺽" 소리가 더 크게 난다.

74

여관까지 와서 위선 준식이는 순애에게 침대에 좀 눕기를 권하엿다. 물론 몹시 피곤한 기분이 외모에까지 나타나 잇섯다. 의복을 입은 채로 그냥 침대 우에 누은 순애는 얼마 되지 안허 곧 잠이 들어버렷다. 준식이는 침대 머리맡에 교의를 노코 앉아서 물끄럼히 잠자는 순애를 드려다보앗다. 그의 눈이 순애의 깜안 머리로부터 발끝까지 한번 내려갔다 올라온 때 그는 그의 근육마다 욕망이 끌어오름을 감각하엿다. 그러나 그는 참앗다.

잠시 후에 그 욕망은 스러지고 왼갖 공상이 끌어 올라온다.

위선 양복을 한 벌 사 입혀야 하겟다. 준식이의 눈앞에는 어떤 구두방 쇼윈도에 진렬되어 잇는 발끗 뾰죽하고 뒤급 높은 쪼고만 구두 모양들이 떠올라왔다. 거리의 쇼윈도 중에 이 여자 구두가 언제나 준식이 눈을 끌엇섯다. 그래서 어떤 때 그는 여자 구두를 진렬해노흔 쇼윈도 앞에 정신없이 서서 이것저것을 바라다보고 서 잇을 때가 만핫다. 그런데 인제는 준식이도 그 구두를 한 개 살 수 잇는 행복을 느낄 수 잇게 되엿다.

그리고는 마켓 거리 여기저기서 보든 여자들의 모자가 눈에 떠올라왔다. 빨간 것, 파란 것 또는 깜안 것 등. 그리고는 또 정가 이십 원이란 패쪽을 달

---

35 모여서. '모도다'는 '모으다'의 옛말.

고 걸리여 기다리는 여자의 자그마한 외투. 이런 모든 것들을 그는 혼자 공상하며 빙그레 우섯다. 앗차차 그리고 또 그 금강석 반지! 처음에 삼십 원을 내고 그 다음에는 달마다 십 원씩 일 년을 내면 살 수 잇다든 그 금강석 반지도!

전등불이 들어오도록 순애는 단숨에 내리 잣다. 그가 어떠한 꿈을 꾸엇을가? 몇 번 준식이는 순애를 흔들어 깨울가 하다가는 고만두엇다. 그의 화평스런 잠든 얼골을 보고는 그 단잠을 방해할 용기가 없어지엇다. 사실 또 오작이나 피곤햇스랴? 이십여 일이나 바다 고생을 하고 나서 또 어제 밤 이 민국 감방에서 오즉이나 심려하고 초조하엿을가? 슬컷 자라고 내버려두는 것이 조흘 것이다.

전등불이 들어온 지 조곰 후에 순애는 고요히 잠을 깨엇다. 그는 누어서 예가 어딘가 하는 듯이 눈을 이리저리 굴리다가 마츰내 열심으로 그를 들여다보고 앉어 잇는 준식이의 눈과 마조치엇다. 그리자 순애의 눈은 좀 낭패한 드시 마치 수리[36]에게 쫓기는 비둘기 모양으로 한편으로 쏘라지엇다. 그러나 그와 동시에 예가 어딘지를 알앗다는 드키 안심한다는 드키 반갑다는 드키 눈자국과 입술가에는 갈엷은 우슴이 떠올랏다. 그 우슴은 잠간 떠오르다가 다시 스러저 없어지고 말앗다. 그러나 이 갈엷은 우슴이 준식이를 유정천[37]이 되도록 기쁘게 하엿다.

"순애가 자다 깨서 나를 보고 방끗 우섯다!" 이 얼마나 한 행복이리오! 이 얼마나 한 즐거움이리오! 그 순간 준식이는 세상 왼갖 존재와 하눌에 잇는 왼갖 신들 앞에 굳은 맹서를 햇다.

"오 — 순애, 사랑하는 안해여, 나는 내 몸, 내 영혼, 내 과거, 미래, 내 전체를 다하여 당신을 사랑합니다. 나는 오직 당신의 사랑의 품속에서만 즐겁고 행복되겟소이다. 오, 나를 붓드러주시오!" 하는 맹서이엇다. 이 맹서

---

36 수릿과의 독수리들을 통틀어 이르는 말.
37 유정천(有頂天) : 가장 높은 하눌.

를 하는 시간은 실로 일 초의 육십 분지 일밖에 아니 되는 번갯불 같은 한 찰라간이엇다. 그러나 이 눈 깜짝하는 순간에 한 맹서가 사람의 전 생애를 매이고 영향하고 또 통치하는 세력이 되는 것이다.

순애는 얼는 이러나 앉엇다. 그리고 눈이 부신 듯이 눈을 비빈다.

"웬 잠을 그러케 자오?" 하고 준식이는 부드럽게 말하엿다. 그의 목소리가 몹시도 떨리는 것을 준식이 자신도 인식할 수 잇엇다.

"시장하지도 안소? 자 어서 정신을 채리시오. 가서 저녁이나 사 먹고……."

순애는 고개를 흔들엇다.

"별로 먹고 싶지 안어요. 물이나 한 그릇 잇섯스면?"

준식이는 나는 듯이 세면다로 가서 유리잔에 물을 담아 들엇다. 유리잔에 물을 하나 가득 찬 것을 손에 들고 준식이는 잠간 동안 그것을 들여다보앗다. 그러타. 그 잔은 어제와 오놀 준식이가 물을 딸아 먹든 유리잔이다. 조금 전에도 준식이는 그 잔에 물을 딸아 마시엇다. 그런데 지금 순애는 역시 같은 잔의 물을 마실 것이다.

준식이가 마신 잔에 순애가 마시고 순애가 마신 잔에 준식이가 마실 것이다. 만난 지는 비록 몇 시간 안 되엇으나 벌서 이러케 가까워진 것이다. 그리고 앞으로, 앞으로 준식이가 무덤으로 들어가는 날까지 순애와 준식이는 이러케 한 잔의 물을 마실 것이다. 아, 참으로 얼마나 아름다운 행복이냐!

순애는 그 물을 한 방울 아니 남기고 다 드리마시엇다. 그리고는 머리가 아픈지 이마 우에 손을 언젓다. 준식이는 아무 말 없이 한잔 더 떠다 주엇으나 순애는 손짓으로 실타는 뜻을 표하엿다. 준식이가 대신 그 물을 쭉 드리키엇다. 마치 준식이도 순애처럼 몹시 목이 말러 잇섯든 모양으로.

75

"그래두 무엇 좀 요기를 해야 하지 안수?" 하고 준식이는 한번 더 다정하게 물엇다.

"아니, 괜찮아요." 하고 순애는 손으로 이마를 집고 고개를 숙인 채 대답하엿다. 준식이에게는 이 맥없는 자태가 더 한층 아름답게 보이엇다. 참말로 배가 고프지 안흘가? 혹은 나가기가 실허서? 그러치. 이 비가 오는데 또 어델 나갈가? 물론 음식점이 바로 마즌편에 잇기는 잇지마는—아뿔사, 그러지, 아직 순애가 부끄러워서 음식점으로 밥 사 먹으러 잘 안 들어갈랠걸. 더욱이 조선 옷을 입고…… 남의 구경거리 되게? 처음부터 잘못 생각이다. 나가서 사다 주는 것이 조흘 것이다.

"그럼 내 나가서 사 가지고 오리다." 하고 준식이는 밖으로 나왓다.

준식이는 아직까지 한 번도 들어가본 적이 없는 훌륭한 상점 안으로 들어갓다. 무엇을 살가? 수륙 수만 리를 멀다하지 안코 찾아온 신부에게 첫날 밤 저녁으로 무엇을 사다 멕일가.

준식이가 저녁을 한아름 사들고 여관방으로 돌아와 보니 순애는 다시 또 잠이 들어버렷다. 의복을 버서서 교의 우에 채근채근 개켜노코 이불 속으로 들어가서 누어 잔다.

"여보 저녁 사 왓소. 여보." 하고 고즈낙히 두어 번 불러보앗으나 아모 대답도 없다.

준식이는 사 온 저녁을 소리 아니 나게 테불 우에 내려노코 또 순애에 머리맡에 가만히 앉엇다. 한참이나 앉어서 쌕쌕거리는 순애를 바라다보든 준식이는 다시 고요히 이러서서 밖으로 나갓다.

준식이는 맞은편 음식점으로 건너가서 혼자 저녁을 사 먹엇다. 그리고 다시 돌아와보앗으나 아직도 순애는 잠을 자고 잇다. 준식이는 테불 앞에 앉어서 그 테불 우에 저녁을 채려노핫다. 유리잔에 찬물까지 떠다가 한편에 노핫다. 언제든지 깨이면 곳 먹을 수 잇게 준비가 다 되엇다. 그리고 또

사진결혼

215

한참 잠든 순애를 바라다보앗다. 순애는 깰 것 같지도 안타.

인제는 준식이도 잠잘 준비를 해야겟다. 그러나? 준식이는 침대편을 바라보앗다. 물론 침대는 떠불 벧이다. 벼개도 두 개가 노혀 잇다. 그러나?

그러나?

준식이는 도로 여관 아래층으로 와서 주인을 불럿다. 마침 마즌 방이 비여 잇다고 하므로 마즌 방을 하나 더 세냇다. 그리고 자기는 마즌 방에서 자기로 결정햇다.

열 시쯤 되어 준식이는 순애의 방으로 또 들어갓다. 참아 그 방을 다시 나오기는 실혓다. 웨 당당히 저 침대로 올라가서 잘 권리가 잇지 아느냐? 당당히 사랑스런 순애를 포옹할 권리가 잇지 아느냐?

그러나!

준식이는 침대로 가까히 갓다. 그리고 목 우까지 덮인 이불을 조곰 당기어보앗다. 포동포동한 억개가 방싯이 보인다. 준식이는 못 볼 것을 보기나 한 듯이 얼는 도로 덮엇다. 그의 가슴에는 두방망이질이 시작되엇다.

그는 고개를 흔들엇다. 아니다! 그는 이불로 꼭꼭 목이 드러나지 안토록 순애의 몸을 덮어주고 가만 가만히 그 방을 거러 나왓다. 어느 땐가 깨어서 먹고 싶으면 저녁을 먹도록 하기 위하여 그는 전등을 끄지 안코 그대로 두어두고 나왓다.

준식이가 한잠을 자고 깨인 때는 아직도 캉캄하엿다. 불을 켜고 시계를 보니 새벽 두 시이엇다. 그는 시계를 벼개 밑에 너고 불을 끈 후 다시 눈을 감앗다.

또 한잠을 자고 깨여보니 아직 캉캄하다. 거리는 죽은 듯이 고요하다. 마치 대도시 상항이 하로밤 새에 모두 얼어붙은 듯이 고요하다. 불을 켜고 보니 아직 새로 세 시이다. 그는 다시 자려고 하다가 이러나서 출입구까지 가서 가만히 귀를 대고 엿들엇다. 아모 소리도 없다. 아마 순애는 아직도 자는지? 준식이는 우둘우둘 떨면서 다시 침대로 가서 누엇다.

밤새 방 안은 퍽으나 차진 것이엇다. 그는 다시 불을 끄고 눈을 감앗다. 그러나 용이히 잠이 오지 안핫다. 더욱이 이 죽은 듯한 고요가 그의 신경을 일으키엇다. 어째 한결 더 적적한 것 같다. 마즌 방으로 가보앗으면! 이 바보야? 너는 그의 남편이 아니냐? 무엇을 끄리느냐?

갈가?

말가?

준식이는 일어낫다. 불도 켜지 안코 어두운 방 안을 더듬거려 문까지 갓다. 문을 방싯이 열고 내다보앗다. 좁은 복도에는 저편 층층대 돌아오는 곳에 다만 한 개 켜노흔 십 촉짜리 전등불이 잇을 따름으로 어둑컹컴하다. 준식이는 복도로 살작 나섯다. 밤공기는 내복만 입은 그의 몸에 너무 싸늘하엿다. 그러나 그는 그런 것도 인식 못 하고 고양이처럼 가만히 마즌 방 문 앞으로 거름을 옮기엇다. 마즌 방문 손쥐개에 손을 대이다가 그는 흠칫 손을 도로 들이밀엇다.

준식이는 꾸부리고 서서 열쇠 구멍으로 방 안을 들여다보앗다.

테불 우에 아직 노혀 잇는 면보와 우유병이 보이고 그 뒤로 침대 한귀퉁이가 보인다. 방 안에는 인기척도 없이 조용하다.

준식이는 다시 일어섯다.

들어갈까.

그는 어찌할 바를 모르고 치운 복도에 우들우들 떨고 서 잇엇다. 얼마나 오랫동안 그가 거기 서 잇엇는지 그도 알 수 없엇다. 밤새도록 같기도 하고 또는 실로 한순간 같기도 햇다. 그가 화닥닥 정신을 차린 때 그는 몹시 치움을 감각햇다. 그리고 자채기[38]가 나오려 햇다. 그는 얼는 자기 방으로 뛰어 들어왓다. 방문을 다드면서 문에 지대고 자채기를 햇다. 그리고 그는 문고리 쇠를 안으로 채워버렷다.

---

38 '재채기'의 함경도 방언.

사진결혼

217

아들

76

"박준식 씨의 경사.

따뉴바에서 노동하든 박준식 씨는 지난 오일 코리아마후로 입항하는 부인 순애 씨를 맞이려 상항까지 왓다가 신부를 반가히 맞어 더리고 두 분이 가치 따뉴바로 돌아갓다더라."

하는 인사 소식이 ××신문에 난 것을 준식이가 안해를 더리고 따뉴바로 돌아온 지 나흘 만에 읽엇다. 물론 이 기사는 남이 읽어주는 것을 어더 듣지 안코 준식이가 친히 읽엇다. 준식이는 그 기사를 가위로 오려서 잘 간수하엿다. 몇 일 후에 순애와 두리서 백힌 사진이 다 된 때 그 사진 뒷면에 이 신문 오리¹를 붓쳐두엇다.

따뉴바에 와서는 김 목사의 주례로 결혼식을 햇다.

식을 필하고는 물론 동포들을 모하노코 한턱 냇다. 손님들이 술을 먹고 주먹싸움을 시작하는 틈을 타서 준식이는 슬근히 순애를 더리고 빠저나와 집으로 갓다. 집이라는 것이 아직 사실상 집은 아니엇다. 오직 한낱 움막에 지나지 안엇다. 물론 준식이 머릿속에 통나무 캐빈이 다 되어 잇지만 그것

---

1 '오라기'의 방언. 실, 헝겊, 종이 등의 길고 가느다란 조각.

이 물질로 실현되기에는 돈이 든다. 그런데 준식에게는 아직까지 그만한 돈이 모히지를 못하엿다. 더욱이 돈푼이나 저축햇든 것을 이번 순애 더려 오는 데 말끔 써버렷다. 순애에게 양복을 모자부터 구두까지 한 벌 사 입히 고 금강석 반지까지 사주고 따뉴바 차표까지 사노흔 때 준식의 주머니에는 전 재산으로 돈 오 원밖에 남아 잇지 안엇다. 그래서 따뉴바에서 한턱 낸 것 은 김 목사의 돈을 취해서 내인 것이다. 그리고 또 금강석 반지 값도 아직 앞으로 일 년 동안은 매달 십 원씩 상항 상점으로 보내주어야 아주 내 것이 된다. 만일 한 달이라도 못 물게 되면 그 반지는 상점 주인에게 도로 **빼앗기** 고 마는 것이다.

길게 말할 것 없이 결혼 생활은 준식이에게는 다시 더없는 즐겁고 행복 스러운 생활이엇다. 그 생활이 순애에게는 어떠한 취미를 주엇는지 아직 말할 수 없다. 몇 해만 더 잇스면 자연히 알게 될 것이다.

일상생활에 잇서서 순애는 평범하엿다. 별로 크게 행복된 것 같지도 안 코 또 그러타구 실증이 나거나 하지도 안는 모양이엇다. 그냥 평범한 주부 로 밥을 짓고 빨내하고 바누질하고 뜰을 쓸엇다. 그러는 동안에 차차 서양 음식 만드는 법도 조꼼씩 알게 되고 영어도 쉬운 말이나 알아듣게 되고 따 라서 거리에 나가면 고기, 달걀, 면보 같은 것을 살 수 잇을 만침 되엇다. 처 음에는 좀 서투르든 양복도 차차 자리가 잡히여 몸에 어울리게 되고 도리어 양복을 입은 것이 어엽쁘게쯤 되엇다.

준식이는 열심으로 일을 햇다. 부엌 실강2에 노힌 주둥이 깨진 조고만 항 아리에는 은전 동전이 차차 불러온다. 그것이 가득 차면 준식이는 그것을 거리 은행에 가져다가 맷기엇다. 이 모양으로 한 삼사 년만 계속하면 요새 밤낮 머리속에 꿈꾸는 통나무 캐빈이 생길 것이다. 설혹 그것이 못 생기더 라도 집 앞에 짠디밭 달린 셋집으로 이사를 할 수도 잇슬 것이다. 그리고는

---

2 시렁(물건을 얹어 놓기 위하여 방이나 마루 벽에 두 개의 긴 나무를 가로질러 선반 처럼 만든 것.)의 방언.

포도밭! 준식이는 오직 이 즐거울 장래를 바라다보고 살엇다. 그리고 자기가 즐거움을 따라 아모것에도 불평이 없엇다. 그래서 특별히 예수를 진실히 믿는다는 건 아니나 따뉴바 조선인 교회에 연보[3]도 남에게 빠지지 안케 내엿다. 그리고 ××회비나 ××민보 값도 꼭꼭 물어간다. 술도 끈코 도박도 아니하고 외입도 아니하고 이를테면 모범 인물이 된 것이엇다.

봄이 되어 포도 묘목들을 잘나 심을 때가 된 때 순애의 몸에는 이상이 생기엇다. 입맛이 없어지고 힘든 일을 전과 같이 못하게 되고 이따금 몹시 쎈티멘탈해지고 우울해지엇다. 다른 사람들도 벌서 이 변화를 눈치챈 모양이엇다. 그래서 포도밭에서 친구를 만나면,

"준식이는 속해.[4] 그러케도 날래 맨든단 말인가?" 하는 농담을 듣게 되엿다.

순애도 먼 산을 바라보아가면서 얼는 보면 이 집에선 소용도 없을 것같이 보이는 것을 바누질하고 잇섯다.

이 모든 것이 준식에게는 여지없이 몹시 기뿐 일이엇다. 참으로 이렇게도 속히 자기 소원이 모두 실현될 줄은 몰랏섯다. 어찌면 준식이에게는 이러케도 행복이 꼬리를 물고 차저 들어올가?

77

하로 종일 몬지를 먹으며 고역하다가 저녁에 집으로 돌아오면 그는 그날 안해가 만들어노흔 강보[5]를 만지고 또 만지며 기뻐하엿다. 그리고 작난감 같은 조고만 져구리가 다 된 때 그는 그 저구리를 붓들고 춤을 추며 돌아가다가 젊은 안해에게 핀잔을 들엇다.

그리고 그는 벌서부터 일이 잇어서 거리에 나가면 애기에게 사다 줄 물

3 헌금.
4 빨라.
5 포대기. 어린 아이의 작은 이불.

건들을 고르고 잇엇다. 그래서 작난감이나 어린애 옷을 파는 상점 앞에 가면 한참씩 이것저것 바라다보는 것이 락이엇다. 그리고 그는 당시 뉴욕에 가 잇는 선생님에게 편지를 썻다. 편지에는 사내 이름과 게집애 이름을 각각 하나씩 지여 보내달라고 부탁하엿다. 그랫다가 나오는 것을 보아서 적당한 이름을 줄 작정이엇다.

삼복염천[6]이 되엿다. 이제 두 달만 잇으면! 두 달만 더 잇으면! 준식이는 순애가 몹시 어려워하는 것을 보고 밥짓기 빨내하기까지를 엄금하엿다. 그리고 자기가 하로 종일 노동하고 와서는 또 덜그럭 덜그럭 밥을 지어 순애도 멕이고 자기도 먹엇다.

'이제 두 달만 잇으면!' 준식이는 이런 생각을 하며 저녁때 해가 진 후에 집으로 돌아 왓다. 그런데 그가 집으로 들어서자 화닥닥 놀랏다.

방 안에서는 어린 애기 우는 소리가 들리엇다. 아니 혹은 고양이 소리인지?

준식이는 방 안으로 뛰처 들어갓다. 준식이는 이것저것 생각할 여가가 없엇다. 오직 기쁨과 기대뿐으로 그의 가슴은 꽉 메엇다.

순애는 불도 못 켜고 어두운 방 속 침대에 누어 잇엇다. 준식이는 얼는 석유등에 불을 켜서 테불 우에 노핫다.

과연이다! 침대 우에는 순애 혼자 누어 잇는 것은 아니엇다. 작난감 사람처럼 조고만 피덩이가 누어 잇는 것이 보인다. 준식이는 너무 기뻐서 어찌할 바를 몰랏다. 아 마침내 나왓구나! 아니 벌서 나왓구나! 준식이는 어린 애기의 얼굴을 들어다 보앗다. 아직 눈도 못 뜬 것이 얼굴을 쫑긋쫑긋[7]한다.

준식이는 토실토실한 손을 어르만지엇다. 참으로 신기하고도 귀한 물건이다. 이것이 박준식이의 제이세란 말인가? 이것이 사낸가 게집앤가?

준식이의 얼골에는 더 한층 히색이 만면하여젓다. 그것은 사내애이엇든

---

6   三伏炎天. 삼복더위.
7   '쫑긋쫑긋'의 북한어.

것이다.

"내 아들! 내 아들! 사랑스런 순애의 아들! 이름을 무엇이라하구 할가? 뉴욕서는 아직 회답이 오지 안엇으니⋯⋯."

순애는 드러누은 채 눈을 가느스리하게 뜨고 기뻐 날뛰는 준식이의 모양을 무표정한 얼굴로 바라다보고 잇다.

"여보 아모러치도 안소? 아들이구려 아들이야! 이놈을 이름을 무엇이라구 할가? 뉴욕서 회답 오기를 기다릴까? 이놈이 너무 일즉 나와어⋯⋯." 하다가 준식이는 말을 뚝 끈치엇다.

"글세 미국은 일기가 조아서 아이도 일즉 나오나부." 하고 순애는 모기 소리만침 말한 후 선우슴[8]을 잠간 웃고 돌아누어 버린다.

어떤 생각이 번개불처럼 준식의 머리를 스치고 지나갓다. 준식이는 갑작이 머리가 띵해지어서 그 옆 의자에 걸터앉앗다.

번개불같이 빠르게 스치고 지나간 생각은 전기처럼 그의 뇌를 '챨즈'[9]시켜 노핫다. 그래서 그의 생각은 점점 더 그 방면으로 끌려 들어가 깔아앉기 시작하엿다.

'일기가 조하서?⋯⋯ 일즉⋯⋯ 뉴욕서 회답도 오기 전에⋯⋯ 일기가 조하서⋯⋯ 팔삭동이도 없는 법은 아니야⋯⋯ 일기가 조하서 일즉 나와?⋯⋯ 일기가 조하서?

고양이가 제 꼬리를 물고 팽글팽글 돌듯이 생각은 꼬리를 물고 뱅글뱅글 돌앗다.

'설마?'

'설마!'

준식이는 달려들어서 애기를 번적 쳐들엇다. 그리고 불 가까히 가저다 대고 들여다 보앗다. 눈도 못 뜨는 어린것은 놀라서 바그극 바그극[10] 울며 고

---

8 우습지도 않은데 꾸며서 웃는 웃음.
9 charge. 충전시키다. 작동시키다.
10 입이 갓 떨어진 거위나 오리, 개구리 따위가 잇따라 소란스럽게 지르는 소리.

개를 홰홰 내두른다.

"가만 잇거라. 가만 잇거라. 얼골을 홰홰 내두르지 말고 가만 잇거라. 누구를 달멋나 보자. 나를 달멋느냐? 나를 달멋느냐? 순애를 달멋느냐? 그러치 안흐면 또 어느 딴 놈을 달멋느냐? 이놈아! 누가 네 애비냐? 내가 네 애비냐? 응, 내가 네 애비냐? 대답을 해라 요놈아! 누가 네 애비냐?" 이런 부르짖음이 준식이 머리속으로 지나갓다.

78

순애는 누은 채 고개만 돌리어서 놀란 눈으로 준식의 행동을 바라다본다. 그리더니 갑작이 무슨 무서운 것을 본 듯이 외마디 소리를 지르면서 두 팔을 내밀엇다.

"이리 주어요. 이리 주어요!"

사실 이때 석유등불 앞에 번들거리는 준식이의 눈과 얼골을 보고는 무서워 떨지 안흘 사람이 없엇을 것이다. 그의 얼골에는 지금 악마가 나타난 것이다. 의심, 분노, 기맥힘, 실망, 이런 감정들이 흐트러 뭉킨 악마가 그의 이마 우에서 무섭게 웃고 잇는 것이엇다.

"요것을!"

순애는 더욱 두려워진 모양이엇다. 그는 억지로 반쯤 이러나면서 소리를 질럿다.

"이리 내요, 글세, 여보, 이리 내요!" 그의 목소리는 거의 비명에 가까웟다.

준식이는 애기를 주려 하지 안는다. 바둥거리며 우는 어린 피덩이를 한 손에 반짝 든 채로 서서 얼골을 순애쪽으로 돌니엇다.

"뉘 것이냐?" 이 한 마디 무름은 무름이라기보다도 일종의 위혁,[11] 일종의

---

11 '위협'의 오기인 듯함.

선고이엿다.

"뉘 것이냐?" 얼마나 무섭고 기맥히고 '코믹'한 한마대인가!

"뉘 것이냐?"

그것을 알어 무엇하려는가? 이제 그것을 아는 것이 준식이에게 무슨 소용이 될가? 무슨 이익이 잇슬가?

"뉘 것이냐?"

순애는 놀란 눈으로 한참이나 준식이를 쳐다보앗다. 준식이의 이마에서는 식은땀이 뚝뚝 흐르고 잇다. 마츰내 순애는 기진맥진한 듯이 내밀엇든 두 팔을 힘없이 내리터리고 눈을 내리떳다. 그의 여윈 두 뺨으로는 두 줄기 눈물이 굴러내리기 시작햇다.

그 눈물의 뜻이 무엇일가?

준식이는 애기를 내여 던지다싶이 와락 침대 우에 도로 노핫다. 그리고는 어찌하야 조흘지를 모르겟다는듯이 침대 앞에 장승처럼 서 잇섯다.

여자의 눈물!

그것은 가장 힘센 무기라고 옛 사람들은 말한다. 그러나 이 세상에서 남자치고 여자의 눈물의 참뜻을 짐작이라도 할 사람이 잇슬가?

여자의 눈물! 그것은 세상에서 가장 힘센 무기이엇다. 또 앞으로도 몇억만 년간 인류라는 동물이 지구에서 없어저버리는 날까지 인류의 여성은 이 귀한 무기로써 남성을 뇌살[12]시킬 것이다.

여자의 눈물! 그것은 우리 조상이 벌거벗고 토굴 속에서 살 때부터 지금까지 한 개의 커단 신비이엇다. 그리고 또 앞으로 우리 자손들이 이백층 벽돌집 꼭대기 방에서 살게 되는 날까지 역시 한 개의 가장 큰 수수꺽기일 것이다.

순애는 대답이 없이 운다. 이 울음은 과연 무슨 뜻일까.

"그 애기는 다른 사람의 씨입니다. 횡빈서 트랙호마를 고치누라구 묵고

---

12 애가 타도록 몹시 괴로워함.

잇는 동안 그만 동경 유학한 사람의 유혹에 빠지고 말헛습니다. 참으로 무엇이라구 사죄할 바가 없읍니다. 용서해주실 수 잇을까요?" 하는 하소연으로 해석을 할가?

또 혹은

"여보, 너무도 심하구려! 그래 당신이 그러케도 나를 신용을 못한단 말이요? 당신에게로 시집 와서 당신 집에서 나흔 애기가 당신의 것이 아니고 뉘 것이란 말이요? 참으로 야속하구려! 수륙 수만리를 헤아리지 안코 찾어 온 사람을 이러케도 대접하는 법이 잇소?" 하는 하소연으로 해석을 할가? 그 어느 편으로든지 해석을 할 수가 잇다.

해석은 어떠케 하든지 간에 하여간 순애의 눈물은 효과를 나타내엿다. 금시에 애기를 뜨더먹고 순애를 때려죽일듯이 소사올랏든 악마가 순애의 두 줄기 눈물을 보자 슬그머니 꼬리를 빼고 도망가버렷다.

준식이는 헐덕거리면서 교의에 주저앉어 이마의 땀을 손등으로 싯첫다. 순애는 빼각거리는 어린것을 가슴에 안고(마치 다시는 그 무서운 준식의 손아귀에 내여주지 안는다는 듯이, 마치 그 하잘것없는 어린 피덩이를 악마의 습격으로부터 끝까지 보호하겟다는 결심을 보이는 듯이) 느끼어 운다. 준식이는 한참이나 앉어서 느낄 때마다 흠칠거리는 순애의 어깨를 바라다보앗다. 준식이에게는 울고 앉엇는 순애가 불상하고 애츠러운 생각이 낫다. 더욱이 어린 애기를 받아주는 사람도 없이 혼자 낫노라구 애를 쓴 그를 그러케 무례하게 흥분시킨 자기의 소위가 저 스서로[13]도 밉게 생각이 되엇다. 미안한 생각이 용출함을 금할 수 없엇다. 준식이도 부지중 머리골이 앞으고 눈자위에 눈물이 고이는 것을 감각하엿다. 그는 그만 어둑신한 곳으로 고개를 돌니엇다.

어떠케 해서든지 순애를 위로해주고 싶엇다. 그러나 그는 어찌하여야 할 바를 아지 못햇다. 그래서 그만 슬그머니 이러서서 부엌으로 나가버렷다.

---

13 '스스로'의 평북 방언.

79

준식이가 이상한 감정 교차 혼동으로 가라앉지 안는 마음을 가지고 겨우 국을 끌어 순애를 먹이고 자기도 저녁을 지어 먹고 난 때는 그날 밤 열 시가 넘엇을 때이엇다. 국에 소금을 한 봉지 다 너허서 너무 짜게 되어 내버리고 다시 끄릴 수밖에 없이 되고 면보 토스트를 굽다가 세 번식이나 색캄아케 태워버리고 저녁감이라고 사 들고 들어왓든 도야지 갈비도 말큼 태와버리고 그 대신 닭알을 지지다가도 두 번씩이나 태와버리고 세번 만에야 겨우 제대로 만들어 먹을 수 잇엇다. 그만침 그의 정신은 혼돈해지고 무질서해 지엇든 것이다. 그리고 육체의 조화도 제대로 되지 안아서 부억 바닥으로 하나 물도 쏫고 소금도 쏫고 쌀도 쏫고 그릇도 깨트리엇다. 물론 저녁이 그의 목구멍을 쉽게 넘어갈 리가 없엇다.

국그릇을 들고 순애에게로 갓으나 어째 어색해저서 먹으란 말도 못햇다. 그냥 테불 우에 노흔 후 테불을 끌어다가 순애의 손이 미츨 만침 가까이 갓다 노하주고 말없이 문밖으로 나와버렷다.

그는 문밖 봉당[14] 우에 그냥 되는대로 주저앉엇다. 그러케 더웁던 일기도 훨신 식어버리고 선선한 기분이엇엇다. 하늘에는 별이 총총하고 은하수가 유난히 더 흐더분[15]해 보인다. 거의 둥근 달이 부근 일(一)대를 뽀―야케 비치어준다. 저편 수평선 거의 다 가서 조고만 산맥이 가로 걸쳐 잇다. 그것이 마치 하눌과 땅 새이를 얼개매는 허리띠처럼 보인다.

덥지도 안코 써늘하지도 안흔 바람이 살금살금 땅으로 기어간다. 무연하게 앞으로 전개된 포도밭 무성한 입사귀들이 소곤소곤 짓거리면서 손짓을 하고 잇다. 가까운 밭엣 가지가 휘도록 주렁주렁 달린 탐스런 포도송이들은 묵묵히 고개를 숙이고 꿈만 꾸고 잇다.

---

14 안방과 건넌방 사이의 마루를 놓을 자리에 마루를 놓지 않고 흙바닥 그대로 둔 곳.
15 푸짐한.

준식이는 이 꿈속 같은 밤경치를 내다보고 앉아서 길게 한숨을 쉬엇다.

무슨 몹슬 작난인가? 그것이 얼마나 아름다운 꿈이엇든가? 그런데 지금 그 모든 꿈이 실현되는 날 준식이가 가장 행복스러울 줄로 믿고 기다리고 기다리던 날이 마츰내 이르럿슬 때 준식이의 행복을 이러케 산산히 깨트려 부시는 것은 무슨 심사인가? 준식이가 가장 즐거워서 춤추고 날뛰어야 할 오늘 이러케도 혼도[16]된 슬픔을 품고 혼자 밤 속에 나앉어 잇는 자기 꼴은 무엇인가? 애기가 예기햇든 것보다 두 달 너무 일즉 나오기 때문에 준식이의 행복은 깨여지는 것이다. 무서운 세상이 아닌가?

준식이는 또 한 번 한숨을 길게 쉬이엇다. 그는 하눌을 처다보앗다. 별들이 숨끼낙이를 하자는지 깜박거리고 잇다. 준식이를 비웃누라구 그러는지 또는 준식이를 동정하여 위로하누라구 그러는지?

방 안에서는 또 맥없이 빼각거리는 애기 우름소리가 새여나온다. 왜 그러케 무시로[17] 우나? 무엇이 부족하야? 무엇이 설어서? 글세! 세상에 나오는 것이 저다지도 설울가? 대체 고놈이 뉘 것일가? 어느 놈의 씨일가?

준식이는 고개를 홰홰 내져엇다. 모든 것을 그만 잊어버렷으면 조흘 것 같다.

그러나?

참으로 준식이는 그동안 순애를 얼마나 사랑햇으며 얼마나 귀애하고 얼마나 위해주엇는가? 그런데 순애는 이때까지 준식이를 속이고 잇엇든가? 아니, 꼭 속이엇다고 할 수도 없엇다. 언제 한 번 준식이가 순애를 의심한 적이 잇으며 언제 한 번 준식이가 순애의 과거에 대하야 추궁해본 적이 잇는가? 순애가 준식이를 속엿다구 할 수는 없다. 그러나 준식이가 저 스스로 속아서 살아온 것이라구 할 수는 잇다.

만일에 준식이가 끝까지 속아서 살앗든들 준식이는 행복되엇을 것이다.

---

16 정신이 어지러워 쓰러짐.
17 특별히 정한 때 없이 아무 때나.

아
들

227

그러므로 가장 행복스러우려고 하면 모르고 사는 것이 제일이다. 만일 하나 두흘 알기 시작하면 거기는 비로소 실망과 환멸이 잇는 것이다.

80

달이 구름 속으로 가리우면서 사방은 음침하여젓다. 멀리서 삽살개 짖는 소리가 나다가 머젓다.

준식이는 자기 자신의 과거를 도라다보앗다. 준식은 장가들기 전에 결코 정남[18]은 아니엇다. 그는 벌서 여러 여자와 관계를 매젓섯다. 그것이 비록 사랑으로 기인한 것이 아니고 돈을 주고 육체만 잠간식 산 것에 불과하기는 하지마는. 준식이 자기가 정남이 아니엇든 이상 순애를 그리 남으랄 수도 없는 일이다.

그러나? 준식이는 남자이고 순애는 여자이다. 남자에게 잇어서는 외입은 용서가 된다. 그러나 여자에게 잇어서는 처녀로 동정이 아니면 그것은 '화냉년'이다. 남자에게는 정조 문제보다도 더 큰 문제가 잇어서 사실 정조 문제는 문제꺼리가 되지를 안는다. 그러나 여자에게 잇어서는 정조는 곧 생명이다. 한번 정조를 유린당하면 그 여자는 곧 생명을 일흔 파렴치한이 되어버리는 것이다. 남자가 외입을 하는 것은 안해에게 아모런 치욕도 주지 안는다. 그러나 안해가 부정녀인 경우에는 그것은 남편에게는 큰 모욕이오 망신이다. 다시 말하자면 남편은 주인이오 안해는 남편의 소유물이다.

이것이 이십 세기 자본주의 문명의 철학이오 법률이다.

준식이에게는 두 가지 생각이 그를 격노시켯다. 첫째 이번 일은 그의 소유욕에 대한 모욕과 소유권에 대한 불만족을 가져왓다. 그는 이때까지 순애를 자기의 전유물로 알고 잇섯다. 자기 이전에 순애를 소유햇든 사람이

---

18 숫총각.

없엇고 지금에 자기 외에 순애의 소유권을 다툴 사람이 없으며 또 장차 자기가 공동묘지로 가는 날까지 순애의 소유권은 확정된 것으로 생각하고 잇섯다. 그런데 오늘에 와서 그의 망상은 산산히 부서지고 말앗다. 오천 년 내로 시행되고 확인되엇든 준식이의 신성한 소유권이 모독된 것이다. 결국 준식이는 전당포나 고물상에게 가서 남 쓰다 버린 고물을 사온 격이 되고 말앗다. 고물을 사다 노코 새것인 줄 믿고 기뻐 날뛰든 그의 면상에 침을 빠아타노흔 것이다.

둘재로 오늘 저녁에 그의 신념이 또 한 번 깨여지엇다. 준식이는 순애를 맹목적으로 미덧엇다. 순애에게 숨은 과거가 잇을 것을 의심은커녕 상상도 아니하고 잇엇다. 그것이야말로 절대적 신뢰이엇다. 이 절대적 신뢰가 산산이 부서저버리고 만 것이다.

그러기에 처음에 준식이는 이 사실을 할 수 잇는 데까지 변호해보려고 혼자 애써보앗다. "일기가 조하서." 하고 순애가 하든 말을 혼자 되푸리해보기도 햇다. 사실 그러타면 그것처럼 기쁜 일은 없을 것이다. 그러나 그건 잇을 수 없는 일이다. "팔삭동이도 없지는 안치." 하고 그는 또 혼자 변호해보앗다. 그러나 사실 날을 모두 따저보면 그가 결혼한 지는 팔삭도 채 차지를 안헛다. 또 설혹 준식이는 억지로 그러케 믿는다 치더래도 다른 사람들이 그 따윗 변해[19]를 믿게 될가?

달은 다시 구름밖에 나서 사방은 다시 뽀-얀 베일을 쓴다. 달이 벌서 서쪽으로 다 기울엇다. 그래서 가까운 포도밭이 준식이 앉은 앞으로 길고 검은 그림자를 그려노핫다. 사방은 죽은 듯이 고요하다. 애기도 잠을 자는지 조용해지엇다.

준식이는 발이 저려오는 고로 코잔등에 침을 바르고 다리를 쭉 펴고 비우듬이 누엇다. 흙바닥이 선득선득해서 조타.

---

19 변해(辯解) : 말로 자세히 설명함.

과연 동남[20]이 아닌 준식이는 안해로써 정녀[21] 되기를 강요할 수는 없는 일이엇다. 그것이 비록 수천 년 동안 남성의 지배를 받은 이 세상 사회의 철학과는 어긋나는 철학이지만 권력이란 술에 취해보지 못한 준식이로는 그런 격외엣 권리를 주장할 줄을 몰랏다. 그러나 준식이는 순애와 약혼이 성립된 날로부터는 절대로 동정을 지키엇다. 이성에 대한 쾌미를 맛본 그로써 여러 달 동안 성욕을 억제하는 일은 그에게는 참으로 힘드는 일이엇다. 그러나 그는 순애를 생각하여 꾹 참앗다. 약혼이 성립된 때 그는 안해를 위하여 정조를 지켜주엇다.

그러커늘? 지금 애기를 낫은 순애는 약혼된 후에 더욱이 준식이가 보내준 돈으로 시집오는 길을 떠나오다가 중로에서 준식이를 배반하는 일을 감행한 것이다. 시집오다가 중로에서 외입을 하고 온 색시! 세상에 이런 이변이 또 잇을까? 준식이가 혼자 누어서 순애의 사진을 붓들고 아름다운 꿈을 꾸고 잇든 그 순간 순애는 멀리 태평양 건너 쪽에서 어떤 딴 놈과 자리를 함께한 것이엇다.

이것을 생각할 때 무엇보다도 더 분하엿다.

어느새 달이 지고 말앗다. 사방이 컴컴해지엇다. 어디 가까운 곳에서 버레 우는 소리가 시작되엇다. 준식이는 팔을 베고 도라누엇다.

81

아모리 생각하고 생각해야 결국 그것이 그것이엇다. 이미 이러케 된 일을 이것저것 되푸리해본대야 다시 펴워놀 수는 없는 것이엇다. 한번 나온 애기를 억지로 도로 쓰러 너헛다가 두 달 후에 꺼낼 수도 없는 일이다. 또 그리한다고 한번 더럽힌 순애가 순결해질 수도 없는 일이다. 원통하고 분하대사 결

---

20 동남(童男) : 숫총각.
21 정녀(貞女) : 숫처녀. 절개가 굳은 아내 또는 여자.

국 준식이에게만 손[22]이다. 이러케 잠 못 자고 애써서 일은 바로 펴일 것이 못 되고 공연히 준식이 몸만 망치고 내일 돈버리만 못하게 될 것이다.

이제 어떠케 하자느냐? 이 문제를 생각하는 것이 더 조흘 것이다. 어찌할 가?

순애를 죽여버릴 수도 잇다. 어린애를 엎어서 내쫓고 말 수도 잇다. 그양 아모 소리도 안케 더리고 살 수도 잇다. 결국 문제는 준식의 감정이 어디로 돌아가는가 함에 잇다. 물론 이러한 경우에 감정보다도 이성의 충고를 만 히 바다드리는 것이 현명한 일인 줄은 누구나 다 아나 사람은 역시 신이거 나 기계가 아니고 '사람'이기 때문에 감정의 독재를 거역할 힘이 부족한 것 이 사실이다.

그런데 이상한 일로 준식에게 순애를 미워하는 생각이 나지 안헛다. 맛 당히 미워하여야 할 것이겟으나, 또는 미워하려고 해보앗으나 결국 미워할 수는 없엇다. 한번 정이 드리엇든 물건, 그것이 비록 고물이라는 것이 판명 되엿다 해도 그것을 곧 미워하거나 실혀할 수는 없엇다. 비록 한때에는 그 것이 남의 것이엇더라구 하더래도 지금에 그것은 제 것이고 또 그는 그것을 사랑한다.

준식이가 지금 순애를 죽여버릴 수가 잇을가? 준식이는 고개를 내저엇 다.

그가 지금 순애를 내여쪼츨 수가 잇을가? 그는 또 고개를 내저엇다. 아니 준식이는 순애를 사랑한다. 남자가 오직 한번 받을 수 잇는 첫사랑으로 그 는 순애에게 받혓다. 그리고 그 위대한 사랑은 모−든 허물을 용서하는 것 이다.

순애를 미워하기는커녕 도리어 아까 순애를 놀라게 하고 그를 눈물 흘리 게 한 자기 행동에 후회가 낫다. 오랫동안 생각할 여지도 없다. 지금 준식이 에게는 순애를 처치할 오직 한 개의 방도가 남아 잇다. 그것은 아모 소리 없

---

22 손(損) : 손해.

이 순애를 그냥 더리고 사는 것이다.

그러면 그 애기는?

이 생각이 들자 준식이는 눈쌀을 약간 찌프리엇다. 눈을 감고 두 주먹을 한들한들하며 들먹거리는 어린것의 형상이 눈앞에 완연히 떠올랏다.

"원수의 자식!"

준식이는 과연 이 어린애기까지 사랑할 수가 잇을가? 준식이는 고개를 흔들엇다. 아니 그 새끼만은 도저히 사랑할 수가 없을 것 같앗다. 그것이 잇는 동안 언제나 그것이 눈앞에 나타나는 때마다 준식이에게는 불쾌한 기억을 새로 도구어줄 것이다. 그 아이만 없으면 오래지 안허서 준식이는 모든 것을 이저버리고 말게 될런지도 모른다. 그러나 이 아이가 눈앞에 잇스면 영 이번 일을 이즐 수 없을 것 같앗다.

준식이는 어느새 잠이 들어버렷섯다.

준식이가 눈을 떠보니 전신에 땀을 흘리면서 해가 직선으로 내려쪼이는 모래밭에 그냥 누어 잇는 것을 발견하엿다. 벌서 날이 한나절은 된 모양이엇다.

"이게 무슨 노름인구." 하면서 그는 벌떡 이러낫다. 몬지를 툭툭 털고 얼는 방 안으로 들어갓다. 순애가 눈을 똥그러케 뜨고 준식의 들어오는 것을 바라다본다. 그 눈은 무슨 무서운 것을 예기하는 두려움에 가득 찬 눈이엇다. 그리고 그 눈은 준식의 가슴속을 께뚤러보려고 애를 쓰는듯이, 또는 준식이 전신을 집어 삼키려는 듯이 준식의 일거일동을 따라단닌다. 준식이는 할 수 잇는 대로 이 이상한 시선을 피하려고 애를 썻다. 그는 도저히 순애를 마조 바라다볼 수가 없엇다.

테불 우에 놋인 국그릇은 텅 비여 잇다. 순애가 마섯을 것이다. 석유등은 아직도 켜 잇다. 석유가 다 말라서 심지가 바지직바지직 타는 소리가 들리며 껌은 연기를 작고만 내뿜어 등피를 새캄아케 만들엇다. 준식이는 심지를 나추어 불을 꺼버리고 옆 선반 우에 언저노핫다. 그리고 비인 국그릇을 들고 부엌으로 들어갓다.

부엌 '씽크'에는 엇저녁 먹고 부시지 안은 그릇들이 난잡히 벌려 잇고 부엌 바닥에는 어제 밤 흘린 지저분한 것이 흐터저 잇다. 지금 준식이는 저 자신으로도 놀랄 만침 침착해젓다.

82

그가 조반(아니 점심일지)을 지어 가지고 방 안으로 도로 들어오자 역시 공포와 의혹으로 가득 찬 둥그런 눈이 그를 줄줄 따라왓다. 준식이에게는 그것이 퍽 쓸아리엇다.

"아모 일도 없으니 안심하시오. 그리 놀랠 것도 없고 두려울 것도 없오. 나는 모―든 것을 용서햇스니 안심하오." 하고 말을 해주고 싶엇으나 그 말을 입 밖에 내일 용기는 없어서 순애를 정면으로 보기를 피하면서 그냥 묵묵히 밥그릇을 테불 우에 갓다 노코 얼는 도로 나왔다.

준식이가 부엌에서 혼자 조반을 먹고 그릇까지 말끔 부시어 업고 딱끈한 코코 한 잔 부어 들고 다시 방 안으로 들어와보니 이때까지 테불 우엣 보리죽은 그냥 노혀 잇다. 준식이는 놀라서 한 거름 뒤로 물러섯다. 그 서슬에 잔에 가득 부엇든 뜨거운 차가 넘치면서 준식의 손잔등을 데엿다. 역시 순애의 큰 눈(오늘따라 그 눈은 격외[23] 커보이엇다)이 전신에 덮치는 것을 감각할 수 잇섯다. 준식이는 어찌할 바를 몰랏다. 그가 차종[24]을 조심스럽게 테불 우에 노흐면서 그는 어떠케 하여야 할 바를 연구하려 햇다. 그리 쉽사리 명안이 나서지 안는다.

차종 하나 테불 우에 내려놋는 데 퍽도 오랜 시간이 걸리엇다. 준식이는 얼는 허리를 펴지 못햇다. 아직 어떠케 할 것을 결정짓지 못한 것이엇다. 마츰내 그는 허리를 펏다. 그러나 순애를 정면으로 보지는 못하고 애기를

---

23 보통의 격식이나 관례에서 벗어남.
24 '찻종(차를 따라 마시는 종지)'의 북한어.

보면서 겨오 입을 열엇다.

"죽이 다 식는구려."

말을 해노코 보니 준식이 저 자신으로써도 감각되리만침 승겁고[25] 부자연하엿다. 순애에게서는 대답이 없다. 잠시 동안의 침묵이 지내갓다. 준식이는 견딜 수 없어서 눈을 굴려 순애를 정면으로 바라다보앗다. 순애는 흠칫하엿다. 그리고 그의 눈에는 일종 형언하기 어려운 광채가 나타낫다. 그리고 이때를 오랫동안 기다렷다는 듯키 순애는 벼락같이 침대 우에 벌덕[26] 이러나 앉앗다. 그리고 준식이가 이것저것을 생각할 여유가 없이 순애의 쨍하고 강한 목소리가 마치 앵무새의 소리처럼 굴러나와 방 안을 가득 채운다.

"여보, 웨 나를 죽이지 안소? 웨 저것을 사지를 찌저노치를 안소?······예, 여보, 웨 나를 실컷 두들겨주지 안소? 웨, 어째서 내 대가리를 까노치 안소?"

준식이는 놀랏다. 그리고 이 갑작이 습격에 대책을 얼는 세울 재간이 없엇다. 그러나 준식이는 흥분되엇다. 이 흥분이 준식이를 조금 대담하게 하엿다. 그래서 준식이는 눈을 똑바로 뜨고 순애를 바라다보앗다. 순애도 준식이를 바라다본다. 그 눈에는 마치 조롱하는 듯한 또는 애원하는 듯한 이상한 광채가 떠돌고 잇엇다. 그러나 그 눈에는 몹시 피곤한 기운이 가득 차 잇슴을 숨길 수 없엇다. 그것은 의혹과 공포와 피회[27]로 끝까지 피곤해진 눈이엇다. 그것은 순애가 어제 밤 밤새도록 잠을 한잠도 자지 못햇다는 것을 증명하는 것이엇다.

순애와 준식이가 이러케 마조 바라보고 섯는 동안 그것이 그들 두 사람에게는 몇 천 년 같앗다. 마침내 순애가 침대 우에 엎으러지며 소리를 내 울기 시작햇다. 준식이는 얼는 달려들어 순애를 반쯤 끼어 안엇다.

---

25 승겁다 : '싱겁다'의 방언.
26 원문에는 '별덕'으로 되어 있음.
27 피하여 돌아다님.

"내가 죽일 년입니다. 내가 쥑일 년입니다!" 소리와 또는 무슨 소리인지 알아들을 수 없는 말을 작고 되푸리하면서 순애는 느끼어 운다. 준식이는 아모 소리 없이 흐터진 머리털을 손구락으로 거더 올려주면서 들먹거리는 어깨에 수없는 키스를 퍼부엇다.

포도밭

83

준식이는 전신에 유황 가루를 뒤집어쓰고서 포도밭을 헤가리며 한 송이 두 송이 포도송이를 잘라내여 나무 상자에 헤사려[1] 넛는다. 애기 밴 여자의 젓(그러타. 순애의 젓 같다) 같은 포도송이를 보면 볼사록 더욱 탐스럽다. 사실 젓꿀이 흐르는듯한 탐스러운 송이가 포도 줄기에 주렁주렁 매여 달려 잇는 것을 보면 잘라내고 싶지가 안타. 그 아까운 것을 자르는 것이 어째 악착스러운 생각이 난다. 그러나 포도는 열린 것 보기 위하여 심은 것이 아니다. 따서 팔아먹기 위하야 심은 것이다. 더욱이 준식이는 포도 열린 구경이나 하려 나온 것이 아니요, 그것을 잘르려고 나온 것이다. 한 송이라도 만히 자르면 자를사록 준식이에게는 그날 버리가 더 되는 것이다. 포도송이의 아름다움에 심취해 섯으면 고 시간만큼 준식이의 포켓트로부터 임금이 새여 다라나는 것이 된다.

노동자의 직업은 자연미를 감상하는 데 잇지 안코 그것을 파괴해 가지고 응용가치를 성립시키는 데 잇다. 그리하여야만 임금을 받을 수 잇는 것이다.

단숨에 서너 상자 채우고 나니 몹시도 갈해젓다. 전신에는 땀이 비 오듯

---

1 수량을 세어.

하고 구두 속에서는 발이 땀 물에 목욕을 하게 되어 절벅절벅 소리가 난다. 그는 허리에 찾던 타올을 끌러 얼골의 땀을 씻츠면서 허리를 좀 폇다. 그리고는 포도를 한 알 따서 유황 가루를 저구리 자락에 한두 번 문질러 떨어버리고 입안에 너헛다. 색큼하고 달큼하고 씨언한 맛이 전신으로 핑그르 도는듯 하엿다. 그는 또 한 알 뜨더 입안에 너헛다. 또 한 알, 또 한 알, 또 한 알! 그는 한 송이를 한 손에 들고 이러섯다. 그리고 유황 가루를 떨 새도 없이 그냥 단번에 두 알 세알씩 따서 입안에 너헛다.

잠간 동안 세상을 이젓든 준식이에게는 다시 생각이란 것이 후닥닥 뛰처 들어왓다. 그 생각은 순애 생각 따라서 찜미 생각(순애가 난 아이를 찜미라구 이름 지엇다) 그 생각이 떠오르자 준식이 가슴에는 기뿌달지 슬푸달지 또는 원망스럽달지 이상한 감정이 물론 소삿다.

준식이 자신으로써는 벌서 순애를 용서햇다. 그리고 이번 일로 인하여 한층 더 소유권에 대한 욕심이 강렬해지는 동시에 한층 더 육감적 매력으로 그를 잡아끄는 것이엇다. 그러나 얼마 동안 준식이는 다른 사람들의 조롱을 그대로 넘겨버리기가 퍽 괴로왓다. 처음 몇 일 동안 그들은 노골로 내노코 준식이를 놀려주엇다. 처음 얼마 동안 준식이는 아모것이고 꾹 참으려고 애를 썻다. 그러나 결국 끝까지 참지 못하고 골을 내여 그들과 싸윗다. 다시 순애를 험구하는 놈은 때려 쥐겨버린다고 호통을 햇다.

그러나 그것이 결코 준식이 마음에 평화를 가저오지는 못햇다. 다른 사람이 무심히 또는 예사로히 하는 말까지 준식이에게는 어떤 숨은 뜻이 잇고 빙정대는 속살이 잇는 것같이 들리엇다.

"요새, 애기 잘 자라나?" 하고 통상 물어보는 말도 준식이에게는 불쾌하엿다. 그저 애기에 대해서는 아모도 아모런 말을 말어주엇스면 조흘 것 같앗다. 그러나 누구든지 준식이를 만나서 아모 말도 없이 그냥 웃고 지나가면 그것이 또 준식이에게는 못맛당하엿다. 웨 사람이 저리 벙글벙글할가? 왜 사람을 보고 웃기만 할가? 사람이 그러케 우서운가? 웨 바로 내 노코 조롱을 하지 못하고 비겁하게 속으로만 조롱을 할가? 이런 생각들이 그를 괴롭게 하엿다.

또 혹 어떤 때 다른 사람들이 모두여서 무슨 소리든지 하고 서로 키득키득 웃는 것을 보면 어째 자기와 순애 이야기를 하고 웃는 것 같아서[2] 자연 고개가 숙고 그들을 피하게 되엇다. 그래서 그는 할 수 잇는 대로 다른 사람들을 피하엿다. 점심때가 되어도 이전처럼 그들 축에 끼여 웃고 떠들기를 끄리고 혼자서 따로히 그늘에 가 앉어서 집에서 가지고 온 싼드윗치를 먹엇다.

이러케 일터에서 외토리가 되니까 적적한 정은 저녁마다 더욱 순애에게로 가서 위안을 구할 수밖에 없게 되엇다.

84

찜미가 자라고 순애가 일어나서 전과 같이 집안을 돌아보게 되므로부터 준식이의 순애에게 대한 정은 더 한층 도타워젓다. 순애가 임신한 동안 오랫동안 성에 줄엇든 관게도 잇기는 잇겟지마는 그보다도 잘못을 용서한 후에 넘처흐르는 관대와 요새 와서 특히 현저하게 친절해지고 알심[3] 잇어진 순애의 태도 등이 그의 정서를 순화하고 미화시킨 때문일 것이다.

사실 순애는 이전보다 몹시 삽삽해지고[4] 애교도 잇어지엇다. 처음에 와서는 준식이가 마음속에 예기햇든 신사가 아님에 락담하고 분하여서 그는 꽤 쌀쌀스럽게 굴엇다. 혹 어떤 때 좀 귀찬흔 일이 잇을 때 더욱이 임신한 후 륙칠 개월이 되어 정신이 극도로 긴장되어 잇을 때 간혹 내노코 그런 의미의 말로 준식이를 툭 쏘는 적도 없는 바가 아니엇다. 그러나 그러한 때마다 준식이는 남편의 사랑이라기보다도 철없는 어린아이를 관대해주는 아버지의 사랑으로 용서해주고 씩 우서버리는 것이 보통이엇다. 그러나 물론 때로는 그것이 준식이를 속으로 격분시키지 안는 것은 아니엇다.

---

2 원문에는 '가아서'로 되어 있음.
3 보기보다 야무진 힘.
4 태도나 마음 씀씀이가 마음에 들게 부드럽고 사근사근해지고.

오직 순애에게 대한 미안스러움과 나이 만히 먹은 점잔음과 또는 순애 앞에서 준식이가 늘 감각하든 열패감 등으로 꿀컥 참아버리든 것이다.

그러나 애기를 나흔 이래로 순애는 한층 삽삽하여지엇다. 그리고 해산하기 전에 가젓든 그 침심한 기색(준식이는 그것을 순전히 신부들이 첫번 잉태로부터 가지는 바 불안뿐으로만 생각햇섯고 거기 또 다른 근심 걱정이 섞어어 잇는 줄을 모르고 잇섯다.)이 씻슨 듯이 없어지고 요새 와서는 그야말로 종달새처럼 쾌활해지엇다. 이 팔닥거리는 청춘의 쾌활이 준식이에게는 더 한층 매력이 잇어 보이엇다.

어떤 날 밤이엇다. 준식이는 언제나 하는 버릇대로 저녁을 먹고는 곧 카우춰로 가서 누엇다. 애기가 생긴 다음부터 그는 침대는 순애와 애기에게 매끼고 자기는 카우춰[5]에서 잤다. 하루 종일 폭양[6] 밑에서 노동하는 그는 저녁을 먹으면 곧 눕고 싶고 누우면 곧 잠들어버린다.

이날 밤 그는 어둑신한 카우춰에 누어서 무심히 순애를 바라다보고 잇섯다. 순애는 의자에 걸어앉어서 찜미에게 젖을 멕이고 잇섯다. 그 앞 테불 우에 노힌 등불이 젖 먹는 찜미의 얼골을 빤히 드리 비치인다. 어린놈이 호물호물하며 젖을 빨고 잇는 것이 어째 귀엽기도 하고 이상하기도 하며 방정마끼도 하다. 준식이는 재미잇는 듯이 눈에 우슴을 띠우고 그것을 한참이나 바라다보앗다. 어린 것은 한참 젖을 빨다가는 잠간식 숨을 돌리려는지 젖꼭지를 노코 고개를 허우적허우적 하곳 한다. 순애의 통통한 젖과 깜안 젖꼭지가 준식의 눈을 황홀시켯다. 그 통통한 젖꼭지를 준식이 저도 한번 빨아보고 싶엇다. 한번 질큰 깨물어보고 싶기도 하고 꼭 끼어 안아보고 싶기도 햇다.

애기는 다시 젖꼭지를 물고 호물호물한다. 준식의 눈은 젖을 떠나 순애의 얼골로 갓다. 등불이 젖에처럼 강하게 반사가 되지 안는 고로 좀 어령귀하엿다. 그것이 더 한층 입버 보이엇다. 순애는 고개를 숙이고 젖먹는 어린

---

5 couch : 긴 의자. 침대의자.
6 뜨겁게 내리쬐는 볕.

포
도
밭

애기 얼골을 열심으로 내려다보고 잇다. 그런데 그의 얼골은 대리석으로 깎아노흔 석상처럼 무표정하고 깟댁 아니한다. 아조 깍아 세운 듯이 어린 애기만 내려다보고 잇다.

준식이 속으로는 생각이 생각을 꼬리 물고 기여 나왓다. '순애는 지금 저러케도 열심으로 애기를 내려다보고 잇다. 미상불 사랑스럽겟지! 제 피를 나눈 것이니가?…… 그런데! 어찌면 저다지도 열심으로 내려다볼가?…… 순애는 지금 무엇을 생각하고 잇슬가? 어린애 생각?…… 그리고는……' 준식이는 갑작이 전신의 근육이 긴장되는 것을 감각하엿다. '응, 그러타! 필연코 저것의 애비를 생각하고 잇슬 것이다. 저것의 애비…… 저것의 애비!'

준식이는 억제하기 힘든 질투의 불길이 타올랏다. 그러나 준식이는 필사의 노력으로 마음의 평정을 얻으려 햇다. 이를 악물고 한참이나 잇다가 겨오 그는

"무엇을 그리 생각하오?" 하고 말을 끄냇다. 그의 목소리가 약간 떨리는 것을 그도 감각할 수 잇섯다.

순애는 대답도 아니하고 도라다보지도 안코 그냥 방긋 우섯다. 그의 우슴이 없어지지도 안코 한참 그의 입술가로 떠돌더니 마츰내 얼골을 준식이 쪽으로 돌리며 이러케 대답햇다.

"찜미가 자라서 장가를 들게 되면 어떤 색시를 맞어 오게 될까? 하구 생각햇지오."

85

준식이는 도라누엇다. 그리고 잠을 자려 하엿다. 그러나 좀체로 잠을 들 수 없엇다. 그는 "하나 둘 셋 넷" 헤기를 시작하엿다. 그러나 이십을 못다 해서 그는 벌서 몇을 헤어댓는지를 이저버리게 되엿다. 그만침 그의 두뢰[7]는

---

7 두뇌.

왼갖 생각으로 혼란해지게 되엿다. 그는 입을 악물고 눈을 꽉 지리 감앗다.

'하나 둘 셋 넷……. 순애가 오든 날 그날 비가 왓것다……. 아차 몇이를 헤엿든가? 응, 셋, 넷, 다섯 여섯……. 찜미가 장가를 가? 허허 우수운 생각이다……. 아차 또 일곱, 여덜, 아홉……. 찜미가 장가……. 그놈의 애비는? 대체 어떤 놈일가? 한번 물어볼가? 아니, 아니, 여지껏 안 물어본 것을 이제 새삼스럽게 물어 무엇 하나? 그 문제는 이제 다시 입 밖에 내지 안는 것이 조와. 이저버리고 마는 것이 조와……. 아차차 또 이저버렷다. 얼마까지 헷든가? 가만 잇자! 스물을 헤엿든가? 에라 다시 시작하자. 하나 둘 셋 넷……. 그런데 그놈을 어떠케 처치하나? 글쎄 그것이 문제인데? 별 수 없이 놈을 기르는 수밖에 없지. 다 길러서 철이 날만 하거든 그때는 제 애비께로 쪼차 보내고 말지……. 그런데 아이고 내가 몇 일을 해엿든가? 다 합치면 아마 백은 넉근히 헷을 게다. 그럼 백 하나, 백 둘, 백 셋…….'

어떠케 잠간 잠이 들엇섯으나 그는 밤중에 또 깨엿다. 애기가 운다. "오, 오, 예잇다. 예잇다." 하고 잠결에 몽롱하게 웅얼거리는 순애의 소리가 들린다. 아마 젖을 갖다 물린 모양으로 잠시 동안 우는 소리가 끄치엇다. 그러나 조곰 잇더니 침대 우에서 버스럭 소리가 나더니 애기가 다시 울기를 시작한다.

준식이는 할 수 잇는 대로 그 소리를 듣지 안으려고 머리를 벼개 속에 트러박고 모로 돌아누엇다. 그러나 애기는 그냥 운다. 벌서 너무 우러서 목까지 쉰 듯하다. 그런데도 아직 부족한지 작고만 운다.

준식이는 또 눈을 더 꽉 감앗다. 그리고 허리를 까부리면서 두 주먹을 꽉 쥐엿다. 그러나 여전히 애기 우름소리는 그의 고막을 쉴 새 없이 뚜드려내인다.

"원 저 배라먹을 것이 왜 저리 극성일가?"

준식이는 고함을 지르고 싶엇다. 그러나 꿀걱 참엇다. 애기 우름소리가 조곰 믓는 듯하다. "에이고 되엇다. 인제는 한잠 자야겟다! 무엇, 또 시작인가?…… 원, 저것을! 에익!……"

애기 우름소리는 점점 더 싀그러워저간다. 그러더니 그 우름소리는 차차 아귀 소리 같아간다. 마그막에는 아귀 삼백 명이 모히여 사람이 가장 듣기 실흔 소리를 내이기 경쟁을 하는 것처럼 들린다. 순애는 잠이 든 모양인지 또는 깨서도 인제는 기진하여 그냥 내버려두는지?

"원, 저런 괘씸한 놈이 또 잇나? 저놈 때문에 한동안 마음 고생한 것도 분한데 인제는 또 무엇을 잘햇누라구 남 잠까지 못 자도록 말성인가?…… 애, 이놈아 뚝 좀 못 끝히겟니? 단박 목을 잘라 죽일 테니! 인제 뚝 끈처라. 아즉 안 끈처? 이제 하나 둘 셋 할 때 끈처야지 아니 끈치면 죽여버릴 테다. …… 자, 하나, 둘, 셋!…… 원 이런 기막힌. 에익!"

준식이는 벌떡 이러낫다. 그리고 맹호처럼 또는 악마처럼 침대로 뛰여갓다. 그리고 그 커ー단 손으로 이 조고만 목숨을 단숨에 눌러 죽이려는 듯이 그 가느른 목을 쥐엿다. 그 큰 손으로 홀가 쥐기에는 너무 가느른 목아지 이엇다. 이 철없는 생물은 그냥 빼각거리며 운다. 눈을 즈리터 감고 덮어주엇든 홋이불까지 차 내버리고 사지를 바둥바둥하면서 운다. 감은 눈에는 눈곱이 끼고 단단히 쥐인 주머귀에는 깜안 때가 끼엇다.

준식이 손은 더 내려가지 안헛다. 애기의 가슴 우흐로 반쯤 내려가든 그의 콘 손은 거기 웃둑 서버리고 말앗다.

"요것을! 요것을? 요것을!"

코, 눈, 입, 손, 발 이런 것들이 준식이의 상기된 눈에 인식되엿다. 작난감 같이 적고 입분 코와 귀와 손과 발!

애기는 아직도 이것저것 모르고 여전히 맥없는 목소리로 배각배각 운다.

준식이가 거기 얼마나 오래 그 모양으로 서 잇엇는지?

준식이의 이마에는 구슬 같은 땀이 방울방울 매치엇다.

"아니다, 아니다. 이것은 귀여운 생물이다. 위험도 모르는, 저항할 줄도 모르는, 아모 것도 모르고, 아모 힘도 없는 순결한 천사……."

준식이는 거의 옆으로 씰어질 듯하엿다. 한 팔로 테불을 의지하여 겨오 몸의 균형을 얻엇다. 그 서슬에 테불이 흔들리며 그 우에 노힌 석유 등불이 흔들리면서 그림자들이 왼 방 안에 웃줄웃줄 춤을 추엇다.

준식이는 가장 다정스럽게 애기를 강보에 싸서 안아 이르키엇다. 그리고 두 팔에 안은 후 흔들흔들 흔들면서 방 안을 거닐기 시작햇다.

"자장 자장 자장 우리 애기 잘두 잔다!" 하고 그는 그가 사십 년 전에 그의 어머니가 자기를 안고 불려 주든 그 노래를 겨오 들리리만침 중얼거렷다. 갑작이 말할 수 없이 위대한 행복이 그의 가슴을 가득 채왓다. 이 소사 오르는 행복이 거의 그로 하여곰 울게 하엿다. 그는 우름 섞인 떨리는 목소리로 '자장가'를 되푸리하고 또 되푸리하엿다.

"자장 자장 우리 애기 잘도 잔다!"

이때 침대 우에 누어 잇든 순애는 준식이 못 보게 벼개에 얼골을 파묻고 이빨로 벼개를 무러뜨드면서 느껴 울고 잇섯다.

86

"오늘은 일꾼 몇 사람이나 나왓든가?"

"오늘 일꾼 세 사람하구 학생 둘하구 왓데!"

이러한 소리가 포도밭 틈에 유행하기 시작하엿다. 이것은 벌서 찜미가 첫 생일을 맞일 때쯤 된 때 일이엇다.

이 해에 따뉴바 포도 농장에 돈버리가 조타는 소문이 사방에 퍼저 가지고 유학을 목적하고 온 조선 학생들이 학비를 벌기 위하여 만이 따뉴바로 모혀들게 된 때이엇다. 그런데 원래 학생들은 대개 노동자보다 몸을 아끼는 데다가 막노동에는 경험이 없음으로 포도 농터에서는 일종의 놀림감이 되엿든 것이다. 그래서 그들은 학생을 말할 때에는 일군이라구 부르지 안코 특히 '학생'이라구 부르게 된 것이며 그것은 일종의 경멸하는 모욕적 명사가 되어버리고 따라서 그러케 말하는 데서 노동자들은 일종의 변태적 복수심의 만족을 느끼는 것이엇다.

또 사실 '학생'들은 그만한 천대를 받을 자격을 너무나 명백히 증명하엿다. 그것은 보통 노동자는 포도를 따면 하루에 보통 삼 원은 버는데 학생들은 그중 만히 딴다는 사람이라야 겨오 일 원 오십 전을 벌가 말가 하는 것이엇다. 더욱이 포도밭에 나간 지 한 달이 못 되어 잔등 거름으로 도시로 돌아와서 병원에 입원하야 두세 주일씩 치료하게 되는 학생이 수두룩함에랴!

쯤미의 첫돌!

사람의 감정이란 이상한 존재다. 오늘에 와서 쯤미는 준식이 자신의 아들이엇다. 만일에 누가 쯤미가 준식이 자식이 아니라구 한다면 준식이는 주먹을 들고 드리 덤빌 것이다. 육체적으로보다도 정신적으로, 혈통으로보다도 사랑으로 두 살 되는 쯤미는 머리털부터 발톱 끝까지 전부 준식의 것이엇다.

근대 심리학자들은 사랑은 혈통으로부터 자연히 생기는 것이 아니라 접촉으로부터 발원되는 것이라는 학설을 내세운다. 그것이 아마 진리인 듯싶다. 준식이가 하로 일을 마치고 집에 돌아와 쯤미의 바드적거리는 사지를 보고 벙긋벙긋 웃는 얼골을 보며 안아보고 업어보고 만저보고 하는 가운데 그의 애정은 비 온 뒤 대순처럼 급속도로 자라낫다. 포동포동한 손을 어르만질 때 퍼런 반점이 여기저기 잇는 엉뎅이를 찰삭찰삭 두다려줄 때 준식이는 아버지만이 가질 수 잇는 극도의 사랑으로 그를 포옹하엿다.

지나간 크리스마스 때에는 너무도 열중한 김에 쯤미를 신기겟다고 구두까지 사 가지고 와서 한참 동안 순애에게 놀림을 당한 일이 잇엇다. 그 구두는 이 다음 자란 후에 신기려고 선반 우에 언저두엇다. 지금도 몬지가 뽀ᅳ야케 오른 어린애 구두가 선반 우에 언저 잇다.

준식이는 십 리 길이나 되는 거리에 갈 일이 잇어 가기만 하면 언제나 어린애 작난감 가게나 의복 가게 앞에서 만흔 시간을 보낸다. 그는 이것저것 모두 사주고 싶엇다. 작난감 말도 사다 주고 마차도 기차도 사다 주고 싶엇다. 어린애 가죽 외투도 사다 주고 싶엇다.

거리 은행에 맛긴 돈도 조금씩 불어간다. 이제 몇 해만 더 계속하면 그 뒤에는 그 돈을 차저 가지고 포도밭을 사거나 집을 지을 수 잇을 것이다. 동양인에게는 땅을 소유 못한다는 법률이 생겨도 상관이 없는 것이다. 찜미는 미국서 난 아이니까 훌륭한 미국 신민이다. 따라서 찜미 이름으로는 돈만 잇으면 땅을 암만이라도 살 수 잇는 것이다.

이런 즐거운 기대와 공상을 가진 준식이는 날마다 달가운 마음으로 노동을 게을리하지 안핫다.

그동안 준식이는 한번도 순애의 과거에 대한 이야기를 꺼내지 안핫다. 마치 모두 이저버린 모양이엇다. 순애도 평화스런 살림 속에 잠기어서 과거를 거의 이저버린 것 같앗다. 누구나 다 준식이의 가정을 모범적 가정이라구 햇다. 준식이도 또 모범적 노동자라는 칭찬을 들엇다. 술 안 먹고 도박 아니하고 ××회비 잘 내고 예배당에 연보 잘 하고 또 은행에 돈도 싸하두고!

87

일천구백 십사 년. 이 해는 찜미가 두 돌을 맞는 해이엇다. 이해 녀름에도 학생이 오륙 명 가량 포도를 따러 왓다.

송인덕이란 학생, 지금 이십 살이 조금 넘은 청년이엇다. 본국서 외국어 학교를 졸업하고 십칠세 소년 통역관으로 미국 령사관을 출입하엿다. 그리다가 일천 구백 십 년 가을에 청년의 혈기와 비분강개한 불평을 품고 상해로 갓다가 작년에 미국 유학을 목적하고 건너온 사람이다. 어학 문제, 학비 문제 등으로 학교에는 못 가고 스탁톤서 일자리 잇는 대로 이 일 저 일 붓잡아 단니다가 여름이 되자 포도밭에 돈버리가 조타는 소문을 듣고 내려온 것이엇다.

따뉴바 거리 근처에 조선 사람의 객주집이 잇섯다. 여름에만 단녀가는 노동자들은 대개 그 객주집에 머무면서 여기저기 일자리가 잇는 대로 고용을 가는 것이 보통이다. 객주집 주인은 노동 소개까지 겸하여서 자기 집에 와 묵는 손님의 일깜을 주선해주고 컴미션[8]을 떼먹는다. 객주집 주인은 곽연하라는 늙은이다.(곽연하가 그의 본 이름인지 아닌지는 모르나 하여간 그 사람은 곽연하란 이름으로 알려저 잇다.)

그는 그 당시 유행하기 시작하는 자동차를 한 대 삿다. 그것을 가지고 기차가 들어와 다을 때마다 정거장으로 나간다. 조선인 비슷한 사람이 내리면 가서 붓잡고 수작을 붓치는 것이다. 그러면 여기 오는 조선 사람은 대개 상항 ××회장으로부터 곽연하에게 오는 소개장을 가지고 온다. 곽연하가 그 소개장을 읽을 만한 지식이 잇는지 없는지는 알 수 없다. 그러나 그는 그 소개서 쓴 종이의 찍힌 ××회 도장을 한 번 보면 곧 인식한다. 그래서 그가 소개서를 받아 쥐면 내용을 다 읽는지 또는 그 도장만 보고 마는지를 분간키 힘들 만침 빨리 한 번 홀터보고는 그대로 척척 접어서 호주머니에 넛는다. 그 소개서는 집에 돌아와서는 나무함 속에 잘 보관해둔다. 그는 그 휴지 뭉텅이를 큰 보배처럼 간수한다. 그리고 잇따금 한가할 때에는 그 소개서 뭉텅이를 끄내서 헤여보군 한다. 여러 해 모흔 것이 벌서 커단 뭉텅이가 되어 잇다. 밤에 여럿이 모혀서 어디서 누가 잘되엿다든지 학교 졸업을 햇다든지 ××신보에 투고를 해서 논문이 발표되엿다든지 하는 이야기를 하면 그는 곧

"응, 아모개? 그렇지 사람 똑똑햇지. 그 사람도 한때는 내 밥을 먹고 갓는걸!" 하면서 의기양양하게 그 소개서 뭉텅이를 끄내 뵈인다. 이것이 그에게는 영광이고 즐거움인 것이다.

"그 사람도 한때는 내 밥을 먹고 갓는걸!" 하고 '내 밥을' 소리에 힘을 주어 말할 때 그는 말할 수 없는 쾌미를 감각하는 것이다.

그것은 소학교 선생이 자기가 길러내인 학생이 자라서 유명해젓다는 소문을 드를 때,

"응, 그 애도 소학교 적에는 내가 길러낸는걸!" 하고 자랑을 삼는 것과 동

---

8 커미션(commission). 수수료.

종류의 쾌미이엇다. 맛치 그 유명한 사람들은 자기 집에 와서 밥을 먹으며 포도를 따보기 때문에 그러케 유명해진 것인 것처럼 그는 내세우는 것이엇다.

또 사실 그 소개서 휴지 뭉텅이는 참고상 매우 필요한 서류가 되엿다. 그것을 들처보면 미주 와 잇는 조선 사람 누구누구의 이름이 거의 다 잇는 것이다. 연하가 그처럼 뽑내는 것도 그실 무리는 아니엇다.

소개서를 훌터보고 집어너코는 이 새로운 사람을 한번 우아래로 쭉 훌터본다. 이러케 한번 보아서 그는 이 새로 온 사람이 조흔 일군인지 나뿐 놈인지를 결정짓는 것이다. 물론 조흔 사람이고 나뿐 사람이고 간에 그에게는 아모런 관게도 없는 일이엇다. 밥 파라먹고 일짜리 컴미션 만히 바다먹으면 그것으로 족한 것이엇다. 그러나 필요 여하를 불문하고 연하는 처음 보는 사람을 평가하기를 질겨하엿다. 그러나 처음에는 그가 아모리 나쁘게 보고 깔보고 또는 미워햇더래도 얼마든지 후에 그 사람이 ××회 대의원으로 뽑혓다거나 돈을 매우 만히 모핫다거나 하는 소식이 들리기만 하면 그는 그가 입때껏 갖엇든 인상을 돌변해 버리기를 조금도 주저하지 안는다. 즉시 그는 빙그레 우스면서 아주 결정적으로,

"응, 아모개? 그 사람 참 조흔 사람이엇지! 그 사람도 한때는 내 밥을 먹고 갓는 걸! 내 처음 볼 때부터 사람이 비범해 보이드라니, 글세, 크게 될 줄 알앗지!" 하고 말을 한다.

88

물론 당시에 잇어서는 연하의 자동차 역시 연하의 큰 자랑거리이엇다. 사실 당시에는 미국 사람으로도 자동차를 사게 되면 큰 부자로 지목이 되는 때이엇다.

그래서 연하는 새로운 손님을 태우고는 "이것 보아라." 하는 듯이 공연히 뿡뿡 나발 소리를 연방 내이면서 거리 한끝에 잇는 자기 집으로 모시고

간다.

저녁마다 연하는 근처에 잇는 포도밭을 죽 돌면서 각기 밭에서 몇 사람의 노동자를 요구하는지 알아본다. 그리고는 자기 집에 유하고 잇는 손님을 고루고루 여러 밭에 배정해놋는다. 그리고는 이튼날 아침 해 뜨기 전에 조반을 지어 멕여 가지고는 그 자동차에 모두 태와 가지고 이 밭 저 밭으로 돌아단니면서 하나씩 두흘씩 내여 노하준다. 저녁때가 되면 다시 또 여기저기서 하나씩 주어 실어 가지고 집으로 돌아 온다.

'학생' 말고 참 '사람'이면 하루 종일 잘 따면 한 삼 원까지 버는 수가 잇다. 거기서 삼십 전(일 할)은 노동 소개 컴미쉰으로 연하에게로 가고 이십오 전은 아침저녁 자동차 운임으로 연하에게로 가고 또 오십 전은 하로 세끼 밥값과 잠자리 값으로 연하에게로 간다. 그런즉 결국 매일 구십오 전[9]은 연하에게로 가는 것이다. 또 노동자가 만히 밀리어서 손님에게 일일히 일자리를 못 얻어준 경우에는 그에게서는 하로 오십 전밖에 더 받지 안는다. 그리고 현금이 없는 경우에는 일자리 얻을 때까지 외상 밥을 먹여준다.

젊은 학생 송인덕이도 이 훌륭한 곽연하의 도음을 입게 되엇다.

인덕이가 처음 포도를 따러 나간 곳은 준식이가 일하는 밭이엇다. 새벽 아직 해 뜨기 전에 그는 연하의 자동차를 타고 이 밭으로 나왓다. 그러나 인덕이는 과연 '학생'이엇다. 그날그날 그 밭에는 조선 사람으로는 '사람'이 넷이고 '학생'이 하나 하고 일을 나오게 된 것이엇다.

'학생'! 더욱이 노동을 해본 경험이 없는 학생으로써 포도 따기는 너무 힘에 겨우는 일이엇다. 오정도 못 되어 그는 벌서 그 자리에 꼭꾸러질 것처럼 피곤해젓다. 그리고 아모리 열심으로 포도를 따도 남의 삼분 일이나 겨오 따라갈가 말가한 상태이엇다. 그는 가까스로 그날 하로를 보냇다. 해가 서산으로 넘어가서 어둑신하게 되어 일을 끄칠 때가 이르니 마치 그는 지옥에

---

9   커미션 30전과 자동차 운임 25전, 밥값과 잠자리 값으로 50전이면 모두 105전인데, 아마도 작가의 실수로 보인다.

서 도망해 나온 사람처럼 시원하엿다.

"오늘 학생이 얼마나 땃든가?"

"에이 퍽 만히 땃데. 그리다가는 단박 부자 되겟데!"

"하하, 한 일 원 벌엇는가."

"일 원뿐이야? 팔십 전을 땃데, 팔십 전, 그래서 주인 영감이 밥값과 차비만 받고 컴미숀은 고만두엇다네, 허허허."

이러케 자기를 두고 놀리고 떠드는 소리를 드르며 누어 잇는 인덕이는 부지중 눈물이 흘럿다.

사실 놀림을 받아 싸리만침 그는 적은 돈을 벌엇다. 더욱이 애써서 일자리를 얻어준 주인에게 퍽도 미안하엿다. 그러나 그것은 자기가 잇는 정성껏은 다해서 딴 결과이엇다.

사실 포도 따기가 이처럼 힘이 들 줄은 상상도 못햇든 것이다. 이러케 어려울 줄 미리 알앗드면 애초에 오지도 안헛을 것이다. 그리고 더욱이 걱정은 이 모양으로 가다가는 돈을 벌기는커녕 도리어 밥값 빗을 지게 될 모양이다. 어떠케 해서든지 좀 더 따지 안흐면 아니 될 것이다. 그런데 그는 그날 팔십 전 버리하느라구 지금 왼 몸동이 아니 아푼 데가 없이 과역[10]을 하엿다. 이래 가지고 내일 다시 어떠케 밭으로 나갈가 문제이엇다.

"그래도 억지로 몇 일 하고 나면 차차 이력이 나서 좀 나아지겟지!" 하는 혼자 위로를 가슴에 품고 곤히 잠이 들어버렷다.

이튼날 아침 깨여 일어나니까 좀 곤하기는 하나 몸은 한결 것든하여것다. 그만햇으면 또 하로 백여내일 것처럼 생각이 되엇다. 더욱이 '오늘은 어제보다는 좀 더 따야 된다.' 하는 결심으로 주먹을 부르쥐고 나섯다.

그날 그는 구십 전을 버럿다. 전진이다. 차차 나아간다. 그는 끝까지 피곤한 것도 이저버리고 거의 마비되다시피 아픈 전신의 근육도 이저버리고 혼자 기뻐하엿다. 하로 십 전씩만 올라가도 두 주일 후이면 남처럼 이 원 버

---

10 노역을 과하게 함.

리를 하게 될 수 잇을 것이다.

그러나 그 이튿날 그는 다시 팔십 전밖에 못 벌엇다.

그 이튿날 일 원을 벌엇다.

또 그 이튿날 칩실 전 밖에 못 벌엇다.

또 그 이튿날! 결심을 먹고 일을 시작한 지 반 시간 못 되어 그는 포도밭에 정신을 일코 가로 나가 넘어지고 말앗다.

89

기절해 넘어젓든[11] 인덕이가 다시 정신을 채려 눈을 뜬 때에는 자기가 어떤 싸늘한 방 안 침대에 누어 잇고 웬 한 입뿌고 젊은 색시가 찬물 행주로 자기의 때무든 얼골을 문질러주고 잇는 것을 발견하엿다.

이 짤짤 끌는 모래밭에 기절해 넘어진 학생을 준식이는 거기서 가장 가까운 자기 집으로 떠메다 누이엇든 것이다.

저녁에 일을 마치고 준식이가 집으로 돌아온 때에는 인덕이는 세상모르고 곤히 잠을 자고 잇섯다. 순애의 말을 드르니 한 번 잠간 눈을 떠보고는 그날 종일 그는 잠을 잣다고 한다.

한 주일 동안 인덕이는 준식의 집에 누어 잇섯다. 그리고 친절한 순애의 간호를 바다 차차 회복이 되엿다. 그래서 한 주일 되든 날 그는 자리에서 이러나서 방 안을 왓다 갓다 할 수 잇게 까지 되엿다. 물론 쾌차된 것은 아니나 더 잇으면서 준식이와 순애에게 괴롬을 끼칠 수는 없다고 준식이의 친절을 구띠 사양하고 연하의 자동차를 빌려 타고 정거장으로 가서 상항으로 돌아가버렷다.

인덕이가 간지 두 두일 만에 상항서 지금은 쾌차되어 어떤 음식점에서 일을 시작하누라는 말과 또 준식 부부의 친절을 몹시 감사한다는 말을 쓴

---

11 원문에는 '덕어젓든'이라고 표기되어 있음.

편지가 왔다.

어디 먼 곳에서 전쟁이 맹렬하게 되엇다는 말이 신문에 보도되엇다. 그리고 어디를 가나 전쟁 이야기로 가득 찻다. 그러나 미국은 절대로 전쟁에 참가하지 안는다고 한다.

그러는 동안에 그해 겨울도 별일 없이 지나가고 봄이 오고 다시 여름이 되엇다.

찜미는 무럭무럭 자라고 은행에 너허둔 돈도 무럭무럭 불어 올라[12]갓다. 천 원 돈! 이제 차차 준식의 꿈은 현실성을 띠게 되어갓다. 준식이는 그 돈으로 한 이십 년 기한하고 포도밭을 하나 도세를 얻고저 계획하엿다. 그래서 한 이십 년 후에는 적어도 오륙만 원 재산을 만들 자신이 잇엇다.

또 찜미는 인제는 아주 더 한층 귀엽게 되엇다.

저녁에 준식이가 집으로 도라오면,

"압바, 압바! 이거 봐! 엄마 줘!" 하면서 작남감을 들고 마조 나오는 찜미를 볼 때 그는 그날 종일의 피로가 금시에 다 스러저 없어지는 듯하엿다. 순애가 부엌에서 맛잇슴직한 내음새가 나는 저녁을 짓는 동안 준식이는 찜미를 안고 무한한 재미를 볼 수 잇엇다.

"얘, 찜미야! 눈 어느 것가 눈……. 올치 또 입, 아니 그것은 코이지, 입말이야 입……. 올치, 그러치!……. 네 이름은 무어야?……. 너 누구 아들이야? 압바? 그렇지 압바……. 또? 엄마, 그러지, 엄마! 너 몇 살이야?"

가느단 손구락 세개를 내미는 손을 붓들고 그는 무수한 키쓰를 한다.

"자! 짝짱구[13]하자, 짝짱구 짝짱구 짝짱구! 쥐암 쥐암 쥐암! 또 도곤 도곤 도곤 도곤 길라래비 훨훨, 도리 도리."

이러케 그는 세월 가는 줄을 모르도록 행복스러웟다.

그해 포도도 한물 꺽긴 때 작년에 와서 혼나고 갓던 인덕이가 또다시 포

---

12 원문에는 '올랏'으로 표기되어 있음.
13 '짝짜꿍'의 방언.

도를 따러 왔다. 인덕이는 상항에서 찜미 줄 구두를 사 가지고 왔다. 그리고 또 순애에게는 목거리를 사 가지고 왔다. 감옥소 죄수들이 만든 것으로 십 전 균일집에 가면 살 수 잇는 목거리이엇다. 그 외에 쵸코렡도 한 통 사 가지고 왔다. 물론 작년에 한 주일 동안이나 페를 끼친 것이라든지 위태햇든 목숨을 살려준 은혜라든지로 보아 요맛 것을 사가지고 오는 것은 당연한 일이엇다.

그러나 어쩐 일인지 그날 저녁에 순애가 그 새 목거리를 걸고 잇는 것이 준식이에게는 실혓다. 공연한 질투인 줄은 아나 아모래도 그것이 달갑지는 아는 것이엇다. 그래서 그는 그 이튼날 곳 거리로 달려가서 오 전짜리 목거리를 한 개 사다 주엇다. 그러나 순애는 웬일인지 그날 저녁에도 인덕이가 사다 준 십 전짜리 목거리를 걸고 잇섯다.

이것 때문에 준식이에게는 밥맛이 다 없어지엇다. 그래서 참다 참다 못해,

"왜, 내가 사온 목거리는 남□디가?[14]" 하고 한마디 끄내고야 말앗다. 순애는 방글방글 웃으면서 옆으로 왔다. 그리고는 그 목거리를 버서서 창문 밖으로 내던것다.

90

준식이는 물론 즉시로 자기의 경솔한 것을 후회하엿다. 순애가 인덕이가 은해를 갚누라구 사다 준 목거리를 좀 걸고 잇대사 그것이 무엇이 실혀서 그따위 쓸데없는 소리를 햇든가? 퍽 미안한 생각이 낫다. 그래서 문 밖으로 나가서 내버린 목거리를 도로 주서다 주고 싶은 생각이 낫다. 그러나 지금 또 그러케 하는 것도 어째 열쩍은[15] 것같이 생각되어서 그리하지도 못했다.

---

14 '납쁘디가?'로 추정된다.
15 열적다 : '열없다'의 잘못. 겸연쩍고 부끄럽다.

그래서 그는 무안을 끄누라구 멀거니 앉어서 벌서 쌕쌕 잠을 자고 잇는 찜미를 뚜러지도록 바라다보고 잇엇다. 순애는 준식이 옆으로 와서 방금 지나간 일은 모두 벌서 이져버렷다는 듯이 무릅을 꿀코 방바닥에 꿀어앉엇다. 그리고 한 턱을 준식의 무릅 우에 올려노코 한 손으로 준식의 구두끈을 천천히 끌르면서 찜미의 재롱이 날로 만하간다는 이야기를 하고 잇엇다.

준식이도 즉시 목거리 일은 이져버리고 말앗다. 그날 밤 순애는 준식이가 사다 준 목거리를 목에 걸지 안앗다. 그리고 그 뒤로 한번도 순애가 목거리를 걸고 잇는 것을 본 일이 없엇다. 그러나 준식이도 벌서 그 일은 이져버리고 잇엇다.

인덕이는 이번에는 다시는 욕을 보지 안키 위하야 슬금슬금 일을 햇다. 그래서 두 주일이 지나도록 건강하게 일을 게속하엿다. 그러나 그 대신 돈을 만히 못 벌어서 도로혀 연하에게 이삼 원 빗을 지게 되엇다. 따라서 노동자 간에는 놀림감 '학생'이 하나 생긴 것이 그들의 생활에 한 취미거리가 되엇다.

포도도 철이 거의 다 지나간 어떤 날. 마침 한 삼십여 리 되는 곳에 포도밭 도세[16] 노흘 것이 잇다는 소문을 듣고 준식이는 그 밭을 돌아보려 밭주인의 마차를 타고 나가보앗다.

꽤 넓은 밭이엇다. 십 년 계약하고 매년 세를 오백 원씩 물기로 하고 처음에 보증금으로 천 원을 물기로 하면 도세를 주겟다고 한다. 물론 준식이 마음에 흡족하엿다.

포도만 잘되면 일 년 농사로 천 원 돈 하나를 손쉽게 잡을 수 잇을 것이다. 더욱이 유로바에서 전쟁[17]을 하기 때문에 포도 시세도 오를 히망이 만타고 하는 것이다. 만일 그러케만 되면 일천 오륙백 원까지 잡게 될 수도 잇을 것이다.

16 도세(都稅) : 전세(북한어).
17 1914년 유럽에서 시작된 제1차 세계대전.

이런 '땅'이 또 어디 잇으랴! 준식이는 곧 사기로 결심햇다. 그래서 오늘은 늦엇으니까 그대로 돌아가고 내일 아침 은행에서 만나서 아주 계약을 짓기로 약속이 되엇다.

준식이를 태운 마차가 준식의 집 앞 큰길 앞에 와 다흔 때는 벌서 날이 어두운 후이엇다. 준식이는 마차를 타고 오는 동안 다른 아모런 생각도 없엇다. 오직 이 기쁜 소식을 사랑하는 순애에게 이야기할 즐거움 그 한 생각뿐이엇다.

그는 마차에서 나리자 단숨에 집으로 뛰처왓다. 그리고 어서 속히 기다리는 순애에게 이 기쁜 소식을 전해주고 싶엇다. 기쁘지 안코 무엇이랴! 이제부터 십 년 동안 그는 커단 포도밭의 주인 노릇을 할 것이다. 그리고 그것은 그와 순애와 찜미가 부자가 되어 가지고 떵떵거리며 본국으로 돌아갈 주춧돌이 되는 것이다.

그가 집 앞까지 다 와보니 벌서 어두웟는데 집안에는 불을 켜노치 안은 것을 인식하엿다. 그리고 어두운 집 안에서는 찜미가 크게 우는 소리가 들린다. 준식이는 문득 하늘을 처다보앗다. 별 하나 보이지 안코 하늘이 무척 흐리엇다. 지나간 몇 해 동안 이맘때 날이 흐려본 적이 없는데 이상스런 일이엇다. 하여간 날이 어두엇는데 불도 왜 안 켜고 또 애기는 웨 저러케 울리는가?

준식이는 어두운 문 안으로 들어섯다.

"순애! 여보, 순애!" 하고 불러보앗으나 아모런 대답도 없다.

"요것이 또 작난을 피우나! 여보 순애?" 하고 한 번 더 불러보앗다. 그러나 아모 대답도 없다. 그저 방 한구석에서 찜미의 우는 소리만이 들릴 따름이다.

"찜미야, 너 왜 우니? 응, 엄마는 어데 갓니?"

찜미는 아모 대답도 없이 그냥 울기만 한다. 하늘은 먹장을 갈아 부은 듯이 흐리어 문을 열어노앗으나 사방이 캄캄하야 지척을 분간할 수 없다. 아직 가을바람으로는 너무 싸늘해 보이는 바람이 획 하고 소리를 지르며 지나간다.

91

준식이는 더듬더듬 테불을 차자가서 등에 불을 켜노핫다. 순애는 방 안에 없고 찜미가 웬일인지 방 한편 모퉁이에 쭈구리고 앉아서 울고 잇다. 준식이는 얼는 가서 글어안앗다.

"찜미야! 너 왜 우니? 응, 애고 용하지. 울지 마라. 엄마 어디 갓니?"

그러나 찜미는 "엄마, 엄마!" 소리를 하며 그냥 울기만 한다. 준식이는 찜미를 안은 채 부엌으로 나가 보앗다. 거기도 아모도 없다.

"순애?"

"순애?"

준식이는 다시 어두운 문 밖에 나서서 몇 번 더 불러 보앗다.

"순애?"

순애가 어디로 갓을가? 그는 다시 부엌으로 들어왓다. 웬일인지 아직 저녁을 할 준비도 되어 잇지 안타. 준식이는 마치 독개비에게 홀린 사람처럼 의아스런 마음으로 다시 방 안으로 들어왓다. 방 안은 역시 텅 비여 잇다.

"순애!"

어느새 찜미는 아버지 품에 안겨서 울기를 끄치고 잠이 들어버렷다. 준식이는 잠든 찜미를 침대 우에 누혓다. 그리고 허리를 펴다가 그의 눈이 테불 우흐로 흐르다가 선뜩 멈처젓다.

"저것이 무엇일가? 아까 불을 켤 때에는 어찌 못 보앗을가?"

그는 번개처럼 그것을 집어 들엇다.

"사랑이 없는 감옥 같은 속에서 살던 순애는 더 견댈 수 없어서 그만 멀리 갑니다. 그러나 결코 인덕씨를 원망하지는 마서요. 내가 그를 따라가고 싶어서 가는 것이지 결코 그가 나쁜 것은 아닙니다."

준식이는 이 연필로 흘려 쓴 종이조각을 스물여섯 번 되풀이해 읽어보앗다. 세상에 이런 일도 가능할가?

그는 그 편지를 움켜쥐고 그 자리에 등신처럼 한참이나 우두머니 서 잇엇다. 도무지 두서를 차릴 수가 없고 준식이 자신으로서도 저 자신의 감정을 알 수가 없엇다. 오직 이마에는 굵은 땀방울이 방울방울 맷치엇다.

"에익!" 하고 그는 부지중 즘생처럼 소리를 질럿다. 이 소리에 찜미가 깨여서 또 울기 시작한다. 살을 꾀뚜르는 듯한 찬 바람이 또 쏴– 하고 지나간다.

준식이는 위선 달려들어 궤문을 열어 젓드리엇다. 그리고 의복 밑에 손을 너허보앗다. 없다! 이것까지 가지고 갓단 말인가? 그는 의복들을 막 끄내 사방에 흐터노핫다. 의복을 다 끄내고 밑바닥을 들여다보아도 없다. 다시 또 방 안에 흐터진 의복가지를 낫낫치 들추어보앗으나 결국 보이지 안는다.

천 원 돈이 들어 잇는 은행 저금통장! 그것쫏차 없어저버리고 만 것이다. 포도밭! 십 년 계약! 그것이 없어저버리고 만 것이다.

준식이는 방바닥에 뒹굴엇다. 방 안에 흐터진 의복들을 가리가리 찌저노핫다. 그는 마치 미친 즘생 같앗다. 그는 자기로도 알 수 없는 소리를 버럭버럭 지르면서 몸부림을 햇다. 교의를 둘러엎고 책상을 둘러엎엇다. 책이 둘러엎이는 바람에 석유등이 내려치며 요란한 소리로 깨여지고 거기서 맹렬한 불이 붓허 오르기 시작햇다.

하늘에서는 번개가 번쩍 하더니 무엇이 집웅을 요란스럽게 뚝드리는 소리가 난다. 찜미는 어느 틈에 침대에서 뛰처 내려와 한편 구석에 가서 담벼락에 기대고 서서 운다.

준식이는 미치광이처럼 헐떡이며 도라갓다. 손에 닥치는 대로 불더미 우에 동댕이를 첫다. 방 안에 잇는 것은 모두 큰 것 작은 것 없이 모두 부뜨는 대로 불덤이 우에 내던지엇다. 방 안이 텡 비이고 화광은 벌서 집웅까지 미치어 방 안이 낮같이 밝고 몹시 뜨거워젓다. 준식이는 방 안을 한번 죽 둘러 보앗다. 아모것도 없다. 저편 구석에 찜미가 울고 서 잇다. 그는 와락 달려들어 찜미를 한 손으로 웅켜쥐엇다. 그리고 불덤이 쪽으로 뛰처와서 둘러메엇다.

번갯불이 또 한 번 번쩍한다. 무엇이 오는지 지붕을 모두 때려 부시는 듯이 요란하다. 준식이는 불뎀이를 노려보앗다. 활활 잘도 타오른다.

"압바, 압바!" 하고 억개 우에 둘너메인 찜미가 애원하는 듯이 두 번 불럿다.

"휙!" 찜미를 깡그리 그러쥐인 손이 머리 우에서 원형을 그리엇다. 이때 와직끈 하는 소리가 들리며 무슨 큰 몽둥이 가튼 것이 준식의 머리를 때리는 것 가름을 감각하엿다. 그와 동시에 그는 정신을 일어버리고 말엇다.

92

이튼날 아침 준식이가 정신을 채리고 보니 집은 한 개 재덤이가 되고 말앗다. 팔 년 전에 상항에서 보든 재덤이와 비슷한 재덤이엇다. 그런데 이상한 일로는 어느 틈엔가 순애와 인덕이가 찾아왓다. 그들은 와서 찜미가 어데 잇느냐고 덤비며 찾으려 다닌다. 바로 준식의 옆에 잇엇다. 찜미인 줄 알아볼 수도 없는 타죽은 조고만 살덩어리 이엇다.

"아, 이 미운 것들아!"

준식의 눈에서는 악마가 웃고 잇섯다. 준식이는 바로 옆에 노힌 도끼를 둘러메엇다. 그리고 순애를 단박에 도끼로 골을 깟다. 순애는 비명을 발하면서 선지피를 콸콸 쏟고 그 자리에 꺼꾸러진다. 인덕이는 뛴다. 준식이는 단바람에 그놈을 쫓아 잡엇다.

"이놈! 이 개 같은 놈!"

그는 또 단박에 인덕의 골을 깟다. 그 자리에 픽 쓰러지고 만다. 준식이는 도끼를 들고 서서 한번 크게 우섯다.

"하하하하, 이 년놈들아, 너이들이 잘 살 줄 알엇드냐?"

빨간 아침해가 이 꿈쩍도 못하고 쓰러저 잇는 세 시체를 조용히 비친다. 그 광경은 준식이 자신이 보기에도 처참하엿다. 준식이는 도끼를 슬몃이 노치고 그 자리에 주저앉엇다.

"웬일일가?"

준식이는 연놈을 단매에 때려 죽엿으니 퍽 상쾌할 것 같앗다. 그러나 사실은 그와 반대이엇다. 상쾌하기는커녕 도로혀 말할 수 없이 불유쾌하엿다. 사람을 죽엿으니 법률상 벌을 받게 되리란 것이 무서운 생각이 나서 그런 것은 결코 아니엇다. 그에게는 지금 그런 섬세한 문제는 생각나지도 안핫다. 오직 자기 손으로 사람의 피를 흘렷다는 그 사실만으로 그는 말할 수 없이 불유쾌하엿다. 도로혀 후회가 낫다. 순애를 죽엿대사 별로 시원할 것이 없엇다. 결국 준식에게 아무런 이익 아무런 위안도 없엇다.

더욱이 불에 타 죽은 찜미! 더욱이 찜미에게야 무슨 죄가 잇나?

그 어린것까지 그러케 참혹하게 죽일 이유는 무엇인가? 준식이는 눈을 들어 느러 누어 잇는 세 시체를 바라다보앗다.

"아! 내가 고약한 놈이다!" 하고 그는 부르짖엇다. 그리고 이런 참혹한 일을 저질은 저 자신이 악마처럼 보이엇다.

"찜미야, 찜미야!"

그는 엉금엉금 기어가서 찜미의 타다 남은 살덩이를 붓들어 품에 안앗다.

어떠케 햇으면 찜미를 살릴 도리가 없을가? 하누님이시어, 이적[18]의 손을 펴주소서. 신령하신 손으로 한번만 이 찜미를 어르만져주소서.

찜미야! 찜미야! 용서해라. 살아나다고, 찜미야! 다시는 너의 머리터럭 하나도 다치지 안켓다. 찜미야! 찜미야!

"아빠, 아빠!"

18 기이한 행적. 기적.

준식이는 화닥닥 눈을 떳다. 찜미가 가슴에 안기어서

"아빠, 아빠!" 찾고 잇는 것이엇다. 준식이는 찜미를 꽉 끌어안앗다.

고마운 일이다. 결국 그러면 이재 그것은 고약한 꿈에 지내지 안핫든 것이다. "찜미야, 용서해다고." 하고 그는 더 한 번 껴안엇다. 왼편 어깨가 아푸다. 어찌된 영문을 몰라 그는 사방을 둘러보앗다. 그의 몸은 이러케 저러케 얽힌 널빤자 틈에 끼어 잇엇다. 집이 문어저버린 것이 분명하엿다. 그는 바로 머리 우에 가로노힌 널빤자 하나를 힘껏 밀어 제치고 일어섯다. 왼편 어깨를 몹시 다친 모양으로 퍽 아프다. 방금 동이 트려 한다.

그런데 어찌된 일인지 집이 좀 타다가 저 혼자 불이 죽어버리고 말앗다. 준식이가 찜미를 둘러메엇을 때 집웅 한편이 문어저 내린 모양인데 그냥 불이 붙엇으면 준식이와 찜미가 둘이 다 지금은 재가 되어버렷을 터인데 어쩐 일인지 불이 죽엇고 재는 축축하니 젖어 잇다. 그러타, 어제 밤에 날이 흐리고 번개질을 하며 무엇이 집웅을 요란히 두드리드니 아마 큰비가 왓나 보다 하고 준식이는 생각햇다.

그러나 그날 밤에 온 것은 비가 아니엇다. 년래에 드믄 큰 우박이 내린 것이엇다. 과장하지 안코 큰 밤알만씩[19] 한 무리가 삼태[20]로 퍼붓듯이 한 시간을 계속하여 내려부은 것이엇다. 그리하야 좀 남어 잇든 그해 포도는 전멸이 되고 말앗다. 지금까지도 포도밭에 가면 이따금 그해 일은 가을밤에 밤알만큼한 무리가 퍼부어서 포도가 전멸되엇든 이야기를 옛말 삼어 하는 것이다.

이 밤알만큼한 무리가 준식이와 찜미의 목숨을 구원해준 것이엇다.

---

19 원문에는 '밤알막씩'이라고 표기되어 있다.
20 '삼태기'의 방언. 흙이나 쓰레기, 거름 따위를 담아 나르는데 쓰는 기구.

치 일흔 배[1]

93

찜미를 안고 준식이는 거리로 들어갓다. 거리로 들어가야 실상 갈 곳이 없엇다. 그러나 또 지금 처지로 거리로밖에 들어갈 데가 없다. 그는 목사의 집으로 방향을 정한 것이엇다. 물론 가면 곽연하의 여관으로 가는 것이 합당하겟으나 거기 가서 여러 호래비 뇌동자들의 놀림과 비방을 듣기가 실헛다. 사실 조선 사람은 한 사람도 만나보고 싶지가 안헛다. 그저 아모도 모르게 훌적 어디로 숨어버리고 싶엇으나 홋몸[2]도 아니고 찜미를 더린 몸으로 그리 쉽게 행동할 수가 없엇다. 어떠튼 찜미를 어디 가 처치해노코야 자기의 장래 행노에 대한 결정을 지을 수 잇는 것이다. 그래서 그는 위선 목사의 의견을 들어보기로 하고 싶든 것이다.

찜미는 십 리 길이나 되는 거리까지 오는 동안 준식의 품에 안기스어서 평화럽게 잠을 잣다. 거리에 오자 곧 목사에게로 가서 처지를 대강 설명한 후 위선 찜미를 그 집에 잠간 마켜두고 혼자서 은행으로 가보앗다.

은행으로 가는 몬지 오른 두 다리! 그 두 다리는 오늘 아침 성공의 토대를

---

1 키 잃은 배. '치'는 '키'의 방언(강원, 전라, 충청, 함경).
2 홀몸. 딸린 사람이 없는 혼자의 몸.

쌋는 첫 역사의 계약을 맺기 위하여 즐거운 마음으로 춤추며 거러가는 두 다리가 될 번하엿다. 그러나 오늘 아침 피곤하고 맥없이 어정거리는 그 두 다리는 오직 실망이란 증서에 확인을 얻기 위하여 천천히 움직이는 기계이엇다.

행여나? 그러나 그것은 오직 "행여나?"뿐이엇다. 준식이의 포도밭 십 년 계약은 그역[3] 한낫 부질없는 꿈에 지나지 안앗다. 지금 통장에 '싸인'을 준식이 혼자 이름으로만 해두엇던들 순애는 일어버릴망정 돈까지는 일허버리지 안엇을 것이다. 물론 처음에는 저금통장을 오직 준식이 단독의 이름으로 소유하엿섯다. 그러나 순애가 온 후로 준식이가 밭에서 일하는 동안에도 순애 혼자서도 돈을 쓸 데가 잇으면 차져다 쓰게 하도록 하기 위하야 순애의 '싸인'을 가입[4]하엿든 것이다. 그런데 그것이 오늘 이러한 비운을 가져올 줄이야? 준식이는 순애를 너무 신임햇든 것이다. 아비 모를 애기를 나노흠도 불구하고 그는 순애를 과도히 신임하엿든 것이다. 그것은 "사랑은 소경"이기 때문인 동시에 준식이가 너무 순직하고 정직한 농부이엇기 때문이다.

이제 은행에는 가서 무엇하랴? 돈 한푼 남아 잇을 리 없고 오늘 만나 계약하자고 약속햇든 포도밭 주인을 대면할 면목좇아 없게 되고 말지 안엇는가? 그러나, 그러나, 미련(未練)이란 사실 미련(愚)한 물건이다. 가보아야 소용없을 줄 뻔히 알면서도 가보지 안코는 마음을 노흘 수가 없엇든 것이다.

'가서 어떤 모양으로 언제쯤 차저갓는지 알아나 보아야지!' 하고 준식이는 혼자 생각한다. 그러나 그까짓 것은 알아서 무엇 할지는 그도 알 수 없엇다.

혹시 아직까지도 돈을 찾지 안코……. 그것은 잇슬 수 없는 일이다. 연놈이 한번 음흉한 생각을 내인 이상 지금까지 어물어물하고 잇을 리가 없다.

---

3   그것도 역시.
4   새로 더 집어 넣음.

벌서 차저 가지고 지금쯤은 이천 리 삼천 리 밖으로 가버렷슬 것이다. 그들 년놈을 태운 대륙 횡단 풀맨(기차)이 한참 아리조나 사막을 께뚜루고 잇을 것이다.

은행 문 밖을 나오는 준식의 두 다리는 들어갈 때보다 더 한층 맥이 없엇다.

그는 그 길로 다시 경찰서로 가서 하소하야 보앗다. 형사들은 무슨 큰 우 슴꺼리나 생긴 듯이 농담을 섞어 가며 여러 가지로 물어본 끝에

"챨리(서양인은 동양 사람을 보면 누구보고나 챨리라구 부른다) 일은 참 딱하게 되엿소. 그러나 이 넓은 대륙에 그들이 어디로 간 줄 알고 잡아 오겟소? 하 여튼 힘은 써보리다." 하는 대단치 안흔 대답을 주엇다. 준식이는 그놈들 따귀를 한 대 갈겨주고 싶은 것을 꾹 참고 맥없이 나오고 말엇다.

94

목사의 집으로 돌아오니 찜미는 그동안 울고 잇다가 아버지가 돌아온 것 을 보고야 우름을 끝이엇다.

그는 어느 다른 곳으로 가겟다고 목사에게 의론하엿다. 사실 그는 이곳 에는 한 시도 더 머물러 잇고 싶지가 안흔 것이엇다. 목사도 그를 말리지 안 헛다. 여비로 돈 십 원이나 꾸어주고 또 방금 스탁톤서 음식점을 차려노흔 박일권 씨에게 가는 소개 편지까지 써주엇다. 준식이는 연하의 객주집으로 는 가기 실코 또 그곳 서양인 여관에서는 동양 사람은 재우지를 안는 고로 더 머물러 잇을 것 없이 그날 오후 차로 바로 떠나기로 하고 말앗다.

스탁톤에 내리기는 그날 밤 자정이 넘어서이엇다. 처음 오는 길이라 방 향도 모를뿐더러 동양 사람도 받아 잠 재워주는 여관이 어디 잇는지 알 수 없으므로 불가불 탁시를 불러 탔다. 탁시는 오래 해먹어서 눈치가 난 놈이 라 어떤 일본 사람의 여관으로 실어다 주엇다.

큰 걱정이 찜미의 일이엇다. 혼자서 일상 안고 단닐 수도 없는 일이고 어

구름을 잡으려고

262

디다 매껴야 할 터인데 그것이 문제이엇다. 이튿날 아침 위선 찜미를 안은 채 박일권의 음식점으로 차저갓다. 옥스트릿에 잇는 노동자들을 대상으로 하는 조고마한 음식점이엇다. 준식이는 자기의 북덕⁵ 갈구리⁶ 같은 두 손을 자랑하는 듯이 내보이엇다.

"무슨 일이든지 잇으면 시켜주시오. 못하는 일이 없읍니다!" 하고 그는 거의 박씨에게 육박하듯이 대들엇다.

박일권은 자기 부리던 빌립핀 심부럼군을 한 주일 기한을 주어 해고를 선언하엿다. 그리고 그 대신 준식이가 들어서기로 작정이 되엇다. 그리고 찜미는 박씨의 부인이 마타 기르기로 쾌락하엿다. 박씨는 그때 아직 젖이 채 떨어지지 안흔 딸이 하나 잇엇다.

이리하야 치 일흔 배는 한동안 항구 속에 닷을 준 것처럼 보이엇다.

그러나 그것은 사실상 불가능한 일이엇다. 마음의 감정이라구 하는 물결의 용소슴은 이성(理性)이란 가느단 닷줄로 이 치 일흔 배를 항구에 붓잡어 매여두기에는 너무나 세차게 흉흉한 물결이엇다. 첫 한 주일 공전⁷을 타 들고 준식이는 밤거리에 나섯다.

가을바람은 술기운으로 홧홧 다는 준식의 얼골을 써늘하게 식혀주며 휙휙 지나간다. 메인스트릿 밝은 가등 아래로는 일본인 중국인 서반아인 묵서가⁸인 빌립핀인 영국인 독일인 파사⁹인 파란¹⁰인 어른 아이 사내 여편네들이 서로 어깨들을 마조 부비며 오고 간다. 무엇하러 그러케들 분주히 돌아 단니는지?

여기저기 쇼윈도에는

"미국을 전쟁으로 부터 떠나 잇도록 하라."

---

5 짚이나 풀 따위가 함부로 뒤섞여서 엉클어진 뭉텅이.
6 갈퀴.
7 물건을 만들거나 어떤 일을 하는 데 드는 품삯.
8 '멕시코'의 한자어.
9 '페르시아'의 한자어.
10 '폴란드'의 한자어.

"윌손"에게 투표하라!"

"윌손이를 뽑으면 우리 아들들은 전쟁에 아니 가게 된다."

이런 포스터들이 만히부터 잇다. 오랫동안 뒤로 물러낫든 민주당이 "전쟁에 참가하지 아니한다."는 위대한 방패를 내세우고 우드로 윌손이란 위대한 이상가를 우상으로 내세워 가지고 오랫동안 꿈꾸든 정권을 독점해버리려는 것이엇다.

물론 이따위 일이 준식이나 또는 그 밖 수다한 '치 일흔 배'들에게 아모런 흥미도 끌지 못하고 또 별로 영향 미치는 바도 없엇다.

그러나 그들은 이 '전쟁 불참가'의 기빨로 승리한 대통령이 이 년이 못 되어 '데모크라씨를 옹호하기 위한 전쟁'이란 기괴한 기빨을 내꼿고 아메리카의 건장한 청년들을 한테 몰아다가 불란서 벌판에서 몰살을 시킨 결과로 이 수다한 외국 치 일흔 배들이 하로에 십 원 십오 원씩 돈버리를 할 수 잇도록 만드러줄 줄은 이때 물론 한 사람도 아는 사람이 없엇고 상상도 못하엿다.

이런 것들이 정신이 몽롱해 가지고 비틀거리며 어둑신한 워싱톤 거리 쪽으로 돌아서는 준식이에게 아모런 충동도 줄 리가 없엇다.

무엇 좀 유쾌한 일을 해보고 싶엇다. 좀 아기자기하고 재릿재릿한 모험을 해보고 싶엇다. 그러한 일이 없으면 준식이는 곧 질식해버릴 듯 싶엇다.

무엇이나 조타! 무엇이고 무슨 모험을 한번 해보고 싶엇다. 전신을 전율시킬 어떤 모험을 해보고 싶엇다.

95

"이놈의 담배가 어디로 갓나?" 하고 그는 주머니를 뒤적거리면서 혼자 중얼거렷다.

---

11 우드로 윌슨(Woodrow Wilson). 미국의 28대 대통령. 1913년 대통령으로 당선되었으며 1914년 제1차 세계대전이 발발하자 중립주의를 표방, 1916년 대통령선거에서 재선되었다.

제길할 것! 아마 술집에서 노코 나온 모양이다.

"캐멜표 한 갑만 주오." 하고 그는 워싱톤 거리 모퉁이에 잇는 담배 가가로 가서 소리를 버럭 질럿다. 그리고 양복 바지 주머니로부터 지전 뭉텅이를 끄내 들고 그 속에서 일 원짜리로 한 장 빼어서 카운터에 내던젓다. 그의 손이 부들부들 떨럿다.

그는 돈지갑을 가지지 안엇다. 암만이고 돈이 잇는 대로 모두 양복 주머니에 함부로 너코 단니며 생각나는 대로 본능이 인도하는 대로 함부루 써버리는 것이 제일 훌륭한 일이라구 그는 생각하는 것이엇다.

키가 짤막하고 죽은깨 알롱달롱한 서양인 하나가 준식의 돈뭉텅이를 보자 얼는 준식이 곁으로 바싹 닥어 들엇다.

"헤이 챨리!" 하고 그가 입을 연다. 준식이는 몽농한 눈으로 이 사람을 쳐다 보앗다.

'이놈이 이태리 놈이로구나.' 하고 그는 속으로 생각하엿다.

"홧다 헬 유 원트?(이 제길할 것 웨 그러니?)"

"챨리, 이리 좀 오게! 내 조흔 곳 가르쳐주지. 저기 자동차가 잇는데 태와다 줄까?"

"아니, 아니, 일이 없어! 세상 왼갖 게집이 실증이 나버렷단 말이야 응."

"게집이 실으면 출렛[12]은 어때? 하룻밤에 한 삼만 원 딸 수 잇는 곳을 내 소개해주지!"

흥! 준식의 귀가 번쩍 띠웟다. 그러타, 하로밤에 삼만 원! 그건 미상불 재미잇을 것이다. 또 굉장한 모험이다.

준식이는 얼는 일 원짜리 한 장을 도루 끄내 이 이태리 젊은 놈 손에 꼭 쥐여주엇다.

"먼데 갈 것 없이 이 근처에도 많지, 이 근처! 흥?"

"오라잇 뽀스!" 하면서 이태리 놈은 횡재나 한 드시 돈을 안주머니에 트

---

12 룰렛.

치
일
흔
배

러너흐면서 앞장을 섯다. 준식이는 담배불을 붓치느라구 좀 떠러젓다. 이런 제길! 손이 왜 작구 부들부들 떨리어서 얼는 부칠 수가 없다.

한 골목 돌아가서 '청풍(淸風)'이란 커단 간판을 붙인 집 앞에서 머물럿다. 왜 하필 청풍인가? 남경도 잇고 송죽도 잇고 동양도 잇고 일품도 잇고 또 그다음 그다음 이 거리 좌우편 즐비한 집이 모두 그것들이 아닌가? 그러나 아마 이 이태리 놈은 청풍과 가장 친밀한 놈인 모양이다.

앞에는 커단 쇼윈도가 잇으나 그 안에는 아모것도 장식되어 잇지 안타. 그 쇼윈도 옆으로 도라서 안으로 드러서니 육중해 보이는 커단 판장문[13]이 잇다. 이태리 놈이 그 문을 똑똑 다섯 번 뚜드리엇다. 안에서는 한참 동안 아모런 대답도 없다.

"웬일이야?" 하면서 준식이가 문을 뚜드리고저 햇으나 이태리 놈이 손을 붙잡어 못 뚜드리게 한다. 그리자 왼편 옆으로 얼는 보면 그냥 담벼락 같은 곳에 조고만 비둘기장 문 같은 구멍이 어느새 열리엇다. 그리고 얼굴이 기름이 번즈르 흐르는 중국인 하나가 내다본다.

"할로 챨리!" 하고 이태리인이 수작을 건넨다. 내다보는 중국인은 대답도 아니하고 싯누런 닛빨을 드러내면서 벌쑥 웃는다.

"고객 한 분 모시고 왓는데…… 조흔 사람이야! 내가 보증하지. 돈도 한 묵 가지고 왓다나!" 하고 이태리인은 준식의 어깨를 툭 친다. 내다보든 사람은 한 번 더 실죽 웃더니 비둘기장 같은 구멍이 홱 닷처 버린다.

"고맙수이, 뽀쓰! 재수나 조키 바라오." 허면서 이태리인은 돌아서 나간다. 그리자 이어 그 두텁고 육중한 문이 안으로부터 벌컥 열린다. 그 안은 퍽 어둑침침한데 사람 겨오 하나 드러설 자리가 잇고 그 뒤에 늙은 중국인 하나가 앉어 잇다. 준식이가 비슬거리며 그 안에를 드러서니까 그 중국인은 왼팔로 붓잡앗든 몸둥이를 노하버린다. 그리자 방금 준식이가 드러온 판장문이 덜컥 다더진다. 그리자 그 중국인이 바른팔로 무엇을 쑥 잡아다

---

13 널빤지로 만든 문.

리니까 준식이 왼편짝 담에 허리를 구부리고야 통행할 수 잇는 조고만 문이 또 벌컥 열린다. 그 안은 새벽하눌처럼 훤하니 밝다. 준식이는 또 주저하지 안코 그 안으로 들어섯다.

준식이가 그 안에 들어서서 허리를 펼 새도 없이 그 문이 또 덜컥 닫겨버린다.

준식이는 지금 어떤 좁은 복도에 들어선 것이다. 저편 한 구석으로 불빛이 새여 들어온다. 준식이는 비틀거리며 그 곳을 향하여 걸어갓다.

"인제부터 정말 대모험이다!" 하고 생각되자 전신이 간질간질하여젓다.

96

불빛이 새어 나오는 곳까지 거의 갓을 때 거기 문이 벌컥 또 열린다. 그 안으로부터 환한 밝은 빛이 흘러나온다. 그 문 앞에 다다르니 그 안은 눈이 부실만침 밝다.

준식이는 어떤 넓은 방 안에 드러섯다. 그곳은 마치 아라비앤나잇트 이야기에서나[14] 볼 수 잇을 것 같은 이상한 방이엇다. 이십 간도 더 될 넓은 방 안에 여기저기 테불이 십여 개와 그 테불들 주위로 의자가 칠팔 개씩 노혀 잇다. 뒤에는 꼭 은행처럼 꿈여노흔 카운터와 쇠창살과 구멍들이 잇고 제법 은행처럼 수납, 교환, 지불 등 패쪽이 붙어 잇다. '광동은행'이란, 별명이 아마 그래 생긴 모양이다. 그리고 벽으로는 돌아가며 중국 고대 그림들이 추잡스럽게 돌라 걸려 잇다. 신선들이 바둑 두는 그림, 팔선녀 하강하는 그림, 조자룡이 조조 군사를 무찌르는 그림, 손수건 한끗 물고 앉어 잇는 미인의 그림!

아직 일은 모양이어서 사람은 별로 만치 안엇다. 테불들이 모두 텅 비이고 오직 저편 한가운데 테불에 너덧 사람 둘러서서 '팬텐'을 하고 잇다. 방

---

14 원문에서는 '이야기야서나'로 되어 있음.

안을 한 번 다시 둘러보앗으나 룰렛판은 뵈이지 안는다. 아마 그것은 이 집에는 없는 모양이다. 출입구가 잇는 담을 의지하여 기단 테불이 노혓고 그 우에는 누런 종이가 산덤이처럼 싸혀 잇다. 그리고 그 근처 담벼락에는 싯뻘건 종이에 시컴언 먹으로 '명천개표, 두장 금 만 원(明天開票 頭獎 金萬圓)'[15] 등 광고가 부터 잇다.

준식이가 그 앞으로 가니까 테불 뒤에서 장쌔(퍼런 중국 두루막이)를 입고 요강깨[16] 같은 이상한 모자를 쓴 중국인 하나가 싯누런 니빨을 드러내이면서 나와 선다. 그리고 누런 종이를 한 장 준식이 앞에 내 놋는다.

누런 종이에는 천자문(千字文 天地玄黃)의 최초 여든 한 자를 한 줄에 아홉 줄을 출판한 인쇄물이엇다. 그것 한 장에 이 원이다. 돈 이 원 주면 그것 한 장 사서 마음대로 그중 여섯 글자를 표해준다. 그리하면 '은행'에서는 글자 여든한 자 중 여섯 자를 제비 뽑는 것이다. 그 뽑힌 여섯 글자와 한 사람이 표해준 여섯 글자가 여합부절[17]로 꼭 들어가 마즈면 상금 일만 원을 따게 된다는 말이다. 이를테면 산 사람에게는 이천 구백 열여섯 대 하나의 '챈쓰'가 된다. 그러면 삼천 번 만에는 한 사람씩 산 사람에게 떠러진 일이 잇느냐고 무러보면 그것은 아는 이가 하나도 없다. 그러나 이 원 갖다 대고 만 원을 바라다볼 수 잇다는 그 흥분은 확실히 이 원어치 값이 나간다고 할 수 잇다. 이 원 주고 그것 한 장 사 가지고 개표되는 날까지 기다리는 그동안의 흥분과 기대는 사실 세상 아모러한 운동 구경이나 연극 구경보다도, 또는 할리우드서 내놋는 가장 잘 되엿다는 서부 활극의 구경보다도 더 값 잇는 감동이 된다. 그러니 안 사고 무엇하랴!

미주 가 잇는 조선 사람으로 계속적으로 이것을 사지 안는 사람은 극소수라고 해도 가할 것이다. 만흔 사람들이 매 주일, 매달, 매해 이것을 삿다. 그러나 아즉 한 번도 만 원을 먹어보앗다는 소식은 없다. 여섯 자 중에서 혹

---

15 '내일 발표, 일등 상금 만 원'이라는 뜻.
16 요강 뚜껑.
17 사물이 꼭 들어맞음.

은 한 자 혹은 두 자, 어떤 이는 넉 자까지 맞어본 이가 잇다. 넉 자! 두 자만 더 마잣든들 그에게는 만 원 돈이 들어와 안겟슬 것이다. 이번에 넉자까지 맞어스니까 요다음 번에는!

그러나 그 다음 번에는 한 자만 맞엇다. 그러나 또 요다음 번에는! 요다음 번에는!

요다음 번에는!

그래서 그들은 역시 매 주일 매달 매해 그것을 산다. 요 다음 번에는!

그러나 지금 준식이는 그까짓 것을 사고는 싶지 안엇다. 내일까지 기다린다는 것이 못맛당하다.

돈? 아니 그것보다도 준식이는 시재[18] 무엇이고 왼 정신이 흡수되리만 한 무슨 큰 모험을 해보고 싶은 것이엇다.

준식이는 팔을 휘휘 내젓고 다시 방 한가운데로 거러왓다.

가운데 테불에서 방금 '팬텐'이 시작되엿다. 색캄안 머리털을 기름을 반즈르하게 발러 뒤로 곱게 비서 넘긴 젊은 작자가 덕대[19] 노릇을 한다. 허름한 노동자의 양복을 입은(준식이처럼) 중국인 하나와 빼빼 마르고 늙어서 방금 죽어 쓰러질 듯하게 보이는 서양 영감 하나가 좌우편에 앉어 번들번들하는 은전을 대이고[20] 떼우고 대이고 떼우고 하고 잇다.

"흥!" 하고 준식이는 코우슴을 치면서 그쪽으로 가서 덕대와 마조 앉엇다.

96(97)

덕대의 왼손 끝에 하얀 콩알이 한 되쯤 싸혀 잇다. 거기서 덕대는 한 줌가

---

18 현재.
19 광산 임자와 계약을 맺고 광산의 일부를 떼어 맡아 광부를 데리고 광물을 캐는 사람. 여기서는 도박판을 주관하는 사람을 가리키는 듯함.
20 대이다 : '대다'의 북한어.

량 집어다가 책상 가운데 모도아 노왓다. 그리고는 얼는 조고만 공기로 덮어노핫다. 사방에서 돈이 나와 책상 우헤 노힌다. 왼편에, 바른편에? 그것은 생각해 무엇하랴? 도박하는 놈이 언제 궁리로 따더냐? 운수 나름이지! 준식이는 아모 데로나 돈을 내던것다. 십 원짜리[21] 지전 한 장이 바른편에 날아와 앉엇다. 덕대는 얼는 그 돈을 집어 도로 준식이에게 주엇다.

"천천히, 천천히! 적게 시작해 가지고 차차 크게 해야지. 처음부터 크게 하면 재미가 없어요." 하고 덕대가 말한다.

"여보게 찰리, 한 일 원만 처음엔 대게!" 하고 늙어빠진 양고자가 곁을 든다.

"제길할 것! 자 그럼 그래라." 하고 십 원짜리는 도로 넣고 일 원짜리 은전을 한 푼 끄내 바른편으로 던지엇다.

"그러치, 그러치!" 하고 영감은 고개를 끄덕끄덕한다.

자기 맘대로 일 원을 댓다고 그리는 말인지 또는 자기가 댄 편으로 대엿다고 그리는 말인지 분간할 수 없엇다.

덕대는 공기를 들치고 젓가락으로 힌 콩알을 두 알씩 헤여 내이고 잇다.

두 알! 두 알! 두 알!

눈들은 지금 세상에는 오직 힌 콩알들밖에는 다른 존재는 아주 없다는 듯이 열심으로 콩알만 드려다보고 한다.

두 알! 두 알! 두 알!

몇 알이 남앗나? 열두 알? 열세 알? 열한 알?

눈들은 차차 나자가는 힌 콩무덕이를 바라본다. 몇 알인지 얼는 헤여보려고 애쓴다. 그리다가는 또 두 알씩 끌어가는 젓가락을 본다.

두 알, 두 알, 두 알!

젓가락이 잠시 멈춧 섯다. 그리고는 젓가락을 쥔 매끈한 손이 바르르 떠는 듯하엿다.

---

21 원문에는 '십 원짜지'로 되어 있음.

"찌서스 크라이스트!"[22] 하고 말라빠진 영감이 소리를 버럭 지른다. 그리고 호주머니에서 식컴언 씹는 담배를 끄내 한입 뚝 끈허 물고 호물호물 씹기를 시작한다.

"크라이스 너팅!" 하고 준식이는 잠간 영감을 눈흘겨 보앗다.

벌서 승부는 결정된 것이엇다.

그러나 덕대는 콩알을 마그막 알까지 젓가락으로 헤여 끌어갈 의무가 잇다.

두 알! 두 알, 두 알!

영감은 새 돈 일 원을 또 끄내 쥐엇다. 준식이는 이 원을 꺼내 쥐엇다.

두 알, 두 알, 두 알, 하고 엑키 한 알이 남앗다! 덕대는 큰 접전에 승전이나 하고 드러오는 대장 같은 위엄으로 젓가락으로 책상을 딱 하고 한 번 두드리엇다. 그리고는 준식이의 돈과 영감의 돈을 끌어 디려가고 왼편에 댓든 사람에게는 일 원을 내주엇다.

"일허버리거든 백 곱야[23] 대야 하는 법이야." 하고 웨치면서 준식이는 이 원을 이번에도 또 바른편에 대엿다. 영감은 '찌륵' 하고 식껌언 침을 상 아래 배앗드니 이번에는 왼편에다 대인다.

"여보, 영감, 도박은 그러케 하는 것이 아니야! 일허버리면 일흔 자리 또 대는 법이야." 하고 준식이는 소리를 버럭 질럿다.

"여보게 나를 초대[24]인 줄 아나? 나 하고 싶은 대로 하지." 하면서 또 한 번 침을 '찌륵' 하고 배앗는다.

"에잇, 더러운 영감쟁이!"

"오, 나더러 더럽다구? 흥, 그래뵈여도 나는 미국 정부에 국녹[25]을 먹구 사는 사람이야! 내가 전쟁에 나갓든 이야기를 한번 하면 네 따위는 이야기

22 Jesus Christ. '이크', '세상에' 등 놀람 · 실망 · 불신 · 공포 · 강조의 소리.
23 백 곱으로. 백 배로.
24 어떤 일에 경험이 없이 처음으로 하는 사람.
25 나라에서 주는 녹봉.

만 듣고도 무서워서 쥐구멍을 차즐걸."

"올소, 올소!" 하는 소리가 나자 누가 준식이 뒤에서 불숙 나타나면서 왼편에 돈을 노코 간다. 손이 막 색깜하다. 검둥이(흑인종)이엇다.

"오, 자네 오나! 그런데 지옥에 갈 놈 같으니라구. 어제 밤에는 어째서 결석햇나?"

"우리 '사탕'²⁶이 노하를 주어야지?"

"응! 그래 '꿀'하고 노누라구 안 왔다, 그럼 자네 오늘은 운수가 썩 조켓네 그려."

"영감님 좀 그만두어요, 글세."

"아니 자네 '달콤'은 검둥이 아닌가?"

"하하하하!"

98

두 알, 두 알, 두 알!

"찌서쓰, 크라이스트!"

준식이가 땃다.

"그런데 죠지, 여보게(껌둥이보고는 누구보고나 죠지라구 부른다). 여기 이 친구 찰리가 오늘 신입생인데 내가 전쟁에 나갓든 이야기를 들려주어야 하겟지!"

"에그, 그만두우, 잔뜩 취한 모양인데."

"쩨이 죠지! 그 왜 내가 보초병으로 나갓다가 남방 군인 녀석 이백 명을 나 혼자 해내든 이야기 자네 들어보앗나?"

"또 그 이야기야? 벌서 꼭 일천 륙백 번 드릿스니 제발 좀 고만두고…… 저기 저 콩 헤이네. 벌서!"

---

26 아내. 애인.

두 알, 두 알, 두 알!

"찌서쓰, 크라이스트."

영감님은 일허버릴 적마다 '찌서스, 크라이스트'를 찾는다.

잠간 사이에 내기는 커저서 십 원짜리가 왓다 갓다 하게 되엿다.

그런데 준식이는 엽때[27] 내려맛다.

"쩨이 챨리! 자네 어제 밤에 검둥이 게집과 자구 왓나?" 하면서 영감은 크게 우섯다.

"그자가, 그 신입생이 잘 딴단 말이야. 이번엔 나두 그자 따라 가야겟군." 하면서 영감은 준식이가 대는 짝에 가치 대엿다.

두 알, 두 알, 두 알!

"앗타, 뽀이!" 하고 영감은 소리를 질럿다. 영감이 딴 것이엇다. 그 뒤로 영감은 꼭 준식이 대는 데만 따라 대엿다.

"두 알, 두 알, 두 알!"

"앗타, 뽀이!"

벌서 그들은 노름에 열중하야 이야기하기도 이져버렷다. 그저 반들반들 하는 힌 콩알, 바르르 떠는 젓가락 끝만 열심으로 바라다보고 잇엇다. 벌서 그 넓은 방이 가득 찻다는 것, 책상마다 노름판이 버려진 것, 방 안에 담배 연기가 영국 런던 시가의 저녁 안개보다도 더 뽀−야케 가득 찻다는 것을 그들은 인식하지 못햇다. 그들의 눈앞에는 오직 힌 콩알이 잇고 그들의 머리에는 오직 '두 알'의 인식이 남어 잇을 따름이엇다.

"앗타, 뽀이." 영감이 따면 으레히 이러케 부르짖는다. 그리고 영감이 일허버리면 "찌서스, 크라이스트!" 하고 부르짖는다.

"앗타, 뽀이!"

"앗타, 뽀이!"

두 알, 두 알, 두 알!

---

27 '여태'의 평북 방언.

"앗타, 뽀이!"

준식의 호주머니는 돈으로 가뜩 찻다. 영감님도 인제는 신이 나서 꼭 준식이 대는 데로 따라 댄다.

"앗타, 뽀이!"

"앗타, 뽀이!"

"찌서쓰 크라이스트"

준식이는 그저 되는대로 돈을 한 줌씩 끄내 아모 데나 내던지엇다. 정신이 차차 더 혼미해가서 두 알씩 움직이는 콩알을 바로 바라다보고 잇슬 수가 없엇다. 두 알씩 올마 가는 콩알이 세 알이나 네 알처럼[28] 보이는 때도 잇고 그것들이 살아서 오독똑 오독똑 뛰는 것처럼 뵈일 적도 잇다. 주머니 속에 돈이 얼마나 들어 잇는지도 그는 알 수 없엇다. 그저 "앗타, 뽀이!" 하는 영감의 웨치는 소리를 들으면 그는 벌서 딴 줄 알고 책상으로부터 돈을 끌어들인다. 그리고 "찌서쓰, 크라이스트!" 소리를 들으면 일허버린 줄 알고 주머니에 손을 너허 돈을 끄내온다. 준식이는 거의 기계적으로 이 "앗타, 뽀이"와 "찌서스, 크라이스트"를 순종하엿다.

두 알, 두 알, 두 알!

"앗타 뽀이!"

그런데 저 녀석의 머리가 웨 저러케 번들번들할가? 힌 콩알들이 춤은 웨 추노? 아니 이 집이 웨 빙글빙글 돌가?

"찌서쓰, 크라이스트!"

"찌서쓰, 크라이스트!"

두 알, 두 알, 두 알!

"찌서쓰, 크라이스트!"

"찌서쓰, 크라이스트!"

"여보게 챨리 웬일인가? 운수가 진햇나 보구만! 작고 일키만 하네, 여보

---

28 원문에는 '처음'으로 표기되어 있음.

게 챨리!"

"오, 지옥으로 가거라!" 하고 준식이는 중얼거렷다. 콩알이 춤을 추면 어떠코 덕대의 머리가 번들거리면 어떠코 찌서스 크라이스트면 어떠코 주머니가 차차 비여지면 어떠냐? 무엇? 가서 검둥이 게집과 ×××고 오라구! 에잇! 실혀! 무서워, 색캄한 것을! 찌서쓰 크라이스트! 찌서스 크라이스트! 저놈의 영감이 왜 작고만 떠들어쌀가?…… 엑키, 주머니가 거뿐하다! 그 많든²⁹ 돈이 모두 어데로 갓누? 이런 제길! 주머니에 구멍이 풀렷나?…… 무엇, 또 찌서스 크라이스트야?

그런데 이 집이 왜 작구 빙빙 돌가? 아, 이놈의 영감아. 글쎄! 찌서스 크라이스트고 '썬 어브, 빗취'³⁰고 내가 상관이 무엇이야? 이런 주머니가 텅 비엿네! 돈이 다 새여버렷나? 없다! 정말 없다. 엣다, 그럼 나는 주먹을 대마! 아ー이놈아, 또 떼우면 내 주먹 잘라갓으면 그만 아니냐? 제길할 놈 같으니!

99

머리가 아푸고 기운 없고 박일권에게 책망 듣고 한 달 동안 애써 번 돈 하눌로 날려버리고!

이튿날 아침 깨고 보면 결국 남은 것이라구는 이런 것밖에 없엇다.

그리고 죄 없는 냉수만 세 사발씩 드리마시고!

그러나 준식이가 지금 그러케나 세상을 보내지 아느면 무슨 재미로 생명을 유지해갈 수가 잇을 건가?

매일매일 절절 끌는 물에 종일토록 손을 담그고 잇어서 준식이의 손톱이 벌서 깜어케 죽기 시작하는 때에 선생님이 심방³¹차로 스탁톤에 이르럿다.

준식이는 선생님 앞에 어린애처럼 내노코 느껴 울엇다. 선생님의 준절

---

29 원문에는 '맑든'으로 표기되어 있음.
30 son of bitch : 개자식. 개새끼.
31 방문하여 찾아봄.

치
일
흔
배

275

한[32] 책망 마디마다 준식이는 사죄하엿다. 그리고 선생의 간곡한 위로와 교훈을 뼈에 사모치도록 절절히 느끼엇다. 멀리는 ××에 대한 의무, 가까이는 찜미의 교육에 대한 의무! 이런 것들로 선생은 밤을 세워가며 준식이를 깨우치고 타일럿다.

찜미의 교육!

찜미!

준식이는 일즉 얼마나한 환히와 열정으로 찜미의 장래에 대한 꿈을 꾸고 계획을 세웟섯든가! 그랫든 것이? 모든 것을 생각하면 참으로 기가 맥히는 일이엇다.

이때에 갑작이 찜미는 몸에 열이 오르고 병들어 자리에 눕게 되엿다. 밤 열두 시까지에 그릇을 다 부시어 치우고 피곤한 몸을 끌어 집에 도라와서 방으로 올라가 문을 벌쩍 열고 보니 의외로 박일권의 안해가 아직도 자지 안코 준식이 방에 드러와 잇섯다. 그는 의아스런 눈으로 이 부인을 바라다 보앗다. 이 부인은 찜미가 자는 조고만 어린애 침대 앞에 고요히 앉어 잇다가 준식이가 들어오는 것을 보고 입설에 손꾸락을 대여 조용하라는 뜻을 표하엿다.

준식이는 갑잭이 가슴이 턱 내려앉엇다.

왜?

찜미가 어찌 되엿나?

준식이는 찜미의 침대 옆으로 달려들엇다. 찜미는 빩아케 타올은 입술을 반쯤 벌리고 쌕쌕하면서 괴롭게 자고 잇섯다. 박부인은 찜미 머리에 언첫든 물수건을 뒤집어 덮어주고는 천천히 이러섯다. 그리고는 어찌 된 영문을 모르고 찜미를 드려다보고 서 잇는 준식이에게 귀속말로 그날 오정 때쯤부터 찜미가 열이 나서 누엇다는 것을 알려 주엇다.

"아직 감기 같기도 하고 잘 모르겟는데. 하여튼 오늘 밤 기다려 보아서

---

32 위엄있고 장중한.

내일도 열이 내리지 안으면 의사를 더려다 뵈어야 할가 보아요."

하고 그는 말을 맷첫다. 그리고는 방금 애가 잠이 좀 들엇으니 조용해서 깨우지 말라고 부탁하고 발끝으로 삽붓삽붓 거러서 문 밖으로 나갓다. 준식이는 박부인의 발끝으로 것는 뒷모양, 그리고는 조심스러히 다치는 껌언 판장문을 기계적으로 바라다보앗다. 문이 다친 후 준식이의 귀에 다시 찜미의 씩씩거리는 숨소리가 들린 때 그는 펄적 꿈에서 깨이는 사람처럼 고개를 돌리여 찜미를 드려다보앗다.

찜미가 알는다! 그것은 불가능한 일 같앗다. 그러케 사랑스런 찜미가 왜 무슨 이유로 병들어 누울 탁이 잇나?

준식이는 찜미의 이마 우헤 언친 물수건을 들어보앗다. 물수건이 뜻뜻하다. 조곰하고 보들보들한 이마를 그의 북덕 갈구리 같은 손으로 가만히 짚어보앗다. 요릿집에서 그릇 부시는 물만침이나 뜨거윗다. 그는 얼는 손을 떼엿다. 마치 그의 보기 실흔 손이 찜미의 아푼 머리를 괴롭게 할가 무서워하듯이. 그는 옆에 교의 우헤 노힌 대야 물속에 그 뜻뜻한 수건을 담것다. 그것을 약간 쥐여 짜 가지고 다시 찜미의 이마에 언치어주엇다. 그리고는 그는 마치 실신한 사람처럼 그 자리에 주저앉진 채 찜미의 얼골만을 내려다보앗다.

찜미는 잠을 잔다. 그러나 괴로와서 잇따금 잇따금 입을 찡그린다. 또 잇따금 무엇에 놀라는지 흠칫하고 전신을 떤다. 찜미가 흠칫하고 전신을 떨 때마다 준식이도 흠칫하고 전신을 떨엇다. 찜미는 잠간 토실토실한 두 손을 쥐엿닥 폇닥 하고는 다시 또 쌕쌕거리면서 괴로운 잠 속으로 드러간다. 준식이도 부지중 두 손을 쥐엿닥 폇닥 햇다. 그러나 그는 괴로운 잠이나마 잠을 잘 수가 없엇다.

그는 바로 옆에 서 잇는 커-단 침대를 바라다보앗다. 다른 날 같으면 벌서 준식의 비슬[33] 몸이 두 다리 쭉 펴고 편안하게 그 우에 가루 누어 잇을 것

---

33 힘없이 비틀거리는.

이엇다. 그러나 그날 밤은?

오늘 밤에는 찜미가 알는다! 그래서 준식이는 침대를 보아도 가서 눕고 싶은 생각쪼차 나지 안는다. 오직 찜미가 알는다는 그 한 존재외에는 이 세상 다른 모-든 존재는 이저버린 모양이엇다.

<h2 style="text-align:center">100</h2>

찜미의 얼골밖에 다른 아모런 의식이 없엇다. 준식이는 과연 몇 시간 동안이나 만드러노흔 사람처럼 우두머니 앉어 잇엇는가?

일흔 봄이엇다. 아직 외투를 입고 다니는 사람이 더러 잇으나 대개는 벌서 오후에는 땀을 흘릴 만침 된 때이엇다. 그런데 벌서 웬만한 엄탕한 고양이 년이 암내가 낫다. 암내 난 고양이의 우름소리(그것이 우름소리인지 또는 센티멘탈한 사랑의 노래인지는 사람으로써 이해할 수 없으나) 그것처럼 사람의 신경을 건드려주는 소리는 다시없을 것이다.

한참이나 왼 세상을 이저버린 듯하던 준식이도 이 고양이 소리를 드럿다. 어디서 한참 울다가 어더맞고 쫓겨오는 모양인지 소리가 차차 가까워지더니 마그막에는 바로 준식의 창문 밖에서 세레나-드를 하고 잇다.

준식이는 찜미가 그 고양이 소리에 잠이 깨일가 봐 겁이 낫다. 그래서 그년의 고양이가 어서 서방을 하나 맞어 가지고 어느 구석으로든지 슬어저버려 주엇으면 조켓다고 생각햇다. 그러나 이 고양이는 좀처럼 없어지지 안는다. 연방 호열자[34] 들린 고양이 한 五十(오십) 마리나 모혀서 "배가 아파 죽겟네" 하는 창가를 사부 합창하는 소리보다 더 괴악한[35] 음악을 계속하고 잇다.

준식이는 원망스런 눈으로 창문 쪽을 바라다보앗다. 거기는 오직 어둠과

---

34 콜레라.
35 이상야릇하고 흉악한.

공허가 눈을 끔벅어리고 잇을 따름이엇다. 창문도 조름이 오는 모양인지!

준식이는 찜미 이마에 언첫든 수건을 다시 축이어 언첫다. 원 저런 못된 년의 고양이 사끼! 준식이는 가만히 일어나서 발끝거름으로 창문까지 갓다. 먹칠한 것같이 어두운 밤이엇다. 밖에는 아모것도 보이지 안코 자기의 초라한 그림자가 뚜렷이 마조 드려다보고 서 잇다. 그는 유리에 이마를 갓다 대엿다. 싸늘한 유리가 이마를 통하여 전신에 일종 찌르르하는 쾌감을 주엇다. 그는 또 그의 뺨을 유리에 대엿다. 암내 난 고양이 소리가 또 들렷다.

찜미가 잠을 깻[36]다. 한두 번 우는 소리를 내더니 준식이가 앞에 앉어 잇는 것을 보고는 우름을 멈추엇다.

준식이는 찜미의 맥없는[37] 눈을 바라다보앗다. 도록도록하고 우슴이 떠돌든 그 눈이 지금에는 아주 게슴츠레해지고 말엇다. 그 눈은 마치 누구를 원망하는 눈 같앗다. 준식이를 원망하고 어머니를 원망하고 왼 세상을 원망하는 눈 같앗다.

"찜미야! 저기 가서 압바하구 잘가?" 하고 준식이는 말하다가 말을 채 못 마치어 눈물이 핑그르 돌앗다. 다른 날 같으면 자다가 밤중에 찜미가 깨면 으레히 벼개를 들고 준식이의 침대 안으로 벌벌 기여 들어오곤 하엿다. 그러나 오늘 밤 찜미는 그 소리를 드럿는지 못 들엇는지 아모런 대답도 없다. 잠간 동안 압바를 물끄럼히 바라다보더니 눈알을 맥없이 굴려 천정을 바라다본다. 그리고 천정을 바라다보기에도 힘이 든다는 듯이 눈을 감앗다 떳다 한다. 그리고는 빼빼 마른 입술을 연다라 다신다. 준식이는 얼는 유리잔에 찬물을 반쯤 따라 찜미의 입술에 갓다 대엿다.

고양이가 또 운다. 물을 마시든 찜미는 흠칫 놀래드니 그만 고개를 돌리고 만다.

---

36 원문에는 '갯'으로 표기되어 있음.
37 원문에는 '은'으로 표기되어 있음.

저런 쌩 ×××××할 놈의 고양이 같으니!

찜미의 눈에는 일종 공포의 기운이 나타나는 것 같앗다. 그리고 주먹을 두어 번 쥐엿다 폇다 한다. 준식이도 주먹을 쥐엿다 폇다. 그리고 더 참을 수 없어서 이러서려고 하는데 고양이 소리는 뚝 끈치고 말엇다.

찜미는 숨이 가빠서 쌔근쌔근한다. 이 쌔근쌔근하는 숨소리 하나하나가 준식의 가슴을 물어 뜨더 내이엇다.

"찜미야! 찜미야!" 준식이가 가슴속에서는 벌서 몇천 번 찜미의 이름을 불럿다.

'찜미가 만일…… 만일 죽는다면?' 이런 생각이 우연히 준식의 머리를 스치고 지나가자 왼몸을 떨엇다. 그것은 절대로 상상도 할 수 없는 일이엇다.

'아니다. 절대로 아니다. 그럴 리가 잇나? 내가 왜 이런 방정마진 생각을 할까? 아니다, 아니다, 될 수 없다.' 하고 그는 마음속으로 그 생각을 부인하엿다. 그러나 한번 이러나기 시작한 생각은 좀처럼 일소해버리기가 힘이 든다.

101

그는 의사를 불러오는 것이 조치 안을가 하고 생각하엿다. 그러나 웬일인지 지금 이 밤에 그는 찜미를 혼자 이 방에 두어두고 한거름도 문밖을 나갈 수가 없엇다. 준식이가 만일 이 방을 떠나면 그동안에 못된 귀신이 와서 찜미를 집어 삼켜버릴 것처럼만 생각이 되엿다. 그는 거기 끝까지 앉어서 찜미를 보호해야 할 것처럼 생각이 되엿다.

쌔근쌔근하는 찜미의 숨소리는 차차 더 커간다. 마즈막에는 그 소리가 왼 방 안을 가득 채우는 것 같앗다. 이때 밖에서는 암내 낸 암고양이 독창이 또 들리엇다. 저런 ××××××!

그리자! 그리자 갑작이 왼 방 안에 가득찻든 찜미의 숨소리가 뚝 끈허저 없어지고 말앗다. 준식이는 벌떡 이러서면서 방 안을 둘러보앗다. 맛치 어느 구석에 드러가 숨은 숨소리를 차자 내이려는 듯이! 마치 숨소리를 도적해 가는 도적놈을 발견하려는 듯이!

방 안에는 아무 별다른 것이 없엇다. 오직 얼마 전까지도 빨가케 불이 붓든 난로만이 지금에는 불기운은 다 없어지고 껌언 재무덤이만 싸혀 잇다. 그 재가 밝은 전등에 반사되어 준식이를 보고 벙글벙글 조소하는 것 같앗다.

준식이는 얼는 찜미를 다시 내려다보앗다. 찜미는 무엇에 놀랫는지 흠칫하고 전신을 한번 떨더니 다시 또 쌔근쌔근한다!

글세 그러치! 그 숨소리가 그러케 갑작이 없어질 리가 잇나! 준식이는 다시 교의에 거러앉엇다. 고양이가 또 운다. 준식이도 인제는 더 참을 수가 없엇다. 그는 벌덕 이러서서 사방을 둘러보앗다. 바로 화로 앞에 커ー단 장작이 몇 개 노혀 잇다. 그는 그것을 하나 집어 들고 가서 창문을 열어 젯것다.

"에잇 쌩×××××할 년의 고양이 같으니!"

장잽갑이[38]가 어데 가서 턱 하고 맛는 소리가 들리면서 고양이 소리도 뚝 끈치엇다.

준식이는 다시 교의에 와 앉엇다. 그리고 전신을 한번 떨엇다. 그는 모든 것을 뉘우첫다. 자기의 자포자기하는 행동이 곳 찜미의 병을 가저온 것처럼 까지 생각이 되엿다.

"하누님! 하누님!" 하고 그는 부지중 무수히 반복하고 잇섯다.

"찜미를 살려줍시오. 다시는, 다시는…… 하누님, 이놈을 벌하시고 찜미만은 살려줍시오!"

준식이는 교의 아래로 쓰러지엇다. 훤한 새벽 기운이 창문 밖에서 기웃이 드려다본다.

우유 배달 마차의 말발굽소리가 새벽 공기를 세차게 깨트린다.

___
38 장작개비.

치일혼배

한 주일 만에 찜미는 이러낫다.

그런데 찜미가 알아누은 때 비로소 처음으로 준식이는 화요일(그의 휴가일)에 다른 데로 가지 안코 집에서 아니, 찜미의 침대 곁에서 하루 종일 보냇다.

찜미의 병은 일종의 폭풍우 같앗다. 이 폭풍우가 치 일흔 배를 끌어다가 어떤 항구 안에 입항시켜노핫다고 할 수 잇섯다. 곧 지나간 한 주일 동안에 준식이는 다른 사람이 력력히 알아볼 수 잇을 만침 마음의 동요를 받엇고 그 결과로 아주 판이한 사람이 되엇다.

그는 다시 부즈런한 개미가 되기를 맹서하엿다.

오직 찜미의 장래를 위하여!

그러나 새로운 결심은 오직 새로운 환경에서만 실행할 수 잇는 것이다. 준식이는 경험으로 그것을 잘 알앗다. 그래서 그는 스탁톤을 떠나 다른 곳으로 가서 새 페이지를 들처보기로 결심하엿다. 이 새로운 페이지를 들치기 위하여 그는 얼마 동안 사랑하는 찜미와 나뉘지 안흘 수 없음을 깨다랏다.

그래서 어미 없는 어린 자식을 불상히 역이는 마음으로 좀 잘 길러달라는 신신부탁을 남기고 준식이는 로쓰앤젤쓰로 향하는 기차에 올라탓다.

항구

102

로스앤젤스! 이것은 그가 미국에 들어서면서 가장 먼저 본 도회지이엇다. 그날 밤에 그가 뒤따르는 아이들의 성화를 받으면서 몬지 이는 네거리로 지나가든 것을 그는 아직 잘 기억하고 잇다. 그리고 그 중앙에 우물이 잇고 그 마즌편에 우편국이 잇고 또 이편에는 은행이 잇고! 이 모든 것이 한 폭의 그림처럼 그의 눈앞에 떠올랏다. 그는 마치 고향을 차저가는 것 같은 느낌을 얻을 수 잇엇다.

그것이 벌서 십 년 전 일이엇다! 십 년 전 그때에는 준식이의 앞길에는 오직 희망과 분투와 성공이 기다리고 잇엇다. 그랫거늘 지나간 십 년 동안은 준식에게 왼갖 실패와 낙망과 새로운 희망과 또 새로운 낙망을 갖어다 주엇다. 그리고 세월은 나는 모른다는 듯이 소리도 없이 뒷문으로 빠져나가서 다시는 것잡을 수 없는 영원의 과거로 흘러가 버리고 만 것이다.

기차 창밖으로 얼른거리며 지나가는 도회 밤의 불빛들을 내다보면서 준식이는 자기도 모를 한숨을 내쉬엇다. 십 년 전에 잠시 것치엇든 이 도시로부터 준식이는 과연 어떠한 것을 선물로 받을 것인가?

내일!

그것은 오직 내일만이 아는 일이엇다. 내일이란 내일이 그러케도 가까워 보이면서도 그실 그러케도 짐작해내일 수 없을 만침 먼 미래인 것이다. 그래서 사람들은 내일을 항상 공상하면서 내일이 오늘이 되고 오늘은 어제가 되며 또다시 내일은 오늘이 되는 것을 무심히 지나처버리는 것이엇다. 내일이 오늘이 될 때 그 내일이 아모런 신기한 것을 가지고 오지 안엇것만도 그[1]래도 사람들은 또다시 내일을 바라다보게 된다. 이 '내일의 기대'는 영원 무궁한 수수꺼끼이다.

내일!

기차는 벌서 속도를 느꾸면서 기관차에서는 종을 땡땡 친다. 정거장이 가까왓다는 보고이다. 차에 탄 사람들은 모두 내릴 준비들을 하고 잇다. 짐이 없는 준식이는 남들처럼 내릴 준비를 하느라구 서두를 필요도 없엇다.

기차가 피곤한 소처럼 씩씩거리면서 정거장에 와 다앗다. 정거장 문밖을 나서서 그는 놀랏다. 십 년 전에는 정거장 앞에 넓은 빈터가 잇섯고 어둑신햇는데 지금에 와서는 바로 정거장 앞 광장을 내노코는 높고 나즌 집으로 가득 차 잇다. 바로 마조 건너다보이는 곳에 이십여 층 높은 여관이 서 잇고 또 그 옆에는 낮같이 밝게 불을 켜노흔 요리집들이 잇다. 광장에 나서니 왼편 넓은 빈터에는 누런 택씨 차가 수백 대 가즈런히 노혀 잇다. 정거장으로부터 사람들이 밀려 나옴을 따라 이 누ㅡ런 택씨들이 하나씩 손님들을 실고 풀려 나간다.

준식이는 복잡한 거리를 간신히 건너서 위선 음식점으로 들어가서 종일 굶엇든 배를 채웟다. 기차 안에서 그는 종일 굶어온 것이엇다. 식당차에는 음식이 턱없이 빗쌀 뿐 아니라 동양 사람은 들어갓다가 약차직하게 되면 음식도 못 먹고 쫓겨 나오게 될 염려가 잇는 고로 그는 애초부터 단념하고 종일 굶어온 것이다.

저녁을 먹고 그는 거리로 나섯다. 그리고 밤이 깊은 줄도 모르고 왼 거리를 싸돌아 단니엇다.

구름을 잡으려고

1 원문이 훼손되어 보이지 않으나 '그'로 추정됨.

284

그는 밝게 빛나는 거리도 지나고 어둑신한 거리도 지낫스나 어디로 가나 십 년 전에 보든 그 빈터는 발견할 수가 없엇다. 우물도 없고 말 오양간도 차질 수가 없엇다. 집, 집, 집! 어디를 가나 집뿐이엇다. 불 켠 집, 불 끈 집, 높은 집, 나즌 집, 깨끗한 집, 더러운 집, 보기 조흔 집, 보기 흉한 집, 어디를 가나 어느 골목을 돌아서나 거기는 오직 집들뿐이엇다.

준식이는 마치 여호[2]에게 홀린 사람처럼 시가를 배회하엿다. 십 년 동안에 이런 변천(사람들은 발달이라구 말한다)이 잇으리라구는 도저히 믿을 수가 없엇다. 그것은 마치 큰 기적 같앗다. 준식이는 인구 불과 십만에 불과하든 소도시를 보고 갓엇는데 지금에는 백만이라는 세계에서 몇째 안 가는 대도시로 도라온 것이엇다. 빈터가 잇고 우물과 말 오양깐이 잇던 곳에는 지금 미국에서 몇째 안 간다는 대건물인 제일은행이 서 잇는 것이엇다.

103

'푸로스페리티!'(好景氣)

이 한마디는 전 미국의 '슬로갠'이엇다. 더욱이 로쓰안젤쓰는 호경기의 표본이엇다. 어디를 가나 새집이 하눌을 뚜르고 올라가고 잇섯다. 대리석 벽을 두른 상점 회사 또는 서반아식 베란다와 일본식 정원을 가진 단아한 주택들이 서로 큰 경쟁이나 하다싶이 땅 우에 소사 올랏다.

북미 대륙의 파라다이스가 발견된 것이엇다. 그들의 하라버지들이 소에 메운 차를 몰고 일 년 이 년씩 애써가며 대륙 사막과 광야와 락키산의 고봉을 정복한 그 덕택을 마음껏 누릴수 잇는 시대가 이른 것이엇다.

남가주! 이것은 지상 천국이엇다. 사철 봄같이 온화한 기후는 추위와 더위에 한없이 부댓기든 마사춧셋츠 개척자들의 자손들에게 낙원처럼 보일 밖에 없엇다. 게다가 또 땅은 비옥하나 황무하고 군데군데 석유 샘이 흐르

2　'여우'의 방언.

고 다시 말하자면 미씨씨강³을 건너 광야와 사막으로 방황하든 '앵글로 색쏜' 족쏙에게 꿀이 흐르고 젖이 흐르는 '가나안' 복지⁴가 발견된 것이엇다.

그래서 '문명'은 한 거름 두 거름 서쪽으로 향하야 발거름을 내집헛다. 멕시코의 손으로부터 칼리포니아를 빼아섯다. 빼아서 가지고 앵글로 색쏜의 문명을 부식하기에 노력을 시작한 지 벌서 반세기가 지난 것이엇다.

이 밀려들어오는 앵글로 색쏜의 문명을 도와주기 위하여 수만의 중국(청국) 노동자들은 넓은 태평양을 건너와서 산을 뚤흐고 모래를 파고 다리를 노하 북미 대륙에 맨 처음 생긴 대륙 횡단 철도를 노하주엇다. 그러나 중국 사람들은 위대한 사업이 끝난 때 그들은 마치 들에 방황하는 미친개들처럼 백인의 채찍 아래 몰리어서 혹은 남미로 혹은 아푸리카로 혹은 오스트랠리아로 또 더러는 다시 고향으로 내여 쫓겻다. 그리고 몇 명 남아 잇다는 것도 모두 챠이나타운 안에 거주 제한을 당하고 말엇다.

종의 피와 땀으로 비저노흔 문명! 남방 목화밭 이랑마다 흑인의 땀방울이 숨이어 잇고 서방 과수원 이랑마다 또는 대륙 횡단 철도 마디마다 동양인의 땀방울이 숨이어 잇는 것이다. 그러나 그 결과로 나타난 문명은 흑인의 것도 아니고 동양인의 것도 아니며 오직 앵글로 색쏜의 것이엇다.

그리고는 이 문명의 혜택을 마음껏 누리기 위하여 동방⁵ 백만장자들이 칼리포니아로 옮겨 오기 시작한 것이다. 그래서 그들이 척척 드러서면서 주인 된 권세를 잡고 그 땅을 개척한 동양인들은 울며 겨자 먹기로 또다시 이 새로운 주인들의 종살이로 그날그날 생계를 경영할 수밖에 없이 되고 만 것이엇다.

부스럭지를 얻어먹는 동양인들! 그러나 그 부스럭지는 세계 다른 나라어디 비하여 가장 풍부한 부스럭지이엇다. 벌서 이삼 년 동안이나 유로바에서는 모두 독갭이들이 들려 가지고 서로 죽이고 서로 파괴하누라구 잇는

---

3 '미시시피강'의 잘못.
4 행복을 누리며 잘 살 수 있는 땅.
5 여기서의 '동방'은 동양이 아니라 미국 대륙 동부를 가리킨다.

돈은 모두 글거다가 미국에 밭히고 미국으로부터 총기와 탄환과 고기와 밀을 사 드리엇다. 유로바 사람들은 농사도 안 짓고 일도 아니하고 오직 벌판에 마조서서 서로 만히 죽이기 내기를 하고 잇는 것이엇다.

이 괴상한 살풍경 틈에서 미국은 모ー든 물품에 말할 수 없는 폭리를 냄기면서 전 유로바에 잇는 돈을 깽그리 글거드리고 만 것이다.

이러케 만흔 돈을 글거다가 그들은 막 먹고 마시고 새로 지엇다. 어디를 가나 돈이 절렁절렁하고 풍부하엿다. 주인의 생활이 그러케 풍부하니까 뒤로 흘러 떠러지는 부스럭지 역시 풍부하지 아늘 수 없엇다. 그래서 부스럭지를 집어 먹는 동양인들도 그것으로 배를 채우고도 남음이 잇슬 수 잇섯다.

104

준식이는 패쌔디나에 새로 지은 어떤 대궐같이 장엄하고 화려한 주택 정원직으로 들어갈 기회가 생기엇다. 당시부터 벌서 일본인은 정원을 잘 꾸미고 잘 도라볼 줄 안다는 신임이 백인 간에 생기기 시작한 때이엇다. 그래서 준식이를 고용하는 주인도 준식이 얼골이 노라니까 그저 일본 사람인 줄로만 알고 정원직으로 고용한 것이엇다.

그 정원은 혼자서 돌보기에는 너무 곤난하리만침 굉장히 넓은 정원이엇다. 개얌나무로 울타리를 삥 두르고 대문 바로 안 좌우쪽에 꽃밭이 잇고 대청 앞 뜰에 조고만 일본식 정원이 잇다. 그리고는 자동차 드나들 만침 넓게 세멘트로 깔은 길을 제하고는 정원 전부를 조선서 수입해온 잔디로(코리앤 로운) 곱게 깔앗다. 여기저기 꽤[6] 자란 야자나무 몇 그루가 기ー단 잎을 거의 땅에 다토록 느리우고 한가히 서 잇다.

준식이는 한 달에 두어 번 개얌나무 울타리를 곱게 다사려야 하고 한 주일에 한 번 잔디를 깍가야 한다. 그리고는 매일 일본식 정원 연못을 맑은 물

---

6 원문에는 '괘'로 표기되어 있음.

로 깨끗이 씻쳐내고 새 물을 갈아 너코 잔디밭 전반에 충분히 물을 주어야 한다. 또 시간 잇는 대로 호미를 들고 단니면서 틈틈이 삐여져 나오는 잡초들을 뽑아버려야 한다. 그리고 매일매일 야자 닢이나 기타 잡닢이 풀밭에 떠러진 것을 주서 없새야 하고 여름이 되면 수없이 떠러지는 야자나무 열매를 긁어 없새기에 분주해야 한다. 그리고 봄에는 꽃밭을 일구고 비료 주고 심으고 속구어주고 가다듬어주어야 한다.

목요일이 그의 떼이 오프⁷이엇다. 이날은 아침 일즉이 전 정원에 물을 한 번 충분히 주고는 자기 자유대로 놀 수 잇는 날이엇다. 그러나 준식이는 이날도 문밖에 나가지 안엇다. 지하실 자기 방에 혼자 누어서 낮잠을 자거나 심심하면 노끈을 꼬앗다. 또 장백서관에 가서 조선서 건너온 춘향전, 숙영낭자전, 삼국지, 강상기우⁸ 등 소설도 사다 읽엇다.

문밖에는 너무 만흔 유혹이 그를 집어 삼키고 기다리고 잇는 것을. 그는 자신을 지하실 속 조고만 자기 방 안에 감금해버렷따. 그달 월급을 바든 날이면 그는 그 돈을 은행에 너키 위하여 잠간 거리에 나갓다. 무엇 살 것이 잇으면 모두 모하두엇다가 이날 나가서 한꺼번에 다 사 가지고 들어왓다. 그는 거리에 오래 잇기를 두려워햇다. 그는 저 자신이 약한 줄을 아는 고로 저 자신을 신용할 수 없엇다. 그래서 할 수 잇는 데까지 그는 밖앗세상과 인연을 끈키를 노력하엿다.

술이 몹시 마시고 싶은 때! 그것은 참으로 참기 힘들엇다. 그런 때에도 그는 얼는 술을 한 병 사 가지고 방으로 도라와서 혼자 마신다. 좀 승겁지만 그것이 안전하엿다. 방에서 혼자 마시고 취하면 그냥 침대에 누어 자버린다. 만일 술집에 가서 술을 먹고 취하게 되면?⋯⋯ 그는 저 자신의 의지력을 신임할 수 없엇다.

그리고 목요일마다 그는 북덕 갈구리 같은 손으로 펜을 아모러케나 들고

---

7 day off : 비번. 휴일.
8 1910년대에 발표된 애정 소설.

박일권 씨에게 찜미의 안부를 무러보는 편지를 썻다. 물론 그것이 결코 쉬운 일이 아니엇다. 손에 젓먹든 힘을 다 주어 가지고 글자[9] 한 자가 주먹만침 하게 게발글씨로 겨오 그적거려놋는 것이엇다. 서늘한 날도 이마에서는 땀이 뚝뚝 흘럿다. 그리고 편지 한 장 쓰는 데 약 두 시간 이상이 걸리엇다. 그러나 이것이 지금 그에게는 유일한 질거움[10]이엇다. 그가 지금 세상에 살어 잇는 오직 한 가지 이유는 곧 이 찜미를 훌륭히 만들겟다는 그 한 가지 욕망에 잇는 것이엇다.

준식이가 로스안젤스로 내려온 지 석 달 만에 그는 새로 찍은 찜미의 사진을 받엇다. 그것을 그는 꼭 벼개 밑에 너허두고 밤마다 자기 전에는 한 번씩 끄내보앗다. 그리고 그 주일 목요일에는 그는 하로 종일 찜미의 사진을 끄내 들고 앉어 잇엇다.

지리하든 여름. 비 한 방울 구경할 수 없던 빼빼 마르는 여름이 지나가고 써늘한 가을이 이르러 그해 첫 비가 내릴 때쯤 하야 그는 찜미의 새로운 사진을 또 한 장 받엇다. 그 동안에 벌서 훌륭히 컷다. 애들 자라는 것이란 참으로 죽순 자라는 것에나 비길가?

105

이 사진을 받고 나니 준식이는 더 한층 명렬[11]하게 찜미가 보고 싶엇다. 웃지도 안코 울지도 안코 말도 못하는 그 사진이 도저히 만족을 줄 수가 없엇다. 그는 생생하게 날뛰는 산 찜미를 보고 싶엇다. 꿈에 그는 찜미를 보앗다. 어덴지도 모르겟고 자기가 스탁톤으로 갓는지 또는 찜미가 왔는지 어딘케 되어서 만나게 되엇는지도 알 수 없엇다. 그러나 하여튼 그는 찜미를 품에 안고 잇엇다. 갑작이 찜미가 중학교에 다니는 커단 소년으로 나타낫

---

9 원문에는 '끝자'라고 표기되어 있음.
10 '즐거움'의 방언.
11 '맹렬'의 오기인 것으로 보임.

다. 그리다가는 또 갑작이 아직 발버둥치며 삑삑거리는 사 년 전 어린애처럼 되기도 한다.

이 꿈을 깬 이튿날 그는 종일 찜미를 보고 싶은 생각이 더 간절햇다.

"응 몇 일간 더 참어라! 몇 일만! 가게 되겟지!" 하고 그는 스스로 위로햇다.

비가 몇 번 내렷다. 여름내 노라케 말나 부텃든 마즌 산 언덕에 풀이 나고 생기가 도라서 제법 녹색 기운이 돌게 되고 아침 저녁 싸늘한 바람이 불고 지나가는 때가 되엿다. 준식이는 분주스럽게 수이[12] 닥드릴 장마에 대한 준비를 다 해노핫다.

장마가 들면 한 주일 동안 휴가를 주겟다는 주인의 허락을 받고 준식이는 춤을 덩실덩실 추며 일을 햇다. 이때로부터 그의 오직 한 가지 생각은 찜미를 보러 스탁톤으로 갈 일과 갈 때 무엇무엇 사다 줄가 하는 것을 생각해내는 일이엇다.

겨울 준비가 다 끝이 낫다. 늘어진 야자나무 잎을 다 톱으로 잘나 없새고 꽃밭에는 괴는 물이 잘 빠지기 위하여 도랑을 처 노코 일본식 정원 세멘트 못은 맑아케 닥가내고 말리어노코 화분들은 모두 베란다 안으로 드려노코 개얌나무 울타리를 곱게 다사려노코 그리고 나서 잔디밭도 곱게 깍가노핫다. 이제 손질 더 할 곳이 조금도 없다 하고 생각하는 날 밤부터 과연 비가 주룩주룩 쏘다지기 시작햇다. 이튿날 그는 호미를 들고 비를 맞어가며 정원 전체를 한 번 죽 순회해보앗다. 더 할 일이 없다. 이만 햇스면 장마 뒤 두어 주일 동안 손질 아니하고 내버려도 흠잡을 곳이 없을 만침 되엿다.

준식이는 주인에게 하직하고 그날 오후 차로 스탁톤 가는 길에 올랏다. 시름없이 주룩주룩 내리는 비를 내다보며 흔들거리는 차 안에 앉어 잇는 준식이는 마치 만드러노흔 인형같이 사위[13]에 무관심하고 무감각하엿다.

---

12 '쉬이'의 방언. 쉽게. 쉽사리.
13 사방의 둘레.

찜미! 찜미!

준식이가 그러케도 기쁜데 찜미가 도로혀 낫설어하는 것이 준식이에게는 몹시 슬펏다. 어린애들이란 그러케 쉽게 이저버리는 것이다.

그러나 두리 만난 지 한 시간이 못 되어 준식이와 찜미는 년전에 가젓든 그 친밀과 꼭 같은 친밀로 마조 바라다보고 웃고 떠들엇다. 찜미가 자라난 것. 이전에는 못하든 말을 제법 잘하는 것. 인제는 제법 바로 어른이나 된 것처럼 젠체하는 꼴, 아는 체 하는 꼴, 이런 모든 것이 준식이를 열관¹⁴시키엇다. 그는 찜미를 그러안고 죽는 날까지 노치 말고 품속에 영원히 영원히 눌러 부치어두고 싶엇다. 그래서 그는 잇따금 찜미를 반작 들어다가 가슴에 안고 쥐여짯다. 그럴 때마다 찜미는,

"아이구, 압바, 숨 맥혀, 노아요. 노아요!" 하고 바둥바둥 애를 썻다. 노하주면 얼는 저만치 떠러저가 앉어서 준식이가 사온 사탕을 후물후물 먹으면서 엊그제 공원에 놀러 나가서 보앗던다는 갓 어린애의 공상과 과장과 열정과 환상을 속살거리고 잇엇다.

세월이 유수라더니 참으로 얼마나 빠른가? 준식이가 바로 어제 왓섯든 것 같은데 오늘에는 떠나지 안흐면 안 될 날이 이른 것이다. 찜미를 혼자 두어두고 다시 혼자 떠날 생각을 하니 그것은 참으로 견딜 수 없을 만치 슬픈 일이엇다.

"아니다, 아니다! 이번엔 더리고 가야겟다." 하고 그는 혼자 열병 들린 사람처럼 수없이 중얼거럿다. 그리고 그것은 불가능이란 것을 준식이는 박일권이가 알려주지 안터래도 혼자 넉넉히 잘 알고 잇엇다.

아직 안 된다. 몇 해 더 기다려야 한다. 이삼 년만! 학교에 다닐 수 잇는 나이만 되면 엎랜드 국어학교 기숙사에 더려다 둘 수가 잇다. 엎랜드에 더려다 두면 목요일마다 만나볼 수가 잇을 것이다.

그러나 누가 알랴? 미래라는 시간의 작난을 알 사람이 누구랴? 인생을

---

14 '열광'의 오기인 것으로 보임.

어리석다 할가? 그러나 이것이 인생인데야!

106

일천 구백 십육 년!

"윌쏜 대통령은 우리를 전쟁으로부터 구원하엿다!"

"윌쏜을 재선하여 우리 아들들을 살리자!"

전 미국은 이러케 부르지젓다.

대중이란 참으로 어리석은 집단이다. 초등교육이 보급되여 모두 소학교 물을 먹고 나왓다는 대중도 그 실상 미련하기 짝이 없는 집단이다.

그래서 윌쏜이는 대통령으로 재선되엇! 미국을 전쟁의 화단으로부터 구원하기 위하야!

그러커늘!

그러커늘! 윌쏜이 재선된 지 여덜 달이 못 되어 미국 방방곡곡에 "엉클 쌤[15]이 너를 부른다!" 하는 포스터가 나붓게 되엇다.

미국은 유로바 전쟁으로부터 얻을 바 폭리를 마음껏 다 빨아드리엇다. 유로바는 삼 년 계속된 전쟁에 끝까지 피곤되어 인제는 아모것이고 더 사 드릴 기력조차 없게 되엇다. 유로바 각국이 미국에게 진 부채만이 벌서 몇 백 년 두고 갚아도 다 갚을 수 없을 만침 되엇다. 모하도 모하도 글거도 만 족할 줄을 모르는 백만장자들은 이제와서는 그들의 창고에 황금을 좀 더 글 거드려 채우려 하면 미국의 청년 수만 명을 끌어내다가 불란서 전지에서 죽 여버리지 안흐면 아니 될 것을 각오하엿다. 자기 민족 수만의 생명은 자기 손바닥 안으로 기여 들어올 수만 원 돈보다는 귀하지 안는 것이엇다.

그래서 그들은 어리석은 민중을 속일 허다한 방략[16]을 연구하엿다. 자본

---

15 Uncle Sam : 미국. 미국 정부.

16 일을 꾀하고 해 나가는 방법과 계략.

가들의 기관 노릇을 하는 전국 각 신문은 훌융한 반주곡을 쳐주엇다.

마츰내 월쏜이는 일 년 전 대중에게 맹서한 그 약속을 휴지 쯔저버리듯 쯔저버리고 마랏다.

"권리는 평화보다도 더 귀중하다!" 하고 그는 컹그레쓰[17]에서 소리를 질럿다. 그래서 마츰내,

'전쟁을 끝내기 위한 전쟁!' '데모크라씨를 보장하기 위한 전쟁!'이 선전 포고 되고 마랏다.

"엉클 쌤이 너를 부른다!"

이 부름에 응하지 안는 청년은 비겁자이다, 반역자이다, 매국노이다. 이 래서 사방에서 젊은 사람들은 광산을 내버리고 공장을 내버리고 상점을 내 버리고 왼갓 건설적 노력과 사임을 다 내버리고 사람을 죽이려, 왼갓 것을 파괴하려 꾸역꾸역 모혀들엇다.

청년들의 활발한 노리터, 재미잇는 작난터가 되든 각 학교의 운동장이 하 로밤 새에 변하여 사람을 죽이는 연습을 하는 연병장이 되여버리고 마랏다.

어제까지 한 방에서, 한 식탁에서, 한 자리에서 가깝게 지나든 친구들 동 지들이 하로밤 사이에 원수가 되고 마랏다.

어제까지 존경하고 어제까지 그의 교수를 잘 받고 잇엇것만 그 교수의 이름이 '하이징가' 또 혹은 '스트레스만'이기 때문에 하로밤 새에 그 교수는 '미운 독일 놈의 정탐'으로 변하고 마랏다.

이리하야 마츰내 군악을 잡히고 기를 내두르고 노래를 부르며 미국 대중 은 그들의 사랑하는 아들들을 불란서로 건네보내엿다. 그들의 가슴속 깊이 숨여 오르는 슬픈 생각과 무서운 생각은 〈스타 스팽클도 빼너〉[18]의 우렁찬 소리로 억지로 내려 눌럿다. 아모도 다른 사람 보기에 비겁자 노릇하기는 실혓다. 애국심이 부족하다는 비난을 받기 실혓다. 가장 사랑하는 아들, 사

---

17 Congress : 미국 의회.
18 The Star-Spangled Banner : 미국 국가.

랑하는 옵바, 사랑하는 남편, 사랑하는 애인을 죽을 땅으로[19] 내여보내고 혹은 목숨, 혹은 한 다리, 혹은 눈, 혹은 팔, 혹은 두 다리 다 희생하여야 할 것을 예기하면서도 그들은 것트로 남에게 용기를 보이고 애국심을 보이어야 할 부질없는 허영심의 만족을 구하는 것이엇다.

107

물가가 오른다! 물가가 오른다!

대중은 그 물가가 왜 그러게 자꾸자꾸 올라가는지를 검토해볼 생각을 못 햇다. 불란서로 건너간 군인들에게 먹을 것과 입을 것을 보내어야 할 터이니까 자연 물가가 고등[20]해지려니 하고 생각하엿다. 그리고 대중은 아무도 이 기회에 뉴욕 사는 몇몇 백만장자의 금고 속으로 수천만 원의 돈이 붓적 붓적 늘어나고 잇엇다는 것을 아는 사람도 없엇거니와 알아보려고 하는 사람도 없엇다. 오직 눈뜬 사람 한 둘이 이것을 알고 이것을 타매[21]하다가 '독일 탐정'이란 죄명을 뒤집어쓰고 감옥에 가치고 말엇다.

물가가 오른다!

밀값이 오른다!

쌀값이 오른다!

"쌀값이 오른다!"는 이 한마디가 준식이의 귀를 번쩍 띠웟다.

"나 잇는 데로 오시오. 나는 작년 농사에 순이익 꼭 사천 원을 남겻소. 이러케 훌륭한 사업이 다시 없을 줄 압니다. 남의 집에서 백 년을 고용살이한들 사천 원 쥐여보겠소? 우리는 이번에 우리 재산 전부로 다시 논을 풀[22] 작정입니다. 지금 형편 같아서는 금년 농사로는 자본의 십 배는 넉넉히 남길

---

19 원문에는 '따로'로 표기되어 있음.
20 고등(高騰) : 물가가 오르다.
21 타매(唾罵) : 경멸하고 욕함.
22 풀다 : (논농사)를 위해 돈(자금)을 사용하다.

자신이 잇소."

이러한 편지가 재작년에 벼 농사를 시작한 허광범이에게서부터 왓다.

그러타. 쌀 한 섬에 팔 원 하든 것이 일약 십오 원이 되엿다. 세상에 이런 폭리가 다시 잇으랴?

논을 풀자!

논을 풀자!

여기저기 흐터저 잇는 조선 노동자들의 귀에 이 기쁜 소식이 순식간에 전파되엿다.

준식이도 이태 동안 벌어서 싸하두엇든 돈 오백 원을 다 가지고 촌으로 나가 벼농사를 하게 되엿다.

준식이가 일생에 본 적이 없는 굉장히 넓은 논이 눈 앞에 전개되엿다. 기계로 물을 대고 기계로 씨를 뿌렷다. 얼마 오래지 안허 무연한 벌판에 파란 벼로 한 겹 쪽 깔리게 되엿다.

농사래야 별로 힘드는 일이 아니엇다. 오전 오후 하루 두 번씩 자동차를 타고 자기가 맡은 논을 한 바퀴 삥 돌면서 어데 뚝이 상하지나 안엇는지? 어데 물이 마르지나 안엇는지? 어데 물이 넘우 만히 고여 잇지 안는지?를 검사하면 그뿐이엇다. 그리고 낮에 가장 더운 때에는 나무 그늘 아레 앉어 수박이나 쪼개 먹으면서 잡담을 하거나 낮잠을 잔다.

밤이 되면 넓다란 천막 속에 여기저기 누어서 음담패설이나 하고 (모두가 나[23] 만흔 호래비들이니까 이것이 그들의 가장 즐거워하는 화제이엇다) 잇다. 이 구석 저 구석에서 화투들을 하기도 한다.

또 더러는 자동차를 타고 백 리나 밖에 잇는 조고만 거리로 드러간다. 술도 마시고 계집도 보려 가는 것이다. 그들의 앞에는 황금이 기다리고 잇다. 좀 놀아나지 못할 이유가 잇스랴? 더욱이 벼농사꾼이라고 하면 술집에서도 외상을 잘 주엇다.

---

23 '나이'의 준말.

구백 십팔 년. 준식이가 첫 번 농사의 수확을 거둔 때 오백 원 자본을 대이고 일 년 농사한 결과로 그는 삼천 원이란 거대한 현금을 손에 쥐게 되엇다. 이것이 기적이 아니고 무엇이랴? 쌀값은 그냥 올라만 가고 잇다. 한 섬에 사십 원대를 돌파하엿다.

공부하려고 재작년에 건너온 학생 한 사람도 학비로 한 이백 원 버럿든 돈을 끌고 벼농사로 여기 드러와서 단박 천 원 돈을 만드러 쥐고 너무 기뻐서 하로 종일 춤을 추엇다는 이야기가 잇다.

이때 처음으로 조선 사람 중에도 오십만 원 재산가라는 명칭을 듣는 사람까지 생기게 되엇다. 이를테면 강철대왕이니 석유대왕이니 하는 모양으로 쌀대왕이 된 셈이엇다.

108

이리하야 칼리포니아 벼농사는 재미 조선 사람들의 한 새로운 보고(寶庫)로 되엿다. 그래서 그해 겨울 미국 과부들이 '아지 못할 영웅'의 기념비 아래 화환을 바치고 전승의 축배를 드는 동안 재미 조선 농민들은 보다 더 큰 논을 풀기에 여념이 없었다. 그들은 자기네가 가진 바 전 재산을 다 털어서 논을 풀엇다.

이러케 그들이 새로운 꿈을 꾸고 새로운 개간에 분주하든 일천 구백 십구 년 봄 삼월[24]에 그들의 등골로 찬물을 끼언는 것같이 찌르르한 격감을 주는 한 소식이 그들의 귀에 들리엇다.

그들은 벼종자 사고 땅 개간하는 데 쓸 돈 중에서 얼마씩을 (그것은 결코[25] 적은 돈이 아니엇다) 떼여서 모두어 가지고 유로바로 갈 대표의 노비로도 주고 상해로 보내기도 하며 신문기자를 원동대채관에 모하노코 연회를 열 비용

---

24 1919년 3·1독립만세운동.
25 원문에는 '결고'로 표기되어 있음.

도 담당하고 하엿다.

그리고 그들은 베르싸이유에서 대표들이 조선 ××을 뚝 떼여 소포로 부처나 줄듯이 알고 고대하고 잇엇다. 월쏜 대통령을 하누님처럼 처다보고 잇엇다. 그들은 세계 정치에 대한 상식도 없고 국제회의라는 것이 무엇인지, 더구나 전쟁이 끝난 후 승전국들이 모혀 앉어서 패전국을 벌줄 계획을 꿈이는 소위 강화회의라는 것이 사실로 어떠한 것인지를 이해할 줄 모르는 어리석은 이상주의자(대부분 무의식적으로)들이엇다.

그런데 그보다도 더 큰 비극은 이들의 어두운 눈을 밝혀줄 진정한 지도자가 없는 일이엇다.

사실인즉 그들은 지도자를 가진 줄로 생각하고 잇엇고 또 지도자로 자처하는 인물이 서너 사람 잇는 것도 사실이엇다. 그러나 불행하게도 그들 지도자는 이 무리들을 단합과 일치로 인도하지 못하고 도리어[26] 분리와 사움으로 인도햇다면 어폐가 잇을런지 모르나, 그 동기는 하여간에 결과로 보아서는 분쟁과 갈등만이 날로 날로 뿌리를 박고 잇엇든 것이다.

벌서 여러 해 전부터 어느 때에 그리 되엿는지는 모르나 무의 무식중에 재미 조선인은 대략 세 사람의 지도자 밑에 분렬되어 가지고 잇엇다. 장군님파, 박사님파, 선생님파, 이러케 세 파이엇다.[27] 이 사람들이 서로 싸우느라구 등사판에 박아낸 선전지들을 잇대여노으면 아마 지구를 여러 바퀴 돌수 잇을 것이엇다. 그러나 이런 일을 자세히 쓸 필요도 없거니와 또 사실에 잇어서 이야기의 주인공인 준식이는 이 파별로 싸움에서 제외된 한 무식한 노동자에 불과하엿섯든 것이다. 준식이로 보면 그들의 그 파별 싸움은 참으로 이해할 수 없는 일이엇다. 준식이로써 볼 때에는 장군님이나 박사님이나 선생님이나 모두가 한결같이 훌륭하고 본받을 만한 사람으로 보엿다.

그러나 그러케 속으로 흘러오든 갈등은 마츰내 상해에 ××정부가 성립

---

26 원문에는 '도러어'로 표기되어 있음.
27 김구파, 이승만파, 안창호파.

되면서부터는 일종의 권리 쟁탈이 섞인 노골적 싸움으로 나타나고야 말앗다. 장군님파의 세력은 차차 꺽기어 없어저가는 반면에 박사님파와 선생님파의 세력은 거의 백중을 다툴 기세로 팽창되어 도처에서 그 충돌을 보게되고야 말엇다.

그들의 싸움은 싸움을 하기 위한 싸움뿐이엇다. 이 파 사람들은 저 파의 지도자는 야심가요, 유부녀 간통하기를 만히 하는 자요 위선자라고 욕을 하엿다. 그러면 또 저 파 사람들은 이 파의 지도자를 가르처 무식쟁이이오, 처녀를 만히 버려주는 자요, 군것질을 만히 하는 자라고 욕을 하는 것이엇다.

이 욕지거리에는 아모런 근거도 없는 것이엇것만 만흔 사람들은 순전한 개인적 감정과 이해관게로 각기 반대파를 훼방하고 욕하고 박해하는 것이엇다.

이러한 와중[28]에서 준식이도 어떤 때는 흑백을 분간할 수 없엇으나 그는 그저 수굿하고[29] 돈버리나 하는 것이 자기 본직이라고 믿어왓기 때문에 다른 사람들이 서로 욕하고 서로 훼방하면 가만히 듣고 잇을 따름으로 한목 끼이는 일은 별로 없엇다.

109

조선 사람들의 이 당파 싸움은 냉정한 눈으로 보면 실로 이해할 수 없는 이상한 현상이엇다.

무슨 정치적 근거를 가진 정전(政戰)이냐 하면 결코 그런 것도 아니엇다. 사실 어느 지도자 하나 무슨 정강정책[30]을 뚜렷이 내세워본 일이 없는 것이다. 모두가 그저 막연하게 ××××을 표방하는 것뿐으로써 사실 거기에

---

28 원문에는 '화중'으로 표기되어 있음.
29 고개를 숙이고.
30 정부나 정당이 내세우는 정치상의 중요한 방침.

무슨 의견 충돌 같은 것이 잇을 것이 없엇다.

어떤 사람들은 말하기를 이는 지방열의 갈등이라 하나 자세히 검토해보면 결코 그것만도 아니엇다. 아모리 뜯어보아도 그저 싸우기 위하여 싸우는 것에 불과하엿다. 마치 당쟁은 조선인이 선천적으로 타고난 것인 것처럼 그들 속에 뿌리 박고 잇는 것이엇다.

날이 갈사록 이 당쟁은 더 한층 노골적으로 되면서 지역적으로까지 확연히 당파의 세력 분포가 나타나게 되엇다. 하와이에도 호놀루루는 이 파의 세력 범위, 그 밖 섬은 저 파의 세력 범위로 되고 상항은 이 파면 로스안젤스는 저 파, 스탁톤은 저 파면 뉴욕은 이 파로 당파의 세력은 지역적으로 구분되엇다. 따라서 언문으로 발행되는 두 신문도 확연히 당파적으로 구분되게 되어 호놀루루에서 발행하는 ××보는 이 한 파의 기관지요, 상항에서 발행되는 ○○보는 저 한 파의 기관보라고까지 말들을 하게 되엇다.

더욱이 이상한 일로는 각 당파의 수령 격으로 잇는 지도자들은 둘 다 하나는 파리로, 하나는 상해로 떠나간 후에도 이 당쟁은 끈치지 안코 계속되는 것이엇다. 사실 이 당쟁은[31] 지도자 그들의 싸움이라기보다도 그 밑에서 일하는 군소 무리들의 싸움(때로는 두 지도자의 본 의사에서 버서나는)이엇든 것이다.

이러한 서로 적대시하고 서로 욕하고 서로 훼방하는 조선 사람들 가운데서 그때 가장 공통적으로 일치되는 관념이 잇엇다 하면 그것은 다른 것이 아니라 그해 벼농사는 갈 데 없는 풍년이오 거기 따라서 만흔 사람들이 졸부가 되리라는 꿈이엇다.

준식이도 이 아름다운 꿈을 꾸는 사람 가운데 하나이엇다. 이대로만 나간다면 준식이의 삼천 원 자본이 금년 겨울에는 삼만 원이 될지 오만 원이 될지 모를 노릇이엇다.

그것을 가지고!

---

31 원문에는 '당처은'으로 표기되어 있음.

그것을 가지고 어떠케 할가는 생각할 여유도 업시 그들의 가슴은 행복된 기대로 가득 차 잇섯다. 금년 겨울 이내로 조선 사람으로도 '밀리오네어'가 한두 사람은 생기리라고들 이야기하엿다.

<h1 style="text-align:center">110</h1>

그해 여름은 몹시 더웟다. 막 물쿠어[32] 내는 여름이엇다. 그러나 그것은 벼를 북도두는 농사꾼에게는 즐거운 더위이엇다. 벼는 무럭무럭 자란다. 그것이 자라남을 따라 그들의 공상도 한 거름 두 거름 더 실현의 나라로 가까워 간다.

이 더위만, 이 한 더위만 넘기면 그들은 모두 몇만 원씩 안고 호화스러운 생활을 할 것이다.

벼가 이삭을 패기 시작햇다. 이제는 논에 물도 다 말리고 농부들도 별로 하는 일 없이 그저 어서 속히 곡식이 여물기만 기다릴 따름이엇다. 오직 추수하는 기계를 새로 기름으로 닥고 깨솔린을 사 드리고 쌀 무역상과 계약이나 맺고 하면 그해 일은 끝이 나는 것이다.

벼가 누−러케 익기 시작햇다. 농부들은 시마다 무연한 벌판을 내다보고 만족의 우승을 우섯다. 바람에 흐늑거리는 누−런 파도! 그것은 황금의 파도가 아니고 무엇이랴? 나날이 단단해가는 쌀 한 알 한 알 모두가 금쌀아기가 아니냐?

준식이는 천막 문을 제뜨리고[33] 앉어서 누러케 흐늑거리는 끝없는 벌을 내다볼 때마다 그 우흐로 추수 기계가 통통거리며 오르고 내릴 것을 눈앞에 보는 듯이 공상하엿다. 그실 별로 오랜 미래의 일도 아니다. 이제 약 한 달만 잇으면!그러타! 한 달만 잇스면 이 황금파도 우흐로 추수 기계가 통통거

---

32 날씨가 찌는 듯이 더워지는,
33 젖뜨리다 : 힘을 주어 뒤로 기울이다.

리며 오르나릴 것이다. 그러고 그것이 단이 되고 섬이 되어 긔차에 실어 내보내는 날 그들의 손에는 수만 원 또는 수십만 원의 돈이 떠러질 것이다.

아! 얼마나 재미나는 공상이냐? 얼마나 재미나는 산술이냐!

한 점의 거문 구름! 실로 그것은 한 점의 거문 구름에 불과하엿다. 그러나 그 한 점의 검은 구름의 힘은 인생의 무슨 세력보다도 더 힘센 폭탄이엇다.

풍설이 돌기 시작햇다. 누가 어데서 몬지 드럿는지는 모르나 쌀값이 떠러젓다고 한다. 얼마나 떠러젓는지? 그것은 아모도 아는 사람이 없엇다. 또 어떤 사람의 말은 쌀값이 일는 여름부터 내내 조금씩 떠러젓다고 한다. 그것을 조선 농부들은 모르고 잇엇다구 한다.

글세? 그럴 리가 잇나? 또 설혹 좀 떠러젓으면 어때? 물가 시세란 것이 올랏다 떠러젓다 하는 것이니까 지금 조금 떠러젓더래도 이제 또 오르겟지!

그러나? 어떤 이는 이런 소식을 전해주엇다. 쌀값은 지금 상상할 수 없을 만침 떠러지엇다. 전쟁은 끝나고 게다가 밀이 대풍년이어서 밀을 만이 먹고 쌀은 별로 먹지 안는 미국이니까 쌀값은 더 한층 떠러지게 된다구 예언하는 사람이 잇더라구. 글세 그럴지도 모르지! 만일 그러타면 좀 낭패는 낭패야! 그러나 설마 밋지게까지야 떠러질라구. 쌀값이 몇 달 사이에 떠러지면 얼마나 떠러질라구! 사십 원 하든 쌀값이 기껏 절반 떠러질 셈 잡고 이십 원 한다구 하더래도 역시 이는 냄길 수가 잇지 아는가?

이러케 그들은 스스로 위로햇다.

그러나 이런 풍설이 돌기 시작한 뒤로부터 누런 곡식 파도를 만족하는 마음으로 내다보는 그들의 가슴 한구석에는 생각하기 실은 의심의 거문 구름이 떠오르기 시작함을 금할 수가 없엇다. 그래서 그들은 사람을 보내서 쌀검사를 자세히 알아보도록 햇다.

그 결과는 그들에게는 쓰라린 보고를 갖어다 주엇다. 사십 원대에 올랏든 쌀값은 삼십 원, 이십 원, 벌서 십 원까지도 폭낙이 되엇다는 보고이엇다.

무엇? 불과 몇 달 동안에 그러케 폭락이 되는 수가 잇서? 그들은 그 보고를 믿으려 하지 안엇다. 그것은 불가능한 일처럼만 생각되엿다. 그들은 그러케 쌀값이 몇달 새에 이십 배 삼십 배 오르든 경험은 이저버렷다. 그리고 오직 아모리 내려가도 머즐 때가 잇겟지 하는 신념을 끗까지 붓잡고 노치 안흐려고 애를 바득바득 썻다.

마음 한구석에 이런 불안을 품기 시작하면서도 그들은 다 익어 흐늑거리는 논을 내다볼 때에는 억제할 수 없는 쾌감을 감각하엿다. 그실 그들은 마음속 깊이 깊이 어데까지나 농부이엇다. 미국으로 와 가지고 혹은 광산으로 혹은 막노동으로 혹은 하인으로 이리저리 돌아먹어 보앗스나 그들 속속 깊이에는 역시 사천 년을 농사지어 먹든 농부의 자손이오, 또 어려서부터 농사해본 농부들이엇다. 그래서 그들의 눈앞에 늠실거리는 벼를 볼 때 그들은 벼 그 자체에 대한 애착심만으로도 넉넉히 그들을 열광시키리만침 그들의 속에는 '농부'가 드러앉어 잇는 것이엇다.

파선

111

마츰내 최후의 날은 이르럿다.

추수할 준비를 다 해노코 무역상과 계약을 매즈러 갓을 때 그들은, "사원식!" 하는 선고를 받엇다. 무엇? 사십 원짜리가 사 원? 그것은 믿을 수 없는 일이엇다. 그러나 세상에는 믿을 수 없는 일도 흔히 잇는 법이다. 그들은 사색이 되어 이리저리로 헤매이엇다. 그러나 사 원 이상을 받을 재간은 절대로 없을 것을 그들은 깨닫게 되엇다.

그러니 그것은 곳 그들의 파멸 선고이엇다. 산판[1]을 아무리 잘 놋는 사람이 아모리 산판으로 별 재주를 다 피워보아도 사 원 받어 가지고는 추수 비용도 뽑아낼 수가 없다는 것이 빤하엿다.

그러니 어찌하자느냐?

농사자[2]들은 함께 모여 밤새도록 의론을 하고 수판을 노하보앗다. 그러나 별 도리가 없엇다. 아침 해가 떠올 때나 되어 그들은 별 수 없이 다 익은 곡식을 벌에서 썪으라구 그냥 내버려두고 이리저리 다시 노동 자리를 얻어

---

1 수판, 셈을 놓는데 쓰는 기구.
2 원문에는 '동사자'로 표기되어 있음.

흐터질 수밖에 없다는 기맥힌 결론에 이르고 말엇다. 지금 쌀 시세 가지고는 그것을 다 추수해서 판대야 추수하는 비용을 채와줄 도리가 도모지 없다는 것이 판명된 것이엇다.

이 슬픈 결론에 다다르자 모두들 발버둥치며 주먹으로 땅을 두드리고 크게 통곡하엿다. 어찌 통곡으로써 그들의 찌여진 가슴을 진정시킬 수가 잇으랴? 그러나 통곡밖에 더할 일도 없는 것이 사실이엇다.

모 − 든 것을 운명에 마끼엇다. 농부를 보호해주는 정부가 잇엇던덜 이런 난경에서 구원될 방도를 찾아줄 수 잇다는 것이나 또는 뉴욕 자본가들이 도와주려고만 하면 쌀값을 그러케 폭락시키지는 안흘 수 잇다는 사실을 그들은 아지도 못햇다.

그들은 그들이 동양 사람 된 죄와 또 그들이 노동자 된 죄와 또 그들에게 ××가 없는 죄 때문에 그들이 지금 이 비참한 처지에 빠지게 되엿다는 사실을 깨닫지 못하는 불상한 소경 떼이엇다. 오직 그들은 모 − 든 것이 운명의 작난이라고 단념햇다. 신이 하는 일이매 사람으로써 어찌할 수 없는 일이라구 단념햇다. 그러나 그들이 신으로부터 이런 참혹한 형벌을 받을 죄를 언제 범햇든지? 그것 역시 신의 뜻이니까 사람으로써 측냥할 수 없는 일이엇다! 오직 그들의 팔자가 그러니까 어찌할 도리가 없는 것이엇다.

팔자! 팔자!

이 두 글자는 조선 민족의 인생철학이 아니든가? 준식이는 혼자서 울지도 안코 부르짖지도 안코 가만히 문밖에 나섯다. 동천으로 빨간 해가 불쑥 올라와서 무연한 논 전판을 금빛 파도로 물들이엇다. 그는 이 끝없는 벌판을 내다보앗다. 이 곡식! 이 수십만 섬의 곡식! 이것을 이대로 썩으라고 내버려두다니? 봄내 갈고 심고 물주고 김매주어 애써 길러낸 이 곡식을 이대로 여기서 썩으라고 내버려두다니? 그것은 마치 미치광이의 짓 같앗다. 미친놈이 아니고야 이 수다한 곡식이 아까와선들 이대로 썩일 수야 잇나?

얼마나 비참한 대조인가? 바로 몇 일 전까지만 해도 이 흐늑이는 벼이삭은 그에게 돈과 쾌락과 행복과 성공을 암시해주든 아름다운 무지개처럼 번

득이는 이 벌판은 오직 그에게 새로운 절망과 환멸과 슬픔과 악만을 갖어다 안겨주는 악마의 선물로 변해버리고 말앗다.

우스랴? 울랴? 악을 쓰랴? 저주하랴? 아모 짓을 해도 씨언할 리가 없다.

그러나? 그러나! 이 아까운 곡식을 어찌 이대로 썩이랴? 준식이는 논 속으로 뛰처들어서 벼를 한아름 움켜 안고 나가 넘어지엇다. 그리고 깔깔한 벼이삭들에 얼골을 문즈르면서 딩굴딩굴 딩굴엇다.

준식이가 벼이삭을 안고 딩구는 것을 보고 다른 사람들도 달려들어 논 속으로 뛰처들어 벼를 안고 딩굴엇다. 오직 고용으로 일급을 받고 와서 농사하든 고꾼들은 뛰여들지 안코 그냥 언덕에 서서 마치 장례식 행렬 뒤에 따라가는 사람 모양으로 구슬푸고 엄숙한 태도로 이 미처 날뛰는 사람들을 바라다보고 잇다. 더러는 남의 일일망정 참아 못 보겟다는 듯이 얼골을 돌리고 주먹으로 눈물을 뻑뻑 씻고 잇섯다.

갑작이 어데선가

"얼시구 좋구나!" 하는 외마디 소리가 나더니 사람 하나가 춤을 덩실덩실 추며 논두덩으로 뛰여 나간다.

"하, 하, 하, 하! 이놈들! 왜 웃느냐? 나는 인젠 백만금 부자다. 이놈들아. 돈이면 그만이지 그만이야, 하 하 하!"

준식이는 이 미처버린 사람의 춤추는 뒤모양을 물그럼히 바라다보앗다. 이런 경우에 차라리 그 사람처럼 아주 실성이 되어버렷던덜 한층 향복될 것 같이 생각되엇다.

112

준식이는 종일 잣다. 저녁때가 되어서야 깨여보니 일급 고군들은 벌서 모두 보따리를 싸 가지고 저 갈 데로 가버린 후이엇다. 그리고 두 사람이 실신하여 발광을 부리는 고로 붓잡아 결박 지워 끌고 거리로 들어갓다고 한다. 아마 그들은 스탁톤 광인병원으로 보내서 거기서 기구한 여생을 마치게 될 것이다.

그리고 만흔 사람이 온다간다 소리도 업시 어디론지 뿔뿔이들 가버렷다. 십 년 전 이십 년 전 상항에 와 내려섯든 그날 모양으로 빈 손 들고 정처 업시 그날 저녁 버리를 엇으러 방랑의 길을 떠낫을 것이다.

불쌍한 인생들!

준식이가 잇는 천막에 가치 잇든 사람들도 뿔뿔이 다 업서저버리고 오직 한영걸이라구 하는 젊은 사람만이 아직 남아 잇엇다. 그는 공부를 목적하고 건너온 사람인데 건너온지 벌서 륙 년이나 되엿으나 어학도 부족하고 학비도 벌 수가 업고 해서 애만 쓰며 이리저리 돌아단니든 청년이엇다. 삼 년 전부터 노동해 번 자본 한 이백 원을 쥐고 벼농사로 뛰쳐드러와 가지고 첫해에는 애써 농사해서 겨우 한 이백 원 남겻으나 그 사백 원으로 그 다음 해에 천 원 수입을 얻고 다시 그것으로 작년에 사천여 원을 만드러노핫엇다. 그것을 가지고 학교로 들어가기 위하여 동방으로 가려고 준비하다가 친구들이 이제 한 번만 더 농사지으면 그 사천 원이 이만 원이 될지 삼만 원이 될지 모르니까 한 해만 더 해가지고 공부를 떠나라는 권면에 그만 귀가 솔깃하여 주저 앉엇다가 고만 이번에 그 사천 원을 고대로 홈빡 까먹게 된 것이엇다.

영걸이는 남처럼 울지도 안코 몸부림도 하지 안헛다. 준식이가 잠자고 잇는 하로 종일 그가 무엇을 하고 잇엇는지는 준식이가 알 수 업으나 하여간 그의 눈에 오른 붉은 피긔[3]와 피곤을 보아 그는 조곰도 자지 못한[4] 것을 알 수 잇엇다.

그는 아무 소리도 업시 문안에 웅크리고 앉어서 황혼이 내려덮기를 시작하는 벌을 내다보앗다. 마치 거기서 무엇을 발견할 것을 예긔하는 사람처럼 열심으로 내다보고 잇엇다.

준식이는 무슨 말을 걸어서 그를 좀 위로해주고 싶은 생각이 낫다. 그러

---

3 핏긔.
4 원문에는 '못하'로 표기되어 있음.

나 입을 열지 못햇다. 무슨 할 말이 잇으랴? 도리어 침묵하고 잇는 것이 나흘 것 같다.

종일 굶엇것만 배곱픈 생각도 없고 아모 것도 먹고 싶지도 안엇다. 그래서 준식이는 그냥 어두어 오는 천막 속에 누어 잇엇다.

아주 어두엇다. 그러나 한 구석에 누어 잇는 준식이는 문 앞에 앉은 영걸이의 쭈그린 모양을 볼 수가 잇엇다. 그래도 밖겻은 안보다 좀 훤한 고로 문 앞에 앉은 영걸이의 윤곽이 선명하게 나타낫다.

얼마나 오래 준식이가 이 쭈그리고 앉엇는 영걸이의 윤곽을 바라다보고 잇엇는지? 그것은 준식이도 짐작할 수가 없엇다. 지금 그들의 마음은 시간 관념을 초월한 환영의 세게 속으로 배회하고 잇는 것이엇다.

영걸이는 조심스럽게 준식이 쪽을 바라다보앗다. 벌서 몇 번채인가? 아마 여러 번채이다! 그러나 준식이는 그것조차 생각할 마음의 평화가 없엇다. 준식이도 죽은 사람 모양으로 꼼작 아니하고 누어 잇엇다.

밤이 얼마나 깊엇을가? 자정일지도 모른다! 아니 초저녁일지도 모른다!

마침내 영걸이는 천천히 그러나 무엇을 결심한 사람처럼 일어섯다. 그리고 자기 자리로 머리맡에 잇는 보따리를 슬근슬근 풀엇다. 준식이는 영걸의 그 보따리 속에 무엇이 들어 잇는지 잘 안다. 한번 준식이가 영걸에게 그런 위험한 물건은 무엇하려고 가지고 다니느냐고 물어본 일이 잇엇다. 그 때 영걸이는

"사람의 일을 아나요?" 하고 빙그레 우슬 따름이엇다.

잠간 동안 부시럭부시럭 하더니 그는 기ㅡ단 한숨과 함께 이러서서 밖으로 나간다.

영걸이의 윤곽이 어둠 속으로 스러지자 준식이는 벌떡 이러낫다. 그리고 영걸의 뒤를 따라갈가 햇다. 그러나 다시 한번 생각하고 그는 도로 드러누엇다.

가고 싶은 사람은 가래라! 이런 경우에 막는 것은 도리어 적악[5]이다. 사실 더 살면 무엇 하랴? 차라리 그럴 용기가 없는 것이 한이지!' 하고 그는 혼자 생각햇다. 그는 도로 드러누엇다. 그러나 그의 전 신경은 어떤 한 큰 기대로써 간지럽게 되엿다. 그는 귀를 기우리고 기다렷다.

한 초, 두 초, 한 분, 두 분.

시간이 얼마나 지나갓는지? 준식의 전 근육은 흥분과 긴장으로 아푸기 시작햇다.

이젠가? 이젠가?

"쩽!" 하는 맑은 소리가 들리어 왓다. 어디 멀리서 바이올린 E줄을 퉁기는 소리 같은 소리이엇다. 준식이는 그 소리를 듣자 전 신경 전 근육이 탁 풀리엇다.

"끝낫다!" 하고 그는 중얼거리엇다.

113

이튿날 새벽 해뜨기 전 준식이는 천막을 거더치엇다. 고래 같은 개와집을 밤마다 꿈꾸던 그 천막이다. 얼마나 만흔 꿈과 또 얼마나 만흔 실망을 가저다 준 천막인가?

그리고 영걸이가 누어 자든 그 자리에 그는 혼자서 무덤을 팟다.

해가 방금 떠오르는 순간 준식이는 영걸이의 시체를 끌어다가[6] 파노흔 무덤에 무덧다. 그리고는 논으로 가서 벼를 한아름 비여다가 무덤 우에 덮어주엇다.

그리고 나서 준식이도 떠낫다. 가다가 광범이의 오막살이에 들렷더니 그도 실신한 사람처럼 반가운 빛도 없이 인사말도 없이 그냥 쓴우슴을 조금

구름을 잡으려고

---

5   남에게 악한 짓을 많이 함.
6   원문에는 '끌어라가'로 표기되어 있음.

입가에 띠울 따름이엇다. 광범이는 이를 악물고 선언하엿다.

"아니오, 나는 여기를 떠나지 아느렵니다. 내가 죽는 날까지 이놈의 땅과 씨름을 하렵니다. 화가 나서…… 이 분풀이를 다시 땅에다가 쏫는 수밖에 없지요. 소규모로 다시 시작해보렵니다. 벼농사 말고 무슨 다른 농사를 시작해보지오."

준식이는 눈물을 먹음고 광범이와도 작별하고 무연한 벌판을 방향도 없이 거름 가는 대로 거러 나갓다.

어디로 갈가?

사실 아모런 목적지도 없엇다. 그저 아모데로고 자꾸만 자꾸만 가보고 싶엇다.[7] 조선을 떠난 지 이십 년이 된 오늘 준식이는 조선을 떠날 때와 꼭 같은 빈 주먹 두 개만 가지고 나서게 된 것이엇다. 그래도 조선을 떠날 때에는 막연하게나마 훌륭한 히망과 기대를 가슴속에 깊이 품엇것만 지금의 준식이에게는 오직 실망과 환멸과 불안만이 그의 혼을 좀먹어 들어가고 잇는 것이엇다.

어데로 갈가?

지금의 준식이는 마치 파선한 배의 부러저나간 나무쪽 같엇다. 파선된 배의 부스럭지들은 흉흉한 대해를 정처가 없이 바람 부는 대로 물결 이는 대로 둥둥 떠단닐 따름이다. 물에 다 썩어저 없어지는 날까지 그냥 둥둥 떠단니는 놈도 잇을 것이고 또 혹 어떤 놈은 바람을 잘 만나 해변으로 흘러가다으면 해변 어떤 사람의 손에 건짐을 받아서 다시 혹 요긴히 씨우게 될 수도 잇을 것이다. 그러나 이 장래의 운명은 오직 운명 그것만이 아는 것이엇다. 가장 고도로 발달되엿다는 이십 세긔 문명의 총 역량을 집중한달지라도 지금 준식이 앞에 가로노힌 운명의 작란이란 알아낼 도리가 없는 것이다.

불상한 인류!

---

7 원문에는 '싶엇가'로 표기되어 있음.

이 인류는 제가 아모리 문명을 자랑하고 만물의 왕이로라구 뽐낼지라도 단 한 초 앞 장래를 내다볼 힘이 없어 오직 운명의 명령대로 굴욕의 생애를 계속하지 아니치 못할 동물들인 것이다.

불상한 준식이!

그는 오늘 저녁 그가 어떠한 곳에서 어떠케 밤을 지내게 될지 그러한 것을 아지도 못하고 또 알 생각도 아니하면서 오직 것는 것이 분풀이가 된다는 듯이, 또 것는 것이 그가 지금 할 수 잇는 왼갖 것이라는 듯이 발이 부르트도록 것고 또 걸엇다.

114

파선된 것과 같은 준식이의 생활은 파선된 배의 나무 조각처럼 아모 데고 한 곳에 오래 머물러 잇을 수가 없는 생활이엇다. 준식이는 한곳에 반 년 이상을 머물러 잇을 수가 없엇다. 오직 이리 가고 저리 가는 환경의 끈힘없는 변화에서만, 이런 일도 해보고 저런 노동도 해보는 변화, 거기에서만 생활을 계속해 나갈 수 잇엇다. 그의 마음이 지향 없이 항상 들떠 잇는 모양으로 그의 육체도 또한 항상 지향 없이 들떠 돌아단니기를 요구하는 것이엇다.

그리하여 벼농사에 실패한 뒤로 근 십 년 동안 그의 생활은 거의 집시 생활에 비슷한 방랑 생활이엇다. 오직 집시들은 노래와 춤과 손끔 보기를 팔아 방랑하는 것이지만 준식이는 거치른 두 주먹이에서 소사나는 노동력을 유일의 재산으로 방랑하는 것이다.

그래서 그는 왼갖 노동을 다 해보앗다. 백도가 넘는 폭양 밑에서 쩔쩔 끌는 듯한 모래를 헤치고 애스파라가스도 캐여 보앗고 얼어부튼 땅을 파내고 파이푸를 묻는 하수도 공사도 해보앗으며 귤도 따보고 콩도 따보고 말 오양 깐에서 말 심부럼도 해보고 돼지우리에서 돼지 심부럼도 해보고 닭 홰에서 닭 심부럼도 해보앗다. 시골 여관 변소만 마터서 닦는 일도 해보고 금주(禁

酒)가 실시된 후에는 술 밀매하는 사람의 앞잡이 노릇도 해보앗다.

하여튼 그는 이곳저곳, 시골서 도시로, 도시서 다시 시골로 전전 방황하면서 동양인 노동자로써 할 수 잇는 노동이란 아모것이나 닥치는 대로 다 해보앗다. 어떤 때는 아모런 일도 얻을 수가 없어서 밥을 굶고 들판에서 잠을 잔 일도 여러 번이오, 또 때로는 조고만 도회지 음식집에서 무전취식을 하고 밤새도록 그릇을 부셔주고야 겨우 노혀 나온 적도 잇고 또 혹은 시골 농가에 가서 우유 한 병을 어더 요긔[8]하고서 반것이나 장작을 패여준 일도 잇다.

이러케 바람에 불려 단니는 생활을 하면서도 그는 언제나 그가 가진 바두 가지 큰 의무에 대해서는 등한히 한 일이 없이 꼭꼭 자기 책임을 다하는 것이엇다. 하나는 일권이에게 맡겨둔 찜미의 생활비로 십 원, 이십 원, 혹은 삼십 원씩(그 때 형편이 가능한 대로) 달마다 어김없이 보내는 일이오, 또 하나는 해마다 어김없이 ××회비 십 원과 ××보 신문 값 십 원, 합하야 이십 원씩을 ××회관으로 보내는 일이엇다. 이리하여 준식이는 몸은 비록 바람에 불리는 파선 조각처럼 이리저리 불려단니엿으나 아버지 된 자로써 자식에게 대한 의무, 국민 된 자로써 국가에 대한 의무는 어김없이 지켜온 것을 준식이로서도 자못 한가지의 자랑으로 삼엇든 것이다.

일권에게서 찜미에 대한 편지가 올 때마다 그는 한참씩 울엇다. 그리고 가끔 찜미의 사진이 올 때에는 한참씩 그 사진을 들고 정신없이 앉어 잇엇다. 무럭무럭 자라는 찜미의 사진을 받어들 때마다 그는 곧 스탁톤으로 뛰쳐가서 찜미를 안아보고 싶엇다. 그러나 그는 이제 찜미를 한 번만이라도 보기만 하면 다시는 떼노코 올 수가 없을 것 같앗다. 그만츰 자긔의 마음이 약해지고 찜미에게 대한 사랑은 떠나 잇을수록 더욱더 강해진다는 것을 자신도 알고 잇는 것이엇다. 더욱이 요새 와서는 준식이는 준식이 자신의 거지 같은 꼴을 찜미에게 보이고 싶지가 안엇다. 그래서 어떤 때는 찜미가 갑

8 　요긔(療飢) : 배고픔을 면할 정도로 조금 먹음.

작이 차자오지나 안을까 하고 슬금히 겁을 내서 사방을 도라다보는 때도 잇엇다.

그럴 때마다 그는 술로써 자긔 마음을 위로해보려 하엿다. 그러나 방금 미국서는 금주를 법률로 실시하기 때문에 몰래나 술을 사게 되는 고로 술값이 엄청나게 비싸젓다.

준식이는 늘 이것을 원망하면서도 슬픔이 그의 정신을 엄습할 때에는 반듯이 밥을 굶고라도 술을 사 마시지 안코는 못 견대엇다.

115

이러케 지나기를 십 년!

준식이는 차차 노동 자리일망정 얻기가 곤난해가는 것을 통감하기 시작하엿다. 일자리가 적어지엇는지 또는 준식이가 무슨 잘못한 일이 잇는지 준식이에게 돌아오는 일자리가 차차 없어지는 것이 사실이엇다. 일 얻으러 갓다가 퇴를 맞고 돌아오는 번수가 차차 늘어갓다. 뿐만 아니라 노동 자리를 요행 얻어서 일을 하게 되어도 웬일인지 이전 모양으로 긔운차게 일을 잘할 수가 없는 것이 준식이를 놀래게 하고 또 저 자신에 대한 불만의 도를 더하게 하엿다.

일을 한 시간도 채 못해서 그는 허리가 아푸고 숨이 차 들어왓다. 그리고 하로 노동을 마치고 밤에 자리에 누으면 왼몸이 쑤시고 아푸다가는 아침에 잠을 깨면 느른해 가지고 도모지 일어나기가 실혀젓다.

그런 것을 불구하고 억지로 얼마를 지나다가 어떤 하로 우연히 그는 이 모―든 것을 설명하는 한 설명을 얻엇다.

그것은 어떤 토마토(일년감) 농장 주인의 입을 통해서이엇다.

그는 그날 아침 일즉이 토마토 밭으로 찾아갓다. 토마토 백 알을 따서 상자에 넛는 임금이 오전인데 그 일을 얻어볼가 하고 갓든 것이다.

토마토 밭 주인은 한참이나 준식이를 물끄럼히 바라보더니 동정하는 듯

구름을 잡으려고

312

한 태도로 고개를 설레설레 흔들엇다.

"넘우 늙엇서! 저러케 늙어가지고 이런 일을 할 수 잇나? 우리 백인 같으면 양로원에나 갈 나이에……."

사실은 이 말은 청천에 벽력처럼 준식이를 놀라게 하엿다. 그가 과연 그러케 늙엇든가?

그러타. 그는 환갑을 몇 해 격하지 아니한 년세에 도달해 잇엇다. 이 사실은 마치 십 년 동안을 잠자다가 갑작이 깨어서 자기가 늙은 것을 깨닫고 놀라는 것 모양으로 준식이를 놀라게 하엿다. 사실 준식이는 이때까지 자기가 얼마나 늙엇다는 것을 생각해본 적이 없엇다. 그것을 생각할 마음의 여유가 없엇든 것이다. 그랫다가 오늘 이처럼 남의 입을 통하여 늙어서 토마토 따는 일을 마낄 수 없다는 말을 듣고 나니 준식이 자신으로써도 갑작이 몹시 늙어진 것같이 생각이 되엇다. 갑작이 왼몸에 긔운이 한 푼어치도 없어지는 것처럼 생각되엇다. 그러나 그는 이 감정을 억지로 숨기고 입을 열엇다.

"그래도 토마토 따는 일까지 못할 만침 그러케 과히 늙지는 안헛지오. 오늘 돈버리를 좀 해야 저녁을 사 먹겟는데……."

밭주인은 다시 한참 준식이를 바라다보앗다.

"당신이 적어도 칠십이 넘엇을 터인데……."

무엇? 칠십이 넘어? 따른 사람 눈에는 그러케 보이나?

사실 지금의 준식이는 다른 사람 눈에는 그 나이보다도 훨신 더 늙어 보이엇다. 끈힘없는 고생이 그로 하여금 나이보다 앞서서 늙도록 한 것이다.

준식이는 애원하다싶이 하여 그날 토마토 밭에서 일을 할 수 잇게 되기는 하엿다. 그러나 빨가케 달려 잇는 토마토를 가위로 잘르는 그의 손은 오늘 따라 몹시도 부들부들 떨리고 허리는 반 이랑을 못 나가서 끈허지는 듯이 아파 들어왔다.

"늙엇다!"

"늙엇다!"

준식이는 저 자신도 모르면서 이 소리를 되푸리하고 또 되푸리하고 잇는 것이엇다.

노폐[1]

116

늙엇다는 사실을 준식이에게 노골적으로 알려준 일은 한편으론 준식이에게 조흔 일이 되엇을지 모르나 또 한편으로는 준식이를 몹시 낙망시키엇다.

준식이는 오래오래 면경에 자기 얼골을 비치어보앗다. 자긔 머리털이 저러케도 셋든가? 자긔 얼골이 저러케도 쪼글쪼글해젓든가? 이를 뽑은 자긔 꼴이 저러케도 호물딱[2]햇든가? 마치 그는 어떤 딴 늙으니와 마조 앉은 것 같은 느낌을 얻엇다.

그는 거치른 두 손을 바라다보앗다. 여기저기 거뭇거뭇 변색된 곳이 잇고 가죽이 쭈꿀쭈꿀, 도모지 맥없어 보이는 손이엇다.

'이 손을 가지구야 노동인들 제대루 할 수 잇나? 하고 그는 혼자 생각하엿다. 사실 그 손뿐만 아니라 준식이 몸뎅이 전체가 세찬 노동을 하기에는 불가능하도록 늙어빠진 것이엇다.

"어떠케 로쌘젤스로나 다시 가던지 해서 무슨 좀 쉬운 일이나 얻도록 해

---

1   '노폐(老廢)'의 오기. 낡거나 늙어서 쓸모가 없음.
2   치아 없는 입으로 음식을 가볍게 씹는 모습.

야겟군." 하고 그도 마그막에는 중얼거리엇다. 이 탄식은 패장이 마그막 발하는 비통한 탄식과 같앗다.

패장! 노페물!

그의 눈에는 눈물이 그렁그렁고엿다. 준식이가 제 자신 때문에 눈물을 흘려보기에는 참으로 여러 해 만이엇다.

준식이가 그곳으로 떠나기로 작정한 때 스탁톤서 편지가 왓다.

거기는 찜미의 사진이 들어 잇엇다. 졸업장을 손에 들고! 그러타, 찜미는 벌서 소학교 졸업을 한 것이엇다. 찜미가 소학교에 입학한다는 편지를 일권에게서 받은 것이 바로 어제 같은데, 그러치, 그것이 바로 벼농사 실패하든 그해이엇는데 그간 벌서 팔 년이란 세월이 흘러 찜미가 소학교 졸업을 한 것이다. 졸업장을 손에 들고 섯는 찜미의 얼골! 그것은 인제 준식이에게 사탕 사달라고 조르든 그 얼골이 아니오 어른이 다 된 숙성한 얼골이엇다. 그러타. 찜미의 나이가 벌서 열다섯이 아니냐?

준식이는 찜미를 십 년 동안을 못 보앗다. 그동안에 찜미는 무럭무럭 자라서 어른이 된 것이다. 그리고 학교를 졸업하고!

준식이는 잠시 자긔의 슬픈 신세조차 이저버리고 달큼한 행복 속에 잠겨 잇엇다.

"찜미가! 내 아들이! 내 아들이!"

그는 편지를 펴 들엇다. 그러나 준식이는 그 편지를 한 자도 읽을 수가 없엇다. 그 편지는 준식이가 겨오 뜻을 읽을 수 잇는 언문으로 씨여 잇는 것이 아니고 영문으로 씨여 잇는 것이엇다.

그는 그 편지를 들고 농장 주인에게로 가서 좀 읽어 들려주기를 구하엿다. 그 편지의 사연은 대강 이러하엿다.

먼저 십 년이나 못 뵌 아버지가 뵙고 싶다는 말과 또 아버지가 읽을 수 잇는 조선문으로 편지를 쓸 수가 잇엇으면 조켓으나 미국 소학교에 가서 공부하는 여가에 하루 한 시간씩 '조선어 학교'에 가서 배와 얻은 조선어 지식으로는 도저히 편지를 쓸 수 없으니 쓰기 쉬운 영어로 쓰는 것을 용서해달라고 하엿다. 그리고는 학교를 졸업하는 기쁨을 쓰고 또 자긔 장래에 대해서는 다시 중학으로 가고 싶은데 잡비는 여가에 노동 같은 것을 해서 친히 조금씩 벌어 가지고 할 결심이니 염려를 말라는 말이 씨여 잇엇다.

사실 소학교에서 교과서는 물론 지필³까지 학교에서 일일히 공급하고 또 점심까지도 먹여주니까 공부하는 데 돈이 드는 것이 별로 없엇다. 그러나 중학교부터는 학비는 내는 것이 없으나 지필 같은 것은 자작 사야 되는 고로 돈이 약간 드는 것이엇다.

사실 말이지 미국에 의무교육제도가 완비되지 못하엿거나 또는 찜미가 미국 시민권을 가지지 못햇거나 햇던들 소학교 교육이나마 완전히 받을 긔회가 잇엇을까가 의문이엇다. 찜미는 미국 안에서 출생된 아이인 고로 그 부모가 외국인임을 막론하고 찜미는 미국 국법에 의하여 미국 시민이엇다.

117

'그러타. 세상에 아모런 일이 잇을지라도 찜미만은 끝까지 공부를 시켜야겟다. 사람이 배울 수 잇는 최상의 교육을 받도록 해야겟다.' 하고 준식이는 새삼스럽게 느끼엇다. 그리고 이때까지 찜미의 교육에 대해서 깊이 관심하지 아니한 자긔의 태도가 부끄럽게 생각이 되엿다.

학교라는 데를 일생 단녀보지 못한 준식인지라 학교 교육이라는 것이 어떤 것인지는 알지도 못하엿다. 그러나 대학을 졸업하고 나면 지금 자긔처럼 노동이나 해 먹는 불상한 사람이 되지 안코 무슨 높은 일, 무슨 쉬운 일, 지금 자기 모양으로 언제나 남에게 부리움을 받는 일이 아니고 남을 부리는 일, 그리면서도 돈을 만히 버는 그런 일만 하는 무슨 훌륭한 사람이 되려니 하고 막연하게 생각하는 것이엇다.

그러나 이 편지를 받고 나서 더 한층 아푸게 생각되는 것은 준식이 자긔

---

3 종이와 붓.

가 어려운 노동을 할 수 없을 만큼 그만큼 벌서 늙엇다는 그 사실이엇다. 찜미가 공부 여가에 노동을 해보겟다는 말은 기특하기는 무척 기특하나 그 어린 찜미더러 노동을 하라고 내버려둘 수는 도저히 업슬 것 갓핫다. 준식이 공상의 눈압헤 나타나는 찜미는 언제나 너덧살 된 어리광이 아이이엇다. 아모리 지금 장성한 찜미를 공상하려고 하여도 공상이 되지 안헛다. 찜미를 생각하면 언제나 네 살 된 어린 찜미의 모양만이 눈압헤 그려지는 것이엇다. 그 어린 찜미가 노동을 하다니?

"대학에 가면 돈이 참 만히 든다는데……." 하고 준식이는 걱정을 하엿다. 찜미가 대학에를 가랴면 아직 사 년 후의 일인데 그것을 벌서부터 걱정하고 잇슬 만침 준식이의 마음은 초조한 것이엇다.

이튼날 새벽 두 시 전에 준식이는 일어낫다. 그 전날 따서 싸하둔 토마토 상자를 실고 로싼젤스 시내로 들어가는 트럭을 좀 얻어 타고 시내로 들어가고저 함이엇다.

트럭은 어두운 새벽을 뚤코 성낸 호랑이처럼 으르렁거리면서 미끈한 애스팔트 우흐로 전 속력을 다하야 다라낫다. 여름날이지만 새벽 세 시에 무연한 벌판 우를 시속 칠십 마일로 다라나는 트럭 우에 홋옷 입은 손님에게는 꽤 치운 것이엇다. 그는 토마토 상자들을 덮은 거적을 한 조각 내려 둘러썻다. 그랫더니 따스해 들어오는 잔등이 그의 몸을 노곤하게 하엿다. 그는 슬몃이 졸기 시작하엿다.

건뜩하고는 흠칫하고 눈을 떠 보면 트럭 압헤 달린 밝은 전등이 뽀야케 덮인 안개를 휩쓸러 덮는 듯한 압히 내다보엿다. 옆을 내다보면 시컴언 공허만이 입을 벌리고 잇는 것이엇다. 무엇이 획획 지나가는 것 같지만 그것이 무엇이라고 단정할 수는 업섯다. 길가에 심은 나무들이어니 하고 몽농하게 생각할 따름이엇다. 불 압헤서 흐터져 나가는 듯이 보이는 안개를 한참 내다보다가는 금시 아모 것도 보이지 안는다. 오직 전신이 느른해지는 감각…… 편안한 감촉…… 그리고는 꿈뻑, 흠칫하고 눈을 떠보면 변함이 업는 안개!

준식이는 차차 지금 자긔가 어데 잇는지 지금 무엇을 하고 잇는지 모든 것이 몽농해 들어오기 시작하엿다. 몇만 년 전에 언젠가 지금 모양으로 준식이는 무한한 허공 속으로 둥둥 떠돌아다녀본 일이 잇는 듯한 이상한 몽농한 느낌을 감각하엿다.

준식이는 몸이 지금 허공에 뜬 것 같앗다. 안개 속으로 둥둥!

어디서 오는지 어디로 가는지? 마치 준식이는 영원 전부터 영원 후까지 이러케 휩싸고 흐터지고 하는 영원한 안개 속으로 둥둥 떠단이고만 잇을 듯이 느껴지엇다. 슬픔도 없고 기쁨도 없고 오직 노곤한 기분만이……

꿈뻑! 흠칫! 그리고는 안개!

느른한 긔분!

몽농! 몽농!

안개, 안개, 안개!

118

안갯 속으로 둥둥 떠가든 몸이 무엇에 탁 걸려서 멈칫하는 듯하더니 무슨 와글와글 떠드는 소리가 들려왔다. 이때 준식이는 가만히 눈을 떳다. 트럭이 불빛 환하니 밝은 어떤 골목 안에 와 다은 것이엇다. 준식이의 놀랜 눈에는 길 좌우쪽으로 싸혀 잇는 배차,[4] 무, 수박, 참외 이런 것들이 보엿다. 사람들이 분주하게 오고 가는 것이 보엿다. 준식이는 거적을 버서노코 트럭에서 껑청 뛰여내렷다.

거기는 로쌘젤스시, 일백 오십만 시민의 매일 먹는 푸성귀, 실과 등을 총공급하는 도매장 한가운데이엇다.

잠시 동안 세상고를 이저버리고 영원한 공허에 휩쌔엿든 준식의 몸은 눈 깜박하는 동안에 그 몽농한 행복으로부터 쪼껴나서 다시 아우성치는 현실

---

4 '배추'의 방언.

생활로 환원된 것이엇다.

트럭 운전수에게 고맙다는 치사를 한 후 준식이는 어정어정 채소들 싸힌 틈바구니로 거러 내려갓다. 그는 몸을 부르르 떨엇다. 동틀 때가 가까워오니 추위는 더한 것 같엇다. 준식이는 바지 호주머니에 손을 너허 만져보앗다. 이십오 전짜리 은전 한 푼이 빈 주머니에 댕공 남아 잇엇다. 그것은 그의 지금 가진 바 전 재산이엇다.

그는 그 골목 끝까지 나와서 모퉁이에 잇는 카푸테리아⁵ 문을 밀고 들어섯다.

더운 수증긔로 훈훈한 방 안에서는 구수한 카피 내음새와 닭알 지지는 고소한 냄새가 준식이 입맛을 몹시도 충동하엿다.

"닭알하고 카피 한잔하고." 하고 소리를 지르면서 준식이는 한 닢밖에 없는 은전을 카운터에 던젓다.

이 음식점은 지금 한창 분주한 모양이엇다. 굽 높은 구두를 신은 여급들의 분주히 돌아단니는 구둣소리, 힌 수건을 쓴 요리인의 땅땅 뚜드리는 칼소리, 오지지 오지지 끌른 소리, 와글와글 떠드는 사람소리…… 시골서 트럭을 몰고 온 운전수들, 그날 팔 채소를 받으러 온 시내 소매상들…… 유대인, 히랍인, 이태리인, 서반아인, 일본인, 중국인, 이야말로 만국 인종 전람회인 감도 잇엇다.

로싼젤스 도시가 아직도 곤한 새벽잠에 깊이 잠겨 잇는 이 새벽에 오직 이 한 곳만이 먼저 깨어서 웃고 떠들고 아우성치는 것이엇다. 그리다가 동이 트고 날이 새서 동편으로 해가 떠오를 때쯤이 되면 그 만흔 사람이 모두 이 큰 도시 골목골목으로 흐터저 나가고 시골서 밤을 새워 왓든 트럭들이 뷘 차를 터덜거리며 시골 먼지 속으로 다시 사라저 없어지고 도매상들이 덧문을 닫고 잠 속에 무처버린 때 이 넓은 동리는 무덤처럼 조용해지고 마는 것이다.

---

5 cafeteria : 손님이 직접 음식을 가져다 먹는 간이 음식점.

남들이 잠자기 준비하는 밤 한 시 두 시부터 깨기 시작하는 이 동리는 동 트기 바로 전 한두 시간 동안 눈코 뜰 사이 없이 분주하다가 해가 트는 것을 시간으로 고요히 잠들어버리는 것이다.

이리하여 박쥐 같은 생명을 가진 이 동리는 농부들이 땀을 흘려 가꾼 채 소와 실과들을 받어서 이 큰 도시 골목골목 집과 집에 신선한 식료품을 공 급하는 한 중개소로 되어 잇는 것이엇다.

여기서 농부들은 일 년 품값도 안 된다고 울며 돌아가고 도시 소매상들 은 또 밋젓다고 외상 지고 돌아가고 도매상들은 얼마나 남겻나 수판 노하보 고 잠들어버리는…… 이 대도시 식료품의 심장이 되는 곳이엇다.

119

뜨거운 카피 한 잔으로 몸을 훈훈하니 녹여가지고 문밖을 나선 때는 벌 서 동이 터서 밤새도록 밝은 빛을 자랑하든 전등들이 그보다 더 밝은 아침 빛에 눌리어 뿌-여케 되기 시작하는 때이엇다,

준식이는 특별히 갈 데도 없는 몸이라 가장 느긋한 태도로 두 팔을 양복 바지 양 줌치에 푹 찔르고 어정어정 걸어나갓다. 벌서 만흔 소매상들이 그 날 팔 물건을 트럭에 가득 실고 좁고 험한 길을 쉴 새 없이 뿡뿡거리면서 풀 려 나가고 잇엇다. 준식이는 혹 아는 사람이나 맞날 수 잇을가 하고 사방을 두리번거리면서 게으른 거름으로 어정거리엇다.

이 도매상 장거리는 어떠케도 동양 사람의 독점으로 되어 잇는지 미국이 아니오 마치 어떤 동양 도시에 온 듯한 감을 주엇다. 거기 가가를 버린[6] 도 매상들도 그 구할 이상이 동양 사람이어니와 거기 물건을 받으러 시내 각쳐 에서 모혀온 소상들도 그 구할 이상이 동양사람이엇다. 도매상은 중국인이 제一(일) 많고 그 다음이 일본인, 그 다음이 서양인, 그리고 조선인도 한두

6　버리다 : '벌이다'의 옛말.

집 잇엇다. 소매상을 보면 일본인이 대다수, 그다음 조선인, 그리고 약간의 서양사람이 끼어 잇는 것이엇다. 그리고 이 서양인들도 앵글로 쌕쏜족은 거의 없다 할 수 잇고 라틴 계통이 다수이엇다.

이러한 관게상 이 도매시장은 황인종의 동리이엇다. 동양 어떤 동리에서 간혹 서양 사람을 만나는 모양으로 이 동리 안에서는 서양 사람이 진객[7]이 엇다. 이 동리에서 전차길 하나만 건너서면 물론 동양인이 진객으로 되는 서양인 도시이지만.

이야기가 낫으니 말이지 로싼젤스의 직업에는 전 도시를 통하야 민족적으로의 어떤 구별, 곧 전문이 잇는 상싶엇다.

중국인이면 으레히 세탁소, 요리인이 그 정업이고,

일본인이면 으레히 채소상, 정원(庭園)꿈이,

유태인은 고물상,

묵서가인은 도로 공부나 전차 선로부,

껌둥이는 으레히 쓰레기통이나 구두닥기나 정거장 짐나르기,

히랍인은 이발사,

애란[8]인은 순사,

인도인은 손끔이나 관상쟁이,

조선인이라면 미국인이 눈을 크게 뜨고 "코리아라는 섬이 어디쯤 잇는 가?" 하고 무를 만치 도무지 알려지지 못한 민족이니 별로 말할 거리도 못 되지마는 당시에는 역시 채소상으로 생계를 잇는 이가 아마 재류 조선인의 반이나 되엇엇다.

준식이는 만흔 조선인이 로싼젤스서 채소상을 한다는 이야기를 벌서부터 듣고 잇엇으므로 혹 여기서 아는 사람이나 만나게 되지 안흘가 하고 기대의 눈으로 四(사)방을 두리번두리번 바라다보는 것이엇다.

---

7 귀한 손님.
8 아일랜드.

'저 중국인 도매가게에서 풋콩 한 자루를 흥정하고 잇는 사람은 분명 조선 사람이로군!' 하고 준식이는 고개를 끄덕이엇다. 서양 사람들은 중국인이나 일본인이나 조선 사람이나 동양인은 모두 꼭 같게 생겨서 분간을 해낼 수가 없다고 하지마는 동양 사람끼리는 누구나 대개는 한번 척 보아 그가 중국인인지 일본인인지 조선인인지를 분간할 수가 잇엇다.

그러나 그 조선인은 준식이는 아지 못하는 사람이엇다. 그래서 그는 슬적 지나쳐버렷다. 이때 바로 등 뒤에서 뿌르르르 하고 세찬 트럭 고동 소리가 들리엇다.

120

준식이는 흠칫 놀라서 길을 비키면서 도라다보는 순간,

"할로, 미스터 박." 하고 웨치는 소리가 머리 우에서 낫다. 그는 머리를 들어 트럭 운전대에 앉은 사람을 치어다 보앗다. 둥글넙적한 얼굴에 살이 퉁퉁 찌고 그 두텁고 검언 입술에는 언제나 미소가 떠도는…… 자세 보지 안허도 이 장로이엇다. 장로란 본래 예수교 장로교회의 한 직분 이름인데 한번 장로가 되면 무슨 큰 벼슬이나 한 것으로 생각하는지 그다음부터는 언제나 '장로, 장로' 하고 한 존칭으로 불러주는 것이엇다. 마치도 '자작'이니 '후작'이니 하는 모양으로. 더욱이 이 이 장로는 벌서 십여 년 전에 교회에서 출교[9]를 당한 사람이엇다. 또 그가 미국으로 오게 된 동긔도 출교를 당하기 때문이엇다. 준식이는 이 이 장로가 출교를 당하게 된 이유를 잘 모르고 잇지마는 잘 아는 사람의 말에 의하면 그가 본국서 어떤 시골 교회의 장로로 잇을 때에 그 교회에 새로히 여소학교를 설립하고 이 장로 자신이 그 교장이 되엿엇다. 그리고 어떤 고등교육을 받은 신여성 한 분을 교사로 청해 갓는데 시골이라 교육받은 처녀의 숙소 될 만한 마땅한 곳이 없는 고로 그

---

9 신자의 자격을 박탈하여 교인을 교적에서 내쫓는 일.

여교사는 이 이 장로 집에 기숙을 하엿든 것이다.

그런데 일 년이 채 못 되어 그 동니에는 이상한 소문이 돌기 시작하엿다. 그러더니 몇 달 더 잇더니 여교사는 어린애를 덜컥 나노앗다. 그 결과로 여교사는 면직이 되고 이 장로는 그 처녀의 몸에서 난 어린애의 아버지가 된다는 죄로 교회에서 내쪼낌을 받은 것이엇다. 이 사실은 시골서 된 일이라 그리 크게 소문이 안 낫슴즉도 하지마는 당시에 조선에 잇어서 유일한 언문 신문이든 매일신보[10]에서 사회면에다가 이 사실을 큰 '도꾸다네'[11]라구 대서 특서햇기 때문에 당시 조선 긔독교게에 잇어서 일대 센세숸을 일으키엇섯든 것이다.

이에 사회적으로 매장을 당한 이 장로는 새로운 페지를 들처볼 목적으로 왼갖 것을 다 내버리고 미국으로 뛰쳐간 것이엇다. (최근 소식을 들으면 그 여교사는 다른 데로 시집가서 행복스럽게 산다고 하며 시골서 혼자 살고 잇든 이 장로 본부인은 웬일인지 십여 년 후에 와서 정신에 이상이 생기엿기 때문에 다시 한 번 화제꺼리가 되어 이 장로와 그 안해의 일이 동아일보에 다시 한 번 긔재되는 영광을 얻엇섯다. 조고마하게 긔재되엿기 때문에 잘 모르는 사람은 그저 무심히 지나쳣겟지만 그때 당시 일을 잘 알든 사람에게는 다시 한 번 긔억을 새롭게 하는 결과를 가저온 것이엇다.)

이러한 관게가 잇는 고로 이 장로가 처음 미국에 왓을 때 그가 장로라는 것을 내세웟을 리가 없엇다. 그는 될 수 잇는 대로 자기 과거를 숨겨보려 하엿다. 그러나 태평양을 격한 수만 리 밖이엇만 그의 일을 잘 아는 이가 잇어서 처음에는 한 조롱꺼리로 '이 장로'라고 불럿든 것이다. 아는 사람은 조롱으로 '이 장로'라고 불럿으나 모르는 사람은 남이 부르니까 역시 '이 장로'라 부르기 때문에 자연히 "이 장로"는 한 이름처럼 되고 만 것이엇다.

그러나 十(십)여 년을 지난 오늘에 와서는 '이 장로'는 조롱이 아니라 한

---

10 1910년 8월에 조선 총독부의 기관지로 창간한 일간 신문. 국권 강탈 후 『대한매일신보』를 강제 매수하여 발행한 것으로, 국한문판과 한글판으로 간행하였으며 1945년에 『서울신문』으로 이름을 고쳤다.

11 특종.

번 다시 존칭이 된 것이엇다. 그는 미주 조선인 간에는 상당한 미인이라는 공인을 받는 교양 잇는 신여성과 다시 결혼하여 행복스럽게 살고 잇을뿐외라 十(십)년간에 돈도 상당히 모아서 주권(株券)[12]을 만히 사두엇다는 소문이 잇으며 또 로쌘젤스 조선인 교회(사실인즉 조선인 교회가 둘이 잇으니 그 내력은 후일에 설명할 터이다.)의 한 중견분자로 되어 잇는 오늘에 와서 '이 장로'는 조롱이 아니오, 남들의 부러움과 시기를 겸해 가지고 부르는 존칭으로 환원한 것이엇다.

121

준식이는 이 장로가 미국 온 지 얼마 되지 안앗을 때 그가 로쌘젤스에서 얼마 멀지 안흔 생추[13] 농장으로 돈버리하려 나왓을 때 아마 한 달 동안이나 가치 한 농장에서 일을 한 일이 잇엇다.

이래도 육칠 년 세월이 흘러가는 동안 준식이는 이 장로를 다시 보지는 못햇으나 그동안 그가 돈을 만히 벌엇다는 이야기를 가끔 이 사람 저 사람에게서 들엇섯고 또 조선에 수해가 잇다고 동정금을 거둘 때도 그가 가장 만흔 돈을 낸 사람 가운데 하나인 것을 ××보를 통하여 안 일도 잇엇다.

그리턴 것이 지금 여기서 의외로 만난 것이엇다. 준식이는 속으로 '살이 그때보다도 더 쪗구나!' 하고 생각하면서 얼골에 우슴을 가득 띠우고

"아, 이거 참 얼마만이오?" 하고 반갑게 인사를 하엿다.

"아니 그런데 언제 들어오섯소?"

이 장로는 장갑 낀 손을 내밀면서 물엇다.

"방금 들어왓쉐다."

"예?" 하고 이 장로는 이해하기 어렵다는 듯이 물엇다.

---

12 유가증권. 주식.
13 '상추'의 방언.

"방금 토마토 트럭을 얻어 타고 들어와 닷는 길이야요. 그런데 이 장로두 푸릇스탠드야?" (푸릇스탠드란 실과전이란 뜻이니 실과와 채소를 파는 상점 이름인데 조선인은 대개 영어의 '에프'자 발음을 잘못하여 늘 '피'자 발음과 같게 하기 때문에 '푸릇스탠드'라는 것을 '푸릇스탠드'라구 발음하여 영어 잘하는 제이세 국민 아이들의 늘상 놀림감이 되어 잇는 것이다)

"푸릇스탠드가 영업이 조타지오?"

"아니 무어 그것도 인제 세월이 지낫서요. 이전만 못해요……."

이때 뒤에서 뿌르르르, 뿡뿡, 요란한 소리가 낫다. 채소들을 산같이 실은 트럭들이 서너 대 뒤에 와 다어가지고 어서 가자는 재촉이엇다.

"헤이, 길을 혼자 도마타 가로 막고 앉어서 무엇하고 잇는 게야. 대관절 우리가 늦어저서 보는 손해배상은 게서 낼 테야 그래." 하고 영어로 웨치는 소리가 들린다.

사실 길이 좁아서 트럭 한 개가 겨오 통하는 것이엇다. 이 장로는 다시 떠날 준비를 하면서

"로쌘젤스서 무슨 구멍을 뚫러보려오? 별 재미가 없어요. 나도 가가만 팔리면 어디 시골로 옴가 앉을가 하고 잇는데…… 언제 한번 우리 집에 놀러 오시우……."

트럭은 벌서 준식이 선 곳을 지나갈 때 이 장로는 이러케 웨치엇다.

준식이는 물끄럼히 서서 이 장로의 트럭과 또 그 뒤로 대 선 트럭 너덧 채가 다 그 골목을 빠저나가 집 뒤로 돌아 슬어질 때까지 그 트럭들을 바라다보앗다.

웬일인지 갑작이 불쾌한 생각이 머리를 스치고 지나갓다.

"흥, 놀러 오라구? 집이 어딘지 아르켜두 안 주구 놀러 오라구, 그런 입에 발린…… 흥, 시골이 조하? 왜 날 도루 시골로 쫓을라는 게야? 내가 제놈의 집에 밥을 어더먹으러 간댓나? 돈푼이나 잡은 놈들은 다 저 모양인가?……."

준식이는 웬일인지 자긔 자신도 도모지 이해할 수 없는 어떤 이상스런

감정이 끌어오름을 감각하엿다.

　갑작이, 실로 갑작이, 그는 돈을 만히 벌엇다는 소문을 내고 잇는 사람을 미워하는 감정이 발생하는 것을 인식하엿다. 이것은 과거에 없엇든 일이다. 자긔 자신의 실패와 낙망, 그것을 탄식하는 그 절망적 비판이 남의 성공을 질시하는 소극적 감정으로 흘러 내려가고 잇는 것이엇다.

122

　이 남을 원망하는 마음, 남을 적대시하는 마음, 이러한 마음이 자긔 속에 자리 잡는 것을 인식할 때 준식이는 화가 치밀엇다. 이 화는 그러한 불순한 생각을 품기 시작하는 자긔 자신에게 대한 화인지 또 혹은 조고마한 성공을 가지고 준식이 자신의 실패와 패부를 능멸하는 듯한(준식이 자신의 열패감에서 오는 혼자 생각이지만) 태도에 대한 화인지 분석하기 곤난한 화이엇다. 하여튼 준식이는 명목 잡을 수 없는 골이 치밀어 올라옴을 금할 수 없엇다. 그래서 그는 부지불식중에 바로 옆에 쌔여 잇는 양배차 무데기를 발길로 냅다 차 보앗다. 그 옆에서 파딴을 세이고 앉어 잇든 중국인(물론 그 중국인은 이 양배차 무데기 주인이엇다)이 세이기를 끝히고 놀란 눈, 이상스런 눈으로 준식이를 물끄럼히 치어다본다. 그 꼴이 준식이에게는 갑작이 우수워 보이엇다. 그래서 그는 그만 흐흐 하고 우섯다. 중국인은 더욱 더 놀라서 치어다본다. 이것이 더 우스워젓다. 준식이는 흐흐흐흐 하고 우섯다. 그러나 이 우슴이 더한층 중국인을 골나게 하엿다. 그러면서도 우슴은 참을 수가 없엇다.

　준식이는 이를 악물면서 빨리 그곳을 떠낫다. 준식이 등 뒤로

　"뚜나마하이(중국 광동 방언으로 욕하는 말)!" 하는 중국인의 욕지거리 소리가 들리어왓다. 준식이 마음속에는 화가 더 한층 치밀어올랏다. 그리면서도 한편으론 더 한층 우서워젓다.

　"흐, 흐!"

　그는 신음에 가까운 쓴 우슴 소리를 발하면서 그냥 올나갓다.

벌서 날이 다 밝앗다.

그는 어떤 실과 도매상 앞에까지 왓을 때 우뚝 섯다. 거기는 넓은 세멘트 방바닥 하나 가득 딸기 함지박¹⁴이 벌려 노혀 잇엇다. 빨강 딸기, 깜안 딸기, 큰 딸기, 적은 딸기, 동글 딸기, 길죽 딸기, 왼갖 종류의 딸기가 마치도 색색이 실로 커―단 수를 노하서 깔아노흔듯이 방바닥에 죽 깔려 잇엇다.

웬일인지 준식이는 그 딸기 함지박 우흐로 한번 뒹굴어보앗으면 시원할 생각이 들엇다. 한번 미친개처럼 그 우흘 실컷 짓밟고 돌아가 보고 싶어젓다. 발바닥에 짓밟히는 딸기, 그 우흘 짓닉이고 또 짓닉이어서 온통 그 빨간 딸기와 껌언 딸기가 뒤죽박죽이 되여 흐늑흐늑 뭉깨지는 꼴을 한번 보면 속이 시언할 것 같앗다.

그의 눈은 이 딸기 함지들을 바라보면서 발은 그냥 앞으로 걸어 나갓다. 몇 거름 못 가서 무엇 멀컥하는 것과 마조치엇다.

"이건 눈깔이 빠젓나?"

쨍하는 여자의 목소리이엇다. 방금 그 옆에 노힌 커―단 쓰레기통에서 무엇 먹을 것이 뒤저 들고 일어서는 어떤 남유로바인인 듯한 백인 여자 거지와 마조친 것이엇다.

준식이는 발아래를 굽어보앗다. 그 여자 거지가 떠러트린 것이 발 앞에 잇엇다. 그것은 절반 썩은 참외 한 개이엇다. 준식이는 "으흠." 소리를 지르면서 그 참외를 발로 발벗다. 바로 꽝꽝 내리젓고 뭉개고 익이고 뭉개엇다. 백인 여자는 몹시 놀래서,

"미첫군, 미첫서." 비슬비슬 피해버리고 말엇다.

준식이는 발바닥이 미끈미끈하는 쾌감을 느끼면서 샛골목으로 휙 돌아 섯다. 몇 거름 안 가서 그는 전차길이 잇는 큰 거리에 나섯다.

붉으레한 아침 햇발이 길에 길게 누어 잇엇다. 그 우흐로 자동차가 자동차가 자동차가 지나갓다.

---

14 통나무의 속을 파서 커다란 바가지로 만든 그릇.

머리가 핑 도는 도시의 소란과 속도!

자동차, 자동차!

이것은 미국 도시의 특색이엇다.

속도, 속도, 속도.

준식이는 두 주먹을 불끈 쥐고 서서 이 끈침없는 자동차의 행렬을 언제까지나 언제까지나 바라다보고 서 잇엇다.

이러케 대도시 로싼젤스는 세 번재요, 또는 마그막 번으로 그 안에 발을 들여 노는 준식이를 이상스런 감정의 교차로써 마지해 들인 것이엇다.

123

준식이는 그날 하루 종일 도시 안을 어정어정 돌아단니엇다. 일본인 거리도 지나고 중국인 거리도 지나고 고물상 거리도 지나고 은행 거리도 지나고 백화점 거리도 지나고 흑인(껌둥이) 동리도 지나고 이태리 사람의 동리도 지나고 그리고 몹시 피곤하여진 때 그는 공원 안으로 들어가서 뺀취에 누어 낮잠을 한잠 자고 낫다.

시장하엿다. 그러나 참엇다.

저녁에 머리 붙이고 잘 곳도 없는 몸이엇다. 그러나 그것을 생각하려 하지 안엇다. 생각을 하랴 들면 한이 없을 것이다. 그저 아모 생각도 없이 머릿속에는 뇌와 신경이 잇는 것이 아니라 오직 돌덩이거나 맥물이 출렁거리는 것이 나흘 것이다. 생각함이 없이 방황할 때만이 지금 그에게는 행복인 것이다.

그는 오고 가는 사람들도 인식하지 안코 그가 지나는 길가 상점마다 무엇들이 싸혀 잇는지도 인식하지 안코 그저 긔계적으로 걸엇다. 가끔 음식점 앞을 지나가다가 구수한 음식내가 코로 들어오면 그는 잠시 서서 유리창 안에 진렬된 여러 가지 음식을 멀거니 치어다보앗다. 그리다가 그중 어느 하나이 못 견댈 만침 꼭 먹고 싶어지면 그때에 그는 입술을 한번 손으로 뺙

쓸고는 또 그곳을 떠나 다른 곳으로 갓다.

　그러는 동안에 새벽에 그를 사로잡엇던 분노는 차차 식어 없어젓다. 그는 인제 그가 그날 아침에 화가 낫던 일과 절반 썩은 참외에게 분푸리하든 일이 잇엇든가도 이저버리고 말앗다.

　마츰내 밤이 왓다. 그날 하로해가 어찌도 그리 길엇는지?

　그는 저녁도 못 먹엇지만 한곳에 가만 잇기는 실헛다. 그래서 그는 또 어정어정 같은 길을 걸엇다. 구약에 의하면 유태 민족이 예리고성을 일헤[15] 동안을 돌고 나니 그 성이 저절로 문어저서 유태 민족이 예리고를 점령하엿다고 씨여 잇다. 준식이가 이 골목을 일헤 아니라 칠 년을 돌고 난들 그곳 집 한 채나마 저 혼자 문어질 리는 없으련만 그는 그저 돌앗다.

　꼭 같은 길이언만 밤은 낮과는 매우 달럿다. 낮에 햇빛 아래서는 밉든 것도 전등불빛 아래서는 더 곱게 더 조케 보이는 것도 사실이어니와 낮에는 모두 일하기에 분주한 듯하던 거리도 밤이 들면서는 조곰 유흥 긔분이 흐르고 잇엇다. 준식이처럼 밤낮없이 공연히 거리를 휘도는 사람들도 잇겟지만 종일 피곤히 일하고 밤에 산보로 나선 사람도 만은 것이엇다.

　극장 문밖에 줄되리 세운 벌거버슨 여자의 사진들도 전등불 밑에서 더 한층 아름답다기보다도 더 한층 육감적이엇다. 원동 챠수이 요리집 앞 네거리에서는 군복을 입은 일본인 하나가 혼자 서서 코넷[16]도 불고 일본 말로 연설도 하고 한다. 일본 구세군 전도사이엇다. 거기서 꺽기어서 죽 올라가다가 제일가와 싼페드토 거리가 만나는 곳까지 오니 거기 쪼고만 공원에는 노동자가 한 백 명 모혀섯다. 신경질로 생긴 청년 하나가 나무를 보호하누라구 세운 쇠울타리 우에 올라서서 주먹을 내두르면서 무슨 연설을 하고 잇다.

　무슨 자본가가 어떠코 ××가 어떠코 계급투쟁이 어떠코 준식이는 알아

15　이레. 일곱 날.
16　cornet. 트럼펫과 유사한, 음색이 부드러운 금관악기.

들을 수 없는 연설이다. 백인 노동자들은 연설을 듣다가 가끔 손벽도 치고 소리도 지르고 한다. 아마 알아듣는 모양이다.

"순사가 온다." 하고 누가 한 끝에서 소리를 지르자 연설은 뚝 끈허지고 그 신경질로 보이는 연설객은 벌서 어데로 갓는지 보이지를 안는다.

순사가 몽둥이를 휘휘 둘으며 오는 것이 보인다. 준식이는 갑작이 이 순사가 몹시 싫어젓다. 그는 거름을 빨리하여 그곳을 떠낫다.

한 뿔락을 돌아서 골목으로 내려서니 거기는 준식이가 이때까지 본 일이 없는 그야말로 이상스런 광경이 나타낫다. 그는 멈침 서서 놀랜 눈으로 바라다보앗다.

124

거기에는 어떤 험상궂게 생긴 사람 하나가 얼럭얼럭한 감옥소 죄수의 옷을 입고 손과 발에는 쇠사슬을 차고 길가에 서서 무엇이라구 고래고래 소리를 지르고 잇는[17] 것이엇다.

준식이도 커―단 호긔심에 끌리어 큰 구경이 낫다고 빙 둘러서는 노동자들 한 틈에 가 끼엿다.

"자, 여러분, 나를 좀 자세히 보시오. 나는 죄인입니다. 철이 들면서부터 이십 년 동안을 나는 죄의 길을 거러왓습니다. 그 죄의 값으로 나는 내 청춘을 이 모양으로 이런 옷을 입고 이러케 쇠사슬을 차고 감옥살이로 보낼 수밖에 없는 사람이엇소. 내가 그 죄의 길을 버서나지 못하고 그냥 그대로 나아갓던들 나는 지금쯤 어느 감옥 교수대에서 이슬로 화햇을런지도 모르지오. 그러나 여러분! 긔적의 손이 나타낫습니다. 구원의 손이 나타낫습니다." 하더니 그는 마치 마술사가 몸의 결박을 푸는 무술을 보여주듯이 몸을 홈칠홈칠하더니 그 쇠사슬을 벗기 시작하엿다.

---

17 원문에는 '잇노'로 표기되어 있음.

"여러분! 그 구원의 손은 과연 누구입니까?" 하자 어데로부터인지 군복을 입은 사람 하나가 나타나서 그 쇠사슬을 쥐고 잡아채니 쇠사슬을 절그렁 소리를 내면서 땅 우에 떨어지고 그 죄수는 자유의 몸이 되엿다.

"할렐루야! 나를 죽음에서 건저준 은혜의 손, 나를 죄악의 구렁텅이에서 건저준 구원의 손은 이르럿습니다." 하고 웨치더니 그 죄수는 얼럭얼럭한 죄수옷을 훌훌 버서 버리엇다. 그러드니 그 죄수 옷 안에 말쑥한 양복을 입고 잇섯든 것이 비로소 들어낫다.

"할렐루야! 내 몸에서 죄의 옷을 버껴준 이는 과연 누구입니가?"

이 말이 채 떠러지기 전에 어덴[18]가 가까운 곳에서 남녀의 합창 소리가 들리어왔다.

"할렐루야! 주 예수 그리스도의 손!"

준식이는 깜짝 놀라서 소리 나는 편을 바라다보니 군복을 입은 구세군의 한 떼가 노래를 부르면서 가까히 오는 것이엇다.

이 남녀 구세군의 한 떼는 이 죄수옷을 입엇든 사람을 가운데 두고 빙빙 돌면서 한참이나 합창을 햇다. 죄수옷을 입엇든 사람은 '할렐루야'를 연하여 부르면서 미친듯이 이리 뛰고 저리 뛰드니 합창이 끝나자 그는 한참 동안의 연설을 시작하엿다.

"오직 예수 그리스도의 보혈만이 당신들을 죄의 구덩이에서 구원할 수 잇습니다. 죄 많은 내가 구원을 받을 수가 잇습니다. 자— 이 예수의 참된 도리를 더 자세히 아시고 싶은 이가 잇거든 나를 따라 오시요. 나를 지금 따라오면 예수의 도를 더 자세히 알게 될 뿐 아니라 육신의 양식인 밤참도 그냥 드립니다. 자, 여러분 저녁 못 먹은 이가 몇이요? 밤참도 그져 드립니다." 하는 말로써 그 연설을 매젓다.

그리고는 앞서 가는 이 사람을 한 떼의 노동자가 와글와글 떠들면서 뒤대 섯다. 준식이도 물론 뒤대 섯다. 예수의 도에 대서는 이전에도 여러 번

18 원문에는 '어던'으로 표기되어 있음.

들은 일이 잇지만 방금 먹을 것을 준다는 데 끌리여 가는 것이엇다.

　구세군 강당으로 끌리어 들어간 그들은 거의 세 시간 동안이나 응뎅이가 백이는 교의에 앉어서 찬미하고 기도하고 설교 듣고 또 찬미하고 기도하엿다. 이 강당으로 하나 가득 찬 노동자 떼를 바라볼 때 준식이는 그들의 대다수가 조곰도 자긔보다 나흘 것이 없는 것을 보앗다. 더럽고 해진 옷이라든지 세수 못한 때 무든 얼골이라든지 더욱이 그들의 얼골에는 '주림'이 나타나 잇엇다. 그들이 참말로 예수의 도를 알아보려고 들어와 앉어 잇는지 또 혹은 준식이 자신 모양으로 밥을[19] 얻어먹으려고 들어와 앉어 잇는지 분간해 내일 수는 없엇다. 그들 모두가 피곤하고 주리고 무표정하고 거칠은 것만은 공통된 현상이엇다.

　세 시간이나 그 모양으로 기다린 후에야 그들은 '또넛'이라는 떡 두 개와 커피 한 잔씩 얻어 먹엇다.

125

　하로 종일 굶엇든 배를 구세군 강당에서 주는 '또넛' 두 개로 요긔하고 난 준식이는 자정이 되어서 다시 거리에 나섯다. 거리는 아까보다 훨신 조용해젓으나 딴스 홀에서 흘러나오는 음악 소리가 길거리에 가득 차 잇엇다. 그는 또 비슬비슬 정처 없이 걷기 시작하엿다.

　그는 몸이 몹시 피곤한 것을 느끼엇다. 그래서 어데까지 한잠을 얻어 잘가 하고 공원으로 갓다.

　공원 뻰취에 두 다리를 쭉 펴고 누어서 잠이 슬몃이 들가 하는데 종아리가 따끔 하더니 누가 멱살을 잡고 와락 이르킨다. 순사엿다. 준식이는 입맛을 다시며 일어섯다.

　"저리 가." 하고 호령하는 순사는 그 동그란 망치로 준식이 등을 때렷다.

19　원문에는 '밥은'으로 표기되어 있음.

노
페

준식이는 또 할 수 없이 비슬 비슬 걷기를 시작했다.

"돈 오 전만 잇엇으면!" 하고 그는 생각하엿다. 그가 언젠가 어떤 서양인 노동자에게서 들엇든 말이 기억에 떠올은 것이다. 그 노동자의 말에 의하면 로쌘젤스에서는 돈 오 전만 가젓으면 하로밤 잘 잘 수가 잇다고 하엿다. 돈 오 전을 가지고 하로밤 자는 방법에는 두 가지가 잇엇다. 하나는 그 오전을 주고 전차를 탄 후 맨 앞자리에 가 앉어서 잠자는 것이다. 전차는 밤새도록 시가 한 끝에서 한 끝까지 도라단니지만 자정이 넘은 후에는 승객이 그리 만치 안흔 고로 앞자리에 한두 노동자가 쓸어저 자고 잇더라도 마음씨 조흔 차장이 못 본 체하고 아침까지 내버려두어주는 것이다.

또 한 방법은 그 오전을 주고 밤새도록 놀리는 활동사진관으로 들어가는 것이다. 이십사 시간을 조곰도 쉬지 안코 계속해 사진을 놀리는 영화관이 두 곳 잇는데 거기 입장료가 오 전인 것이다. 거기 들어가 앉어서 스크린 우에 나타나는 키쓰 장면 같은 것을 바라다보고 앉엇다가 슬몃이 잠이 들어버리면 방이 어둡고 조용한 고로 아침까지 안면[20]을 할 수가 잇다는 것이다.

그러나 지금 준식이가 돈 오전을 어디서 구할 수가 잇으랴?

그는 한 바퀴 휙 돌아서 다시 공원으로 들어갓다. 뻰취에 두 다리를 쭉 뻗고 잠이 슬몃이 들엇다. 그러나 어느새엔가 또 발잔등이 따끔하더니 멱살이 들리여진다.

또 순사다.

"이놈아, 왜 자꾸만 이런 짓을 해? 이제 한 번만 더 들키면 유치장에서 자게 될 테니 그리 알어라." 하고 등을 밀어 내쫏는다.

"그래라. 유치장에서라도 가서 잠을 좀 자야겟다. 가자." 하고 금방 달려들고 싶으면서도 한편으로는 슬몃이 무서운 생각이 들엇다. 경찰서라는 데는 어디를 막논하고 노동자들 계급에게는 무시무시하고 언짠은 곳인 것이다.

20 편안히 잠을 잠.

그는 절반은 졸면서 비실비실 발거름을 옮기엇다. 어디로 가는지도 몰랏다. 정신 없이 비실비실 가다가는 길 한가운데서 자동차를 만나면 정신이 팔딱 들어서 냉큼 뛰어 피하고는 고 다음 순간에는 또다시 세상모르고 졸면서 비실비실 걸엇다.

어디를 왓는지 준식이는 인식할 수가 없엇다. 이제는 죽으면 죽엇지 더 걸어갈 수는 없엇다. 무엇이 높이 쌔여 잇는 것처럼 인식이 되자 그는 그의 몸을 거기 탁 실리엇다. 무엇인지 선선한 것이 푸근푸근하다. 준식이는 그 푸근한 데 등을 지대고 주저앉어서 잠이 들엇다.

그러나 얼마 안 잇서서 준식이는 또 멱살을 들리워 일으키는 것을 감각하엿다.

"이 제길할 놈의 순사, 무슨 웬수냐?" 하고 준식이는 악이 도다서 조선말로 소리를 질럿다.

"아, 조선 노인이로군. 좀 이러나십시오." 하는 조선 말이 준식이 귀에 울리엇다.

준식이는 반갑다고 할지 의외라고 할지 몰으는 교차된 감정으로 눈을 번쩍 떠보앗다.

126

준식이가 눈을 번쩍 떠보니 노동복을 입은 조선 청년 하나가 준식의 팔을 붓들고 일으키고 잇는 것이 보엿다.

"그러케 남의 배차 뎀이 우에서 줌우시면 배채는 어떠케 됩니까?"

돌아다보니 준식이는 배차 뎀이를 지대고 잠이 들엇든 것이다. 준식이는 부지중에 그 채소 도매 거리로 다시 왓든 것이다.

"그런데 댁이 어디신데 이러케……."

"집이 없수다. 잘 데가 없어서 돌아다니다가 그만……."

"노인장, 이리 들어오십시오. 이 안에서라도 좀 주무시지오, 그럼." 하면서 이 청년은 준식이를 인도하며 안으로 들어왔다.

세멘트 바닥 우에다 귤상자를 너덧개 잇대어노코 그 우에 감자 자루로 쓰는 토수래 자루를 몇개 깔아 노흔 후 그 우에서 누어 자기를 권하엿다. 준식이는 청년의 후의가 눈물이 나리만침 감사하엿다. 고맙다는 소리를 하려다가는 곧 목소리가 떨리고 눈물이 쏘다질 것 같애서 그냥 아무소리도 못 하고 그냥 그 우에 들어누엇다.

그러나 그 우에서도 준식이는 잠을 편히 잘 수는 없엇다. 벌서 밤은 새벽녘이 되엇는 고로 이 도매상 동리는 소란스럽기 짝이 없엇다. 사람들의 와글거리는 소리, 트럭의 뿌르렁 소리, 짐짝을 꽝꽝 메치는 소리, 상자를 쪼개는 소리, 상자에 못질하는 소리, 이 소란한 가운데서 그는 한편으론 소란을 인식하면서 한편으론 잠을 자는 그야말로 반수 상태에서 두어 시간을 지내엇다.

채소 도매상을 벌이고 잇는 이 조선 청년의 호의로 준식이는 적당한 직업을 얻게 되기까지 임시로 거기서 긔거하기로 되엇다. 더구나 시내에는 조선인으로 채소 소매상을 하는 이가 사오십 호나 되는데 그들은 반드시 새벽마다 한 번씩은 채소를 받으려 이 동리로 오는 것이니까 그들에게 부탁하여보면 어디고 곧 일자리가 잇으리라구 그 청년은 일러주엇다.

낮에는 실과 상자 우에 자루를 깔고 자고 밤에는 그 청년을 도와서 농장에서 들어오는 채소와 실과를 받아 싸코 새벽에는 다시 소매상에게 팔어 트럭에 실어주고 하여 그것으로 밥이나 사 먹을 임금을 받엇다.

준식이가 그 도매 가가에서 한 주일 동안이나 일하면서 보아야 조선인 소매상이 그 가가로 물건을 받으러 오는 것을 별로 못 보앗다. 오직 치덕이라구 하는 한 청년만이 매일 새벽 와서 채소를 받아갈 뿐으로 다른 조선인은 오는 일이 없엇다.

이 치덕이라는 청년은 시내에서 장사하는 것이 아니라 시외로 한 백 리 밖에 나가서 잇는 조고만 동리에서 장사를 한다고 하는데 역시 채소를 받으려면 매일 여기를 와야 한다고 한다. 거리가 먼 관계상 치덕이는 언제나 대개 남들보다 좀 일즉 단녀가는 고로 새벽에 소매상들이 들이 밀릴 때처럼 과히 바쁘게 서두르지 안코 천천히 물건들을 트럭에 실으면서 이런저런 이야기도 할 긔회가 잇엇다. 또 치덕이와 이 가가 주인과는 서로 '해라'를 하는 것으로 보아 퍽 가까운 친구라는 것을 알 수가 잇엇다. 또 어떤 때 치덕이가 좀 더 일즉 와서 시간이 넉넉하면 가가 주인은 준식이에게 가가를 맡기고 치덕이와 함께 근처 음식점으로 가서 새벽참을 먹고 오는 때도 만엇다.

하로는 준식이가 치덕이를 도와 트럭에 채소 상자들을 실으면서 물어보앗다.

"시내에만두 조선 사람 채소상이 오십여 처나 된다는데 이 가가로는 한 사람도 채소 받으러 오는 사람이 없으니 웬일입니까?" 하고 첫날부터 이상스럽게 생각햇든 것을 물어보앗다.

치덕이는 코우슴을 한 번 하더니

"흥, 조선 사람이 그러기 나뿌다는 것이지오. 조선 사람끼리야 어데 신용을 해야지. 저—기 저 골목 일본 가가나 청인 가가로 가보구려, 조선 사람들이 욱실득실하지오. 그래두 조선 사람의 가개룬 안 오거든요."

준식이는 다시 잠잠해지고 말엇다.

127

어떤 날 치덕이는 몹시 일즉 왓다. 마침 시계가 깨저서 시간을 알 수 없기 때문에 미심길[21]로 왓더니 그러케 일러젓다는 것이다. 때마츰 가가 주인은 아직 집에서 나오지 아니한 고로 준식이와 치덕이는 상자를 타고 마조 앉어서 담배를 피워가며 서로 신세타령을 하게 되엇다.

치덕이의 말을 들으면 그는 본래 공부를 해볼 목적으로 미국으로 온 것이엇다 한다. 물론 그도 고학을 목적한 것이엇다. 위선 학비를 벌어가지고

---

21 '미심결'의 오기인 듯. 확실하지 못하여 마음이 놓이지 않는 상태.

학교로 가려든 노릇이 그만 돈 맛을 좀 보게 되니까 공부는 다 집어치우고 돈버리로 들어서고 말엇다구 한다.

"처음에 만년필 장사를 시작햇지오. 일본서 한 자루에 십오 전씩 주고 사다가 여기서 한 자루에 일 원씩 받엇는데 한참 잘 팔릴 적엔 하루 십삼 자루까지 팔아보앗지오. 그러니 그때 생각엔 단박 백만장자가 될 것 같드군요…… 흥 그래두 공부를 햇으면 지금쯤 대학 하나는 졸업햇을 것 아니야요? 지금 요 꼴이 되고 말엇으니……애초에 돈 맛을 몰랏서야 하는 거야요." 하고 그는 후회가 나는지 한숨을 쉬며 담배를 한 목음 길게 들이 빨앗다가 후— 하고 내불엇다.

"돈은 그래두 한 때는 한 오만 불까지 손에 쥐어보앗지오."

"아니 무엇을 해서 그러케?" 하고 준식이는 놀라서 물엇다. 사실 오만 불이란 만흔 돈을 이 젊은 사람이 벌어보앗다는 것은 믿을 수 없는 일처럼 준식이에게는 생각되는 것이엇다.

"흥, 다 생각해보면 긔가 턱턱 맥히는 노릇이지오. 그저 그때 손 싹 씻구 떳으면 괜찬흔 겐데 그래두 좀 더 먹어보겟다구……. 만년필 장사가 시세가 없어지길래 좀 모힌 자본을 가지구 필라델피아루 가서 술장사를 햇지오. 술장사 잇태에 돈이나 한 오만 불 잡앗댓지오. 술장사는 참 묘하게 햇습넨다. 아마 동서양 사람 다 치구 나만침 묘하게 한 사람도 드물껩니다. 거트루는 여관을 채렷지오. 그러나 여관업만 가지구야 어디 밥버리가 되나요? 검둥이 게집을 한 서넛 데려다두구 매음을 시켯지오. 그것두 수입이 괜찬하요. 그래두 무엇보다두 그래두 술이 제일 돈이 만히 남어요. …… 한 집에서 잇태씩 계속해서 술장사 한 사람은 아마 나 하나밖에 없을 껩니다. 그러나 도로혀 그것이 병통이엇어요. 그저 슬적 다른 데로 옮겨만 앉앗서두 괜찬흔 겐데…… 술을 어디다 감추아두엇노 하니 그집 수도 파이푸를 막아 버리구 그 속에다 술을 부어 두엇구려. 술 사러 오는 사람이 잇으면 슬적 부엌에서 수도를 틀어노흐면 그게 물이 아니구 술이거던…… 그러기 가택 수색을 참 여러 번 당햇지만 모두 뒤통수만 치고 돌아갓지오. 수도 파이푸 속에

술이 들어 잇을 줄이야 꿈이나 꿀 수 잇나요…… 아 그런데 마그막에는 고만 그것이 발견이 되엿지오. 그래 꼼짝 못 하고 잽혀갓는데 그져 징역이나 몇 달 하구 내놔준다면 상관 없겟지만, 변호사 말을 들으니 나는 미국 시민이 아닌 고로 징역시키고 나서는 국외 추방을 시켜버린대요. 그때 생각엔 미국서 쪼껴나면 곳 죽을 것 같아요. 조선으로 도루 쪼껴가긴 죽기보다 더 실커던요. 그래서 고만 술장사해 벌어든 오만 불 돈을 다 풀어서 이놈 멕이고 저놈 멕이고 하니 결국 슬근히 노하줍니다. 그래서 고만 이 가주²²로 뺑손이를 해 왓지요. 그때 생각엔 본국으로 쪼껴가지만 안코 미국 안에 잇으면 언제구 다시 돈을 좀 잡어볼 것같이만 생각되니 웬걸이요. 지금이야 어디 그때와 같어요……. 그리구 술장사는 애야 말 거야요. 이제는 큰 돈 잡어보긴 코집이 다 앵드러젓지오.²³ 그져 이러다가 죽고 말 테니……."

치덕이는 말을 끈코 또 담배를 길게 빨아 드리마시엇다.

---

22 캘리포니아주.
23 콧집이 앙그러지다 : 다 틀렸다. '코집'은 '콧집'(코를 이룬 살 덩어리)의 북한어.

쓰린 상처

128

준식이가 로쌘젤스에 발을 들여노흔 지 열흘 만에 그는 어떤 조선인 채소상에 고용으로 가게 되엿다. 젊은 사람 같으면 채소상 고용이면 임금이 한 주일에 이십오 불인데 나이 늙고 햇으니 한 주일에 이십 불씩밖에 줄 수 없다는 조건이엇다. 그러나 그것만도 지금의 준식이에게는 하눌에서 내려주는 떡 같게 감사하엿다. 한 주일 방세가 사 원가량, 식비가 칠 원, 그리고도 매 주일 한 팔구 원 남길 수가 잇다고 생각하엿다. 그것으로 찜 미에게 다만 얼마간이라도 보낼 수 잇으리라구 생각되는 것이 기쁜 일이 엇다.

채소상!

그것은 결코 쉬운 노동이 아니엇다. 아침 일곱 시부터 밤 열 시까지 하루 열 다섯 시간 노동인 데다가 하로 종일 서서 일하는 노동, 젊은 사람에게도 몹시 고달푼 노동이엇다.

아침 일곱 시에서 대서 상점으로 나가면 가가 주인은 새벽에 도매상에 가서 채소를 받아 가지고 상점으로 와서 문을 열고 기다리고 잇다. 그러면 준식이는 주인을 도와서 채소 상자들을 트럭에서 내려 상점 부엌케 싸하놋는다. 그리고는 그 부엌에서 무, 배차, 시금치, 감자 등속 흙이 무더 잇는 채소는 말큼 수도물에 씻처야 한다. 한 단씩 붓들고 솔로써 빡빡 잘 닥거야 하는 것이다.

새벽 세 시에 일어나서 도매상에 갓다 온 주인은 곤하니까 집으로 돌아가서 아침에 한잠 자야 하니까 수백 단 되는 무, 배차, 파 등속을 혼자서 씻처야 한다. 그것을 씻고 나면 허리가 끈허지도록 아푸고 시장하고 머리가 횡횡 도는 것이다. 그러나 조곰도 쉴 새 없이 다시 채소들을 보기 곱게 차례로 싸하노하야 한다. 그러는 동안에 벌서 점심때가 되어 오니 점심거리를 사러 오는 손님이 들어오기 시작한다.

오후 두어 시까지 손님을 치르고 나서 겨오 한가한 틈을 타서 점심을 부엌에 앉어 먹는다. 먹고 나서는 또 담배 한 대 태울 여가도 없이 다시 가가 앞으로 나와서 실과를 한 알씩 한 알씩 마른 헝겊으로 잘 문질러서 환갑상 채리듯 곱게 차례로 싸하노하야 한다.

그러누라면 네 시부터는 손님들이 쏠리기 시작한다. 주인도 나오고 주인의 부인도 나오고 학교 단니는 주인의 아들도 나오지만 손이 미처 돌아가지 못한다.

저녁 여섯 시나 되어야 손님이 뜸한다. 그러면 준식이는 다시 부엌에서 저녁을 먹는다.

저녁 후에는 실과도 사러 오는 손님이 과히 분주하지 안흐리만한 정도로 온다. 그와 동시에 또 싸하논 실과를 헤쳐가면서 그날 썩어젓거나 시들엇거나 한 실과를 골라내어야 한다.

열 시가 되면 문을 닫고 썩기 쉬운 실과(딸기, 복송아 같은 짓)와 시들기 쉬운 채소(풋콩 같은 짓)를 모하다가 어름 상자에 너코 부엌에 널려 잇는 빈 상자들을 들어다 트럭에 싸하노코 그리고 세수하고 여관으로 돌아오면 열한 시나 된다. 매일 아침에는 또 여섯 시 전으로 이러나야 한다.

나이 육십을 넘은 준식이에게 이런 과도한 노동이 오래 계속될 수는 도저히 없는 일이엇다.

'내일 아침에는 절대로 다시 못 일어날 것 같다.' 하고 생각하면서 그는 밤에 자리를 눕는다. 그러나 아침이 되면 그는 다시 죽을 용긔를 내서 일어난다.

준식이는 그러케 죽을 용긔를 내서 하는 일이언만 준식이를 부리는 주인의 눈에는 준식의 일이 흡족할 리가 없엇을 것이다.

마츰내 하로는 주인의 입으로

"미안하지만 어데 다른 곳으로 가보시도록 해야하겟소." 하는 선언이 떨어지고야 말엇다.

129

준식이는 일이 몹시 더딜 뿐만 아니라 늙은 탓인지 더러워서 안 되엿다는 것이다. 단골손님 가운데 한두 사람이 벌서 준식이가 더럽게 보이기 때문에 그 집에 물건 사러 오기가 시려한다는 말을 주인은 들엇다는 것이다. 사실 식료품을 사러 오는 사람들이라 그것을 파는 점원들이 깨끗한 것을 환영할 것은 인정일 것이다. 그런데 일생을 더러운 일만 도마타 해온 준식이가 더러워 보일 것은 당연한 일일 것이다.

"마침 내 아는 사람 하나가…… 병준이라구요. 할리우드에서 푸룻스탠드를 하는데 종일 부엌에서 채소를 씻기만 하는 일을 할 사람 하나를 구한다는 이야기를 들엇으니 그리 가보시지요. 부엌에서 씻고만 잇는데야 더럽고 깨끗하고가 문제가 아니니까! 손님들 직접 대하는 것이 아니니…… 물론 월급은 좀 적습니다. 한 주일에 십오 딸라로 이야기 하드군요……. 거기라두 가시겟다면 내 편지 한 장 써들이지요."

지금의 준식이로는 십오 딸라 아니야 다만 오 딸라를 준대두 가야 할 처지이엇다.

"그리루라두 가 보두룩 하지오." 하고 준식이는 억지로 빙그레 우서 보이면서 대답하엿다. 억지로 웃는 준식의 미소는 보는 사람에게 퍽 처참하게 보엿다. 그래서 주인은 난처한 듯이,

"글세, 여기 계시두룩 햇으면 조켓는데¹ 원악 늙으서서 일이 몹시 고되시기두 할 테니 그래두 좀 덜 고단한 데루……." 하면서 조고만 종이쪽지에 간단한 편지를 한장 써주엇다.

준식이는 거리로 나와서 뻐스를 타고 한참을 가다가 할이우드 거리에서 전차로 바꾸어 타고 또 한참을 가서 내렷다. 병준이의 상점은 큰길가에 잇는 고로 어렵지 안케 차즐 수가 잇엇다. 큰 채소상이 몰려 잇는데 그중 왼편 맨끝 가게가 병준의 가가이엇다.

병준이란 사람은 나이 한 오십 된 사람인데 퍽 건장하엿다. 마침 점심 후좀 한가한 때라 혼자서 풋콩을 하나씩 하나씩 곱게 돌담처럼 싸하노코 잇다가 준식이가 내미는 편지를 왼손으로 받아 들엇다.

"미스터 박이시오?" 하면서 그는 다 본 편지를 국여 내던지면서 바른손을 내민다. 병준이란 사람의 손아귀가 어찌도 세이든지 악수하는 잠간 새에 준식이의 여윈 손이 병준의 커-단 손 속에서 아스러저버리는 것처럼 심히 아팟다. 악수가 조곰만 길엇던덜 준식이는 아픔을 못 참아 비명을 말할 번하엿다.

이야기는 간단히 해결을 보아 바로 그 다음 날 아침부터 오기로 하고 준식이는 여관으로 돌아왓다.

이튼날 아침 일즉 조반을 먹고 그는 병준이의 채소전으로 나아갓다. 역시 이전 집과 마찬가지로 병준이와 함께 채소 상자들을 트럭에서 내려 부엌에 싸하노핫다. 서양 상추를 육십 개씩 재인 상자를 내리울 때는 바로 그 자리에서 허리가 불어지는 것 같앗으나 이를 악물고 져다가 부엌에 싸핫다. 상자 하나만 나르고도 이마에 땀이 내솟고 숨이 차지는 것이엇다.

준식이는 곧 수도채 앞에 도사리고 앉아서 채소단을 씻기 시작하엿다. 주인 병준이는 앞 가가에서 밤새 덮어두엇든 신문지들을 거두고 어름 상자 속에 보관햇든 실과들을 끌어 내노코 여기저기 조금씩 대강 손질을 해노흔

---

1 원문에는 '죄켓는데'로 되어 있음.

후 집으로 돌아 들어갓다. 가면서 그는 잠시 부억에 들려,

"난 지금 들어갈 터이니 혼자 수고하소. 이제 곧 우리 안에서 나올 터이니까 그동안 씨처노면 내다 싸키는 우리 안해가 내다 싸흐리다. 나는 한잠 좀 자고야 또 나오겟수다." 하고 말하엿다.

준식이는 혼자 앉어서 배추 단을 씻츠면서 방금 병준이가 한 말을 혼자 마음속에 되푸리해보앗다.

"우리 안에서…… 우리 안해가……."

준식이는 갑작이 구슬퍼젓다.

이러케 내외가 의조케 장사라도 가치 해나가면 참으로 얼마나 행복스러울가 하고 생각해보앗다.

그의 머리속에는 포도밭이 떠올랫다. 벌서 깜아득한 옛날 일 같으나 바로 십여 년 전 그때에는 준식이 자신도 '우리 안해'라고 부를 수 잇는 안해도 잇엇고 오막사리나마 살림살이도 잇엇엇다. 그것이 오늘날까지 계속될 수만 잇엇던덜…….

이러케 생각에 잠겨 잇을 때 어떤 사람 그림자가 앞에 다다른 것을 인식하고 그는 고개를 들어 치어다보앗다. 그 순간 준식이는 부지중 배차 단과 솔을 물통 속에 떨어티리면서 벌덕 일어섯다.

"순애!"

하고 그는 버럭 소리를 지른 것이다.

130

순애!

준식이로써 순애를 이저버릴 수가 잇엇을가?

달이 가고 해가 감을 따라 준식이는 순애에 대한 생각을 차차 덜하게 되엇든 것이 사실이엇다. 어떤 때는 이제는 아주 이저버렷거니 하고 준식이 자신이 생각한 적도 잇엇다. 그러나 이 '이저버렷거니' 하는 생각이 나는 것

이 곧 이저버리지 안엇다는 실증이 아니든가! 이저버리고 말려고 애를 쓰는 준식이엇만 가끔 언듯 순애의 생각이 머리에 떠오르군 하는 것이엇다. 한가한 때에만 생각이 나는 것이 아니라 어떤 때는 몹시 분주한 때에도 갑작이 무뜩² 생각이 나는 수가 잇엇다. 그럴 때에는 그는 잠시 멈츰하고 일을 멈추엇다가는 한숨을 가볏게 쉬고는 다시 일을 하엿다. 그리하면 또 얼마 당분간은 이저버려진 듯하엿다. 그러나 또 얼마 후에는 뜻도 안한 때에 무뜩 생각이 나군 하는 것이엇다.

또 어떤 때는 그는 분주하게 일하다가 말고 앞으로 순애가 힐끗 지나가는 것을 보는 듯이 생각이 되어 고개를 번쩍 드는 때가 잇엇다. 그럴 때마다 그는 가슴이 뭉클하엿다. 그리면서도 지나쳐버린 여자의 치마자락을 딸아가는 그의 두 눈은 그것이 순애이기를 바라는 것이엇다. 그것이 참말로 순애라면 그는 과연 어떠한 태도를 취하겟는가? 그것은 준식이도 몰랏다. 다못 가슴이 뭉클하고 전신이 우들우들 떨릴 것이라고만은 생각되엇다.

그러나 지나쳐버린 여자가 순애가 아니고 다만 준식이 눈의 착각에 불과하엿든 것이 깨달어질 때 준식이는 마치도 거의 다 잡앗든 새를 노쳐버린 것 가튼 서운함을 감각하는 것이엇다.

순애가 준식이와 찜미를 버리고 정부를 따라 도망질쳐버린 지 벌서 십오 년! 그동안 가끔 순애 생각이 우에서 말한 것처럼 준식의 가슴을 쿵클하게 하여준 것은 사실이지만 오늘 이 자리에서처럼 순애가 준식이 자긔 앞에 딱 버티고 서 잇는 이러한 환영(幻影)을 본 경험은 없엇든 것이다.

그러나 지금 준식이는 분명코 순애를 눈앞에 본 것이엇다. 얼른하고 지나치는 그림자뿐이 아니라 그 얼골 그 몸 전체가 실물로 준식이 앞에 나타나 서 잇는 것이엇다. 그래서 "순애!" 하고 소리를 지르며 준식이는 벌떡 일어선 것이엇다.

그러나 준식이가 벌떡 일어서는 순간 순애는 외면하엿다. 그리고는 황망

---

2 문득.

쓰린 상처

345

스럽게 밖으로 나가버렷다.

준식이는 도까비에게 홀린 사람처럼 멍하니 서 잇엇다. 그의 가슴은 와들와들 떨고 잇엇다.

그런데 이상한 일로 준식이의 감정은 일정치가 못하고 또 뚜렷하지도 못 햇다. 그저 가슴이 와들와들 떨릴 따름으로 순애가 밉다는 생각도 없고 곱 다는 생각도 없고 원망하는 생각도 없고 복수하고 싶은 생각도 없엇다. 마 치 그의 머리는 이런 모든 감정을 발생시킬 수 잇는 능력을 일허버린 것 같 앗다.

와들와들 떨리는 가슴이 좀 진정이 되니까 전신의 맥시 탁 풀리엇다. 그 래서 그는 도로 그 자리에 주져앉엇다.

그런데 여기까지 차저왓든 순애는 그러케도 황망히 어디로 다라나버렷 나? 여기까지 무슨 생각으로 준식이를 차져왓다가 또 무슨 생각으로 그러 케 급히 다라나버렷나?

준식이는 이러서서 앞 가가로 통하는 문까지 왓다. 문지방에 지대고 서 서 내다보니[3] 순애는 사냥꾼에게 쪼낀 토끼 모양으로 오들오들 떨면서 앞가 가 채소들을 정리하고 잇엇다. 순애의 얼굴이 몹시 창백하다고 인식되엿 다. 그 순간

"우리 안해가……." 하고 아까 말하든 병준이의 빼스 목소리가 그의 뒤통 수를 때리듯이 준식이 머리 속에 새롭게 쟁쟁 울리엇다.

131

순애는 일부러 준식이를 못 보는 체하고 새털 달린 먼지떨이로 가가 앞 먼지를 툭툭 털고 잇엇다. 준식이는 다시 부엌 어둑신한 자리로 돌아와 앉 엇다.

---

3 원문에는 '내가보니'로 표기되어 있음.

"망할 것이 또 딴⁴ 놈에게로 시집을 갓구나." 하고 준식이는 혼자 중얼거리고 잇엇다.

우렁거리는⁵ 가슴이 다 진정된 때 준식이는 이 처지에 자긔가 취할 태도를 냉정히 생각해보앗다.

"이년아, 이 쥑일년아!" 하고 그 머리채를 휘여잡고 한번 슬컷 두들려 줄가? 아니, 그러고 싶지 안엇다. 그실 그럴 긔력조차 없는 것이엇다.

"이년아, 돈 천원 내놔라!" 그것도 소용없는 짓이다.

"이년아, 나하고 다시 살자!" 더구나 안 될 말이다.

"그래도 사죄 한마디 안코 모른 체하고 시침이 따고 잇는 것이 밉다." 그는 다시 혼자 중얼거리엇다.

준식이는 저도 모르는 새 다시 손을 들고 배차를 벅벅 문질르기 시작햇다.

"고것도 퍽 늙엇군……" 하면서 그는 길게 한숨을 쉬엇다.

준식이에게는 그가 근 이십 년 전에 순애의 사진을 처음 받던 그날 생각이 떠올랏다. 그러케도 귀애하고 들여다보든 사진! 그리고는 순애를 처음 맞든 날, 결혼하든 날, 찜미를 나튼 날……. 오, 갑작이 찜미가 보구 싶어젓다. 내년이면 찜미가 벌서 중학을 졸업하는데, 빼각빼각 울던 때가 어끄제 같은데……. 순애가 도망쳐버리든 날……

"후―" 하고 그는 길게 숨을 쉬엇다.

순애가 다시 부엌으로 들어왓다. 빈 양철통을 내려 준식이 앞에 놓고, 맑아케 씻긴 배차와 무가 가득 담긴 양철통을 들고 다시 밖으로 나갓다. 빈 양철통을 내려노면서 순애는 도적질해보듯 곁눈으로 준식이를 핼근 한번 보앗다. 그리고곧 곧 외면햇으나 순애의 입술과 눈썹이 바르르 떠는 듯한 것을 준식이는 인식할 수가 잇엇다.

---

4   원문에는 '땀'으로 표기되어 있음.
5   '울렁거리는'의 오기로 보임.

'이년아! 왜 모르는 체해?' 하고 소리를 한번 지르고 싶엇으나 준식이 가슴이 꽉 맥켜버려서 소리는커녕 속삭이도 못할 지경이엇다.

준식이는 모든 부질없는 생각을 물리치려고 애를 쓰면서 채소 단을 열심으로 씻고 앉아 잇엇다. 그러나 이러케 순애를 만나 가지고도 아모 일도 없는 듯이 주저앉아서 묵묵히 배차 단만 씻고 잇는 것이 어째 부자연스러운 것도 같고 또 쑥스러운 것같이 생각되엇다. 그러타고 또 어떠케 해야 조켓느냐고[6] 하면 역시 별 시언한 대답이 없엇다. 역시 앉어서 배차나 씻는 외에별 일이 없엇다.

"어디 동정을 좀 보아야지." 하고 준식이는 스스로 제 자신[7]의 무능을 합리화시켜 보앗다.

점심때가 지나 병준이가 상점으로 나올 때까지 순애는 서너 번 부엌으로들어와서 씨쳐노흔 채소를 내갓다. 그때마다 순애의 꼭 담은 입술과 눈썹은 바르르 떤다고 준식이는 생각하엿다.

"저도 좀 생각이 잇겟지⋯⋯." 하고 준식이는 또 혼자 중얼거리엇다.

132

순애와 준식이의 묵묵한 암투는 사흘이나 계속되엇다. 그동안 순애와 준식이는 수십 번을 얼골을 마조 대하게 되엇으나 순애는 늘 외면하엿다. 그리고 준식이는 매번 순애의 입술과 눈썹이 바르르 떤다고 인식하엿다.

그러나 하로 아츰에는 순애가 상점으로 나오는 길로 곧 부엌으로 들어서면서

"찜미는 어디 잇서요?" 하고 물엇다. 순애는 외면을 하고 흙무든 무 무덤이에 지대고 서서 파란 무잎을 뚝뚝 뜯고 잇섯다.

---

6 원문에는 '조케느냐고'로 표기되어 있음.
7 원문에는 '진신'으로 표기되어 있음.

준식이는 일을 멈추고 순애를 똑바루 바라다보앗다. 어떠케 대답을 할까가 얼른 생각이 되지 안허서 그는 묵묵히 한참을 바라다보앗다. 측면으로 보이는 순애의 얼굴은 퍽도 변하엿다고 준식이는 새삼스리 느끼엇다. 더욱이 이마에 줄줄이 잽힌 주름살은 순애도 여자로써의 청춘 시대를 지나첫다는 증거이엇다.

사십을 낼 모래로 내다보는 순애는 이십 년 전 이십 안팍엣 청춘 시절인 그 순애와 비교하여 시들은 꽃과 같엇다.

그러나 이러케 묵묵히 순애의 측면을 바라다보고 잇는 준식에게는 지금 새삼스럽게 시드러저가는 꽃에는 또한 그 시드러진 아름다움이 숨겨 잇다는 것을 느낄 수가 잇엇다. 이십 년 전 순애가 아직 활짝 다 피지 안흔 봉오리 같은, 말하자면 애티가 잇는 아름다움을 가젓섯다고 하면 지금 중년에 달한 순애는 활짝 피어서 짓트러진 풍만의 미가 잇엇다. 꽃봉오리가 이슬을 먹음은 듯한 깨끗한 아름다움은 차자볼 수가 없지마는 그 반면에 흥크러진 색정의 미, 술 취하는 듯한 육체의 미, 매력이 전신에 넘쳐흐르는 것 같은 느낌을 발견할 수가 잇엇다. 그와 동시에 준식이는 지금 그 순애를 얼싸 안아보고 싶은 충동을 느끼는 동시에 준식이 저 자신도 놀랏다.

이러케 순애를 다시 품에 안아보고 싶은 충동이 느껴질 때 준식이는 갑자기 화가 낫다. 그래서 실로 갑작이 준식이 자신도 것잡을 새가 없이,

"흥! 쩜미, 쩜미는 죽엇서……." 하고 소리를 버럭 질럿다.

순애는 고요히 얼골을 돌려 준식이를 쏘아보앗다. 준식이는 순애의 이 시선을 전신이 그닐그닐하도록[8] 느끼면서 곧 얼골을 푹 수기고 열심으로 채소 단을 씻고 잇엇다.

얼마간의 시간이 지낫는지 한참 만에 준식이는 다시 순애의 목소리를 들엇다.

---

8 그닐그닐하다 : 벌레가 기어가는 것처럼 살갗이 자꾸 또는 매우 근지럽고 저릿한 느낌이 든다.

"물론 모두가 제 잘못입니다. 뵈올 염치두 없읍니다. 그래두 난 여태 하루두 찜미를 이겨본 적이 없어요."

"흥!" 하고 준식이는 일부러 코우슴을 우섯다.

"꼭 한 번만, 한 번만이라도 보구 싶어요. 이제 어른이 다 되엇겟지오. 찜미…… 나두 인덕이란 놈에게 버림을 받은 다음 준식 씨 게신 델 알아보느라구 꽤 애를 썻답니다. 찜미, 찜미가 보구 싶어요……."

갑작이 준식이 눈에는 눈물이 핑그르 돌앗다. 그리고 갑자기, 참으로 죽을 지경으로 몹시도 찜미가 보고 싶어젓다.

"아니, 안 돼! 찜미, 찜미는 내 찜미다. 찜미는 애비만 잇구 에미는 없는 애다. 찜미 에미는 벌서 죽은 지가 언제라구……."

준식이는 말을 못 맺고 배차 단을 집어 던지고 벌떡 일어나 밖으로 뛰쳐나갓다.

133

준식이는 속히 이 일을 그만두고 다른 데로 옮겨 가야 하리라구 생각하엿다. 그러나 갑작이 뚜쳐나가야 할 텐데 그것이 걱정이엇다.

오후 네 시부터 여섯 시까지는 채소상으로는 가장 분주한 시간이엇다. 이 분주한 대목을 치르기 위하여는 점심때 돌아갓든 순애도 다시 상점으로 나오고 또 병준의 딸이라는 열댓 살 난 처녀애(기실은 인덕이의 딸로 방금 중학교 재학 중이엇다)가 하학하고 도라와 어머니를 딸아 상점으로 나아오는 것이엇다. 이러케 왼 집안이 다 털어 나오지만 그래도 손이 모자라서 네 시부터 일곱 시까지 세 시간 동안만은 경선이라고 하는 조선 학생 하나를 고용하는 것이엇다.

이 경선이라는 학생은 나이 삼십이나 되고 머리가 한 절반 대야머리[9]가

---

9 '대머리'의 잘못.

된 노학생인데 사람이 퍽 젊잔으면서도 퍽 친절하엿다. 그래서 혹 어떤 때 준식이가 손이 떨려 생추 씻기를 더디하여 미쳐 팔리는 속도에 대지 못하면 (생추는 미리 씻쳐두면 시들기 쉽고 색이 변하는 고로 팔 임시하여 씻는 것이다) 주인 병준은 일 더디다고 욕만 하는데 이 경선이는 아모 소리 없이 와서 소매를 거더 올리고 준식이가 보기에도 씨언할 만침 빠르게 훨훨 씻쳐 가지고 나가군 하는 것이엇다. 또 어떤 때는 일곱 시가 넘어서 경선이는 돌아갈 시간이 되엇음에도 불구하고 준식이와 마주 앉아서 한 삼십 분씩 채소를 씻쳐주기도 하엿다. 이것이 준식이에게는 여간 고마운 것이 아니엇다. 그리고 이 젊은 사람의 그 원기가 늙어빠진 준식이에게는 몹시 부러운 것이엇다.

하로는 준식이는 이 경선이에게 어디 다른 데 일자리가 없는가를 물엇다. 늙은 몸에 지금 일이 너무 과도하니 어디 좀 쉬운 일자리가 잇으면 조켓다고 말하엿다.

"글세요. 어데 그러케 입에 맛는 떡이 잇어요?" 하고 경선이는 난처한 듯이 대답하엿다. 그러나 하여튼 여기저기 알아는 본다고 약속하엿다.

한 주일이 지난 후 병준이는 장사가 자꾸만 미쩌간다고 툴툴 화풀이를 하엿다. 그것이 준식이를 놀라게 하엿다. 분주스럽게 팔리는 품을 보아서는 큰 장사인데 미쩐다는 것은 알 수 없는 일이엇다. 그래 그는 경선이에게 그 말을 옮기고 경선이의 의견을 들엇다.

경선이는

"물론 미쩔 겝니다." 하고 대답하엿다. 경선이의 설명에 의하면 채소상이 이가 거의 없다고 한다. 이는 박한데 썩고 시드는 것은 만코 품은 만이 들고 웬만해 가지고는 미쩌지 안흘 수 없다고 한다. 한 도시 안에 채소상이 너무 만흔 데다가 더욱이 근년에는 소위 '피글리 위글리'[10]라는 채소 연쇄점이 골목마다 생겨 가지고 값을 푹푹 떨구기 때문에 도저히 경쟁할 수가 없다는 것이다.

---

10 Piggly Wiggly. 1916년에 처음 문을 연 대형 슈퍼마켓 체인점.

그래서 조선인의 채소상은 그 장래가 멀지 안타고 경선이는 결론하엿다. 지금 채소상으로 중국인 도매상에게 몇백 원씩 외상을 지지 안흔 사람이 없고 벌서 만흔 사람이 상점을 집어 치우고 '피글리 위글리' 연쇄점에 점원으로 들어갓다고 한다. '피글리 위글리'서는 그동안 동양인 점원은 채용 아니하엿섯는데 근래에 와서는 동양인을 고용하기 시작하엿다. 그것은 "동양인은 채소를 깨끗이 다룬다." 하는 관념이 로쌘젤스 시민 머리 속에 뿌리 깊이 백혀 잇는 것을 간파하는 동시에 품값이 서양 점원에 비하여 싸기 때문에 그 정책이 변한 것이엇다. 그래서 수다한 조선인이 이미 독자로 경영하든 상점을 거더 치우고 임금 한 주일에 삼십 불에 목을 매고 점원으로 들어간 것이엇다. 한 주일 삼십 불 임금이 상점 경영하는 것보다 낫다는 것이다.

"소자본과 대자본의 경쟁은 필연적으로 소자본의 몰락을 가저오는 것입니다. 소자본의 독립 경영은 필연적으로 대자본에게 흡수되고 소상인들은 대연쇄점의 임금 뇌동자로 편입되는 것, 이것은 곧 현 제도의 한 특색입니다." 하고 경선이는 결론하엿다.

준식이는 이 결론의 뜻을 완전히는 이해하지 못햇으나 경선이는 유식한 사람의 하나인가 보다 하고 속으로 생각하엿다.

134

날이 갈수록 병준의 상점에서 일하는 것은 준식이에게 고통을 가하는 것이엇다. 일이 어렵다는 것보다도 아침마다 순애를 만나는 것이 말할 수 없는 고통이 되엿다. 긔회가 잇을 때마다 찜미를 만나보게 해달라는 순애의 요구가 그를 괴롭게 하엿다.

지금 와서 그는 절대로 순애와 찜미를 대면시킬 수는 없다고 생각하엿다. 찜미는 사실로 자긔 어머니는 벌서 찜미가 철도 나기 전에 죽은 줄만 알고 잇는 것이엇다. 그러한 찜미에게

"이 사람이 너와 네 애비를 버리고 도망첫든 네 어머다." 하고 순애를

소개할 수는 절대로 없는 일이라고 그는 생각하엿다.

더욱이 순애가 그러케도 만나보고 싶어하는 찜미를 순애에게 만나뵈여 주지 안는 것이 훌륭한 복수라고 생각이 될 때 준식이는 일종의 쾌감을 느끼는 것이엇다. 그러나 그것은 쾌감은 쾌감이면서도 일종의 고통이엇다. 준식이는 자긔 마음이 너무 약하다고 스스로 꾸지즈면서도 할 수 없는 일이엇다.

어떤 날 아침에는 순애는 갑작이 준식이의 물 무든 무릅에 머리를 대고 울면서 찜미를 보여달라고 애걸을 하엿다. 그때에 그는 '보여줄가 부다' 하는 생각이 날 만큼 마음이 눅으러젓엇다. 만일 찜미가 지금 자긔와 함께 잇엇던들 혹은 보여준다고 약속까지 하엿을런지 모른다. 그러나 다행이 지금 찜미는 二(이)천 리 밖에 떠러저 잇는 것이엇다.

이러케 어리둥절한 가운데서 또 한 주일이 지나갓다. 그리자 준식이로서는 참말로 이제는 일자리를 옮기지 안흐면 안 될 급한 일이 생기엇다.

그것은 박일권이에게로 부터서 온 한 장의 편지이엇다. 그 편지는 일권이가 찜미를 더리고 로싼젤스로 내려온다는 편지엿다. 더욱이 날자는 급박해잇엇다. 이제 한 열흘만 잇으면 찜미가 오는 것이엇다.

일권이가 찜미를 더리고 로싼젤스로 오게 된 동긔는 이러한 것이엇다.

그해 로싼젤스에서는 만국 긔독교 주일학교 대회가 열리는 것이엇다. 물론 조선서도 대표가 출석하는 바 그 대표의 일행 중에는 일권이의 장모 되는 노파가 딸을 보려 건너온다는 것이엇다.

일천 구백 이십사 년에 미국에서 동양인 입국을 금지하는 새 이민법[11] 안

---

11 1924년 이민법 (Immigration Act of 1924) 또는 존슨-리드 법(Johnson-Reed Act)은 1924년 7월 1일에 시행된 미국의 이민에 관한 법률이다. 1921년 이민 제한법의 3% 쿼터를 더 낮춰, 1890년 인구 조사를 기준으로 미국 이민자들을 2% 이내로 제한하는 법이었다. 이 법은 국가에서 이민자의 상한을, 1890년 인구 조사 때 미국에 살던 각국 출신의 2% 이하로 제한하는 것으로, 1890년 이후 대규모 이민이 시작된 동유럽 출신, 남부 유럽 출신, 아시아 출신을 엄격히 제한하는 것을 목적으로 하고 있었다.

이 실시된 이래로 동양인은 유학을 목적한 학생 이외에는 절대로 미국 입국이 거부되어 잇엇다. 그래서 만리타향에 친척이나 자식을 보내둔 부모들로도 그들을 만나볼 긔회가 거부되어 잇엇든 것이다. 그리던 것을 이번 주일학교 대회를 긔회로 십여 명의 조선 사람들이 대표라는 이름을 빌려 가지고 혹은 자식을 만나 보려 혹은 십여 년씩 떨어저 잇든 남편을 만나보려 오는 것이엇다.

이 통에 일권이의 장모 되는 이도 미국으로 건너오게 되엇는데 앞으로 십여 일 후이면 그들 탄 배가 싼페드로 항구(로쌘젤스에서 백 리 가량)에 입항을 하게 되며 일권이가 장모를 마중하려 내려오게 되고 또 이 긔회를 이용하여 십여 년씩이나 대면을 못한 준식이의[12] 부자를 서로 만나보게 하기 위하여 찜미를 더리고 동행한다는 것이다.

135

찜미가 온다!

이 편지를 받아 들고 준식이는 어쩔 줄을 몰랏다.

찜미를 만나볼 수 잇다는 것은 준식이를 몹시도 기쁘게 해주엇다. 그러나 그와 동시에 그에게는 두 개의 커단 불안이 떠나지를 안엇다. 하나는 준식이 자긔의 초라한 꼴이 찜미의 눈에 어떠케나 비칠까 하는 염려, 곧 찜미가 그러케도 보잘것없는 아버지를 가진 것을 크게 부끄러워하지나 안흘까 하는 염려이엇다. 그리고 또 하나는 찜미가 오면 순애와 대면하게 되는 긔회가 생기게 되지 안흘까 하는 염려이엇다.

준식이는 찜미가 도착되기 전에 이 상점 일을 고만두어야 할 것을 알엇다. 그러나 찜미가 오면 돈이 소용되엇다. 일을 그만두면 돈을 어디서 버나?

---

12 원문에는 '준식이는'으로 되어 있음.

준식이는 다시 경선이에게 호소하엿다.

"아모런 일이라두……그저 밥만이라두 얻어먹을 수 잇는 일이면." 하고 그는 하소하엿다.

그 이튼날 경선이는

"할아버지 밥 질 줄 아서요?" 하고 물엇다.

경선의 말에 의하면 경선이는 지금 다른 고학생 너덧과 함께 셋집을 하나 어더 가지고 자취 생활을 하고 잇는데 만일 준식이가 원한다면 가서 밥도 짓고 집안도 소제하고 한다면 학생들이 환영하겟다는 말이엇다. 물론 모두가 공부도 하고 노동도 하는 고학생들이라 뻐젓이 월급이라고 지불할 수는 없으나 만일 온다면 가치 유하고 가치 먹고 그리고 담배 값이나 어떠케 보태준다는 것이엇다. 두말 없이 그날 밤으로 가기로 작정을 하엿다.

이리하여 준식이는 다시 일자리를 옮기엿다. 이 새로운 일자리는 과히 힘들지도 안허서 준식이에게 만족하엿다. 하루 세 끼 밥 짓는 일과 집안 소제하는 일, 학생들의 내복 양말 같은 것을 세탁하는 일이 다 이엇다.

이 고학생들의 생활은 재미잇다면 재미잇고 고생된다면 고생되는 생활이엇다. 이 학생들은 모두가 一(일)천 九(구)백 二十四(이십사) 년, 새 이민법이 시행된 뒤에 건너온 학생들이라서 그전에 온 사람들처럼 노동을 자유로 하는 그 자유까지도 가지지 못한 학생들이엇다. 그전에 온 학생 중에는 한 一(일) 년은 노동만 해서 돈을 좀 벌어 가지고는 한 一(일) 년은 공부를 하고 이러케 엇바꾸어 하는 사람들도 잇엇으나 새 이민법 실시 후에 온 학생들은 그러치가 못하야 줄곳 학교에 학적을 두어야지 한 학긔만 학교에 안 가도 곧 이민국 관리에게 체포되어 경하면[13] 시말서를 쓰고 중하면 국외 추방을 당하는 것이엇다. 그래서 이 학생들은 부득불 계속하여 학교에 학적을 두고 공부하는 남어지 시간에 아모런 뇌동이고 닥치는 대로 주서 하는 것이엇다. 따라서 그들의 생활은 언제나 불안정한 가운데 잇섯다. 이러케 여러 학

---

13 가치나 비중 등이 가벼우면.

쓰린 상처

355

생이 합숙을 하기에 말이지 만일 따로따로 떨어져 산다면 뇌동을 못 얻경[14] 하로는 그 사람은 굶는 수밖에 없을 것이엇다. 그러나 이러케 서로 모혀서 합작을 하니까 한 사람은 그날 노동 자리가 없어서 돈을 못 벌엇더라도 다른 사람은 돈을 벌엇으므로 그것으로 굶지는 안코 지나는 것이엇다.

14 '얻었을 경우'의 오기인 듯하다.

환영

136

그 주일 일요일 날 준식이는 경선이의 인도를 받어 처음으로 조선인 예배당에 가보앗다. 점심 먹은 그릇을 다 부시고 오누라구 조곰 늦어젓다. 그래서 그들이 예배당에 도착한 때는 벌서 안에서는 찬송가를 부르고 잇엇다.

준식이는 예배당 문밖에 노혀 잇는 사오 대의 자동차를 보고 놀랏다. 조선 사람은 모두 가난하게만 사는 줄 알엇더니 그러케 자동차가 여러 대씩 노혀 잇는 거을 보고 그래도 성공한 사람이 잇구나 하고 생각된 것이엇다. 그래서 갑작이 그는 예배당 안에 들어가기가 실혀젓다. 남들은 자동차로 즉즉 모시는 이 자리에 헌 옷을 입고 초라한 자긔 자신을 구경시키기가 실혓든 것이다. 그러나 그러타고 지금 또 도로 간달 수도 없는 고로 마지못해서 경선이 뒤를 딸아 들어갓다.

안에 들어서 보니 그리 잘 채린 사람은 별로 없고 대다수는 준식이처럼 헌 옷을 입은 사람들이엇다. 한 오십 명 될까한 사람들 중에 준식이가 아는 사람은 거의 없엇다. 이름은 기억나지 안코 얼굴만 어디서 본 듯한 사람이 두서넛 잇엇다.

이 장로가 기도를 하고 그리고는 양 박사라고 하는 호리호리한 사람이 설교를 하는데 "참외를 손꾸락으로 누르면 썩어진 자리에는 구멍이 뚤리고 생생한 자리에는 구멍이 안 뚫린다."는 둥 "남이 치큰 띤너(닭고기 요리)를 한 턱내면 나는 아이스크림이라두 한 잔 내어야 된다."는 둥 이런저런 소리를 영어를 섞어가면서 한참 하는 것을 듣다가 준식이는 그만 졸고 말엇다.

이상한 소리에 놀라서 깜짝 정신을 채려보니 설교는 끝낫고 열댓 살 돼 슴직한 처녀애가 피아노를 치고 그 옆에는 역시 열댓 살 돼슴직한 사내아이 가 바이올린을 켯다.

그리고 나더니 이 장로가 등단을 해서 이번 만국 주일학교 대회에 오는 조선 대표 환영 방식에 대해서 한참 설명이 잇엇다. 그리고는 '연합 환영'을 해야 하느니 그럴 필요가 없으니 하여 갑론을박으로 교도 간에 한참 토론이 잇엇다.

이 연합 환영 가부론의 실정을 알려면 먼저 로쌘젤스 조선인 긔독교회의 실정을 아주 간단하게나마 소개할 필요가 잇는 것이다. 로쌘젤쓰에는 조선 인 예배당이 두 곳이 잇엇다. 교파가 다르냐 하면 그런 것이 아니엇다. 둘 다 장로교 파임에도 불구하고 두 교회로 나누어 잇는 것이엇다. 그러면 도 시가 크니까 도시 관계로 두 곳으로 나누어 예배를 보는가 하면 그런 것도 아니엇다. 두 예배당 새의 거리는 약 한 마장밖에 더 안 되엇다. 그러면 교 인이 너무 만허서 갈리여 보는가? 그것도 아니엇다. 어느 교회에나 그겨 한 오십 명 내외가 모히는 것이엇다.

그러면 두 교회로 갈린 이유는 어디 잇는가? 당파! 당파 싸움이엇든 것이 다.

하나는 A파의 예배당, 하나는 B파의 예배당! 떳떳한 정당(政堂)이라고 할 수도 없고 오직 박사님이니 선생님이니 하는 개인 지도자를 중심으로 한 당 파 싸움이 교회에까지 전개되어 A파와 B파는 예배까지도 따로 모혀 보기 때문에 예배당이 두 곳이 된 것이엇다.

그런데 이번 조선서 오는 대표 환영 문제를 가운데 두고 이 두 파 예배당 간에는 맹렬한 암투가 시작될 수밖에 없엇든 것이다. 제각기 나서서 환영 의 책임을 마트려 할 때 자연 충돌을 이르키지 안흘 수 없는 것이엇다. 이에

'유지(有志)'들은 그럴 것이 아니라 이번 환영만은 두 교회가 연합하여서 하는 것이 조켓다는 의견을 세우게 되어 두 예배당에서 각기 그처럼 토론이 잇엇든 것이엇다.

약 한 시간가량의 격론이 잇은 후 연합 환영이 조타는 귀결을 맷자 교섭위원을 선거하고 그날 예배는 끝낫다.

137

이러케 예배까지 따로 모혀 보아야 되는 이 렬렬한 당파 싸움 가운데 부대끼면서도 따로히 이 쓸데없는 갈등 속에 끼여들지 안코 온전한 길을 거러가려고 노력하는 그룹으로 두 특수한 그룹이 당시에 잇엇다.

한 그룹은 미주 안에서 출생에서 자라난 제이세 국민이엇다. 몇 해 전까지만 해도 제이세 국민이라야 모두 어린것들뿐이어서 사회적으로 아모런 영향도 주는 바가 없엇섯다. 그러나 그 아이들이 차차 자라고 중학을 졸업, 또 더러는 대학까지 졸업하여 지식분자의 청년들이 된 때 그들은 그들의 부모들의 끝없는 파쟁에 대하야 반감을 가지기 시작하엿다.

그래서 그들은 ××클럽이라는 구락부를 조직하엿다. 물론 이 구락부는 아모런 정치적 의식을 가진 것이 아니고 순전히 조선인 제이세 국민의 사교기관이엇다. 모혀서 음악도 하고 한 달에 한 번씩 모여 땐스도 하고 하는 한 사교 클럽이엇다.

이 클럽은 삽시간에 전 조선인 제이세 국민 간에 퍼저나갓다. 그러나 그들의 부모는 이것을 지도하기커녕은 만히는 압박하려 하엿다.

"A파 놈의 아들이 회장인데 그 회에 입회를 하다니, 이놈." 하는 부모.

"B파 놈의 딸이 서긔인데 그 회에를 가다니, 이놈." 하는 부모!

심지어 어떤 심한 아버지는 자긔 자식이 ××클럽에 입회햇다 하여 몽둥이로 때린 일도 잇엇다.

또 설혹 노골적으로 압박은 아니 하는 부모라도,

"젊은 남녀가 그러케 모혀서 맞붓잡고 땐스를 하구 돌아가는 것은 동양 도덕에 어긋나는 일이야." 라는 둥,

"조선 아이들이 모혀서 회를 하면 조선말을 써야지 되지 못하게 영어들만 주절거리니." 라는 둥 비웃는 일이 만헛다.

한 말로 하자면 부모는 제이세 국민을 이해하지 못하고 또 제이세 국민 아이들은 부모를 이해하지 못하는 것이엇다. 이 간격, 이 갈등은 아모런 해결의 열쇠도 없는 불가피의 운명인 것이다.

준식이가 밥을 지어주고 잇는 집 학생들을 중심으로 한 십여 명 청년들도 또한 당파 싸움에서 버서나서 새로운 깨끗한 공긔를 지어보려고 노력하는 한 그룹이엇다.

그들은 어느 한 파에도 속하지 안헛다는 것을 보이기 위하여 매 주일 번가라서 두 예배당에를 다니는 것이엇다. 이번 주일은 A파의 예배당, 고다음 주일은 B파의 예배당, 이러케 의식적으로 순서를 짜 가지고 번갈아 가는 것이엇다. 그러나 이것이 도리어 A, B 양파에게 모두 미움을 사게 되고 말엇다. 처음에는 양파에서 서로 자긔 편을 만들려고 노력해보엿으나, 그 청년들이 의연히 끝까지 중립 태도를 취할 때 그만 마그막에는 양파에서 모다 적대시하게 되엿다.

그러한 관계로 이 청년들은 무슨 회라구 조직한 것도 없고 의연히 번가라 예배당에를 가되 양편의 적대시로 말미암아 은연중에 제삼파를 형성하는 것처럼 보이게 되엿다.

준식이는 가끔 밤에 이 청년들이 모혀 앉어서 존재도 없는 제삼파 노릇을 아니 할 수 없게 된 것을 통탄하고 딸어서 시국 문제에 대하여 비분한 부르지즘을 주고받는 것을 들엇다. 또한 이들 청년의 입을 통하야 뉴욕 등지에서도 무편 무당을 내 세우고 『삼일신문』이 출간되엿다가 얼마 오래지 안허 실패햇다는 소식을 알 수 잇엇다.

간단히 말하면 무편 무당이니 일치단결이니 하는 것은 불가능한 잠꼬대 박에 더 못 되는 모양이엇다.

138

찜미가 왓다!

키가 여섯한자치,[1] 체중이 십팔 관,[2] 둥글넙적한 커단 얼굴이 건강과 기쁨으로 벌거케 빛나고 잇는 이 청년! 이런 거대하고 훌륭한 사람이 준식이의 아들 찜미라구는 준식이는 꿈도 못 꾸엇섯다. 일권이가 찜미라구 얼른 소개를 해주엇기 말이지 그러치 안헛드면 찜미를 찾누라구 한참 애를 썻을 것이다. 일권이가 찜미라구 소개를 해주엇것만도 얼른은 믿어지지를 안엇다.

찜미의 그 억센 손이 와들와들 떨리는 준식이의 여윈 손을 부서지라는 듯이 꽉 그러쥐일 때도 준식이는 어리둥절하엿다.

"찜미야-" 이러케 해라로 부르는 것이 어째 부자연한 것같이 생각되기까지 하엿다.

"찜미야! 내 아들아!"

준식이는 울엇다.

"내 아들이 이러케도 훌륭한 청년이엇든가?"

"내 아버지 이러케 늙으신 줄은 나 몰랏서요." 하고 마치 서양 사람이 조선 말 하듯이 찜미는 말 마디마다 악센트를 너허서 말하엿다.

준식이는 찜미를 더리고 자긔가 유하는 집으로 왔다. 아들이 와서 몇 일 잇다가 갈 터이라구 하니까 학생들이 모두 여관으로 보낼 것이 아니라 더리고 오라구 권하는 고로 더리고 온 것이엇다. 사실 그 집은 그 근방 학생들의 임시 숙박소도 겸햇다고 볼 수 잇는 집이엇다. 그것은 학생 가운데 다른 도시에 가서 노동을 하거나 공부를 하다가 시언치 안어서 로쌘젤스로 돌아오는 학생은 만이 이 집으로 와서 다른 데 일자리가 생길 때까지 몇 일씩 유하는 것이 보통이엇다. 그럴 때 그들은 한 침대에서 둘도 셋도 함께 자고 또

---

1 '여섯 자 한 치'의 오기인 듯하다.
2 대략 75킬로그램.

사람이 만이 모혀든 때에는 침대 밑 또는 응접실 방바닥에서까지 자기를 꺼려하지 안는 것이엇다. 그러므로 준식이의 아들 찜미가 몇 일 와서 유하는 것이 그들 학생에게도 대환영이엇다.

준식이가 저녁을 지으려고 앞치마를 두르고 부엌으로 나가니까 찜미가 곧 뒤딸아 나와서 앞치마를 빼아삿다.

"아니오. 아버지, 나 밥 질 줄 알지오. 아버지 쉬는 것 조하요."

"네가 언제 밥 짓는 것을 배왓니?"

"나 못 하는 것 아마 없지오. 무엇이나 다 잘 합니다. 밥도 빨래도 또 그 자동차도 몰 줄 알고 풀도 깎고, 또 풋뽈도 차고 또 쌕쏘가도 잘 불고……."

찜미의 더듬더듬 애써하는 조선말이 퍽 우섭게 들리엇다.

"아버지 안방에 들어가서 좀 침대에 좀 눗는 것 조켓지오. 밥 내가 잘 만들 수 잇난데ㅡ."

사실 찜미는 밥을 잘 지엇다. 준식이보다 빨리, 깨끗하게, 맛나게 짓는 것이엇다. 또 밥을 먹고 나서 그릇을 부시는 것도 준식이보다 훨씬 빨리 잘 씻엇다. 그래서 준식이는 찜미가 잇는 몇 일 동안 괴로운 노동에서 해방될 수가 잇엇다.

그리고 학생들도 찜미를 퍽 훌륭한 청년이라고 칭찬해주엇다. 그럴 때마다 준식이는 몰래몰래 눈물을 씻는 것이엇다. 준식이와 이야기할 때에는 조선말로 떠듬떠듬 잘 못하다가도 학생들과 이야기할 때에는 영어로 하는데 절반 이상은 준식이가 못 알아들을 말이엇스나, 말이 청산유수 같고 그 학생들 누구보다도 영어를 제일 잘 하는 것 같엇다. 이것이 준식이를 몹시도 기쁘게 하엿다.

'찜미도 이 학생들처럼 세상 모든 일을 다 잘 아는 유식한 사람이 되엿구나.' 하고 생각할 때 그는 자다가도 □□□[3] 소리를 버럭 지르고 싶은 것이엇다.

---

3 원문이 지워져 정확히 판독하기 어려우나 '기뻐서'로 추정됨.

139

준식이는 찜미에게 대하여 한 가지 더욱 놀란 것이 잇엇다. 그것은 찜미는 제이세 국민 가운데서는 이미 유명한 존재이라는 것을 준식이는 발견한 것이엇다.

찜미가 온 지 사흘 되던 날, 곧 주일학교 대표가 싼페드로 항구에 도착된 날 밤에 제이세 국민으로 조직된 ××클럽에서 찜미 환영회를 연다는 것이엇다. 찜미가 그날 밤에 ××클럽 환영회에 간다는 말을 들려줄 때 준식이는 의아해서

"아니, 그 애들을 어떠케 아니? 언제 만나보앗기에." 하고 물엇다.

"그, 만나보지는 못햇으나 그 우리 젊은 사람들은 내 이름을 신문에서 만히 보고 잘 알아요."

무얼? 찜미의 이름이 신문에가 나?

"아버지, 그 나 작년부터 우리 학교 풋뽈팀 선수 되엿는데 금년에 나 그 캡텐 되고 또 우리 학교 얼마 전에 챔피온 햇스므로 그 신문에서 나 칭찬 좀 합네다. 나, 아버지한테 편지 쓸 맘 낫으나 조선 글 잘 못 쓰니까 고만 못햇지오. 나, 풋뽈 좀 세게 차지오."

찜미를 환영회에 보내노코 준식이는 부엌에 앉아서 소리 없이 한참을 울엇다. 찜미가 이러케도 훌륭해질 줄은 참으로 상상도 못햇든 것이다.

"이러케 기뿐데 방정맞게 울기는 왜 울어, 뒤상[4]두." 하고 스스로 책망하면서도 그릇을 부시다 말고 앞치마로 코물을 씻군 하는 것이엇다.

그날 밤 새로 두 시가 지나서야[5] 찜미가 돌아왓다. 그때까지 준식이는 자지 안코 교의를 문 밖에 내노코 앉아서 기다렷다.

찜미는 휘파람을 휘휘 불면서 뚜벅뚜벅 걸어오는 것이엇다. 그리다 아버지가 문밖에 앉아 잇는 것을 보고는 그 옆에 층층대 우에 펄썩 주저앉으면

4 　두상 : '늙은이'의 평안, 황해, 함경도 방언.
5 　원문에는 '지나서라'로 표기되어 있음.

서,

"아버지, 미안한 맘 잇읍내다마는 나 오늘 매우 기뿐 일 만앗기 때문에……."

준식이는 찜미에 커단 손을 두 손으로 잡아당기엇다.

엉엉 우는 찜미를 품에 안고 문어저버린 집과 또 그 집이 가젓던 왼갖 꿈을 뒤로 버리고 목사님을 차저 거리로 차저들어가든 십오 년 전 생각이 그의 머리에 가득 찻다.

그 찜미가? 그 찜미가?

준식이는 찜미의 커단 손을 가슴에 갖다 대고 다시 소리 없이 울엇다. 겨오 울음을 좀 진정하고

"응 찜미, 재미 만이 보앗서? 무얼 햇니, 그래 이러케 늦도록."

"그 회장 연설하고 나 또한 연설 좀 하고 아이스크림도 먹고 과자도 먹고 또 음악도 듣고 또 땐스도 하고."

"무얼? 땐스를 해?"

"네, 그 땐스하기 때문에 늦어젓지오."

"사람 만히 왓든."

"네, 퍽 만허요. 그 여학생들도 만히 오고 나 조선 여학생 오늘 처음 보앗지오. 우리 학교에는 조선 여학생이 없으니깐요."

"그래, 재미잇게 잘 놀앗서?"

"네, 아버지 재미 참 만헛지오."

준식이는 묵묵히 찜미의 손을 부뜰고 앉어 잇엇다. 한참을 잠잠하더니 찜미는 혼자 휘파람을 불기 시작하엿다.

"녜, 재미 만헛지오." 하고 한참 만에 찜미는 불쑥 한마대를 더 햇다. 그리고는 다시 휘파람을 불럿다.

140

주일학교 대회 대표자들의 숙소를 정해주는데 잘못된 일이 잇엇다 하여 접대 위원을 중심으로 "이놈 저놈" 소리가 나도록 싸움이 잇섯고 환영회 순서가 잘못되엇다 하여 또 싸움이 잇엇으나 하여튼 으르렁거리면서도 노골적 큰 싸움은 없이 대회도 끝을 막게 되엇다.

주일학교 대회를 끝막는 날 동 대회에서는 할리운 빠울[6]이라는 노천 대극장(露天大劇場)에서 세계 만국 음악회를 개최하기로 하엿다. 이 음악회 순서에는 조선인 측도 한 단위로 출연하게 되엇는 고로 두 교회 연합으로 찬양대를 조직하여 그간 두어 주일 동안 매일 밤 모혀 열심으로 연습을 하고 잇엇다.

찜미는 밤마다 이 합창 연습 구경을 간다고 갓다가는 열 시가 넘어서야 돌아오군 하는 것이엇다. 창가 연습 구경이 그러케 재미나느냐고 물으면 그저 빙그레 웃고,

"특별히 재미 잇을 것은 없지만……." 하고 대답한다. 그러면 무얼 하려 그러케 매일 가느냐고 물으면,

"오!" 하고 무슨 의미인지 모를 대답을 하면서 얼골이 벌개지고 고개를 설레설레 흔드는 것이엇다. 준식이는 속으로,

"찜미는 언제나 기쁜가 봐." 하고 생각하엿다. 밤마다 찜미가 돌아올 때까지 준식이는 문밖 층층에 앉어 기다렷는데 밤마다 찜미는 경쾌한 기분으로 휘파람을 휘휘 불면서 돌아오는 것을 보앗기 때문이엇다.

마츰내 대음악회의 밤은 일으럿다. 찜미는 찬양대와 함께 나간다고 일즉 나가버리고 준식이도 학생들의 권고로 학생들 뒤를 딸어 나섯다.

전 도시가 다 떨어 나서는 듯한 감을 줄 만치 그날 저녁 사람의 물결은 할

---

6 Hollywood Bowl. 1922년 개장한 계단식 야외 음악당. 지금도 대연주회장으로 사용되고 있다.

리운 빠울로만 향하여 흘럿다.

청중 二十(이십)만 명을 수용하는 대노천극장 안에 빈자리 하나 안 남게 사람이 꽉 들어찬 것이엇다. 좀 늦게 온 사람은 입장 거절을 당하고 돌아갓다 한다.

사람들 틈을 부비고 겨오 한 자리 어더 차지한 준식이는 흐늑거리는 사람바다의 물결을 볼 때 일종의 공포에 가까운 감탄사를 연발하엿다.

순서는 시작되엇다. 무대에는 전등을 낮같이 밝게 켜 노코 수十(십)만 송이 꽃이 전면을 장식하엿으며 그 우흐로는 세계 만국기들이 교차되어 펄럭거리고 잇엇다.

어깨에 두 날개를 달고 백설같이 힌 옷을 입어 마치 천사 모양으로 차린 두 여자가 먼저 무대에 나타나서 기단 나팔을 불엇다. 그리자 개회사를 통하야 그 넓은 극장 구석구석까지 똑똑하게 들려왓다.

그리고는 순서를 따라 각국 찬양대들이 등대하여 노래를 불럿다. 음악에 대한 소양이 없는 준식이로써는 그 음악들은 방아타령이나 놀량처럼 흥이 난다고는 생각되지 안엇다. 그러나 꽃같이 어여뿐 아가씨들이 각기 제 나라 복색을 차리고 무대 우에 나선 그 광경만은 천상 선녀가 하강이나 한듯이 준식이 눈을 황홀하게 하엿다.

한 나라 찬양대가 등장을 할 때마다 대원은 전부 자기 나라 복색으로 채리고 나서는 것이엇다. 그래서 중국을 위시하여 인도로 애급으로 토이기[7]로 일본으로 여러 나라 찬양대가 노래를 부르고 들어간 후로 인제 조선 찬양대가 등장할 순서에 일으럿다.

"아! 저 동방에 깨끗한 땅, 아침 햇발이 선명한 숨은 보배의 땅, 코리아로부터 주를 찬송하는 아름다운 노래 소리 들려오도다." 하고 웨치는 소리가 들리엇다.

준식이는 눈을 더욱 크게 뜨고 무대 쪽을 바라다보앗다.

---

7 '터키'의 음역어.

141

잠시 와글와글하던 장내가 쥐 죽은 듯이 조용해지엇다. 이십만 명의 호괴의 눈은 지금 전부가 눈이 부시게 밝은 무대를 주시하고 잇는 것이엇다.

아침 햇빛 선명한 동방의 땅으로부터 어떠한 찬양대가 나타나려는가?

준식이는 가슴이 두근거리기 시작하엿다. 저 무대 뒤로부터 눈이 부실힌 조선 옷을 입은 조선 처녀들이 무대 앞으로 나타날 때 박수 소리는 천지가 떠나가는 것 같을 것이다.

잠간 동안의 시간이 지나갓다. 무대에는 아모도 나타나지 안는다.

웬일일가?

장내는 쥐 죽은 듯이 고요하다. 누가 뒤에서 마른 기침을 한다. 옆에서 누가 춤을 꿀꺽 삼키는 소리가 들린다.

너무 오래다. 무대에는 아즉 아모도 나타나지 안는다.

웬일일가?

장내는 쥐죽은 듯이 조용하다. 누가 뒤에서 마른 기침을 한다. 옆에서 누가 춤을 꿀꺽 사미는[8] 소리가 들린다.

너무 오래다. 무대에는 아직 아무도 나타나지 안는다.

준식이는 초조해지엇다.

"무엇들 하는 거야? 얼른 나오지 안코!" 하고 혼자 속으로 중얼거리엇다.

와글와글! 그러케 조용하든 장내가 와글와글 떠들기 시작햇다. 서로 웬일인가를 뭇는 소리일 것이다.

"코리아, 코리아!" 하고 라디오 소리가 두어 번 더앗다. 어서 등단하라는 사회자의 독촉 소리엿다.

그러나 아무도 무대에 나타나지 안엇다.

장내는 물 끌듯 끌키 시작하엿다.

---

8 '삼키는'의 오기로 여겨짐.

"아니 어찌 된 일이야?" 하고 어느 조선 사람이 조선말로 크게 고함지르는 소리가 뚜렷이 들려왓다.

장내는 혼돈해것다.

"조용하시오." 하는 사회자의 목소리가 라디오를 통하야 크게 들리엇다. 장내는 갑작이 조용해지엇다.

"다음 순서로 넘어가겠습니다. ……저…… 어둠의 나라, 야자수 그늘에서 맹수들이 싸우는 땅 아푸리카의 그윽한 구석으로부터서……."

준식이는 그 뒤를 들을 수 없엇다. 준식이 옆에 자리를 잡고 앉앗든 몇 사람이 게두덜거리면서 밖으로 나갓다.

"에잇, 그 개 같은 것들이 종래 싸운 모양이지……연습하면서도 몇 번을 싸왓다더니……그저 ×해 싸지싸……." 하는 분노에 떠는 목소리의 주인은 경선이엇다.

"가세, 가……무슨 개망신이야……." 하고 뒤에서 또 누가 소리를 질럿다.

박수 소리가 떠나갈 듯이 들렷다. 준식이는 한 때의 흑인 남녀가 힌 옷을 입고 무대에 나선 것을 보앗다. 그리고는 자리 밖으로 비여져 나왓다.

그날 밤 열두 시가 되어서야 찜미가 도라왓다. 이날만은 찜미도 휘파람을 불지 안엇다.

다른 학생들도 그날 밤 할리운 빠울에서 얻은 흥분이 좀처럼 갈아앉지 안허서 자지들 안코 잇다가 찜미가 돌아오자 질문의 총공격을 햇다. 찜미는 찬양대와 함께 간다고 먼저 나갓섯으니까 그 진상을 알고 잇으리라고 생각햇기 때문이다.

찜미도 퍽 흥분되어 잇엇다. 그래서 대답하는 찜미의 말에도 순서가 없엇다. 그러나 그 말을 종합해보면 그날 저녁에 마그막으로 최후 연습을 한다고 모혓든 자리에서 종래 A파와 B파 간에 싸움이 버러진 것이엇다. 이때까지 연습하든 동안에는 A파의 사람인 한 청년이 지휘하여왓섯다. 그러나 이 마그막 순간에 와서 B파에 속하는 한 청년이 나타나서 자긔가 지휘한다고 주장하엿다. 이것이 도화선이 되어 가지고 이 싸움이 버려져서 마그막에는 주먹이 왓다갓다 하고 지휘하든 청년은 얻어마자서 피까지 흘렷다 한다.

"내 그런 줄 알엇지, 그 개 같은 놈들이." 하고 경선이는 웨첫다.

"그러케 되엿으면 사회자한테 통지해서 순서에서 미리 빼든지 햇서도 그 사람 만흔 데서 개망신은 아니하지." 하고 한 사람은 웨친다.

"그런 생각이라두 한다면 애초에 싸움을 안케." 하고 또 하나가 대답하엿다.

"그런데 찜미 너는 어데 갓다가 지금이야 오니?" 하고 준식이가 물엇다.

"그, 져, 좀, 해변에 나갓다가…… 찬양대 못 가게 되니까 그 여자 자꾸 울기 때문에, 좀 위로하기 위하여 해변 나갓다가……."

"그 여자라니?"

"아니오, 그져, 그 찬양대요."

방황

142

찜미와 다시 이별을 하지 안으면 안 될 때가 되엇다. 주일핵교 대회도 끝나고 일권이 장모의 로싼젤스 구경도 대강 끝낫으므로 일권이는 곧 장모를 더리고 스탁톤으로 올라간다는 것이엇다. 이때에 물론 찜미도 함께 가야 하는것이다.

찜미도 가기를 퍽 실혀하엿다. 그러나 이번에 일권이 자동차로 함께 가지 안으면 긔차비 二十(이십) 원 돈이나 공연히 허비해야 될 뿐 아니라 또 그만치 놀앗으면 인제는 가서 여름방학 동안 일을 해서 학비'를 좀 벌어야 하지 안느냐고 일권이가 타일럿다. 늙고 골아빠진 아버지의 모양을 친히 본 찜미로써 그 말을 거역할 수는 없엇다. 앞으로는 아버지에게서 동전 한 푼이라도 도움 받는 것을 거절해야 하리라고 생각햇기 때문이다. 도리어 찜미가 좀 벌어서 아버지를 도와드려야 하겟다고 그는 속으로 생각햇든 것이다.

떠나기 전날 밤 찜미는 어디 나갓다가 밤 새로 한 시가 지나서야 들어왓다. 역시 준식이는 문밖 층층대에 앉아 기다렷는데 찜미는 이전 모양으로

---

1   원문에는 '해비'로 표기되어 있음.

휘파람도 불지 안코 무엇을 깊이 생각하는 사람처럼 맥없이 천천히 걸어오는 것이엇다.

"어디 가서 재미잇게 놀앗니?" 하고 다정하게 묻는 준식에 말에 그는 대답을 아니 하고 가만히 그 옆에 앉으면서 한숨을 내쉬엇다.

"왜, 어디가 편치 안흐냐?"

준식이는 아들의 손을 끌어 자기 가슴에 글어안으면서 물어보앗다. 찜미는 묵묵히 고개를 도리도리 흔들엇다.

"여기 떠나가기가 실흐냐? 나하고 가치 여기 잇을가?" 하고 준식이는 다시 물엇다. 찜미는 한참 동안이나 아모 대답도 없엇다. 한참이나 멀거니 하눌만을 치어다보고 잇더니 자긔 손을 부뜰은 아버지 손을 □□² 꼭 쥐면서,

"아니요. 나 가요, 가는 것 더 조하요. 이다음 또 조흔 긔회가 잇으면 올 수 잇지오." 하고 속삭이엇다. 찜미의 목소리는 약간 떨리엇다. 준식이 눈으로는 갑작이 눈물이 와르르 넘첫다.

준식이는 갑작이 찜미를 안엇다. 쇠떵이같이 단단한 찜미의 어깨를 안헛다. 그리고 갑작이 찜미를 노하주어 보내고 싶지가 안헛다. 웬일인지 이번에 찜미를 이별하면 다시는 찜미를 못 보고 죽을 것 같은 생각이 낫다. 이러케 찜미를 옆에 앉치고 언제까지나 언제까지나 잇고 싶엇다. 이제 찜미가 가버리면 준식이 자긔 생활은 이전보다도 더 한층 공허해질 것을 통절히 느끼엇다.

준식이는 자긔가 갑작이 한 십 년이나 더 늙어진 것처럼 느끼엇다. 그리고 찜미가 가면 얼마 안 잇어서 자긔는 죽고 말 것처럼 생각되엇다.

"찜미야!" 하고 준식이는 불럿다. 왜 불럿는지 자기도 몰랏다. 그저 불러보고 싶엇든 것이다.

그러나 찜미의 장래를 위하여는 찜미를 보내야 한다. 어서 가서 공부를 잘해서 훌륭한 사람이 되엿다고.

---

2 원문의 일부가 지워졌으나 '한번'으로 여겨짐.

"찜미야!" 준식이는 또 한 번 불럿다.

"아버지!" 하고 찜미도 불럿다.

"부디, 부디, 공부 잘해라."

찜미는 대답 없이 아버지 손을 또 한 번 꼭 쥐엇다.

준식이는 무의식적으로 고개를 처들엇다.

시컴언 하늘에 보석 방석을 깐 듯이 수만흔 별들이 감박꺼리고 잇는 것이 보엿다. 그 다음 순간 별들이 보이지 안코 두 뺨으로 눈물이 줄줄 흘러 내리엇다.

"찜미야!"

그는 또 불럿다. 그는 느껴 울고 잇엇다.

"찜미야!"

"아버지!"

143

주일학교 대회 뒷수습은 A파 B파 양파 예배당에 내란의 선풍을 이르키고야 말엇다.

접대 위원이 잘못햇느니 찬양대가 잘못햇느니 하고 싸움이 나 가지고 A파 예배당에서는 자긔네끼리 예배를 보다 말고,

"이놈아 네까진 놈이 장로야?"

"이놈아 너는 무엇이냐?"

로 되더니 삽시간에,

"애고 이 년이 사람 경치는구나."

"아 여보 그래 당신 여편네가 이런 망신을 해도 가만 잇단 말오."

"이년아 죽여라. 이년아 날 죽여라."

등등 여자의 비명 소리가 나게 되고 투닥툭탁 의자가 부러지고 전등이 깨지고…… 그 동리 집 창문으로 놀란 껌둥이 머리들이 불쑥 불쑥……

그날 그 시각에 B파의 예배당에서도 또한 비명 소리가 들려왓다.

"이놈아 성경 책 한 줄 읽을 줄 몰으는 놈이 검방지게 장로가 다 무어냐?"

"무식한 놈은 예수두 못 믿느냐?"

"돈푼이나 갓엇누라구 꺼떡대지 말아 괘니."

로 시작되드니 역시,

"이년아, 시집두 못 간 년이 왜 이 야단야."

"저년은 제 시어미를 때리는 년이……!"

"시에미를 때리건 시애비를 때리건 내게 무슨 상관이냐?"

"이년아 남의 끄대기는 왜 잡아뜨더."

그러자 와직끈 뚝딱!

"입장권 오 전 내고(연보두 오 전 냇다는 뜻)이런 연극 구경은 참 싼걸. 에잇 더러운 것들 가세, 가." 하는 것은 경선이 목소리엇다.

피상적으로 관찰할 때 이런 몰상식한 싸움들은 도모지 이해할 수 없는 일이엇다. 그러나 심리학에 대한 관찰을 조금만 해보면 이 싸움들의 근본 원인은 뉴욕 월스트릿에 잇다는 것을 간파할 수 잇는 것이엇다. 로싼젤스 조선인끼리의 싸움의 원인이 이만 리 밖 뉴욕, 더구나 미국 자본주의의 심장인 월스트릿에 잇다고 하면 그것이 무슨 소리인가 하고 의아하겟지마는 그들로 하여금 이러케 감정의 폭발을 초래하지 아니하고는 못 견딜 만치 신경을 날카롭게 한 그 근본 원인은 월스트릿에 즐비한 주권 교역소에서 차자 낼 수 잇다는 것이다.

독자는 일천 구백 이십구 년 전 세계를 한 번 뒤흔들어노흔 미국 주권 대폭락을 기억하실 것이다.

십 년, 이십 년씩 애써서 노동하여 생긴 돈으로 먹지도 안코 입지도 안코 폭등, 또 폭등, 올라만 갈 줄 아는 주권을 삿든 사람이 하로 아침에 그 주권들이란 한 푼어치 가치가 없는 빈 종이 조박지[3]가 되고 말엇다는 것을 발견

---

3 '조각'의 방언.

할 때 그 끌어오르는 울분과 낙망을 조금이라도 이해할 수가 잇다면 그들의 이 분푸리를 또한 이해할 수 잇을 것이다.

분푸리의 대상이 그릇되고 또 그 방도가 틀럿지만는 서울서 뺨 맞고 개성 가서 눈 흘긴다는 식으로 그것은 가능한 일이오, 또 교양이 없는 민중에게는 자연한 한 발로인 것이다. 시어머니에게 받은 분푸리를 고양이에게 퍼붓는 며느리를 동정할 수 잇다면 또한 이 가련한 조선 노동자들의 그 싸움에 대해서도 욕보다도 동정을 할 수가 잇는 일이엇다.

이 비참하고 불유쾌한 이야기는 이만큼으로 끝맺고 우리는 다시 준식이의 동정을 살피기로 하자.

144

학생들의 합숙소에서 밥을 지어주고 잇는 한 반 년 동안 준식이는 비교적 육체적으론 편안한 생활을 하엿다.

또 이 학생들이야말로 준식이가 이때까지 여기저기서 본 사람들 중에 가장 이상스런 존재라구 그는 생각하엿다.

준식이는 조선 뇌동자들이 모도혀 사는 농장 등지로 만히 돌아단엿기 때문에 조선 뇌동자들의 집단 생활 상태에 대해서 잘 알고 잇는 것이엇다. 준식이가 이때까지 보아온 사람들은 낮에는 뇌동이나 하고 밤이 되면 모도혀 앉어서 대개는 도박들을 하고 혹 도박 아니하는 날이면 술을 마시고 둘러 앉어 음담패설이나 하다가 싸홈으로 끝을 막는 것이 보통이엇다.

그런데 이 학생들도 밤이면 자조 모혀 앉엇다. 또 가끔 중국인 약국에 가서 겉에는 소화제라는 렛텔이 부친 술을 사다가 마시기도 한다. 그러나 술을 마시고 나서는 음담패설을 하거나 싸움을 하는 것이 아니라 책상을 주먹으로 두들겨가면서 세계 대세가 어떠코 조선 민족의 장내가 어떠코 열변들을 토하는 것이다.

또 매 토요일 밤마다 이 집에는 십여 명 청년들이 모혀들어 회합이 잇엇다. 그들이 도박을 하러 모히느냐 하면 그런 것이 아니오, 준식이는 도모지 이해할 수가 없는 이상스런 학설들을 토론하고 의견을 주고받고 하기 위함 이엇다.

그들은 차서[4]로 한 사람식이 지나간 한 주일 동안에 반듯이 책 한 권 이상 을 읽고 토요일 저녁에 모혀서는 그 사람이 읽은 책의 대지를 설명하고 또 비판하엿다. 그리고 나서는 그날 저녁에는 그 한 문제에 대하여 밤이 열두 시가 되도록 토론하는 것이엇다. 이 학생들에게는 이러케 토론하고 앉엇는 것이 도박이나 음담패설보다 더 재미나는 모양이엇다.

□□□[5] 이 청년들은 제각기 취미가 서로 다른 모양이엇다. 유대인의 어 떤 아파트에서 일해주고 잇는 청년은 그림 공부를 한다 하고, 시외 어떤 부 자의 별장에서 쿡 노릇을 하는 청년(이 청년도 토요일 밤이면 빠지지 안코 오는 것 이엇다)은 연극을 연구한다고 하며, 할리우드 어떤 히랍 사람의 채소상에서 일하고 잇는 청년은 무정부주의를 연구한다고 하며, 자동차 운전수 노릇하 는 청년은 문학을 연구한다 하고(이 청년은 가끔 가끔 민보에 시를 발표하군 하는 것이엇다) 또 철공장에서 일하고 잇는 청년은 자동차 신호 기계를 지금 발명 중인데 거의 완성되어 간다고 하며, 또 남가주 대학 어떤 교수의 집에서 하 인 노릇하고 잇는 청년은 신학을 연구하는데 지금 새로운 종교의 완성을 위 하야 노력 중이라는 것이엇다. 그 밖에도 혹은 철학이니 혹은 경제학이니 혹은 공학이니 혹은 정치학이니 등 서로 여러 가지 방면으로 취미를 달리하 는 청년들인데 토요일 저녁에 모혀 앉으면 이 여러 가지 방면에 대하여 열 심히 이야기들을 하는 것이엇다.

어떤 때는 준식이가 보기에도 꽤 격론이 일어나군 하는 것이엇다. 고전 파가 어떠니 로만티씨즘이 어떠니 해 가지고 떠들 때도 잇고 신심리파니 신 감각파니 푸로파간다니 해 가지고 크게 떠들 때도 잇으며 국제연맹이 어떠

---

4   차서(次序) : 차례.
5   원문이 지워져 판독하기 어려우나 '더구나'로 추정.

방황

375

하고 이상주의니 국가주의니 해 가지고 몹시 떠들 때도 잇으며 불교가 어떠니 예수교가 어떠니 해가지고 떠들어대는 날도 잇는 것이엇다.

준식이는 이 젊은 사람들의 떠들어대는 이야기들을 절반도 잘 이해하지 못하지마는 그러면서도 항상 호기심을 가지고 곁에 가만히 앉아서 듣고 잇는 것이엇다.

145

청년들의 토론을 듣는 중에 준식이를 몹시 놀래게 하는 일도 한두 번 잇엇다.

한번은 그 청년들이 한참 무슨 이즘이니 하고 떠들더니 결국 가서는 준식이 자신을 한 예로 들면서 준식이 같은 노인이 세상에서 고생하고 패부[6] 하는 이유가 준식이 자신의 팔자에 잇는 것이 아니고 사회제도의 ××에 잇다는 결론에 달하는 것이엇다. 이런 이야기는 준식이는 처음 듣는 이야기엇다. 노동자끼리 모혓을 때 신세타령이 나면 팔자가 긔박한 것을 서로 한탄은 햇으나 사회제도에 대한 비판은 꿈에도 생각해본 일이 없엇든 것이다. 더욱이 준식이를 놀라게 한 것은 준식이가 육십 년 동안 생활 철학으로 확고히 가젓든 운명관이 이 청년들의 새로운 해석 밑에 그 근저부터 흔들리어 버리는 것을 감각한 것이다.

또 어떤 때는 이 청년들의 장담을 듣다가 찜미의 장래에 대해서 적지 안은 불안을 느끼고 밤새도록 잠을 못 자고 고생하는 때도 잇는 것이엇다. 그들은 가끔 제이세 국민 이야기가 나오면 모두 장래성이 근심스러운 것처럼 이야기 하는 것이엇다.

"그들은 법률상 미국 국민이다. 그러나 그들은 얼골이 노라코 눈이 깜아고 코가 납작하기 때문에 사회적으로 절대로 미국 시민이 되지 못하는 것이

---

6 '패배'로 여겨짐.

다. 언제나 그들은 서양인 눈에 '잽'[7]이나 '창크'[8]이지 '아메리칸'은 아니다. 시민권을 주머니에 너코 다니면서 만나는 사람마다 꺼내 뵈일 수도 없고 또 설혹 그러케 한달지라도 소용없는 일이다. 그러타고 그들이 그들의 부모를 딸어 조선 사람이 될 수 잇느냐 하면 그것도 의문이다. 그들은 다못 얼골이 조선 사람처럼 생겻다는 한 조건 외에는 조선 민족과 공통되는 점은 없다. 언어, 풍속, 습관, 그 전통, 그 생활철학까지가 그는 조선 사람이 아니라 미국인이다. 그러니 그들은 이것도 아니고 저것도 아니다. 미국인도 못 되고 조선인도 못 되고 그들이야말로 민족이 없는 한 가여운 존재인 것이다." 하고 그들은 말한다.

"더욱이 앞으로 그들의 직업선상에 잇어서의 큰 딜렘마[9]를 해결할 방도가 없는 것이다." 하고 또 그들 청년은 말하는 것이엇다.

"제이세 국민이 제아모리 대학을 졸업하고 어찌고 한대도 얼굴이 노라키 때문에 백인들처럼 신분에 상당한 직업은 도저히 얻을 수 없다. 보라! 이 박사, 양 박사, 정 박사, 최 박사! 그 박사들의 직업이 무엇인가? 이 박사는 병원 개업을 햇으나 굶을 지경이라 한다. 그의 트레이닝이 부족한가? 아니다. 미국서도 첫 손꼽는 의과대학 출신이 아닌가? 양 박사는 그 부인이 향수 행상을 아니하면 굶을 판이다. 파이빼타캅파[10]의 메달도 얼골 노란 사람의 손에서는 소용이 없는 것이다. 정 박사는 자동차 셀스맨 노릇을 한다고 하는데 그것도 그리 씨언치 못하다 한다. 또 최 박사! 재학 시에는 그 웅변으로 전 미국 대학 웅변대회에서 일등까지 햇지마는 그 웅변이 황인종의 혀바닥에 붙어 잇는 동안 아모 소용도 없는 것이다. 그는 지금 바로 이 도시 안에서 어떤 서양 치과의사의 병원직이 노릇을 하고 잇지 안는가? 그의 안해는 백화점 점원이고."

---

7   잽(Jap) : 백인들이 일본인을 경멸하여 부르는 말.
8   칭크(Chink) : 백인들이 중국인을 경멸하여 부르는 말.
9   딜레마(Dilemma) : 진퇴양난. 궁지.
10 파이 베타 카파(Phi Beta Kappa) : 미국 대학 우등생들로 구성된 친목 단체.

"그러면 그러타고 그들이 조선으로 갈 수는 잇는가? 최 박사, 정 박사가 다 한번 조선으로 갓다가 돌아온 사람들이 아닌가? 조선말도 씨언치 안흔 데다가 일본말은 한마디도 모르니 조선서 취직은 하늘에 별따기보다도 어려운 데다가 더구나 조선서는 그 생활양식이 맞지 안허 못 살겟다는 것이다. 간간히 말하자면 법률상으로나, 생활상으로나, 생활의 이상으로나 그들은 순연한 미국 국민이다. 그러나 그들을 받아주지 안는 것이다. 그러니 그들의 갈 곳이 어데란 말인가?"

이러한 이야기들을 들을 때 준식이는 찜미의 장래가 근심스러워서 밤잠을 못 이루곤 하는 것이엇다.

146

이럭저럭하는 동안에 비가 줄줄 오든 겨울도 거의 다 지나갓다. 이때에 돌연히 준식이는 다시 머리를 둘 곳이 없어 거리로 방황하지 아니치 못할 신세가 되고 말엇다. 그것은 부득이한 사정으로 이 학생 합숙소가 해산이 되고 말기 때문이엇다.

소내기가 좌락좌락 내리든 어떤 날 합숙소로는 파싸리나에 나가 잇엇다 든 학생 하나가 차자왓다. 파싸리나서 직업을 일코 로싼젤스로 들어왓다는 것이다. 그러나 이 학생이 온지 사나흘 되든 날 갑작이 이 합숙소로 누ー런 제복을 입은 이민국(移民國) 순사 한 때가 우루루 왓다. 그래서 마츰 그 집에 잇든 학생들 전부를 이민국으로 끌고 간 것이엇다. 잡혀가면서 파싸리나에서 온 학생은,

"응, 고놈이, 고놈이 종래 고해 받첫구나. 고놈이, 고놈이, 스파이야. 돈 몇 푼이 먹고 싶어서 고해 받첫서." 하고 연성 혼자 분해하는 것이엇다.

이민국으로 끌려가서 취조를 받은 결과 파싸리나에서 왓든 학생과 또 다른 학생 하나는 벌서 이태 동안이나 학교에 입학 아니하고 이민국 관리를 속이고 피해다니며 노동햇다는 죄로 즉석에서 국외 추방이 명령되어 이민

국 감옥에 가친 바 되엇다. 그리고 그 남어지 세 사람은 요다음 학기에는 반듯이 학교에 입학하겟고 지금으로부터 그때까지에는 노동을 아니하겟다는 시말서를 쓰고 겨우 노혀 나왓다.

시말서는 썻으나 그들이 과연 요다음 학기에는 학교에 입학할 수 잇을는지가 문제이고 또 그때까지 노동을 안 하면 시재 밥을 굶는 판이니 어찌할 도리가 없는 것이엇다. 그러한 관계상 그들은 불가불 이민국에 알리운 바 된 이 주소를 떠나서 제각기 다른 곳으로 옴마 앉어야 되게 된 것이엇다. 긔차 값이라도 여유가 잇는 사람은 지방으로 가고 그럴 여유가 없는 사람은 시내 어디로 가 숨어버려야 하게 된 것이엇다.

경선이만은 학교에 학적을 두고 잇엇기 때문에 무사햇으나 그 혼자서는 도저히 이 집을 지탕해 나갈 수가 없는 것이엇다.

이러케 되어서 이 합숙소에 잇든 학생들이 눈물로 작별하고 뿔뿔이 도망질처버린 후 준식이도 부득이 그곳을 떠나지 아니치 못하게 된 것이엇다.

그런데 다행이라구 할지 경선이의 주선으로 준식이는 그 근처에 잇는 어떤 조선인 가정에 애보기 노릇을 하러 들어가기로 되엇다. 그 집은 늙은 호래비가 딸을 데리고 살면서 시외 가까운 곳에 채소상을 열엇는데 그 딸에게는 아직 젖먹이 어린 아들이 하나 잇는 것이엇다. 그 남편 되는 사람은 공부를 한다고 뉴욕으로 떠나가고 늙은 아버지 혼자서 상점을 돌볼 수 없기 때문에 딸도 상점으로 나가야 할 터인데 젖먹이 때문에 어찌할 수가 없든 것을 준식이가 들어가서 그 애기도 보아주고 집도 지켜주고 하기로 된 것이엇다.

영감은 새벽 세 시에 일어나서 트럭을 몰고 나가고 색시는 아침 일곱 시에 애기에게 젖을 먹이고는 뻐스를 타고 상점으로 나가는 것이엇다. 그리하면 밤 열 시에 부녀가 돌아올 때까지 준식이는 혼자서 우는 애기를 달래고 시간 따라 우유를 먹이고 잠을 재우고 또 집을 지키고 그리고 부녀가 돌아와서 밤늦게 먹을 저녁을 짓고 하는 것이 준식이의 일이엇다.

준식이가 상점으로 나가 일하고 색시가 애기를 데리고 잇엇으면 조흐련만 고객을 대하는 데는 늙어빠지고 더러운 준식이보다 씩씩하고 애교 잇는 색시가 나흘 것이라고 해서 그처럼 색시가 상점으로 나가고 준식이는 할머니처럼 애기를 데리고 집을 지키고 안저 잇게 된 것이엇다.

147

그러나 준식이가 애보기를 시작한 지 한 달도 못된 때 뉴욕으로 공부하러 간다고 떠낫든 애 아버지가 돌아왔다. 주권 대폭락 이래로 미국이 일즉 경험한 일이 없는 경제 대공황이 습래하기 시작하기 때문에 뉴욕 등지에서는 학비를 벌기는커녕 그날그날 밥버리도 씨언치 안키 때문에 고학을 단념하고 처갓집으로 도로 들어온 것이엇다. 이리 되어 상점으로는 애 아버지가 나가게 되고 색시는 어린애와 함께 집에 잇게 되엿다. 일이 이러케 되니 자연 준식이는 군식구[11]가 되엿다. 그러나 색시 혼자서 애도 기르고 잔일도 돌보고 하기는 어려우니 그냥 잇서달라는 주문인 고로 마지못하는 체하고 준식이는 눌러 잇엇다. 색시를 도와 집도 치우고 애기도 보아주고 빨래도 하고 심부름도 단니고 그러고 밥이나 얻어먹고 잇게 된 것이엇다.

이 군식구의 생활은 언제나 준식이 마음속에 가시가 되엇다. 하는 일도 별로 없이 남의 밥을 얻어먹는다는 생각이 결코 유쾌한 일이 아닐 뿐 아니라 때로 색시가 히스테리를 부리더라도 신세를 지고 잇다는 생각에 눌리여 대답 한마디 못하고 나 죽엇소 하고 잇지 안을 수 없는 것이 슬픈 일이엇다. 준식이는 언제나 그를 펴지 못하고 남이 무엇이라고 하지나 안흘까, 내가 이 집안에 너무 짐이나 되지 안나 하는 언제나 그야말로 바늘방석에 앉은 듯한 불안으로 그날그날을 보내는 것이엇다.

밤이 될 때마다 그는 변소 옆 자기 방으로 와서 누어서는 몇 번씩이나 슬

---

11 식구(가족) 외에 덧붙어서 얻어먹고 사는 사람.

그먼히 그 집을 탈출해볼 생각을 한다. 그러나 그에게는 그럴 용긔가 나지 안엇다.

"이 집을 나가면 어디로 간단 말인고?" 하는 두려움이 앞을 섯다. 공원 뻰취에 누엇다가 순사에게 쪼껴 단니는 꿈을 꾸고는 깜짝깜짝 놀라 깨군 하는 것이엇다.

더구나 미국 유사 이래로 가장 큰 경제 공황이라는 불황은 날이 갈스록 더 심각해갈 따름이엇다. 실업자는 매일 느러가 장사는 안 되고 준식이가 와 잇는 집 주인도 날마다 하는 탄식이 밥버리가 되기는커녕 한 달 집세도 안 된다고 하는 것이엇다.

절반 썩어서 내버리게 된 채소들을 저녁마다 한 자루씩 가지고 와서 그것을 먹고 살엇다. 그리고 담배나 사 먹으라고 한 주일에 한 일 원씩 준식이에게 집어주든 것도 이제는 없어지고 말엇다. 못 주게 되엿으니 미안하단 말도 없이 그저 슬그머니 안 주고 마는 것이엇다. 그러나[12] 준식이는 거기 항의할 수도 없엇다. 변소 옆에서라도 얻어 자고 하로 세 끼 푸성귀라도 얻어 먹는 것 그것만도 고맙게 생각하지 안을 수 없는 처지이엇다.

그러나 이십 년을 버릇들인 입에서는 자꾸만 담배 연긔를 들여보내 달라고 질알하는데 감질이 날 지경이엇다. 주인 노인이나 사위나 모두 담배를 피우지 안는 사람인 고로 그 집안에서는 꽁초도 얻어 피울 수가 없엇다. 참고 참다 못해서 참말로 못 견델 지경이 되면 그는 거리로 나가서 행길에 떨어진 꽁초라도 주서 피우지 안코는 견댈 수가 없엇다. 그러나 이 꽁초 줍기도 경쟁자가 너무 만키 때문에 웬만해서는 주슬 수가 없엇다. 어떤 날은 두꺼비 꼬리만 한 꽁초 하나 주스려고 두 시간이나 행길로 헤매이엇다. 또 어떤 날은 길에 나서서 담배를 물고 가는 사람 뒤를 꼭 대서서 줄줄 한참이나 딸아가다가 그가 마츰내 내버리는 꽁초를 별락같이 달려들어 주서 들고 조하서 벙글벙글 우슨 때도 잇엇다.

---

12 원문에는 '그라나'로 되어 있음.

148

이러한 긔맥힌 생활을 해가는 동안 준식이는 차차 생활에 대한 원망이 생기기 시작하엿다. 따라서 한동안 끈헛든 술이 또다시 몹시 먹고 싶엇것 다. 그는 술에 얼근히 취하야 세상만사의 괴로움을 모두 잊고 유쾌하게 지 날 수 잇는 몇 시간의 맛을 잘 알고 잇는 것이엇다. 그러나 술 한잔 사 먹을 돈도 없고 술 한잔 사줄 친구도 없는 몸이엇다.

펄구손 거리 끝 언덕 우흐로 가면 거기에는 서양 여자를 더리고 사는 조 선 사람의 여관이 하나 잇다. 그 여관에만 가면 술도 잇고 게집도 볼 수 잇 으며 화투와 투전도 할 수 잇고 냉면이나 비빔밥도 먹을 수 잇는 것이다. 준 식이는 그것을 잘 안다. 다만 일 원 한 장만 잇어도 가서 한잔 마실 수 잇을 것이 아닌가!

하로는 참다 참다 못하여 준식이는 펄구손 거리 쪽으로 비실비실 걸어가 보앗다. 가 보아서 혹 아는 사람이라도 만나면 한잔 얻어먹을까 하는 요행 을 바라는 것이엇다. 펄구손 거리 끝까지가 아마도 十(십)리는 될 것이엇다. 그러나 준식이는 전차 탈 돈 七(칠)전도 없엇다. (그동안 전차 값이 五(오)전에서 七(칠)전으로 올랏다) 그래서 그는 비실비실 걸어갓다.

여관까지 가보니 거기서는 조선 노동자들 七八(칠팔)인이 모혀 한창 투전 들을 하고 잇엇다. 준식이가 들어가니까

"아, 이거 준식이 아니라구! 이거 무슨 바람이 불엇나." 하고 웨치는 소리 가 들려왓다. 주독이 들어서 코끝이 밝안 친구엿다. 준식이가 이번 로쌘젤 스로 오기 전에 토마토 농장에서 일하든 사람이다. 준식이는 재생지은인[13] 이나 만난 것처럼 반가왓다.

"아, 언제 들어왓서?"

"온지 한 댓새 됏는데, 시내나 좀 나흘가 하고 왓는데 여긔두 일자리가

---

13 죽게 된 목숨을 다시 살게 해준 사람.

별루 없구만. 좌우간 잘 만낫소. 오래간만에 한잔할까?'

준식이는

'이게 웬 말이오? 한잔하다니! 그 소리 듣고 싶어서 불원천리 나 여기 왓소.' 하고 소리 지르고 싶엇으나 꾹 참고 잠자코 잇엇다. 뻘겅코는 버서노핫든 저고리를 주서 입으면서 일어섯다. 가치 투전하든 사람들이

"이건 따가지군 일어서기야? 그런 법이 어디 잇어?" 하고 제각기 와글와글 떠들엇다.

"내일 또 하지. 마침 오래간만에 친구를 만낫으니……." 하고 벌겅코는 비여져[14] 나왓다. 투전하든 사람들은 모두 불쾌한 눈으로 흘겨보는 것이엇다. 준식이는 얼른 문밖으로 뛰쳐나왓다.

벌겅코도 잇대 따라오면서 문밖에 나서서

"에, 돈 딴 김에 한잔 해야지." 하고 웃엇다.

벌겅코는 직업소개소에 부탁을 해두엇으니 잠간 들러보자고 하여 직업소개소에 들럿으나 마땅한 일자리가 아직 발견되지 못하엿다는 대답이엇다. 직업소개소 좁은 방 안에 가득 차도록 몽켜 앉어 잇는 수십 명 빌립빈 사람들을 바라보고 준식이는 저도 모르게 한숨을 쉬엇다. 저 만흔 사람들이 모두 일자리를 못 얻어 저러고 잇구나! 그러나 그 다음 순간 준식이는 더욱 놀랫다. 길까 조고만 공원 안에는 서양인 실업자들이 수백 명이나 모혀서 와글와글 떠들고들 잇고 열아문 살밖에 안 된 아이놈들이 구두약과 솔을 들고 준식이를 따라오면서 구두를 닥그라고 소리를 지르고, 아니 애원을 하고 잇는 것이엇다.

"삼 전만 주시면 닥거들이지오."

"아니 나는 이 전만 주세요."

이러케 그들은 경쟁을 하는 것이엇다.

준식이는 딱해서 양복 주머니 두 개를 다 뒤집어 보이고 고개를 설레설

---

14 밖으로 뛰어나와.

레 흔들엇다.

"이 사과 한 알만 팔아주구려. 한 알에 오 전입니다. 적선하는 셈치고 한 알만." 하고 열 칠팔 세밖에 안 된 젊은 처녀들이 사과 광주리를 메고 소리를 고래고래 지르며 지나가고 잇엇다.

그리자 천사처럼 곱게 차린 색시를 태운 훌륭한 자동차가 번들번들 윤택을 즈르르 방사하면서 뿡뿡거리고 쏜살처럼 굴러갓다.

149

둘이서는 로싼젤스 거리로 나려서고 중국인 한약국에 들러 소화제라는 렛펠[15]을 부처 파는 술을 두 병 사들고 그 아래 잇는 조고마한 중국인 음식점으로 들어갓다.

우선 준식이는 담배를 한 대 피여물엇다. 꽁초가 아니라 동군 담배 한 대! 그것을 피여서 두 손고락 새에 끼우고 한번 입술로 힘껏 빨아들일 제 마치도 갑작이 백만장자나 된 것처럼 어깨가 읏슥하엿다.

훈훈한 알콜 긔운이 전신으로 핑그르르 도는 것을 감각할 때 준식이는 퍽 유쾌해젓다.

"아, 이놈의 세상이라는 게 그래……." 하고 무엇이라구 한바탕 떠들어보려구 시작하는데

"한푼 줍쇼." 하고 웨치는 여자의 목소리가 바로 목덜미 뒤에서 낫다. 거기[16]에는 보기에도 끔찍한 꼴을 한 동양 여자 하나가 서서 그 뼈만 남은 손, 해골 같은 손을 짝 벌리고 서 잇는 것이엇다. 얼골은 마치 고자리[17] 먹은 참외처럼 되어서 여기저기 숭굴숭굴 무엇이 무엇인지 알아볼 수 없고 꿈에 나올가봐 겁이 날 만큼 무시무시하고 징그럽고 더러운 꼴이엇다. 이 광경을

---

15 레테르(letter) : 상표나 품명을 표시한 표지. 라벨(label).
16 원문에는 '거리'로 표기되어 있음.
17 잎벌레의 애벌레. 주글주글하고 뒤틀려 있는 모양을 비유하는 말.

보고 나니 술 먹든 흥이 꽉 깨지고 말엇다.

"에그머니나 이게 뭐야? 저리 가!"

"한푼 적선합쇼."

"대관절 이게 무어야?"

"한푼만 줍쇼. 오늘 종일 아모것도 못 먹엇습니다."

"흥, 저리 나가. 손님들 앞에 더럽게시리." 하고 뽀이가 중국말로 소리를 지른다. 그러나 이 괴물은 꿈적도 아니하고 서서 해골 같은 두 손을 짝 벌리고 서 잇다. 그 두 손은 푸들푸들 떨고 잇엇다.

"한푼 주어 보내시구려. 십 년 전만 해두 저 여자를 한번 보려문 돈 백 원이나 차구 가야 됏섯다누." 하고 음식점 회게가 주판을 때그락거리다 말고 말하엿다.

"무어? 대관절 누군데?"

"왜, 한때는 상항이나 로싼젤스를 쨍쨍 울리든 차이나타운의 꽃이랍니다. 지금은 조 꼴이 되엿지만!"

차이나타운의 꽃!

준식이는 흠칫 놀라서 다시 한 번 그 괴물을 자세히 바라다보앗다.

물씬하는 향내, 불꽃같이 빨가코 몰통몰통한 입술, 우유처럼 힌 젖가슴, 푹석거리는 침대, 피빛같이 빨간 문장, 이런 것들이 순서 없이 준식이 머리를 숫치고 지나갓다. 준식이는 언젠가 아득한 옛날에 한번 그 천사같이 아름답고 보드러운 '차이나타운의 꽃'을 그러안고 키스를 한 일이 잇엇다. 그때 그 하느르르하든 비단 옷! 돈 이십 원이 적다고 더 내고야 간다고 발악을 하든 그 목소리,

"이 바보야!" 하고 준식이를 웃던 그 우슴소리!

"어서 한푼 줍쇼." 하는 그 목소리는 거쉬고[18] 거칠고 떨리엇다.

아니다. 그것은 믿을 수 없는 일이엇다.

---

18 목소리가 쉰 듯하며 굵은.

세상은 이러케 변하는 것인가?

"한 푼 적선합쇼."

벌겅코가 마츰내 오 전짜리 한 닢을 땅에 던져주엇다.

"고맙습니다."

준식이는 다시 그 괴물을 볼 용긔가 나지 안엇다. 준식이는 자긔 손을 내려다 보앗다. 자긔 손도 푸들푸들 떨고 잇엇다.

"응……." 하고 준식이는 신음 소리를 발하엿다. 그리고 잔에 가득히 딸려 잇는 볼고수름한 술을 한숨에 들이키엇다.

"어-조타." 하고 그는 억지로 소리를 질럿다.

150

"일장춘몽이 허사로구나!" 준식이는 벌겅코와 작별을 하고 나서 혼자 입 안으로 저도 몰을 소리를 중얼중얼 외이면서 비틀비틀 걸엇다.

길가에 거지들이 늘어섯으면 어떠코 실업자들이 넓은 공원으로 하나 가뜩이면 어떠단 말이냐? 한잔햇네. 한잔햇서! 인제 그놈의 영감네 집에 도루 안 들어간다. 밤낮 썩다 남은 배추야 그래. 담배꽁초 한 개 안 주는 데가 어데 잇서 그래. 응? 응! 자네들 일자리가 없나? 나두 없네! 배가 고푼가? 나도 고푸네……. 응, 그래 한잔 얻어먹엇네……. 응? 응! 노돌 강변에는 비둘기가 한 쌍……. 한 쌍인지 두 쌍인지 어떠케 알어. 이놈아…… 허허허.

"야, 그녀석 팔자 조케 잔뜩 취햇네 그려." 하고 실업 노동자 중 하나이 웨첫다.

"우리는 배를 골코 잇는데 그래 져 동양 녀석은 술꺼지 먹어."

"그놈 때려주어라."

"그놈 본국으로 쪼쳐버려라."

"여보게 내버려두게."

이런 소리들을 히미하게 귀까에 인식하면서 준식이는 머리를 웬놈에게 한 대 얻어맛고 그 자리에 쓸어지고 말엇다.

준식이가 정신을 채리고 일어나 앉은 때는 벌서 별이 총총한 밤이엇다.

"그녀석 지금이야 깨나네." 하고 누가 옆에서 소리를 지른다. 준식이는 사방을 둘어보앗다. 그는 공원 풀밭에 누어 잇는 것이엇다. 사방 어디나 실업자들의 시컴언 몸둥이들이 웅크리고 잇는 것이엇다. 인제는 순사들도 그들을 공원으로부터 내쪼츨 생각을 단념하고 그대로 내버려두는 것이엇다. 그 수효가 엄청나게 너무 만흔 것이엇다.

준식이는 일어섯다. 근처에 잇는 녀석들이 무엇이 그리 우수운지 하하 우섯다. 준식이는 슬근히 골이 낫다. 그러나 꾹 참고 천천히 거름을 옴기엇다.

"돈도 한 푼도 없는 녀석이 그래두 술을 처먹어." 하고 한 놈이 말햇다.

응 저놈들이 내 주머니를 모두 뒤집어 □□□□[19] 하고 준식이는 생각하엿다.

목이 컬컬하고 속이 허전허전하엿다. 어디 가서 위선 물을 좀 마서야지. 그는 공동 변소로 들어가서 물을 마시엇다. 콸콸 소사올으는 수도에 꾸부리고 서서 한참이나 들이 마시엇다.

배가 몹시 곱푼데. 아까 술만 마시지 말고 무엇 안주 같은 것도 좀 착실히 먹어둘껄!

그런데 머리가 무엇으로 몹시 얻어맞어는지 뗑하다. 아까 그놈이 무엇으로 때린 게야!

집으로 돌아가기는 실타. 저러케 만흔 노동자들이 모두 길거리에서 사는데 준식이라구 길거리에서 못 살 리 잇으랴. 이제 비 오는 시절도 다 가고 앞으론 비도 잘 아니 올 터인데.

그러나 배가 고푸다. 그는 뻐스 정거장으로 들어가서 한 삼십 개 줄대여서 잇는 자동 전화긔마다 손을 데미러보앗다. 한 푼도 없다. 이전에는 가끔

---

19 원문의 일부가 지워져 판독하기 어려우므로 '보앗고나'로 추정.

자동 전화긔에 손을 디밀어 오 전자리 백동전이 한두 푼쯤 손에 잡혓섯다. 그러나 그것도 요새는 하로에도 수백 명씩 손을 데밀어볼 테니 웬간해서야 한푼 얻어볼 수 잇슬라구!

준식이는 다시 거리로 나섯다. 그는 무작정하고 걸엇다. 앞으로 빤히 이십 층인지 몇 층인지 된다는 시티홀(시청)이 하—야케 처다뵈인다. 그는 그 시티홀을 바라다보면서 그냥 천천히 걸어 올라갓다. 갑작이 아름도리 되는 기둥들이 너덧 개 우둑우둑 선 앞까지 왓다. 한쪽 조고만 문이 방싯이 열려 잇고 그 안으로부터 어렁귀한 불빛이 새여나온다. 은은한 파잎 올갠 소리가 귀를 스치고 지나간다.

준식이는 그 방싯이 열린 쪼각문을 다시 바라다보앗다. 준식이가 이전에 여러 번 이 집 앞으로 지나단니며 보앗으나 그쪽 문은 언제나 밤낮 없이 그러케 방싯이 열려 잇는 것이엇다.

준식이는 우두머니 서서 그 방싯이 열린 쪼각문을 지금 새삼스리 발견한 듯이 보고 또 보앗다. 마치 그 방싯한 문이 준식이더러 오라고 끄덕끄덕하는 것처럼 준식이에게 보이엇다. 그는 뚜벅뚜벅 그 문앞 가까이까지 갓다.

"수고롭고 무거운 짐을 진 사람은 다 이리로 오라." 하는 조그마하게 문 우에 써 붓친 것이 보이엇다.

준식이는 살그면히 그 쪼각문 안으로 들어섯다.

151

그 안은 꽤 침침햇으나 밖엿 거리보다는 그래도 밝은 셈이엇다.

여긔져긔 초불들이 켜저 잇다. 그리고 정면 무대에는 십자가에 매달린 예수의 상이 서 잇고 그 앞으로 커—단 책이 노히고 팔뚝같이 굵은 초불이 수백 개 펄럭거리고 잇서서 눈을 황홀하게 하엿다. 준식이는 마치 무엇에게 홀린 사람 모양으로 좌우편에 빈 의자들이 줄을 지여 잇는 그 가운데 복도로 천천히 걸어 나갓다. 파잎 올간의 애끗는 듯한 고음과 영혼을 사로잡

구름을 잡으려고

는 듯한 져음의 끈힘없는 교차는 준식이 귀를 황홀하게 하고 준식이 전 존재가 어떤 초자연적 힘에게 사로잡혀 자긔 자신의 의식을 일허버린 듯싶엇다.

십자가에 달린 예수의 벌거버슨 상이 서 잇는 무대 앞에 이르자 준식이는 무의식중에 꿀어 엎대엿다. 왼 집 안 구석구석까지 음파로 진동시키는 파잎 올간 소리가 그 음파로써 준식이 몸덩이 세포 세포의 구석구석까지 흔들어 진동시키는 것처럼 감각되엇다.

얼마 동안이나 준식이가 그처럼 엎드러 잇엇는지! 그는 막연하게 초자연적 어떤 힘의 보호를 구하고 잇는 것이엇다. 어떤 긔적, 어떤 전무후무한 큰 긔적이 나타나서 준식이를 안일과 행복으로 인도해주기를 빌고 엎드려 잇는 것이엇다. 준식이 앞길에는 이제 다른 아모것도 없는 것처럼 생각되엇다. 오직 긔적의 손이 나타나서 준식이를 인도하여 평화의 나라로 더려다주기를 바라는 것이엇다.

준식이 자신은 이제 아모 일도 할 수 없는 가장 무능녁한 존재라는 것을 새삼스리 느끼엇다.

"오, 주여, 오, 주여!" 하고 그는 무의식중에 되푸리하고 잇는 것이엇다.

이때 갑작이 파잎 올간 소리가 뚝 끈치엇다. 준식이 전 몸덩이 세포 세포들을 진동시키는 것 같은 그 파동이 뚝 멈쳐지고 말엇다. 이때까지 숨이어 들엇든 영감이 갑작이 준식이 영혼을 떠나는 것 같엇다. 준식이는 새 정신이 드는 사람처럼 벌덕 일어낫다. 무대에서는 초불들이 휘황하게 펄럭거린다. 그 뒤로 십자가에 달린 예수의 벌거버슨 몸이 번들번들 번쩍인다.

준식이는 갑작이 피곤함을 느끼엇다. 그래서 옆엣 의자에 펄썩 주저앉엇다. 그리고는 방금 처음으로 이 안에 들어온 듯이 사방을 휘둘러 보앗다.

여긔저긔 꿀어 엎데여 잇는 검은 그림자들이 보인다. 아마 칠팔 인 가량, 준식이는 자긔 바로 옆에도 어떤 그림자가 웅크리고 잇는 것을 비로소 발견하엿다. 그 시컴언 몸둥이는 두 손을 읍하고 엎드리어 잇는 것이엇다. 갑작이 고개가 머리 우흐로 쑥 올라왓다. 준식이는

"흑!" 하고 놀랏다. 그 창백한 얼골이 초불 밑에 반사되는 것은 마치도 무덤 속에서 보는 해골과 같앗다. 준식이는 이 해골 같은 얼골에서 눈을 떼이지 못하엿다. 이 해골 같은 번들거리는 얼골은 입으로 무엇이라구 소군소군 긔도를 올리고 잇는 것이엇다.

소군, 소군!

준식이는 홀린 사람처럼 멀거니 이 창백한 얼골을 바라다보고 앉어 잇는 것이엇다. 그러타! 낯익은 얼골이다. 어데서 본 얼골이다. 준식이는 무대를 보앗다. 머리 숙인 예수의 얼골. 코 끝이 반짝반짝한다. 준식이는 다시 이 해골 같은 창백한 얼골을 바라다보앗다.

소군, 소군!

준식이는 벌떡 일어섯다. 이 해골 같은 창백한 얼골은 아까 낮에 준식이가 중국 음식점에서 보든 '차이나타운의 꽃' 그것이엇다.

그것을 인식하자 준식이의 머리속에는 아까 낮에부터 뱅뱅 돌면서도 확실히 인식되지 안튼 한 생각이 번개처럼 번쩍 비치엇다.

준식이는 나는 듯이 복도를 다름질하엿다. 끈첫든 파잎 올간의 음파는 다시 방 안 구석까지 진동시키엇다. 그러나 준식이는 지금에는 그것을 인식하지 못햇다.

"순애, 순애." 하고 그는 부르짖엇다.

152

준식이는 헐덕거리면서 성교당 쪽 문 밖을 나섯다.

"순애, 순애." 하고 그는 주문 외이듯 혼자 외이면서 거리로 다름박질하엿다.

아까 나제부터 '차이나타운의 꽃'을 본 뒤부터 준식이 머리속으로는 어떤 이상한 생각이 뱅글뱅글 돌고 잇엇다. 그것은 누구를 보고 싶은 생각, 누구를 욕해주고 싶은 생각, 누구를 때려주고 싶은 생각, 누구를 붓잡고 엉엉 울어보고 싶은 생각, 누구에게 가서 인제는 "네가 나를 살려라." 하고 탁 안겨버리고 싶은 생각이엇다. 그러나 그 생각은 알콜에게 사로잡힌 그의 신경 근처를 뱅글뱅글 돌아갈 뿐으로 확실히 인식을 시키지는 못하는 것이엇다.

그리든 것이 지금 그 성교당 안에서 초불들이 휘환한 밑에서 해골 같은 얼골을 바라다 볼 때에 준식이 머리속에 마치도 번개같이 뚜르고 들어온 것이엇다.

준식이는 사위에 잇는 아모 것도 인식하지 못하면서 그저 다름질첫다.

그는 순애가 보고 싶엇다.

"순애야, 인제는 네가 책임을 저라." 하고 그는 소리를 지르고 싶엇다.

그는 순애가 보고 싶엇다. 순애를 글어안고 발버둥치면서 슬컷 통곡해보고 싶엇다. 순애의 낯짝에다가 춤을 탁 배아타주고 싶엇다. 순애의 포동포동한 손목을 비트러 꺽거버리고 싶엇다. 순애의 볼기짝에 코를 박고 엉엉 울고 싶엇다. 순애의 삼단 가튼 머리채를 휘여잡고 거리거리로 순애를 질질 끌고 돌아단니고 싶엇다.

이제 준식이가 이 세상에서 할 다못 한 가지 일은 순애를 보는 일인 것처럼 준식이는 생각하는 것이엇다.

"순애, 순애."

준식이는 거리를 달음질하면서 엉엉 울엇다.

사실 준식이는 지금 자긔가 어디로 다라나고 잇는지도 몰랏다. 사실 순애가 살고 잇는 집이 어딘지도 모른다. 그러나 그는 그저 다름질첫다. 그러케 다름질치면 그 끝에는 반듯이 순애가 잇으리라고 생각되는 것이엇다.

다름질, 다름질! 휙휙 무엇이 지나가고 꺽꺽 무엇이 소리를 지르나 지금 준식이는 그런 것에 정신을 빼앗기지 안엇다.

"순애를 만나야 한다."

그래서 준식이는 다라나야 한다.

휙휙 옆으로 무엇이 지나간다. 꺽꺽 무엇이 소리를 지른다. 그러나 준식

방황

이는 지금 그까짓데 개의할 바가 아니다.

뛰여가야 한다. 뛰여가야 한다.

"뿌르르르 뿌르르르!"

자동차 고동 소리.

"에그머니나!"

쏘프라노 비명.

"엑크! 이 미친놈아!"

테너의 고음(高音) 소리.

"뿌리리릭, 뿌리리릭."

자동차 뿌렉[20] 소리,

"아하하, 저런, 저런."

영감의 목소리,

"호르륵, 호르륵."

순사의 호각 소리,

준식이는 길바닥에 너머지엇다. 왜 너머젓는지도 인식치 못하면서 그는 너머젓다.

그러나 그 다음 순간 그는 정신을 일코 말엇다.

오 분 후에 그는 앰불란스(응급 병원차)에 담기어 시속 오십 마일로 시립 병원을 향하여 스피드, 스피드.

구름

153

준식이가 일생에 이때까지 누어본 일이 없다는 가장 편안하고 눈같이 째하얀 침대 우에 누어서 그는 천사같이 곱게 채린 여자 간호부가 불부처주는 담배를 입에 물엇다.

옆에도 또 그 옆에도 또 그 옆에도 또 그 옆에도 눈같이 째하얀 침대 우에 사람들이 누어 잇다.

간호부에게서 준식이가 정신이 들엇다는 보고를 받고 역시 눈같이 째하얀 종이 우에다가 무엇을 적는다.

"이름은?"

"박준식이."

그는 적는다.

"주소는?"

준식이는 고개를 도리도리 흔들엇다.

"주소는?"

준식이는 물끄럼히 그 사람을 치어다보앗다.

지금은 아모것도 안 적는다.

"할로, 할로!"

준식이는 고개를 끄덕끄덕하엿다.

"주소가 어데냐고 묻는데 웨 대답이 없소?"

"주소가 없읍니다."

"무엇? 주소가 없다."

그 사람은 잠시 머리를 기웃하고 준식이를 들여다보더니 또 무엇을 적는다.

"몇 살?"

"아마 예순 넷인가 보오."

"아마?"

"예."

그는 또 적는다.

"국적은?"

"조선 사람이요."

또 적는다.

"미국 언제 왓소? 로쌍젤스에는 언제 왓소? 직업은 무엇이오?"

여러 가지로 묻는다. 그리고 또 적기도 적는다. 그 하얀 종이에다가.

"그래 친척도 없고 친구도 없고 아는 사람도 없단 말이요?"

그는 또 적는다.

"그래, 세상에서 당신은 아주 외토리란 말이요? 어디 전보를 쳐서 불을 사람도 없단 말이요?"

"찜미……." 하다가 준식이는 문뜩 입을 담을엇다.

찜미에게 알려서 소용이 잇나?

"아모도 없오." 하고 그는 대답하엿다.

머리가 몹시 아파 들어온다. 갑작이 뽀얀 안개가 끼는 것 같다. 그 적는 사람이 차차 안개 속에 잠기여버리는 것 같다. 그러고 옆에 누은 사람들도 그 침대들도 머리맡에 노힌 물병도 자긔 자신이 덮고 잇는 눈같이 힌 홑이 불도 모다가 뽀얀 안개 속으로 슬어져버린다. 자긔 입에 물고 잇는 담배도 자긔 자신까지도 안개가 모두 휩싸 녹여버리는 모양이다.

그리고는 전신이 편안하다. 노군하게 전신이 녹아버리고는 몸채, 침대 채, 집채, 지구채 슬그먼히 떠오르는 것 같다.

"아모도 없소."

그는 또 한 번 되푸리햇다. 그러나 그 말이 끝도 나기 전에 그는 둥둥 떴 다.

둥, 둥! 편안도 하다.

154

어머니가 차저왓다.

'어머님도 몹시 늙엇구나.' 하고 준식이는 생각하엿다.

'어머니가 어떠케 미국을 왓을까?'

아니다. 지금 준식이는 고향에 잇는 초가집 아랫묵에 누어 잇는 것이엇 다.

어머니는 물레질을 왱왱 한다.

웃묵에는 춘삼이가 앉어서 새끼를 왓삭 벗삭 꼬고 잇다.

"경선이 말이지. 그 청년 참 똑똑하지. 내 크게 될 줄 알엇다니까. 경선이 두 한 때는 내 밥을 먹구 갓는걸." 하고 곽연하가 연성 그 뚱뚱한 볼을 불룩 거리면서 주절거리고 잇다.

목사님이 어느새 머리가 하ー야케 세 가지고 꾸부리고 앉어서 성경을 읽 는다. 등잔불이 밝지를 안타구 자꾸만 심지를 도꾼다.

"저러케 심지를 도구면 등피가 깜애저서 쓰나." 하고 준식이는 생각한 다.

아니 어머니는 어데루 가섯나? 준식이가 누어 잇는 집은 초가집이 아니 라 고래등 같은 기와집이다. 밖에서는 박일권이의 목소리가 들린다. 그는 돈을 헤이고 잇다.

"십 원, 이십 원, 삼십 원, 사십 원……."

그런데 준식이는 땀을 뻘뻘 흘리고 잇다. 방이 몹시도 덥다. 아니 이게 웬일이야?

준식이가 누어 잇는 곳은 집푸레기 우이다. 옆에는 껌둥이가 누어서 코를 곤다. 그 옆에도 또 껌둥이, 그 옆에도 또 껌둥이…… 아니 껌둥이는 무슨 껌둥이라구? 눈같이 싸하얀 침대들인데.

간호부가 들어왓다.

"미국은 일기가 조아서 아마 애기도 일즉 나오나 봐." 하고 간호부가 말한다. 옆에는 순애가 앉어서 운다. 준식이 순애 손을 만저보고 싶어것다. 그래도 선생님이 옆에 앉어서 똑바로 들여다보고 잇으니 참을 수밖에 없다.

멀리서 어데서 이상스런 노래가 들려오더니 차차 그 노래소리가 가까와진다. 이런 반가운 일이 잇나? 그 노래 소리는 아리바의 목소리다.

"아버지, 아리바가 차자왓서요." 하고 찜미가 말한다.

"아버지, 나 아리바더러 작난감 한 개 사달래, 응." 하면서 찜미가 침대 우으로 뛰처 올은다.

"찜미!" 하고 부르려 햇으나 웬일인지 목이 꽉 매켜서 목소리가 나가지 안는다.

"찜미야, 그러케 아버지 가슴을 타고 누르면 가슴이 답답해 못 견대. 아버지는 중상을 하섯는데." 하고 간호부가 찜미 팔을 잡아당긴다. 간호부가 갑작이 성이 낫다. 그래서 찜미를 막 끌고 나가려 한다.

"찜미, 찜미." 하고 준식이는 부르려 햇으나 목이 깍 매켯다.

간호부가 도라왓다.

준식이는 간호부를 똑바로 치어다보앗다. 간호부 가슴에 잇는 커ー단 단추가 뱅글뱅글 돈다.

뱅글, 뱅글, 뱅글.

준식이는 빙그레 우섯다.

"인제 정신이 들엇군요." 하고 이때까지 조선말을 하든 간호부가 갑작이 영어를 한다. 준식이는 눈알을 굴리엇다. 머리가 허-여케 센 늙은이 한 분이 눈같이 힌 양복을 입고 서서 준식이를 들여다보고 잇다. 준식이는 획 한 번 둘러보앗다. 침대, 침대, 침대들이 줄리리' 노힌 병원 안이엇다. 늙은이가 친절하게 물엇다.

"방금 찜미라는 이름을 여러 번 불럿는데 그 찜미가 누굼니까²?"

준식이는 주져하엿다.

"이것 보시오. 지금 당신은 대단한 중태입니다. 찜미라는 이를 만나려면 지금 곳 알리지를 안흐면……."

준식이는 갑작이 찜미가 몹시 보고 싶어젓다.

155

준식이는 갑작이 무서워젓다.

'찜미를 다시 못 보고 죽으면!' 하는 생각이 한번 일자 그는 것잡을 새 없이 찜미가 곧 보고 싶어젓다. 찜미가 지금 옆에 잇다면 그는 곧 일어나서 찜미와 함께 걸어 나갈 수 잇을 것처럼 생각되엇다.

그래서 준식이는 찜미에게 곧 전보를 칠 것을 부탁하엿다.

저녁 때가 되엇다.

준식이는 긔분이 퍽 조아젓다. 어디 특별히 아푼 데도 없고 아침에 생겻든 무서움증도 없어젓다.

그는 물끄럼히 창밖 하눌을 내다보앗다. 솜같이 피여오른 하-얀 구름덩이들을 뭉게뭉게 서리고 잇엇다. 그는 하염없이 오래오래 그 구름을 내다보앗다.

---

1   '줄줄이'의 방언. 줄지어. 줄마다.
2   원문에는 '구굼니까'로 표기되어 있음.

준식이 자신도 모르는 새이에 이상스런 생각이 그의 머리에 슬금히 떠올랏다. 그 생각은 이러하엿다.

─져 구름은 인생 행복의 근원지이다. 만일에 무슨 힘으로든지 그 구름을 다만 한 조각만이라도 손에 잡아 쥐일 수만 잇다면 그 사람은 이 세상에서 제일 행복스런 사람이 되는 것이다. 그래서 세상 사람은 누구다 다 져 구름을 잡어보려고 왼갓 궁리를 다 해보고 왼갓 질알을 다 해본다. 저 구름을 잡기 위하야 사람들은 왼갓 것을 히생한다. 마그막에는 목숨까지도 내걸고 덤빈다. 아─ 나도 이제 만일 저 구름 한 조각만 손에 잡을 수 잇다면 나는 세상이 생겨난 이래로 가장 행복스런 사람이 될 것이다─라고.

이러한 이상한 생각이 들자 그는 더욱 더 그 뭉게뭉게 움즈기는 구름을 치어다 보앗다.

구름 한 조각!

그러나 그 구름은 구만리장천[3]이라는 높고 높은 하눌 우에서만 빙글빙글 돌고 잇는 것이엇다. 마치도 그것을 잡어보려고 초조하는 인생들을 빙글빙글 비웃는 모양으로.

그러나 지금 준식이는 그 구름을 잡고 싶엇다. 그래서 그는 눈을 다른 데로 돌리지 안코 그 꿈지럭 꿈지럭하는 구름 뭉텡이만 언제까지나 언제까지나 바라다보앗다. 지금 자긔의 신세, 자긔의 고통, 자긔 자신의 전 존재까지도 잊어버리고 그 구름만 바라다보고 잇는 것이엇다.

솜같이 히던 구름은 석양의 햇발을 받아 빨가케 물들기 시작하엿다. 그리드니 구름은 갑작이 용소슴치기 시작하엿다. 마치 불붓는 용이 그 속에서 몸부림을 치듯이 빨간 구름 뭉텡이는 부글부글 끌른 것이엇다.

준식이는 더 한층 호긔의 눈으로, 욕망의 눈으로 그 구름의 용소슴을 바라다보앗다. 한참을 바라다보고 잇누라니까 준식이 보기에 그 구름은 훨신 아래로 내려 온 것 같엇다. 아니나 다를가. 그 구름은 유유히 아래로 아래로

---

3   끝없이 잇달아 멀고도 넓은 하늘.

내려오고 잇는 것이엇다.

타는 듯이 빨같은 구름은 어느덧 탁한 회색으로 변하엿다. 그러나 그 구름은 벌서 하눌 우에서는 쑥 내려와서 바로 준식이가 내다보는 창문 바로 밖에 이르러서[4] 뭉게뭉게 피여오르고 잇는 것이엇다.

준식이 가슴은 뛰기 시작하엿다. 동시에 그는 더욱이 열심으로 그 구름의 움지김을 내다 보앗다.

바로 창문 밖에서 구름은 다시 히여젓다. 힌 솜같이 깨끗한 구름이 창문 밖으로 휘휘 돌더니 그 구름은 마치 세찬 바람에게 불리듯이 혹하고 한꺼번에 창문 안으로 날아 들어왔다. 그리고는 준식이가 누어 잇는 침대 우흐로 그 힌 구름은 웅기웅기 모혀 들어왔다.

바로 준식이 머리 우흐로!

준식이는 부지중 손을 쑥 내밀어 그 구름 뭉텅이를 잡엇다.

"아, 잡엇다!" 하고 그는 소리를 버럭 질럿다.

156

준식이는 구름을 잡엇다. 그러나 그의 손에[5] 잡히는 것은 아모것도 없엇다.

그는 '허탕'(空虛)을 잡은 것이엇다.

그리자 그의 눈에 뚜렷이 나타나 뵈이는 것은 그의 팔뚝에 화인 마진 '종의 표' 그것이엇다. 그가 구름을 잡는다고 팔을 쑥 내밀 때 그 팔뚝에 어룽어룽 허물진 그 화인만이 커―다케 준식이 시선을 가로막는 것이엇다.

이 화인은 그가 삼십 년 전에 '구름을 잡어보려고' 조선을 떠난 지 얼마 안 되어 멕시코로 팔려가 가지고 그 목화밭 농장에서 불에 지지운 '종의 표'

---

4   원문에는 '어르러서'로 표기되어 있음.
5   원문에는 '손의'로 표기되어 있음.

이엇든 것이다.

종! 노예!

결국 그는 종이엇다. 그의 팔뚝에 한번 불로 지진 이 '종의 표'는 마그막 날까지 준식이를 떠나지 안는 것이엇다.

인생이란 결국 날 때부터 화인 마즌 종인 것이다.

히망의 노예!

바라고, 바라고, 바라고! 언제나 바라고 또 바라는 종들인 것이다.

안 잽히는 구름을 잡어보겟다고 바라고, 바라고 언제까지나 바라는 이 바람의 노예들! 구름을 잡은 때 그것은 '허탕'…… 오직 '노예'라고 뚜렷이 백힌 화인만을 인생에게 명료하게 보여주고 구름은 영원히 영원히 저 혼자 뭉게뭉게 구만리장천을 피여오르고 잇는 것이엇다.

준식이는 힘잇게 꽉 그러쥐인 주먹 속에 공허를 인식하면서 그 호흡이 끈허지고 말엇다. 빈 주먹을 들고 이 세상에 왓든 그는 다시 빈주먹을 들고 이 세상을 떠나가고 만 것이다.

(끝)

作者의 말

너무 지리한 이야기를 끝까지 읽어주신 이가 잇다면 실로 영광으로 생각하는 바입니다. 물론 여러 가지로 부족한 점이 만치마는 뤼알리즘 우에다가 작자의 철학을 가미(加味)해보겟다는 것이 이 한편의 의도(意圖)이엇엇습니다.

작자는 준식이의 죽엄으로써 단지 준식이 한 개인의 죽엄으로는 생각하지 안습니다. 준식이의 죽엄은 곧 준식이가 한 멤버이든 시대 그 자체의 죽엄이라 보고 싶습니다. 준식이 시대의 뒤를 잇는 찜미의 시대가 우리와 함께 생장하고 잇습니다. 그러면 이 시대는 과연 어떠한 것일가? 그것은 오직 장래만이 알 일입니다.

찜미는 작년에 대학을 졸업햇고 불원한 장래에 조선으로 도라오리라고 기대됩니다.

독자 제현도 벌서 눈치를 채엇겟지만 찜미가 로싼젤스로 내려온 때 그는 첫사랑에 걸렷습니다. 그 여자가 누구인지는 독자 제현은 모르시겟지만 작자는 잘 알고 잇습니다. 힌트를 주자면 찜미는 '사랑해서는 안 될 어떤 여성'을 사랑하게 된 것입니다. 아버지가 시립병원에 중태로 누어 잇다는 전보를 받고 찜미가 로싼젤스로 달려온 때 물론 그는 부친의 운명을 보지는 못햇지만 시체를 거두어 장사를 지냇습니다. 그리고 그의 첫사랑은 어떠케 전개가 되엿는가?

작자는 지금 찜미의 행동에 깊은 흥미와 주의를 가지고 관찰하고 잇읍니다. 그가 조선으로 도라와 가지고는 어떤 코스를 취하는가? 작자는 앞으로 그것을 주시하고 잇을 것입니다.

찜미의 시대는 곧 우리가 나날이 체험하고 잇는 이 시대입니다. 이 찜미의 시대가 한 작품으로써 적혀저 나올 조흔 때가 일으럿다고 생각되는 날 작자는 다시 붓을 들어 후편(後篇)을 끄적거려보기로 예정하고 잇습니다.

20세기 초 미국 서부 조선 이주민의 삶
— 주요섭의 장편소설 『구름을 잡으려고』 새로 읽기

정정호

> 1931년 초 [미국 유학에서] 고향으로 돌아온 나는 곧 『구름을 잡으려고』라
> 는 장편을 『동아일보』에 연재했다. 미국에 사는 교포들의 경험담과 내가 직
> 접 겪은 것을 토대로 한 일종의 더큐멘타리 소설이다.
>
> — 주요섭 수필 「재미있는 이야깃군」 『문학』 1966년 11월호

들어가며 : 『구름을 잡으려고』의 배경

소설가 주요섭(1902~1972)은 한국 근대 시문학의 개혁자인 「불놀이」의 시인
주요한(1900~1979)의 동생이다. 목사 아버지의 둘째 아들로 태어난 주요섭은
평양 숭덕소학교와 1918년에 기독교계 숭실 중학 3학년 재학 시 아버지를 따
라 일본의 아오야마 학원에 편입하였다. 그 후 1919년 3·1운동이 일어나자
귀국하여 소설가 김동인 등과 함께 지하신문 『독립운동』을 발간하여 돌리다가
출판법 위반으로 붙잡혀 10개월간 유년감에서 옥살이를 했다. 그 후 그는 1920
년에 중국으로 가 쑤저우(蘇州) 안세이 중학을 다니다가 상하이 후장대학 부속
중학교를 졸업하였다. 1927년에 후장대학 교육학과를 졸업한 후 1928년부터
미국 서부 스탠퍼드대학교 대학원에서 교육심리학으로 석사 학위를 받고
1929년 귀국하였다. 주요섭은 이미 상하이에 있을 때 도산 안창호가 1913년
미국 샌프란시스코에서 결성한 흥사단에 가입하여 단우가 되었고 1934년 일

제하의 경성을 떠나 베이징의 푸런대학(輔仁大學) 영문학과 교수로 부임하였다. 일본의 중국대륙 침략에 협조하지 않았다 하여 일경에 체포되어 갖은 고문 끝에 1943년에 추방되어 조선으로 다시 돌아와 해방을 맞을 때까지 고향인 평양 근교에 칩거하였다. 주요섭은 중학교 때 3·1운동 참가와 베이징에서의 일제 저항을 인정받아 2004년 뒤늦게 독립유공자로 인정받아 현재 대전현충원에 안장되어 있다.

1921년『개벽』지 4월호에 단편소설 「추운 밤」을 발표하며 소설가로 등단한 주요섭은 그 후 단편소설 「인력거군」(1925), 「아네모네 마담」(1932), 「사랑손님과 어머니」(1936) 등과 중편소설 「첫사랑 값」(1925), 「미완성」(1936)과 장편소설 『구름을 잡으려고』(1935), 『길』(1953), 『일억오천만 대 일』(1958), 『망국노 군상』(1960)을 발표했다. 그리고 『김유신(Kim Yu-Shin)』(1947), 『흰 수탉의 숲(The Forest of the White Cock)』(1962)의 영문소설도 출간했다. 미국 유학에서 돌아와 1931년에 동아일보사에 입사하여 『신동아』의 주간을 맡았다. 상호출판사를 설립하였고 『코리아 타임스』 주필을 역임했고 1954년부터 경희대학교 영문학과 교수에 취임했다. 1954년에 국제 펜클럽 한국본부 사무국장을 지냈고 후에는 회장이 되어 1959년에는 독일 프랑크푸르트에서 열린 제30차 세계작가대회 한국대표로 참가했다. 1963년 미국 미주리대학 등 6개 대학에서 '아시아 문화와 문학'이란 주제로 강연 여행을 다녔고 1968년에는 한국문학번역가 협회 초대 회장을 역임하여 한국문학 해외 소개와 세계화 작업에 몰두하기도 하였다.

주요섭은 1927년부터 1929년 미국 서부의 유학 경험을 토대로 여러 편의 문학작품과 산문을 발표하였다. 『유미외기(留米外記)』(『동아일보』 1935.2.16~8.4에 걸쳐 전 156회 연재)가 있다. 그리고 「유미근신(留米近信)」(『동아일보』 1928.8.19~8.21), 「미국문명의 측면관」(『동아일보』 1930.2.6~2.15), 「상항(桑港, 샌프란시스코)의 첫여름」(『신인문학』 창간호 1934.7) 등이 있다. 주요섭은 수필 「재미있는 이야깃군」에서 자신의 대표작에 대해 다음과 같이 언명하였다.

과거에 내가 쓴 수백 편 작품들 중에서 가장 잘된 작품이라고 일반에게 인정되고 있는 것은 장편에『구름을 잡으려고』, 중편으로는『미완성』, 단편으로는「사랑손님과 어머니」다.

—『문학』, 1966년 11월호, 200쪽

여기에서 볼 수 있듯이 주요섭이 자신의 4편의 장편소설 중 일반 독자들이 가장 좋아하는 장편으로 꼽은『구름을 잡으려고』는 1920년대 후반 스탠퍼드대학교 유학 시절 그가 경험한 미국 서부 지역의 문화, 지리, 사회에 대한 자전적 소설이며 역사소설이라 할 수 있다.

주요섭은 1930년 초 조선에 있을 때 써둔 원고를 1935년 2월 17일부터『동아일보』에 연재하기 시작했다. 그는 다른 곳에서도 또 다른 이야기를 소개하고 있다.

미국 유학이 나에게 남겨준 단 한 편의 장편소설은『구름을 잡으려고』이다. 이 소설이 동아일보에 연재될 때 독자 중에서는 재미 우리 교포들의 당파 싸움을 너무 노골적으로 폭로했다는 비난이 있었다.

—「나의 문학 편력기」, 『신태양』, 1959년 6월호, 270쪽

이 소설의 주인공 박준식은 1899년 미국 노동 이민으로 가기 위해 제물포항을 떠났는데 자신도 모르는 사이에 멕시코 사탕수수밭 노동자로 팔려갔다. 4년여 간의 혹독한 노예 생활 끝에 국경을 넘어 미국 서부로 탈출한 박준식은 미국 서부 캘리포니아주 샌프란시스코에서 로스앤젤레스에 이르는 지역을 전전하며 최하층 육체노동자로 30여 년간을 살아간다. 중간에 조선 신부와 사진 결혼을 하지만 그의 아내는 남의 아이를 출산하고 또 조선 유학생과 눈이 맞아 가출하고, 대지진으로 파산도 하는 등 온갖 우여곡절을 겪는다. 이 소설은 결국 교통사고로 죽어간 20세기 초 조선 말기 한 조선 이주 노동자의 슬픈 이야기로, 한 개인의 이야기이면서 동시에 당시의 미국 서부 조선 이민사회의 모습, 나아가 미국 초기자본주의와 인종차별주의 사회의 모순된 복합적인 모습들이 사실적으로 재현된 '더규멘터리 소설'이다.

작품 해설

제물포 출발하여 하와이로

이 소설의 시작은 1899년 봄이었다. 당시 서울에서 해외로 나가는 가장 가까운 항구는 제물포였다. 이 소설은 당시 제물포를 다음과 같이 설명하고 있다.

제물포─그것은 조선이 열어노흔 출입문의 오직 하나이엇다. 그리고 그것은 위험한 출입문이엇다.

지금에는 인천(仁川)이라고 하는 큰 항구로 대도회가 들어앗지마는 그때만 하여도 제물포는 한 개 조그만 어촌에 불과하였다. 주민들은 고기도 잡고 농사도 지엇다. 그리고 잇따금 청국(淸國)으로부터 쩡크(舟)가 비단을 싣고 들어와 다으면 온 동리가 떠드러 나가 그 짐을 풀엇다. 그리하면 청국 사람 뱃주인은 주연을 배설하고 촌민을 대접하엿다. 온 동리가 마치 명절이나 된 듯이 떠들고 즐거웟다. 풀어노흔 짐은 수많은 말과 나귀에게 실리어 서울로 올려갓다. 그 만흔 짐이 서울 올라가서는 어떠케 되는지 그것을 촌민들은 알려 하지도 안앗다. 오직 짐을 다 실려 올려 보내고 말지만 잔술을 들이마신 후이면 그들은 아모런 일도 없엇다는 듯이 다시 고기잡이와 농사로 돌아갓다.

그런데 갑작이 작년부터 퉁퉁 퉁퉁 하며 괴악한 내음새를 피우고 단니는 쇠배가 한 척 들어와 다앗다. 그 배는 조선 사람의 새우젓배 조개젓배 등과는 비교도 못 되고 청국서 오는 쩡크보다도 더 크고 더 빨랏다. 배 돛도 없고 배 젓는 사공도 없것만은 이 쇠배는 돛단배보다도 더 빠르게 다니엇다.[1]

제물포는 1883년 2월 8일 개항하는 조선 근대화를 위한 외국 자본과 물류가 들어오는 '위험한' 포구였다. 앞으로 제물포는 식민지 근대화의 통로가 될 것인가? 아니면 식민지 수탈의 도구가 될 것인가? 서울서 가까운 조선의 출입문인 제물포는 급격하게 새로운 변화를 맞고 있었다.

---

1 「작품 해설」에서 『구름을 잡으려고』의 본문 인용은 일반 독자들의 편의를 위해 현대 맞춤법으로 바꾸었다.(이하 동일)

이 소설의 주인공인 30세 노총각 박준식이 고향에서 800리를 걸어 제물포로 와 미국 가는 큰 배를 타려는 이유는 밥도 제대로 못 먹는 '가난' 때문이었다.

> "어떻게 해야 오늘 저녁밥을 먹을 수 있게 될까?" 하는 걱정이다.
> 밥, 밥, 밥!이다. 밥 때문에 자기도 고향을 떠나 여기까지 찾아온 것이다.
> …(중략)… 준식이는 또 한 번 여기저기 웅크리고 앉아 있는 밥 찾는 무리들을 둘러보았다. 그 많은 밭에서 난 곡식은 모두 어디로 갔기에 저 많은 사람들이 밥 한 그릇을 얻으러 여기로 이렇게 모여들었을까?

인력회사의 주선으로 농업 생산을 위한 노동인력이 모자라는 미국 서부로 공짜로 데려다주고 일도 시켜주고 "큰 부자가 되어 돌아올" 수 있다는 소식을 듣고 준식은 제물포로 온 것이다. 준식은 뽀루대(증기선)를 타고 30명의 노동자들과 함께 "모두가 노자 한푼 없이, 그러나 큰돈을 모아 가지고 떵떵거리며 돌아올 날을 꿈꾸면서" 1899년 봄에 제물포항을 떠났다. 실제 역사 기록으로 조선인들이 정식으로 여권을 받아 외국에 인력 수출되는 공식 기록은 1904년으로 되어 있다. 따라서 이 소설에서는 1899년으로 표기된 것을 볼 때 공식적 해외 인력 수출 이전에도 해외 인력 파송이 비공식적으로 그리고 비밀리에 수행되었음을 알 수 있다.

중국 청진항에 들러 이미 100여 명의 대국인(중국인) 노동자들이 타고 있는 큰 배를 갈아타고 일본 항구 횡빈(요코하마)에 들러 일본 노동자 100명을 더 태우고 한 달 이상 걸리는 미국을 향해 태평양으로의 긴 항해를 나섰다. 조선인, 중국인, 일본인들은 모두 선실에 함께 거의 감금 상태로 지냈으며, 서로 알아듣지 못하는 언어 때문에 잘 섞이지 못하였다. 20일쯤 지나 하와이에 도착했으나 25명만 내리고 다시 미국 서부로 떠났다. 열흘 후에 그들은 미국 샌프란시스코 항구에 도착했다.

하와이에서 샌프란시스코로 몇 날 며칠을 또 달렸던가? 그러나 다시 그곳을 떠나 그들이 도착한 곳은 그들이 그렇게 고대하던 미국이 아니라 이상한 나라였다. 그곳은 멕시코였다. 선실에서 갑판으로 올라온 노동자들은 수갑이 채워졌다.

항구는 그리 넓지도 못하고 번화하지도 못하다. 하얀 회를 바른 집들이 해변에 죽 늘어서 있었다.

그들이 땅이 내려서면서(그렇다. 확실히 땅에 내려섰다. 얼마나 오래간만인가? 그들은 발아래 밟히는 흙에 엎디어 뒹굴어보고 싶도록 기뻤다. 그리고 이 일시적 희열이 그들의 괴로운 현재와 또는 보다 더 괴로운 장래에 많은 걱정을 잠시 잊어버리게 하였다) 놀란 것은 이 나라 사람들의 이상한 생김생김이었다. 모습은 양인처럼 생기었는데 다만 그들의 얼굴빛은 몹시 검었다. 옷도 모두 이상한 것을 입었다. 머리에는 조선 통영갓처럼 큰 갓을 쓰고 어른들도 모두 채색이 선명한 때때 조끼를 입고 다닌다.

그들은 개발회사에 사기를 당해 미국 대신 멕시코의 목화농장의 농노로 헐값에 팔려온 것이다. 살아남은 조선 노동자들은 수갑이 채워진 채 여러 명이 한 조가 되어 돼지우리 같은 움막에 배치되었다. 준식은 그곳에서 북쪽으로 삼백 리만 가면 미국이라는 나라로 들어갈 수 있다는 소리를 들었으나 이곳에서 탈출하여 미국으로 들어간다는 것은 불가능했다.

박준식은 멕시코 목화농장에서 거의 4년 동안 농노로 중노동으로 살아가면서 우연히 독사뱀에 물린 홍인종[인디언] 청년 아리바의 생명을 사랑의 마음으로 구해주게 되었다. 그 후 준식은 인디언 청년 아리바와 그의 부족의 도움으로 목화농장을 탈출하지만 그 과정에서 한편 아우처럼 사랑하던 어린 춘삼이가 죽음을 당한다. 목화농장 공격에 성공한 멕시코 인디언들은 멕시코 백인들과의 전투에서 승리한 후 춤마당을 벌인다. 준식은 그들과 자신을 비교하면서 야릇한 동질감을 느낀다.

춤은 새벽까지 계속되었다. 준식은 혼자 멀리 떨어져 앉아서 마치 꿈속 나라에 여행 온 사람 모양으로 자기 귀와 자기 눈을 의심하면서 이 이상한 광란을 구경하고 있었다.

준식이는 아리바의 한 집안 식구처럼 되었다. 아리바의 옷을 얻어 입고 풀잎으로 엮은 신을 신고 다니니까 그저 말만 못 통할 따름이지 자기도 홍인이 되어버린 느낌이 있었다. 더욱이 그들의 용모, 풍속, 사상 등에 조선 사람과 흡사한 점이 많은 것을 발견하고 준식이도 의아하였다. 어느 조선 사람이고 털이 너슬너슬 달린 홍인의 옷을 입히어 내세우고 홍인이라고 소개하면 속지 않을 수 없을 것 같았다. 또 이 홍인 중 아무나 조선 옷을 입혀 내세우고 조선 사람이라고 하면 역시 속지 않을 수 없을 것 같았다.

미 대륙에 정착한 토착민들인 인디언들은 만여 년 전 러시아와 알래스카를 잇는 베링 해협을 넘어간 몽고족의 후예라는 학설이 있다. 북중남미 인디언들도 조선인들처럼 엉덩이에 몽고반점이 있으니 몽고족의 후예이고 조선인들과 사촌간이 아닌가?

멕시코에서 미국으로

여기에서 박준식은 북으로 사흘길만 가면 노동만으로도 큰돈을 벌 수 있다는 꿈의 나라 미국에 도달할 수 있다는 말을 듣는다. 아리바는 생명의 은인 준식을 자신이 속한 나후아족과 친한 미국의 인디언 보호구역에 있는 나바조족 마을까지 데려다준다고 약속했다. 드디어 지난 수년 동안 기다리고 기다리던 황금의 나라 미국에 들어갈 수 있단 말인가. 그곳에 가서 빨리 큰돈을 벌어 부자가 되어 조선으로 돌아가 홀로 남겨둔 어머니도 호강시켜드리고 조선 처녀와 결혼하고 싶었다. 준식은 인디언의 방언과 영어도 조금 배웠다.

내일 밤이 지나면 미국 안에 들어선다.
미국! 돈이 길에 디굴디굴 굴러다닌다는 미국! 사 년 동안이나 꿈꾸고 애타하던 그리운 땅, 이 땅 안에를 내일이면 들어선다는 것이 어째 아주 불가능한 일만 같다. 미국 들어가는 일이 이렇게 쉬울 것같이 생각되지 않는다. 그러나! 사실 그는 지금 국경 근처에까지 온 것임에 틀림없었다.

결국 죽음의 사선을 여러 번 넘은 끝에 조선의 노총각 박준식은 멕시코에서 4년간 농노 생활을 마치고 국경을 넘어 드디어 미국 땅으로 들어가게 되었다.

국경!

밤이 되어서 잘 보이지는 않으나 그저 시꺼먼 나무들이 여기저기 우뚝우뚝 서 있는 산비탈이 준식이 눈앞에 놓여 있었다. 그런데 그것은 국경이라고 한다. 돌담을 쌓은 것도 아니고 쇠 울타리를 두른 것도 아니고 그저 고목들이 우뚝우뚝 서 있는 산비탈이었다. 그런데 거기 어디쯤 국경이 있는 것이다. 이 산비탈 이편은 멕시코 저편은 미국, 그러나 땅도 같은 땅 풀도 같은 풀, 나무도 같은 나무, 하늘도 같은 하늘이었다. 이 산비탈에서 사는 토끼들, 새들, 뱀들, 개미들, 두꺼비들, 다람쥐들, 수억만 명의 이 생명들은 하루에도 몇 번씩 이 국경을 넘어가고 넘어올 것이다. 그러나 아무도 그들의 왕래를 방해하려는 일이 없다. 사실 그들에게는 국경이 없는 것이다.

자연에게는 국경이 없다. 그래서 이편에서 흐르는 시냇물은 아무 거리끼는 것 없이 자기 마음대로 저편으로 흘러들어간다. 저편에서 자라나는 칡덩굴은 그 덩굴은 꺼림 없이 이쪽으로도 뻗고 저쪽으로도 뻗는다.

동물에게도 국경이 없다. 그래서 기어가고 기어오고 날아가고 날아오고 뛰어가고 뛰어온다. 아무 거리낌 없이 아무 지장 없이!

그렇지만 만물의 주인이라는 사람, 이 사람들은 이 땅을 마음대로 왕래할 수가 없다. 마치 무슨 큰 죄나 지은놈처럼 밤을 타서 몰래 숨어가지 않으면 아니 된다.

로스앤젤레스에서 샌프란시스코로 그리고 대지진

사람들의 자유로운 왕래를 막는 강제로 만들어진 국경에 대해 의문을 품으면서 준식은 천신만고 끝에 로쌘젤스[로스앤젤레스]에 도착했다. 그는 너무 피곤하여 어느 기차역의 화물차 안에서 깜박 잠들어버렸다. 그런데 이 기차는 상항[샌프란시스코]으로 가는 화물차였고 준식은 자기도 모르는 사이에 그 이튿날 상항에 도착했다. 그가 화물차에서 내려 처음 당도한 곳은 차이나타운이었다. 그때는 1905년 겨울이었다. 준식의 나이는 벌써 서른일곱 살이었다. 작가 주요섭의 차이나타운에 대한 묘사를 읽어보자.

> 차이나타운!
> 이것은 미국 도시에 불가결할 것인 동시에 한 특색이다. 차이나타운이 없는 도시에는 더러운 냄새가 없고 세탁소가 없고 아편굴이 없다. 그런데 이런 것들이 없으면 미국 도시 노릇할 자격이 없다.
> "어둠침침한 뒷골목! 더러움, 죄악, 마굴, 컨냅핑!" 이런 듣기 좋은 형용사로 미국인들은 차이나타운을 묘사한다. 사실 차이나타운이야말로 미국 도시인의 유일한 신비요 또 미지의 열락이다. 그러나 이 어둠침침한 뒷골목에서 자고 밥 먹고 일하는 허다한 얼굴, 누런 사람들에게 이 차이나타운은 신비도 아니고 마굴도 아니고 오직 수많은 정직한 사람들이 일에 지쳐 죽도록 쉬지 않고 일하는 보통 빈민굴이었다.
> 명나라 적에 쓰던 엽전과 서장[티베트] 절간에서 굴러 나온 금부처님 등을 파는 큐리오[골동품] 상점도 있고 일년감을 고기와 섞어 썰어 범벅하여 지져 파는 참수이집도 있고 서양 사람의 때 묻은 옷을 말갛게 빨아주는 세탁소도 있고 그리고 세계 각국 사람이 모여드는 '목욕탕'도 있다. 그리고 이런 때 묻고 더러운 집들이 즐비한 복판 좁은 길로는 얼굴이 더 누런지 이빨이 더 누런지 분간하기 힘든 '차이나 맨'들이 정답게 하는 이야기도 쌈하는 소리같이 떠들며 지나가고 지나온다.
> 그랜트 거리로 쭉 올라가다가 잭슨 거리로 돌아서서 열 발자국만 올라가면 '고려인삼'도 팔고 '육미탕'도 팔고 사탕도 팔고 담배도 팔고 때묻은 옷도 팔고 먼지도 파는 집이 있다.

준식은 상항에서 "산에서 나무를 찍는 일군"이 되었으나 "돼지우리 같은 멕시코 목화밭 생활"에 비해 훨씬 낫다고 위로하였다. 그는 매일 일당으로 번 돈을 착실히 고물 금고에 워싱턴[미국 초대 대통령]의 머리가 그려진 달러 지폐를 차곡차곡 모았다. 그는 다시 태평양을 건너 조선으로 돌아가 농지도 사고 장가들어 떵떵거리고 살고 싶은 마음뿐이었다. 준식은 인종 간의 괴리감에 빠져 백인이고 중국인이고 모두 친해지고 싶지 않았다.

그 이듬해 준식은 돈을 얼마간 벌어 금고도 어지간히 찼다고 생각하고 조선으로 건너갈 생각까지 하게 되었다. 그러던 어느날 밤에 준식은 예고도 없이 닥친 땅의 반역[대지진]을 당한다.

어디서 벼락치는 소리 같은 소리가 났다. 그리고는 집이 그네를 뛰는 모양으로 흔들흔들한다. 그러더니 또 어디 가까운 곳에서 와지끈 소리가 나며 사람들의 비명 소리가 들려왔다. 준식이는 침대 아래로 뛰어내렸다. 그가 선 땅이 흠칠흠칠 흔들리었다. 마치 몇억 년이고 튼튼히 서서 사람이 그 위에 세워놓는 온갖 것을 모두 영원토록 떠받쳐줄 줄로 믿었던 땅이, 땅덩이가 마치 불에 녹은 초처럼 흐늑흐늑 흔들리었다.

'세상의 마지막이다!' 하는 생각이 준식의 머리로 번개처럼 지나갔다. 이때 상 위에 놓였던 물병과 잔들이 굴러떨어지며 요란한 소리로 깨어진다.

이 대지진은 1906년 4월 18일 새벽부터 사흘간 계속되었던 그 악명 높았던 샌프란시스코 대지진이었다. 리히터 규모 7.8의 이 대지진으로 샌프란시스코 시 전체가 순식간에 아수라장이 되어 사라져 버렸다.

준식은 그가 모아둔 달러가 들어 있는 낡은 금고를 잃어버렸고 살던 집까지 모두 파괴되었다. 그는 그 견고한 산 위에 세워진 도시 샌프란시스코가 순식간에 무너져버렸으니 제물포를 떠나 지난 7년간의 갖은 고생은 모두 거품이 되어 날아갔다. 이제 믿을 것은 아무것도 없었다.

그 두려운 사흘이 지나갔다. 불교의 황천이나 예수교의 지옥이 이보다 더 두렵고 참혹하랴! 사실 그들은 지나간 사흘 동안에 지옥 그 물건을 통과해다.

불, 송장, 실신, 살육, 도둑질, 배고픔, 미치광이! 사흘 동안만 이 도회지는 계급이니 인종이니 부자니 가난뱅이이니의 차별을 잊어버렸다. 그리고 오직 사람과 사람이란 이 동물들이 빵 한 조각을 가운데 두고 물고 뜯고 쥐었다.

사흘 후에 정부가 다시 들어앉고 경찰이 질서를 다시 회복하게 되자 계급과 인종과 빈부의 싸움이 다시 시작되었다. 무엇보다도 식료품의 공급, 그것이 가장 중요한 문제이었다. 그런데 이 긴급한 문제에 있어서 부자 계급과 상류 계급은 돈 없는 계급과 하류 계급보다 우대를 받을 권리가 되는 백인종은 황인보다 우대를 받을 권리가 되었다. 그 권리는 마치 하늘이 준 권리 같았다. 거기 아무런 이의도 없겠고 항의도 없을 것이다. 하느님이 세상을 만들 때에 벌써 그렇게 결정해놓은 것이 아니냐, 황인보다도 백인은 하느님이 택한 백성 또는 지구를 사람의 영광으로 장식해놓은 문명인이 아니냐?

준식은 그 후 샌프란시스코 조선 교민 사회에 조국 독립과 자주를 목적으로 설립된 여러 단체들에 관심을 가지고 찾게 되었다. 준식은 특히 미국 서부 지역에서 활동하던 민족 지도자들의 연설에 감복하였다.

이때에 조선 사람 사회에는 혜성처럼 세 사람의 지도자가 나타났다. 그들은 조선 사람이 산다는 지방마다 찾아다니면서 낫 놓고 기억자도 모르는 조선 사람들을 가르치고 깨우쳤다. 한 지도자가 찾아오면 그들은 그 지도자의 열렬한 웅변에 감복되어 부들부들 떨었다.

그들은 다시는 '광동은행'에 절대로 아니 가기로 맹세했다. 그들은 다시는 길거리에서 동포끼리 싸우지 않기로 맹세하였다.

그들이 이 가슴 두드리고 발꿈치 구르는 웅변의 힘을 잊어버릴 만한 때가 되면 그들에게는 또 다른 한 사람의 지도자가 찾아왔다. 그는 그가 나라를 위해서 칠 년씩이나 감옥에 있으면서 부상된 몸의 흠집을 그들에게 보여주었다. 그리고 그는 눈물로써 그들에게 하소연하였다.

그들은 엉엉 소리내어 울었다. 그리고 다시는 빠지지 않기로 신 앞에 맹세하였다.

이 세 사람 중 한 사람은 분명 후일 1913년 샌프란시스코에서 민족 교육단체인 흥사단을 창건한 도산 안창호 선생이었을 것이다. 작가 주요섭은 그의 형 주요한과 춘원 이광수를 따라 1920년대 상하이에서 독립운동 겸 유학 중에 '무실역행'을 주장했고 자주독립을 위한 준비가 필요하다고 주장한 안창호를 직접 만나 지도를 받고 감화받아 흥사단우가 되었고 일생 동안 그를 스승으로 삼았다.

조선 처녀와 사진 결혼

준식은 조선에서 처녀를 데려다 결혼하기로 결정하고 사진결혼 수속을 밟았다.

그렇다! 사진결혼이다. 본국 있는 처녀와 하와이나 미국 있는 홀아비와 서로 사진을 교환하여 본 후에 결혼이 성립되는 방법이다. 당시 하와이와 미국 있는 홀아비나 총각들이 많이 이 방법을 취하였다. 그래서 1910년으로 13, 4년까지에 뱃길이 있을 때마다 조선 처녀가 수십 명씩 태평양을 건너 시집을 온 것이다.

그 후 준식은 대도시 샌프란시스코를 떠나 따뉴바[디누바]라는 작은 도시의 포도 농장 일꾼으로 가게 되었다. 따뉴바로 간 지 반년 만에 자기에게 시집오겠다는 조선 여성의 사진을 받았다. 나이는 스무 살, 조선 저고리를 입고 머리를 곱게 빗어내린 처녀의 이름은 순애였다. 준식은 행복에 겨웠다. 그 후 편지가 여러 번 오가고 샌프란시스코 항으로 들어오는 증기선에서 순애를 처음 만날 준비를 하였다.

이제 준식의 꿈은 떼돈 벌어서 태평양을 다시 건너 조선으로 돌아가서 살생각을 버리고 포도원을 하나 사서 이곳 미국에 정착할 생각을 하였다.

몇해 전에 그는 갈밭과 논과 기와집을 꿈꾸었다. 그러나 그 꿈은 여지 없이 부서지고 말았다. 지금에 와서 그는 그 대신으로 포도밭과 통나무집을 꿈꾸었다. 몇 해 동안만 애써 돈을 벌면 조그만 포도밭을 하나 연부로도 세를 낼 수 있을 것이다. 거기다가 그는 남의 고용살이가 아니라 자기의 자작 사업으로 포도를 심을 것이다. 포도밭 한 귀퉁이에 통나무로 조그만 캐빈(오막살이) 하나를 지을 것이다. 거기서 순애는 밥을 짓고 빨래를 하고…… 그리고 그리고! 어린애 입힐 옷 바느질을 하고 있을 것이다. 그는 뒤뜰에 나와 빨래를 거는 순애를 바라다보면서 즐겁게 포도를 딸 것이다.

그 후 준식은 언문(한글)을 배우기 시작하였다. 두 달 만에 그곳에서 발행되는 한글로 된 교민신문도 조금씩 읽기 시작하였다. 사진신부 순애가 도착한 후 그들은 교회에서 목사의 주례로 결혼식을 올리고 꿈같은 신혼 생활을 보냈다. 얼마 후에 그들은 아들까지 얻었다. 그러나 그 아들은 열 달을 다 채우지 않고 세상에 나왔다. 그렇다면 순애가 낳은 아이가 자신의 아이가 아니란 말인가? 결국 아내 순애는 미국으로 오는 배편에서 중간 기착지 일본에서 잠깐 만난 한국인 유학생의 유혹에 넘어가 그의 아이를 임신한 것이었다.

그러나 준식은 용서해달라는 순애의 애원을 받아들여 용서하고 아들 찜미(Jimmy)를 비록 자기의 피붙이는 아니지만 아들로서 잘 키우기로 마음먹었다. 준식의 부정한 아내 순애와 아들에 대한 헌신과 사랑은 실로 눈물겨운 것이었다. 포도농사는 날로 날로 번성하여 그도 남부럽지 않은 수입을 올리고 있었다. 언젠가 포도원을 직접 사서 농장주가 될 것이다.

그러던 중 유럽에서 1차 세계대전(1914)이 터졌다. 그 먼 곳에서 일어난 전쟁으로 포도 값이 올라갔다. 그때 준식의 가정에는 큰 파란이 일어났다. 아내 순애가 포도원에서 아르바이트하던 젊은 조선 유학생과 함께 그동안 모아둔 통장을 들고 집을 나가 도망쳐버린 것이다. 준식은 상심과 절망에 빠졌으나 어린 아들 찜미를 돌보고 가르치는 일에 최선을 다하였다. 깊은 실의에 빠졌던 그는 단 한번에 목돈을 잡으려고 복권을 사보기도 하였다.

준식이는 어떤 넓은 방 안에 들어섰다. 그곳은 마치 아라비안나이트 이야기에서나 볼 수 있을 것 같은 이상한 방이었다. 이십 간도 더 될 넓은 방 안에 여기저기 테이블이 십여 개와 그 테이블들 주위로 의자가 칠팔 개씩 놓여 있다. 뒤에는 꼭 은행처럼 꾸며놓은 카운터와 쇠창살과 구멍들이 있고 제법 은행처럼 수납, 교환, 지불 등 패 쪽이 붙어 있다. '광동은행'이란, 별명이 아마 그래 생긴 모양이다. 그리고 벽으로는 돌아가며 중국 고대 그림들이 추잡스럽게 돌라 걸려 있다. 신선들이 바둑 두는 그림, 팔선녀 하강하는 그림, 조자룡이 조조군사를 무찌르는 그림, 손수건 한 끝 물고 앉아 있는 미인의 그림!

…(중략)… 준식이가 그 앞으로 가니까 테이블 위에서 장쎄(푸른 중국 두루마기)를 입고 요강께 같은 이상한 모자를 쓴 중국인 하나가 싯누런 이빨을 드러내면서 나와 선다. 그리고 누런 종이를 한 장 준식이 앞에 내 놓는다.

…(중략)… 그 뽑힌 여섯 글자와 한 사람이 표해준 여섯 글자가 여합부절로 꼭 들어가 맞으면 상금 일만 원을 따게 된다는 말이다. …(중략)… 미주가 있는 조선 사람으로 계속적으로 이것을 사지 않는 사람은 극소수라고 해도 가할 것이다. 많은 사람들이 매 주일 매달 매해 이것을 샀다. 그러나 아직 한 번도 만 원을 먹어보았다는 소식은 없다. 여섯 자 중에서 혹은 한 자 혹은 두 자, 어떤 이는 넉 자까지 맞아본 이가 있다. 넉 자! 두 자만 더 맞았던들 그에게는 만 원 돈이 들어와 안겼을 것이다. 이번에 넉 자까지 맞았으니까 요 담번에는!

그동안 벌어 모아놓은 돈을 아내가 들고 나가버렸으니 준식은 한번에 2원 주고 복권 사서 만 원을 따고자 하였다. 그러나 그것은 확률상 거의 불가능한 일이었다.

준식은 도박에도 손을 대어 얼마 안 되는 번 돈마저 날려 버렸다. 이 무렵 스탁톤 시에 선생님[도산 안창호]이 나타나 그를 심방하였다.

이튿날 아침 깨고 보면 결국 남은 것이라고는 이런 것밖에 없었다.

그리고 죄없는 냉수만 세 사발씩 들이마시고!

그러나 준식이가 지금 그렇게나 세상을 보내지 않으면 무슨 재미로 생명을 유지해갈 수가 있을 건가?

매일매일 절절 끓는 물에 종일토록 손을 담그고 있어서 준식이의 손톱이 벌써 꺼멓게 죽기 시작하는 때에 선생님이 심방차로 스탁톤에 이르렀다.

준식이는 선생님 앞에 어린애처럼 내 놓고 느껴 울었다. 선생님의 준절한 책망 마디마다 준식이는 사죄하였다. 그리고 선생의 간곡한 위로와 교훈을 뼈에 사무치도록 절절히 느끼었다. 멀리는 ××에 대한 의무, 가까이는 찜미의 교육에 대한 의무! 이런 것들로 선생은 밤을 새워가며 준식이를 깨우치고 타일렀다.

찜미의 교육!

찜미!

준식이는 일찍 얼마만한 환희와 열정으로 찜미의 장래에 대한 꿈을 꾸고 계획을 세웠던가! 그랬던 것이? 모든 것을 생각하면 참으로 기가 막히는 일이었다.

다시 로스앤젤레스로

그 후 준식은 스탁톤을 떠나 멕시코 목화농장 노예에서 탈출하였을 때 맨 먼저 들렀던 로스앤젤레스에 10년 만에 다시 왔다. 그는 10년 전에는 인구 10만의 소도시였는데 "푸로스페리티!"(호경기)라는 구호 아래 지금은 인구 백만의 대도시가 된 로스앤젤레스를 보고 놀랐다.

남가주! 이것은 지상 천국이었다. 사철 봄같이 온화한 기후는 추위와 더위에 한없이 부대끼던 매사추세츠 개척자들이 자손들에게 낙원처럼 보일 밖에 없었다. 게다가 또 땅은 비옥하나 황무하고 군데군데 석유 샘이 흐르고 다시 말하자면 미시시피강을 건너 광야와 사막으로 방황하던 앵글로 색슨 족속에게 꿀이 흐르고 젖이 흐르는 가나안 복지가 발견된 것이었다.
그래서 '문명'은 한 걸음 두 걸음 서쪽으로 향하여 발걸음을 내짚었다. 멕시코의 손으로부터 캘리포니아를 빼앗았다. 빼앗아서 가지고 앵글로 색슨의 문명을 부식하기에 노력을 시작한 지 벌써 반 세기가 지난 것이었다.

과연 본래 멕시코 땅이었다가 1846년부터 미국 영토가 된 로스앤젤레스는 "북미 대륙의 파라다이스"인가?
그러나 남가주의 앵글로 색슨족의 번영 뒤에는 인종차별과 노동력 착취가 있었다.

이 밀려 들어오는 앵글로 색슨의 문명을 도와주기 위하여 수만의 중국(청국) 노동자들은 넓은 태평양을 건너와서 산을 뚫고 모래를 파고 다리를 놓아 북미 대륙에 맨 처음 생긴 대륙 횡단 철도를 놓아주었다. 그러나 중국 사람들은 위대한 사업이 끝날 때 그들은 마치 들에 방황하는 미친 개들처럼 백인의 채찍 아래 몰려서 혹은 남미로 혹은 아프리카로 혹은 오스트레일리아로 또 더러는 다시 고향으로 내어쫓겼다. 그리고 몇 명 남아 있다는 것도 모두 차이나타운 안에 거주 제한을 당하고 말았다.

종의 피와 땀으로 빚어놓은 문명! 남방 목화밭 이랑마다 흑인의 땀방울이 스며 있고 서방 과수원 이랑마다 또는 대륙 횡단 철도 마디마다 동양인의 땀방울이 스며 있는 것이다. 그러나 그 결과로 나타난 문명은 흑인의 것도 아니고 동양인의 것도 아니며 오직 앵글로 색슨의 것이었다.

미국이란 나라는 원래 17세기 앵글로 색슨족이 동부로 들어와 이미 오래전에 이 대륙에 살았던 토착 원주민들인 인디언들의 오래된 땅을 빼앗고 '인디언 보호구역' 속에 가두어놓고 거의 멸종시켜왔다. 그리고 동양에서 중국인, 일본인, 조선인 등을 노동자로 데려다가 노예처럼 부려 하와이와 서부 지역을 개척하고 일구었고 나아가 아프리카와 카리브 지역에서 노예무역으로 흑인노예들을 미국 남부로 대량 이주시켜 그들의 노동의 착취로 농업 대국을 만든이었다. 이것이 청교도 정신으로 일군 미국역사의 모순과 갈등이다. 이런 이민족 착취와 억압은 백인들의 『성경』에서 말하는 사랑과 평등의 교리에 정면 배치된다.

미국은 망설이다가 1916년에 결국 유럽에서 터진 1차 세계대전에 참전하게 되었다. 이 전쟁으로 미국은 전쟁물자 수출로 엄청난 자본을 축적하였다. 준식이는 남가주의 패쌔디나[패사디나]의 저택의 정원지기 일자리를 얻었다. 쉬는 날에는 동양 서점에서 조선서 건너온 『춘향전』 『숙영낭자전』 『삼국지』 등의 소설을 구입하여 읽기도 하였다. 유럽 대전의 영향으로 물가가 오르고 특히 쌀값이 크게 뛰기 시작하였다. 준식은 500원을 투자하여 쌀 농사를 지어 3,000원이라는 막대한 이윤을 남기게 되었다.

이때 처음으로 조선 사람 중에도 오십만 원 재산가라는 명칭을 듣는 사람까지 생기게 되었다. 이를테면 강철대왕이니 석유대왕이니 하는 모양으로 쌀대왕이 된 셈이었다.

이리하여 캘리포니아 벼농사는 재미 조선 사람들의 한 새로운 보고(寶庫)로 되었다. 그래서 그해 겨울 미국 과부들이 '알지 못할 영웅'의 기념비 아래

화환을 바치고 전승의 축배를 드는 동안 재미 조선 농민들은 보다 더 큰 논을 풀기에 여념이 없었다. 그들은 자기네가 가진 바 전 재산을 다 털어서 논을 풀었다.

3·1만세운동과 미국한인사회

마침 1919년 3월에 미국의 이주민들은 "등골로 찬물을 끼얹는 것 같이 찌르르한 격감을 주는 한 소식"을 들었다. 이것은 바로 일제강점기의 조선 반도에서 요원의 불길처럼 솟아오는 독립만세운동이었다. 이에 많은 교민들은 앞을 다투어 성금을 모아 경성, 상하이, 베르사유 등에 보냈다. 당시 미국 윌슨 대통령의 '민족자결주의' 선언이 조선 국내외 많은 동포들에게 조선의 독립의 꿈을 키웠다. 그러나 당시 조선 민족에게는 '진정한 지도자'가 없었다. 상하이 대한민국 임시정부를 비롯해 여러 지역의 독립운동단체들은 이념 간 지역 간의 당파싸움으로 분열과 갈등이 끊이질 않았다.

벌써 여러 해 전부터 어느 때에 그리 되었는지는 모르나 무의식중에 재미 조선인은 대략 세 사람의 지도자 밑에 분열되어 가지고 있었다. 장군님과, 박사님과, 선생님과, 이렇게 세 파이었다. 이 사람들이 서로 싸우느라고 등 사판에 박아낸 선전지들을 잇대어놓으면 아마 지구를 여러 바퀴 돌 수 있을 것이었다. 그러나 이런 일을 자세히 쓸 필요도 없거니와 또 사실에 있어서 이야기의 주인공인 준식이는 이 파벌로 싸움에서 제외된 한 무식한 노동자에 불과하였던 것이다. 준식이로 보면 그들의 그 파벌 싸움은 참으로 이해할 수 없는 일이었다. 준식이로서 볼 때는 장군님이나 박사님이나 선생님이나 모두가 한결같이 훌륭하고 본받을 만한 사람으로 보였다.
그러나 그렇게 속으로 흘러오던 갈등은 마침내 상해에 ××정부가 성립되면서부터는 일종의 권리 쟁탈이 섞인 노골적 싸움으로 나타나고야 말았다. 장군님파의 세력은 차차 꺾이어 없어져가는 반면에 박사님파와 선생님파의 세력은 거의 백중을 다툴 기세로 팽창되어 도처에서 그 충돌을 보게 되고야 말았다,
그들의 싸움은 싸움을 하기 위한 싸움뿐이었다. 이 파 사람들은 저 파의

지도자는 야심가요, 유부녀 간통하기를 많이 하는 자요 위선자라고 욕을 하였다. 그러면 또 저파의 사람들은 이 파의 지도자를 가리켜 무식장이요, 처녀를 많이 버려주는 자요, 군것질을 많이 하는 자라고 욕을 하는 것이었다. …(중략)…

이러한 와중에서 준식이도 어떤 때는 흑백을 분간할 수 없었으나 그는 그저 수긋하고 돈벌이나 하는 것이 자기 본직이라고 믿어왔기 때문에 다른 사람들이 서로 욕하고 서로 훼방하면 가만히 듣고 있을 따름으로 한몫 끼이는 일은 별로 없었다.

조선 사람들의 이 당파 싸움은 냉정한 눈으로 보면 실로 이해할 수 없는 이상한 현상이었다.

작가 주요섭은 조선 해외 동포들의 파당 싸움을 묘사한 것 때문에 1935년 『동아일보』에 소설 연재 도중 독자들에게 항의를 많이 받았다고 회고한 바 있다. 슬픈 일이지만 1920년대 상하이에도 오래 있었고 미 서부 지역에도 유학하였던 주요섭에게는 지도자들 간의 당파 싸움은 숨길 수 없는 당시 조선 민족의 큰 약점이었으리라.

준식은 쌀농사를 지어 큰 수익을 예상하였는데 쌀 가격이 10분지 1로 폭락하여 파산하고 만다. 잘 익은 벼이삭은 남가주 평원에 추수도 하지 못한 채 그대로 내버려졌다. 파산 선고를 받은 어떤 조선인은 미쳐서 미국의 스탁톤 광인병원에 입원하기도 하였다. 준식은 이제 조선을 떠난 지 20년이 지났지만 다시 빈털털이가 되었다. 그는 벼농사 파산 이후 10년간 거의 방랑 생활을 하였다. 준식이는 그동안 폭삭 늙어서 어떤 사람은 50대인 준식이를 70대 늙은이로 보기도 하였다. 그러나 준식이에게 아직도 버리지 못한 꿈이 있었다. 아들 찜미에 대한 사랑과 아들을 제대로 가르치겠다는 교육에 대한 열망으로 스탁톤을 떠나 LA로 온 것이 아니었던가?

'그렇다. 세상에 아무런 일이 있을지라도 찜미만은 끝까지 공부를 시켜야겠다. 사람이 배울 수 있는 최상의 교육을 받도록 해야겠다.' 하고 준식이는 새삼스럽게 느끼었다. 그리고 이때까지 찜미의 교육에 대해서 깊이 관심하지 아니한 자기의 태도가 부끄럽게 생각이 되었다.

이러한 준식의 아들의 교육에 대한 태도는 당시 해외 동포들의 모든 조선인 부모들의 자식 교육열을 반영하는 것이다. 주요섭은 상하이에 있을 때부터 안 창호 선생의 영향으로 독립을 위해 전 국민 계몽과 교육을 주장했다. 그는 상 하이 후장대학에서는 교육학을 전공했고 미국 스탠퍼드대 대학원에서는 교육 심리학을 전공하였을 만큼 2세 교육을 강조했다. 사실상 한국 부모의 자식 교 육에 대한 열정은 지금까지도 이어오는 위대한 전통이 아닐까?

이 소설은 1920년대 미국 LA의 종족들의 직업에 관한 다음과 같은 기록을 남기고 있다.

이야기가 났으니 말이지 로스앤젤레스의 직업에는 전 도시를 통하여 민 족적으로의 어떤 구별, 곧 전문이 있는 성싶었다.

중국인이면 으레 세탁소, 요리인이 그 직업이고,

일본이면 으레 채소상, 정원(庭園)꾸미,

유대인은 고물상,

멕시코인은 도로 공부나 전차 선로부,

껌둥이는 으레 쓰레기통이나 구두닦이나 정거장 짐나르기,

희랍인은 이발사,

애란인은 순사,

인도인은 손금이나 관상쟁이,

조선인이라면 미국인이 눈을 크게 뜨고 '코리아라는 섬이 어디쯤 있는 가?' 하고 물을 만큼 도무지 알려지지 못한 민족이니 별로 말할 거리도 못 되 지마는 당시에는 역시 채소상으로 생계를 잇는 이가 아마 재미 조선인의 반 이나 되었었다.

준식은 LA로 온 지 열흘 뒤에 조선인 채소가게에 고용되어 일하게 되었다. 그러나 이미 60세를 넘은 준식에게는 아침 7시부터 밤 1시까지 15시간 서서 하 는 일은 너무나 버거웠다. 그 와중에 준식은 15년 전에 자신을 버리고 떠난 아

내 순애를 다시 만나게 된다. 순애는 같이 도망쳤던 송인덕에게 버림받고 다른 남자와 살고 있으면서 준식에게 아들 찜미의 소식을 묻는다. 준식은 순애에게 찜미의 소식을 알려주지 않기로 마음 먹는다.

당시 준식은 조선인 소자본주 채소상의 종업원이었는데, 대자본주가 경영하는 '피글리 위글리'라는 채소 연쇄점이 새로 들어와 소규모 채소상들은 가격 경쟁에 밀려 폐업이 이어졌다.

한 도시 안에 채소상이 너무 많은 데다가 더욱이 근년에는 소위 '피글리 위글리'라는 채소 연쇄점이 골목마다 생겨 가지고 값을 푹푹 떨구기 때문에 도저히 경쟁할 수가 없다는 것이다.

그래서 조선인의 채소상은 그 장래가 멀지 않다고 경선이는 결론하였다. 지금 채소상으로 중국인 도매상에게 몇 백원씩 외상을 지지 않은 사람이 없고 벌써 많은 사람이 상점을 집어 치우고 '피글리 위글리' 연쇄점에 점원으로 들어갔다고 한다. '피글리 위글리'서는 그 동안 동양인 점원을 채용 아니하였었는데 근래에 와서는 동양인을 고용하기 시작하였다. 그것은 "동양인은 채소를 깨끗이 다룬다." 하는 관념이 로스앤젤레스 시민 머릿속에 뿌리 깊이 박혀 있는 것을 간파하는 동시에 품값이 서양 점원에 비하여 싸기 때문에 그 정책이 변한 것이었다. 그래서 수다한 조선인이 이미 독자로 경영하던 상점을 걷어치우고 임금 한 주일에 30불에 목을 매고 점원으로 들어간 것이었다. 한 주일 30불 임금이 상점 경영하는 것보다 낫다는 것이다.

"소자본과 대자본의 경쟁은 필연적으로 소자본의 몰락을 가져오는 것입니다. 소자본의 독립 경영은 필연적으로 대자본에게 흡수되고 소상인들은 대연쇄점의 임금 노동자로 편입되는 것, 이것은 곧 현 제도의 한 특색입니다."

당시 미국은 천민자본주의에 접어들어 무한경쟁의 자본의 대결이 시작되었다. 소자본은 이미 언제나 대자본에 의해 흡수되는 것이 아닌가? 이 무렵인 1924년에 미국에 새 이민법이 통과되어 유학 목적 이외의 동양인 입국이 금지되었다.

준식은 채소상에서 같이 일하던 30대 유학생 경선의 인도로 어느 일요일 날 처음으로 조선인 예배당에 나갔다. 예배 후 그들은 만국 주일학교 대회를 맞아 조선 대표 환영 방식을 놓고 논쟁을 벌이고 있었다.

> 로스앤젤레스에는 조선인 예배당이 두 곳이 있었다. 교파가 다르냐 하면 그런 것이 아니었다. 둘 다 장로교파임에도 불구하고 두 교회로 나뉘어 있는 것이었다. 그러면 도시가 크니까 도시 관계로 두 곳으로 나누어 예배를 보는가 하면 그런 것도 아니었다. 두 예배당 새의 거리는 약 한 마장밖에 더 안 되었다. 그러면 교인이 너무 많아서 갈리어 보는가? 그것도 아니었다. 어느 교회에나 그저 한 오십 명 내외가 모이는 것이었다.
> 그러면 두 교회로 갈린 이유는 어디 있는가? 당파! 당파 싸움이었던 것이다.
> 하나는 A파의 예배당, 하나는 B파의 예배당! 떳떳한 정당(政堂)이라고 할 수도 없고 오직 박사님이니 선생님이니 하는 개인 지도자를 중심으로 한 당파 싸움이 교회에까지 전개되어 A파와 B파는 예배까지도 따로 모여 보기 때문에 예배당이 두 곳이 된 것이었다.

앞서도 지적했듯이 조선인 동포 단체의 분열이 조선인 교회에서도 똑같이 일어나고 있었다. 목사의 아들로 기독교인이었지만 소설가 주요섭은 소설의 주인공 박준식을 기독교인으로 만들지 않았으며 교회에서까지 존재하는 해외 조선 동포들의 극심한 분열과 반목을 비판하고 있다.

1929년 세계경제공황과 허무한 죽음

이 소설 말미에 당시 세계 경제의 동반침체를 가져온 1929년 미국 증시 대폭락 사건이 언급되고 있다.

> 독자는 1929년 전 세계를 한 번 뒤흔들어놓은 미국 주권 대폭락을 기억하실 것이다.
> 10년, 20년씩 애써서 노동하여 생긴 돈으로 먹지도 않고 입지도 않고 폭등, 또 폭등, 올라만 갈 줄 아는 주권을 샀던 사람이 하루아침에 그 주권들이

란 한 푼어치 가치가 없는 빈 종이 조각이 되고 말았다는 것을 발견할 때 그 끓어오르는 울분과 낙망을 조금이라도 이해할 수가 있다면 그들의 이 분풀이를 또한 이해할 수 있을 것이다.

…(중략)…

더구나 미국 유사 이래로 가장 큰 경제 공황이라는 불황은 날이 갈수록 더 심각해갈 따름이었다. 실업자는 매일 늘어가 장사는 안 되고 준식이가 와 있는 집 주인도 날마다 하는 탄식이 밥벌이가 되기는커녕 한 달 집세도 안 된다고 하는 것이었다.

준식은 그 후 반 년 동안 학생들의 합숙소에서 밥을 지어주는 비교적 편안한 일을 하였다. 준식이는 열패감에 빠져 지난 30여 년간 노동자로 살면서 느낀점을 다음과 같이 회고하고 있다.

준식이는 조선 노동자들이 모여 사는 농장 등지로 많이 돌아다녔기 때문에 조선 노동자들의 집단 생활 상태에 대해서 잘 알고 있는 것이었다. 준식이가 이때까지 보아온 사람들은 낮에는 노동이나 하고 밤이 되면 모여 앉아서 대개는 도박들을 하고 혹은 도박 아니하는 날이면 술을 마시고 둘러앉아 음담패설이나 하다가 싸움으로 끝을 막는 것이 보통이었다.

조선 노동자들은 대개 낮에 일하고 밤에 도박하거나 술을 먹고 음담패설하고 급기야는 싸움으로 끝난다고 적고 있다. 외국에서 막 벌어먹고 사는 조선 노동자들이 낙이 어디 있겠는가? 그렇다 하더라도 이것은 큰 문제가 아닐 수 없다.

그 근본 원인은 무엇인가? 교육도 거의 못 받고 표준영어 구사도 어려운 조선 노동자들이 미국 주류사회에 편입이 거의 불가능하기 때문일 것이다. 주요섭은 이것을 팔자로 또는 운명으로 돌리기보다 "미국사회제도"의 모순이라고 비판하고 있다. 그것은 다름 아닌 비백인들에 대한 인종차별이다.

"그들은 법률상 미국 국민이다. 그러나 그들은 얼굴이 노랗고 눈이 까맣고 코가 납작하기 때문에 사회적으로 절대로 미국 시민이 되지 못하는 것이다. 언제나 그들은 서양인 눈에 '쨉'이나 '창크'이지 '아메리칸'은 아니다. 시민권을 주머니에 넣고 다니면서 만나는 사람마다 꺼내 보일 수도 없고 또 설혹 그렇게 한달지라도 소용없는 일이다. 그렇다고 그들이 그들의 부모를 따라 조선 사람이 될 수 있으냐 하면 그것도 의문이다. 그들은 다못 얼굴이 조선 사람처럼 생겼다는 한 조건 외에는 조선 민족과 공통되는 점은 없다. 언어, 풍속, 습관, 그 전통, 그 생활철학까지가 그는 조선 사람이 아니라 미국인이다. 그러니 그들은 이것도 아니고 저것도 아니다. 미국인도 못 되고 조선인도 못 되고 그들이야말로 민족이 없는 한 가여운 존재인 것이다." 하고 그들은 말한다.

"더욱이 앞으로 그들의 직업선상에 있어서의 큰 딜레마를 해결할 방도가 없는 것이다."

초기 조선 미국 이민 2세들의 문제는 얼마 전까지도 미국 교포사회에 그대로 남아 있었다.

어느 날 준식은 비몽사몽간에 아내 순애 이름을 부르며 무작정 달려가다가 교통사고를 당하고 시립병원 응급실로 실려 갔다. 그는 이제 64세가 되었다. 병상 위에서 어머니를 찾고, 순애와 아들 찜미를 부르고 아리바를 기억해낸다. 이제 남은 것은 '사랑'뿐인가? 아아, 준식은 미국 사회에서 인생의 패배자로서 열패감이 엄습해오고 모든 것은 구름같이 되어 올랐다가 사라지는 허무의 중심을 응시하였다. 준식은 LA 시립병원에서 창밖을 통해 하얗게 피어오르는 뭉게구름을 바라보고 있다.

－저 구름은 인생 행복의 근원지이다. 만일에 무슨 힘으로든지 그 구름을 다만 한 조각만이라도 손에 잡아 줄 수만 있다면 그 사람은 이 세상에서 제일 행복스런 사람이 되는 것이다. 그래서 세상 사람은 누구나 다 저 구름을 잡아보려고 온갖 궁리를 다 해보고 온갖 지랄을 다 해본다. 저 구름을 잡기 위하여 사람들은 온갖 것을 희생한다. …(중략)… 준식이가 누워 있는 침대 위로 그 흰 구름은 웅기웅기 모여 들어왔다.
바로 준식이 머리 위로!

준식이는 부지중 손을 쑥 내밀어 그 구름뭉텅이를 잡았다.

"아, 잡었다!" 하고 그는 소리를 버럭 질렀다.

준식이는 구름을 잡았다. 그러나 그의 손에 잡히는 것은 아무것도 없었다.

그는 '허탕(空虛)'을 잡은 것이다.

그 후 준식이는 허공에 빈 주먹을 휘두르다 숨이 끊어지고 만다. 그의 삶은 한때 사랑도 해보았으나 철저하게 공수래 공수거(空手來 空手去)의 삶이었다.

나가며: 역사와 인문지리로서의 소설

주요섭은 이 소설 말미에 붙인 「작자의 말」에서 주인공 박준식의 죽음에 대해서 다음과 같이 설명하고 있다.

> 너무 지리한 이야기를 끝까지 읽어주신 이가 있다면 실로 영광으로 생각하는 바입니다. 물론 여러 가지로 부족한 점이 많지마는 리얼리즘 위에다가 작자의 철학을 가미해보겠다는 것이 이 한편의 의도이었습니다.
>
> 작자는 준식이의 죽음으로써 단지 준식이 한 개인의 죽음으로는 생각하지 않습니다. 준식이의 죽음은 곧 준식이 한 멤버이던 시대 그 자체의 죽음이라 보고 싶습니다. 준식이 시대의 뒤를 잇는 찜미의 시대가 우리와 함께 생장하고 있습니다. 그러면 이 시대는 과연 어떠한 것일까? 그것은 오직 장래만이 알 일입니다.
>
> 찜미는 작년에 대학을 졸업했고 불원한 장래에 조선으로 돌아오리라고 기대됩니다.

주요섭이 여기에서 말하는 "준식이의 죽음"이 개인의 죽음이 아니라 한 시대의 죽음이라는 것은 무엇을 의미하는가? 주요섭은 고학으로 미국 스탠퍼드 대학교에서 교육학 석사학위를 받고 귀국한 후 일제의 압제정치가 절정으로 치닫고 있던 시기인 1935년에 『동아일보』에 이 연재소설을 실었다. 주요섭은

"찜미의 시대"에 대해 정확히 밝히지 않았지만 인류의 역사에서 세계의 강대국들의 식민제국주의가 종식되고 독립된 국가들이 함께 나아가는 새로운 세계시민주의 시대를 지칭하는 것일 것이다. 그것은 전쟁, 착취, 반목, 증오로 분열된 인간사회가 정(情)을 토대로 용서, 화해, 돌봄, 사랑으로 치유되고 광정된 새로운 사회가 아닐까?

이것이 주요섭이 그의 첫 장편소설인 『구름을 잡으려고』로 우리에게 전달하려는 문제의식일 것이다. 그는 척박한 일제시대를 저항적으로 살았고 20세기 초 일본, 중국 그리고 미국에 살면서 어느 누구보다도 국제적인 감각에 뛰어났던 인물임에는 틀림없다. 그러나 해방 전 조선의 소설가였던 그가 제목처럼 '구름'으로 상징되는 확실하게 붙잡을 수 없는 이상에 불과한 미래지향적이면서도 허무한 유토피아를 꿈꿀 수밖에 없었다는 점은 결코 부정할 수 없는 사실이다.

주요섭은 「작가의 말」에서 "찜미의 시대"를 후속편을 쓸 계획을 밝히고 있다. 그러나 이 소설을 쓰던 당시 젊은 독자들에게 속편을 쓰라는 재촉도 받았지만 그는 약속을 지키지 못했다. 1930년대만 해도 소설가가 작품을 써서 막바로 단행본으로 출간하던 시대는 아니었고 작가들이 신문이나 잡지의 연재물로 주로 소설을 쓰던 시대였기 때문에 지면을 얻기 어려울 수도 있고 단행본 출간 자체가 매우 어려웠을 수도 있다.

주요섭의 장편소설 『구름을 잡으려고』(1935)는 자신의 언명대로 20세기 초 "미국에 사는 교포들의 경험담과 내가 직접 겪은 것을 토대로 한 일종의 더큐멘타리 소설"이다. "더큐멘타리"는 기록과 사실에 입각한 "리얼리즘" 소설이다. 어떤 의미에서 이 소설은 순수예술소설이라기보다 하나의 기록소설로서 역사로서 가치가 큰 작품이다. 그러나 이 문학작품으로서의 소설은 학문으로서의 역사나 지리보다 더 많은 것을 우리에게 보여준다. 우리는 이 소설을 인문지리 또는 역사소설로 읽을 수 있다.

주요섭 연보

▶1902년(1세) 11월 24일, 평안남도 평양에서 아버지 주공삼(朱孔三)과 어머니 양진심(梁眞心) 사이의 5남매 중 둘째 아들로 태어남. 아버지는 목사로서 부유한 편이었으며, 형은 「불놀이」라는 시로 유명한 주요한(朱耀翰)인데, 그로부터 많은 문학적 영향을 받음.

▶1915년(14세) 숭덕소학교를 졸업하고 숭실중학에 입학.

▶1918년(17세) 숭실중학교 3학년 때 일본으로 유학을 갔고 도쿄 아오야마(靑山) 학원 중학부 3학년에 편입.

▶1919년(18세) 3·1만세운동이 일어나자 귀국하여 평양에서 소설가 김동인(金東仁) 등과 어울려 등사판 지하신문 『독립운동』을 발간하며 독립 운동에 가담함. 이로 인해 체포되어 10개월간 옥고(獄苦)를 치르 게 됨.

▶1920년(19세) 중국 상하이(上海)로 건너가 후장대학(滬江大學) 중학부 3학년에 편입함. 독립운동을 하기 위해 중국으로 간 것이었으나, 도산 안 창호의 가르침에 따라 학업을 계속하기로 결정.

▶1921년(20세) 『매일신보』에 단편 「깨어진 항아리」가 입선됨. 4월, 형 주요한과 김동인이 주관하던 우리나라 최초의 동인지 『개벽』에 「추운 밤」 을 발표하면서 문단에 정식으로 등단.

▶1923년(22세) 상하이 후장대학 교육학과에 입학함. 이 시절부터 본격적인 문 학 활동이 시작.

▶1925년(24세) 단편소설 「인력거꾼」(『개벽』 4월호), 「살인(殺人)」(『개벽』 6월호), 중 편소설 「첫사랑 값 1」(『조선문단』 8~11월호) 「영원히 사는 사람」 (『신여성』 10월호) 등을 발표해 신경향파 작가로서 명성을 얻음.

▶1926년(25세) 상하이로 유학 온 8세 연하의 피천득과 처음 만나 일생 동안 가 깝게 지냄.

◤1927년(26세) 상하이 후장대학을 졸업함. 곧장 미국으로 건너가 스탠퍼드대학 대학원 교육학과에 입학함. 미국에서의 생활은 매우 어려워 접시 닦기, 운전수, 청소부 등의 일을 하면서 고학.

◤1929년(28세) 스탠퍼드대학 대학원에서 교육학 석사과정을 수료하고 귀국. 평양에 머물며 황해도 출신의 유씨(劉氏)와 결혼.

◤1930년(29세) 유씨와 이혼.

◤1931년(30세) 『동아일보』에 입사. 『신동아』지의 주간으로 있으면서 같은 잡지에 짧은 수필과 단편소설을 발표함. 이은상, 이상범 등과 친교. 『아이생활』 편집장.

◤1932년(31세) 『신동아』 주간 취임.

◤1934년(33세) 중국 베이징에 있는 보인(輔仁)대학에 교수로 취임하여 1943년까지 대학교수로 재직. 이 무렵부터 그의 작품은 초기의 신경향파적이고 자연주의적 경향에서 벗어나 여성편향적이고 내면화된 순수문학으로 전환하게 됨. 이 기간 중에 당시 중국을 침략하던 일제 경찰에 의해 검거되어 펄 S. 벅의 소설 『대지』의 영향으로 쓴 영문 장편소설도 압수당하고 수개월의 옥고를 치름.

◤1935년(34세) 첫 장편소설 『구름을 잡으려고』를 『동아일보』에 2월 17일부터 연재하기 시작함. 대표작이라 할 수 있는 단편소설 「사랑손님과 어머니」를 『조광』 11월호에 발표함. 이 작품으로 새로운 전성기를 맞음.

◤1936년(35세) 『신가정』지 기자로 있던 8년 연하의 김자혜(金慈惠)와 재혼.

◤1938년(37세) 장편소설 『길』을 『동아일보』에 9월 6일부터 연재했으나 얼마 안 가 알 수 없는 이유로 중단. (아마도 일제의 방해와 검열 때문일 것이다.)

◤1941년(40세) 장남 북명(北明) 출생.

◤1942년(41세) 차남 동명(東明) 출생.

◤1943년(42세) 일제의 식민지 군국주의가 극에 달해 있던 이 시기에 일본의 대륙 침략에 협조하지 않는다는 이유로 중국 정부로부터 추방을 당해 귀국.

◤1945년(44세) 장녀 승희(勝喜) 출생. 평양에 머물며 감격의 해방을 맞음. 해방이 되자 월남해 서울에 정착.

▼1947년(46세) 상호출판사 주간 취임. 영문 중편소설 *Kim Yu-Shin*(「김유신」) 출간.

▼1950년(49세) 10월, 영자신문 『코리아 타임즈』의 주필로 취임.

▼1953년(52세) 부산 피난 시절 2월 20일부터 『동아일보』에 장편소설 『길』 연재 시작. 경희대학교 영문학과 교수로 취임.

▼1954년(53세) 2월 말에 파키스탄 수도 다카에서 개최된 세계작가대회에 옵서 버로 단독 참가.

▼1955년(54세) 국제 펜클럽 한국본부 창립 발기위원, 사무국장, 부회장, 회장을 역임. 한국문학 번역협회장 선임.

▼1957년(56세) 장편소설 『1억 5천만 대 1』을 『자유문학』 6월호부터 연재.

▼1958년(57세) 『1억 5천만 대 1』의 속편인 장편소설 『망국노 군상(亡國奴 群像)』 을 『자유문학』 6월호부터 연재 시작함.

▼1959년(58세) 국제 펜클럽 주최 제30차 세계작가대회(프랑크푸르트)에 한국 대 표로 참가함.

▼1961년(60세) 코리언 리퍼블릭 이사장을 역임함.

▼1962년(61세) 작품집 『미완성』을 을유문화사에서 출간함.

▼1963년(62세) 1년간 미국으로 가서 미주리대학 등 6개의 대학을 순회하며 '아 시아 문화 및 문학'을 강의함. 영문 장편소설 *The Forest of the White Cock*(『흰 수탉의 숲』)을 출간함.

▼1965년(64세) 경희대학교 교수직을 사임함. 사임과 함께 7년여의 침묵을 깨고 다시 작품을 발표하기 시작함. 단편소설 「세 죽음」과 「비명횡사 한 유령의 수기」를 『현대문학』 10월호에 발표함. 한국 아메리카 학회 초대회장 역임.

▼1970년(69세) 단편소설 「여대생과 밍크코트」를 『월간문학』 6월호에 발표함. 이후 건강상의 문제로 더 이상 창작 활동을 계속하지 못함.

▼1972년(71세) 4월 전신 신경통으로 세브란스병원에 잠시 입원함. 11월 14일, 서울 연희동의 자택에서 심근경색으로 갑작스레 사망함. [2004년대 들어서 주요섭은 1919년 3·1만세운동에 참여하고 등사판 신문 『독립운동』을 발행하여 출판법 위반죄로 유년감에 서 10개월의 옥고를 치른 것이 인정되어 뒤늦게 독립운동가로 추서되었다. 현재 대전 현충원 독립유공자 묘역에 부인 김자혜 와 함께 안장되어 있다.]

1920. 1. 3	「이미 떠난 어린 벗」(『매일신보』)
1921	「깨어진 항아리」(『매일신보』)
1921. 4	「추운 밤」(『개벽』)
7	「죽음」(『新民公論』)
1924. 3	「기적(汽笛)」(『신여성』)
10	번역시 「무제(無題)」(『개벽』)
11	수필 「선봉대」(『開闢』)
1925. 3. 1	시 「이상(理想)」(『新女性』)
4	「인력거꾼」(『開闢』)
6	「살인」(『開闢』)
9~11.	『첫사랑 값 1』 중편소설(『朝鮮文壇』 연재)
10	「영원히 사는 사람」(『新女性』)
1926. 1	「천당」(『新女性』)
5	평론 「말」(『東光』)
10	시 「물결」, 「진화」, 「자유」(『東光』)
1927. 1	「개밥」(『東光』)
2~3	『첫사랑 값 2』 중편소설(『조선문단』 연재)
6	시 「넓은 사랑」(『東光』)
7	수필 「문명(文明)한 세상?」(『東光』)
11	희곡 『토적꾼』(『東光』)
1928. 12	수필 「미국(美國)의 사상계(思想界)와 재미(在美) 조선인(朝鮮人)」(『별건곤』)
1930	동화 『웅철이의 모험』
1930. 제4호	「할머니」(『우라키』)

---

1 장르 표시가 없는 것은 모두 "단편소설"임.

2.22~4.11	산문 「유미외기(留美外記)」(『동아일보』)
8	시 「낯서른 고향」(『大潮』)
1931. 4	평론 「교육 의무 면제는 조선 아동의 특전(特典)」(『東光』)
10	평론 「공민 훈련(公民訓練)에 관한 구미 각국(歐美各國)의 시설(施設)」(『新東亞』)
11	수필 「웰스와 쇼우와 러시아」(『文藝月刊』)
1932. 3	수필 「음력 설날」(『新東亞』)
3	수필 「상해 관전기」
4	수필 「봄과 등진 마음」(『新東亞』)
5	수필 「혼자 듣는 밤비 소리」(『新東亞』)
5	수필 「문단 잡화─아미리가(아메리카)계의 부진」(『三千里』)
6	수필 「마른 솔방울」(『新東亞』)
9	수필 「미운 간호부」(『新東亞』)
10	「진남포행」(『新東亞』)
12	수필 「십년과 네 친구」(『新東亞』)
12	수필 「아메리카의 일야(一夜)」(『三千里』)
1933. 1	수필 「사람의 살림살이」(『新東亞』), 「마담 X」(『三千里』)
3	동화 「미친 참새 새끼」(『新家庭』)
5	「셀스 껄」(『新家庭』)
8	수필 「금붕어」(『新東亞』)
10	평론 「아동문학 연구 대강(研究大綱)」(『學燈』)
1934. 4	수필 「안성 중학 시절」(『學燈』)
5	수필 「1925년 5·30」(『新東亞』)
7~8	수필 「호강(扈江)의 첫여름」(『學燈』)
11	수필 「상해(上海) 특급(特急)과 북평(北平)」(『동아일보』)
1935. 2	수필 「심양성(瀋陽城)을 떠나서」(『新東亞』)
2.17~8.4	『구름을 잡으려고』(첫 장편소설)(『동아일보』 연재)
4	「대서(代書)」(『新家庭』)
7	수필 「취미생활과 돈」(『新東亞』)

11	「사랑손님과 어머니」(『朝光』)
1936. 1	「아네모네의 마담」(『朝光』)
3	「북소리 두둥둥」(『조선문단』)
4	「추물(醜物)」(『신동아』)
9~1937. 6	『미완성(未完成)』 중편소설(『朝光』 연재)
1937. 1	수필 「봉천역 식당」(『사해공론』)
6	수필 「중국인들의 생활을 존경한다」(『朝鮮文學』)
1937. 6	수필 「북평 잡감」(『백민』)
11	「왜 왔던고?」(『女性』)
1938. 5. 17~25	「의학박사」(『동아일보』)
1938. 6~7	「죽마지우」(『女性』)
1938. 9. 6~11. 23	『길』(장편소설)(『동아일보』)
1939. 2	「낙랑고분의 비밀」(『朝光』)
1941	『웅철이의 모험』(장편동화)(『조선아동문화협회』)
1946. 11	「입을 열어 말하라」(『新文學』)
1946. 11	「눈은 눈으로」(『大潮』)
1947	「극진한 사랑」(『서울신문』) 영문소설 『Kim Yu-shin(김유신)』(중편)
1948. 9	「대학교수와 모리배」(『서울신문』)
11	수필 「과학적 생활」(『學風』)
1949. 7	「혼혈(混血)」(『大潮』)
1950. 2	「이십오 년」(『學風』)
1952. 4	번역 「미국의 모험적 군수생산」(타임誌에서)(『자유세계』)
1952. 8~9	번역 「자유의 창조자」(버트랜드 럿셀)(『자유세계』)
1953. 2. 20~8. 17	『길』(장편소설)(『동아일보』 연재)
1954. 8	「해방 1주년」(『新天地』) 번역 『현대미국 소설론』(프레데릭 호프만)(박문출판사)
1954. 10	"One Summer Day" 「어느 한 여름날」(『펜』)
1955. 2	「이것이 꿈이라면」(『思想界』)

1955	번역 『서부개척의 영웅 버지니언』(오웬 위스티어) (진문사(進文社))
1955. 9. 11~1956. 1	번역 「오레스테」(헨리 슐츠 소설)(『새벽』)
1956. 8	번역 「영미 현대 극작가들의 동태」(영국 편)(『자유문학』)
1956. 12	번역 「영미 현대 극작가들의 동태」(미국 편)(『자유문학』)
1957. 6~1958. 4	『1억 5천만대 1』(장편소설)(『自由文學』 연재)
1957	번역 『불멸의 신앙』(윌라 캐더)(을유문화사) 번역 『현대 영미 단편선』(공역)(한일문화사)
1958. 4	「잡초」(『思想界』)
1958. 5	「붙느냐, 떨어지느냐」(『自由文學』)
1958. 6 ~ 60. 5	『망국노 군상(亡國奴 群像)』(장편소설)(『自由文學』 연재)
1958. 9	수필 「閑山島 · 頭億里」(『자유문학』)
11	수필 「내가 배운 호강대학」(『思潮』)
1959. 1	평설 「다이제스트」『의사 지바고』(『자유문학』)
1959. 3	권두언 「상은 좋으나 공평하게」(『자유문학』)
1959. 6	수필 「나의 문학 편력기」(『신태양』)
1960	『미완성』(중편소설)(을유문화사)
1962	번역 『펄 벅 단편선』(펄 벅)(을유문화사) 「제3차 아세아 작가회의 소득」(『현대문학』) 번역 『연애 대위법』(올더스 학스리)(을유문화사) 영문 장편소설 *The Forest of the White Cock : Tales and Legends of the Silla Period*(『흰 수탉의 숲 : 신라시대 이야기와 전설』 어문각)
1963. 3	수필 「이성 · 독서 · 상상 · 유머」(『自由文學』)
1964	번역 『천로역정』, 『유토피아』(을유문화사)
1964. 10	수필 「다시 타향에서 들여다 본 조국」(『문학』)
1965. 10	「세 죽음」, 「비명횡사한 유령의 수기」(『現代文學』)
11	수필 「죽음과 삶과」(『現代文學』) 번역 『크리스마스 휴일』(서머씻 몸)(정음사)
1966. 3	수필 「공약 삼장(公約三章)의 3월」(『思想界』)
11	수필 「재미있는 이야기꾼 ─ 나의 문학적 회고」(『文學』)

1967. 5	「열 줌의 흙」(『現代文學』)
1968. 7	「죽고 싶어 하는 여인」(『現代文學』)
1969	『영미 소설론』(한국영어영문학회편 공저)(신구문화사)
1969. 6	「나는 유령이다」(『月刊文學』)
1970. 6	「여대생과 밍크코트」(『月刊文學』)
1972	『길』(장편소설)(삼성출판사)
1972. 4	「마음의 상채기」(『月刊文學』)
1973. 1	「전화」(『문학사상』)
1	「여수」(『문학사상』)
1974	번역 『나의 안토니아』(윌라 캐더)(을유문화사)
1987. 4	「떠름한 로맨스」(『현대문학』)
2000	장편(단행본) 『구름을 잡으려고』(좋은책 만들기)
2012	『주요섭 단편집』(이승하 엮음) (지만지)
2013	『주요섭 동화선집』(정혜원 엮음) (지만지)
2019. 5	장편(단행본) 『일억오천만 대 일』(정정호 엮음) (푸른사상사) 장편(단행본) 『망국노 군상』(정정호 엮음) (푸른사상사)
9	장편(단행본) 『구름을 잡으려고』(정정호 엮음) (푸른사상사) 장편(단행본) 『길』(정정호 엮음) (푸른사상사)